KB265757

숲골마을의 구전문화

구전이야기에 초점을 둔 민족지적(Ethnographic) 현지조사연구

연세국학총서 **79**

밀양 구전문화의 민족지적 연구 ②

숲골마을의 구전문화

구전이야기에 초점을 둔
민족지적(Ethnographic) 현지조사연구

김영희 · 이미라 · 황은주

역락

□ 김영희(연세대 국문과 강사)
□ 이미라(연세대 국문과 박사과정)
□ 황은주(연세대 국문과 석사과정)

연세국학총서 **79**
밀양 구전문화의 민족지적 연구 ②

숲골마을의 구전문화

구전이야기에 초점을 둔 민족지적(Ethnographic) 현지조사연구

초판 1쇄 발행   2006년 7월 20일

지 은 이 | 김영희 · 이미라 · 황은주
펴 낸 이 | 송미옥
펴 낸 곳 | 이회문화사

주   소 | 서울시 동대문구 답십리동 488-338 부영빌딩 503호
전   화 | (02) 2244-7912~3
팩   스 | (02) 2244-7914
전자우편 | ih7912@chollian.net
등록번호 | 제6-0532호(1992. 5. 2)

ISBN 89-8107-245-0 (세트)
      89-8107-369-4 94810

정가 26,000원

서 문 ...

무서운 금기에도 불구하고 숲으로 달려가 "임금님 귀는 당나귀 귀"라고 목청껏 외칠 수밖에 없었던 사람의 간절함은 무엇이었을까? '말할 수 없음' 보다 더 큰 억압, 더 큰 슬픔이 있을까?

언표화되지 않는 것들은 존재를 드러낼 수 없기 때문에, 말이나 글로 표현되지 못하는 것들은 때로 존재하지 않는 듯 여겨지기도 한다. 존재하면서도 존재하지 못한다는 점에서 '언어로 표현할 수 있는 힘', 곧 '목소리'를 갖지 못한 존재들은 있으면서도 없는 듯이 살아갈 수밖에 없는 실존적인 결여를 안고 있다.

목소리를 갖는다는 것은 표현수단을 갖는다는 것이며 이는 자신의 존재를 사회적으로 가시화할 수 있는 힘을 갖는다는 측면에서 사회적 권력의 지표가 되기도 한다. 특히 말과 글 가운데 글은 상대적으로 더 큰 사회적 힘을 갖는다. 따라서 문자를 자신의 유용한 표현수단으로 소유하지 못한 이들은 상대적으로 사회적인 경계의 바깥, 혹은 주변부에 머무를 수밖에 없다.

언젠가 현지조사 과정에서 만난 한 할머니가 한글을 깨우치지 못한 게 평생의 한이라면서, 담벼락에 누가 자신의 욕을 써 놓고 가도 모를 지경이라며 길게 탄식한 기억이 난다. 자정을 훌쩍 넘겨서 새벽 두세 시가 될 때까지 조사자들을 붙들고 이야기를 이어가는 할머니, 할아버지들의 수다에는 이유가 있었다. 그분들이 원한 것은 자신의 이야기를 들어줄 '누군가'였다. 말하고 싶고 표현하고 싶은 간절한 욕망이 그 마음 속에 깃들어 있었던 것이다.

구전문화에 익숙한 이들은 대체로 문자문화를 전유하지 못한 이들이라고 할 수 있다. 나는 그들이 연행, 혹은 구술하는 내용을 듣고 그것을 글로 옮기는 나의 작업이 그들에게 '목소리'가 되어 주는 일이라고 생각했다. 그들의 '목소리'가 되어 그들의 존재를, 그들이 하고 싶은 말을 사회적으로 드러내는 매개 역할을 하는 것이 바로 나의 몫이라는 오만한 사명감에 들뜨기도 했던 것이다.

그러나 이번에 밀양 숲골마을 구전문화에 관한 민족지(ethnography)를 기술하면서 나는 이 매개, 곧 번역의 문제가 내가 생각한 것 이상으로 중대한 사안임을 새롭게 인식하지 않을 수 없었다. 연행자들의 말이 나의 언어로 기술되는 과정에서 필연적으로 누락과 왜곡 등의 결여가, 결코 채워질 수 없고 끝끝내 어긋날 수밖에 없는 오인(誤認)과 오역(誤譯)이 발생할지 모른다는 사실을 생각하지 않은 것은 아니었다. 그러나 민족지를 써내려가면 써내려갈수록 내가 처음 생각했던 것과는 달리 나의 표현은 나의 언어일 뿐 결코 그들의 언어일 수 없음을, 그들 언어에 대한 번역어를 넘어선 어떤 것일 수밖에 없음을 인식하지 않을 수 없었다.

연행 주체의 말이 나의 언어, 나의 문자로 기술되는 순간 그것은 나의 표현, 나의 경험이 되고 말았다. 나는 번역자, 혹은 기술자로서 내가 가진 '권력'을 심각하게 성찰하지 않을 수 없었고, 점차 두려워지기 시작했다. 나는 급기야 올봄에 완성된 초고와 책에 실릴 사진들을 들고 숲골마을로 내려가 어른들을 찾아 뵙고 원고의 내용과 책의 성격에 대해 한 분 한 분에게 자세한 설명을 드렸다. 현지조사 당시 이미 구두로 민족지 기술과 책 출간에 대한 허락을 받은 상태였지만 나는 서면으로 작성한 정보 제공 승인서를 들고 다니며 일일이 서명을 받기 시작했다.

서면으로 양식을 만들어 찾아 뵙고 서명을 받으면 오히려 더 이상하게 생각하거나 정보 제공을 불허하는 문제가 발생할지도 모른다는 걱정을 하지 않은 것은 아니었다. 그러나 만에 하나라도 내가, '연행자들이나 그들의 가족을 비롯한 주위 사람들이 이 책을 자세히 읽을 가능성이 적고, 그들이 정보 제공의 의미와 파장을 제대로 인지할 수는 없을 것이다'라는 생각을 갖고 안이하게 대처한 것은 아닐까 하는 의구심과 반성을 떨쳐낼 수 없었다. 그래서 여러 가지 무리수를 생각하면서도 서둘러 짐을 꾸려 숲골마을로 내려갔던 것이다.

다행히 연행자들이나 연행자들의 가족 모두 나의 설명을 친절하게 들어주었고 내가 가져간 승인서에도 흔쾌히 서명해 주었다. 대부분 서명을 낯설어 하며 '뭐 그렇게까지 할 필요가 있겠냐'는 반응을 보였지만 나는 일을 하는 연행자들 옆에 서서 일이 끝나기를 기다렸다가 한 분 한 분 서명을 받아나갔다.

어떤 연행자는 생전 처음 자신의 이름을 직접 쓰는 서명을 해 본다며 수줍게 웃었다. 어떤 연행자의 자식들은 자신들의 어머니가 그처럼 말재주가 좋은지 처음 알았다며 흐뭇해 하기도 했다. 또다른 연행자는 서명을 하고 집에 돌아갔다가 다시 뛰어나와 자신이 예전에 들려준 얘기 가운데 특정 가문에 관한 내용이 나오는데 짐짓 걱정된다며 빼줄 수 없겠냐고 물어오기도 했다. 나는 그 부분에 해당하는 원고 내용을 다시 읽어드리고 문제가 없을 것 같다는 말씀을 드렸다. 그는 오해가 없도록 잘 써달라며 거듭 부탁의 말을 건넨 후 집으로 돌아갔다.

숲골마을에서 돌아온 후 나는 떠나기 전보다 마음이 한결 가벼워지기는 했지만 여전히 민족지 기술 과정에서 발생하는 매개와 번역의 문제에 대해 심각하게 고민하지 않을 수 없었다. 자칫 나의 민족지 기술이, 연행자들을 대신해 그들의 '목소리'가 되어 주는 것이 아니라 오히려 그들로부터 거듭 목소리를 빼앗는 결과를 초래할 수도 있다는 두려움과 부담감을 쉽사리 떨쳐내기 힘들었다. 나는 결국 이 문제를, 앞으로 민족지를 기술하는 과정에서 내내 경계해야 할 원칙이자 계속해서 고민해가야 할 중요한 화두로 삼게 되었다.

밀양 숲골마을 구전문화에 대한 민족지적 연구로 계획한 전체 기획 가운데 두 번째 권에 해당하는 이 글은 참여관찰에 기반한 숲골마을 현지조사 성과를 갈무리한, 본격적인 민족지 기술 내용으로 구성되어 있다. 전체적으로는 현지조사가 진행된 시간 순서를 따르면서 남성 연행자들과 여성 연행자들이 주도한 연행판을 각각 구분하여 따로 서술하였는데 이는 성별에 따라 연행판이 다르게 구성되었을 뿐만 아니라 연행 상황이나 특질 또한 성별에 따라 다르게 나타난 점을 분명하게 드러내기 위해서이다. 숲골마을의 제의와 놀이에 관한 내용만은 기술 내용의 일관성과 집중도를 높이기 위해 현지조사 순서에 상관없이 마지막에 별도의 항목으로 따로 모아 기술하였다.

이 글은 현지조사에 참여했던 세 사람이 각각 따로 기술한 민족지를 모아 엮은 것이다. 각기 다른 연구자가 기술했기 때문에 저마다 써내려간 민족지의 내용도 그 색깔이 다르다. 우리 조사자 세 사람은 이를 매우 자연스러운 현상으로 받아들였다. 같은 연행판에 참여하고 있으면서도 저마다 보고 듣고 느끼는 것이 달랐기 때문이다. 오히려 서로 다른 관점에서 기술한 내용을 한데 모아 엮어냄으로써 민족지 기술에서 부각되는 관점의 문제를 선명하게 드러낼 수도 있을 것이라는 기대를 갖게 되었다. 같은 지역에서 같은 연행자들을 만나 같은 이야기를 듣고, 이처럼 서로 다른 생각과 느낌을 가질 수 있다는 사실이 우리들 세 사람에게 특히 흥미로웠다.

조사자 세 사람에게 현지조사 과정도 만만치 않았지만 녹취, 혹은 녹화한 내용을 전사하고 정리하는 과정 또한 그 이상으로 어려웠다. 세 사람이 전사한 내용이 달라 서로 논쟁을 벌이기도 했고 전사표기원칙을 합의하기 위해 몇 달을 고민하기도 했다. 특히 구어(입말) 문법이 따로 마련되어 있지 않은 상황에서 언어학적으로도 타당성을 인정받을 수 있는 전사 자료를 만드는 일이 무엇보다 어려웠다. 이 과정에서 우리의 원고를 읽어 주고 격려와 조언을 아끼지 않았던 언어학 전공자 세 사람에게 감사의 인사를 전한다.

이 글을 쓰는 내내 나는 과연 숲골마을 사람들이 이 책의 내용을 어떻게 읽고, 어떻게 받아들일까 무척 궁금했다. 부족한 부분이 많지만 마을 사람들에게 의미있는 책으로 읽힐 수 있다면 더할 나위 없이 기쁠 것 같다. 우리가 만나 뵈었던 연행자들 가운데 몇 분은 이미 고인이 되셨다. 더 일찍이 책을 보여드리지 못한 것이 안타깝고 죄송스럽다. 언제나 조사자들을 따뜻하게 맞아 주고 적극적으로 현지조사에 참여해 주었던 숲골마을의 여러 어르신들께 허리 숙여 감사드린다. 당연한 이야기겠지만 그분들이 계시지 않았다면 이 책 또한 세상에 나올 수 없었을 것이다. 정보 제공 승인서에 직접 서명해 주셨던 분들은 물론 미처 만나뵙지 못했던 마을 분들께도 양해 말씀을 드리는 한편 감사의 인사를 드리고 싶다.

내가 옛날 이야기의 세계에 접어들었던 것은 어려서부터 내게 이야기를 들려 주셨던, 연로하신 두 분 부모님이 계셨기 때문이다. 걱정과 기대 속에 말없이 지켜보며 응원해 주는 부모님과 가족들, 시부모님과 사랑하는 김희철에게도 정성어린 감사의 마음을 전한다.

무엇보다 함께 '우리의 역사'를 일구어온 이미라·황은주 동학과 언제나 우리들에게 가르침과 격려를 아끼지 않으시는 이윤석 교수님, 우리에게 배움을 주신 여러 선생님들, 현지조사에 동참하거나 말없이 지지해준 선후배 동학들, 마지막으로 까다로운 원고의 편집과 출간을 맡아준 이경남 편집장과 송미옥 사장님께도 감사드린다.

첫 발을 내딛기 전보다 오히려 지금, 마음이 더 조급해진다. 밀양시 산내면의 여러 마을에서 만났던 수많은 어르신들의 얼굴과 책장 가득 쌓여 있는 녹취 테잎들, 아직 채 발길을 들여 놓지 못한 숱한 마을의 이름들이 머릿속을 스쳐지나간다. 몸보다 앞서 달려가는 마음을 추슬러, 다지고 다진 발걸음을 찬찬히 내딛고 싶다.

2006년 6월
관악산 사포재(史圃齋)에서 봉오헌(鳳梧軒) 김영희가 쓰다.

목 차 ...

I. 현지조사의 시작

산 안에서 산 밖으로*

산 안에서 산 밖으로

현지조사의 새로운 시작

산외로 들어가는 마음은 산내의 마을로 들어갈 때의 마음과 사뭇 달랐다. 시 중심부에 있는 기차역에서 마을로 들어가는 길은 산내에 비해 훨씬 가까웠지만 마음으로는 더 먼 것처럼 느껴졌다. 1999년부터 시작된 산내로의 길은 이미 우리에게 익숙한 길이었지만 산외로의 길은 그렇지 않았기 때문이다.

산내로 가는 버스 안에서 종종 아는 어르신들을 만날 정도로 산 안 마을들에서 우리는 이미 익숙한 얼굴이 되어 있었다. 버스 정류장에 서 있다가 미처 얼굴을 알아보지 못한 마을 사람들에게 먼저 인사를 받기도 하고, 산내 주민에게 근처 다른 마을로 가는 길을 안내할 만큼 우리는 '그곳'의 생활에 젖어들어 있었다.

하지만 마을 사람들과 허물없이 가까워지면서 마을에서의 생활에 젖어드는 것과, 긴장이 풀리면서 조사자로서의 자기 인식, 혹은 관점을 잃어버리는 것 사이에는 미묘한 문제가 있다. 현지에 적응하는 동시에 현지인들과 친밀한 관계를 맺는 것은 현지조사에서 두말 할 나위 없이 중요한 일이지만 현지조사자는 어떤 경우에도 자신이 '왜 이 곳, 현장으로 왔는가'라는 목적 의식을 잊어버려서는 안 된다. 다시 말해서 언제나 조사자로서의 관점을 유지해야 하는 것이다. 내부의 시각과 외부의 시각이 팽팽하게 긴장을 이루는 상태가 지속될 때 현지조사자는 가장 좋은 성과를 얻을 수 있다.

바로 이러한 사명 때문에 현지조사자는 지속적으로 긴장감을 늦추지 말아야 하며 현장에 참여하는 동시에, 일정한 거리를 유지한 채 현장을 관찰해야 한다. 그러나 산내에서의 현지조사가 계속될수록 우리는 조금씩 '조사자'로서의 자기 인식과 목적의식, 조사 활동의 긴장감 등을 잃어갔다. 처음 산내에 발을 들여 놓을 때만 해도 현지에 빨리 적응해야 한다는 강박감 같은 것을 갖고 있었다. 특히 현지조사 초기의 열정은 곧 마을 사람들과의 인간적인 관계의 밀도를 높이고자 하는 무의식적인 열망으로 나타났고, 이것이 조사 대상을 대상화, 혹은 수단화하지 않는 '도덕적인' 태도라는, 다소 경직된 생각으로 이어지기도 했다. 조사자가 목적의식에 지나치게 얽매여서는 진정한 '참여'를 이룰 수도, '참여'의 기반이 되는 친밀한 '관계'를 형성할 수도 없을 것이라는 생각이 언제나 뇌리를 떠나지 않았다.

그러나 현장의 흡인력은 이런 강박관념을 기우(杞憂)로 만들었다. 우리의 노력이나 강박관념에 상관 없이 어느 지역, 어느 현장에서나 우리는 쉽게 현장에 동화되었다. 조사 활동을 시작한 지 채 일 년이 지나지 않았을 때 우리는 어느새 현장에 빨려들어가 있는 자신을 발견할 수 있었다. 조사 일정이 어그러지는 줄도 모르고 밤 늦도록 할머니들과 수다를 떨거나, 짧은 일정 가운데 하루 종일 할머니를 따라 나물을 캐러 다니는 등의 일이 잦아졌다. 적적하게 혼자 지내시는 할아버지를 두고 일찍 자리를 털고 일어날 수가 없어서 조사 계획을 조정하여 함께 음식을 만들어 먹거나 빨래를 해 드린 후에 새벽녘에야 숙소로 돌아온 일도 있었고, 깔끔한 성품이라 계절이 바뀐 후에 집을 좀 치워 놓고 싶은데 거동이 불편해서 이래저래 마음이 불편하신 할머니의 심정을 헤아려 새벽 3시까지 커튼을 밟아 빠는 날도 있었다.

그것은 목적의식적인 노력과는 아무런 상관이 없는 행동이었다. 그저 '그곳에 있으면서' 자연스럽게 느끼고 생각하는 대로 움직이는 것일 뿐이었다. 때때로 서울 생활 중에 할아버지, 할머니들을 떠올리며 혼자 웃음 짓거나 그리워하는 일들도 있었고, 연로하고 병약하신 분들의 건강이 염려되어 전화를 걸어 보는 날도 많아졌다. 만남이 반복됨에 따라 원활한 조사를 위해 준비했던 의례적인 답례품들은 점차 의미가 없어졌다. 원활한 조사나 의례적인 답례 인사를 위해서가 아니라 할아버지, 할머니들께 진정으로 필요한 것들을 마음으로 전해드리고 싶어졌던 것이다. 할아버지, 할머니 한 분 한

분의 일상과 기호에 따라 그때그때 담배나 과자, 사진 등의 선물을 준비해 갔다.

현지민들과 가까워지고 '현장'에 익숙해지는 것은 좋았지만, 그와 함께 현지조사에 대한 긴장감을 잃어가고 있다는 사실이 문제가 되기 시작했다. 현지조사 중에 늦잠을 자거나 약속한 시간에 늦는 일 등이 발생하기 시작했고, 피곤한 날이면 조사 활동에 대한 평가나 일지 작성을 뒤로 미루고 잠드는 경우도 많아졌다.

가장 큰 문제는 '준비 없는' 현지조사의 반복이었다. 나를 포함한 세 명의 조사자는 항상 쫓기는 일정 속에서 현지조사를 진행하였다. 세 사람 모두 서울에서 대학원 생활을 하면서 공부와 생활이라는 두 마리 토끼를 쫓기에 바쁜데다가 현지조사에 필요한 경비를 마련하기 위해 별도의 일을 계속해야만 하는 상황이었다. 같은 지역을 반복 조사하면서 점차 '현장'에 익숙해지다 보니 현지조사를 위한 준비는커녕 현지조사 시작 전날까지 바쁜 일정에 쫓기다가 피곤한 몸으로 조사에 임하기 일쑤였다. 자연히 현지조사 기간 동안 조사자들은 소극적인 태도를 보이게 되었고 가끔 할머니, 할아버지들의 이야기를 듣다가 밀려오는 졸음을 이기지 못하는 민망한 사태가 발생하기도 했다. 그럴 때면 서울로 돌아오는 기차 안에서 다음 번 조사 때에는 꼭 활력 넘치고 생기 있는 모습으로 찾아뵙자는 다짐을 하곤 했다.

피곤에 찌든 몸으로 현지조사에 임하면서 우리가 절실하게 깨닫게 된 것은 조사자들의 조건이 현지조사에 매우 중요한 변화요인으로 작용한다는 사실이었다. 조사자들의 피곤한 얼굴과 소극적인 태도는 연행자들의 연행 목록과 연행의 제반 요소들에 직접적인 영향을 미치는 것이었다. 더구나 '현장'에 익숙해진 터에 충분히 준비하지 않은 상태로 현지조사에 임하다 보니 임기응변에 의존하려는 경향이 강해져서 오히려 새로운 시도는 줄어들고 판에 박힌 질문을 되풀이하는 관성에 젖어들게 되었다.

3-4년 조사를 지속하는 동안 조사자들의 신분이 변한 것도 조사 환경의 주요한 변화 요인 가운데 하나였다. 처음엔 모두 대학원생 신분이어서 현지

어르신들께 '학생'으로 통했지만 내가 강사가 되면서 몇몇 수강 학생과 동행한 이후로는 '선생'으로 대우받게 되었다. 조사자가 '학생'일 때와 '선생'일 때, 연행자들의 태도와 연행 내용은 달라졌다. 그래서 때론 새로 조사를 시작하는 마을에 처음 들어갈 때 일부러 학생들을 데려가지 않기도 했다. 하지만 적어도 산내면 안에서 나는 어느새 '대학교 선생'으로 인식되고 있었다.

변한 것은 조사자의 사회적 신분만이 아니었다. 반복된 만남 속에서 몇몇 현지민들과 나는 단순한 '친밀함'을 넘어서는 밀도 있는 관계를 형성해갔다. 어느 시점부터 밀양의 산 속 마을로 떠나는 길은 내게 더이상 구전이야기 수집·조사 활동만을 의미하지 않게 되었다. 서울의 사람들과 생활 속도 등에 지칠 때면 나는 어느새 작은 분지 마을로 찾아들어가 위안을 찾고 있었다. 밀양의 촌로들과 농투산이들을 만나, 때론 손녀가 되어 살아온 이야기를 듣기도 하고 때론 농촌 현실에 무관심하고 무지한 도시 지식인이 되어 야단을 맞기도 하면서 나는 분명 마음의 상처를 어루만지는 거칠고 따뜻한 손길을 느낄 수 있었다.

관계란 상호적인 것이어서 내가 정서적으로 의존하는 만큼 그분들도 내게 의지해 오는 것을 느낄 수 있었다. 정서적 교감대가 넓어지고 깊어지면서 나는 조금씩 혼란에 휩싸이기 시작했다. '현장'에 '참여'한 현지조사자는 처음부터 '두 문화'에 속한 사람일 수밖에 없는데다가, 현지민들과의 관계가 친밀해짐에 따라 정서적 위안을 받는 한편 부담스럽게 느껴지는 일들도 종종 발생했기 때문이다. 때때로 내가 부분적으로라도 현지민들의 삶에 관여하여 어떤 결정을 내리는 데 동참하거나 실질적인 도움을 주어야 한다는 사실은 나를 매우 당혹스럽게 하는 것이었다. 또한 나는 간혹 서로 다른 '두 문화'에 속한 채 문화적 차이가 만들어내는 이질감의 간격 사이를 오락가락하면서 어느 쪽에도 안주하지 못하고 불안해하는 스스로를 발견하기도 했다.

관계의 거리는 카메라의 줌 렌즈처럼 쉽게 조절할 수 있는 것이 아니어서 나는 현지조사의 '현장'에서 어정쩡한 자리에 서 있는 나 자신을 발견하기 시작했다. 나는 더이상 완벽한 순도의 도시 거주 지식인 관찰자도 아니었고, 물론-너무나도 당연히- 완전한 '산내 사람'도 아니었다. 나는 두 문화가 겹쳐진 어디쯤에 서 있었는데, 문제는 내가 서 있는 자리를 스스로 인식할 수 없다는 데 있었다. 내겐 이제까지의 조사 활동을, 거리를 두고 재점검할 계기가 필요했다. 그래야 다음 단계의 작업을, 다른 무엇보다도 산내면 현지조사의 정리 작업을 할 수 있을 것 같았다.

마음을 더욱 조급하게 만드는 것은 더 이상 어르신들과의 약속을 미룰 수 없다는 절박함이었다. 우리는 조사 초기부터 우리의 조사 목적이 산내면의 구전이야기들을 수집·정리하는 데 있음을 지역민들에게 밝혔는데 처음의 약속 이후 5년 여의 시간이 흐르도록 아무 성과도 내놓지 못하고 있는 상황이었기 때문이다. 녹음·녹화 테이프는 쌓여갔지만 아무것도 손에 잡히지 않는 상황에서 시간만 흘러가고 있었다. 무엇보다 현지조사에 대한 논의가 활발하지 않은 상황에서 우리 나름의 조사 방식을 검증받을 기회가 없었다는 사실이 우리의 발목을 잡고 있었다. 결국 세 사람의 조사자는 여러 차례의 논의 끝에 우리 스스로 산내면에서의 조사 활동을 체계적으로 반성하고 검토할 시간을 가져야 한다는 결론에 이르게 되었다.

때마침 연세대학교 국학연구원에서 연구비 지원을 받게 되면서 우리는 이를 변화의 계기로 삼자고 서로 논의하였다. 산내면에서의 조사는 이미 대략 마무리된 상태였고, 또 산내면의 마을들은 우리에게 너무 익숙해진 상태였기 때문에 우리는 우선 조사 지역을 변경하기로 하였다. 산내면에서의 조사 활동을 반성하고 조사 방식과 조사 태도 등을 전체적으로 재정립하기 위해서는, 우선 기존의 조사 방식을 정리하여 이를 새로운 마을에서 실험해 볼 필요가 있었기 때문이다. 이 실험을 통해 우리는 스스로의 한계를 발견하고 이를 수정할 단초도 얻을 수 있을 것이라고 생각하였다. 이러한 논의 결과에 따라 우리는 산내면과 이웃한 산외면의 마을 하나를 골라 처음부터 체계적인 계획 아래 새로운 조사 활동을 시작하기로 하였다.

이를 위해 우리는 먼저 산내면 조사 활동 기간 중에 작성한 조사 일지와 조사표 등을 재검토하고 이를 토대로 기존의 현지조사 방식에 대한 토론을 진행하였다. 그리고 이번 조사 활동의 부가적인 목적을 '현지조사 방식의 반성과 정립'에 두기로 하고 마을 답사 시 매번 조사 활동 평가를 세밀하게 진행하기로 약속하였다. 산내면에서의 배움을 토대로 우리는 이제 두 번째 단계로의 도약을 앞두고 있었던 것이다. 첫 번째 단계의 조사 활동이 의욕과 열정으로 시작되었다면 두 번째 단계의 활동은 책임감과 사명감으로 시작되고 있었다. 산외면에서의 예비 조사 활동을 마무리하는 대로 우리는 곧 산외면에서 조사한 자료의 성과는 물론, 산내면에서의 성과들을 정리하고 갈무리하는 작업을 시작하기로 약속하였다.

산외면 내에서의 구체적인 조사 대상 지역의 선정은 예비 조사 후에 결정하기로 하였다. 그간 산외면의 대략적인 상황에 대한 정보를 전혀 듣지 못했던 것은 아니지만, 언제나 그렇듯이 피상적으로 바라보는 것과 현장에서 직접 마주쳤을 때의 경험은 전혀 다를 것이라고 생각했기 때문이다. 산외면 사무소를 들러 개별 마을에 대한 정보를 수집하고 몇몇 마을을 예비 조사한 후 최종적으로 한 마을을 선택하기로 하였다.

예비 조사를 위한 사전 답사는 설날 연휴를 며칠 앞두고 이루어졌다. 황은주와 내가 동행하기로 계획했다가 황은주의 건강 상태가 좋지 않아 부득이하게 혼자 산외면으로 들어갈 수밖에 없었다. 조사팀의 일원인 이미라는 석사학위논문을 준비 중이었기에 산외면의 현지조사는 당분간 황은주와 내가 주도적으로 진행해 나가기로 하였다.

황은주는 어려서 뇌성마비를 앓은 탓에 거동이 다소 불편했지만 구전문학 현지조사에 대한 열의와 관심이 남달라 학부 시절부터 현지조사에 열성적으로 참여하였고, 산내면 조사 경험을 통해 훌륭한 조사 일꾼으로 성장하였다. 다만 신체적인 특성으로 인해 때때로 소극적인 자세로 조사에 임하는 경향이 있었고 다른 사람의 도움 없이 혼자서 전체 조사 상황을 지휘하고 총괄하는 데 대해 자신감을 갖지 못하고 있었다.

황은주와 나는 이번 산외면 현지조사를, 황은주가 독립적이고 주체적인 현지조사 연구자로 거듭나는 계기로 삼자고 서로 약속하였다. 그래서 이제까지 내가 맡았던 조사 활동 총괄의 책임을 부분적으로 황은주가 맡아 조사 활동을 주도해 나가기로 하였다. 하지만 황은주는 서울에서 출발하기 전부터 건강 상태가 좋지 않았다. 황은주의 건강 상태를 고려하여 비행기와 택시로 밀양까지 이동하긴 했지만, 아무래도 조사를 강행하는 것은 무리일 듯하여 황은주는 밀양시 무안면에 있는 외가에 가서 며칠 쉬기로 하였다. 조사 활동의 책임이 더욱 무거워져서 황은주에게 부담이 된 것은 아닌지 염려스러워, 예비 조사 기간 내내 발걸음이 무거웠다. 지역 선정과 조사 계획 수립 단계에서 이와 같은 조사자들의 여건은 주요한 판단 조건으로 작용하였다.

산외면 숲골마을

산외면은 밀양 시내에서 동북의 산악 분지 지대로 가는 길목에서 맨 처음 만나는 면이다. 밀양 시내를 지나 산내면의 호박소와 얼음골, 영남 알프스 일대의 산들을 거쳐 언양 석남사로 이어지는 국도를 따라가다 보면, 밀양향교가 있는 교동 일대를 벗어나자마자 강변에 소나무숲이 우거진 마을을 만나게 되는데 이 마을이 산외면의 첫 번째 마을인 '긴늪'이다. 긴늪마을을 지나 버스를 타고 더 들어가면 왼편으로 한옥들이 여러 채 보이기 시작하는데 이곳이 바로 산외면사무소가 있는 다죽리(茶竹里) 다원(茶院)이다.

산외면은 6개의 행정구역 단위인 다죽리(茶竹里), 금곡리(金谷里), 희곡리(希谷里), 금천리(琴川里), 남기리(南沂里), 엄광리(嚴光里)로 구성되어 있다. 이들 행정구역은 일제 강점기인 1914년에 소규모 자연 마을들을 통폐합한 후 1965년에 큰 변화 없이 부분적으로 재편하면서 현재 형태로 굳어진 것들이다. 이 과정에서 자연 마을의 우리말 이름을 한자어로 바꾼 후 다시 한자어로 바꾼 마을 이름에서 한 글자씩 따서 현재 형태의 리(里) 단위 행정구역명을 만들었던 것이다. 예를 들어 다죽리는 다원으로 불리는 죽동과 죽서, 그리고 죽남과 율전으로 구성되어 있고, 남기리는 남가실과 긴 늪(기회), 정문 등으로 구성되어 있다.

자연 마을의 이름들이 잊혀지거나 정체 불명의 이름으로 탈바꿈하는 과정은 그 마을에 사는 사람들의 문화와 민속, 삶의 정체성이 왜곡되거나 배제되는 과정을 그대로 보여준다. 현지조사를 다니다 보면 마을의 당제나 놀이 등이 근현대사의 두 사건으로 인해 크게 훼손되거나 완전히 사라지게 된 양상을 확인할 수 있는데 그것은 바로 일제강점과 박정희 정권의 새마을 운동이다. 주목할 것은 일제강점기의 식민지 통치보다 도시 위주의 산업화와 경제 개발에 근거한 새마을 운동의 바람이 더 강하게 몰아닥쳤다는 사실이다. 일제강점기를 거치면서 부분적으로 훼손되었던 민속들은 새마을 운동을 거치면서 완전히 사라진 경우가 많다. 민속 문화의 역사만 살펴보아도 일제강점기 이후 일제 잔재 청산은커녕 근대화 과정을 거치면서 일제에 의한 왜곡과 훼손이 고착되거나 강화·확대되었던 양상을 확인할 수 있다.

처음 우리가 조사 대상으로 주목한 마을들은 다죽리에 속하는 죽서(다원 1동)·죽동(다원 2동), 금곡리에 속하는 쇠실(본촌), 남기리에 속하는 긴 늪(기회) 등이었다. 이 마을들은 교통이 편리하고 어느 정도 규모가 큰 마을일 뿐 아니라 60세 이상 고령의 주민들이 많이 살고 있으며 산내면 현지조사 기간 동안 한두 번 다녀간 적이 있어 친숙한 곳이었다.

특히 쇠실은 1999년 정월대보름 전날 답사를 통해 조사자들에게 어느 정도 익숙한 마을이었다. 당시 마을 노인정에는 할아버지들이 모여 있었는데 우리가 자리에 앉자마자 여러 가지 재미난 이야기들과 맛깔스런 노래들을 들려주었다. 이야기와 노래 연행이 끝난 후 조사자들은 할아버지들과 함께 정월대보름 지신밟기를 위한 풍물 연습에 참여하기도 했다. 그렇게 쇠실은 우리에게 아주 깊은 인상을 남긴 마을이었다. 그때는 마을회관의 규모도 그리 크지 않고 전반적으로 마을 살림살이가 소박해 보였는데, 동사무소 직원을 통해 지금은 예전에 비해 마을 규모도 커지고 살림살이도 많이 나아졌다는 소식을 들을 수 있었다.

죽서(竹西)와 죽동(竹東)은 전형적인 반촌(班村)이어서 이제까지 우리가 조사했던 산내면의 마을들과는 분위기가 많이 다를 것 같았다. 가문의 명예나 조상에 대한 예의를 매우 중요시하는 반촌의 분위기를 고려할 때 사전 준비를 철저히 해야 하리라고 생각했다. 특히 죽서와 죽동은 각각 일직(一直) 손씨(孫氏)와 밀성(密城) 손씨(孫氏)의 집성촌이기에 각 마을의 특성과 두 마을 사이의 관계에 주목하면 더 흥미로운 조사 결과를 얻을 수 있으리라 기대했다. 두 마을은 정월대보름날 석전(石戰)을 통해 경쟁과 알력 관계에서 오는 긴장과 갈등을 해소했다고 하는데, 그만큼 평상시에 특수한 관계를 형성해온 듯했다. 따라서 두 마을에서의 현지조사는 전승 집단의 특성과 관계 양상에 따른 구전이야기 연행의 변이 등을 살펴볼 수 있는 좋은 기회가 될 수 있을 것이라고 생각했다.

또한 죽서에는 일직 손씨 재실과 서원, 가옥 등이 그대로 보존되어 있어, 죽서에 대한 현지조사는 고가옥은 물론 후손가 소장의 여러 전적(典籍)들을 직접 확인할 기회를 가질 수 있다는 장점이 있었다. 특히 죽서는 이 근방에서 널리 전승되고 있는 구전이야기의 주인공인 손병사(孫兵使)의 마을이었다. 손병사는 조선 후기에 이 지역에서 나는 새도 떨어뜨릴 정도로 세도를 누리던 지방 사족인데 병사는 그의 벼슬이었다. 산내면과 산외면의 여러 마을에서 그와 그의 어머니에 대한 이야기를 들을 수 있었다.

한편 긴늪은 밀양시 교동에서 산외면으로 들어오는 입구에 있는 마을로, 밀양의 중심산인 추화산(推火山)을 마주하고 강변에 형성된 마을이다. 이 마을에서는 예부터 마을 사람들 공동의 노력으로 강변에 적송(赤松)을 심어 울창한 소나무숲으로 방풍림을 만들어 관리해 왔는데 이 때문에 지금은 강변 유원지로 널리 알려져 있다. 마을 사람들 일부는 유원지 근처에서 식당 등을 운영하고 있으며 여름철이면 유원지를 중심으로 한 여러 상업 활동이 마을 사람들의 살림살이를 돕고 있다. 하지만 실제 조사에서 마을 사람들 대부분이 여전히 농사일로 생계를 이어가고 있음을 확인할 수 있었다. 다만 유원지에서 장사를 하기 위해 들어온 외지인들이 상당수 존재할 뿐 아니라 그 수가 점차 늘어가고 있는 상황에 주목할 필요가 있을 것 같았다.

이처럼 몇몇 마을들에 대한 사전 정보가 있었고 이에 기반하여 어느 정도 조사 대상 지역 후보를 압축해 놓은 상태긴 했지만 조사 대상 지역의 결정은 사전 조사를 통해 꼼꼼하게 재검토한 후 최종적으로 결정해야 할 것이었다. 따라서 사전 예비 조사는 여러 가지 측면에서 매우 중요한 의미를 갖고 있었다. 몇 가지 정보를 갖고 있다고는 해도 산외면은 아직 우리 조사자들에게 낯선 지역이었기 때문이다.

하지만 우리는 산내면에서와 달리 사전 조사에서 해당 지역에 거주하는 안내자의 도움을 최대한 받지 않기로 했다. 지역 안내자의 도움은 조사자들이 단기간에 현장에 적응할 수 있도록 도와줄 뿐 아니라 지역민과의 관계 형성을 원활하게 해 준다는 점에서 조사의 효율성을 높이기는 하지만, 반대로 안내자의 시각과 활동 범위, 관계 영역 등에 갇힐 수 있다는 문제가 있다. 이것은 산내면에서의 조사 활동을 통해 우리가 얻은 중요한 교훈이었다.

안내자가 지역 문화원 등에서 활동하는 향토사학자인 경우 조사자들이 만나게 되는 사람들은 대부분 마을에서 학식 있고 덕망 있는 인물들이며, 그들이 들려주는 이야기는 대체로 역사적인 인물이나 마을 역사에 관련된 것들이었다. 또한 행정 관료 출신인 안내자는 조사자를 중학교 교장이나 은퇴한 초등학교 교사, 지역에서 널리 알려진 무형 문화재 전수자 등에게 데려다 주곤 했다. 이런 경험을 통해 우리가 깨달은 것은 안내자의 도움을 받을 경우 자연스럽게 연행 상황에 흡수되지 못할 뿐 아니라 제한된 연행 집단을 만나게 되며-특히 여성 연행자들을 거의 만날 수 없었다- 안내자의 시각이 조사자들에게로, 또한 안내자에 대한 현지 주민들의 시각이 조사자들에게로 고스란히 옮겨진다는 사실이었다.

더구나 이번 조사는 우리의 조사 방식을 성찰하고 재점검하는 의미를 지닌 것이었기에 더욱 안내자의 도움 없이 조사자들의 역량만으로 조사 활동을 진행할 필요가 있었다. 그래서 우리는 면사무소 직원을 통해 지도와 연락처, 마을 상황의 개요 등 최소한의 도움만을 받기로 했다.

면사무소와는 이미 여러 차례 전화 연락을 통해 약속을 미리 정해 놓은 상태였다. 예전 쇠실 답사 때 면사무소 직원의 도움을 받은 적이 있어서 그에게 다시 연락을 했는데 그는 이미 다른 면사무소로 전근을 간 상태였다. 하지만 그의 소개로 면사무소 직원과 전화 통화를 할 수 있었으며, 이를 통해 면사무소 측에 우리의 활동 목적과 취지, 내용 등을 자세히 소개한 후 면사무소 담당자 및 면장과의 면담 약속을 정할 수 있었다.

그러나 막상 면사무소를 찾아가니 약속을 잊었는지 면장은 자리에 있지 않았고 면사무소는 도장을 새로 하느라 어수선하기 그지 없었다. 직접 통화를 한 면장이나 직원은 찾을 수 없었고 전화 통화를 통한 사전 설명과 약속도 별 의미가 없어서, 결국 나는 다시 소란스러운 면사무소에서 이 사람 저 사람에게 이곳을 찾은 목적과 그간의 활동 등을 장황하게 설명해야 했다. 얼마간의 시간이 흐른 후에 나의 요청에 따라 산외면 출신인 직원 한 사람을 만날 수 있었다.

나는 우선 다시 한 번 조사 활동의 목적과 의의, 구체적인 내용 등을 설명한 후 산외면의 지도와 동장·노인회장의 명단 및 연락처, 마을회관과 노인정의 위치, 마을 규모와 60세 이상 노령 인구의 거주 현황, 재배 작물과 농사 현황, 주요 유적·유물의 위치와 분포 등의 자료를 요청하였다. 직원은 최근에 산외면 홈페이지를 만드느라 준비한 자료에 이들 내용이 모두 포함되어 있다면서 몇몇 문건을 내밀었다. 지도와 함께 이들 자료를 받아든 후 나는 다시 몇 가지 질문을 더 하였다.

가장 먼저 산외면의 각 리(里)에 포함된 자연 마을들의 이름과 위치 등을 물어서 기록한 후 당제를 모시는 마을이 어느 곳인지를 물었다. 산외면 출신인 직원을 요청한 것은 바로 이와 같은 질문들을 하기 위해서였는데 직원은 비교적 상세히 안내해 주었다. 직원은, 산외면에서 당제를 지내는 곳은 숲촌과 긴늪뿐이고 달집태우기를 하는 곳은 긴늪과 본촌뿐이며 죽서와 죽동의 석전은 전승이 끊긴 지 오래되었다고 했다. 언양으로 이어지는 24번 국도변에 위치한 지역인 남기리와 금천리, 다죽리, 금곡리 등은 빠른 속도로 개발이 이루어지고 있어서 외지인의 유입이 많고 전통 민속의 보존이 어렵다는 것이 그의 설명이었다.-부산·대구 간 고속도로 건설이 한창인 이 지역에서 이 도로가 완성될 경우 이러한 개발은 더욱 가속화될 전망이었다.

당제와 석전, 달집태우기 등 정월대보름 풍속에 대해 물은 것은 예비 조사 이후 본격적인 현지조사의 초점을 정월대보름에 맞추고 있었기 때문이다. 산내면 현지조사 경험을 통해 조사자들은, 정월대보름날에는 당제를 지내지 않는 마을에서도 마을 잔치를 하는 경우가 많고 특히 마을 주민 모두가 모여 마을 대표를 선출하고 마을의 크고 작은 일들을 의논하는 동회(洞會)가 열린다는 사실을 알게 되었다. 정월대보름날의 현지조사에서는 마을 분위기를 어느 정도 파악할 수 있을 뿐 아니라 자연스럽게 마을 주민 모두에게 조사자 일행을 소개할 수 있기 때문에 우리는 이 날을 전후하여 본격적인 현지조사를 시행하기로 하였다.

산외면의 여러 마을들이 빠른 속도로 개발되고 있다는 그의 설명을 듣다가, '그렇다면 산외면에서 가장 오지는 어디냐'고 내가 물었다. 그는 주저하지 않고 엄광리 숲촌과 다촌 일대라고 대답하였다. 워낙 산 속 깊숙한 곳에 자리잡고 있어서 버스도 하루에 한두 번 엄광리 입구까지 들어갈 뿐이고, 마을까지 포장된 길이 있긴 하지만 논둑길 사이로 난 길이 하도 좁아 자동차 한 대가 겨우 지나갈 수 있을 정도라서 외부인의 출입이 거의 없는 지역이라고 하였다. 면사무소 직원은, 최근에 다촌 안쪽 동네에 사설 민속촌을 만들고 있긴 한데 아직 외부에 널리 알려지진 않은 상태라는 말도 덧붙였다.

면사무소 직원과의 만남을 마치고 나오는 길에 비록 혼자이긴 하지만 면사무소가 있는 죽서 마을 일대를 한번 둘러보기로 하였다. 산내면으로 들어가는 길에 버스를 타고 지날 때면 언제나 동사무소 뒤켠으로 오래된 가옥의 기와지붕들이 눈에 들어오곤 했는데 그곳은 바로 일직 손씨 재실과 가옥, 서원이었다. 죽서에 대한 예비 조사를 겸해서 재실과 서원 일대를 돌아보고 가능하다면 내친 김에 그곳을 지키는 집안 사람들도 만나볼 생각으로 우선 재실로 향했다.

　재실에는 고가들을 관리하고 집안 제사와 모임 등을 주관하면서 찾아오는 사람들에게 고가와 서원 이곳 저곳을 안내하는 손태호씨가 있었다. 마침 인근에 친분이 있는 지인들과 모임을 갖고 있었는데 그 가운데 몇 사람은 산내면 현지조사를 통해 낯을 익힌 이들이었다. 내가 자리에 있던 몇 사람과 인사를 나누자 손태호씨는 나를 호기심 어린 눈빛으로 바라보았다. 찾아온 목적과 산내면에서의 활동에 대해 이야기를 나누는 사이 나를 아는 몇 사람이 내 이야기를 거들자 손태호씨는 내게 친근함과 신뢰감을 느끼는 듯했다. 모임 중이라 길게 이야기를 나누지는 못하고 설날 이후에 찾아뵙겠다는 약속을 드린 후 일어섰다.

　본격적인 예비 조사는 설날이 지난 며칠 후에 이루어졌다. 사전 논의를 통해 우리는 산외면 일대의 여러 마을들을 장기적으로 차근차근 조사해 나가되, 조사 방식을 점검하고 일차적인 성과를 내기 위한 첫 단계 조사의 초점이 될 마을을 한 군데 정하기로 했다. 그러자면 익숙하거나 조사 경험이 있는 마을보다는 낯선 마을을, 거주민이 너무 많거나 적은 마을보다는 너댓 번 가량의 조사를 통해 어느 정도 조사 성과를 갈무리할 수 있을 만한 규모의 마을을 선정할 필요가 있었다. 또한 가급적 외지인의 유입이 많은 곳보다는 토박이들이 많고 7, 80세 이상의 노인들이 많으며 할머니, 할아버지들이 모여서 노는 사랑방 문화가 일상적으로 정착된 곳이 좋겠다는 쪽으로 조사자들의 의견이 모아졌다.

　이와 같은 조건들을 고려하여 우리는 숲촌마을(숲골)을 이번 조사의 초점이 되는 조사 대상 지역으로 선정하였다. 금천리 일대의 마을들과 희곡리 일대의 마을들은 예비 조사 결과 마을 규모가 그다지 크지 않고 고령 인구가 많지 않으며 무엇보다 노인들 사이의 집단 문화가 일상적으로 정착되지 않은 곳이었다. 반면 남기리와 다죽리, 금곡리 일대는 어느 정도 단기간에 성과를 내기에는 마을 규모가 너무 큰 편이었다. 조사의 밀도를 높이기 위해서라도 마을의 규모가 너무 크지 않으면서 공동체 문화의 기풍이 어느 정도 살아 있는 곳을 찾을 필요가 있었다.

죽서·죽동마을과 긴늪마을은 좀더 여유가 있다면 분명 조사를 시도해 볼 만한 지역이었다. 하지만 현재 우리의 역량으로 1-2년 안에 일정한 성과를 내기에는 아무래도 무리가 많이 따를 것이라는 생각이 머리를 떠나지 않았다. 이번 조사 계획이 끝나더라도 산내면에 이은 산외면에서의 조사 활동은 중단되지 않을 것이기에 조사자들은 2차 조사를 염두에 두고 이들 지역을 일단 조사 초점에서 제외하기로 하였다.

그러나 이들 마을을 포함한 산외면의 각 마을들에 대한 현지조사를 숲골에서의 조사와 함께 진행하기로 하였다. 산내면에서도 우리는 마찬가지 방식으로 조사를 진행했는데, 매번 조사 계획에서 초점이 되는 마을을 명확하게 정하여 그 마을에서의 현지조사에 집중하되 반나절이나 하루 정도 일정을 빼서 다른 마을을 들르는 방식으로 전체적인 균형을 잡아나갔다.

이런 방식을 택하게 된 것은 현지조사에서 가장 중요한 것 가운데 하나가 반복적이고 지속적인 조사라고 생각했기 때문이다. 한 마을을 집중적으로 조사한 후 다음 마을로 이동하는 방식을 택하면 투망식 조사의 오류를 피할 수 없다. 제한적이나마 한 마을 사람들의 삶의 방식을 이해하고 생활에 참여하는 가운데 구전이야기 연행 현장을 경험하기 위해서는 적어도 1-2년 이상의 기간 동안 반복적으로 현지조사에 나설 필요가 있는데, 이를 위해서는 서너 달 이상의 간격을 두더라도 지속적인 만남을 유지하는 것이 매우 중요하다.

조사자들은 생활 근거지를 서울에 두고 있기에 궁여지책으로 특정 마을의 조사 일정에서 반드시 하루, 이틀의 여정을 빼서 다른 마을 몇 군데를 들르는 방식으로 조사 계획을 짜나갔다. 산외면 숲골의 현지조사에서도 이와 같은 방식으로 매번의 조사 일정에서 반나절이나 하루를 빼서 박산, 보라, 괴곡, 본촌, 죽서, 긴늪 등의 마을을 들르곤 했다. 이와 같은 방식으로 조사를 진행하다 보면 두 번째나 세 번째 조사에서 처음의 오류를 수정하거나 앞서 보지 못한 것을 보게 되는 소중한 경험을 얻을 수 있다. 무엇보다 한 마을의 사계절을 함께 하면서 다양한 삶의 국면들을 마주하게 되는 것이 가장 큰 장점이었다.

사실상 숲골을 이번 조사 계획의 대상 지역으로 선정하기까지 가장 큰 역할을 한 것은 숲골의 '할매들'이었다. 설날이 지난 며칠 후 어느 정도 건강을 회복한 황은주와 나는 예비조사를 위해 숲골과 죽서를 동시에 방문하였다. 죽서에서의 약속이 오후 5시 이후로 예정되어 있어서 우리는 먼저 숲골을 찾아갔는데 조그마한 산골 마을을 유쾌한 수다로 꽉 채우는 시골 할머니들의 말재간과 친근한 분위기에 우리는 순식간에 매료되고 말았다.

작은 골방을 꽉 채운 할머니들의 연행은 금세 조사자들을 이야기판 속으로 끌어들이는 흡인력을 갖고 있었다. 처음 찾아간 마을이었지만 황은주와 나는 할머니들을 만난 지 한 시간도 지나지 않아 어느새 익숙한 마을에서처럼 행동하기 시작했다. 할머니들 가운데 뛰어난 이야기꾼이나 노래꾼이 있는 것은 아니었지만 이야기나 노래를 연행하는 할머니나 이를 지켜보면서 함께 참여하는 할머니들 모두 마치 각자의 역할이 정해져 있고 오랜 공연을 통해 그 역할을 충분히 소화하고 있는 배우들처럼 제 몫을 다하는 가운데 다같이 어우러지는 분위기가 가히 환상적이었다. 할아버지들만 모여 계신 노인정에서 볼 수 없는 친근하면서도 재미있고 편안하면서도 흥분되는 광경이었다.

숲촌은 80여 가구에 220여 명이 거주하는 작지 않은 마을이지만 지역민들 사이에서 '숲골'로 불리는 숲촌 입구의 마을은 20여 세대가 모여 사는 자그마한 산골 마을이다. 산기슭을 끼고 있어서 전체적으로 숲촌의 집들은 밀집되어 있지 않지만, 계곡을 사이에 두고 좌우로 펼쳐진 비교적 평평한 지대에 작은 논밭을 끼고 있는 숲골은 작은 집들이 옹기종기 모여 있는 편이다. 숲골 근방까지 버스가 들어오긴 하지만, 오전 6시와 10시, 오후 2시와 7시에 사람들을 밀양 시내로 실어나르거나 실어들어올 뿐 다른 시간에는 버스가 들어오지 않는다. 이곳의 주요 농작물은 들깻잎으로, 하우스 농사를 짓고 있어서 일년 내내 농한기가 없다. 다른 농촌 마을에서와 마찬가지로 주요 작물 외에 자신들이 먹을 곡식과 채소류를 조금씩 따로 재배하고 있다.

숲골에 대한 기록은 문헌에서 찾아보기 어려운데 다만『동국여지승람(東國輿地勝覽)』에 지금은 그 터만 남은 엄광사(嚴光寺)에 대한 간단한 기록이 있다. 유래나 역사에 대한 구체적인 기술은 없고 엄광사가 실혜산(實惠山) 자락에 있다는 단편적인 기술만 있을 뿐이다. 숲촌과 다촌 일대가 엄광리로 명명된 것은 바로 이 엄광사지(嚴光寺址) 때문이다. 현지민들에 따르면 엄광사는 신라 시대에 세워진 절이라지만 구체적인 근거는 없다. 다만 여러 유물과 흔적으로 미루어 적어도 천 년 이상의 역사를 가진 절일 것이라는 추측을 할 뿐이다.

조선 숙종대에 편찬한 것으로 추정되는『밀주지(密州誌)』지리편(地理篇)에는 엄광리 일대가 중동면(中東面) '남가실〔南嘉谷〕'로 나온다. '일명 엄광(嚴光)이라 하며 관부의 동쪽 50리에 있고 속칭 실혜산(實惠山)으로도 통한다'는 언급과 함께『동국여지승람』의 기록을 전하고 있다. 『밀주지』에 이미 엄광사는 절이 없어지고 터만 남은 것으로 기록되어 있으며 절터의 동남쪽에 관죽전(官竹田)이 있었다는 사실이 함께 언급되고 있다.

그 외 숲골에 대한 다른 기록은 찾아볼 수 없었다. 엄광사지를 제외하고는 특별한 유적이나 유물도 없고, 근현대사에서 주목할 만한 사건이 벌어졌던 현장도 아니었기 때문이다. 어떻게 보면 숲골은 가장 전형적이면서도 가장 평범한 산골 마을, 정말 특별할 것이라곤 하나도 없는 그런 마을이었다. 하지만 숲골의 가장 소중한 보물은 지신밟기를 위해 밤새워 토론을 하는 마을 어르신들과, 내성적인 듯하면서도 마을 일에 적극적으로 힘쓰시는 동장님, 밥 해 먹는 것도 잊은 채 수다떨기에 여념이 없으신 할머니들, 그리고 몇 해 전 새로 심은 어린 당나무에 깃든 '당산 할매'라는 사실을 우리는 얼마 지나지 않아 알 수 있었다.

Ⅱ. 숲골 연행자들과의 첫 만남

2003년 2월 4일*

* 'Ⅱ. 숲골 연행자들과의 첫 만남(2003년 2월 4일)'은 김영희가 기술하였다.

Ⅱ-1. 여성 연행자들의 연행 현장

어데서 왔능교

산외면의 다른 마을들에 비해 숲촌은 이름 그대로 산 속 깊숙히 자리잡고 있다. 산외의 마을들이 대부분 국도변 가까이 평지에 자리한 데 반해 숲촌이 속한 엄광리는 산외에서도 오지에 속하는 지역이다. 밀양 시내에서 동쪽으로 난 국도를 따라 들어오면 시내를 벗어나자마자 산외면에 들어서게 되는데 산외 첫 마을이 긴늪으로 알려진 기회마을이고 기회마을로 들어서기 전에 왼쪽으로 난 길을 따라 산 속으로 깊숙히 들어오면 정문마을과 남가마을을 지나 엄광리 숲촌을 만나게 된다.

숲골(숲촌)은 마을 이름 그대로 들머리에 말채나무, 서나무, 포구나무, 기목나무 등이 머리를 맞대고 숲을 이루고 있었다. 도랑을 따라 형성된 이 숲은 여름에 시원한 나무 그늘을 만들어 마을 사람들에게 훌륭한 쉼터를 제공해 준다고 하였다. 집들은 대체로 도랑의 왼쪽길을 중심으로 옹기종기 모여 있는데 숲이 마치 베일처럼 마을의 집들을 가리고 있었다. 숲골은 그렇게 새색시마냥, 곱게 드리워진 차양 뒤에서 슬며시 고개를 내밀고 인사를 건네왔다.

처음 들어가는 마을에서 으레 그러하듯이 우리는 마을 입구에 들어서자마자 가게부터 찾기 시작했다. 조사 비용을 줄이기 위해 무거운 짐에도 불구하고 대부분의 물품은 미리 구입해서 들어오지만 마을 어른들께 드릴 먹거리는 보통 마을 입구에 있는 구멍가게 같은 곳에서 구입한다. 가게 주인은 대부분 마을 주민들과 교류가 많아 마을 사정에 밝기에, 조사에 필요한 여러 가지 이야기를 들려줄 수 있는 좋은 정보 제공자이기 때문이다.

들머리에서 마을 길을 따라 약 5분쯤 걸어들어가자 도랑을 가로지르는

다리가 보이고 그 오른편에 작은 가게가 보였다. 가게를 보고 있던 사람은 예순이 넘은 것으로 보이는 할머니였는데 우리가 묻는 질문에 친절하게 답해 주었다. 우리는 마을분들이 농사일로 많이 바쁘진 않은지, 마을에 노인정이나 마을회관이 있는지, 요즘 노인정에 할아버지, 할머니들이 모이는지 등을 물었다. 이 마을은 하우스 농사를 짓기 때문에 겨울에도 바쁘지만 다행히 80세 이상의 고령자들은 하우스 일을 하기 어렵기 때문에 요사이에도 노인정에 모인다고 대답해 주었다.

도랑을 따라 마을이 어디까지 이어지고 있는지 짐작할 수 없었지만 가게 앞 다리에서 아래 위로 훑어 보기만 해도 대략 가구수가 100호 이상은 됨 직해 보였다. 가게 주인 할머니의 말씀대로 가게 앞의 작은 다리를 건너 곧장 이어진 작은 길을 따라가니 얼마 가지 않아 마을회관 간판이 보였다. 우리는 우선 마을회관 뒤편 작은 방에 자리하고 있다는 할머니 노인정부터 가 보기로 했다. 가게 주인 할머니가 요즘엔 할아버지들보다 할머니들이 더 잘 모인다고 말한데다가 또 이미 담장 너머로 할머니들의 목소리가 들려왔기 때문이다. 큰 미닫이 창을 문으로 삼고 있는 마을회관이 허름한 단층 양옥 건물의 앞쪽에 자리하고 있었고 오른쪽으로 돌아간 뒤켠에 작은 방 하나와 부엌으로 구성된 할머니 노인정이 있었다.

문이 없는 입구로 들어서자마자 오른쪽 담장 모서리에서 소변을 보고 있던 할머니와 눈이 마주쳤다. 할머니는 아무렇지도 않은 듯 우리를 보며 씨익 웃으시면서 "어디서 왔능교?"라며 한 마디를 건넸는데 우리는 너무 당황해서 대답할 새도 없이 돌아나오고 말았다. 잠시 후 할머니가 옷을 추스리고 나왔는데 키가 좀 크고 훤칠하게 생긴 분이었다. 나중에 인사를 여쭙고 보니 이분이 바로 죽남댁이라는 택호를 가진 이상주씨였다. 빠르고 경쾌한 어투와 활달한 몸짓으로 여러 가지 이야기를 들려주신 훌륭한 연행자 한 분을 우리는 이렇게 만나게 되었던 것이다.

나중에 다시 보니 마을회관의 오른쪽 담장 모서리 아래가 바로 할머니 노인정의 뒷간이었다. 담장 모서리 아래 후미진 곳의 흙을 좀 깊게 파서 조그마한 골을 만들어 소변이 흘러내려가게 만든, 아주 간단한 간이 뒷간이었다. 문제는 이것이 할머니 노인정의 유일한 뒷간이라는 데 있었다. 우리는 조사기간 동안 할머니 노인정에 묵을 예정이었기 때문에 이 노천 화장실을 걱정하지 않을 수 없었다. 그러나 산외에서의 첫 답사가 주는 긴장감 때문에 우리는 이 '공개적인' 노천 간이 뒷간을 계속 걱정하고 있을 여유가 없었다. 처음 들어오는 마을의 상황이 어떨지, 모두 농사일로 바쁘진 않을지—겨울이긴 하지만 이 마을은 하우스 농사를 주로 짓는 곳이었고 하우스 농사일은 겨울철에도 바쁘다—, 마을분들이 우리를 어떻게 생각할지 등을 염려하면서 우리는 조심스럽게 할머니 노인정 쪽으로 발을 옮겼다.

이상주씨를 따라 마을회관 뒤켠의 작은 문으로 들어가니 좁은 부엌이 딸린 대여섯 평 남짓의 작은 방 안에 두세 분의 할머니들이 모여 있었다. 우리가 찾아간 시간은 오전 10시가 조금 넘은 때였는데 이제 막 할머니들이 한두 분씩 모이기 시작한 듯했다. 설날이 갓 지난 때라 그런지 할머니들은 설날 찾아온 자식들 이야기며 자식들이 보내온 선물 이야기 등에 여념이 없었다.

이상주씨를 따라 들어가서인지 할머니들은 특별히 우리를 경계하는 모습을 보이지 않았다. 무슨 일로 온 사람들인지 묻고 우리가 간단하게 대답해드리자 곧 하고 있던 이야기에 열중하였다. 우리는 앞서 만난 이상주씨와 다른 분들에게 우리가 옛날 이야기와 노래를 찾아다니고 공부하는 학생들이라고 간단하게 인사를 드렸다. 관공서나 문화원 같은 곳에서 만나는, 다소 공식적인 관계를 맺어야 할 사람들에게 자신을 소개할 때나 할아버지들을 처음 만날 때는 소속 대학이나 지위 등을 분명하게 밝히기 위해 애쓰지만 할머니들에게는 구태여 이런 것들을 설명하기 위해 일부러 노력하지 않는다.

외부인인 경우, 남성적 질서가 중심에 자리잡은 영역이라 할 수 있는 관공서나 할아버지 노인정에서는 먼저 사회적 지위를 밝혔을 때 비로소 대화 상대자로 인식되곤 한다. 다른 그 무엇보다도 사회적 조직망 안에서 한 사람이 차지하는 위치가 그 사람을 인식하는 중요한 지표가 되는 것이다. 그러나 할머니들의 공동체에서는 어디에 소속된 누구이며, 어떤 일을 하는 사람인지를 밝히는 것이 관계를 형성하는 데 그다지 큰 도움이 되지 않는다. 오히려 어떤 경우 자연스럽게 할머니들의 공동체에 참여하는 데-비록 제한적이고 한시적인 형태의 편입이라 하더라도- 방해가 되기도 한다. '배운 것이 많고 유식한 사람', 혹은 '대학교에서 학생들을 가르치는 선생님'은 할머니들에게 자신과는 너무나도 '다른' 존재, 혹은 격식을 갖춰 대해야 할 어려운 대상으로 인식될 뿐이다.

따라서 할머니들을 만날 때는 친밀감을 표현하는 말이나 행동을 통해 할머니들의 대화나 놀이, 즉 공동체의 문화에 빠르게 적응하려고 노력하는 태도가 훨씬 효과적이다. 그동안의 경험을 통해 우리는 할머니들이 '근엄한' 조사자보다 친딸이나 손녀처럼 편안하고 친근하게 다가오는 조사자에게 훨씬 빨리 마음의 문을 연다는 사실을 깨달았던 것이다. 사실 우리가 어디에서 온 사람인지, 무엇을 하는 사람인지 아무리 말씀드려도 할머니들은 거의 기억하지 못했다. 여러 차례 찾아뵈어도 갈 때마다 어느 방송국에서 나왔는지 다시 묻기도 하고, 또 우리와 상관 없는 학교나 학과 이름을 대면서 텔레비전에서 그에 관한 뉴스를 본 일이 있노라고 친근감을 표현하기도 하였다.

숲골 할머니들과의 만남에서 우리는 산내에서의 경험을 십분 활용하였다. 할머니들은 대부분 근처 마을에서 시집온 경우가 많았는데, 몇 년 동안의 현지조사 경험을 통해 우리는 이미 할머니들의 고향 마을에 대해서 훤히 꿰뚫고 있었다. 우리가 할머니들의 친정 동네인 오치나 죽남, 희곡 등의 마을에 대해 이것저것 알고 있는 것들을 말하고 최근에 다녀왔던 경험을 바탕으로 현지 소식을 전하자 할머니들은 훨씬 더 친근하게 조사자들을 대해 주었다.

우리가 찾아간 날이 2월 4일, 음력 정월 초나흘이라 그런지 할머니들은 설날을 보낸 이야기를 나누느라 여념이 없었다. 설날 찾아왔던 자손들 이야기며 돌아갈 때 자식들 손에 들려보낸 음식 이야기 등 할머니들의 이야기는 끊어질 줄 몰랐다. 그 사이 우리는 준비해간 먹거리를 차리고 캠코더, 녹음기 등 장비를 꺼내 놓기 시작했다. 우리가 과자와 음료수 등을 그릇에 담아 내오자 할머니들은 어느새 자리를 정돈하고는 우리에게 말을 건네기 시작했다.

"어데서 왔능교?"

우리가 대답할 사이도 없이 이상주씨가 시골 마을 취재 나온 학생들이라고 우리를 할머니들에게 소개하였다. 하지만 할머니들이 궁금해 한 것은 어느 지역이나 학교에서 왔느냐가 아니라 어느 방송국에서 나왔느냐는 사실이었다. 옛날 이야기와 노래를 공부하는 학생들이라고 아무리 말해도, 전혀 들리지 않는 듯 할머니들은 캠코더에 시선을 고정시킨 채 언제 어느 채널에서 자신들의 모습을 볼 수 있는지 계속해서 물었다.

"이거 어데 가능교?"

이름이나 택호를 묻는 질문에도 대답 없이 할머니들은 비디오 촬영 기계를 가리키며 연신 같은 질문을 되풀이하였다. 결국 할머니들의 모습을 담아서 어디로 가져갈 것이냐를 묻는 질문이었는데 할머니들의 목소리에는 걱정보다 기대가 가득 담겨 있었다. 할 수 없이 할머니들의 '커다란' 관심에 부응하기 위해 디지털 캠코더의 액정 화면을 할머니들 쪽으로 뒤집어 놓고 할머니들이 녹화되는 모습을 그대로 보여드렸다. 그러자 할머니들 사이에 작은 동요가 일기 시작했다. 디지털 캠코더 쪽으로 고개를 디밀고는, 경이로움과 호기심 가득한 눈빛으로 액정 화면에 비친 자신들의 모습을 들여다보며 옷 매무새를 고치고 부스스한 머리를 가다듬는 할머니들의 몸놀림이 처녀들마냥 가볍고 경쾌하기만 했다. 할머니 노인정의 작은 방은 삽시간에 소녀들의 수다로 떠들썩해진 다락방처럼 설렘과 흥분이 가득찬 공간이 되고 말았다.

행여나 우리 신분에 대한 오해-방송국에서 나온 사람이라는-가 계속될까 염려하여 거듭 방송국과는 아무 상관이 없는 조사임을 말씀드렸지만 할머니들은 오히려 멀리 사는 동생, 친척, 자식들에게도 텔레비전에 나온다는 사실을 알려야겠다고 어린애마냥 좋아하기만 했다. 할머니 몇 분이 다른 할머니들의 말을 막으며 큰 목소리로 '방송국에서 나온 사람들이 아니라 학생들'이라는 사실을 거듭 강조한 후에야 한낮의 이 유쾌한 소란은 조금씩 잦아들 기미를 보였다. 디지털 캠코더를 의식하던 할머니들도 카메라의 존재를 잊은 채 다시 일상의 대화에 몰입하기 시작했다. 나중에 안 일이지만, 사실 그 어떤 새롭고 신기한 물건이나 경험도 할머니들의 일상에 끼어들어 그 흐름을 방해할 만한 위력을 가지지는 못했다.

처음 밀양에서의 현지조사를 시작할 무렵 우리는 우리의 등장이 작은 시골 마을의 조용하고 평화스런 분위기에 미칠 영향과 파장을 염려했다. 그러나 우리는 곧 이러한 생각이 기우에 지나지 않는 것임을 깨달았다. 도시의 소음과 빠른 속도감이 없을 뿐 시골 마을에서도 일상의 자잘한 소란과 갈등은 끊임없이 이어지고 있었고 생활의 치열함 역시 도시에 뒤지지 않았다. 무엇보다 그 어떤 것도, 오랜 공동체의 경험과 역사를 통해 강하게 결속되어 있는 시골 생활의 안정적인 일상의 흐름을 방해할 수는 없었다. 오히려 낯선 이방인들인 우리들이 곧 이 일상의 흐름에 동화되어갔다.1) 누구든지 우리가 머물렀던 시골 노인정에 와서 할머니들 사이에 섞여 있는 우리를 찾으려 했다면 한참 만에야 겨우 우리를 찾아낼 수 있었을 것이다. 그처럼 시골의 일상은 강력한 힘을 갖고 있었다.

할머니들의 대화가 계속되는 동안 조사자들이 어떻게 이야기판의 분위기를 이끌어갈지 고민하는 것을 눈치챘는지 이상주씨가 갑자기 우리들이 준비해간 먹거리에 대한 이야기를 꺼냈다. 학생들이 이 산골 촌구석까지 이야기를 들어보겠다고 고맙게도 먹을 것까지 사들고 찾아왔으니 할머니들끼리만 떠들 것이 아니라 학생들과 이야기를 좀 해야 할 것이 아니겠냐는 말씀이었다. 아마도 우리가 숲골을 찾아온 나름의 목적이 있는데도 말조차 꺼내지 못하고 있는 상황을 어느 정도 짐작하고는, 손님에 대한 예의가 아니라며 할머니들을 채근하는 듯했다. 나중에 깨달은 일이지만, 이상주씨는 우리가 기대하는 '이야기 연행'에 어느 정도 자신감이 있었기에 이야기판의 분위

---

1) 이 흐름에 동화되는 속도는 우리의 방문이 거듭될수록 점차 짧아져서 나중에는 채 한 시간도 걸리지 않았다. 물론 답사와 답사 사이의 시간 간격이 벌어질 때면 마을에 적응하고 동화되는 속도 역시 다소 느려질 수밖에 없었다.

기가 빨리 안정되기를 기다리고 있었던 모양이었다.

그러자 할머니들은 금세 분위기를 바꾸어 질문을 기다리는 듯한 표정으로 조사자들의 얼굴을 빤히 쳐다보았다. 우리는 곧 할머니들의 이름과 나이, 택호, 고향, 시집 온 시기, 이주 여부 등을 묻기 시작했다. 질문과 답을 주고받으면서도 할머니들 사이의 대화 흐름이 끊어지지 않도록 유의하면서 자연스럽게 여러 가지 이야기를 계속 이어나갔다. 다만 할머니들의 생애에 관한 구체적인 내용이 빠지지 않도록 조사표의 항목들에 유의하는 일과, 조사에서 빠뜨리는 분이 생기지 않도록 한 분 한 분 챙기는 일만큼은 놓치지 않으려 애썼다.

니가 워낙 잘 하잖아

이야기판이 지속되는 내내 작은 방과 그에 딸린 좁은 부엌을 왔다갔다 하면서 조사자들에게 커피나 점심 식사 등 무언가를 '대접'하기 위해 애쓰는 노인정의 '살림꾼'은 김기남씨였는데 택호가 '의령댁'인 78세의 할머니였다.2) 노인정의 살림을 도맡은 그녀는, 워낙 부지런하고 깔끔한 성품을 지닌데다가 도시에서 온 조사자들을 위해 더욱 위생에 신경을 써서, 밥을 푸기 전에 밥그릇을 일일이 끓는 물에 담갔다 꺼낼 정도였다.

그러나 김기남씨는 조사자들을 대접하는 일에 정성을 다할 뿐, 옛날 이야기를 듣거나 말하는 데는 그다지 관심을 기울이지 않았다. 하지만 그녀는 처음부터 조사자들에게 친근하게 다가온 할머니들 가운데 한 분이었고, 그녀의 배려가 없었다면 숲골에서의 계속적인 조사가 불가능했을 정도로 김기남씨는 우리의 강력한 조력자이자 후원자였다. 잠자리나 끼니 걱정은 물론, 조사에 도움이 될 만한 할머니들을 소개하고 직접 노인정으로 불러오는

---

2) 할머니들 사이에서는 경상도 사투리로 '어령떡이'라고 불리고 있었다.

일까지 그녀의 도움은 끝이 없었다. 어찌나 부지런하고 민첩한지 우리가 저녁거리를 걱정한다 싶으면 어느새 김기남씨는 집에 부리나케 달려가 몇 가지 반찬을 들고 내려오곤 하였다.

김기남씨는 2살 나던 해 가족들과 일본으로 건너가서 그곳에서 6학년까지 학교를 다녔는데 21살 때 일본으로 건너온 할아버지를 만나 결혼했다고 한다. 첫 아이가 태어난 후 할아버지의 고향인 숲골로 들어와 지금까지 살고 있으니 56년째 이 숲골마을에 터를 잡고 살아온 셈이다. 그녀의 남편은 61살 때 세상을 떠났는데 생전에 약주를 많이 즐겼다고 한다.

"영감 얻어가주고 가자 카는 거를 여태 혼자 살았다. 젊었을 때 한 번 해 볼꺼로.3) 술 먹는 사람 인자 몸서리가 나가주고. 만고 피-한데4) 뭐, 내 가고 싶은 데 가고."

부지런한데다 노인정 살림을 거의 혼자서 도맡아 하는 편이라 그녀는 할머니들 사이에서 분위기 만드는 역할을 톡톡히 해내곤 하였다. 특히 그녀는 사람을 워낙 좋아하는 듯했다. 외지에서 찾아온 낯선 이방인들과의 만남이 오히려 그녀에게는 어떤 활력소가 되고 있는 것처럼 보였다. 노인정 부엌 살림을 도맡은 그녀에게 우리 같은 손님들은 부담스러운 존재일 법도 한데 그녀는 한 번도 싫은 기색을 내보이지 않았다. 오히려 갈 때마다 어떤 반찬을 해 줄까, 잠자리가 불편하진 않을까 걱정해 주었고, 우리가 짐을 다 내려 놓기도 전에 어느새 집에 가서 밑반찬을 가져오거나 밭에 가서 호박잎을 따오곤 하였다.

김기남씨는 키가 작고 자상한 반면 이상주씨는 키가 크고 목소리나 행동거지도 시원스러웠다. 가끔 김기남씨가 이상주씨에게 핀잔을 주기도 했는데, 주된 내용은 왜 부엌일은 안 하고 이야기만 하냐는 것이었다. 김기남씨가 몸을 재게 놀리며 부엌에서 바쁘게 움직이는 동안 이상주씨는 방안에서 다리를 뻗고 우리에게 이야기를 들려주곤 하였다. 김기남씨가 아무리 핀잔

---

3) 이 대목에서 할머니들의 웃음이 한바   4) 편한데.
   탕 크게 쏟아져 나왔다.

을 주거나 툴툴거려도 이상주씨의 반응은 한 가지였다.

"니가 워낙 잘하잖아."

이상주씨가 이야기를 연행할 때 갑자기 엉뚱한 이야기를 꺼내거나 음식을 내오는 등 어린애 같은 천진한 방해 공작(?)을 펴는 김기남씨의 행동이 다소 고의적으로 보이긴 했어도 두 분 할머니는 누가 봐도 잘 어울리는 한 쌍의 짝이었다. 사실 김기남씨는 카메라나 캠코더에 찍히는 것이나 우리와 이야기하는 것을 매우 좋아했는데 그 기회를 이상주씨가 독차지하니 질투가 날 수밖에 없었다. 그러나 우리는 서너 번의 만남 이후에야 할머니의 감정을 조금씩 눈치채기 시작했다. 구전이야기를 채록해야 한다는 목적에 매달려 있느라 우리를 위해 부엌에서 열심히 식사를 준비하며 계속 방안을 흘깃거리는 김기남씨의 속내를 생각할 겨를이 없었던 것이다. 우리의 렌즈는 이야기하기를 즐기는 이상주씨를 향해 거의 고정되어 있었다.

이상주씨는 82세의 나이로 택호가 '죽남댁'이었다. 산외면 다원에 속하는 죽남이 고향이었는데 18세에 시집와서 지금껏 살고 있다고 했다. '왜정 때 처녀 공출 피해서 일찍 시집왔다'고 했는데 '후지끼이 나왔다'는 할머니의 표현으로 미루어 짐작하건대 상황에 떠밀려 급하게 결혼을 서두른 듯했다. 성품이 소탈하고 언변이 좋으며 유쾌한 성격에 좌중을 휘어잡는 카리스마도 갖고 있었다. 시원시원한 성격에 거침없고 빠른 말투로 언제나 할머니 노인정의 이야기판을 주도하는 인물이었다. 워낙 솔직한 성격이라 할머니의 이야기에 끼어들거나 이야기에 집중하지 않고 딴짓을 하는 기미가 보이면 버럭 화를 내기도 하였다. 하지만 할머니가 화내는 모습은 무섭기보다는 아주 자연스럽고 친근하게 느껴졌다.

이상주씨의 남편은 작년에 돌아가셨다고 했다. 할머니들 모두 입을 모아 '복 받은 사람'이라고 하는 이유를 알 수 있을 것 같았다. 할머니는 마을에서 가장 오래 '남편과 해로'한, '복도 많은 할마시5)'였던 것이다. 할머니는 이야

---

5) 김기남씨가 종종 이렇게 말하곤 했다.

기 연행을 즐기는 듯했다. 우리가 구전이야기를 들으러 왔다고 말하자 다른 대화가 오고가는 와중에도 가만히 생각에 잠긴 듯하더니 '이바구 하나 하겠다'며 시원스럽게 연행을 시작하였다.

이상주씨는 많은 이야기를 연행하지는 못했다. 그녀가 처음 연행한 이야기는 중에게 끌려갔다가 정승의 부인이 된 여자에 관한 것이었는데, 두 번째 만났을 때에도 같은 이야기를 연행하였다. 그녀의 레파토리는 거의 고정적인 것처럼 보였는데 이야기 내용뿐 아니라 몸 동작과 감정 표현, 억양이나 강세까지도 거의 일정하게 반복되는 듯했다.

화려한 몸 동작과 노래·춤을 곁들인 할머니의 연행은 매우 활기차고 생동감이 넘쳤는데 이야기를 듣는 할머니들의 반응도 한결같이 적극적이어서 연행 주체의 연행이나 청중들의 반응이 모두 어느 정도 유형화된 듯한 인상마저 받을 수 있었다. 이야기를 듣는 할머니들은 이미 여러 번 들어서 이야기 내용을 잘 알고 있는 듯 그때그때마다 연행 휴지 간격을 놓치지 않고 적절한 추임새와 호응을 통해 연행을 자연스럽게 이끌어갔다. 할머니들의 맞장구에 더욱 흥에 겨워 연행을 이어가는 이상주씨를 보면서, 호흡이 척척 들어맞는 연행자와 청중 모두가 이야기판의 연행 주체라는 사실을 분명히 확인할 수 있었다.

다른 여성 연행자들과 마찬가지로 이상주씨의 이야기 연행은 청중들의 반응과 참여에 의존적이었다. 항상 조사자를 비롯한 청중들의 반응을 살피면서 호응 정도에 따라 연행의 강도를 조절해 나갔다. 청중들이 잠시 다른 데 관심을 보이거나 잡담을 하기라도 하면 여지없이 이상주씨의 불호령이 떨어지곤 했다. 또한 연행 중간중간에 조사자에게 본인이 구연한 이야기 내용을 다시 말해 보라고 하여, 연행한 내용을 주의깊게 듣고 있는지, 또 나중에 다시 다른 이야기판에서 연행할 수 있을 정도로 이야기 내용을 잘 기억하고 있는지 확인하기도 하였다.

이상주씨의 훌륭한 연행 파트너는 비슷한 연배의 서복선씨와 백승희씨였다. 서복선씨는 산내면 오치가 고향이어서 택호가 '오치댁'이었고 나이는

81세였다. 서복선씨는 달성 서씨였는데 그녀의 친정인 산내면 오치는 달성 서씨 집성촌으로 알려져 있다. 조사자가 언제부터 숲골에서 살았느냐고 묻자, 그녀는 오치에서 같은 산내면의 임고정으로 시집을 갔다가 산외면 숲골로 들어온 지 오래되었다고 대답하였다.

배우자에 대해 묻는 조사자의 질문에 '영감은 죽은 지 오래 되어 언제 죽었는지도 모르겠다'고 대답하는 서복선씨에게서 오랜 세월 혼자 살아온 사람 특유의 분위기를 느낄 수 있었다. 그녀는 이상주씨와 달리 조사자들과 함께 있는 내내 말없이 조용히 앉아 있었는데 조사자들이 오치에서의 경험과 최근 오치 마을 소식을 이야기하자 갑자기 대화 내용에 관심을 보이기도 했다.

숲골의 할머니들 중에는 할아버지가 일찍 돌아가셔서 혼자 지내는 분들이 많았는데, 모두 근처 마을에서 시집을 왔는데도 친정 마을과의 왕래가 거의 없는 편이었다. 우리는 산내면에서의 경험을 적극 활용하여 할머니들의 친정 마을에 대한 소식을 이것저것 들려 드렸다. 마을 분들이 얼마나 친절하셨는지, 마을의 당나무는 어떻게 되었는지, 마을 살림살이는 어떤지 그다지 특별할 것도 없는 자질구레한 이야기들이었지만 할머니들은 친정 마을 소식에 매우 반가워하였다.

백승희씨는 이상주씨와 같은 81세의 나이로 택호가 '희설댁'이었다. 산외면과 산내면의 경계에 있는 희곡이 친정 마을인데 산내면과 산외면 주민들은 희곡을 '희실'이나 '희설'이라 불렀다. 처음에 나이를 묻자 '한 살'이라고 대답했는데 조용하고 내성적인 가운데 익살스러운 면이 있었다. 개인 신상에 관해 조사자들이 물을 때마다 손사레를 치며 캐묻지 말라고 했는데, 특히 이름을 말하지 않으려 했다. 백승희씨는 이상주씨의 이야기 연행에 가장 적극적인 호응을 보였는데 그 때문인지 이상주씨는 주로 백승희씨를 향한 자세로 이야기 연행을 이어갔다. 이상주씨의 이야기 연행에 대한 그녀의 맞장구는 가히 '신기(神技)'에 가까운 수준이었다. 두 사람의 호흡이 너무나 잘 맞아서 누구라도 연행 상황에 빠져들지 않을 수 없을 정도였다.

조사팀의 일원인 황은주가 아직 컨디션을 완전히 회복하지 못한 상태여서 그에게 일지 작성과 카세트 녹음을 맡기고 내가 캠코더와 사진 촬영을 하면서 조사 상황을 이끌어갔다. 자연스럽게 화제를 이어가기 위해 먼저 지난 날 살아온 이야기부터 물어 보기로 했다. 할머니들의 연세가 대부분 80대 초반이라 일제 시대 경험부터 듣는 것이 좋을 듯해서 일제 식민지 경험과 관련된 이야기를 이것저것 물어 보다가 동네 처녀 가운데 '종군 위안부'로 끌려갔던 분은 없었는지 물어 보았다.

할머니들은 '종군 위안부'를 '처녀공출'이라고 불렀는데 대부분 '처녀공출은 없었어도 보도연맹으로 많이 잡혀갔다'고 말해, 이야기판의 화제가 자연스럽게 해방전후 활동한 빨치산과 이 근방에서 피해가 많았던 보도연맹에 얽힌 내용으로 흘러갔다.

"산에 뻘갱이가 많이 살았다. 산만딩이에서 만세 부르고 이랬다."

"뻘갱이, 뻘갱이 카길래 뭐시 뻘갱인가, 나는 사람이 뻘겄는가 했드만 이런 사람과 한가지데."

"뻘갱이 봤나?"

"뻘갱이 많이 안 봤나. 텔레비에 마이 나와쌓데."

숲골은 실혜산 자락의 산 속 깊숙이 자리잡은 산골 마을이라 '산사람들(빨치산)'들의 활동과 토벌대의 작전이 많은 지역이었다. 숲골과 유사한 자연 환경과 역사를 지닌 산내면의 여러 마을들에서 할머니, 할아버지들에게 이와 관련된 이야기를 많이 들었던 우리들로서는 연행자들이 들려주는 당시 정황을 대략 짐작할 수 있었다. 특히 숲골에서는 보도연맹으로 인한 피해가 많았다고 연행자들이 입을 모았다. 산내면 오치 마을에서도 할머니들이 보도연맹 사건으로 사람들이 집단적으로 학살 당한 곳을 일러 주기도 하였다.

산사람들과 보도연맹에 대한 이야기를 나누던 중 갑자기 할머니 한 분이 '이름, 나이 등을 다 말해서 녹음되었으니 모두 큰일났다'며 반 농담조로 말을 건넸다. 그러자 이상주씨가 '다 늙어서 잡아가도 괜찮다'고 장난스레 대답하였다. 한바탕 할머니들의 웃음소리가 좁은 골방 가득 퍼졌다. 상처는 아직 아물지 않은 채로 그 자리에 그대로 있을 터였지만, 할머니들은 아픔을 내색하기보다는 웃음으로 이겨내며 긴 세월을 강인하게 버텨온 듯 보였다. 듣고 싶은 이야기는 많았지만 첫 번째 만남에서 캐묻듯 계속해서 말을 이어가기는 어려운 주제라 연행자들에게 연행 흐름을 맡긴 채 더 이상 질문을 던지지는 않았다.

할머니들 역시 보도연맹과 관련된 이야기를 계속하지는 않았다. '이제는 늙어서 괜찮다'고 말하긴 했지만 아직 익숙하지 않은 사람들에 대한 경계를 완전히 늦춘 것은 아닌 듯 보였다. 대화는 다시 옛날 배고픈 시절의 이야기로 이어졌다. 현재에도 사과를 재배하는 산내면의 얼음골 일대와 달리 숲골 마을의 형편은 그다지 넉넉해 보이지 않았다. 보통 상품 작물을 재배하는 농민들의 형편이 나은 편인데, 이곳에는 나이 든 농민들이 많고 나락 농사와 보리 농사 등을 조금씩 짓고 있는 이들이 많아 자식들 뒷바라지도 여유 있게 하기 어려운 상황인 듯했다. 그나마 하우스로 깻잎과 고추 농사를 지어 상품 작물로 내다파는 경우에는 형편이 좀 나은 듯 보였다. 하지만 하우스 농사는 농한기를 빼앗아 숲골에서는 한겨울에도 일손을 놓지 못하는 이들이 많았다.

어느덧 할머니들의 대화는, 농사일에서 외지로 나가 있는 자식들 이야기로 흘러가기 시작했다. 한편 부엌에서는 점심 준비에 여념이 없는 김기남씨의 부지런한 몸놀림이 만들어내는 갖가지 경쾌한 소리들이 끊임없이 이어졌다.

티 옇지 마라 내 이바구 한다

할머니들과의 대화가 계속되는 사이에도, 방과 부엌을 부지런히 오가며 점심 준비에 여념이 없는 김기남씨의 타박은 끊이질 않았다. 일찍 온 사람들이 방 정리나 점심 준비 같은 일을 해 놓지 않고 놀고만 있었다고 다른 할머니들에게 연달아 지청구를 늘어놓았다. 워낙 부지런한 성품인데다가

할머니들을 찾아온 젊은 손님들에게 제 시간에 점심을 내놓지 못하게 될까
봐 마음을 쓰고 있는 듯 보였다.

김기남씨의 잔소리에도 아랑곳하지 않고 이상주씨의 이야기는 계속 이어
졌다. 김기남씨와 이상주씨 사이의 이런 대화는 할머니들에게는 일상적인
일인 것 같았다. 이상주씨는 조사자들이 옛날 이야기, 살아온 이야기를 해
달라며 조르자 갑자기 쑥스러운 듯 웃으며 "다 잊아뿄다"라는 말을 반복하
더니 한동안 말없이 생각에 잠겨 있었다. 그러다 우리가 이런저런 이야기로
대화를 한창 이어가고 있을 무렵 갑자기 이야기를 할 태세로 자리를 고쳐
앉기 시작했다. 아마도 우리가 대화를 나누는 사이에 이야기 내용을 곰곰이
되새겨본 듯했다.

▶1 중에게 잡혀 갔다 정승 부인된 처녀[6] (이야기①)

연행자 : 이상주(여, 80세, 죽남댁) ●
조사자 : 김영희 ①, 황은주 ◎
청　중 : 백승희(희설댁) ②, 서복선(오치댁) ③, 김기남(의령댁) ④

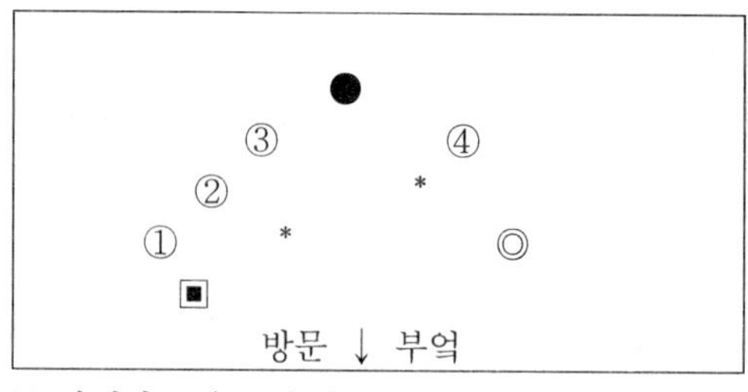

■ 카메라　＊ 녹음기

【바깥에서 음식을 준비하는 할머니와 방 안에 앉아 있는 할머니들 사이에 대화가 오고

6) 2003년 2월 4일 오전 밀양 산외면 엄
　광리 숲골 할머니노인정.

가느라 소란스럽다. 잠시 후 연행자가 본격적으로 이야기를 시작하려는 기미가 보이자 모두 조용히 연행자●와 조사자① 사이에 오고가는 대화에 귀를 기울인다.】

"할머니, 저희가 여기 옛날이야기 같은 거 있잖아요, 옛날에 어릴 때나 뭐, 친정어머니 시어머니한테 들었던 얘기나, 들었던 노래 이런 거 있잖아요? 그런 것들 들으러……."
"그런 거 다 잊아뿠다7)."
"얘기 또 하다 보면 생각나기두 하고 그러잖아요."
"하다 보면 생각나는 거 좋은 거 하나 해주까?"
"예."

"옛날에 딸로8) 못 낳아가주고9) 참, 아들로 못 낳아가주고, 그게 쪼깨난10) 암자가 있는데, 그게 만-날11) 이 할매가 가여12)【손을 모아 합장. 비는 모양】공을 디린 기라13). [①: 아-.] 그래 공을 디린께네14) 딸로 하나 낳았는 거라. 딸로 하나 낳았는데 고 딸로 만다 공을 디리 놔노-니15) 이름이 이쁜인 기라. 이쁜이.
그래 마-16), 이 할매가 딸 하나로, 딸 하나 놔- 놓고 비는 게 가여.【손바닥을 비비며 비는 모양】'우리 딸 이쁜이는 정승감사댁 되도록17).' 만날 빌거든. 만날 비니끄네, [①: 우리 딸 이쁜이는 뭐 된다고요?]【조사자가 잘 알아듣지 못하자 여러 할머니들이 상황을 설명하느라고 웅성웅성하는 소리가 계속 이어진다.】딸로 하나, 자슥 하나 못 낳아 공을 디리 놔, 쪼깨난 절 암자

----

7) 잊어버렸다.
8) 딸을.
9) 낳아서.
10) 작은.
11) 매일.
12) 간투사의 일종.
13) 드린 것이라.

14) 드리니까.
15) 낳아 놓으니.
16) 강하게 발음하여 [ɦ] 소리가 뒤에 이어진다.
17) 운율에 맞춰 '정승감사 댁되도록'이라고 붙여 발음하였다.

에 가 공을 디리 놔 노-니 그래, 그 딸을 하나 낳았는 기라.

아들 못 나-, 딸로 하나 낳았는데 그 할매가 딸로, 그 전에 만날 '우리 딸 예쁜이는', 이름은 예쁜인 기라. '예쁜이18)는 정승감사댁 되도록' 해 돌라꼬 만-날 사-철 비는 거라. [①: 아, 정승감사.] 응, 정승감사댁 되도록 만-날 비니끄네. 그래 그 전에 인자, 숭충, 어느 절에 숭충밭은19) 중이 인자, 숭충밭은 중눔이라꼬. [②: 그래, 산골 중놈이라꼬.] 한 눔 있는데 그 이름이 검딩이라. 이름이, 중 이름이 검딩인데, 뭐라 카냐면20) 이 놈이, 가-만 있다가 '저놈으 할마이21)가 저거 공 디리가22) 딸로 낳아가 주 저거 얼매나 이쁜공23), 저걸 내가 우애가24) 저거 내가 요리를 하꼬25)' 싶은 생각이 드는 기라. [②: 따무까26) 싶으다.] 어.

그래 들어가주고 하리27)는, 와 인자 부체28)【손동작으로 흉내내며】이래 해 놓으믄 밑에 거 인자, 짐 들어가는 거 안 있드메29)? [②: 그래 그래.] [④: 할마이들도 따묵을라꼬 시쌓는데30) 그 되겠나?]【웃음】그 뒤에 가 뜩-31) 앉아가주고【어깨를 펴고 가부좌로 자세를 잡아 굵고 권위 있는 남자 목소리로】'느그 딸 예쁜이는 정승감사댁을 줄라믄32) 이 절에 검딩이를 주라.'【웃음】카거든. 부체 뒤에 가 요-래 숨어가주고. [②: 거 앉아가, 할마이 비는데?] 할마이 빌고 와-여, 비는데.

그래 인제 좋은, 또 부처님한테 좋은 소리 들었다꼬, '아이고 영감요.'

---

18) 받침 'ㄴ'은 거의 발음되지 않는다.
19) 음흉스러운. '숭충받은'을 매우 힘주어 발음하였다. 처음에는 제대로 알아듣지 못해 다음 번 조사 때 물어보았는데 마음이 검고 음흉스러운 상태를 나타내는 방언임을 알 수 있었다. '흉측한', 혹은 '흉측맞은' 따위의 말과 유사하게 쓰이는 듯하다.
20) 하느냐면.
21) 할머니.
22) 드려서.
23) 예쁜지.
24) 어떻게 해서.
25) 마음대로 할까.
26) 따먹을까. 여자를 겁탈한다는 의미.
27) 하루.
28) 부처.
29) 있지 않던가.
30) 해쌓는데. 반복적인 시도를 의미. '시'는 얼핏 '히'로 들리기도 한다.
31) 떡. '떡 하니'의 의미.
32) 주려면.

인제 귀한 소리 들었다 이기라33). '와?' 카이끄네. '오늘은 부처님이, 부처님이 이 절에 검딩이를 주라 카며, 우리 딸 예쁜이를 검딩이를 주라 캅디더.' 카거든. 그래 인자 참 십 년을 【손을 비비며】 이래 빌어가주고 인자 좋은 소리 안 들었나?

　그 딸 그럭 카미34) 십칠팔 세에 인자, 열여덟 살이나 되는 모양이지. 빌어가 좋은 소리 들어가주고. 그래 가-여 영감한테 카이끄네, 【굵은 남자 목소리로】 '그래.' 그래서 그 절에 검딩이를 불렀는 기라, 그-니까35) 그 이튿날 영감 할매. 불러가- 그래 이눔이 지 숨통만36) 이래 놓고 【남자 목소리로, 고개를 숙이고 방에 엎드리며】 '예-, 지37)를 왜 불렀어요? 예-, 잘못 했으면 죽이 주이소38). 죽이 주이소' 이카거든. '그래 그것이 아니고,' 그래 새-파란 옥궤로, 옥기39)로 하나 맨들어가주고40), 옥궤를 맨들어가주고 그래 그 즈그 딸을 딱 옇어41) 줂는 기라42). 여-가주고, 그래가- 인자 그래 중 안 주나? 주이43) 중이, 뭐 참 거 마 중이 【다소 격앙된 어조로】 얼매나 좋노? 지가 수통44)만치 이래 마 딸로 마 얻어가이. 【좌중에서 계속 웃음이 이어짐】 저 좋아가 못 견디가45) 인자 데리고 간다. 등에다 업고. 그래 저게, [②: 기짝46)을 둘러미고47)? 아- 드는 거로?] 어. 새-파란 옥궤를 해가주고 처자로 거 옇어가48), 딸로 거 옇어가 데려간다. 데려가이 [②: 무시라49), 어데로 끄다가꼬50)?] 얼매나51) 좋은지 마, 죽겠다 마.

··

33) 이것이라.	43) 주니.
34) 그렇게 하면서.	44) 발음이 정확하지 않음.
35) 그러니까.	45) 견뎌서.
36) 발음이 정확하지 않음.	46) 궤짝.
37) 저.	47) 둘러메고.
38) 죽여 주십시오.	48) 넣어서.
39) 옥궤.	49) 무서워라.
40) 만들어서.	50) 끌어갈꼬. 데려갈까.
41) 넣어.	51) 얼마나.
42) 준 것이라.	

【노래하듯 손바닥이 하늘을 보도록 양 손을 올리고 어깨춤을 추면서】'덤부골52) 랑 손에 쥐고 임우야 꼬튼53) 등에 얹고54) 쿵치지라 좋을시고'【좌중 와자하게 터지는 웃음. 연행자도 옆 사람 무릎을 때리며 크게 웃음】[④: 말하자믄 □□□55) 아이가 또.]

덴꼬56) 올라가는 기라. 절에 뜩 올라가이. 참 난데없이, 옛날에는 그 산질57)에 줄이, 길이 있는데 참 난데없이 그 저 저 임금이 특 지나가이 끄네【팔을 올려 가리키며】조- 밑에 막 절에 막 시기58)가 환-하게 삐치거든59). 그 처자가 과연 잘나가주고. 옥궤 뒤에 여-는60).【흥분한 어조로 허둥대는 모양을 흉내내며】아이고 저 마, 말 하상해가-61), 마 임금이.【겁이 나서 당황하는 모습을 흉내내며. 다소 흥분한 목소리로】이눔으 손62)이 마 겁을 내가 마 저【옆사람의 등 뒤로 숨으면서】등 너머63)에 마- 숨어 있다. [②: 처자를 내삐리뿌고64)?] 암-마65). 그 처잘 내삐리뿌고, 딱 니라66) 놓고 그래 가이.

그래 그 어떻게 저리 참, 임금이 보이 시기가 훤한지, 그래 마상67)에서 '시아라68).' 이캐가69) 그 인저 마부들로70) 인저 '【굵은 남자 목소리로】저 끝에 한분71) 내리가 보라.' 카이, '【남자 목소리로】가이 아무것두 없고 귀72)만 하나 있습디더.' 이카거든. '【굵은 남자 목소리로】그래.'

---

52) '덤부깨'라고도 하는데, 여러 번 물어 보았으나 특별한 뜻이 있는 말은 아니라고 하였다. 이상주씨는 좋아서 어깨춤을 추는 모양을 나타내는 의태어라고 설명하였다.
53) 님의 꽃은.
54) 다른 연행에서는 '덤부골랑 등에 얹고 임우야 꼬튼 손에 쥐고'라고 부르기도 했다.
55) 청취불능.
56) 데리고.
57) 산길.
58) 서기(瑞氣).
59) 비치거든.
60) 여기는. 옥궤 뒤를 가리킴.
61) 말안장에서 내려서.
62) 손(孫).
63) 산등성이 너머.
64) 내버려두고.
65) 강한 긍정의 표현.
66) 내려.
67) 마상(馬牀). 말안장.
68) 세워라.
69) 이렇게 해서.
70) 마부들에게.
71) 한번.
72) 궤.

그래 거 난데없는 옛날에 또 【웃음】 갈가지73)가 그기 임금 옆에 한 마리가 있었던가, 갈가지 한 마리를 잡아가 그 귀에 가여- 문을 【손동작으로 문을 부수는 흉내를 내며】 이래 '뿌싸74) 봐라.' 하이 뿌쑤이께네, 열어보니끼네 참 달딩이75) 같은 여자가 들앉아76), 참 이쁜이가 들앉았거든.

그래 그 처자를 업데가여-77) 【손동작으로 흉내내며】 마상 우에 올리고 그래 갈가지 범을 딱 옇어가 【손으로 몰아 넣는 모양】 요래 고정을 딱 해 놓고, [①: 갈가치가 뭐예요, 할머니?] [②: 범, 범.] 범새끼. [①: 아-.] 【웃음, 할머니들 사이의 다른 대화 섞임】 그래가 여게, 그래 인제 중이 후찌끼이78) 갔다가 그래 인자 마 처자, 처자 고 타고 마, 안 가뿄나79)? 데리고 마, 정승이 마 태우고 【손동작】 같이 갔다. 저-리 마, 마상을 지 캐가, 마상을 【손동작】 이래이래 해가 가뿄는데.

그래 중 그기 쪼매80) 있다 오디만은81), '아이고 기두린다82) 욕 봐싰죠83)?' 그 처자 들었다꼬84). '욕 봤지요? 아이고.' 카믄 또 인자 또 그 눔85)을 짊어지고 인자 간다.

【노래하듯 어깨춤을 추며】 '듬부깨는 손에 쥐고 임우야 꼬튼 등에 없고 쿵치지라 좋을시고'

노랠 부르미86) 춤을 치민서87) 막 올라갔다. 그래가 절에 지 절에, 검딩이 지 절에 갔는 기라. 가가주고 【약간 높은 톤의 목소리를 흉내내어】 '야아- 상재88)야, 오늘 지닉89)에는 지닉을 두 상 해가 오는데, 아-야지야

<hr>

73) 새끼 범. '개호주'를 가리킴. '삵'의 방
    언이라고도 함.
74) 부셔.
75) 달덩이.
76) 들어앉아.
77) 업어다가.
78) 쫓겨.
79) 가버렸나. 가버렸음을 강조하는 수사
    의문문.
80) 조금. 시간의 경과를 의미.

81) 오더니만.
82) 기다린다고.
83) 고생하셨죠.
84) 중이 그 처자가 아직 안에 들어 있는
    줄 알고.
85) 그것.
86) 부르면서.
87) 추면서.
88) 상좌.
89) 저녁.

죽는다 산다[90] 카는데 근방에도 오지 마라.' 카거든, 어 그카거든. 그래 참 상재가 저닉 두 상 해가 갖다주 놓고, 문을 딱 잠가 놓고는.

문을 빼쭈리[91] 열고【작고 은근한 목소리를 흉내내어】'사양 말고 나오시오.'【웃음】처자 보고 그카이끼네. 처자 인자, 범 발톱이 싹 까래삐거든[92]. 싹 까래뿌이끄네【능글맞은 목소리를 흉내내어】'음달에 큰 처자 손톱도 지다[93].' 카고. 【좌중 다함께 한바탕 웃음】진짜로[94]. 그래가 그카거든. 또 쪼깨 열어가 '마 사양 말고 나오시오.' 카이 또 발톱가[95] 싹 까래비. '음달에 큰 처자 발톱도 지다.' 카미 자꾸 사양한다꼬 안 나오나 그자? 그래 마 갈가지가 뛰어나와, 마 범한테, [③: 아이고 우짜꼬.] 그 마 마 검딩이한테【손으로 덮치며 달려드는 동작】달라든다[96]. 달라드이 마 그때사 '상재야- 내 죽는다. 어뜩[97] 오너라.' 고함 암만[98] 질러도, 오지 말라 캐 놨으니[99] 갈 수가 있나, 그자? 지가 함부래[100] 부탁으로 상재 절대로 오지 말라 캐 놨으니. '죽는다 산다 아야지야' 캐도, 오지 마라 캐 놓은께 네 못 가는 기라.

그래 인자 고날 지닉에 자고,【다른 사람들의 대화】자고 인자, 그래 아침에 인자【할머니들 사이에 커피잔을 돌림】또 아침 두 상, 두 상 채리가주고[101], 채리가주고 인자 간다. 가 인자 세숫물 두어 근 떠다 놓고, 인자 처자가 온 중은[102] 그 절에 인자 상재들이 아이끄네[103]. 가이끄네 암마 불러도【잠깐 흐름이 끊겨 뜸을 들이다가】아무리 불러가주고 '스님 나와가주고 세수하라.'고 암만 불러도 안 나와.

---

90) '아야지야 죽다 산다'와 같은 방식으로 발음하여 음을 맞춤. 첫 음절을 강하게 발음하였다.
91) 문을 살그머니 조금 여는 모양.
92) 할켜버리거든.
93) 길다.
94) 웃음 소리에 묻혀 앞부분 내용이 일부 들리지 않음.
95) 발톱으로.

96) 달려든다.
97) 어서 빨리.
98) 아무리.
99) 말해 놓았으니.
100) 미리.
101) 차려서.
102) 줄은.
103) 아니까.

【주변 할머니들이 조사자들에게 커피를 권하느라 부산스러운 분위기】 그래서름104) 인자105), 그래서름 인자, [④: 커피 자시 봐요106). 설탕 좀 넣고.] 【커피 권하는 할머니에게】 티 옇지 마라107). 내 이바구한다. [④: 묵고 해야지.] 티 여-믄 자꾸 잊아뿐다108). 【커피 권하는 소리 계속】 그래가주고 인자 참 돌짜구109)를 끼랐단다110). 돌짜구를 팍 끼라가주고 드가이끼네, 아 세상에 언야111), 세상에, 피가 한 방이더란다. 【다른 사람들 감탄사를 연발하며】 그래 범이 심보112)가 나쁜 놈을 그래 죽있다꼬113). [②: 그래.] 이 즈그 어매 십 년 공 디린 거로 참 정승이 싣고 갔으이. 정승 아들이 있거든. 그래 아들하고 결혼을 마, 시키가 정승감사 마, 댁이 돼뿌고114). 댁이 돼뿌고 이 범은, 이 검딩이라 카는 이눔은 심통을 지기 나 노니께네115) 범한테 전부 가 쥑이고 그렇더란다.

  [①: 아-. 아유, 정말.] 유식한 이바구 들었제? 【호탕하게 웃음】 [①: 예, 아 재밌네요, 할머니. 할머니 얘기 잘 하실 거 같애.] 어 그래, 옛날에 그런 일이 있더래. 그래. [④: 얘기 하는 데 선생 아잉교.116)] 그런 이바구는 저 건네117) 같은 데 가도 유식한 이바구다."

이야기 연행을 끝낸 이상주씨가 갑자기 조사자들을 향해 질문을 던졌다. "들었으믄118) 인자119) 하겠나? 잊아뿐 거120) 아이가121)?"

조사자들이 이야기를 듣고 기억했다가 다시 어딘가에 적어 놓는다고 생각했는지 메모도 하지 않고 있는 조사자들이 걱정스럽고 답답했던 모양이

---

104) 그렇게 해서.
105) 이제.
106) 드셔 보세요.
107) 이야기하는 중간에 끼어들지 말라는 의미.
108) 잊어버린다.
109) 돌쩌귀.
110) 끌렀단다.
111) 감탄사.
112) 대단히 강하게 발음.
113) 죽였다고.
114) 되어버리고.
115) 나쁜 마음을 부려 놓았으니.
116) 마을에서 유식한 이야기 잘 하는 사람으로 통한다는 의미.
117) 건너.
118) 들었으면.
119) 이제.
120) 잊어버린 것.
121) 아니냐.

었다. 조사자들이 카세트와 캠코더에 소리와 영상이 모두 기록된다는 사실을 자세하게 설명하자, 이상주씨는 웃으면서 캠코더를 가리키며 "아, 저 배 짔나122)?"라고 말하였다. 그 때 마침 할머니 한 분이 들어오자 이상주씨가 한 마디 건넸다.

"식복은 있다. 좃복123)은 없어도."

이상주씨의 농담에 방 안에 있던 사람들이 모두 왁자하게 웃음을 터트렸다. 좌중에서 누군가 우리를 염두에 두고, "이 사람들이 욕 하겠다"라고 하자 이상주씨는 기세 좋게, "요새 문자124)가 그거 아이가?"라며 되받아쳤다. 새로 들어온 할머니에게 우리 일행에 대해 설명하면서 이상주씨는 우리가 먹을 것을 사왔다는 이야기를 빼놓지 않았다.

할머니의 연행은 이처럼 시종일관 유쾌한 분위기 속에서 진행되었다. 목소리가 크고 동작이 많아 연행은 매우 화려하고 활기에 넘쳤다. 할머니들은 익숙하게 들어온 이야기인 듯 추임새를 제때 박자 맞춰 넣었고 그에 따라 이상주씨의 이야기 연행도 높고 낮은 고개를 넘나들었다. 같은 해 4월에 다시 찾아갔을 때 이상주씨는 또 이 이야기를 연행했는데, 아마도 이것이 할머니가 가장 자랑하는 연행 목록 1호인 듯했다.

할머니는 이 이야기를 '이쁜이 이야기'라고 했는데 사실상 이야기의 초점은 처녀가 아니라 중에게 있었다. 이 이야기는 경상도 지역을 중심으로 예닐곱 군데에서 채록된 바 있는데 다른 지역에서 채록된 이야기와 달리 할머니의 연행에서는 중의 해학적이고 풍자적인 모습이 풍부하게 그려지고 있었다.125) 서사에서 처녀는 살아있는, 생동감 있는 인물로 형상화되기보다는

---

122) 들어가 있냐.
123) '남자와 인연이 맺어지는 것과 관련된 복'을 가리키는 듯.
124) 유식한 말.
125) 기존에 채록된 같은 유형의 이야기 목록은 부록을 참조할 것. 1982년에 군위군 소보면에서 최임생(여, 당시 73세)씨가 연행한 자료(『한국구비문학대계』 7-12, 한국정신문화연구원, 1984, 147~150면.)가 이상주씨가 연행한 자료와 가장 유사하다. 여기서는 중이 메밀범벅을 좋아하는 것으로 나오는 등 도깨비의 형상과 어느 정도 겹쳐진 형태로 그려져 있다.

그저 특정 역할을 하는 기능적 존재로 그려질 뿐이었다. 할머니들은 처녀가 복을 받는 과정보다 중이 벌을 받는 과정에 더 주목하고 있었다.

이 이야기는 할머니들에게 윤리적인 문제를 환기시키는 심각한 어떤 것이 아닌 듯했다. 그저 중의 탐욕과 그 탐욕이 빚어낸 우스꽝스러운 상황이 할머니들에게는 마냥 재미있기만 한 것 같았다. 수도자의 이면에 존재하는 탐욕스러운 모습을 통해 인간의 이중적인 모습과 욕망의 문제, 도덕과 권위의 한계를 한바탕 유쾌한 이야기판으로 슬쩍 건드리고 넘어가는 할머니들의 재치가 돋보이는 연행이었다.

이야기를 들으면서 한 가지 주목했던 것은 인간의 탐욕에 대한 징치자로 등장하는 범의 형상이었다. 이 이야기에서 범이 징치의 주체로 등장하는 것은 아니지만, 결국 중을 한바탕 혼내는 것은 갈가치, 즉 범이었다. 우리 이야기와 민속에서 지나친 욕망, 잘못된 욕망에 대한 징치자로 등장하는 범의 형상을 종종 만날 수 있는데 기회가 된다면 범과 연관된 문화적 전통들을 점검해 보는 것도 재미있겠다는 생각이 들었다.

과부인 할머니들에게 이 이야기가 흥미를 끄는 또다른 이유는 무능하고 탐욕스러운 중이 아니라 권위 있고 신분이 높은 남성과 혼인을 하게 되는 여성에 관한 이야기라는 사실에 있었다. 이상주씨의 연행에서 처녀를 구하는 주체는 처음에 임금이었다가 나중에 정승으로 그려지는데, 이와 같은 혼란은 이 남성 주체가 구체적인 형상을 띤 누군가로 그려지지 않고 다만 신분과 지체가 높은 인물로만 기능하는 데서 비롯된 것이다. 처녀와 마찬가지로 정승(혹은 임금) 역시 연행을 통해 구체적인 인물 형상을 획득하지 못하고 있었다.

할머니의 연행에서 가장 인상적인 장면은 처녀에 대한 욕심으로 들뜬 중이 춤을 추며 가는 대목과 중이 뜻밖에 처녀로 기대한 범과 첫날밤(?)을 치루는 대목이었다. 이상주씨의 이야기를 듣던 다른 이들도 이 대목에서 가장 즐거워하였다. 사람들의 반응이 좋자 이상주씨는 중이 춤을 추는 대목에서, 자리에서 일어나 직접 춤을 추기도 하였다.

유쾌한 이야기 연행이 끝나고 분위기가 잠시 가라앉는 듯해서 내가 이상주씨에게 석전(石戰)에 대해 물어 보았다. 여든이 넘은데다 고향이 죽남이니 혹시 과거에 직접 참여하거나 구경한 적이 있지 않을까 해서 물어 보았는데 할머니는 대번에 모른다고 하였다. 경험이 없을 뿐 아니라 아예 관심이 없는 듯했는데, 석전이 남자들끼리 행하던 놀이이자 의례였던 까닭이 아닐까 하는 생각이 들었다.

다른 할머니들에게도 이야기할 기회를 드려야겠다 싶어서 할머니들이 모두 잘 알 만한 내용으로 화제를 돌리려 하였다. 숲골의 유래에 대해 묻자 할머니들은 역사적인 내용은 잘 모른다고 하면서 마을숲에 대한 이야기를 늘어 놓았다. 마을숲을 이루는 나무들은 기목나무, 포구나무 등인데 여름에 아주 시원해서 앉아 놀기 좋고 보기도 좋다며 자랑이 계속 이어졌다. 그러다가 할머니들 사이에 '숲골이 살기 좋은 동네다', '시골 촌구석이라 지지리도 못 사는 동네다' 등 마을에 대한 상반된 평가의 말들이 소란스럽게 오가기 시작했다.

그때 다시 화제를 이야기 연행으로 돌린 것은 이상주씨였다. 조사자들도 넋을 놓고 할머니들의 말싸움에 집중하고 있는 사이에 이상주씨만이 우리 조사의 목적을 잊지 않고 있었던 것이다. 아마도 이상주씨가 이야기 연행에 관심이 많은데다 본인이 준비한 이야기 연행이 채 끝나지 않은 상황이라 분위기를 계속 이어가고 싶었기 때문인 듯했다.

이상주씨가 다른 할머니들에게 "이바구 한 자리 했다"며 자랑하길래 내가 "열 자리, 백 자리 해 주셔야 된다"며 응수를 하자 모두 한바탕 크게 웃었다. 이상주씨는 다시 '이쁜이 이야기'로 화제를 돌렸다.

"이바구 그기 좋은 이바구다. 십 년을 공을 디리 노이 그 딸이 정승감사댁이 되고 이놈의 심통 직인 저저 검딩이라 카는 그 놈은, 이 놈은 어느 산골 중놈이라. 그 부체 뒤에 앉아가 '느그 딸 예쁜이는'……."

백승희씨만이 "욕심 지기믄126) 안 된다이가127)"라며 응수를 할 뿐 다른 사람들이 모두 다른 이야기를 제각각 늘어 놓는 통에, 방안은 삽시간에 시장통처럼 소란스러워졌다. 청중의 반응이 없고 다들 다른 이야기에 열중하자 이상주씨도 그만 말문을 닫았다. 게다가 저녁에 약장사가 오는 동네가 있다면서 한 무리의 할머니들이 우루루 나가는 바람에 방안에는 처음에 조사자들을 맞아준 할머니 몇 분만 남게 되었다. 방 안에 모인 인원이 줄어들자 오히려 이야기를 연행하기에는 더 좋은 분위기가 형성되었다.

이상주씨가 닫았던 말문을 다시 연 것도 바로 그 때였다. 할머니는 준비하고 있다가 분위기가 안정될 때까지 기다린 듯했다. 내가 다시 엄광사와 관련된 이야기가 없는지 물어 보자 곧바로 빈대 절터 이야기를 시작하였다.

▶2 빈대 때문에 망한 절128) (이야기②)

연행자 : 이상주(여, 80세, 죽남댁) ●
조사자 : 김영희 ①, 황은주 ◎
청 중 : 백승희(희설댁) ②, 서복선(오치댁) ③, 김기남(의령댁) ④, 김진옥(구야할머니) ⑤

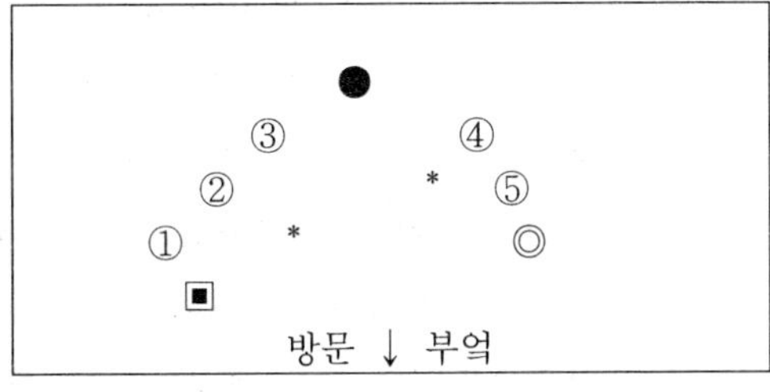

■ 카메라 * 녹음기

"할머니, 여기 예전에 절이 있었다 그러는 거 같은데."
"절 여 많다. 저 엄광사 절이 있고."

126) 부리면.
127) 안 되지 않느냐.
128) 2003년 2월 4일 오전 밀양 산외면 엄광리 숲골 할머니노인정.

"엄광사요?"

"음, 엄광사가 오래 됐는데 그 전에 보담사란 절이 오래 됐는데, 인자 고 니리와서는 오래 안 됐지. 그래, 그래도 한 삼십 년 안 됐나? 한 그럭하구 삼십 년 넘었을 거이129)."

"엄광사 말고는 뭐 절이 있었는데 빈대로 망하거나 이런 얘긴,"

"그전에 절 있는데, 산만댕이130). [②: 저, 저 탑딩이131)에 안 있었나?] 빈대가 많애가132) 절이 망했대. [②: 망앴다133).] [④: 옛날에, 옛날에 그 절이 있었거든.] 옛날에는 우리들은 다 시집오기 전에 절이, 그 절이 참 좋았는데 그래 그 절에서 빈대가 그래 많더래. 그래가 마 빈대가 많애 마, 절로 마 페기, 페길해뿠는 기라.134) 페기해뿌고 인자 오새는 마, 신수□□ 쪼매끔하기 지어 논 기, 절 많애. [①: 그 절 이름이 뭔데요?] 음? [①: 그 절 이름이 뭔데요?] 그 절에는, [②: 모른다 카이끄네.] 음 모르지. [④: 아가씨, 그러면 그 애기를 다 들었겠네? 들으끈데135) 대충 알제.] 절, 절 있다 카는 거로136). [①: 아, 절 있다 카는 거요? 아 예. 그냥 대충만 들었지요.] [④: 그키, 대충만 들으끈데 절을 안다, 고오 절이 내나,] 고 절이 진짜 진짜, 고기137) 절터로 있는데 안익138). [④: 새미139)도 있다.] 새미도 있고 안익 고기 고, [⑤: 어데 보고 그카는교140)?] 고 탑딩이. [①: 아, 그게 탑딩인가요?] [④: 예, 예. 탑딩이.] [①: 옛날 탑이 있었나요?] [④: 예, 탑이 있었어요.] [②: 탑이 안익 있다 카드라.] [①: 지금도 있어요?] [⑤: 골 새로141) 물 위로, 응팅

---

129) 거야.
130) 산등성이.
131) 탑등. 숲촌 근처의 지명.
132) 많아서.
133) 망했다.
134) 페기해버린 거야.
135) 들었으니까.

136) 하는 것을.
137) 거기.
138) 아직.
139) 샘.
140) 그렇게 말하는 것입니까.
141) 골짜기 사이로.

이142)가 있어요.] 없어, 없어. [②: 웅팅이, 못이다.] [①: 그면 거기 탑이나 샘에 얽힌 이야긴 없었어요?] 거부, 거 얽힌 이바구는 모르지. 옛날우리들 시집와가주고 있은. [④: 새미는 고- 있었다.] [②: 새미는 지금 있지.] [⑤: 새미 시방 있어요. 요런 웅팅이.] [④: 거 또 우리, 밭또까리두143) 부쳤거든144), 그런 데.] 있다, 그래 있어두 절은 뭐 뭐해, 빈대 때미로145) 망해뺐다 카데."

빈대 때문에 망한 절에 대한 이야기는 할머니들이 즐겨 연행하는 것이 아닌 듯했다. 마을의 지명이나 지형에 관한 '전설'류의 이야기들은 할머니들의 레파토리라기보다는 할아버지들의 연행 목록에서 자주 발견되는 것이다. 이것은 할머니들과 할아버지들 사이에 존재하는 연행 동기상의 차이 때문인 듯했다.

할아버지들에게는, 후손들에게 자신이 나서 자란 고향 마을에 대한 자부심과 긍지를 심어주고 마을의 역사와 유래를 알려야 한다는 사명감이 연행의 주요 동기로 작용하는 경우가 많았다. 또한 다른 한편으로는 외부인들에게 자신의 가문을 포함하여, 마을의 오랜 역사나 훌륭한 선조, 유서 깊은 마을에서 살고 있다는 자긍심 같은 것들을 과시적으로 드러내고 싶어하는 경향이 있었다.

반면 할머니들은 이야기 자체의 흥미와 특질에 이끌려 연행을 하는 경우가 많았다. 이야기를 기억하는 이유도 마찬가지였는데 주제가 특이하거나 현실에 매우 밀접한 어떤 문제를 환기하고 있을 때, 또 이야기의 내용이나 사건의 상황·인물의 형상 등이 독특하고 흥미로울 때, 이야기의 구성이 매우 짜임새 있을 때 주로 연행에 적극적인 자세를 보였다.

이번에도 마찬가지였지만, 할머니들이 주변의 지형이나 역사적 유물, 유

---

142) 웅덩이.
143) 밭쪼가리도.

144) 부쳤거든.
145) 때문에.

적지 등에 관한 이야기를 하는 것은 대체로 조사자들의 질문이나 유인이 있을 때였다. 할머니들은 조사자들의 의도와 요구에 부응하기 위해 알고 있는 대로, 혹은 전해들은 대로 최선을 다해 여러 이야기를 하고자 했지만 정작 본인들에게는 이 사라진 절터에 대한 이야기가 그다지 흥미롭지 않은 듯했다.

다만 단편적으로 들어서 알고 있는 내용들이 있어서인지 여러 사람이 말문을 여는 계기가 되기는 하였다. 그러나 여러 할머니들, 특히 이상주씨는 이 이야기에 대해 전혀 흥미가 없는 것 같았다. 이렇게 해서 이야기판의 분위기는 금세 가라앉고 말았다. 나는 이번에는 할머니들에게 좀더 익숙한 이야기에 관해 질문해야겠다고 생각했다. 이상주씨의 주도 아래 이야기를 계속 연행하는 분위기였기 때문에 베틀노래처럼 할머니들이 즐겨 하는 노래를 부탁하여 갑자기 흐름을 바꾸는 것은 좋지 않다고 판단했다. 또한 이상주씨의 태도와 분위기로 미루어 짐작컨대 아직 더 하고 싶고, 또 할 수 있는 이야기들이 남아 있을 것 같았다.

어떤 이야기에 관해 질문을 던져 볼까 잠깐 궁리하던 중에 내 머리를 스쳐가는 것이 있었다. 그것은 '액운애기' 이야기였다.

▶3 삼천갑자 동방삭을 만난 액운애기[146] (이야기③)

연행자 : 이상주(여, 80세, 죽남댁) ●
조사자 : 김영희 ①, 황은주 ◎
청 중 : 백승희(희설댁) ②, 서복선(오치댁) ③, 김기남(의령댁) ④, 김진옥(구야 할머니) ⑤

---

146) 2003년 2월 4일 오전 밀양 산외면
    엄광리 숲골 할머니노인정.

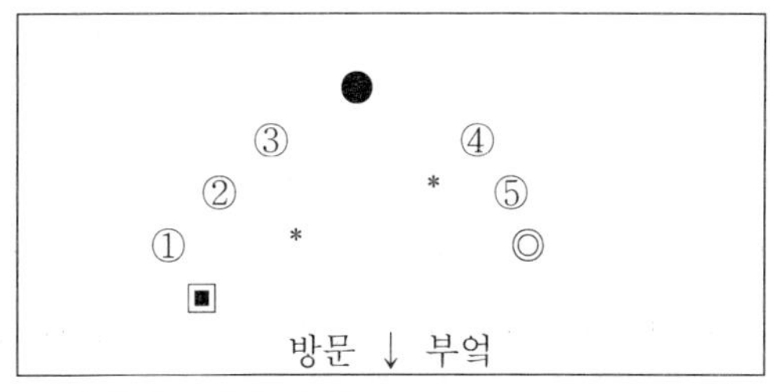

■ 카메라   * 녹음기

"할머니 혹시, 옛날에- 애운애기147)라는 거 들어보셨어요, 애운애기?"

"액운애기 이바군148) 들었지. 보진 안해도149) 들었지. 옛날에, 액운애기 안 있나, 그래."

"어떤 얘긴지 해 주세요."

【조사자가 쫑긋 관심을 나타내자, 일부러 귀찮다는 듯이】"그 똑, 한 자리150) 해 줬으면151) 됐지, 또 해 주라고."【모두 웃음】

"아이, 할머니. 많이 해 주셔야 된다니깐요."

"아이. 얘기로152) 한 자리 하면 시153) 자리 해야 된다."

"그래, 한 자리 하면 시 자리 해야 된다 카더라154)."

"옛날에 액운애기가 그【잠시 생각을 더듬는 중】저, 저, 저게, 껌은155) 빨래 희두룩156) 씻는다고 도, 도랑-서 씻다가, 옛날에 액운애기 그으157) 없을 찍에는158),【⑤를 바라보며】젊은 사람 절대 안 죽었단다. 안 죽었는데【할머니들 다른 대화 섞임】악, 아-들도159) 안 죽고 했는데, 그런

147) 액운애기.
148) 이야기는.
149) 않았어도.
150) 한 편.
151) 줬으면.
152) 얘기를.
153) 세.
154) 그러더라.

155) 검은.
156) 하얘지도록.
157) '그'를 길게 발음하였는데, '액운애기'를 가리키는 말이다.
158) 적에는.
159) 애들도. '아-'라는 소리에 높낮이가 있다.

데 악운애기 그기 나가주고160) 삼천갑자, 삼천갑자 동방색161)이가, 트윽 지내오일끈데162), 악운애기 그기이163), 【마시던 커피를 내려놓으며】 그 큰데, 거게다가164) 【빨래 빠는 손동작】 도랑-서 껌운 빨래를 씻더라 카데. 그래, 【방이 춥다며 웅성거림】 삼천갑자 동방색이가 오민시르165) '우애166) 그래 여게 검은 거로, 껌은 빨래로, 왜 이래 시, 씻노?' 카이끄네. 즈그 집에 있는 매이로167) 씨, [①: 【웃음】 할머니, 이얘기 세 자리 하라 그래 놓고 왜 이렇게 얘기 안 들어요.] 씻노? 이바구 들을 때 듣지, 이래 객차168)가 많애가169) 내 이바구 몬170) 한다. [④: 그래 방이 추부171), 손님들 옸는데172)] 따시더라173) 와? 따시더라 와.

[①: 아이 그러니깐,] 그래가주 삼, 그래, 저게, 삼천갑자 동방석이가 그래 물으니끄네, 【할머니들 서로 조용히 하자는 말】 악운아기가 하는, 악운아기가 하는 말이, [①: 아니, 빨래를 하는 데,] 어. 【앉은 자세를 바로잡고 질문을 한 조사자를 바라보며】 껌은 거로 자-꾸 이래 씻더래. 이래 씻그이174), 삼천갑자 동방색이가 오가주고 【빨래 빠는 손동작】 '우애 그래, 껌은 빨래로 자꾸 이래 씻노?' 카이끄네 '껌운 빨래 히두룩 씻는다.' 카더란다. 검은 빨래로 히이지나175), 그자176)? [③: 【웃음】] 희두룩 씻는단다. [④: 옛날에 비누가 있나? 또.]

'그래. 나는, 삼천갑 [②: □ 물로 그, □□□.] 삼천갑자 동방석을 살아, [④: 그래, 안 삼구로177).] 삼천갑자 동방석을 살아도, 【⑤를 바라보

---

160) 나서.
161) 동방삭.
162) 지나오니까는.
163) 그것이.
164) 거기에다.
165) 오면서.
166) 왜.
167) 자기 집에 있는 것처럼.
168) 잡담. 다른 소리.
169) 많아서.

170) 못.
171) 추워.
172) 왔는데.
173) 따뜻하더라.
174) 씻으니.
175) 하얘지겠나.
176) 그렇지. 당연한 사실에 대해 동의를 구하는 물음.
177) 안 삶고. 삶지 않고 어떻게 하얗게 되겠느냐는 뜻이다.

며】껌운 빨래 히두룩 씻는 건 내가 못 보겠네, 허허.' 카고 웃으이끼네 그질로178) 마 그거, 악운아기가 그 빨래를 안 씻고 마 가뿄다 카데179).

그래 가뿌가주고 드가뿌가주고180). [③: 가뿌지.] 어. 그래 가뿌가주고, 그래【①을 바라보며】삼천갑자 동방석이를 만낼라꼬181) 씨껐는가182) 봐. 그래 만내가- 그래 그거, 참 동방색이가, '허허.' 선웃음183) 치미 '삼천갑자 동방석을 살아도【⑤를 바라보며】껌은 빨래 희두룩 씻는 건 내 처음 보네-.' 이카미184). [③: 그렇지.]【웃음】

그래 캐이끼네185), 그 질로 그 빨래 안 씻고 가가주고,【①을 바라보며】고질로 시작해가지고 젊은 사람이 마, 많이 죽었대. [모두: 아-.] 아-들도 죽고 옛날에, 아-들도 죽고 [③: 아하, 옛날에는 마 마,] 음. 그 때는 많이 죽어도 그, 그 후에는, 요새는 뭐, 아-들 죽는 게 있나? 어데가186). [③: 그치.] 그래 옛날에 삼천갑자 동방석도, [②: 삼천 그런 걸, □나?] '삼천갑자로- 그래, 살아도,【③을 바라보며】껌운 빨래, 히두룩 씻는 건 내 처음 봤다.' 카드란다. [②: 처음 봤지.] 와 그렇나?187) 그래. 자-꾸 그래 그-, 악운아기가 삼천갑자 동방석을 만낼라꼬 그래 했던갑데188). 나 그런 이바구 그 고거 쪼매- 들었다. 다 알어, 고 꼭대기빾에189) 모르겠다. 고 고거빾에 모르겠다.

[⑤: 우, 우리 할매맨꾸로190) 저 응? 빨래 요 때, 요 소매에 때 안 지았다꼬191)- 세상에.] [③: 옛날에는 마.] [⑤: 안 지았다꼬 세상-, 빨래 한 다락192) 해 완193) 걸 갖다, 미느리194) 해 온 거로 갖다 내 엄마가 해

---

178) 그길로. 그때부터.
179) 가버렸다고 하더라.
180) 들어가버려서.
181) 만나려고.
182) 씻었는가봐.
183) 선웃음: (우습지도 않은데) 꾸미어 웃는 거짓 웃음.
184) 이렇게 하면서.
185) 하니까.

186) 어디. 요새는 아이들이 죽지 않는다는 말을 강조하기 위한 반어형 어투.
187) 왜 그렇겠나? '액운애기가 왜 검은 빨래를 씻고 있었겠느냐?'는 질문.
188) 했던가 보더라.
189) 종다리밖에.
190) 할머니처럼.
191) 지웠다고.
192) 대야.

왔지, 작은 엄마가.] 그래 그때는, [⑤: 그래가주고 똥, 똥구딕이[195]에 갖다가 따악 때리[196] 붓는 할맨데 뭐, 말할 거 있어.] 그 그 때는 저기, 절대로 아-들도 얼매나 잘 죽었노? 죽었는데. [②: 그래, 손님[197]도 하고마.] 그래 삼천갑자 동방삭 나고, 악운애기 빨래 씻고 그질로, [②: 풍진하고 하미[198] 많이 죽었다, 아.] 어."

이상주씨가 '액운애기'에 대한 이야기를 계속 이어가려는데 옆에 있던 김기남씨가 조사자들의 점심을 걱정하기 시작했다.

"그렇고 또, 또 뭐 그 이얘기, 이얘기도 쪼매 무-야[199] 한다꼬, 밥은 우애[200] 하노?"

이야기의 흐름이 끊기자 이상주씨는 시큰둥하게 대답하며 조사자들에게 밥을 먹으라고 재촉했다. 본인의 이야기 연행에 다른 사람들이 관심을 기울이지 않는다고 생각했는지 다소 서운한 표정이었다. 하지만 여전히 '액운애기' 이야기를 더 하고 싶은 마음이 얼굴 표정에 역력했다. 조사자들의 점심을 걱정하는 김기남씨와 이야기 연행의 흐름이 끊겨 서운한 이상주씨의 실랑이를 계속 지켜보면서 우리는 두 사람이 늘 투닥거리는 사이지만 무척 잘 어울리는 한 쌍이라는 생각을 하게 되었다.

"묵-단다.[201] 나는 인자, 나는 모르겠다. 밥 무-라. 밥 해라. 밥이야 뭐, 반찬 있나 뭐 묵노? 지사[202] 나물하고 중[203] 거 하고, 밥 쫌[204] 해라, 고마."

"지사 나물 어데 있노? 찌끄래기[205] 있는 거, 고기 대가리가 찣이가[206],

---

193) 온.
194) 며느리.
195) 똥구덩이.
196) 쏟아.
197) 천연두. '마마'라고도 한다.
198) 풍진 등을 앓으면서.
199) 먹어야.

200) 어떻게.
201) 먹었단다.
202) 제사.
203) 준.
204) 좀.
205) 부스러기.
206) 찣어서.

온 아직207)에 묵고."

"그래, 그 묵으면 되지."

두 사람 대화에 갑자기 끼어들 수 없어서, 조사자들은 잠자코 기다리다가 어느 정도 실랑이가 마무리되어가는 듯한 시점에서 다시 액운애기 이야기를 끄집어냈다. 그러자 이상주씨는 기다렸다는 듯 다시 이야기를 이어갔다.

"할머니 그, 근데 그 액운애기가 그럼, 빨래 그 걷어갖고 가버리고는 ……."

"그라고208) 시작애가주구민시름209) 마,【강조하듯 두 손을 위 아래로 움직이며】젊은 사람이 많이 죽더래. 〔①: 아-.〕〔④: 아이구, 그키이-210).〕옛, 옛날에는 절대로 그, 나-211) 만212) 사람만 죽고 젊은 사람은 안 죽었는데 〔③: 우야-노-213).〕고래 고-, 삼천갑자 동방삭이【양 손바닥을 마주대며】만내가214) 악운아기 그 빨래 안 씻고 시작애민시름, 아-들이 고 중간에 억수로215) 많이 죽어. 오새216)는 인자 또 세월 좋아 안 죽지. 옛날에는 그랬다 카데. 그러다, 그래가 마 그질로 시작애가 마, 마 아들도 풍진하다가도 죽고, 젊은 사람들도 죽고, 많이 죽었는데, 그- 전에 옛날에는, 아-들 안 죽었다. 아-들 고 중간에 참 많이 죽었는데 오새는 또, 오새는 또 빙원217)이 좋아여218) 안 죽는다 카더라. 〔②: 풍진하고 손님하고.〕풍진하고 뭐하고 한다꼬."

'액운애기'는 산내면 현지조사를 통해 처음 접한 이야기 주인공이었다. 연행자들은 '액운애기'를 '애운애기', '애원애기' 등으로 부르기도 하는데, '애가 울어서', '애원을 해서'라는 설명을 덧붙이기도 한다. 이야기 내용이나 연행자들의 태도를 고려할 때 '액운을 가져온 애기', 혹은 '액운을 가져갈 수

207) 오늘 아침.
208) 그리고.
209) 시작해서부터.
210) 긍정의 뜻을 표현하는 말.
211) 나이.
212) 많은.
213) 어떡하나.
214) 만나서.
215) 매우. 아주.
216) 요새.
217) 병원.
218) 좋아서.

있는 애기'라는 의미에서 '액운애기'가 가장 적절한 이름일 것으로 보인다. 또한 이 곳 경상남도 동북부의 지역 방언에서 '액운'은 종종 '애운'으로 발음되기도 한다.

'액운애기'는 예전에 서사민요로 불리던 것이 민요의 전승이 끊긴 상태에서 이야기로 전승되는 양상을 보여준다.[219] 1980년대 초중반에 서사민요로 채록된 것이 10편 가량 있고 산내면 현지조사를 통해 전해 들은 이야기가 12편 가량 있다.[220] 채록된 자료와 현지조사 경험을 토대로 할 때 '액운애기'는 독특한 전승 양상을 드러낸다. 첫 번째 특징은 전승 지역이 경남 동북부 지역으로 한정되어 있다는 사실이고 두 번째 특징은 연행자들 대부분이 70대 후반, 80대 이상의 고령 여성이라는 사실이다.

밀양시의 여러 지역 가운데 '액운애기'는 유독 동북부에 해당하는 산내면과 그 이웃한 산외면에서만 전승되고 있으며 채록된 자료 역시 밀양시 산내면에 인접한 울산시의 상북면과 상북면에 이웃한 언양면, 언양면에 이웃한 범서면과 청량면, 청량면에 이웃한 웅촌면과 범서면에 이웃한 농소면에서 전승되고 있다.

인접한 두 지역인 밀양시 산내면과 울산시 상북면은 일명 '영남 알프스'라 불리는 높은 산들로 가로막혀 있기는 하나, 예부터 가지산 석남고개로 이어진 길을 통해 서로간에 교류가 활발했다고 하며 현재에도 24번 국도가 이 길의 전통을 이어가고 있다. 산내면의 연행자들에 따르면 현재도 그렇지만 과거에는 더욱, 서쪽으로 인접한 밀양시의 다른 지역보다 울산 석남사로 이어지는 길을 통한 동쪽으로의 교류가 더 활발했다고 한다. 산내면은 분지형인 밀양 안에서도 수백 미터 이상의 높은 봉우리들로 둘러싸인 분지라고 할 수 있는데 이 때문에 처음 산내로 들어왔던 사람들이 서쪽 입구에 해당

---

219) 산내면의 연행자들은 '액운애기'에 대해 10명이 '이야기'라고 하였고 3명이 '가사 책에 적힌 노래'라고 하였다.

220) 작품 목록은 『밀양 구전문화의 민족지적 연구 ① 구전이야기의 현장 : 현지조사연구의 역사와 민족지적 접근의 가능성』에 실려 있는 〈부록〉 참조.

하는 협곡의 덤불숲에 불을 놓아 화전을 일구며 정착했다는 이야기가 전할 정도다.221)

밀양시의 다른 지역에서 여러 연행자들에게 '액운애기'에 대해 물었으나 아무도 아는 사람이 없었다. 산내면의 한 마을에서 50년 가까이 거주하고 있으며 연행에 탁월한 능력을 보인, 그러나 친정이 강원도 지역인 한 여성 연행자222) 역시 '액운애기'에 대해서는 전혀 아는 것이 없다고 하였다. 반면 산내면의 연행자들 가운데 70대 후반 이상의 여성들은 대부분 '액운애기' 이야기나 노래를 알고 있었다. 연행의 기억은 희미해졌지만 대략적인 내용을 기억하고 있었으며 처음엔 모른다고 말했던 연행자들조차 다른 이의 연행을 통해 금세 기억을 되찾곤 하였다.

하지만 연행 능력이 뛰어난 남성 연행자들도 '액운애기'에 대해서는 전혀 알지 못했다. 산내면에서 '액운애기'에 대해 알고 있는 할아버지는 세 명 가량 있었는데 모두 할머니나 어머니로부터 귀동냥으로 얻어들은 것이라고 하였다. 서사민요 중에 '베틀노래' 같은 것들은 남성 연행자들도 그 존재를 알고 있거나 부분적인 내용을 기억하는 경우가 종종 있었다. 그러나 '액운애기'는 남성 연행자들이 그 존재 자체를 모르는 경우가 많았다. 이처럼 '액운애기'는 할머니들, 즉 여성들 사이에서만 어느 정도 폐쇄적으로 전승되었던 이야기이다.

이제까지 채록되거나 현지조사를 통해 경험한 '액운애기' 이야기의 내용은 이상주씨가 연행한 것과 다소 다른데, 대체로 다음과 같다.

---

221) 이로 인해 '산내'를 '천화산내(穿火山內)'라고 부르기도 한다. 밀양읍에서 차를 타고 동쪽으로 이동하면 강을 건너 산외면에 이르게 되고 산외면에서 구불구불한 협곡을 지나야 비로소 산들에 둘러싸인 산내면을 만날 수 있다. 그래서 교통이 발달하지 않았던 과거에는 서쪽에서 접근해 갈 때 산내면의 존재 자체를 알기 어려웠다고 한다. 이와 같은 지형적 조건으로 인해 산내면은 임진왜란 때 피난지로 활용되었다.

222) 밀양시 산내면 오치마을에 거주하는 김수조(여, 74세)씨. 그는 강원도 영월이 친정이며 뛰어난 입담과 연기로 70편 이상의 작품을 연행하였다.

예전에 액운애기가 미모와 자질, 능력이 뛰어나 시집 식구 봉양을 극진하게 하며 살고 있었는데 어느날 저승차사가 액운애기를 잡으러 왔다. 액운애기가 시집 식구들에게 차례대로 자기 대신 죽을 수 있는지 물었는데 모두 거절하여 결국 액운애기가 저승사자를 따라가게 되었다. (이야기에 따라서는 액운애기의 신랑이 대신 죽겠다고 나서기도 하는데 결국 액운애기가 신랑에게 아기를 잘 키우라고 말하고는 저승사자를 따라가는 것으로 그려진다.) 액운애기는 저승사자를 따라가면서 불가능한 일들이 이루어진 후에야 자신이 돌아올 수 있다고 말하는데 정작 불가능한 일들이 이루어진 후에 돌아온 액운애기는 어서 오라는 손짓을 가라는 손짓으로 오해해서 영원히 떠나버리고 만다. 액운애기가 떠나버린 후로 나이 어린 사람들이 죽게 되었고 대신 죽을 수 없게 되었으며 죽었던 사람들이 영원히 돌아올 수 없게 되었다.

경남 언양에서 1984년에 당시 77세던 이맹희씨가 연행한 자료는 가장 풍부한 '액운애기' 노래 연행을 보여준다.

애운애기 거동봐라	애리다고 시집으로 가니꺼네
키 작다고 나무래고	발 작다고 나무래고
발이 크면 뭐로 하며	키도 크머 하늘에 별 따가오나
첫새북에 일어나여	명지베 쉰대자는
나잘반에 담아놓고	뒷대밭에 낫 한 가락 거머쥐고
새끼 한 단 거머쥐고	뒷대밭에 올라가여
죽성 한 단 비어다가	새별겉은 저 동솥에
어리설쿰 데와가주	열두판상 갈라 놓고
부지깽이 둘러미고	뒷동산 올라가여
새 한 마리 훌기다가	열두판에 갈라 놓고 갈라놓고 또 하는 말이
저 아릿방에 아부님요	그만 자고 일어나여
은대에 세수하고	놋대에 세수하고 아적 진지 하옵소서

아릿방에 시굼시굼 시어마님   그만 자고 일어나여
은대에 세수하고   놋대에 세수하고 아적 진지 하옵소서
아릿방에 머슴들아   웅덩에가 낯을 씩고
오지랖에 낯을 닦고   지게 목발 두드리고
아적 진지 하고시는   나무하러 안 갈라나
그만 자고 일나가주   아적묵고 나무하러 가여보자
조그마는 재피방에   여수 겉은 시누부야 미구 겉은 시누부야
그만 자고 일나가주   웅덩에 낯을 씩고 아적이나 묵어봐라
부지깽이 둘러미고   새 한마리 훑깄는 거 열두판상 갈라놓고
새 대가리 남았는 거   구이머레 얹어 놓이
앞집 동세 줄라커이   뒷집 동세 성낼끼고
뒷집 동세 줄라커이   앞집 동세 성낼끼고
여수 겉은 저 시누부   속곳말로 치키 들고 마이 와가 조와 묵네
애운애기 잘 났다고   저승처사 거동 봐라
쇠도러깨 둘러미고   쇠방마치 둘러미고
날잡으러 오는구나   저승처사 거동 봐라
사랖에 들어서니   구들장군 막아서고
마당 안에 들어서니   마당너구리가 막아서고
굴떡 우에 올라서니   굴떡장군 막아서고
정지 안에 들어서니   조왕님도 막아서고
살간에 올라가니   쟁강각시 막아서고
방 안에 들어서니   성주님도 막아서고
시주님도 막아서고   시주님도 막아서고
여보여보 내 말 듣소   한 시간만 참아주소
시굼시굼 시아바님   이내 대성 갈란기요
야야야야 그말마라   소뿔도 각객이고 염불도 몫몫이다
니 대성은 니가 가고   내 대성은 내가 가지

시굼시굼 시어마님   이내 대성 갈란기요

니 대성은 니가 가고   내 대성은 내가 가지

염불도 못못이고   소뿔도 각객인데

아릿방에 사랑방에 앉인 양반   하늘 겉은 저 가장님

이내 대성 갈란기요   오냐 내가 가꾸마

와장창창 걷는 애기   젖을 믹이 잘 키아라

빠뜰빠뜰 서는 애기   젖을 믹이 잘 키아라

와장창창 걷는 애기   은종발에 밥을 담아

은사랖에 내여 놨으이   그 밥 믹이 잘 키아라

니 대성은 내가 간다   여보여보 그 말마소

염불도 못못이고   소뿔도 각객인데

내 대성은 내가 가고   자기 대성 자기 가지

그 카민서 마 돌아서 갔거등. 인자 마 애운애기가 마 처사한테 붙들리가 간다. 가이까네 그래 인자 가가지고 인자

동솥에 앉힌 달이   홰 치거등 내 오꾸마

부뜩 안에 흐른 밥티   눈 나거등 내 오꾸마

사랖에 고목나무   잎 폐거등 내 오꾸마

동솥에 앉힌 달이 홰도 치고 살강 밑에 흐른 물이 강 되거등 올랐더니 살강 밑에 흐른 물이 강도 되고 부뜩 안에 흐른 밥티 싹도 나고 사랖에 고목나무 잎이 나니 저기 인자 저정저정 찾아오거등. 저정저정 찾아오이까네, 그 여수 겉은 시누부가 어떡 오라고 요래 반갑다가 손질로 하이까네, 마, 가라 카는가 이 가뿌더란다. 그 애운애기가. 가뿌 놓이 요새 젊은 사람이 죽어가지고 못 온단다. 고기 돌아왔으면 마 오는데, 젊은 사람이 죽어가지고 하문썩 오는데, 고기 마 가자 마 딱 끊어뿌 놓이꺼네, 그래 인자 사람 죽고, 젊은 사람이 가가 이 세상에 몬 온단다.223)

밀양시 안에서는 상동면과 산내면에서 '액운애기' 노래가 조사된 바 있는

데 상동면의 연행자는 친정이 산내면 봉의리였으므로, 결국 모두 산내면의 '액운애기' 노래인 셈이다.

앞 냇물에 씻기가주   뒷 냇물에 히아가주
새별 겉은 백솥에다   밥을 지어
쇠 한 바리 잡아가주   열두 상을 갈라 놓고
시금시금 시어마시   지녁 진지로 자시고 내 대신을 가실란게
니의 대신은 니가 가고   내 대신은 내가 가고
염불도 각각이고   소뿔도 목목이다
시금시금 시아바시   내 대신을 가실란교
니 대신은 니가 가고   내 대신은 내가 간다
살강 밑에 흐른 물이   강 되거등 내 옵니더
살강 밑에 흐른 밥이   싹 되거등 내 옵니더
병풍에 기린 닭키   홰 치거든 내 옵니다
저승차사 들어온다   시도리깨 시방마치 날 잡아러 저게 온다
어린 자석 나야 두고   한 고개 넘어서니
어린 아해 젖 주던 거   통통 불어
야야 여기 내 젖 무라   저승차사 잡아간다224)

'액운애기'는 새 한 마리를 잡아서 열두 상을 차릴 만큼 남다른 능력을 가진 여성이었으며, 온갖 구박에도 이른 새벽부터 일어나 시부모님과 시누이를 비롯한 시댁 식구들은 물론 머슴들의 아침상까지 차려낼 정도로 부지런

- -

223) 1984년 7월 24일에 울산 언양면 반곡리 진현에서 이맹희(여, 당시 77세)씨가 연행한 자료이다. 이맹희씨는 친정이 울산 상북면이다. (『한국구비문학대계』 8-12, 한국정신문화연구원, 1986, 588~594면.)

224) 1981년 7월 29일에 밀양 산내면 송백 2리 양송정에서 권연조(여, 당시 57세)씨가 연행한 자료이다. (『한국구비문학대계』 8-8, 한국정신문화연구원, 1983, 721~723면.)

하고 헌신적인 며느리였다. 그런데 그런 그녀를 시샘했는지 하늘에서 저승
차사가 그녀를 데려가려 내려왔다. 시주님으로부터 구들장군, 마당너구리
에 이르기까지 그녀를 지키는 온갖 신들이 나타나 저승차사를 막아서지만
죽을 수밖에 없는 그녀의 운명을 막지는 못한다.

그녀를 가족이라 부르며 가족의 이름으로 그녀의 헌신을 당연스레 요구
하던 시댁 식구들에게 그녀는 당당하게 자기 대신 저승차사를 따라갈 수 있
겠느냐고 묻는다. 자신의 희생을 당연시하던 바로 그 '가족'의 이름으로, 그
녀에게 요구되었던 것처럼 억지스럽고 불합리한 헌신을, 자신이 받았던 그
대로 시댁 식구들에게 돌려주었던 것이다. 자신 대신 죽을 수 있느냐고 묻
는 그녀의 질문만큼 부자연스럽고 부조리했던 시댁 식구들의 강제와 요구
가, 그녀의 물음과 시댁 식구들의 거부를 통해 자연스럽게 폭로되기에 이른
다. 가부장적인 가족 질서 내에서 희생과 헌신을 암묵적으로 강요당하지만
본질적으로는 가족 질서 내로 편입할 수 없는, 처음부터 배제된 존재로 살
아가는 여성들의 삶이 그녀의 이 되갚음을 통해 적나라하게 드러나는 것이
다.

다른 한편 '액운애기' 이야기는 인간이 왜 나이 든 순서대로 죽지 못하고
젊거나 늙음에 상관없이 무차별적으로 다가오는 죽음의 위력 앞에 무기력
하게 순응할 수밖에 없게 되었는지, 또 인간이 왜 다른 사람을 대신해 죽을
수 없게 되었는지, 한 번 죽은 인간이 왜 다시 살아날 수 없게 되었는지 인
간 한계에 대한 이 모든 존재론적 의문에 답하는 서사다.

'액운애기' 이야기가 제시하는 답은 간단한데, 그것은 액운애기가 죽었기
때문이며, 시댁 식구들이 액운애기를 대신해서 죽지 않았기 때문이며, 저승
에 갔다가 되돌아온 액운애기가 사소한 오해로 영영 떠나버렸기 때문이다.
그러므로 '액운애기' 이야기에는 인간의 비극적인 한계 상황은 모두 액운애
기로부터 비롯된 것이며, 인간이 무차별적인 죽음의 폭력 앞에 내던져지는
결과를 초래한 태초의 사건 역시 액운애기의 죽음이라는 인식이 깔려 있다.
'액운애기' 노래와 이야기를 연행하는 할머니들은 '액운애기'에 대해 '조물주'

라고도 하였고 '죽음을 점지했다'고도 했으며, 보통 사람이 아니며 '저승을 왔다갔다' 할 수 있는 존재라고도 하였다.

이렇게 보면 '액운애기'는 인간에게 순서도 없고 예고도 없는, 대신하거나 돌이킬 수도 없는 죽음을 가져온 권능을 지닌 존재일 수 있는데, 바로 이상주씨가 연행한 이야기에서 이와 같은 그녀의 성격이 아주 독특한 내용으로 형상화되었다. 할머니가 연행한 이야기는 다른 '액운애기' 이야기와 달리 동방삭 이야기와 겹쳐져 있는데 동방삭 이야기에서 저승사자가 하는 역할에 '액운애기'가 대입됨으로써, 다른 이야기에서 저승사자를 따라갔다던 액운애기가 오히려 저승사자의 역할을 하는 것으로 그려지고 있다.

기존에 채록된 여러 각편들을 통해 확인되는 동방삭 이야기는, 대부분 삼천 년 이상 살던 동방삭이 저승사자의 꾐에 빠져 죽게 된 내력을 설명하고 있다. 이야기에서 동방삭의 정체를 알지 못하는 저승사자는 그를 발견, 확인하여 잡아가기 위해 냇가에서 숯을 씻으며 그를 기다린다. 우연히 길을 가다 냇가에서 숯을 씻는 저승사자를 발견한 동방삭은 사자의 행동을 의아해 하며 그에게 무슨 일을 하고 있는지 묻고, 저승사자가 숯이 하얘지도록 씻고 있다고 답하자 '삼천 년 넘도록 살아도 숯을 희게 한다는 놈은 처음 본다'고 말하여 자신의 정체를 드러내고 만다. 이렇듯 냇가에서 숯을 씻으며 동방삭을 기다린 저승사자에게, 한 순간의 실수로 정체를 드러냄으로써 결국 사자에게 끌려가고 말았다는 것이 동방삭 이야기의 대략적인 내용이다.

그런데 흥미로운 사실은, 이상주씨가 연행한 이야기에서 검은 빨래를 빨다가 동방삭을 만나는 주체가 '액운애기'로 등장한다는 점이다. 숯을 씻으며 동방삭을 기다린 저승사자의 서사적인 역할을 '액운애기'가 대신하고 있는 것이다. 삼천 년을 산 동방삭도 인간이기에 죽음이라는 운명적인 한계 상황을 벗어날 수 없었음을 보여주는 이야기가 액운애기 이야기와 겹쳐진 것은 그렇다 치더라도, 동방삭이 아닌 저승사자에 액운애기의 형상이 겹쳐진 것이 더욱 흥미로웠다. 아마도 전승의 어느 시점에서 연행자들이, 소인(少人) 죽음의 기원이 된 사건의 구성보다도 소인 죽음을 가져올 정도로 성적(聖

的) 권능을 지닌 액운애기의 존재 속성에 더 깊이 경도되어 이와 같은 변형이 나타나게 된 듯하였다.

채록된 '액운애기' 이야기들과 달리 이상주씨가 연행한 이야기에서는, 액운애기의 신이한 능력과 존재 속성, 소인(少人) 죽음을 초래한 사건의 신성성 등에 초점이 맞춰지면서, 연행의 주제 역시 '신이한 존재나 사건'을 중심으로 흘러가기 시작했다. 이야기판에 모인 사람들의 대화는 자연스럽게 '신이한 존재' 대한 이야기로 이어졌다.

나는 '신이한 존재'라는 주제를 고려하여 할머니들에게 '아기장수' 이야기를 아는지 물어 보았다. 대체로 마을의 어른 격인 할아버지들이 잘 아는 이야기이긴 하지만 모여 있는 할머니들이 나이도 많고 이 근방 지역 토박이들이라는 점을 고려하여 혹시 들어본 적이 있지 않을까 해서였다. 옛날에 날개 달린 아이가 태어났다는 이야기를 들어본 적이 있냐는 질문에 대부분의 할머니들은 모르겠다고 대답하였다. 그런데 바로 그때 50대 중반의 김진옥씨가 태어날 때부터 이빨이 자라나 있는 아이를 낳은 적이 있다며 자신의 경험담을 늘어 놓기 시작했다.

"나는 아- 금방 놔나 놓으끼네225), 이빨이 쏘옥 오른, 그런 아-226)도 놔227) 봤다."

"이빨이 난 애를 낳았는데, 어쨌다구요?"

"애로228) 하나, 딸로 하나 놔았는데요, 이빨이 쏙, 두 개 올라갖고 그 아이가 죽었지만은."

김진옥씨의 이야기에 곁에 앉아 있던 할머니들이 모두 호기심 어린 눈빛으로 이런저런 질문을 던지기 시작했다. 누구 하나 사실 여부를 의심하는 사람은 없었고, 그런 일이 있을 수 있다는, 그렇지만 매우 신기한 일이라는 반응을 보였다. 여러 사람들이 반응을 보이자 김진옥씨는 더욱 흥에 겨운 듯 이야기를 이어나갔다.

---

225) 낳아 놓으니.　　　　　　　　　227) 낳아.
226) 아이.　　　　　　　　　　　　228) 아이를.

"그런데 내가 서울 있는데 저 저 뭐꼬, 서울에 쌍딩이229) 머슴아230), 쟈231) 가일232) 때, 혼육233)을 받아 가는데 아를 자꾸 바같234)에 끄내235) 놓더라꼬, 마당에다. 마다아—236) 끄내 놓이끼네 그래 아를 갖다 자—꾸 추분237) 겨울에도 갖다 끄내 놓는 거라. 그래 아이가 내가, 어데 빨래 씻그고238) 오니까 아—가 죽어뿌렀어239)."

예전엔 그런 일들이 많아서였을까, 아니면 일찍 죽을 수밖에 없었던 아이의 운명을 순순히 받아들였기 때문일까. 가슴 아픈 사연이었지만 이야기를 하는 김진옥씨나 이야기를 듣고 있는 다른 할머니들 모두 덤덤하게 말을 주고받았다. 가슴 아픈 일들을 덤덤하게 말하고 조용히 묻어둔 채 아무렇지도 않은 듯 때론 쏟아지는 눈물로, 때론 한바탕 웃음으로 이기며 살아온 것이 할머니들의 힘이자 삶의 지혜인 것 같았다.

이야기가 계속되는 와중에도 점심 식사를 준비하는 김기남씨의 분주한 몸놀림이 만들어내는 갖가지 소리가 끊이지 않았다. 동시에 이상주씨 또한 '삼천갑자 동방석을 살아도'로 시작되는 '액운애기' 이야기를 콧노래처럼 계속 혼자 흥얼거렸다. 그 무엇도 이 두 사람만의 고유한 일-전혀 다른 성격의 일이지만-을 멈추게 할 순 없을 것 같았다.

을-매나 베틀 많이 짰다고

점심을 먹을 때까지 잠깐 동안 할머니들과 이야기를 나눌 화제가 없을까 궁리하다가 민속으로 이야기 흐름을 돌려 보았다. 정월대보름이 얼마 남지

229) 쌍둥이.
230) 사내아이.
231) 저 애.
232) 가졌을.
233) 의미 불명.
234) 바깥.

235) 꺼내.
236) 마당에.
237) 추운.
238) 씻고.
239) 죽어 버렸어.

않았고 이미 대보름 전후로 2차 답사를 계획하고 있는 터라 정월대보름날 하는 놀이와 의례 등에 대해 이것저것 물어 보기로 하였다.

현지조사를 다니면서 배운 것 중에 하나는 정월대보름이 시골에서는 여전히 큰 명절이라는 사실이었다. 마을 전체로 보면 정월대보름은 설날이나 한가위보다도 더 큰 의미가 있었다. 하우스 농사로 농한기 없이 아무리 바쁘게 일하는 마을이라도 정월대보름을 전후로 해서는 반드시 마을 전체가 신명나는 놀이판을 벌인다. 마을에 따라 당제를 지내기도 하고 지신밟기나 달집태우기를 하기도 하지만, 이런 것들을 하지 않아도 동회(洞會)는 꼭 치루며 이 때 술과 음식을 차려 놓고 마을 전체가 한바탕 큰 놀음을 한다. 마을마다 가장 많이 하는 놀이는 바로 윷놀이었다.

할머니들의 이야기는 자연스럽게 정월대보름날에 하는 윷놀이로 옮겨졌다. 그동안 숲골에서는 정월대보름 때마다 윷놀이판을 크게 벌여서 한판 걸지게 논 후 그 때 모인 돈으로 마을 재정을 충당해오곤 했는데, 올해는 좀더 새롭고 재미있게 놀기 위해 지신밟기를 하자는 의견이 있어 의논 중이라고 하였다.

정월대보름날 놀이에 비해 당제의 의미는 많이 약화된 듯했다. 그래도 당신인 당산 할매의 영험함에 대해 의문을 제기하는 사람은 없었다. 다만 예전처럼 '대잡이'를 하진 않아도 마을 전체가 모여 당제를 지낼 제주를 결정해야 하고 제주로 결정된 사람은 상가집에 일체 가지 않고 뒷간에 다녀온 후에 몸을 씻어야 하는 등 몸을 깨끗이 해야 하기 때문에 마을 뒷산에 있는 절에 위탁하여 당제를 지내는 중이라며, 할머니들은 당제를 둘러싼 그간의 사정을 조사자들에게 들려주었다. 할머니들은, 몇 해 전 폭풍우에 당나무가 꺾여 나가면서 동티가 날까봐 마을 사람들 사이에 걱정이 많았는데 다행히 어린 나무를 새로 심은 후 큰 탈 없이 지내오고 있다는 말도 덧붙였다.

할머니들이 모인 자리라 주로 여성들이 주체가 된 놀이나 의례 쪽으로 화제를 바꾸어 보았다. 산내면에서의 경험을 바탕으로, 산간 지역이라는 점을 고려하여 이월 초하루에 영등 할멈을 모시는지 여쭤 보았다. 바람신인 영등 할멈을 모시는 영등제는 주로 부엌 등 여성 공간을 중심으로 여성들이 주도적으로 전승해오는 민간 신앙으로, 예전에는 주로 농사일과 관련된 신앙이었으나 지금은 자식들의 미래와 집안의 길흉, 재복과 건강 등 일상사의 모든 일에 대한 축복을 기원하는 기복적인 성격이 강한 신앙으로 전승되고 있는 듯했다. 얼마 전까지만 해도 새벽 일찍 일어나 첫 물을 뜨기 위해 경쟁할 정도로, 또 온갖 나물 반찬과 떡을 맛깔스럽게 차려 놓고 정성을 다할 정도로 열심히 모셨으나 최근 몇 년 사이에 영등제를 모시는 사람은 거의 대부분 사라졌다고 했다.

영등제와 마찬가지로 시준 역시 여성이 중심이 된 민간 신앙이다. 시준은 '세준', '신주'라고도 하는데, 영등제가 농사일의 시작 단계에서 지내는 의례인 반면 시준은 햇곡식을 거둔 후에 모시는 의례다. 따라서 영등제와 시준은 농사일의 시작과 끝을 사이에 두고 주기적으로 반복되는 의례라고 할 수 있다.

영등제에 비해 시준은 절차와 과정이 많이 까다롭지 않아서 여전히 시준을 모신 단지를 방 한 구석 시렁에 얹어둔 집들이 많았다. 하지만 이 역시 시어머니의 단지를 받지 않으려는 며느리들이 많아지면서 점차 사라지고 있는 형편이다. 그도 그럴 것이 모든 신앙과 의례에는 일정한 금기가 따르는 법인데, 복잡한 현대 사회를 살면서 이와 같은 금기들을 지키고 사는 것이 젊은 사람들에게는 쉽지 않은 일이기 때문이다. 더구나 근대화 교육과 문화의 영향으로 며느리들에게 이 단지는 '귀신 단지'에 지나지 않았다.

민속 놀이와 의례에 관한 대화들이 어느 정도 오고간 후에 나는 첫 조사이니만큼 마을 구조에 대해 알 필요가 있을 듯하여 마을을 구성하고 있는 소규모 지역 공간들의 고유 지명을 할머니들에게 물어보기 시작했다. 예나 지금이나 지역민들에게는 행정구역명보다도 대대로 내려오는 고유한 이름들이 훨씬 더 큰 의미를 갖고 있는 듯했다. 먼 조상들이 살던 때로부터 자신이 살고 있는 오늘에 이르기까지 마을 안 구석구석은 모두, 마을 사람들이 살아온 삶의 이야기와 역사를 고스란히 간직한 공간일 뿐 아니라 기억과 믿음으로 구성된 역사와 신앙에 따라 특별하게 의미가 부여된 공간이었다.

골목마다 등걸마다, 마을 안 어느 곳이든지 어떤 지도에도 나오지 않고 행정구역을 훤하게 꿰뚫고 있는 면사무소의 토박이 행정직원조차도 평생 들어보지 못한 이름들을 갖고 있었다. 이 이름들은, 일제강점기에 일본인들이 마을의 역사와 마을에 고유한 우주적 질서를 배제한 채 멋대로 붙여버린 이름들과 경쟁해서도 살아남았고, 근대화의 폭력 아래 획일적으로 붙여진 '□□ 1동·□□ 2동' 등의 이름 속에서도 살아남았다. 신기한 것은 마을 바깥에서는 아무도 알지 못하는 '골목각단, 새각단, 장승배기, 주막거리' 등의 이름들을 마을 안에서는 누구나 쉽게 대답할 수 있다는 사실이다. 구전의 문화 속에는 이처럼 집단 내부 사람들끼리만 은밀하게 공유하는-목적의식적으로 의도한 것이 아니라 하더라도 결과적으로는 은밀한- 특별한 기억과 역사가 깊이 아로새겨져 있다.

마을에 존재하는 소규모 세부 공간들의 이름은 마을 사람 누구라도 쉽게 대답할 수 있는 것이어서 연행 흐름이 잠시 끊겼을 때 새로운 대화를 유도하거나 연행에 적극적으로 참여하지 못하는 연행자들을 끌어들이기에 좋은 화제거리였다. 예상대로, 예전부터 전해 내려오는 고유한 지명들에는 어떤 것들이 있었느냐는 조사자의 질문에 이상주씨를 중심으로 이야기판 이곳저곳에서 여러 사람들이 낯선 이름들을 되새기기 시작했다.

연행자 : 이상주(여, 80세, 죽남댁) ●
조사자 : 김영희 ①, 황은주 ◎
청 중 : 백승희(희설댁) ②, 서복선(오치댁) ③, 김진옥(구야할머니) ⑤

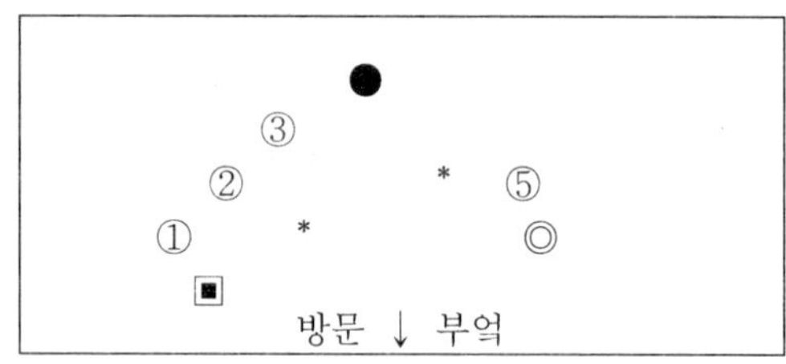

"할머니. 여기 숲촌이,- 숲촌이라 해도 왜, 쪼금 쪼금한 데는 이름이 다 다르잖아요?"

"그렇지."

"골, 골목각단, 새각단, 이런 식으로-."

"그렇지. 여게240)는 숲촌. 〔⑤: 여기는 숲촌.〕 또 【손가락으로 허공을 가리키며】 저 위에 올라가면, 〔⑤: 조241) 위는 뒤뜰.〕 그래. 〔⑤: 조-- 저서242), 저-는243) 인자 댓마, 대나무 많다고 댓마.〕"

"댓마."

"〔⑤: 어, 조 버스 돌리244), 나오는 데는 중마.〕 그래. 〔⑤: 저- 꼭대기 저게는 인자 안마. 젤 꼭대기라꼬245) 안당 꼴짝.〕 구름동네다, 거-는246). 〔②: 구름동네 거-는. 그런데 거 사람.〕"

"구름동네라구요, 거기가?"

"거는 구름동네다. 〔⑤: 예, 그래 구름동네라 카기두 카고.〕"

"할머니. 그럼, 제가 복습해 볼게요. 여기는 숲촌."

"어."

"요- 뒤에는 뒤뜰."

"어."

"대나무 많은 데 댓마. 그 담에, 〔⑤: 버스 돌려 나가는 데는,〕 고 뒤에, 버스 서는 데 중마. 〔⑤: 중마.〕 고 젤 안엔 안당골."

"어. 〔⑤: 구름동네라 카기두 하고, 안당골이라 하기두 하고.〕 여게는 저 저, 〔①: 다섯 개.〕 여게는 저 저 저, 민속촌 난대. 저- 안당골에 민속촌 난다 하더라."

"민속촌 한다고요?"

240) 여기.
241) 저.
242) 저기서.
243) 저기는.

244) 돌려.
245) 제일 높은 꼭대기라서.
246) 거기는.

"어, 어. 민속촌 난다고 여기, 신문에도 다 나고, 다 났단다."

"안당골이나 이런 건 다, 걸어서 이렇게 갈 수 있어요?"

"[멀어요.]247) 걸어가면 머-다248). 못 걸어간다. [②: 차 타고 중마 거-는 다촌 거-는, 거서 니리가249) 올라간다.]250)"

내친 김에 여러 사람들이 이야기판에 참여한 분위기를 계속 이어가기 위해 할머니들 누구라도 쉽게 말을 꺼낼 수 있도록 길쌈과 베짜기에 관한 이야기를 할머니들에게 물어 보기 시작했다. 이야기판에 모여 앉은 할머니들은 대부분 70대 후반의 나이거나 이미 80대의 나이에 접어든 이들이니만큼 길쌈과 베짜기에 관한 경험을 많이 갖고 있을 것이라고 생각했기 때문이었다.

"할머니, 옛날에 베틀도 많이 하셨나요, 여기는?"

"【여러 사람이 동시에】 나는 을-매나251) 베틀 많이 짰다고. [②: 비틀252) 도 하고, 삼도 삼고,] [⑤: 삼도 삼고, 베도 짜고,] 삼도 삼고, 삼도 숭구고, [⑤: 밍253)도 이래 돌리는, 밍-도 이래, 실 빼고,] 짜고, [⑤: 전부 다 했지.] 꼬치254) 맨들고255)."

"다시 해볼게요. 삼을 삼는다는 게 뭐예요?"

"삼을 째가256) 발래가주고257), [⑤: 옛날 삼비258) 있지, 삼비.] 바래가,

---

247) 말소리에 섞여 누가 말한 것인지 파악하기 어렵다.
248) 멀다.
249) 내려서.
250) 각 명칭에 해당하는 지역의 위치는 부록의 마을지도 참조.
251) 얼마나.
252) 베틀.
253) 목화.
254) 고치. 고치는 실을 뽑기 위해 솜을 흰떡가래만하게 만 것으로, 솜을 가지런히 펴 놓고 속에 수수깡 같은 매끄러운 물건을 넣고 말아서 만든 뒤,

속대는 빼낸다. (이훈종, 『민족생활어 사전』, 한길사, 1992, 307면.)

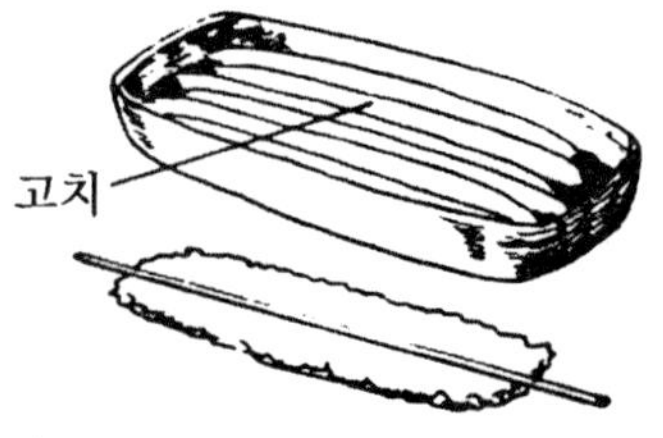

255) 만들고.
256) 찢어서.
257) 발라서.
258) 삼베.

〔①: 실 꼬아서, 실을 만드는구나.〕【바지를 걷어올리며】삼을 모다가주고259), 어 모다가, 또 실□□ 돌고지260)에 올리가261), 〔②: 오새262)는 그 글그치면263) 잡아간다.264)〕〔①: 돌고지에 올린다구요?〕어, 돌곳에 올리가주고 또 인제, 〔①: 돌곳? 돌고찌?〕돌고지 있어. 〔②: 돌고지 방구265)만-하게 해 놓고, 이래 올린다.〕〔⑤: 방구만-하게, 이래 이래 젓시갖고.266)〕젓시가, 이래 올리가, 또 〔⑤: 전부 다 삼을 쩌가주고, 무릎팍에 삼고,〕또 쩌가주고, 돌곳에 또 또, 【오른손을 좌우로 흔들며】이래 흔들어가, 똥 다 베끼가267), 〔②: 오새 그런 거 있으면 잡아간다 아이가?268)〕〔①: 왜 잡아가요?〕〔②: 오새 그런 거 있으면 잡아간다.〕잡아가긴 뭘로 잡노? 〔②: 어어269). 삼을.〕삼을 잡아간다꼬? 〔⑤: 아― 삼씨, 삼씨. 그 팔만은270) 잡아간다―.〕"

---

259) 모아서.

260) 돌껫. 돌껫은 실을 감고 풀고 하는 데 쓰는 기구로 나무바탕에 세운 나무기둥 끝(굴뚱)에 '+' 모양으로 나무를 장치한 것이다. (『한국민속대사전』, 한국사전연구사, 413면.)

돌껫

261) 올려서.

262) 요새.

263) 걸리면.

264) 삼은 '대마'이기 때문에 일반 농가에서는 재배할 수 없는 식물이다.

265) 바위.

266) 저어서.

267) 벗겨서.

돌껫 부분명칭

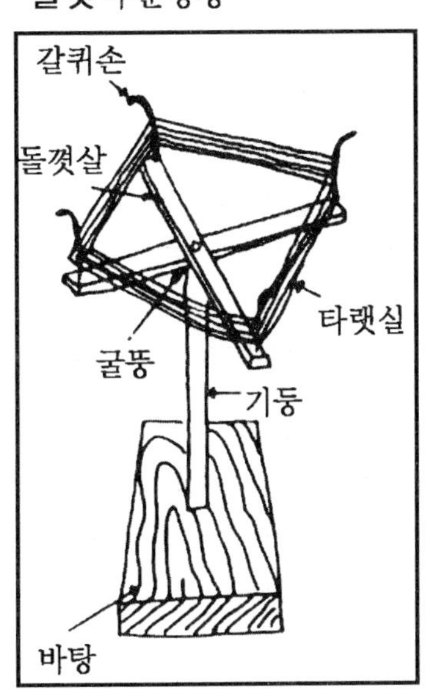

268) 잡아가지 않느냐?

269) 억양이 강한 발화로 '아니라'는 부정의 뜻을 드러낸다.

270) 팔면.

"삼 삼고 그 다음에요, 밍-이란 게 뭐예요? 아까 명주, 〔②: 목화.〕 목화에서 이렇게 명, 명."

"〔⑤: 고거는 이래 돌려갖고 실 뽑아가,〕 또 □□기 앗아가주고, 또 타가주고 또, 꼬치 맨들어가, 그 또 〔⑤: 나 밍 이거,〕 【물레 돌리는 흉내】 잣는다. 잣아가 그것도, 그것도 해가주고 〔⑤: 하이튼,〕 실 뽑아 다 하고, 〔⑤: 목화 거 시기, 그것도 타기도 하고, 【물레 돌리는 흉내】 이래 젓기도, 실도 빼고 나는 다 했다, 점부271) 여기서.〕 어, 그래 다 했다. 〔⑤: 점부 다 했어.〕 그래 다 해가, 베틀 만들어 인자, 짜게 하고, 짜고. 이거, 이거 옛날에, 고, 고풍 이기-, 언젠강-도 다 안 없애지겠더라272). 〔②: 테레비도 나오는데 내, 예사로 안 보이더라.〕 어, 안 없어져요. 걸273) 안 없앤단다. 〔②: 안 없어지지.〕 〔⑤: 그 세월을 한번 난 또 다시, 또 생겼으면 좋겠다.〕 옛, 옛날 노래하는 그것도 절대 안 없애지고, 민속촌 되고 □□. 〔⑤: 우리 숲촌엔 저274) 삼을 삼고, 이랬다고.〕 〔③: 여, 저기 구름동네.〕"

"어디 저 개울가에서요?"

"〔⑤: 저 밑에, 여275) 밑에.〕 숲, 〔⑤: 내나276) 이 아즈메277) 집 있고 거-서, 그전에 삶았다고.〕 〔①: 삶았다고요?〕 〔⑤: 예. 고 삶아갖고, 이래 삼비 삼비로 가.〕 삶아가 이리278) 비꼈다279)."

베 짜던 일과 관련된 이야기는 자연스럽게 과거 민속을 보전하는 일에 관한 대화로 이어졌다. 할머니들은 '구름동네'에 생기는 민속촌에 많은 기대를 걸고 있는 듯했다. 김기남씨는 '구름동네'에 민속촌이 생기면 배우는 학생들이 볼 만한 것이 아주 많을 것이라고 말했다. 할머니들에게 베 짜는 일과 관련된 이야기는 과거 힘든 시절의 기억을 되새기게 하는 아픔인 동시에

---

271) 전부.
272) 없어지겠더라.
273) 그것을.
274) 저기.
275) 여기.

276) 간투사의 일종.
277) 아주머니.
278) 이렇게.
279) 벗겼다.

생기왕성하던 젊은 날을 아련한 그리움의 대상으로 추억하게 만드는 계기가 되는 듯했다. 아무리 힘든 시절이었어도 여든이 넘은 나이에는 너무도 그립기만 한 젊은 날의 '한때'인 것이다.

그럴 때 무슨 노래 있노

　베 짜는 일에 대한 이야기가 나온 김에 베틀노래를 아는 분이 있는지 여쭤 보았다. 대부분의 할머니들이 베틀노래를 들어본 적이 있고 불러본 적도 있지만 지금은 다 잊어버려서 하나도 기억이 나지 않는다고 말했다. 예전에 베틀노래를 아주 인상 깊게 들은 적이 있어서 내가 계속 '한 자락도 기억나지 않으시냐'며 졸랐지만, 할머니들은 한결같이 전혀 기억이 나지 않는다는 대답만을 되풀이했다.

　베틀노래는 이미 오래 전에 일노래로서의 연행 기회가 거의 사라진데다 서사적인 구성을 갖춘 긴 분량의 노래라 노래를 아주 잘 하는 연행자가 아니면 선뜻 연행에 나서기 어려운 점이 있다. 그래서 나는 할머니들이 쉽게 연행에 참여할 수 있도록 농요(農謠)를 청해 보기로 했다.

▶4 보리타작 노래[280] (노래①)

　연행자 : 이상주(여, 80세, 죽남댁) ●
　조사자 : 김영희 ①, 황은주 ◎
　청　중 : 백승희(희설댁) ②, 서복선(오치댁) ③, 김진옥(구야할머니) ⑤

---

280) 2003년 2월 4일 오전 밀양 산외면
　　 엄광리 숲골 할머니노인정.

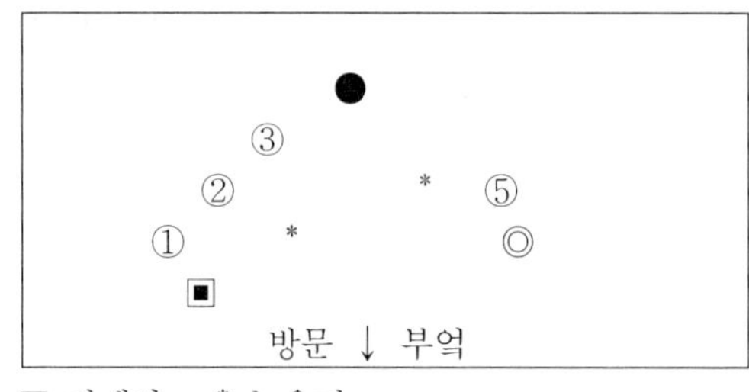

"할머니 그러면 예전에, 이제 보리농사 짓고, 논농사 짓고 이럴 때-, 그
럴 때 부르던 노래, 이런 건 없으세요?"
"그럴 때 무슨 노래 있노?"

"그 때두 노래 잘 가르쳐 주믄281), 보리타작하면 에헤, 등 땡
기는282) 기기든283). 보리타작 등 댕기 놓고, 콰악 댕기 놓고,【종이를 바닥
에 펴고 도리깨질 하는 흉내】[③: 에헤라 때리라 넘어간다.]
【곡조를 붙여】에헤라 때리라 넘어간다. 때리라.
앞집에 지추씨284)도 내 손만 바래【웃음】
뒷집에 지추씨도 내 손만 바래
□□산에 비 묻어 온다
앞집에 지추씨도 내 손만 바래고 뒷집에 지추씨도 내 손만 바래고.
【웃음】"

이상주씨는 노래보다 이야기 연행에 더 뛰어난 능력을 지녔지만 이야기
판을 주도하고 있을 뿐 아니라 조사 상황에 가장 적극적으로 참여하고 있었
기에, 농사일과 연관된 노래를 청하자마자 바로 보리타작 노래를 부르기 시
작했다. 더구나 보리타작 노래의 흥겨운 가락과 박자는 이상주씨의 성격이

---

281) 주면.
282) 때리는.
283) 것이거든.
284) 제수씨.

나 연행 특성과도 잘 맞아떨어졌다.

이상주씨는 '처음에 배울 때 도리깨로 대갈통을 얼마나 맞았던가'라며 보리타작하던 시절을 회상하기 시작했다. 흥겨운 보리타작 노래의 가락을 타고 할머니도 잠시 젊은 시절로 돌아가는 듯했다. 그러나 워낙 오랜만에 하는 연행이었고, 갑작스럽게 준비없이 시작한 노래라 길게 이어지지는 못했다. 더구나 앞집 뒷집 제수씨가 내 손만 바라본다는 노래 내용에 성적인 의미가 들어 있는 것인지, 할머니들의 웃음이 계속 이어져서 이상주씨 또한 노래를 계속 이어가지 못했다.

▶5 모노래(1)[285] (노래②)

연행자 : 이상주(여, 80세, 죽남댁) ●
조사자 : 김영희 ①, 황은주 ◎
청 중 : 백승희(희설댁) ②, 서복선(오치댁) ③, 김진옥(구야할머니) ⑤

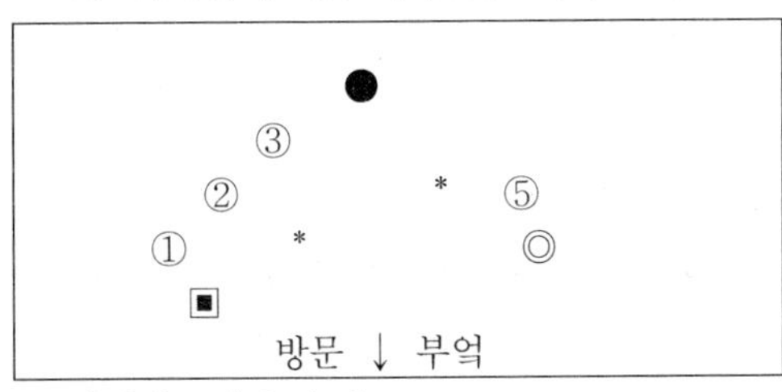

"옛날에 모 찌고[286], 모 이렇게 할 때 부르시던 노랜 없어요?"

"뭐 할 때?"

"모 찌고 모 숭구고[287] 할 때."

"아 모 찌고. 아 있지, 모노래. 모노래 참, 모 찌고 할 때 모노래 많지.

---

285) 2003년 2월 4일 오전 밀양 산외면
   엄광리 숲골 할머니노인정.

286) 모찌기: 모판에서 모를 뽑는 일.
287) 심고.

모 찔 때는 뭐라 카더노288)? 나는 마자289) 모르겠다."

"【가락을 타며】 저루자 저루자 이 모자리로 저루자

시누부, 뭐라 카더노? 【웃음】

시어□□290) 저루자

【원래 말투로】 낸중에 다, 모 찔 때는 그래 마, 한-차 □□ □□□. 모
다 쩌갈 때 부르지. 다 잊아뿠다291). 모 찌는 노래 많지, 숭구는 노래도
많고."

계속 일노래를 청하자 이상주씨가 이번에는 모노래를 부르기 시작했다.
하지만 아무래도 노래는 할머니의 장기가 아닌 듯했다. 그러나 노래하는 목
소리 청은 크고 시원스러웠으며 할머니의 노래 가락은 흥겹고 힘이 넘쳤다.
보통 모노래는 혼자 하기보다는 여럿이 모여 함께 선후창을 주고받으며 불
러야 연행이 제대로 이루어진다. 이번에도 이상주씨가 곁에 앉은 다른 할머
니에게 같이 하자고 하여 몇몇 분들이 함께 선후창을 주고받으며 노래를 이
어나갔다.

모노래 역시 기계로 모를 심기 시작하면서 일노래로서의 연행과 전승은
끊긴 지 오래되었다. 산등성이에 있는 작은 논에 손으로 모를 심을 때조차
도 여러 사람들이 함께 모여 일하는 두레나 품앗이의 전통이 끊기다 보니
노래를 부르면서 일할 기회가 없어져 버렸다. 모노래는 더 이상 일터에서
불리지 않게 되었고 오히려 이제는 단풍 놀이를 가거나 마을 잔치 때 옛일
을 추억하면서 춤을 추며 부르는 유희요가 되어 가고 있었다. 그조차도 노
랫가락 등의 노래에 밀려 이렇게 누군가 조사를 하러 나오거나 하지 않으면
부를 기회가 거의 없는 실정이었다.

---

288) 하더냐.
289) 마저.
290) 가사가 잘 생각나지 않아 끝을 얼버
무렸다.
291) 잊어버렸다.

그러다 보니 예전에는 모 찔 때 부르는 노래, 모 심을 때 부르는 노래의 가락과 내용이 다 다르고 아침, 점심, 저녁 때 부르는 노래가 다 달랐다고 하는데 지금은 순서없이 뒤섞어 부르는 경우가 많다. 또한 일 노래가 아니라 놀이 노래로 불리다 보니 일의 순서나 박자보다는 판의 분위기와 흥취에 따라 노래의 구성이 짜맞춰지기 일쑤였다. 노래의 가사 역시 연행자들에게 특히 인상 깊은 구절들만이 반복적인 연행을 통해 오래 전승되다 보니 할머니들이 기억하고 즐겨 부르는 모노래 대목은 어느 지역에서나 비슷했다.

그래도 어디서나 할머니, 할아버지들은 여러 노래 가운데 모노래를 가장 으뜸으로 꼽는 데 주저하지 않았다. 모노래는 일 할 때 고단함을 잊을 정도로 흥겹고 가락이 구성질 뿐만 아니라 그 의미가 매우 깊다고 모두 입을 모아 말하곤 했다. 모노래의 의미가 깊다는 말은, 모노래가 농민 생활의 여러 국면과 일상의 감정, 삶에 대한 근원적인 질문과 인간 관계의 보편적인 문제 등을 표현하고 있음을 의미한다. 그래서인지 연행자들은 모노래를 부를 때면 언제나 모노래 가사의 뜻을 조사자들에게 자상하게 설명해 주곤 하였다. 또 대체로 모노래를 잘 하는 사람이 동네에서 노래를 제일 잘 하는 사람으로 일컬어지는 경우가 많았다.

연행 기회가 많지 않다 보니 할머니들의 모노래는 자꾸 흐름이 끊길 수밖에 없었다. 가사를 찬찬히 떠올렸다가 다시 부르곤 하여, 할머니들이 부르는 노래는 끊겼다 이어지는 과정을 반복하였다. 선창하는 사람이 가사가 잘 생각나지 않아 머뭇거릴 때면 옆에 앉은 다른 사람이 앞 부분을 읊어주거나 한두 단어를 일러주어 다시 노래를 이어가는 방식으로 연행을 계속해 갔다. 모노래의 흐름이 끊길까 염려하여 나는 다시 할머니에게 모노래를 들려달라고 조르기 시작했다.

"생각나는 대로 해 주세요, 할머니. 모 찌는 노래."

"모노래 그-는292) 내 카라 카믄 카지293), 모 찌는 그런 노랜 내 다 잊어

---

292) 그것은.   293) 하라고 하면 하지.

뺐다."

"아! 그럼 모노래를 해 주세요, 모노래.

"그래 자꾸 하면 입 아프다. 상 주나?"

"예.【웃음】다음 번에 상 드릴께요, 올 때."

"상 줄라 카면294) 내 한 분295) 하지."

상을 드린다는 말에 할머니는 짐짓 더 기운이 나는 듯 다시 한 번 자세를 가다듬었다. 하지만 마침 김기남씨가 들어오는 바람에 노래는 다시 중단되고 말았다. 김기남씨는 방 안에 있는 할머니들에게 저녁에 약장수 구경 가자는 제안을 하였다. 조사자들이 저녁에 죽서로 이동할 것을 미리 말씀드린 탓에 할머니들은 부담 없이 조사자들과 상관없는 저녁 일정을 잡으려는 듯했다. 할머니들의 이야기가 길어질 듯해서 나는 과일을 깎기 시작했다. 부엌에서 밥 익는 냄새가 솔솔 들어오는데, 김진옥씨가 갑자기 생각난 듯 김말남씨를 데리러 간다며 자리를 털고 일어났다.

'모노래는 이제 그만 하시려나 보다'생각하면서 마지막으로 모노래는 이제 다 하신 거냐고 여쭤 보았다. 그랬더니 기다렸다는 듯이 이상주씨가 모노래를 다시 이어갈 채비를 서둘렀다. 누군가 함께 노래를 불러야 홍이 날 것 같았는지 이상주씨는 백승희씨에게 모노래 한 자락 해 보라며 부추기기 시작했다.

"또 그 모노래 하라꼬296)?"

"예."

"에헤, 참 이. 상 탈려 하이297) 디기는 디다298). 무슨 노래, 한 번 할래? 니299) 하나 해 주라."

"나는 모린다300)."

---

294) 준다고 하면.
295) 한 번.
296) 하라고.
297) 타려고 하니.

298) 힘들기는 힘들다.
299) 너.
300) 모른다.

"하다 보면 또 하세요, 그죠? 제가 알아요【웃음】. 하다 보면 이제."

"수분301) 거 노랑모, 그거 하지 뭐. 그자? 그게 안 숩나302), 그자? 이동 딕이 오믄303) 잘 할 긴데304)."

"이동댁이 오믄 잘 한다."

"인자, 목을 따듬어305)."

연행자 : 이상주(여, 80세, 죽남댁) ●

조사자 : 김영희 ①, 황은주 ◎

청 중 : 백승희(희설댁) ②, 서복선(오치댁) ③

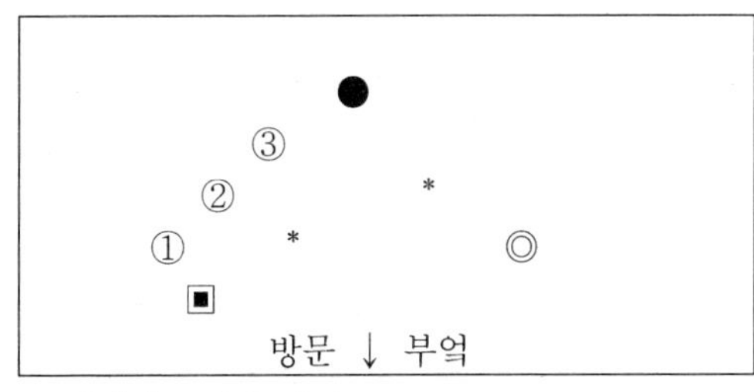

■ 카메라   * 녹음기

"【가락을 타며】 모야- 모야 노랑-모야- 니 언제 커-서 열매 열래

이-달-306) 크-고 훗달307) 크-고 내훗-달308)에 열매 열래

【노래 부르는 동안 다른 할머니들은 작은 소리로 흥얼흥얼 따라함】

이달 크고 훗달 크고, 칠월달 팔월달 되믄 열매 열리거든. [①: 아-.] 고기309) 제일 수분 기다.

또, 뭐꼬. 또 보자. 또, 또 □□야 되거든.【웃음】모노래 천진데 다 잊아뿟다. [③: 그깐310) 안 해 봐서 잘 모린다.] 또 뭐라 카노311)?

---

301) 쉬운.
302) 쉽지 않냐.
303) 오면.
304) 건데.
305) 다듬어.
306) 이번 달.
307) 다음 달.
308) 다다음 달.
309) 고것이.
310) 그러니까.
311) 하노.

[②: 연적 겉은312) 내 젖 봐라 카는 거 캐313) 봐라.] 어?

[②: 연적 겉은 내 □, 모시야 적삼 시키 카미.314)] 어.

【가락을 타며】모시야- 적삼 새 적삼에- 반달-겉은【곡조 생략】저 젖 보소
【할머니들 합창】많이야- 보면- 병 날 끼고-315) 쌀낱만침마316) 보고 가소
젖 그거, 많이 보면 빙317) 나거든,【청중 웃음】쌀낱같이.【웃음】

또- 보자. 또 석류, 고 또 그거는 뭐부터 시작하노? [③: 석류꽃은]
응, 요각 가고318) [③: 요각 가고 찔레꽃은 장개319) 간다 안 카나?] 그
래. 그거 질320) 첨에, 뭐라 카노?【할머니들끼리 노래 가사에 대한 의견이 분분
하였다.】고321), 모르겠네. 또 보자.

【가락을 타며】해 다 졌네- 해 다 졌네- 양산땅-에 해 다 졌네
방긋-방실 웃는 아-기-【할머니들 합창】못 다 보고 해 다 졌네
그래, 그거 안 좋나? 또 또 있다.

【가락을 타며】해 다 지고- 저문 날에- 골묵골묵-322) 연기 나네
□□야 임은 어데르323) 가고 연기 낼 줄 모르던고
모노래 그 하믄, □□□□ 싶으드라324), 나는 요새. 그거 얼매나325) 재
밌는데, 모노래 하믄. [②: 그, 신명난대이.] 응, 참- 신나고, 재미난다 그
거. [②: 그 숭글326) 때 하믄.] 모노래 참, 마히327) 했는데. [②: 그 하믄
그땐 마, 허리 아픈 줄 모르고, 더 꼭꼭꼭 더 꽂는데.]

또, 해 다 지고 저문 날 또,

【가락을 타며】해 다 지고 저문 날에- 방실방실 웃는 아기

---

312) 같은.
313) 해.
314) 새겨(되새겨) 가면서.
315) 것이고.
316) 쌀 한 톨만큼만.
317) 병.
318) 상객으로 가고.
319) 장가.
320) 제일.
321) 그것.
322) 골목골목.
323) 어디로.
324) 싶더라.
325) 얼마나.
326) 심을.
327) 많이.

[③: 【가락을 타며】못 다 보고 해 다 졌네 【웃음】]

우리야 어머, 【기억한 내용이 엉켰는지 갑자기 노래를 중단】

아, 방실방실 웃는 아기 못 다 보고, 그건 아이고[328]. 우리야 부모 산소등에, [②: 산소등에] 젖 먹으러 【바깥에서 김기남씨가 식사 준비를 하라고 소리침】[②: 젖 무-러[329] 내가 간다. 상 피라 칸다[330].] 내가 갑니더 카는 거. 그거 칼 찍[331]에 마, 어-떻게 마 울고, 저-[332] 저, 우리 저, 연모 아부지 모 숭구미[333], [①: 뭐라구요, 할머니? 할머니. 그것만 해 주세요. 뭐, 뭐라구요? 못 들었어요.] 어? [①: 그, 그거, 금방 모노래 하신 거요.] 그거 마, 울고 이랬거든 그전에. 얼-매나 그 눈물지이[334]. [①: 아, 그게 뭐였죠? 금방 하신 거요.] [②: 해 다 지고 저문 날에,] 다, 아! 【갑자기 생각난 듯】

【가락을 타며】다풀다풀- 다풀머리- 해 다- 견데[335] 【곡조 생략】어디 가노 【가락을 타며】우리야 어머니 산소등에 젖 먹으러 【곡조 생략】내가 갑니다."

모노래의 가락과 내용은 그대로 소박한 농민들의 삶의 정서를 대변하고 있는 듯했다. 처녀의 젖가슴을 보는 내용에서는 여든 넘은 할머니들이 마치 본인들의 가슴을 이야기하는 듯 처녀처럼 수줍어하면서 흥겨워했고 돌아가신 부모님 산소를 찾아가는 대목에서는 금방 눈에 이슬이 맺히곤 하였다. 서로 가사를 맞춰가며 주거니 받거니 노래를 이어가는 할머니들의 모습이 그토록 다정하고 정겨워 보일 수 없었다. 두레의 일터는 사라졌지만 더불어 살아가는 사람들의 마음과 인정, 그 문화만큼은 아직 살아 있는 것처럼 느껴졌다.

---

328) 아니고.
329) 먹으러.
330) 펴라고 한다.
331) 할 적. 그 부분을 부를 때.
332) 저리.
333) 심으면서.
334) 눈물이 난다.
335) 졌는데.

이번에도 김기남씨가 갑자기 벌컥 문을 열더니 할머니들에게 마치 군대의 연대장처럼 큰 목소리로 '상 피라'고 외쳤다. 나중에서야 눈치챈 일이지만 김기남씨는 조사자들이 열심히 일하는 할머니의 모습을 촬영하거나 할머니에게 질문을 쏟아붓지 않고 옛날 이야기나 노래를 할 줄 아는 고령의 할머니들에게만 관심을 집중하고 있는 것이 다소 질투나고 속상했던 모양이었다. 김기남씨의 호통에 이상주씨가 '내 모소리 하느라 바쁘다'며 대꾸를 해 보긴 했지만 어느새 점심상이 차려지기 시작했고, 연행은 이내 중단될 수밖에 없었다.

옛날에는 토깨비 많았지

점심식사 후에 할머니 노인정으로 쓰고 있는 방에 동장을 맡고 있는 손호영씨(68세)와 김욱석씨(70세)가 들어왔다. 우리는 조사의 목적과 내용을 간단하게 설명한 후 정월대보름날 다시 찾아와서 마을 당제와 놀이에 참여하여 사진촬영과 조사를 해도 좋을지 물어 보았다. 손호영씨는 흔쾌히 허락하면서도 당제가 고민거리였는지 '제일 큰 문제입니다, 마을에서 당, 동제라는 게……'라며 말끝을 흐렸다. 아무래도 마을 당제와 관련해서 여러 가지 의견들이 오고가는 중인 듯했다. 당제를 절에 위탁하여 모시고 있으니 마을 사람들의 마음이 모두 편하지는 않을 것이었다. 첫 대면에 자세한 내용을 물어 볼 수는 없어서 일단 인사만 드리고 자리를 접었다. 손호영씨도 바쁜 약속이 있는 듯했다.

두 사람이 나간 후에 몇 분의 할머니들이 더 들어와서 연행판에는 다시 새로운 분위기가 형성되었다. 처음 뵙는 분들께 인사를 드리고 다시 우리 일행의 활동에 대해 자세한 설명을 한 후 새로 온 분들의 이름과 나이를 물어 보았다. '내전댁'이라는 택호를 가진 이은영씨는 나이 70세로 무안면이 고향이라고 하였다. 김말남씨는 현재 나이가 81세로 택호가 '새터댁'이었는

데 상동면 출신으로 17살에 숲골로 시집을 왔다고 말했다. 장남이씨는 73
세로 택호가 '법산댁'이었고, 단장면 출신으로 19살에 결혼하여 숲골로 들
어왔는데, '얼굴도 못나고 키도 작아서 근근히 살아왔다'며 농담을 건넸다.
'중리댁'이라는 할머니는 이름이 정소선이었는데 나이가 70세이고 경북 출
신이라고 하였다.

　여러 할머니들이 모인 김에 또다른 이야기를 들을 수 있을까 해서 다시
'액운애기'에 대해 물어 보았는데 근방에서 시집온 분들이 아니어서인지 모
두들 모른다고 하였다. 처음부터 계속 같이 앉아 있는 분들도 있고 해서 앞
에 했던 질문들을 다시 할 수는 없고 여러 사람이 자연스럽게 이야기판에 끼
어들 수 있는 화제가 없을까 생각하다가 산골 마을이라는 점에 주목하여 도
깨비 관련 경험이 없는지 물어 보았다. 예상대로 여러 분들이 관심을 보였
는데 그중에 장남이씨가 자신이 체험한 도깨비 이야기라며 말문을 열었다.

▶6 도깨비 관련 일화[336] (이야기④)

연행자 : 장남이(여, 73세, 법산댁) ●
조사자 : 김영희 ①, 황은주 ◎
청　중 : 백승희(희설댁) ②, 서복선(오치댁) ③, 김진옥(구야할머니) ⑤, 이은영
　　　　(내전댁) ⑥, 김말남(새터댁) ⑦, 정소선(중리댁) ⑧, 이상주(죽남댁) ⑨

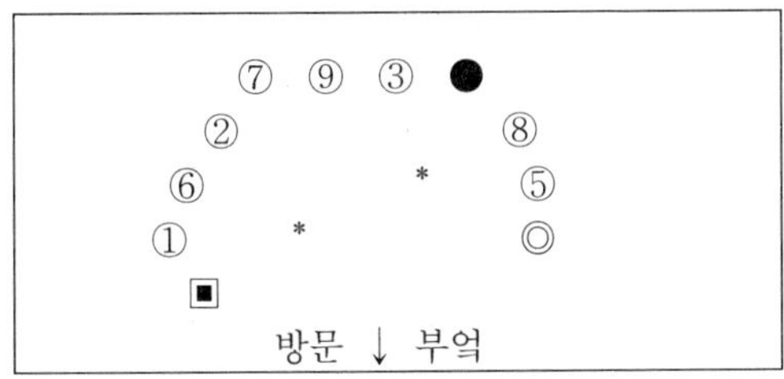

■ 카메라　　* 녹음기

336) 2003년 2월 4일 오후 밀양 산외면
　　 엄광리 숲골 할머니노인정.

"여기 저기, 산골짜기라, 옛날에 도깨비 애기 이런 건 없었습니꺼? 여기 도깨비 만났다는."

"옛날에는 토깨비337) 많았지-."

"토깨비, 여-338) 와여339) 나는, 토캐비 안 봤다. [⑤: 내 클 때는 토캐비 있었다.] [⑦: 토깨비가 눈에 그 비-나340)? 매치341) 술 채믄342) 뭐 불이 퍼뜩퍼뜩글고343) 뭐.] 어데요.344) 우리는 저 안법345) 거, 법산 거어346), 우리 친정집이 질가에거덩347). 질간데.【자기 무릎을 짚으며】요348) 우리 친정집 겉으면349),【팔을 뻗어 앞을 가리키며】요기- 신작로거든. 신작로이기 때미레350), 그 전에 우리 클 때는, 그럴 때는 저, 저 뭐꼬, 여, 질도 요짝351) 요리-【손으로 굽은 길을 표시하며】요래요래 가가352) 상공호353)가 있고 고-354) 질로, 가물리355) 들어가는 질 딲아 놔356) 게 있는데, 저- 돌담 우라357),【팔을 뻗어 허공을 가리키며】그리 가먼 마 거, 애장358)이 너무 많으이끼네【⑨를 보며】그 마 전-신359)에 토째빈데, 마 불. [⑤: 아이고, 재암골은 우애노360). 재암골도 마.] 우리는 [⑤: 토깨비불 보이361), 막 돼 있다가, 씩-, 갔다가, 재암골에 도캐비, 젤362) 많애요.] 아

---

337) 도깨비.
338) 여기.
339) 와서.
340) 보이나.
341) 막.
342) 취하면.
343) 퍼뜩퍼뜩거리고.
344) 어디요. 상대의 의견을 강하게 부인
   하는 말.
345) 밀양시 단장면 안법리.
346) 거기.
347) 길가거든.
348) 요기.
349) 같으면.

350) 때문에.
351) 요쪽.
352) 가서.
353) 방공호.
354) 고기.
355) 밀양시 단장면 감물리.
356) 닦아 놓은.
357) 위라.
358) 아이가 죽어 묻힌 곳.
359) 온데.
360) 어떠냐.
361) 보니.
362) 제일.

이고 우리는, 우리 친정 츠-엉363) 이래 앉아가 있으마-, 저--만침364) 못
치365) 있거든. 못치 있는데 그기366) 토깨비 그기이367), 거룽짓더라꼬368).
[⑧: 얼른얼른얼른369) 그렇습니더.] 사람이 이래,【손으로 경중경중 걷는 듯
한 흉내】건둥건둥370) 걸음 걷는 기이371), 토째비 사램맨쿠로372) 그렸는
데373), [⑧: 얼른얼른얼른 그렇습니더.] 경둥경둥 걸어가가주고 모일 땐
마, 꼭- 뭐 이래, 가시덤불머이로374)【두 팔로 큰 원을 만들며】이래 모이는
기라. 이래 화-악375) 모이가376), 튕길377) 때는 왕가씨리매이로378),【두 팔
을 이리저리 휘저으며】화악-, 화악-. [⑨: 술 만-379) 묵고 토째비는 마, □□
□다. □□□□ 마 그렇다] 그래 튕기데요. 그래 튕기는 거, 우리는 많이
봤어. 우리 [⑤: 옛날에 소 팔러 가가주고,] 우리 삽작거리380)에, 거게 막,
[⑤: 토깨비한테 홀리가381) 밤새도록 끌어안고, 밤새도록 씨름해 놓으마,
보마, 아직382)에 보면 빗자리라.] 짚단 가지고, 불 딩가가주고383) 오라
꼬384) 막 이래싸도-385), 오진 안 오더라, 오진 안 하더라. [⑨: 오믄 죽우
뿐다 아이가?386)] 안 오데. [⑨: 그게 헛깨비 그기다.] 똑 앉아가 있으면
가무리 거, 거 애장 만들어 난- 데, 거 우리는 진짜, 진짜 토캐비 많이 봤
다. [⑨: 비가, 비나 오고 히끄무리하면387) 마, 나부댄다.] [②: 조- 뒤에
있더마388) 안 보이더라.] 오새389)는 없데예390). 요새는 없는가 부드라391).

---

363) 대청마루.
364) 저만치. '저--'를 길게 발음하여 꽤
　　거리가 먼 지점을 가리킨다.
365) 못이.
366) 거기에.
367) 그것이.
368) 어룽지더라고.
369) 어른어른거리는 모양.
370) 긴 다리로 가볍게 걷는 모양.
371) 것이.
372) 사람마냥.
373) 그러했는데.
374) 가시덤불처럼.
375) 순식간에 한 곳으로 한꺼번에 모여

드는 모양.
376) 모여서.
377) 튕겨져 나올.
378) 대나무 따위로 만든 큰 빗자루처럼.
379) 많이.
380) 사립문 주변.
381) 홀려서.
382) 아침.
383) 댕겨서. 불을 옮겨 붙여.
384) 오라고.
385) 이렇게 해대도.
386) 오면 죽어 버리잖아?
387) 희뿌옇게 되면.
388) 있는데.

【연행자들이 지금도 도깨비가 있는 장소에 대해 여러 말을 하였으나 주변이 소란스럽고 말소리가 뒤섞여 알아듣지 못함.】

그렇고. 옛날에는 우, 여-392)도 토째비 있는 거 같더라. 우리집 영감쟁이, 【⑦의 말소리가 들리지만 정확하게 알아듣지 못함.】 장아393) 가면 생전 일찍 올 때 없거든. 언제라도 마, 밤중에 한정이거든394). 오면 마 [⑦: 소 팔러 가마 마.] 예, □□□ 산 끝탱이395) 마, [⑦: 참말로 아즉에 간다.] 건둥건둥하이, 오가주고396) 막 그란다397). [⑦: 다마락398) 집에 와뿌믄399) 되지.] [□□□ 있었겠지.]400) 그래가 어떤 때는 【얼굴을 가리키며】 여-도 갈아가401) 오고, 마 여-도 갈아 오고 이라더라. 【믿을 수 없다는 듯 청중 가운데 한명이 웃자】 어-, 이긴402) 진짭니더403).

그라고404) 한번은 그자? 이 뒷담, 옛날에는 와, 보살405)로 일찍 끓이잖아406)? 막 세 시나- 되믄, 세 시 차가, 그게 시간이 어딨노?407) 요 박꽃, 요 왜 호박꽃, 박꽃 피는 □□□하마 보살로 끓이 넌-다408). 보살로 이래 씻끄니끼네409), [①: 보살요?] 옛날에 와, 보살 씻꺼가 밥 해 묵잖아410)? [①: 보릿쌀요?] 보릿쌀. 그거로 인자 이래, 씻끌라꼬411) 인자, 우리 막냉이412) 그거를 업고, 그 그막413) 오래 안 됐나? 막냉이 그거로 업고 인제 보살을 씻끌라꼬 [⑧: 옛날이다, 몇414) 십 년 오래 됐노?] 이

---

389) 요새.
390) 없던데요.
391) 보더라.
392) 여기.
393) 장에.
394) 한정없거든.
395) 끄트머리.
396) 와서.
397) 그런다.
398) 달려서.
399) 와버리면.
400) 말소리에 섞여 누가 말하는 것인지 파악할 수 없다.
401) 긁혀서.

402) 이것은.
403) 진짜입니다.
404) 그리고.
405) 보리쌀.
406) 끓이잖아.
407) 당시에는 시계가 흔치 않았다는 뜻을 드러내기 위한 질문.
408) 끓여 넣는다.
409) 씻으니.
410) 먹잖아.
411) 씻으려고.
412) 막내.
413) 그만큼.
414) 몇.

래 나오이끄네415), 그때는 마 우리 집, 이 울416)이나 담이나 있었나? 마. 여 나오면 마, 여 마, 전-417) 한-데418) 아이가? 그래가 나오이끼네 참-댓마419), 【⑥을 보며】 저, 내전댁이 잠 오나? 거 한420), 누부소421). 【①: 웃음】【⑥이 자리에 눕는다.】

저 저, 저 김천댁이가 '아유, 야시422)가 들꼬423) 갔다.' 카더라. 【잠시 '야시 이야기'로 혼동해서】 아-, 참 내 잘모했다424). 참 미안하다, 잘몬했다425), 저, □□댁이 인 마, 저래 카근데426), 그래가주고, 【혼잣말로】 맞어, 나 □□□두 잊어 뺐다427).

김천댁이 올라가미428) 【여자 목소리로】 '아유, 법산댁이요. 법산양반이 담 밑에 앉아가 얄궂습디더429).' 카는 기라430). 그래 '와예431)?' 카이끼네 '아이구, 얄궂더메-432).' [⑧: □□□ 토깨비핸테433) 홀린 기가?]【큰 목소리로 빠르게】 토캐비한테 홀끼가434).

그 그때 보살 씻을 때 됐다 카이께네. [⑧: 낮에네.] 그 그래가 가만 생각하니까 [⑧: 낮에다.] 마 미버435) 똑, 죽겠더라. 대나직436)에! 이래 비가, 【검지손가락을 위 아래로 살짝 흔들며】 날비437)가 왔다 카이. 이슬비가 실실 이래 오는데, 가만 생각하이 '문디-438) 겉은439), 저 놈우 영감쟁이

---

415) 나오니.
416) 울타리.
417) 전부.
418) 사방이 훤히 뚫린 장소라는 뜻.
419) 숲골의 자연마을 가운데 하나.
420) 거기 한 곳에.
421) 누워요.
422) 여우.
423) 데리고.
424) 잘못했다.
425) 잘못했다.
426) 저렇게 하기에.
427) 잊어버렸다.
428) 올라가면서.
429) 꼬락서니가 형편없다는 뜻.

430) 하는 거라.
431) 왜요.
432) 얄궂더군요.
433) 도깨비한테.
434) 홀려서.
435) 미워.
436) 대낮.
437) 비가 올 것 같은 징조도 없이 내리는 비. 흔히 많이 오지 않고 조금 내린다.
438) 문둥이. 경상도 지방에서 통용되는 비어. 가까운 관계에서 편한 호칭으로 사용되기도 한다.
439) 같은.

저거, 오늘 저 또, 술 무웄다440), 마. 문디- 곁은, 디지면 디지고441) 납둬라442) 마.' [⑦: 그래 또, 술 뭈-는데443) 미바서444) 안 돼.] 미부서. 만달445) 술 묵는 사람은 그래, 애민446) 소리를 듣는 기요. [⑧: 맞다, 마.]

그래가주군 마 그카곤447) 마. 그카고 쫌 있어도, 안 오는 기라. 또 그캐448) 놓고는 또, 겁이 나는 기라. 사램449) 일이라 카는 게 또, 그렇데. '또 우애450), 욕을 보는가' 싶으여451) 알라452)를 업고 나가이끼네453), 숲에 요 나가이, 【손가락으로 가리키며】요 구야할매집, 요 밑에 거-리454) 나가이, 영감쟁이가 마, 이 옛날엔 비니루455) 우산 아이가456), 그자? 비니루 우산 뻘-간457), 그거 안 있드나? [⑧: 그래.] 그거를 【우산을 든 흉내】이래가 들오디만은458) 마, 거 숲 앞에 쏙 들오미459) 들고 들오디마-, 그거를 마, 【들고 있던 종이를 구기며】이래가주고 마, 【구긴 종이를 내리치며】때리460) 뿌싸가461) 마, 니리462) 밟아뿌는 거라. '또 와 저카는고463)' 싶어가여, 그 질로464) 옸다465). 오가466), 똑467), 굿468)을 안 했나? [⑧: 음 그래.] '이, 술로 묵고, 그래 놔-이469) 그렇지, 뭐시 그렇노? 그런 게 어딨노?' 캐쌓아서르470), 그름시늠-471), 카는472) 기라. 아침 일-찌기, 새북473)에 자다가

<hr>

440) 먹었다.
441) 죽으면 죽고.
442) 내버려둬라.
443) 먹었는데.
444) 미워서.
445) 매일.
446) 엉뚱한. 억울한.
447) 그렇게 하고는.
448) 그렇게 해.
449) 사람.
450) 어떻게.
451) 싫어서.
452) 아기.
453) 나가니.
454) 그리로.
455) 비닐.
456) 아니냐. 확인과 동의를 구하는 질문.

457) 빨간.
458) 들어오더니만.
459) 들어오면서.
460) 때려.
461) 부셔서.
462) 내리. 매우 세게.
463) 저렇게 하는고.
464) 곧바로.
465) 왔다.
466) 와서.
467) 바로. 영락없이.
468) 바로 앞에서 설명한 사건 전체를 가리킴.
469) 놓으니.
470) 라고 해대면서.
471) 그러면서.
472) 하는.

사람이 없어. '얄궂이라. 자다가 또, 어디 갔는고?' 싶으여, 【⑨의 무릎을 치며】 그 자리, 그-474) 가 봤다 카네.

희선이집, 그때는 여 와, 요고 희선이집 요, 질475), 【손바닥을 아래로 향하여 뻗으며】 드가는 질 안 있습니꺼? [②: 그래, 질 있지.] 질 밑에 고게, 고게 딱 요래 마, 사람【양 손으로 무언가를 덮는 흉내】 닙히뿌가주고476) 마, 탁- 꺾다가가477)【손뼉 한번 치며】 딱 꾫리478) 앉았는데,【손가락을 꼽으며】 희실 양반하고- 마, 여 진철이하고- 마 천-지 마, 마 그, 희선이집에 천지로【오른손으로 무언가를 미는 듯한 흉내】 들어가더라 카네. 그래 들어가도 안 받아 주는 기라. 그래 은미 양반도, 그래 내 은미 양반 꽤씸타 캤그든479). 전-- 펭상480), 자기 집에 윳 놀고 술 묵는 사람인데. [⑦: 말기는481) 거, 아이지482).] 에이, 가만 들으, 이얘기나 들어 보이소. 그런데 그 올라가미-483), 땅을 마, 뭐-같이 【두 손으로 땅을 파는 흉내】 까래비 뇌484), 그 인자, 일나고485) 짚아여486) 땅만 까지고487), 몸은 안 떨어지는 기라 마. [⑧: 꾫고 앉아여?] 어, 영감쟁이 이래 마 까래비 뇌. 그래가 까래비니께, 누라도488) 마【⑤의 팔을 잡아 끌며】 '이 사람, 와 이카노489)?' 이카미490), 일나겠더란다491). [그렇지.]492) 근데 은미 양반이 지내493) 올라가미, 치다본494) 치495) 만 체 하고 올라가더라 카네. 그래 은미 양반, 내 꽤씸는 기라. 그래가주고 그래 까래비쌓이, 그 김천댁이가 그자? 여자, 여자로

---

473) 새벽.
474) 거기.
475) 길.
476) 눕혀버려서.
477) 꺾어져서.
478) 꾫어.
479) 꽤씸하다 여겼거든.
480) 평생, 혹은 항상.
481) 말리는.
482) 아니지.
483) 올라가면서.
484) 긁어 놓아.

485) 일어나고.
486) 싶어서.
487) 파지고.
488) 누구라도.
489) 왜 이러느냐.
490) 이렇게 하면.
491) 일어나겠더란다.
492) 말소리에 묻혀 누가 말한 것인지 파악하기 어렵다.
493) 지나.
494) 쳐다본.
495) 체.

서 남자로 손을 몬 대고 김천 양반이, 김천댁이 와여 내한테496) 연락을
해줬는 기라497). 그래 영감쟁이가 하두498) 이상해 그 자리에 가 봤는 기
라. 가이끼네 땅만 까래비 놓고 아무것도 없데. 그렇더라 카데. [⑦: 없
다 칸데, 없다 카더란다.] [⑨: □□□ 희선이, 희선이 삽작거리 거게?]
그게499). 그런데 그래, 사램이 가민서름500)【⑨의 팔을 흔들며】'이 사람, 와
이카노?' 마 요래마501) 건딜이만502) 주면 [②: 그렇지.] 내가 일나겠는데,
그래 손을 안 대이503) 주더라 이기라. 그래가주고 그 때, 죽을 뻔 한 번
했다."

　　장남이씨의 이야기 연행이 끝나자 이상주씨는 기다렸다는 듯이 영화를
보러 갔다가 범에 쫓겨 혼쭐이 났는데 알고 보니 동네사람이었다는 이야기
를 들려주었다. 장남이씨와 이상주씨는 이야기를 연행할 때 서로 경쟁을 통
해 약간의 자극과 긴장을 주고받는 좋은 연행 짝이었다.
　　"옛날에 와 활동사진 안 오나 그자? 여서 내가 가고 짚어가주고504) 아―505)
를 하나 업고 우리 순이 앞에 시고506) 순남이하고 우리 종실507)하고."
　　"그게 뭐 몇 십 년 전이죠?"
　　"아이, 오래 됐지. 그래 우리 막냉이508) 그거 보살 찍509)인데 지금 나―510)
가 그 팔십이 다 돼 가는데. 내가 안 카나511). 가고 짚어갖고 저닉512) 묵
고 간다. 그래 가이끄네513) 희선이 삽짝514) 가이끄네 거 가이끄네요, 여름

496) 나한테.
497) 해준 거라.
498) 하도.
499) (바로) 거기.
500) 가면서.
501) 요렇게만.
502) 건드려만.
503) 대.
504) 싶어서.
505) 아기.
506) 세우고.
507) 종질.
508) 막내.
509) 의미 불명. 아주 어렸을 때를 가리
　　키는 듯.
510) 나이.
511) 그러지 않더냐.
512) 저녁.
513) 가니.
514) 대문 근처.

이거든. 뭣이 하나 이래 눕었는데 마 아이꼬 야꼬515), 난 또 범이라꼬, 아
가 오도가도 못 하고 데굴러지제516). 순남이가 또 '언니야' 카고 이래 앉아
날 잡고 아이고 마, 범이라꼬 놀래가지고, 마 마, 오지도 못하고 가지도 못
하고 딸 하나 업었제, 또 하나 걸렀제517). 인제 순남이 그 하나 따러518)
갔제, 내캉519) 너이520) 아이가521)? 그래 너이 내려가니 마 겁을 내가, 겁
을 내가 오도 가도 못하고 발발발발 떨고 있으이끼네, 떨고 있으니께네 대
뜸 하는 말이 '【남자목소리로】 놀래지 마소, 내구메522). 【웃음】 '여름인데."

  이상주씨는 이야기하는 내내 무서워 덜덜 떠는 모습과 두려움에 굳은 얼
굴 표정, 양팔로 몸을 감싸 웅크린 모양 등 여러 가지 동작을 취해 가며 실
감나는 연행을 보여주었다. 또한 목소리의 크기와 억양, 강세 등을 다르게
하며 긴장한 듯한 목소리, 두려움에 떠는 목소리, 범이 아니라 사람인 줄
알고나서 안도하는 목소리 등을 자유자재로 다양하게 구사하였다. 두 할머
니의 적극적인 연행으로 분위기는 한껏 고조되었다.

  우리 민족의 구전 문화 유산 가운데 가장 종잡을 수 없는 존재가 바로
'도깨비'라고 해도 과언은 아니다. 구전 문화 유산 속에서 도깨비는 성스러
우면서도 속되고 근엄하면서도 장난스러우며 인간에게 해로우면서도 이로
운 존재로 등장한다. 도깨비가 하는 행동은 언제든지 일관성이 없고 들쑥날
쑥이다. 숲골에서는 산골마을답게 도깨비에 관한 이야기가 많이 연행되었
는데, 주로 도깨비불, 도깨비와의 씨름, 도깨비에게 홀린 이야기 등이 연행
되었다.

  주목할 것은 이들 이야기가 모두 도깨비 체험담의 대표적인 유형에 해당
한다는 사실이다. 대부분의 도깨비 체험담은 '도깨비불 보기'와 '도깨비한테
홀리기', '도깨비와 대결하기'라는 세 가지 유형으로 나눌 수 있는데 장남이씨

---

515) 아이고 어떻게 할고.
516) 데굴데굴 구르지.
517) 걷게 했지.
518) 따라.

519) 나랑.
520) 넷이.
521) 아니냐.
522) 나구먼.

가 다른 할머니들과 함께 연행한 이야기는 이 세 유형을 모두 포함하고 있다.

'도깨비불 보기'는 할머니가 연행한 것처럼 도깨비의 형상에 대한 순간적인 체험을 주내용으로 하는 유형의 이야기이다. 도깨비 체험담이 도깨비와의 만남에 관한 이야기라면 이 체험담에 나타나는 만남에서 강조되는 것은 만남의 조건이다. 특히 시간과 공간의 조건, 기후상의 조건 등이 중요시되며, 예외가 있긴 하지만 대체로 도깨비와의 단독 만남, 즉 일대일 만남의 조건이 강조된다. 시간적으로 이 만남은 모두가 잠든 한밤중에 이루어지며 공간적으로는 마을로부터 멀리 떨어진 공간, 숲이나 산길, 바다 한가운데 같은 곳에서 이루어진다. 장남이씨의 이야기에서도 도깨비불과의 만남은 한밤중에 애장이 많은 곳에서 이루어졌다.

이 유형의 체험담은 눈 깜짝할 사이에 나타났다 사라지는 도깨비의 영상, 이미지를 경험하는 것으로 구성되기에 이야기에서 도깨비는 어떤 행위도 하지 않고 한 마디 말도 하지 않는다. 도깨비는 순간적인 이미지, 아무런 능동성과 역동성을 드러내지 못하는 수동적이고 피동적인 이미지로 잠깐 드러날 뿐이다. 다른 연행자들과 마찬가지로 장남이씨도 모호한 형태로나마 도깨비의 이미지를 형상화하는 데 주력하였다. 대부분의 도깨비 체험담 연행자들과 같이 장남이씨 역시, 도깨비의 형상을 드러내는 대목에 이르러 손짓은 물론 목소리톤의 변화 등을 이용한 다양한 연행 기법을 구사하였으며 언어 표현의 측면에서도 의성어와 의태어의 사용이 매우 풍성하였다. 중요한 것은 이처럼 도깨비불을 형상화하는 방식이 유형적이라는 사실이다.

도깨비 체험담의 두 번째 유형은 '도깨비한테 홀리기'이다. '도깨비한테 홀리는 이야기'에서는 체험자의 정신적, 혹은 심리적 조건이 강조되는데 장남이씨의 이야기에서도 도깨비한테 홀린 사람은 술에 만취한 상태였다. 대체로 이 유형의 체험담은 '도깨비불 보기'와 달리 연행자가 직접 체험한 사실이 아니라 연행자가 잘 아는 가까운 사람이 체험한 사실을 전달하는 형태로 제시된다. 법산댁 할머니의 이야기에서 도깨비에게 홀린 사람은 할머니의 남편이었다.

이 유형의 체험담 역시 이야기의 전개 과정이 어느 정도 유형화되어 있는데, 먼저 1)체험, 혹은 만남의 조건이 제시되고, 2)도깨비에게 홀려 한참동안 고통을 당한 후 도깨비에게 홀렸음을 인식하는 과정이 제시되며, 3)도깨비에게 홀린 사건 발생 이후의 결과가 제시되는 순서로 구성되어 있다. 특히 이 유형에서는 전체적인 이야기 구성의 초점이 도깨비에게 홀려서 겪게 된 고통과 그 이후의 부정적 결과에 놓여 있다. 이것이 사건 전개의 중심축으로 기능하는 것이다. 바로 이 때문에 도깨비에 대한 두려움과 경계심이 '말하기'를 통해 표현되고 있다.

여기서도 도깨비는 하나의 추상적 이미지로 등장하는데 첫 번째 유형에서 도깨비가 하나의 시각적 이미지로 등장했던 데 반해 이 유형에서는 도깨비보다 '도깨비에 의한 홀림, 들림'이라는 사건 자체를 형상화하는 데 주력하고 있다. 물론 사건 역시 구체적으로 형상화되는 것은 아니며 다만 상징적 의미를 지닐 뿐이다.

'도깨비에게 홀리는 것'은 곧 어떤 정신적 혼란, 혹은 병적인 상태로 인식되는데 위의 이야기들에서 볼 수 있는 바와 같이 도깨비에게 홀린 사람들은 모두 그 이후에 병이 들거나 죽거나 재산을 잃는 등의 불행과 고통을 경험한다. 이것은 도깨비에게 홀린 상태가 곧 어떤 심리적인 문제를 상징하고 있음을 의미한다. 장남이씨의 남편 역시 일시적이나마 도깨비에게 홀린 사건 이후 일종의 정신적 착란 상태를 경험했음을 알 수 있다.

도깨비 체험담의 세 번째 유형인 '도깨비와 대결하기'는 체험자가 도깨비를 만나 대결을 치룬 후 도깨비의 정체를 확인하는 내용으로 구성되는데 숲골의 할머니들이 연행한 이야기에서도 다음날 아침에 도깨비의 정체를 확인하는 대목이 나온다. 이 이야기에서 가장 중요한 것은 도깨비와의 대결과 그 후 이루어지는 도깨비의 정체 확인이다.

대결 후에 드러나는 도깨비의 정체는 대부분 나무에 묶인 빗자루로 제시된다. 절구공이나 기타 다른 물건으로 제시되기도 하지만 대종을 이루는 것은 빗자루이다. 빗자루도 그냥 빗자루가 아니라 오랫동안 사용하여 사람들의 손때가 많이 묻은 빗자루, 여성의 월경흔이 묻은 빗자루이다. 어떤 연행자들은 빗자루가 도깨비로 화하는 것이라고 말하기도 한다.

장남이씨의 이야기에 등장하는 도깨비와의 씨름은, 도깨비와 대결하는 유형의 이야기에서 가장 보편적이다. 씨름은 의례적인 의미를 내포할 뿐 아니라 남성적인 힘겨루기를 표상한다. 도깨비와 씨름하는 이야기 가운데는 완전히 허구적인 이야기로 재구성된 것들도 있다. 이들 이야기에서는 왼쪽 다리로 넘어뜨려야 도깨비를 이길 수 있다는 속신이 제시되기도 한다.

이와 같은 도깨비 체험담의 연행은 연행자들 사이에 '도깨비라는 것이 과연 존재할 수 있는가'라는 의문과 도깨비 체험이 일종의 환상일 가능성이 높다는 생각이 공유, 전제된 상태에서 이루어진다. 더구나 다양한 개개인의 체험담이 유형적인 형태로 전승되는 데서도 알 수 있듯이 연행자의 발화 이전에 체험담 말하기의 유형이 이미 존재하고 있다. 연행자들은 체험담 말하기의 일정한 틀, 유형화된 방식에 기대어 재구성한 이야기를 들려주고 있는 것이다. 청중들 역시 이러한 사실을 알고 있으나 연행자는 이것을 '체험'이라 말하고 청중들은 아무도 여기에 대해서 이의를 제기하지 않는다. 도깨비 이야기 가운데 어떤 것들은, 연행 집단 내에서 체험담의 형식으로 말하는 것이 어느 정도 관습화되어 있음을 알 수 있다. 이러한 관습화된 암묵적 약속을 통해 이 이야기들은 어디까지나 표면적으로는 '체험담'의 형식을 띤다.

체험담의 형식으로 말해지는 이야기들은 모두 도깨비의 존재를 증명하고 도깨비의 정체를 확인하는 데 초점을 두고 있다. 그렇다면 이와 같은 이야기들이 굳이 '체험담'의 형식을 빌리는 이유는 무엇일까. 체험담으로서의 도깨비 이야기는 도깨비의 존재에 회의를 품고 있거나 이를 부정하던 청중들에게 일대 혼란을 야기시킨다. 잘 아는 사람이 '체험했다고' 말하는데 이를 믿지 않을 수도 없고, 믿자니 도깨비의 존재를 인정하기도 어려운 딜레마에 빠지게 되는 것이다. 체험담의 형식은 이처럼 평소에 쉽게 도깨비의 존재를 부정하고 있던 이들에게 도깨비의 존재와 정체에 대해 다시 생각해 볼 것을 요구한다. 체험담 말하기는 도깨비의 존재와 정체에 대한 문제를 진지하게 제기하기에 더없이 좋은 말하기 방식인 것이다.

그렇다면 장남이씨의 연행을 통해 드러난 세 유형의 도깨비 체험담은 각기 어떤 방식으로 도깨비의 존재와 정체에 관한 문제를 제기하고 있는 것일까. 첫 번째 유형인 '도깨비불 보기'는 도깨비의 순간적인 이미지를 강조함으로써 도깨비의 존재와 정체를 본격적으로 확인시키기보다 존재 자체를 환기시키는 차원에 머무르고 있다. 두 번째 유형인 '도깨비한테 홀리기'는 평소에 잊고 지냈던, 혹은 인정하지 않으려 했던 도깨비의 존재를 강렬한 인상으로 각인시킬 뿐 아니라 도깨비의 힘과 권능에 대한 두려움과 경계심을 유발시킴으로써 감정적인 반응을 유도하고 있다. 마지막으로 '도깨비와 대결하기'에서는 도깨비의 존재를 극복하거나 정복하기 위해 도깨비와 대결하는 모습을 형상화하고 있는데, 중요한 것은 대결 결과 도깨비의 정체가 드러난다는 사실이다. 대결의 승패를 떠나 도깨비의 정체 확인이 가장 중요한 모티프로 등장하는데, 드러난 도깨비의 정체는 두려움이나 경외심을 유발하기보다 전혀 예상하지 못했던 뜻밖의 인식을 이끌어낸다.

각 유형의 체험담에서 도깨비의 존재와 정체가 이와 같은 방식으로 환기, 혹은 확인된다면 이러한 확인이 의미하는 바는 무엇일까. 체험담에서 도깨비는 일상의 영역 바깥에 존재한다. 일상의 시간대를 벗어난 깊은 밤, 초월 세계·성적(聖的) 세계에 속한 존재들이 활동하는, 인간이 의식보다 무의식의 지배를 받는 시간에 도깨비는 등장한다. 도깨비는 아무도 없는 어두운 산길, 망망대해의 바다, 깊은 숲 속과 같이 사람들이 살고 있는 일상적 공간을 벗어난 곳, 인간의 질서가 아니라 초자연적 질서가 지배하는 곳에서 출몰한다. 일대일로 도깨비를 대면하는 인간은 의식의 지배를 받는 순간이 아니라 한밤중이거나 술에 취한 상태, 즉 무의식의 지배를 받는 순간에만 그를 경험할 수 있다.

이렇게 도깨비는 체험담에서 초월적 세계, 성(聖)의 세계에 속하는 존재다. 그리고 초월적 세계, 성의 세계는 곧 무의식의 세계와 맞닿아 있다. 정신분석학파의 심리학자들은 일반인의 꿈이나 신경증 환자의 그림에 자주 등장하는 무의식적 상징들이 신화나 오랜 구전 문화 속에 등장하는 갖가지 상징적 이미지들과 매우 유사하다고 말한다. 이야기 속에 등장하는 신이하고 초월적인 존재, 성(聖)의 영역에 속하는 존재의 상징이 곧 무의식적인 상징과 통한다는 것이다. 그러므로 체험담에 나타나는 도깨비 역시 하나의 무의식적 상징으로 이해될 수 있다.

상징적 이미지로서의 도깨비는 연행 및 전승 주체들이 처한 특수한 심리적 상황, 무의식적 상태를 대변한다. 일반적인 상징적 이미지와 구별되는, 도깨비로 투사된 전승집단의 무의식적 측면이 존재하는 것이다. '도깨비'라는 이미지를 불러낼 수밖에 없었던 전승자들의 무의식적 측면은 도깨비 체험담을 말하는 이유이자 근거이며, 도깨비 체험담을 구성하는 원리가 된다. 그리고 이것이 곧 도깨비 체험담에 내포된 의미가 되는 동시에, 말하기 배후에 존재하는 전승집단의 내면 세계를 파악할 열쇠가 된다.

먼 과거로부터 인간은 초월적 세계, 성적(聖的) 세계가 지닌 힘을 두려워하여 이러한 힘이 작용하는 영역을 따로 설정함으로써 이를 자신들이 살아가는 일상의 영역으로부터 분리하고자 하였다. 언제 엄습할지 모르는 성의 영역에 대한 두려움과 불안감이 성과 속의 분리에 대한 요구를 낳았고, 주술 등을 통해 필요한 때 정해진 방식으로만 성(聖)과 접촉함으로써 성(聖)이 지닌 불가사의한 힘을 인간적인 질서의 통제 하에 두고자 했던 것이다. 그러나 이 힘은 결코 인간적인 질서로 완전히 통제될 수 없는 것이었다. 그래서 인간은 언제나 성적(聖的) 세계의 완전성에 도달할 수도 없고 이를 완전히 제압할 수도 없는 결핍과 불안감에 시달려야만 했다. 성과 속의 세계를 분리하고 성의 세계를 통제하려 하면 할수록 이러한 결핍과 불안감 역시 함께 커질 수밖에 없었다.

이것은 곧 무의식과 의식의 관계에서도 그대로 적용된다. 인간은 무의식이 지닌 엄청난 에너지를 두려워하여 무의식과 의식의 세계를 엄밀하게 구분하기 위해 노력하는데 이러한 구분은 작은 틈 하나로도 언제든지 깨질 수 있을 정도로 위태롭다. 융은 무의식과 의식의 분리를 통한 정신의 안정 상태는 무의식의 역동적인 에너지 앞에서 언제든지 무너질 수 있는 불안정성을 지니고 있다고 하였다.523) 다시 말해서 의식과 무의식의 경계를 넘어 언제든지 무의식이 인간의 정신 세계를 압도할 수 있다는 것이다.

무의식의 충동과 에너지가 정신 세계를 압도할지도 모른다는 불안감은 인간으로 하여금 의식과 무의식의 분리에 더욱 매달리게 만든다. 그래서 무의식의 내용을 억압하고 자기 자신이 언제나 의식적인 존재, 이성적이고 합리적인 존재라는 허상을 스스로에게 주입시키는 것이다. 이에 대한 보상 차원에서 무의식의 내용들이 환상을 통해 표출된다고 융은 말한다. 그에 따르면, 무의식의 내용을 부정하여 의식과 무의식 사이의 거리가 멀어질수록 '심적 평형'을 이루기 위한 꿈과 환상의 보상 작용은 더욱 활발해진다.524)

'도깨비 체험담 말하기' 역시 무의식의 구조가 만들어내는 이와 같은 보상 작용의 일환이라고 할 수 있다. 현실에서 연행자들은 스스로를 이성적이고 합리적인 존재라고 여기며 비합리와 비이성의 영역에 속하는 초현실적인 환상을 거부한다. 그들은 초월적 세계, 성(聖)의 세계가 지닌 막강한 영향력을 두려워한 나머지 이러한 세계의 존재 자체를 부정하는 것이다. 초월 세계가 어느날 갑자기 현실을 압도하는 상황이 벌어질까 두려움과 불안감을 느끼는 이들은 불안이 고조될수록 더욱 강하게 이를 부정한다. 그래서 어느날 문득 초월 세계에 존재하는 도깨비가 그들 앞에 등장하는 것이다.

앞에서 서술한 대로 초월 세계의 상징적 이미지는 곧 무의식의 세계를 표상한다. 그러므로 심리적인 측면에서 도깨비는 무의식에 내재한 무정형의 에너지, 억제할 수 없는 충동을 상징한다고 볼 수 있다. 초월 세계에 속한 존재라는 점에서 도깨비는 이미 비이성과 비합리의 존재며, 도깨비의 종잡을 수 없고 충동적인 성향 역시 무의식의 속성에 부합한다. 그러므로 무의식에 내재된 강력한 에너지에 압도당할 것을 두려워하는 불안감이 무의식의 상징인 도깨비의 존재를 더욱 거세게 거부하게 만들고 이러한 거부에

523) 융, 「무의식에의 접근」, 『인간과 상
   징』, 열린책들, 1996, 83면.

524) 융, 앞의 글 참조.

대한 보상 작용으로서 도깨비의 환상이 나타나는 것이다. 따라서 도깨비의
존재를 거부하는 의식이 오히려 도깨비를 계속해서 불러내고 있는 셈이다.

또 모노래 하라꼬

▶7 모노래(2)[525] (노래③)

연행자 : 이상주(여, 81세, 죽남댁) ◑, 장남이(여, 73세, 법산댁) ◑
조사자 : 김영희 ①, 황은주 ◎
청 중 : 백승희(희설댁) ②, 서복선(오치댁) ③, 김진옥(구야할머니) ⑤, 이은영
         (내전댁) ⑥, 김말남(새터댁) ⑦, 정소선(중리댁) ⑧

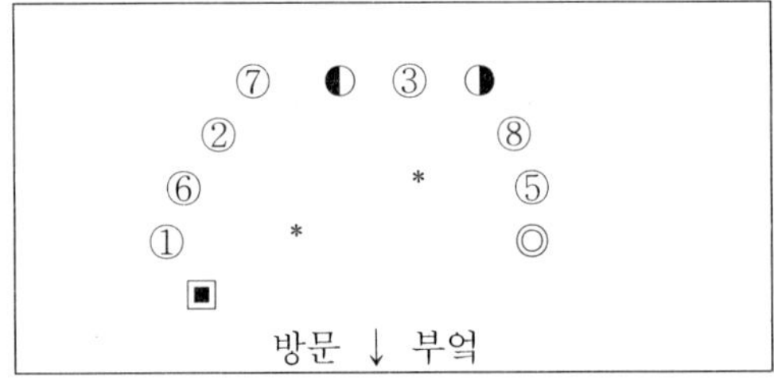

■ 카메라   * 녹음기

"할머니, 아까 그- 뭐냐, 모노래 하던 거 마저 해 주셔야죠, 할머니"
"또, 모노래 하라꼬?"
"아, 칼을 뽑았으면 무라도 짤라야죠."【웃음】
"하나 해 주라."
"모노래 잘 하는 사람 좀 누가 해 주소."

---

525) 2003년 2월 4일 오후 밀양 산외면
     엄광리 숲골 할머니노인정.

"하나 해 주라."

"아니 모노래는, 원래 같이 이렇게 새키면서526) 해야지, 혼차527)……."

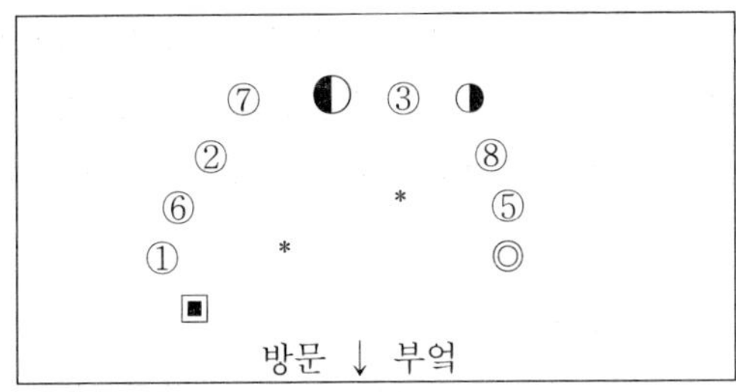

"【가락을 타며】 낭창-낭창 베룩528) 끝에- 무정-529)하다 【곡조 무시】 저- 오라방530)아

【다시 노래로】 나도 죽어 [아이고, 잘한다.]531) 후성532) 가서- 낭군부팀533) 【곡조 무시】 싱기534) 볼래

그래, 처자캉535) 즈그 오매536), 【앞서 한 말을 정정하며】 그 저, 저, 각시가 떠내리537), 즈그538) 여, 여동상캉539) 각시캉 떠내려가이끼네540) 신랑이, 각시부텀 먼이541) 껀지는 기라542). [⑧:【당연하다는 어조】그래, 각시 껀지지 뭐. 껀지는 기지.] 【약간 상기된 목소리】각시 껀지는 게 그, 우애543) 맞노? 그래, 안 맞지. [⑧: 그렇지. 안 맞지만은,] 흥지544)간은, 또

---

526) 하나하나 떠올려 서로 맞받아 불러 가면서.
527) 혼자.
528) 벼랑.
529) 무정(無情).
530) 오라비. '오라버니'를 낮추어 부르는 말.
531) 노래 소리에 묻혀 누가 말한 것인지 파악하기 어렵다.
532) 후생(後生).
533) 낭군부터.

534) 섬겨.
535) 처자랑.
536) 자기 어머니.
537) 떠내려.
538) 자기.
539) 여동생이랑.
540) 떠내려가니.
541) 먼저.
542) 건져내는 거라.
543) 어떻게.
544) 형제.

없고 각시는 [⑧: 장개545) 가면 된다 아이가?546)] 각시는 산 너머도 있고 모랫장도 있고 【② 웃음】 다 있는데-, 옛날부텀 그 각시가, 좋아하던 모양이지. [⑧: 그래이끼네.] 그래 건지이547), 그 떠내리가는 처자가 그래 지있는548) 기라. '낭창낭창 벼룩 끝에 무정하다 저 오라방, 나도 죽어서 후성 가서 낭군부텀 싱기 볼래.' 카민시름549). 그, 그래 옛날에, [◑: 맞다. 맞다. 그래 나오는 기 맞다.550)]

[①: 낭군부턴 싱끼 본다구요?] 【여러 할머니들이 동시에 설명하기 시작】 [◑: 남자. 신랑보다가 낭군이라 안 하나? 낭군이 즈그 신랑 아이가?] [②: 신랑이 즈그 각시를 먼지 건지 놓이.] 낭군이라 카거든. [⑧: 즈그 오빠가.] [①: 싱껴 본다구요?] [◑: 낭군을 싱기, 심기 본다-.] [⑧: □□□ □□ 주믄551) 된다꼬.] [◑: 요새, 요새 말 헐552) 거 겉으면,] [①: 싱겨 본다는 게 뭐예요?] [◑: 어?] [①: 싱기 본다는 게.] [◑: 요, 요새 말 겉으머553) 난, 남자 그래.] [⑧: 나도 낭군이 있으마554) 남자가 있으마 나도 아, 건질 낀데, 이 말이겠지, 지금 그래.] 그래, 마 나두 죽으믄, 낭군을 싱길 만큼.

[①: 아니 근데, '싱기'라는 게 뭔 말이 있어요?] 【①이 이해하지 못하자, 할머니들 다시 동시다발로 설명】 [◑: 어이, 싱기는 거를 묻는다 카이.] 신랑은 신랑을 이래, [①: 【손뼉 치며】 아-, 섬겨 본다. 아-.] [◑: 그래.] 신랑을 싱기야, 신랑을 껀지, 각시를 껀지 주제555) 그 말이라. [◑: 그래. 그 기-라야556) 그렇는 기라.]

그래가주고 고거, 처자가 고거, 떠내리가 시누부보고557) 고래558) 지

---

545) 장가.
546) 되는 것 아니냐?
547) 건지니.
548) 지었던.
549) 하면서.
550) 여동생이 죽는 게 맞다는 의미.
551) 주면.

552) 할.
553) 같으면.
554) 있으면.
555) 건져 주지.
556) 그것이라야.
557) 시누이에게.
558) 그렇게.

인559) 기라. 시누부 올키560), 떠내려가는데 즈그 오빠가 이, 저그 각시부텀 껀지고 즈그 여동상은【팔을 한 번 저으며】떠내려가게 놔두이561), 떠내리가미 지인 기다.

　[◑: 떠내려가미 진 기-562). 물 떠 □□□.]〔⑧: 오새두563) 그래 마누래 떠내려오고 즈그 동생 떠내려가먼, 즈그 마누래부텀564) 먼이,〕오새도 먼지565) 껀지지. [◑: 건진다 그래. 내 말이 그 말 아이가. 껀진다. 텍도566) 없다.]【누구를 먼저 건질 것인가에 대해 소란】그렇는데 그기-, 학실히567) 하기568) 이래 할라 카믄569)【손뼉을 두 번 치며】홍제간부터 먼지 껀지야 되는데 그래 인자, 각시부텀 먼이 껀지이. [◑: 각시가 좋다 이 말이라.] [⑦: 아, 아니 혹시 또 가에로570) 미, 밀리571) 나와뿐지면572) 안, 안 되나 그기.]【박장대소】에, 헤-. 그카이 또 그□□□네. 그것도 낭군 있어야 껀지는 기다.

　〔⑧: 아줌니예573). 노부모하고 즈그 마누래하고 둘이 떠내려 가면은,〕음. 〔⑧: 인자 나- 만574), 즈-575) 부모 건지겠습니까, 마누래 건지겠습니까?〕 [◑: 애이고-.] 또, 오새는 마누래 껀지지. 〔⑧: 또, 또 마누래 건지이.〕 [◑: 즈그 어매나마576), 노부모는 가믄 얼씨구 좋다.] [②: 얼절씨구다.]【할머니들 웃음】[◑: 그럴 낀데 뭐, 그거는.] [⑦: 아이577), 즈그 어매는 짚은578) 데 떠니리가고 각시는 요 가에로 오믄 요고는579) 날

<table>
<tr><td>

559) 지은.
560) 올케.
561) 놔두니.
562) 지은 거지.
563) 요새도.
564) 마누라부터.
565) 먼저.
566) 턱도.
567) 확실히.
568) 하게.
569) 하려고 하면.

</td><td>

570) (물)가로.
571) 밀려.
572) 나와버리면.
573) 아주머니요.
574) 나이 많은.
575) 자기.
576) 자기 엄마든지 말든지.
577) 아니.
578) 깊은.
579) 요것은.

</td></tr>
</table>

112 숲골마을의 구전문화

름580), 우리 각시다 이칸다581).】【박장대소】 [◐: 새터댁이 말씀 잘 하누메582).] [⑧: 맞심더583). 그래 하믄 그렇지만은 그래도.] 그래도 각시 건진다. [⑧: 그래도 각시 건지지, 즈그 어매 안 건지예.] [◐: 텍도 없다.] [⑧: 요새 세월이 더한데 뭐.] [◐: 텍도 없다, 참.] 요새 세월이 다른데. □□□ □□에다 얼-매나 신중하노? 텍도 없다. [⑧: 그래. 먼이 껀지야 되고, 늙은 사람은 죽어도 되고.] [⑧: 그래. 젊은 사람은 으 저-, 마누래 얼라584) 하나 낳고 죽우뿌믄585), 큰일이거든. 안 그렇습니꺼, 아즈메요?] 아이고-. 이 사람아-. 그 원, 원칙으로 치믄 부모로 건지야 된다. [◐: 아이고-! 즈그 어매 안 죽어가 나이롱 □□□ □□□586) 카이 멀라고-587)?] 【할머니들 웃음】 원칙으로는 부모를 껀지야 된다. 오새는. [◐: 그렇지만은 저, 이 마□□에는 그런 말 하믄 되도 안 하고.] 그래 오새는 인자, 혼재588)는 안 되는 기라. [⑧: 옛날에도 안 된다.] 진, 진짜로 치믄 부모로 껀지야지. [에이. 그 전에두.]589) 부모는, [◐: 옛날이라두 그런 거 없다.] 부모 나는 곳은 한 곳, 부모홍지590) 나는 곳은 한 곳뿐이고. [⑧: 니 곁으믄 그라지.] 기집자슥 껀지 □□ 나는 곳은 천지다. [⑧: 열 사람 모다591) 두고 한 사람 몰라.] [◐: 그래. 한 사람도 고래592) 할랑가593). 고곳두594) 필점 딱 돼 봐라, 고마. □□ 주는강, 안 주는강.] 지금은 몰라.【할머니들 웅성거림】"

---

580) 냉큼.
581) 이렇게 한다.
582) 하시네요.
583) 맞습니다.
584) 아기.
585) 죽어버리면.
586) 말소리가 뒤섞여 알아들을 수 없다.
587) 뭐하려고.

588) 현재.
589) 말소리에 섞여 누가 말하는 것인지 파악하기 어렵다.
590) 부모형제.
591) 모아.
592) 그렇게.
593) 하려는지.
594) 고것도.

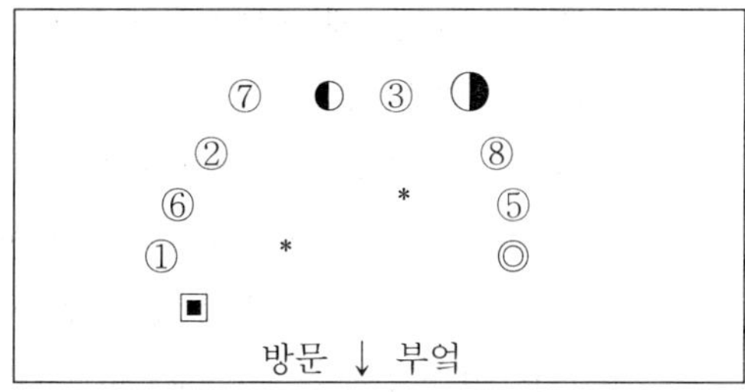

■ 카메라   * 녹음기

"할머니. 모노래 하다가 갑자기 엉뚱한 데로 빠져가. 【웃음】"

"모노래 하다가 잘모-했다. 그 그거로 또, 말로 해야 될 거 아이가. 모노래 합시더."

"해 났다."

<sup>" 【가락을 타며】 **모시야**- 적삼 한 섶 안에 분통 겉은 저 젖 보소
많이 보면 병 날 끼고595) 살낱만침596) 보고 가소.

[◐: 아침몰이597)에 했데이, 내 마히598) 했다.] 그 했는게599)? [◑: 했다.] 음. 그-면600), 딴 거 해야 되겠네. [◐: 했다. 딴 거 해라. 그 해 다 지고 골묵골묵601) 굿도602) 했고, 내 다 했다.] 【청중 웃음】 그것도 했고?

【가락을 타며】 찔레야 꼬튼603) 살꾸마604) 디치605) 임의 버선에 볼을 걸어 임으야- 보고 버선을 보니-- 주기가 난감하네

[①: 아-, 할머니. 그 잠깐만 가사를 다시 한 번만 해주세요. 맨 첨에 뭐라구요?] 찔레야, [①: 찔레꽃, 예.] 찔레잎을 끊어가, 살꿈 디치가주

....

595) 것이고.
596) 쌀알만큼.
597) 아침나절.
598) 많이.
599) 했었나.
600) 그러면.

601) 골목골목.
602) 그것도.
603) 꽃은.
604) 살짝.
605) 대어.

고606), 그래 영감 버선에다가 볼을 걸었는 게. 옛날에 버선볼 걸었거든. [①: 볼 건다는 게 뭔데요?] [②: 집었다607).] 이- 버선이 떨어지면은 집는단 말이여. 근데 찔레꽃 꺾, 찔레 이파리로 끊거 끊어가, 디 디체가주고 볼로 어찌 참하게 걸어 놔이608), 영감을 줄라 카이609) 쫌 아까븐610) 기라. 말은 고기라.611) [①: 아-, 영감이 미우니까 그렇지.【웃음】]

　【가락을 타며】찔레야 꼬튼 장가를 가고【합창】석류꼬튼612) 요각613) 가네

　만인간아614) 윗지615)를 마라 씨종재616) 바래 내가 간다

　인자 늙은 사램이 장개로617) 가고, 젊은 사램이 인자 요각을, 요각을 신랑따라 옛날부텀 여게 상객이 가거든. 아바씨618)가 따라 간다 말이다. [①: 예.] 따라가이, 아바씨는 젊고 장개 가는 사람 늙었거든. 고-는619) 인자 찔레꼬튼 장개가고 석류꼬튼 안 곱나, 그자? [◐: 석류꼬튼 요각 가고.] 그래, 요각 가미620). [①: 요각이 뭡니까, 요각이?] 그- 내나, 상각이 요각이라. [②: 신랑따라 간다 이기라.] [⑧: 장개가는 데 신랑따라 가는 게 있는 기, 그기 요각이라.] 고기- 요각인 기라. 저 처자는 시집 안 갔나? [①: 인제 가려고요. 할머니 끝입니꺼? 아이지요?] 모노래는 잘 몬한다. 모노래는 그래, 간단 간단하게. 그래 끝난다. [①: 아니 그래두 여러 개 있잖아요.] 여러 개 있지. 모노래 그거 할라면 여러 개 나오나? 나는 모 안 숭구이621). [⑧: 모노래 할라면 얼마나 디다꼬요622).] [◐: 인제 허리 아파 몬 할 끼다.] 니 논 □□□믄 모 숭가줄래?【모두 웃

---

606) 대어서.
607) 기웠다.
608) 놓으니.
609) 주려고 하니.
610) 아까운.
611) 고것이라.
612) 석류꽃은.
613) 요객. 상객.
614) 모든 사람아.
615) 웃지.
616) 씨종자.
617) 장가를.
618) 아버지.
619) 고것은.
620) 가면서.
621) 심으니.
622) 힘들다구요.

음】모 숭구는 기계 나오고는 안 부른다. [◑: 아이고 옛날에 연모아부지 모 숭굴 찍에 가창딕 '다풀- 다풀' 하미 참- 노래 잘 한다.] 암마.

　【가락을 타며】다풀다풀 다풀머리 해 다 젼데[623] 어디 가노

　답은 또 이래.

　【가락을 타며】우리야 부모님 산소등에 젖 먹으러

　【양손을 두 눈에 대며 우는 소리 흉내】이래 울더라.

　[◑: 누가 우노?] 애올띠기[624].

　【가락을 타며】유자캉 탱자캉[625] 으논이[626] 좋아 【죽남댁 함께】한 꼭지에 둘이 여네

　처녀캉 총각캉 으논이 좋아 한 비개[627]를 둘이 비네 【웃음】"

　이야기 연행에서 좋은 짝을 이룬 이상주씨와 장남이씨가 모노래 역시 짝을 이뤄 불러주었다. 이미 앞에서 했던 대목도 있었지만 좋은 짝을 만나 주거니 받거니 하면서 부르니 더욱 흥이 나는지 모노래 가락에 더 큰 신명이 묻어났다. 할머니들은 다음 조사를 의식한 듯 모노래를 잘 하는 사람들이 누군지 한참 동안 의논하였다. 아마도 다음 번에 우리가 찾아왔을 때 모노래를 잘 하는 분들과 함께 더 멋진 가락을 선보이고 싶은 듯했다.

　어느 마을에서나 모노래의 연행은 어느 정도 농투산이로서의 자부심과 결부되어 있었다. 기억이 희미해져 모노래를 몇 마디 이어가지 못하게 되면 연행자들 스스로가 몹시 아쉬워하면서 애써 기억을 더듬으려 하였고, 다음 번에 다시 찾아줄 것을 꼭 당부하곤 하였다. 어디서든지 모노래는 한 번 부르면 예전 노래 가락의 내용과 구성을 충실하게 살려낸 한 바탕을 만들어야 한다고 생각하는 것 같았다. 연행판의 흐름이 자연스럽게 민요, 그중에서도 모노래 연행 쪽으로 흘러가면 어느새 발빠른 몇 분이 일어나서 노래 잘 하

---

623) 졌는데.

624) 애올댁이.

625) 유자랑 탱자랑.

626) 의논이.

627) 베개.

는 분들을 모셔오는 경우도 종종 있었다.

이상주씨와 장남이씨가 연행한 모노래 구절들은 모두 모노래 가운데 가장 인기 있는 대목들이다. 특히 할머니들 사이에 논란의 대상이 되었던 첫 구절은, 시누이인 나를 화자로 한 내용으로 오빠가 물에 빠진 올케와 나 둘 가운데 올케만을 구해 결국 내가 죽게 된 것을 원망하는 소리로 구성되어 있다. 모노래의 여러 대목 중에서 할머니들은 이 구절을 가장 즐겨 부르는데 이 구절을 부르고 나선 항상 둘 중에 누구를 구하는 것이 옳으냐를 놓고 연행판에서 논쟁이 벌어지곤 했다.

대부분의 할머니들은 시누이의 입장인 동시에 아내의 입장에 놓여 있기 때문에 선뜻 누구를 먼저 구하는 것이 옳다고 말하지 못했다. 가부장적인 사회 질서 내에서 여성들의 사회적 관계와 지위는 가정 내로 국한되곤 하는데 이에 따라 결혼 전엔 딸이자 누이로서 지켜야 할 덕목들이, 결혼 후엔 아내이자 며느리로서 지켜야 할 생활 덕목들이 여성들에게 주어진다. 이 모노래는 가정 내로 국한된 여성의 사회적 지위와 관계망 속에서 여성들이 겪게 되는 심리적 갈등과 딜레마를 가장 극적으로 표현하고 있다. 이 모노래 구절의 전승은 노래가 표현하는 문제적 상황과 이를 둘러싼 심리적·윤리적 갈등을 구심력으로 해서 지속되고 있는 듯하다.

노래가 끝나자 이상주씨와 장남이씨는 모노래와 관련된 기억들을 추억하기 시작했다. 장남이씨는 스물 나이에 시집을 왔지만 친정에서는 거의 일을 해 보지 않아 시집와서 어려움이 많았다고 했다. 친정에서 자랄 때 마루청에 앉아 있으면 들녘에서 일하는 사람들이 부르는 모소리가 생생하게 잘 들렸는데 그 소리가 아주 구성지고 좋았다며 아련히 처녀 시절의 추억을 더듬어갔다. 새로울 것도 없지만 여든이 넘은 할머니들에게도 꽃다운 처녀 시절이 있었다는 사실이, 그리고 그 때를 기억하는 것이 남은 날들을 살아가는 큰 힘이 된다는 사실이 새삼 경이롭게 느껴졌다.

이상주씨도 예전에 농사를 많이 지을 때 모 심던 이야기를 들려주었다. 할머니는 어느날 남의 집에 모를 심으러 갔다가 모노래에 취해 일하느라 시간 가는 줄 몰라 결국 늦게 돌아오는 바람에 시댁에서 쫓겨날 뻔 했다고 말했다. 할머니들의 이야기를 들으면서 그분들께 모노래가 소중한 이유 중 하나는 당신들의 한창 시절, 활기 넘치고 꽃답던 시절에 모노래가 생활 한가운데 있었기 때문이 아닐까 생각하였다. 모노래를 부를 때면 손등 가득 저승꽃이 피고 머리 위에 하얗게 서리가 앉았어도, 언제든지 즐겁게 일하며 생기 가득한 노래 부르던 젊은 날로 돌아갈 수 있는 것이다.

할머니들의 노래에 취해 있는 사이 어느덧 죽서에서 일직 손씨 집안 어른들을 만나기로 한 시간이 가까이 다가와 있었다. 시간이 얼마 남지 않았지만 동장님과 마을의 노인회장님께 인사를 드려야 할 뿐 아니라 할아버지들과도 만남을 가져야 했기에 우리는 서둘러 녹음·녹화 기기를 정리하기 시작했다. 언제나 아쉬워하는 할머니들을 뒤로 한 채 자리를 털고 일어나는 것은 쉽지 않은 일이었다. 그것은 수년씩 현지조사를 계속해도 결코 익숙해지지 않는 일들 가운데 하나였다. 하지만 아직 현지조사의 초반 단계인데다 다음 일정들이 예정되어 있어서 우리는 서둘러 자리를 떠야 했다. 우리는 할머니들께 대보름날 다시 찾아뵙겠다는 인사를 드리고 노인정 방을 나섰다. 짐이 많고 갈 길이 먼 조사자들을 염려하는 할머니들의 걱정 소리가 돌아선 조사자들의 등 뒤로 오래도록 이어졌다.

Ⅱ-2. 남성 연행자들의 연행 현장

오실 복판이라꼬

2003년 2월 4일 오후 4시경 할머니들 방에서 나온 후 우리는 서둘러 할아버지들이 모여 있다는 노인회관으로 향했다. 저녁에 죽서에서 약속이 있는 터라 할아버지들에게는 간단한 인사와 함께 마을에 관한 몇 가지 질문만 드리고 나오기로 했다. 노인회관은 마을회관 바로 옆에 있었는데 방 하나에 작은 부엌과 거실이 딸려 있는 단층 양옥집이었다.

할아버지들이 모이는 공간과 할머니들이 모이는 공간은 대부분 분리되어 있는데 요즘은 자치단체의 지원을 받아 마을회관이나 노인회관을 크게 지어 방을 하나씩 나누어 쓰는 경우가 많았다. 지역에 따라 할아버지와 할머니들이 거실을 함께 쓰면서 식사를 같이 하는 마을도 있는데 이런 경우 주로 할머니들이 부엌일을 담당한다. 하지만 밀양에서는 할아버지들이 모이는 공간과 할머니들이 모이는 공간이 아예 다른 건물로 분리되어 있는 경우가 많았다. 대체로 마을회관이나 노인회관은 할아버지들이 사용하고, 할머니들은 동네 어느 한 집의 사랑방에 모이거나 가게에 딸린 방 등을 빌려 쓰곤 하였다. 이 때문에 마을회관이나 노인회관만 찾아다니며 조사를 하면 할머니들을 만날 수 없게 된다. 할머니들을 만나기 위해서는 마을 사람의 도움을 받아 그들이 모이는 장소를 따로 알아낸 후 방문해야 한다.

2003년 8월에 숲골을 방문하고서야 우리는 할머니들이 모이는 공간이 마을회관 뒷방이 아니라 폐가를 수리한 집에 따로 마련되어 있음을 알았다. 다만 그 방이 길가에 있어서 외풍이 강하고 매우 춥기 때문에, 또 난방비를 아끼기 위해서 겨울 동안만 마을회관의 뒷방을 빌려 쓴 것이었다.

할머니들의 방이 좁고 초라하지만 깔끔하고 안온한 느낌을 준 반면, 할아버지들의 방은 크고 번듯했지만 어수선하고 썰렁한 느낌을 주었다. 사실 할아버지, 할머니들의 방은 어느 마을에서나 이처럼 대비되는 느낌을 주곤 한다.

동장님께 미리 인사를 드린 터라 우리는 주저하지 않고 인기척을 한 후 방으로 들어갔다. 방 안에는 예닐곱 분의 할아버지들이 모여 있었는데 조금 전에 뵈었던 동장 손호영(68세)씨와 삽계어른으로 불리는 일직 손씨 집안의 손이헌(86세)씨, 노인회장을 맡고 있는 이진형(75세)씨, 전재영(79세)씨 등이 된장 종지 하나를 앞에 두고 1.8ℓ 들이 됫병 소주를 마시고 있었다. 아마도 우리가 도착했다는 손호영씨의 전언을 듣고 기다리고 있었던 것처럼 보였다. 우리가 옛날 이야기나 노래를 들으러 왔다고 말했기 때문에 손호영씨는 마을 어른들 중에서도 연장자들을 불러 모은 듯했다.

우리는 할머니들께 가급적 친근하게 다가가려 했던 것과는 달리 할아버지들께는 정식으로 인사를 드렸다. 우리는 나이 어린 여자라는, 남성 연행자들에게 대화 상대자로 인정받기 어려운 조건을 갖고 있었다. 따라서 원활한 조사를 위해서 격식을 갖춘 인사와 만남을 통해 남성 연행자들에게 대화 상대자로 인정을 받을 필요가 있었다. 우리는 복장을 갖추어 절을 올린 후 조사자 각자의 신분을 밝히고 마을을 찾은 목적을 자세하게 말씀드렸다. 특히 연행자들을 대표하고 있는 노인회장 이진형씨에게는 별도의 인사를 드렸다.

남성 연행자들 가운데 가장 적극적으로 조사자들을 반기며 이야기 연행에 나선 이는 예태호(65세)씨였다. 예태호씨는 모인 분들 가운데 가장 나이가 적은 사람이었다. 농촌 인구가 고령화됨에 따라 60대 중반의 남자는 마을에서 거의 '청년'에 속한다고 해도 과언이 아니다. 마을 동장들의 연령은 대체로 60대 초중반이었고 마을 일을 주도적으로 이끌어 가는 것 역시 60대 남성들이었다.

예태호씨는 술기운이 약간 오른 상태였지만 시종일관 이야기판을 이끌어 나갔다. 그러나 예태호씨가 연행 내용을 주도한 것은 아니었다. 예태호씨는 본인보다 나이가 많은 다른 연행자들이 연행에 참여할 수 있도록 그들의 연행을 이끌어내기 위해 이야깃거리를 처음 꺼내고 질문을 던짐으로써 연행자들의 말문을 여는 역할을 맡아 주었다. 우리는 조사 활동을 적극적으로 돕는, 좋은 현지민 동료를 얻은 셈이었다. 예를 들어 우리가 당나무에 관한 질문을 하면 예태호씨는 곧바로 자신이 알고 있는 내용을 바탕으로 하여 다른 연행자들에게 더 구체적인 질문을 던지곤 하였다.

　인사가 끝난 후 모여 있는 연행자들의 이름과 나이 등을 묻고 답하는 동안 예태호씨가 우리를 의식한 듯 모노래 한두 소절을 부르기도 했는데 술기운 때문에 계속 이어가지는 못하였다. 아무래도 짜임새 있는 이야기나 긴 사설의 노래를 청해 듣기에는 다들 술을 많이 드신 듯해서, 마을의 역사나 지형, 지명 등에 대한 이야기를 간단하게 나눈 후 자리를 마무리하는 것이 좋겠다고 생각했다.-당시 조사는 예비조사의 성격을 띠고 있으므로 연행 분위기를 이리저리 원하는 방향대로 이끌어가기 위해 지나치게 무리를 할 필요는 없다고 판단하였다.

　이야기판의 분위기를 정리하여 서로 간의 대화에 집중할 수 있도록 공통 화제를 찾을 필요가 있었다. 모인 사람들 대부분이 이미 얼굴이 붉게 달아오른 상태에서 이런저런 이야기들을 정신없이 주고받았는데 그대로 가만히 있다간 한 마디 말도 제대로 건네보지 못하고 일어서야 할 것 같았다. 마을의 역사나 근처 지형, 지명 등에 대한 이야기를 듣기 위해서 화제를 고르다가, 노인회관 왼편으로 보이는 한옥에 대한 질문으로 말문을 열었다.

　"여기 오다 보니까 요쪽에 집이 하나 보이던데, 한옥집이요. 그게 어디 재실인가요?"

　"아 맞아. 밀양 부자 손부자 맞아."

　"누구, 밀성 손씨 재실입니꺼?"

　"봐라, 부자야. 밀성 손씨."

　"여-는 밀성 손씨 집성촌이었나 부죠?"

　"아이다. 몇몇이 없습니더. 인자 두 집밖에 없어요."

　노인회관 앞 길을 따라 회관 왼쪽 편으로 끝까지 가면 관리나 보수가 제대로 이루어지지 않아 거의 폐가가 되다시피한 한옥이 한 채 나오는데 낡긴했어도 아주 웅장하고 멋진 집이었다. 마을의 역사와 관련이 있지 않을까 해서 어느 집안의 재실인지 물었더니 예태호씨가 밀성 손씨 재실이라고 일러주었다. 예전에 밀성 손씨들이 숲골에 터를 잡고 살았던 것이 아닌가 짐작하여 다시 이를 물었더니, 과거에 대해서는 잘 몰라서였는지 지금은 밀성 손씨 집안 사람들이 얼마 남지 않았다고 답해주었다. 내친 김에 처음 숲골로 들어와 자리를 잡았던 성씨들에 대해서 물어보기로 하였다.

　"여기 무슨 무슨 성씨가 주로 모여 살았습니까, 옛날에 그럼?"

　"저어 어데 성씨가 살았냐 하면 손씨가 아니고 여게 내려오는 저 이지함 선생, 거 거 후손들이 저게 왔다꼬. 밀양에 지금 집성해가 여주 이씨 있다고. 여주 이씨, 여주 이씨하고 그 다음에 김해 김씨하고 내 알기로는 여러 사람이 살아, 여 집성촌이 아닌데."

　"아, 각성받인가요?"

　"각성받이 그거 비슷한데 그래도 저 사백 년을 살은 사람이 저 또 어석 김씨가 있다꼬. 김씨, 거 행님 무슨 김씨고?"

　말을 이어가던 예태호씨가 자신이 없었는지 옆에 앉은 나이 많은 이들에게 질문을 던지자 모두들 선산 김씨라고 대답하였다. 과거에 여주 이씨나 김해 김씨 일가들이 숲골에 들어와 살았는지는 확실치 않아 보였다. 다만 여러 사람들이 말하기를 선산 김씨가 예전부터 숲골에 터를 잡고 산 것만은 분명하다고 하였다. 예태호씨는 우리에게 숲골에 대한 여러 가지를 자랑하고 싶어했는데 성씨 이야기가 나오자 이를 토대로 숲골이 매우 유서 깊은 동네라고 주장하기 시작했다.

　"어, 선산 김씨가 거 또 사백 년이가 그 뭐, 이 동네가 한 사오백 년 되는 동넨데. 명당자린데."

　그러자 옆에 앉아 있던 이들이 천 년도 더 된 동네라며 정색을 하고 나서기도 했다. 자리에 모여 앉은 남성 연행자들은 모두들 조사자들에게 숲골이 얼마나 오랜 역사를 지닌 동네인지, 또 얼마나 살기 좋은 동네인지 무척 자랑하고 싶어하는 것 같았다. 다들 점점 취기가 오르는 것처럼 보였는데 모두 술기운에 아랑곳하지 않고 마을 자랑을 계속 이어나갔다.

조사자들 또한 이런 상황을 예상하고 조사에 앞서 마을 당제와 지명에 관한 질문들을 준비하였다. 마을의 역사나 지형, 지명에 얽힌 이야기는 여성 연행자들보다 남성 연행자들이 더 적극적으로 연행에 나서는 편이고, 특히 남성 연행자들은 대부분 이런 류의 이야기 연행을 통해 마을에 대한 자부심을 표현하고 외부인들에게 마을을 자랑하고 싶어하기 때문이다. 때론 이와 같은 부류의 이야기 연행을 본인들의 사명으로 여기는 남성 연행자들도 만날 수 있었다.

나는 할머니들에게 들은 이야기를 참고로 하여 당나무에 깃든 당신(堂神)을 배씨 할머니로 부르는 사연을 물어보았다.

"여기 숲촌에, 여기 숲에 당나무가 배씨 할머니라는데 그건 왜 그런데예?"

예태호씨가 우리의 질문을 받아 이야기를 이어나가기 시작했다.

"배씨 할무니1)가, 있었지."

"그, 왜 배씨라 그러는지 아십니까, 혹시?"

"우리는 모르고 이 숲촌이라는 동네가, 【손바닥에 글씨를 쓰며】 숲자가 한문을 쓰믄 이-, 해가주고 나무 목자가 숲자에 나무 목자가 붙는, 희한-한 동네야."

아마도 예태호씨는 당나무에 얽힌 자세한 이야기는 알지 못하는 듯했다. 그래서 화제를 돌려 마을 이름에 대한 자신의 생각을 늘어놓기 시작했다. 술기운 때문에 조사자와의 의사소통이나 연행자들끼리의 의사소통이 원활하지 않았고 이야기나 대화 내용에도 일관성이 없었다. 아무래도 이야기판을 길게 이어가긴 어려울 것 같았다.

예태호씨가 손바닥에 쓴 글자가 무엇인지 알 길 없었지만 그가 자신의

---

1) 할머니.

마을을 무척 자랑하고 싶어한다는 사실은 분명하게 알 수 있었다. 예태호씨의 말이 앞뒤가 맞지 않다고 생각했는지 손호영씨가 나서서 말을 이어가기 시작했다.

"아이지. 한글 이름이 드-가고, 한문도 숲이 나오지."

"한문 숲자라 안 카고이-."

"와? 나무, 나무 숲자"

어지간히 술기운이 오른 두 사람의 대화 내용을 정확하게 이해하기는 어려웠다. 숲촌이라는 동네 이름이 아주 옛날 문헌에도 한문으로 쓰여져 전한다는 이야기를 하려는 것 같았는데 기억이 정확하지 않은데다 술기운도 오른 상태라 두 사람 모두 자신이 하려는 말을 분명하게 전달하지 못했다. 그래도 예태호씨의 이야기는 계속되었다.

"희한한 글잔데, 들어 보이소.【오른쪽 뒤를 가리키며】어느 어른이 사시던 간에 방풍림을 숭았다꼬2). 여게서 저-어 우3)에까지 방풍림이 있다꼬요. 가까왔으요4). 이게 어데나 하믄 여-서붓5), 저- 우에 동네까이6) 전부 숲이 있었다꼬."

예태호씨의 이야기를 정확하게 이해할 순 없었지만 숲골이라는 이름이 동네에 방풍림을 조성하면서부터 유래했다는 말을 하려는 것 같았다. 이때 노인회장 이진형씨가 숲을 조성한 것은 선산 김씨 일가였다며 이야기에 끼어들었다.

"우리 알기로는 숲이 가꾸기를 어떠냐 하면 선산 김씬데."

나는 이진형씨라면 배씨 할매의 유래를 알고 있지 않을까 잔뜩 기대하여 당나무의 유래에 관한 질문을 계속하였다. 할머니들에게서 듣지 못한 이야기인데다 당신의 성씨가 정해져 있다는 사실이 흥미로워서 계속 관심을 갖고 있었기 때문이다.

---

2) 심었다고.
3) 위.
4) 가꾸었어요.

5) 여기서부터.
6) 동네까지.

"당나무는 유래가 어떻게 되는지 혹시 모르시구요?"

"내나 선산 김씨들이-지. 이 숲을 가꾸은 이후로 당낭기7) 심어졌지예."

"예, 근데 왜 배씨 할머닙니까? 그 당나무."

"배씨라고는 우리는 모르고."

남성 연행자들 역시 배씨 할매의 유래에 대해서는 알지 못하는 것 같았다. 예태호씨는 배씨 할매에 관한 이야기가 있기는 했던 것 같은데 그 내용을 잘 알지 못한다고 하였다. 그리곤 다시 마을 자랑을 계속 이어나갔는데 인근 다섯 마을 한가운데 있는 숲골이 피난처로 유명하다는, 그만큼 살기 좋은 곳이라는 내용이었다.

"배씨할머니라 카는 거는 전설적인 배씨 할매 또 있겠지, 우리 아는 말로. 이 동네는 배씨라곤 아-무도 없다꼬. 아무도 없고 여기에 근 사백 년을 살면서 선산 김씨하고 이씨가 여- 몇8) 성받이9)가 있다꼬. 있는데 이 동네 희한은, 오실10) 복판이라꼬. 이, 이 그리고 【손가락을 꼽으며】 남가실11), 뒷가실, 앞갑실12) 요-, 들어 보이소요. 여- 【손가락을 꼽으며】 금곡 숲, 쇠실13), 그 다음에 뒷실, 희실14), 그 다음에 남가실, 뒷가실, 요 엄광 오실 복판, 피난처라요 여기."

"여기가요?"

"예, 피난처라."

"그, 그게 다 어딥니까? 희실은 희곡이고."

"희곡이고, 뒷실은 뒷가실이고."

"저 다, 다촌이라는 데."

연행자들 가운데 누군가 '다촌'이 곧 '가곡'이라고 하자 이진형씨가 밀양시 상동면 '도곡'을 일컫는다고 일러주었다. 그리고 '도곡'을 '뒷실'이라 부른

---

7) 당나무.
8) 몇.
9) 성(姓). 성을 받았다는 뜻으로 '성받이'라고 씀.
10) 다섯 마을. '실'은 마을을 뜻한다.
11) 남쪽에 있는 마을. '가실'은 마을을 뜻한다.
12) 앞가실.
13) 산외면 금곡리(金谷里).
14) 산외면 희곡리(希谷里).

다고도 하였다. 예태호씨는 나의 질문에 따라 다섯 마을이 모두 어디인지 다시 설명하기 시작했다.

"아-, 그라고 쇠실은 어덴데요?"

"【오른쪽 뒤를 가리키며】금곡, 금곡이 쇠실이라."

"아-, 금곡."

"앞에 남가실. 【오른손을 쫙 펴보이며】오실 복판."

"아, 남기리라는 데구나."

"예, 오실, 오실 복판에 여- 피난처라꼬. 이 피난천데 이 동네에서 나가 부자된 사람이 또 누가믄15) 저, 거 거- 뭐꼬?"

숲골이 오실 한복판이라는 자랑에 이어 마을에서 널리 알려진 인물을 소개하고 싶은 듯했다. 동네에서 부자가 된 사람을 꼽아보다가 '박연차'라는 사람의 이야기를 하기 시작했다. 고무 공장을 해서 부자가 되었다고 하는데 이 마을의 다른 연행자에게서도 그에 관한 이야기를 들을 수 있었다. 그냥 부자라고만 해서 그에 대한 이야기를 자세히 물어보지 않았는데 아마도 이곳 숲골 사람들이 마을에서 가장 출세한 사람으로 인식하고 있는 인물인 듯했다. 박연차에 대한 이야기 끝에 연행자들은 가난하고 작은 동네라 특별히 이름난 사람이 없다는 말을 잊지 않고 덧붙였다.

할아버지들의 취기가 점점 올라 이야기가 중구난방으로 이어지는 터라 나는 연행판을 어떻게 수습해야 할지 잠깐 생각에 잠겼다. 문제는 술기운이 오르고 있는데도 할아버지들이 계속 우리와 이야기를 하고 싶어한다는 사실이었다. 그래서 금방 자리를 털고 일어서기보다는 이런저런 질문을 더 드리는 것이 좋겠다고 생각했다. 화제를 바꾸는 것이 좋을 듯하여 준비한 대로 주변 지형과 절터 등에 대한 질문을 던져 보았다.

---

15) 누구냐면.

▶8 보담산과 탑등16) (이야기⑤)

연행자 : 예태호(남, 65세) ●
조사자 : 김영희 ①, 황은주 ◎
청 중 : ②17), 심일복 ③, 손이헌 ④, 전재영 ⑤, 손호영 ⑥, 이진형 ⑦

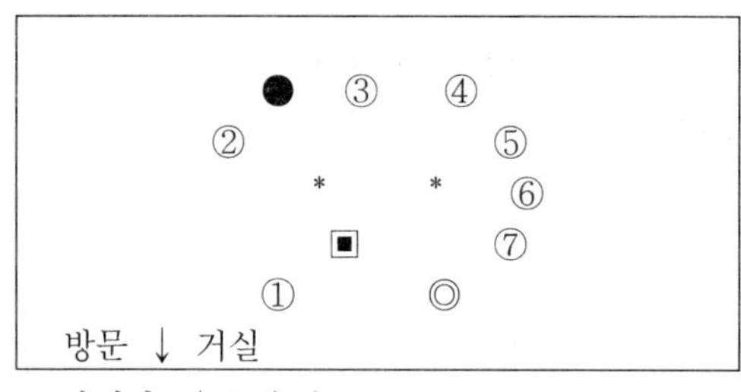

"여, 주변에 뭐 유명한 산이나 바위에 얽힌."

"있지요."

"이얘기나 이런 거 있습니까? 어떤 게 있습니까?"

"저-, 보, 옛날에 저, 중국에서 피난오가주고18) 보담노장이 살은19)- 가, 【허공을 가리키며】 보담산이라고. [귀양와가주고.]20) 귀양오가주고 살은 자리 그, 보담산이라 저 우21)에 있어요. 그라고22) 신선이 났다 캐23) 【왼쪽 뒤를 가리키며】 신선바위가 있고, 거24) 신선이 여-25) 살러 왔는데 신선바위 또 있고, 이 동네가 참 좋은 산이라. 단디26) 들어 보이소. 보담사-이27) 산 자리 가 보믄28), 보담선생이 그기29) 인자 뭐냐믄30)

---

16) 2003년 2월 4일 오후 밀양 산외면 엄
    광리 숲골 할아버지노인정 방.
17) 연행자 정보 파악 안 됨.
18) 피난와서.
19) 산.
20) 누가 말한 것인지 분명하지 않다.
21) 위.

22) 그리고.
23) 해.
24) 그.
25) 여기.
26) 똑똑히.
27) 보담산이.
28) 보면.

우리가 보믄 저 주왕산가믄 주왕이 왔다 갔는 자리요. 거 사, 살은 혼적
이 있다고, 지금. 보담선생이 여 귀양오이 산 자리 있다고 요게31).

　[①: 그러면 여기, 탑등이란 데도 있다 그라든데, 탑등예.] 탑등이요?
[②: 탑등? 요 우에 있다 카이.] 내 애기를 해 주어. 탑-등이 있고 우리
여- 가믄, 쉽게 말하믄【두 팔을 오른쪽으로 들며】장승배-기가 있다꼬. 장
승을 시우 논32) 자리가 장승뱅-이란 동네가 있고, 동네, 앞에 나가믄【두
팔을 위로 들며】옛날에 장승이 서가 있고【오른쪽 허공을 가리키며】요 탑, 탑
등이 와 탑등이나믄-33) 절이 있었으요34). 엄광사란 절이, 큰- 절이 있는
데【두 팔을 위로 들며】탑이 있었다꼬.【오른쪽 사선을 가리키며】고기35) 엄광
사 절,【고개를 살짝 끄덕이며】있습니더. 절 누울 자리가 있는데,【오른손을
휘저으며】폐사돼뿌고36) 없고, 고기- 탑등이라.

　[①: 아 예. 절이 왜 망했다거나 이런 얘긴 못 들어 보셨습니꺼?]

　【왼손 검지손가락을 세우며】알지요. 절이 망할 찍37)에, [망하, 망하기로,
빈대가 망앴다 카데38).]39) 빈대가 많-애가주고40) 마, 불 나- 망했다 카
데. 절이 망앴는데 중눔이 나쁜 질41)을 마이42). 내, 중눔 카는데43) 참-
나쁜 눔.【두 손바닥을 아래로 향하여 약간 내리누르며】이 절을 유지를 할라
하믄【오른손 검지손가락을 세우며】하늘 뜻인데, 이 여게44)에서, 봐 보이
소?【두 손을 모아 손바닥이 위로 향하게 하며】무-울45) 끼46) 있으야 살지,
중이, 예? 중이 무울 것 없이 못 산다 아입니꺼47)? 여, 절 해가48) 뭐 살

<hr>

29) 그것이.
30) 뭐냐면.
31) 요기에.
32) 세워 놓은.
33) 탑등이냐면.
34) 있었어요.
35) 거기에.
36) 폐사(廢寺)돼버리고.
37) 적.
38) 망했다고 하데.

39) 누가 말한 것인지 분명하지 않다.
40) 많아서.
41) 짓.
42) 많이.
43) 중놈이라고 하는데.
44) 여기.
45) 먹을.
46) 게.
47) 아닙니까.
48) 해서.

낍니꺼49)? 여, 옛날에 길이 없고 걸어 댕깄다고요50). [②: 아-, 쓸데없는 소리, 방송 하지 마라.] 예, 진짜 탑등 가마51) 탑이 있다꼬 지금. 가가주52) 찾아보소, 탑이 있고. [⑦: 옛날에는 그랬는데, 옛날에는 절 하나 갖고 뭐, 몬 묵고53) 살았네 카디만54) 오새55)는 절이 시 낱56)이나 돌오와도57), 더 끈끈이58) 산다. 오새는 절이 시 낱이나 들었어요.] [①: 여기에요?] [⑦: 엄강사59), 정각사, 용봉사.]"

보담노장과 탑등, 엄광사지-빈대 절터-에 관한 이야기는 숲골 사람이라면 누구라도 알고 있는 내용인 듯했다. 하지만 예태호씨는 술기운 때문에 이야기를 길게 이어가지 못했다. 나는 일지에 적어두었다가 다음 번 조사 때, 혹은 다른 연행자를 만났을 때 다시 물어보기로 하였다. 산골 마을이라서 주변 산에 얽힌 이야기나 사라진 절터에 대한 이야기가 풍부할 것이라 기대했기 때문이다.

이번 조사가 예비조사인 점을 감안할 때 이야기 하나하나를 파고들기보다는 대체로 어떤 이야기들이 전승되고 있는지 알아보는 것이 좋을 듯하여 한 이야기 연행이 끝난 다음엔 바로 다음 질문을 던지는 방식으로 이야기판을 이끌어나갔다. 산골마을이니만큼 도깨비 체험담이 많을 것 같아 도깨비에 홀린 사람이 있었는지 물어보았다.

---

49) 어떻게 살 것입니까.
50) 다녔다고요.
51) 가면.
52) 가서.
53) 못 먹고.
54) 하더니만.
55) 요새.
56) 세 개.
57) 들어와도.
58) 꿋꿋이.
59) 엄광사.

▶9 도깨비 만난 사람[60] (이야기⑥)

연행자 : 예태호(남, 65세) ●
조사자 : 김영희 ①, 황은주 ◎
청 중 : ②[61], 심일복 ③, 손이헌 ④, 전재영 ⑤, 손호영 ⑥, 이진형 ⑦

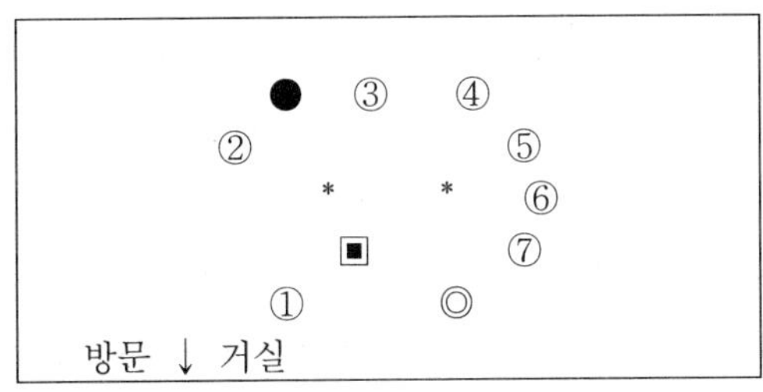

■ 카메라   * 녹음기

"옛날에 여기 산골이라 도깨비 뭐, 만났다거나 뭐 도깨비한테 홀깄다거나[62] 그런 얘긴 들어 보셨습니까?"

"있어요."

"도깨비는 박, 한모다, 박한모. 우리, 저- 함자가 【손바닥에 글씨를 쓰며】 박, 한모 어른인데, 【왼쪽을 가리키며】 저어 밑에 저거, 남가실 저, 안 있습니꺼? 저- 갔다 오드이끼네[63], [⑦: 내-, 한 번 이얘기 나오더라.] 예. 토깨비[64] 나와가주고[65] 난중[66]에 '아이다[67], 아이다' 카고[68] 내나[69] 그 어른 집에 '한모야-! 니 회꺼리 가왔대[70].' '물-, □해라.' 보이께네 요만-한, 【양손가락을 모아 붙였다가 사이를 벌리며】 걸어 놨다 카던데,

---

60) 2003년 2월 4일 오후 밀양 산외면 엄광리 숲골 할아버지노인정 방.
61) 연행자 정보 파악 안 됨.
62) 홀렸다거나.
63) 왔더니.
64) 도깨비.

65) 나와서.
66) 나중.
67) 아니다.
68) 하고.
69) 간투사의 일종.
70) 가져왔다.

고 애기를 함71) 들었어요, 내가. [②: □□ 형님 애기가?] 예. 맞지예? [⑦: 맞어, 그래 나오드라.] 저-스72) 저, 이까지73) 도깨비 왔다 카는 그기. 여-74)는 아까 온 길 있지예? 전부 거,【손가락을 넓게 벌려 물길 표시하며】개울이라. 개울인데, 반 강이고75) 개울인데 거- 도깨비 만냈다 카네. 한 사람, □□ 마이76) 만낸77) 사람. 여-도 마이 만-는데78), [⑦: 학실히79) 알아야지. 학실히 알고 이얘기해래이80).] 학실히 맞아요. '한모야-, 여 있다.' 하고. 사깨81) 어른, 맞지예? [③: □□□ 전칠이가-, 여게서 놀다가 어, 올라가믄 말이지요, 어?【손을 위로 뻗어 허공을 가리키며】여, 어데가 이끼네 말이지 여 이, 토깨비가 홋치인82) 기라. 보니까 말이지,【양손을 위로 뻗어 살짝살짝 흔들며】까치밭83)이라, 보이긴84).] [홀, 홀끼가85) 까치밭이지.]86)【소리 섞임】[③: 고 고래가주고87) 니려와가주고88) 보니깐 말이지 토채비한테 홋칬-다 이기라. 밀구 밀어 올라가는데 말이지, 올라가이 □□ 화악 터진 데로.] [④: □□□ 저저] 당가실 저거 토깨비 나와가지고 사깨 어른 들어 보이소. [④: □□ □□ □□ 어른이 저-, 같이 고개를 넘어오다가 홀끼가 애를 안 묵었나?] [⑥: 모른다 카든데 뭐.]【소리 섞여 청취 불능】[⑦: 흔적도 없고 구신89)이 그글로90) 해가주고 구신이 해가주고 이, 논 이, 이 그 얼매고91), 거서92) 이래 올라오드란다93).]

---

71) 한번.
72) 저기서.
73) 여기까지.
74) 여기.
75) 반쯤은 강이고.
76) 많이.
77) 만난.
78) 만났는데.
79) 확실히.
80) 해라.
81) 삽계. 밀양시 부북면 삽계리.
82) 홀린.
83) 가시밭.

84) 보니까.
85) 홀려서.
86) 말소리에 섞여 누가 말한 것인지 파악하기 어렵다. 아래 연행자 표시가 없는 것은 동일한 상황이다.
87) 그렇게 해서.
88) 내려와서.
89) 귀신.
90) 그것을.
91) 어디쯤인고.
92) 거기서.
93) 올라오더란다.

[불이 환-해, 환해.] [□□어른 술 안 자시는데요94).] [감매어른 술 자시나?] [①: 어느 어른이요? 어느 어른이시라구요?] [⑦: 어 작고했어, 작고했어.] [옛날 얘기지. 나이 연세 많으신 분.] [③: 【④를 보며】 그런데, 저 전칠이 여 실컷 말이지, 노다가 올라가먼 말이지 갈가지95)강 뭐 뭐 그런 거, 저- 호랑이가 말이지] [어, 범이 마 □□□□. 예, □□□ 가먼 말이지 전칠이가 한참 거 왔다갔다 하거든요. 지닉96)에 마, 더부다97) 준대요.] [④: 【웃음】 허허 더부다 준다?] [③: 예.]"

　도깨비 체험담의 전형적인 말하기 방식에 따라 예태호씨 역시 체험 주체의 이름을 정확하게 밝히고 그가 직접 체험한 사실이라는 점을 누차 강조하였다. 둘러앉은 연행자들 모두 정말 그 이야기를 믿는 것인지, 아니면 그냥 재미있는 이야기라 여기는 것인지 알 수 없을 정도로 시종일관 장난기 가득한 웃음을 머금었는데, 그래도 누구 하나 이야기의 진실성을 의심하는 질문이나 발언을 하지 않았다. 이제까지 나눈 대화 내용 가운데 가장 많은 연행자들이 가장 많은 관심을 보인 이야깃거리였다.

　마을 어른들은 이 깊은 산골까지 찾아들어온 우리 조사자들이 무척 신기한 모양이었다. 우리가 누구의 소개로 왔는지, 왜 이런 일을 하는지 궁금해했다. 그도 그럴 것이 여러 사람도 아니고 단 두 사람이, 그것도 젊은 여자 둘이 찾아와 넙죽 절을 한 후 케케묵은 옛날 이야기들을 물어보니 신기하게 여기는 것도 전혀 이상한 일이 아니었다. 새마을지도자를 맡고 있다는 사람이 들어와서 잠깐 자리가 어수선해졌는데 다시 조사자들에게 말문을 연 것은 역시 예태호씨였다.

　예태호씨는 생각보다 많은 이야기들을 들려주지 못한 것이 마음에 걸렸는지 '옛날에 못살아가 흉이 될까 싶어 어른들이 말을 잘 안 하려고 한다'며

---

94) 잡수시는데요.
95) 새끼 범. '개호주'를 가리킴. '삵'의 방
　　언이라고도 함.
96) 저녁.
97) 데려다.

우리에게 변명 아닌 변명을 하기 시작했다. 예태호씨는 조사자들이 숲골을 가난하고 작은 산골 마을로만 여기고 숲골의 가치를 제대로 보지 못할까봐 무척 염려하는 듯했다. 스스로 작은 산골 마을에서 농사지으며 가난하게 사는 자신의 모습에 대해 어느 정도 위축감을 가지고 있는 것처럼 보였다. 그래서 더욱 숲골 마을에 대한 자랑을 늘어놓고 싶어하는 것 같았다. 하지만 때마침 술을 마신 터라 스스로 생각하기에 멋지고 거창한 이야기나 노래를 들려주지 못하는 것이 계속 마음에 걸리는 모양이었다.

그래서인지 예태호씨는 조사자들에게 누차 정월대보름날에 꼭 다시 찾아오라고 신신당부하였다. 나중에 안 일이었지만 숲골에서는 이번 정월대보름날에 지신밟기를 계획하고 있었다. 몇 년 전부터는 윷놀이만 놀고 지신밟기를 하지 않았는데 지신밟기하던 시절 대보름날의 흥겨운 분위기를 못내 잊지 못하고 아쉬워하다가 이번 정월에 큰 맘 먹고 풍물에 필요한 악기와 복색을 구입하고 연습까지 하면서 흥겨운 한판을 벌이기로 계획하고 있었던 것이다. 본인들이 열심히 정성으로 준비하고 있는 정월대보름날의 한판 놀이를 우리에게 꼭 보여주고 싶은 것이 마을 어른들의 마음이었다.

황은주와 나는 다른 약속도 있는데다가 연행자들이 모두 어느 정도 취기가 오른 상태라 자리를 그만 정리하는 것이 좋겠다고 생각하고 있었는데 오히려 모여 앉은 연행자들은 자리를 뜨려고 하지 않았다. 이런 경우 아무리 조사 일정이 촉박해도 우리는 쉽사리 자리를 떨치고 일어서지 못했다. 사실 이런 태도가 우리의 가장 큰 문제이자 가장 큰 장점이었다.

도시 생활에서 가장 중요한 덕목 가운데 하나인 '시간 약속 지키기'는 시골에서 그다지 중요한 생활 규범이 아니었다. 그보다 더 중요한 것은 인간 관계에서 서로에게 보낸 호의와 인정, 인간적인 기대 등을 저버리지 않는 것이었다. 한 마디라도 진심에서 우러나는 인사를 드리는 것, 이야기하고 싶은 마음을 읽고도 못 본 척 매정하게 일어나지 않고 끝까지 정성껏 귀 기울이는 것, 입맛에 맞지 않더라도 차려 주신 밥상을 맛있게 먹는 것, 자랑스럽게 여기는 마을의 역사에 진심으로 공감하는 것, 필요한 것을 얻은 후에 돌아서서 다시는 뒤돌아보지 않는 것이 아니라 지속적인 관심과 애정을 표현하는 것, 농촌 생활의 어려움을 열심히 듣고 진심으로 배우고 반성하는 자세, 부족하나마 우리 손으로 할아버지·할머니들께 한 끼 식사를 차려드릴 수 있는 마음, 그런 것들이 시간 약속보다 더 중요한 가치를 지니고 있었다.

물론 '약속'은 중요한 것이었다. 언제쯤 다시 찾아오겠다고 약속하고 떠난 뒤로 서울 생활에 쫓겨 약속을 지키지 못했다가 뒤늦게 마을 분들 모두 기다리셨다는 사실을 알고 몸 둘 바를 모를 정도로 죄송스럽게 여긴 적도 있었다. 하지만 이곳의 시간 관념은 도시의 그것과는 사뭇 달랐다. 특히 할아버지, 할머니들은 하루 종일 시계를 보는 일이 드물었다. 서울에서의 우리처럼 일 분, 일 초를 다투며 생활에 쫓기는 일도 없었다. 시골의 어른들은 시계를 보는 대신 몸이 느끼는 대로 움직였다. 창으로 밝은 빛이 들어오기 시작하면 눈을 뜨고 잠자리를 정돈하였고 시장기를 느끼면 끼니를 준비하였다. 어둑어둑해지면 소여물을 내려 가고 날이 어두워지면 이부자리를 다시 펼쳤다. 햇빛과 바람과 온도를 몸으로 느끼고 몸이 느끼는 리듬에 따라 일상을 꾸려나갔다. 생활을 반복하는 기준은 분명, 시계가 가리키는 '시간'이 아니라 몸이 느끼는 '리듬'이었다.

이 때문에 답사 일정에 쫓겨 계획에 없던 교통비를 지출하거나 끼니를 거르는 일이 생겨도, 조사 계획과 일정에 따라 칼같이 움직이는 조사 방식을 우리는 일찌감치 포기했다. 이런 태도가 전혀 문제를 일으키지 않는 것은 아니었다. 뜻하지 않게 현지민들과의 약속을 어기게 되는 경우도 있었고 나태해지는 우리 자신을 쉽게 용납하고 합리화하는 태도가 어느 사이에 조사자들 몸에 배기도 했다. 또한 시골에서 중요하게 여기는 생활 규범과 도시에서 중요하게 여기는 생활 규범이 달라, 도시 생활에서 조사자들이 낭패를 겪는 일도 있었다. 조사 일정이 매우 짧긴 하지만 반복된 조사를 통해 몸에 밴 시골에서의 생활 태도와 습관이 서울 생활에 맞지 않아, 답사를 마치고 서울로 돌아온 후엔 다시 서울 생활에 적응하느라 애를 먹곤 하였다.

무엇보다 조사자들의 태도가 느슨해지는 것이 가장 큰 문제였다. 그래서 우리는 시골에서 중요시하는 규범과 가치들을 존중한다는 대원칙은 변함없이 지켜 나가되 조사에 임하는 우리 자신의 태도와 생활에 대해서는 매일매일 평가를 통해 반성하고 수정해 나가기로 약속하였다.

현지조사는 현장의 생활과 문화에 대한 참여관찰을 목표로 하지만 낯선 곳에서의 생활은 필연적으로 나 자신의 생활과 문화를 들여다보게 만들었다. 일상적인 생활 영역의 경계를 벗어난 '바깥'에서 '안'을 들여다봄으로써 평소 내가 의식할 수 없었던 내 생활의 이질적인 결들을 새롭게 발견할 수 있었다. 현지조사를 통해 가장 선명하게 발견할 수 있었던 내 생활의 단면은 바로 '효율성'이었다.

이곳 현지의 생활과 문화는 대부분 '효율성'과 반대 방향으로 움직이고 있었다. 무엇보다 일상에 규칙적인 리듬을 부여하는, 세시풍속이나 절기와 연관된 풍속과 의례는 전통에 따른 격식을 매우 중요시하는데 이 격식을 따르기 위해서는 많은 시간과 노력, 정성을 들여야만 한다. 이와 같은 정성과 노력은 '성취'나 '획득'과는 무관한, 오히려 생활에 필수적인 시간과 재화를 무용지물로 만든다는 점에서 비효율적인 활동에 가깝다.

그러나 나는 현지 생활을 경험하면서 '효율성을 추구하는 삶에서 과연 행복을 느끼는 것이 가능한가'라는 근원적인 질문을 마음에 품게 되었다. 가장 인상적인 장면은 정월 열나흘날 밤에 있었던 숲골의 마을회의였다. 회의 안건은 정월대보름날에 행할 '놀이'에 관한 것이었는데 '윷놀이'를 할지, '지신밟기'를 할지 여부를 놓고 세 시간 가까이 열띤 토론이 이어졌다. 나는 처음에 회의 내용과 회의에 임하는 사람들의 태도가 의아하기만 했다. 왜 이런 사소하고 중요하지 않은 문제로 언성까지 높여가며 긴 시간 토론을 계속하는 것인지 이해하기 어려웠다. 하지만 시간이 지날수록 내가 서울에서 언성을 높여가며 토론하는 일들과 내가 걱정하고 근심하는 문제들은 과연 그만큼 긴요하고 의미 있는 것일까 하는 의문이 들었다. 무엇보다 '내가 고민하고 논의하던 문제들이 모두 나의 행복이나 내가 지켜가고 싶은 삶의 지향과 연관된 것이었을까'라는 회의가 밀려왔다.

마을회의의 쟁점은 정월대보름날에 기존에 해오던 윷놀이를 할 것이냐, 아니면 몇 해 전까지만 해도 성대하게 치렀으나 지금은 전통이 거의 끊긴 지신밟기를 다시 시작할 것이냐 하는 문제였다. 윷놀이를 하면 많은 마을 사람들이 쉽게 참여할 수 있고 마을 재정을 안정적으로 확보할 수 있다는 장점이 있었지만, 마을의 성인 남성들은 끊기다시피 한 지신밟기의 전통을 다시 이어보고 싶은 욕심이 있었다. 하지만 지신밟기를 하자면 준비해야 할 것들이 많았다. 복색과 악기 등 물리적인 준비도 필요했지만 무엇보다 쇠, 징, 장구, 북, 포수 등의 역할을 맡은 사람들의 적극적인 참여가 요구되는 상황이었다. 지신밟기를 위해 며칠 전부터 모여 연습도 하고 서로 호흡도 맞춰야 하는데, 하우스 농사를 짓느라 일년 내내 농한기가 없는 마을 상황에서 누구 하나 먼저 나서는 사람이 없는 것이 가장 큰 문제였다.

예전에 흥성흥성하던 정월대보름날의 신명 나는 분위기를 되살리고 마을의 멋진 전통을 계속 이어가 보자는 몇몇 사람의 의견에는 대부분 공감했지만, 막상 한창 바쁜 농사일을 제쳐두고 마을회관에 모여 악기나 둥당거리고 있자니 누구라도 속이 타지 않을 수 없는 상황이었다. 마침 마을의 부녀회장이 풍물을 좀 배워와서, 예전부터 동네 어른들께 꽹과리며 장구 등을 배워 두었던 몇몇 사람들과 함께 지신밟기를 준비할 만한 형편이 되기는 했지만 가뜩이나 빠듯한 살림에 하우스 일까지 제쳐두고 매일 밤 모여 풍물 연습을 하기는 어려운 상황이었다. 또한 무엇보다 지신밟기를 하려면 마을 사람들의 참여가 필수적인데 마을에서 과연 몇 집이나 신청을 할지 마을 사람들이 호응은 열심히 해 줄지 누구도 확신할 수 없었다.

더구나 옛 어른들의 지신밟기는 말 그대로 신명 나는 한판이었는데 전통을 잇는답시고 어설프게 준비해서 오히려 마을 사람들을 실망시킨다면 하지 않는 것보다 못할 것이라고 모두들 염려가 많았다. 마을에 내려오는 전통이 있고 또 그것을 기억하는 사람들이 있는 만큼 이왕 끊어질 뻔한 전통을 되살릴 바에야 한번 멋지게 치뤄내고 싶은 것이 마을 사람들의 욕심이었던 것이다.

상황이 여의치 않으니 정월대보름을 하루 앞둔 열나흘날 밤의 회의는 길어질 수밖에 없었다. 지금이라도 편하게 윷놀이를 하는 쪽으로 의견을 모으자는 견해와 이왕 전통을 되살려 보기로 마음먹었으니 좀 부족한 구석이 있더라도 한번 시도해 보자는 견해가 팽팽하게 엇갈렸다. 막걸리 한 말을 거의 다 비우고 새 통을 뜯을 때까지 마을의 성인 남성들은 간혹 언성을 높여가며 회의를 계속하였다. 술잔이 몇 순배 돌아가도록 논의가 길어지다 보니 동장은 동장대로 마을의 중론을 모으는 과정에서 힘들었던 일들을 털어 놓기 시작했고 풍물 연습에 열심히 참여하지 않았던 이들이나 당일 마을회의에 참석하지 않은 사람들에 대한 비판의 목소리도 높아졌다.

그러나 시간이 흐르면서 마을 사람들은 하나둘 옛날 신명 많은 어른들이 주도했던 지신밟기를 추억해내기 시작했다. 어느 어른이 쇠를 쳤는데 그렇게 신명날 수 없었다는 둥, 어느 어른의 장구는 마치 신들린 사람 같았다는 둥, 옛 추억을 더듬는 사이 마을회관에 모인 사람들의 마음은 어느새 지신밟기를 하는 정월대보름날 아침으로 달려가 있는 듯했다.

사실 숲골은 하우스 농사를 짓기는 했지만 그 규모가 크지 않았고 상품 작물인 과일 등을 재배하는 마을도 아니라서 마을 형편이 썩 좋지 않은 편이었다. 마을회관에 모인 대부분의 사람들은 고등 교육의 혜택을 거의 받지 못한 이들이었고 그들의 자식들만이 농가 부채에 허리가 휘는 부모들의 노고 덕택에 힘겹게 고등학교를 졸업하거나 대학에 진학하는-그 중 몇몇만이 - 상황이었다. 마을 운영에 필요한 재정을 조달하는 일조차 힘에 겨운 농투산이들에게 악기를 새로 구입하는 것도 부담스러운 일이었지만 무엇보다단 하루라도 시기를 놓치면 한 해 농사를 망칠 수도 있는 하우스 일을 제쳐두고 풍물 연습을 한다는 것이 아무래도 큰 부담이었다. 따라서 마을회의는 시종일관 진지하고 치열한 분위기로 진행되지 않을 수 없었다. 모든 부분을 이해할 순 없었지만 그들에게는 '놀이'도 '생계'만큼이나 중요한 문제라는 사실은 분명히 인식할 수 있었다.

치열한 논의 끝에, 전통을 이어서 신명 나는 지신밟기 한판을 만들어 보자는 쪽으로 의견을 모아가는 과정을 지켜보면서 나는 신선한 충격과 감동에 휩싸였다. 그것은 내가 이제까지 지켜본 전통 문화 계승에 관한 어떤 논의보다도 진지하고 치열한 것이었고 생활과 유리되지 않은, 그야말로 '살아 있는' 논의였다. 마을회의는 각자 맡을 악기와 역할을 정한 후 한두 시간의 풍물 연습을 끝내고 다시 막걸리판을 벌여 열두 시를 훌쩍 넘길 때까지 계속되었다.

마을회관은 난방도 들어오지 않을 정도로 허술하고 제대로 된 의자나 집기를 찾기 어려울 정도로 초라했지만, 자진모리에서 휘모리로 감아드는 신명 나는 악기 소리와 벌겋게 달아오른 땀범벅의 얼굴에서 뿜어져나오는 열기로 마을회관은 꽉 차다 못해 금방이라도 터져나갈 듯이 한껏 부풀어올랐다. 카메라를 든 나의 손과 어깨도 어느새 가락에 맞춰 움직이기 시작했고 빠르게 감겨드는 장단 소리에 나의 목에선 어느새 괴성에 가까운 추임새가 흘러나왔다. 그야말로 신명으로 하나되는 것이 어떤 것인지 처음으로 느껴 본 열정어린 밤이었다.

나는 그날 그 모습이 현지조사를 통해 내가 배워야 할 모든 것이라고 생각할 만큼 깊은 감명을 받았다. 나는 마치 여간해선 볼 수 없는, 보석처럼 숨겨진 숲골의 참모습을 발견한 듯한 기분이었다. 물론 첫날 노인회관에서의 첫 만남으로 이 모든 상황을 짐작할 순 없었다. 전체 상황으로 미루어 짐작컨대 아마도 우리가 처음 마을 노인회관을 찾아갔던 그날에도 마을 어른들은 술잔을 기울이며 정월대보름날 지신밟기에 대한 의논을 하고 있었을 터였다. 술에 취한 상황에서도 이야기를 계속 하고자 하는 어른들을 보면서 처음에 우린 그저 이야기를 들어줄 상대가 필요했던 것이 아닐까 하고 막연한 생각만을 했을 뿐이다. 하지만 돌이켜 생각해 보면 우리도 은연 중에 어슴푸레하게나마 마을 사람들이 가슴에 품고 있는 마을의 전통에 대한 열정 같은 것을 느꼈던 것 같다.

예태호씨를 비롯한 여러 어른들이 이야기를 계속 하고 싶어한다고 느낀 우리들은 마을에 처음 자리잡은 성씨들에 대한 질문을 계속 이어갔다.

"그러면 여기, 지금 제일 오래된 성씨가 성산 김씨인 겁니까, 그러면?"

그러자 이진형씨가 바로 질문을 받아서 대답해주었다.

"성산 김씨, 나주 임씨."

"나주 임씨요? 예."

예태호씨도 이에 질세라 이진형씨의 말을 반복해서 이어나갔다.

"임씨, 임씨."

나는 노인회관으로 들어오는 길에 얼핏 보았던 낡은 기와집을 떠올리고는 다시 질문을 계속했다.

"근데 여- 재실은 손씨 재실이구요? 재실도 좀 오래 돼 보이던데요."

마을 역사에 대해서는 이진형씨가 가장 많은 내용을 알고 있는지 다른 사람들보다 그가 가장 적극적인 반응을 보여주었다.

"오래 됐지. 그래 재실도 오래 됐는데, 여- 밀양시내로 가면 교동이라 카는 데, 거 가면."

"예, 예. 교동이요."

"밀성 손씨, 자기 개인 재실이라. 여, 문중 재실이 아이고 자기."

"여긴요?"

"개인 재실."

"아, 교동이 문중 재실이고 여기는 개인 사재."

"교동 손씨들이 내-98) 거기 있는데, 거 밀성 손씨거든. 교동 손씨가 이다 □□□, 흩치가99) 많이 살지만은 여-는 교동 개인 재실이라, 여게가."

아는 이야기가 나와서인지 다시 예태호씨가 이야기판에 끼어들었다. 특히 그는 밀성 손씨가 숲골에서 대단한 부자로 살았다는 사실을 강조하고 싶어했다.

"근데 만석꾼 재산이라 했는데 그 【손가락을 꼽으며】 안동 손씨가 밀성 손

98) 내도록.　　　　　　　　　　　　99) 흩어져서.

씬데, 밀양에는 밀성 손씨고, 그 다음 안동 손씨가 오야붕이라. 손씨, 같은 손씬데 이 밀성 손씨, 만석꾼 부자라꼬, 이 사람이. 【오른손을 휘 저어 모두를 나타내며】 전부 자기 땅이라꼬. 우리 없는 사람, 집 지이가100) 묵고 살은 사람이라. 【자기를 가리키며】 우리는 그 밑에, 세 주고 살은 사람이라."

"이, 그럼 내나 다완에 그-."

"그-는 건, 안동 손씨고."

"아, 아니. 두 집이 다 있잖아요? 밀성이랑 일직이랑."

"일직인데, 그-는 밀성 손씨가 만석꾼 부자라꼬요. 만석이 그냥 뭐로101) 카는고 카믄102) 공가온103) 만석이 아이고104), 부치고 이자105) 받는 기, 세금 받아 만석이. 그래 지금까지 소송이 붙어 있다고, 지금. 이 집이, 【손 뼉을 한 번 치고】 이 영감이 돌아가시면 집을 샀다 아입니꺼? 땅을 사가, 집을 지- 났는데106) 이 이전이 안 돼, 지금. 이전, 형님 이전 안 됩니더. □ □□허고 몇107)이 있어요. 이전이 안 돼, 망했어요. 근데 저- 부자가 얼매나108) 큰 부자난가 하믄 재실에 보면 옛날에 중국에서 【팔을 한아름 벌리며】 대추나무 그거, 그 싸릿대나무가 이거 핸 거 여, 저 있다 카데요."

예태호씨가 근거 없는 이야기를 하고 있다고 생각했는지 동장인 손호영씨가 갑자기 이야기 내용을 확인하는 질문을 던지기 시작했다.

"어데?"

"싸릿대나무가."

"여게?"

"예, 저 밑에. 싸릿대나무가 안즉109) 【양손을 약간 벌려 기둥을 나타내며】 대 들보 있다 카더라꼬."

---

100) 지어서.
101) 뭐라.
102) 하는가 하면.
103) 쟁여온.
104) 아니고.
105) 세 내어 땅을 부치는 이들에게 받는

소작료를 가리키는 듯.
106) 지어 놓았는데.
107) 몇.
108) 얼마나.
109) 아직.

"여, 이 재실, 이 재실에는 없어."

"이 재실에는, 딴 재실에는 있다 카더라."

"아- 딴 재실은 모르는, 여-는 없어."

"밀양에 최-고 부잡니다, 이거."

부자라는 소리에 혹시 장자못 전설과 같은 이야기들이 전승되고 있지 않을까 해서 내가 부자였다가 망한 사람의 이야기를 들어 보지 못했는지 물어 보았다.

"옛날에 뭐, 큰- 부자가 있다가 어떻게 망했다거나 이런 얘긴 못 들어 보셨어요?"

"망애110), 망애. 부자 자식은 게을러, 게을러요."

예태호씨가 내 질문의 의도를 잘 이해하지 못했다고 생각했는지 손호영씨가 이야기를 받아 숲골에는 큰 부자가 살지 않았다고 대답하였다.

"여기는 어, 옛날에 부자는 없었고, 옛날에 없었고. 그냥 뭐, 아주 서민들 살았고."

"우리는 마 걸뱅이111)라, 상걸뱅이112)다 마."

"아주 참 못 살았지. 잘 사는 사람들이 몇113)이 없었고 그 사람들 게우 뭐, 겨우- 지내는 기지, 크기114) 잘 살은 사람도 없었고."

손호영씨의 말이 계속 되는 동안에도 예태호씨는 대대로 부자인 양반 지주들의 소작인으로 살아온 숲골 사람들의 지나온 내력을 말하고 싶어하는 눈치였다. 하지만 그 이야기들이 조사자들에게 들려줄 만한 것이 못 된다고 생각한 손호영씨가 '큰 부자가 없었다'는 말을 되풀이하며 이야기 연행을 막자 예태호씨도 말꼬리를 계속 이어가지 못했다. 분위기가 갑자기 가라앉는 듯해서 나는 다시 처음에 했던 질문을 자세히 설명하여 되풀이하였다. 이야기를 더 하고 싶어 하는 예태호씨에게 말할 기회를 주고 싶었던 내 마음이

---

110) 망해.
111) 거지.
112) 거지 중에서도 최고 거지.

113) 몇.
114) 크게.

전해졌는지 그가 갑자기 무언가 생각난 듯 말을 이어가기 시작했다.

▶10 교동 손 부자 망한 이야기[115] (이야기⑦)

연행자 : 예태호(남, 65세) ●
조사자 : 김영희 ①, 황은주 ◎
청 중 : ②[116], 심일복 ③, 손이헌 ④, 전재영 ⑤, 손호영 ⑥, 이진형 ⑦

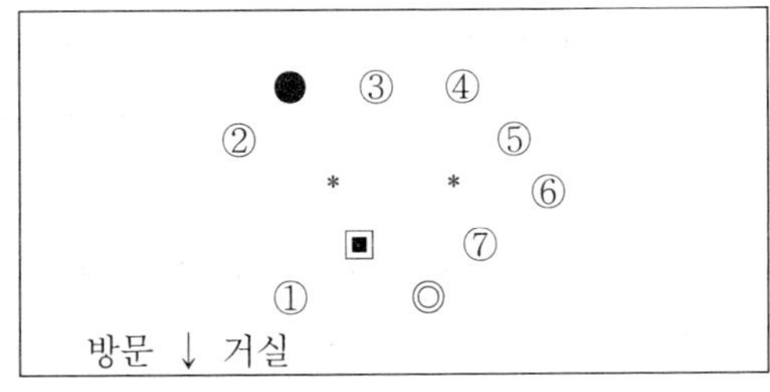

▣ 카메라 * 녹음기

"아니 왜, 이야기 중에 그런 것도 있잖아요? 부자로 살다가 뭐 이렇게 중이 시주를 왔는데 제대로 안 해 줘서 망하고, 장자."
"아-, 있어요."

"고- 밀성 손씨, 그 뒤에 【두 팔을 위로 뻗어 좌우로 천천히 벌리며】 대나무가 있어요. 대나무가 고- 【손가락을 꼽으며】 일대, 이대, 삼대 그래 저, 그- 【세 손가락을 보이며】 삼태[117]가 났다 카데요, 그게. 삽계 어른, 맞지예? 망할 직[118]에, 삼태가 아들 서이가[119], 손자 서이고 삼태가 났는데, 삼태가 나믄, 아들 서이를, 【방바닥에 'ㅜ' 모양을 그리며】 다리로 요래-

---

115) 2003년 2월 4일 오후 밀양 산외면
    엄광리 숲골 할아버지노인정 방.
116) 연행자 정보 파악 안 됨.

117) 세 쌍둥이.
118) 적.
119) 셋이.

해야 된다 카네-, 삼태를. 요거로 나란히 눞아믄120), 하나 죽는다. 삼, 일태 □□□ □□□□, 형님121) 알지요? 삽계 어른 알지요? 일태-. 이래 이, 【머리 오른쪽을 가리며】 걸뱅이 □□□. 그 집 망할 직에, 뒤의 대나무가 죽실122)이 팼-어요123). 대가 그, 【손가락으로 크기를 가늠하며】 열매가 열렸어요. 어, 그기- 단디히124) 들어보이소. 삽계, 맞지예? 일태, 삽계 어른 알지예? [④: 어-.] 어, 일태덴 사, 죽었다 아입니꺼? 그래가 그 집, 망애뿄어요125). 그- 뒤에 【오른팔을 뻗어 길이를 가늠하며】 죽실이 열었다꼬. 행님, 행님 에이, 축기126)다-. 【청중 웃음】 그래 내, 뜩 보이끼네 밑에 그, 교동 손부자 중 하나 그, 일태 이태 삼탠데, 【방바닥을 여기저기 찌르며】 요기- 본실127)은 아이고, 다음 실128)에 났다 카더라꼬. 나가주고- 【가리키던 방바닥에서 무언가 거칠게 밀쳐내는 흉내】 용심129) 쥑인다고 나랏님들이, 삼태로 나믄, 【방바닥에 'ㅜ' 모양을 반복해 그리며】 요래 딱! 서이로 요래- 다, 다리로 뭉치가 요래, □□□ 아-로 서이를 놔-믄, 이 이□ 나란히 놓으믄 죽어뿄다 카더라꼬. 그 뒤로 그 죽실이 해가주고 교동촌이 망앴다 카더라. 형님 삼, 삽계 어른 맞지예? [④: 난 잘 모린다130).] [⑥: 맞는지 안 맞는지 두 모리지.] 【조사자 웃음】 고, 일태 이태 삼태, 맞아요, 그-. 망할 찍에 그 집, 그래 망앴으요131), 그-가."

　　이야기를 다 해 놓고 나서 갑자기 특정 집안에 대한 이야기라는 사실이 마음에 걸렸는지 예태호씨는 '혹시 밀성 손씨가 듣더라도 잘못된 이야기는 바로잡아야 한다'는 말을 덧붙였다. 방 안에 둘러앉은 여러 어른들은 대부

---

120) 눞히면.
121) 형님.
122) 죽실(竹實).
123) 열렸어요.
124) 똑똑히.
125) 망해버렸어요.
126) 축구(畜狗): 축생(畜生). 사람답지

못한 사람을 낮잡아 이르는 말. 어리석고 바보스러운 사람이라는 뜻.
127) 본처.
128) 후처.
129) 의미 불명.
130) 모른다.
131) 망했어요.

분 술기운이 오른 예태호씨가 이야기를 계속 이어가는 것이 불안한 모양이었다. 녹음기에 카메라까지 들이대고 있는데 전혀 엉뚱한 소리만 해대는 것이 아닌가 싶어 예태호씨의 말을 말리고 싶어하는 눈치였다. 예태호씨도 그런 분위기를 조금 느꼈는지 더 이상 이야기를 계속하지 않았다.

우리는 정월대보름을 앞두고 다시 숲골을 찾을 예정이었기 때문에 서두르지 않기로 했다. 그래서 모여 앉은 사람들의 이름과 나이 등을 물어 기록한 다음 자리를 정돈하기 시작했다. 정월대보름날 당제와 지신밟기 등에 참여하여 관찰하고 촬영·녹음할 것을 허락받은 후에 조사 활동의 취지와 내용을 다시 충분히 설명하였다. 이번 달만이 아니라 앞으로 계속 여러 차례 마을을 방문할 것이라는 사실도 거듭 언급하였다. 마을 어른들은 흔쾌히 허락해주었고, 다음에 만나자는 인사도 잊지 않았다. 우리의 방문이 좀 뜻밖이기는 해도 귀찮아하기보다는 반가워하는 것 같은 인상을 받을 수 있었다.

다시 한 번 만날 약속을 확인한 후 인사를 드리고 우리는 서둘러 노인회관을 빠져나왔다. 회관 앞에는 어느새 미리 전화로 불러 놓은 택시가 우리를 기다리고 있었다. 황은주와 나는 짐을 챙겨 택시에 오른 후 곧장 죽서마을로 향했다.

죽서마을에서는 어느 방송국에서 촬영을 나왔는지 한껏 멋을 부린 마을 사람들이 일직 손씨 재실과 서원 근처에서 방송국 일행과 함께 몰려다니고 있었다. 우리는 방송국 사람들이 떠나기를 기다렸다가 약속했던 일직 손씨 집안 어른들과 함께 두 시간 가까이 대화를 나눈 후 마을을 빠져나왔다.

현지조사를 마무리한 후 황은주와 나는 서울로 돌아와 이미라와 함께 조사 대상 마을 선정을 위한 마지막 논의를 하였다. 황은주와 나는 모두 숲골을 조사 대상 마을로 결정하는 것이 좋겠다는 의견을 제시하였다. 죽서 역시 여러 가지 매력이 있는 곳이지만, 우선 마을의 규모가 크고 마을의 역사나 사회적 상황 등에 대한 사전 조사가 더 필요한 곳이라는 생각에서였다. 특히 우리는 이번 조사를 본격적으로 시작하는 첫 번째 계기를 정월대보름날로 삼았는데, 당제와 지신밟기를 포함한 갖가지 대보름 풍속이 죽서보다는 숲골에서 더욱 활발하게 계승되고 있었기에 산외면의 첫 번째 현지조사를 숲골에서 시작하는 데 대해 다른 의견이 없었다.

오늘날 농촌에서 마을 공동체 전체에 가장 의미 있는 명절은 정월대보름이다. 설이나 한가위가 큰 명절이긴 하지만 이날에는 가족들이 모여 서로의 안부를 확인하고 가족 단위로 조상에게 감사와 기원의 의례를 올리는 반면, 정월대보름에는 마을 공동체 성원들이 다함께 마을을 지켜주는 당신께 제를 올리고 마을의 중요한 일들을 논의하고 결정하는 한편 한 해 동안 다른 어떤 날보다도 더 크고 신명난 놀이판을 벌여 '대동'의 기쁨과 보람을 누린다. 예전과 달리 하우스 농사 때문에 정월에도 시기를 늦출 수 없이 바쁘게 돌아가는 농사일이 계속되지만, 정월대보름날만큼은 아무리 농사일에 욕심이 많은 사람이라도 일손을 놓고 대동의 놀이판을 즐기는 모습을 어느 마을에서나 쉽게 볼 수 있었다.

그래서 정월대보름 답사는 우리 조사자들 또한 설레는 마음으로 기다리는 조사였다. 우리는 '이번에는 어떤 음식들을 준비하고 또 어떤 놀이들을 준비하셨을까'라는 기대를 안고 대보름날을 기다리곤 했는데 대보름날의 대동굿은 아직까지 한 번도 우리의 기대를 저버린 적이 없었다. 특히 새로운 마을에 첫 조사를 들어가는 날로 '정월대보름'만큼 좋은 날은 없었다. 마을 주민들이 모두 모여서, 한꺼번에 인사를 드리고 얼굴을 익힐 수 있을 뿐 아니라 우리의 조사에 대해 마을 주민 모두에게 설명을 할 수 있는 좋은 기회가 되기 때문이다. 무엇보다 하루 종일 먹고 마시고 놀면서 어울리다 보면, 어느새 마을 주민들과 몇 년 동안 알고 지낸 사람들처럼 가까워질 수 있었다. 이번 숲골 조사에서 정월대보름 답사를 본격적인 조사의 시발점으로 삼은 까닭도 바로 여기에 있었다.

Ⅲ. 대보름 숲골의 이야기 · 노래판

2003년 2월 14일-2월 15일*

* 'Ⅲ-1. 여성 연행자들의 연행 현장'은 황은주가 기술하였고,
  'Ⅲ-2. 남성 연행자들의 연행 현장'은 이미라가 기술하였다.

Ⅲ-1. 여성 연행자들의 연행 현장

그기가 인자 이바구다

정월대보름 전날, 숲골 마을 사람들은 저녁식사를 마친 후 노인회관으로 모여서 풍물을 연습했다. 이튿날인 대보름 당일에 할 지신밟기에 대해 여러 의견이 서로 분분하게 오갔고, 11시를 넘어서자 사람들의 열정으로 뜨거웠던 풍물 연습도 대강 마무리 되는 분위기였다. 곧장 집으로 돌아가지 않은 몇몇 사람은 당제를 지낼 때까지 담소를 나눌 모양이었다.

나와 김영희, 이미라는 동장직을 맡고 있는 손호영씨에게 당제 지내는 시간을 재차 확인한 다음, 당제를 촬영할 물품도 챙길 겸 마을 사람들에게 인사를 드리고 나와 할머니들 방으로 돌아왔다. 잠시 후 12시를 10여 분 남겨둔 시각, 우리가 마을 어귀에 있는 당나무 근처에 도착했을 때 스님 두 분이 당제를 막 시작하려는 참이었다. 손호영씨는 스님들 바로 뒤에서 당제 지내는 모습을 세세히 지켜보고 있었다. 당제 지내는 전 과정을 참관하고 싶었지만, 한 마을의 중대사를 위임받은 입장인 스님들은 조사자들을 다소 부담스러워 하는 눈치였다. 더 이상의 근거리 촬영을 할 수 없었던 우리는 당나무에서 좀 떨어진 거리에서 스님들이 독경하는 모습을 잠시 지켜보기로 했다. 그러다가 내 컨디션이 그리 좋지 않아서 우리는 당제 중간에 그 자리를 빠져나왔다.

할머니노인정에 돌아온 우리는 다음날 일정을 의논하기로 했다. 마을 사람들의 말에 의하면 대보름날 아침 이곳 숲골에서 특별한 행사가 있는 것은 아니었다. 하지만 인근의 긴늪마을이 마침 대보름날 새벽에 당제를 지내고 있었고, 이미 긴늪마을 동장에게 당제 참관도 허락을 받아 놓은 상태였다. 그래서 우선 아침 일찍 서둘러 그곳을 다녀오는 것이 좋겠다는 결론을 내렸다.

힘들어하는 내가 걱정스러웠던 김영희는 자신과 이미라가 긴늪으로 가 있는 동안 나 혼자 이곳에 머물러 있을 것을 제안하였다. 내 체력으로는 평상시 답사보다 활동량이 훨씬 더 많은 당제 조사가 무리라고 판단했기 때문이었다. 내 상태를 십분 고려한 제안인 줄 알면서도 나는 선뜻 대답을 하지 못한 채 한참 머뭇거렸다. 내게는 할머니들 방에 홀로 있어야 하는 것도 그다지 편안한 상황이 아니었기 때문이다.

이 불안감은 내가 밀양 현지조사를 처음 시작하던 때부터 계속된 것이었다. 나는 일상적인 동작이나 말하기가 부자연스러운 뇌성마비 장애를 갖고 있다. 무엇보다도 마을 사람들이 나를 어떻게 받아들일지 두려웠기 때문에 나는 조사팀원들 속으로 최대한 내 모습을 감춰 두고 싶었다. 그래서 실제 연행 상황에서 상대적으로 한 발짝 물러난 자리에 있을 수 있는 일지 작성을 도맡겠다고 했다. 또한 한창 연행이 고조된 상황에서 나의 불편한 행동이 어떤 방해 요소가 될 수 있겠다는 생각도 어느 정도 가지고 있었다. 만약 내가 직접 질문을 해서 자리한 사람들이 이런 나의 모습에 시선을 돌린다면 그간 우리가 조사하고 있었던 내용과는 전혀 다른 방향으로 화제가 바뀌거나 전반적인 분위기가 어색해질 것 같았다.

내가 거듭되는 조사에서 소극적인 태도만을 고수하려고 할 때마다 김영희는 따끔한 충고를 아끼지 않았다. 특히 김영희 자신의 경험을 예로 들어서 해주었던 말은 내게 '다른 사람들 속에 있을 때의 내 모습', '다른 사람들과 내가 관계 맺는 방식' 등을 다시 생각해 보는 계기가 되었다. 발음하는 데 별 문제가 없는 자신도 귀가 어두운 어르신을 만난다면 지금의 나처럼 같은 말을 여러 번 되풀이해야 한다는 것이었다. 상대방이 얼른 말을 알아듣지 못하는 것이 언어 장애가 있는 나에게만 한정된 문제가 아니라는 걸 깨달았다. 시행착오도 많았지만 차차 나는 직접 할머니들의 택호를 묻거나 짤막한 이야기들을 부탁드리기 시작했다. 어눌한 말투에도 내가 만났던 어르신 대부분은 유창하게 이야기를 해주었고, 내가 가진 장애를 크게 개의치 않는 사람들의 모습을 통해 나도 조사에 대한 자신감을 가지게 되었다.

하지만 여전히 내 모습을 안쓰러워하는 어르신을 만나게 되면 잔뜩 움츠러들곤 했다. 더군다나 숲골 조사에 참여했던 당시 내 컨디션은 무척 좋지 않았다. 몸이 피곤하면 나는 혀가 마음대로 움직이지 않아서 말하는 것이 더욱 어려워지고, 이런 상황에서 똑똑히 발음하는 데에만 집중하다 보면 그나마 있던 힘도 어느새 다 빠져 몸놀림 또한 둔해질 수밖에 없는 악순환이 이어진다. 그런데 마침 할머니 방에 남아 있게 된 날은 마을 사람들이 다 모이는 정월대보름이었고, 지쳐 있는 내가 그분들과의 잦은 만남 속에서 매번 의사소통을 잘 해낼 수 있을지 걱정이었다.

이튿날 새벽, 간밤에 정한 일정대로 두 명의 조사자는 택시로 긴늪마을을 향해 떠났고 잠시 누워 있던 나도 일어나서 어제 저녁에 먹은 그릇을 씻을 준비를 했다. 이곳 할머니들은 노인정 수도시설이 미비한 까닭에 평소 큰 물통으로 물을 떠다 쓰고 있었다. 노인정 총무인 김기남씨가 깨끗하게 하려고 약간 데운 물로 설거지하던 모습을 떠올린 나는 물통의 물을 끓인 다음 그릇들을 씻기 시작했다.

방청소까지 천천히 마치고 나니 할머니들이 문밖에서 하나둘 빠끔히 안을 들여다보았다. 힘들다는 핑계로 더 늑장을 부렸다면 다른 날보다 일찍 노인정으로 발걸음을 한 할머니들에게 지저분한 모습을 보여드렸을 텐데 다행히 시간을 잘 맞춘 것 같았다. 꾸벅 인사를 드렸더니 할머니들은 내가 낯설었는지 주춤거리며 도로 나갔다가 이내 방으로 들어왔다. 들어오는 분마다 모두 깔끔하게 차려 입은 옷매무새를 보면서 나는 정월대보름이 마을의 큰 잔치라는 것을 새삼 느낄 수 있었다.

지난 2월에 만났던 할머니들이 서울에서 온 학생이라며 먼저 소개해준 덕분에 할머니들에게 일일이 스스로를 설명해야 하는 어려움은 덜 수 있었다. 어느새 할머니들은 김기남씨의 총괄 하에 일사천리로 일을 진행하기 시작했다. 몇몇 할머니들이 생선국에 넣을 무를 또박또박 써는 사이 다른 할머니들은 고소한 참기름 냄새를 풍기며 양푼에 고사리며 숙주나물을 버무렸다. 바쁜 와중에도 할머니들은 아침밥을 못 먹은 나를 위해 손수 라면까지 끓여주었다. 내가 빨리 라면을 먹어야 했거니와, 할머니들도 음식을 준비하느라 정신이 없어서 내가 음식 장만하는 과정 등을 세세하게 묻는 것은 오히려 방해가 될 것 같았다. 그래서 번잡한 방안 한 구석을 차지한 나는 준비하는 모습들을 가만히 지켜보면서 라면을 먹기로 했다. 밖에서는 요란한 유행가에 이어서 '풍물 맡은 동민들은 빨리 나오라'는 동장 손호영씨의 목소리가 확성기를 통해 왕왕 울렸다. 잠시 후, 인원이 다 모였는지 본격적인 지신밟기에 앞서서 마지막 점검을 하는 풍물패의 악기 둥당거림도 들려왔다.

음식 준비가 거의 끝나고 커다란 양푼이 하나둘 치워질 때쯤, 한복차림으로 머리를 말끔히 빗어 넘긴 홍순종씨가 들어왔다. 툭 하니 무언가를 던져 주고는 누가 예쁘게 피우는지 보겠다며 너스레를 떨며 나갔다. 그것은 바로 지신밟기 풍물패 머리에 쓸 종이로 된 고깔모자였는데, 새것이라서 모자에 달린 납작한 꽃장식을 한 장 한 장 펼쳐 풍성하게 만들어야 했다. '마, 아무렇게나 하면 된다'고 웃던 할머니들도 정작 얇은 한지가 찢어질세라 조심스런 손길로 꽃을 피워냈다.

이윽고 꽃피우기와 음식 장만을 끝낸 할머니들은 한가로이 앉아서 텔레비전을 보거나 눈을 감은 채 벽에 몸을 기대기도 했다. 점심시간까지는 대략 한 시간 정도 여유가 있었다. 방 안의 할머니들은 묵묵히 쉬고 있을 모양이었지만 그럴수록 나는 할머니들과 대화를 해봐야 한다는 조바심을 떨쳐낼 수 없었다. 나에겐 이 침묵의 시간이 가시방석에 앉은 것처럼 불편하고 길게 느껴졌다.

문제는 어젯밤 풍물연습 촬영 도중 캠코더 한 대가 고장이 나 사용할 수 없다는 점이었다. 일반적으로 카세트 마이크는 주위에서 가장 큰 소리를 잡아서 녹음하도록 되어 있어서, 여러 사람이 동시다발로 이야기를 할 경우 카세트 테이프 자료만으로 연행자의 소리를 분간해내기가 상당히 어렵다. 원활한 전사 작업을 위해서 연행현장에 참여한 사람이 많으면 많을수록 비디오 기기의 사용이 필수적이지만 당시 내가 가진 조사 장비는 달랑 손에 들고 있던 녹음 카세트 하나가 전부였다. 그래서 '어차피 모든 장비를 갖추지 못했으니 진행이 순조롭지 않아도 괜찮다'는 식으로 조사에 대한 부담을 내 나름대로 덜고 나니, 긴장했던 마음도 조금은 차분해졌고 자료에 대해 큰 욕심을 버리고 나자 선뜻 할머니들에게 다가설 수 있는 용기가 생겼다. 결과적으로 장비를 다 갖추지 못했던 당시의 상황이 나로서는 어느 때보다도 더 홀가분하게 조사를 할 수 있도록 해주었다.

나는 당일이 대보름이었기 때문에 예전 대보름날에 하던 민속을 화젯거리로 이야기의 실마리를 풀어가려고 했지만 할머니들은 건성으로 몇 마디 알려줄 뿐이었다. 심드렁한 반응에 당황한 나는 옛날 '이바구'를 들으러 왔다며 중언부언 설명을 하기 시작했고, 마침 연장자인 듯 보이는 한 할머니가 어렵잖게 입을 열었다.

"가마가 있었다, 가마. 각시 가마를 타고 여 오이1), 이 꼴짝2)이 아--주-꼴짝이고 산이 모두, 이기3) 전부 산이다, 이기가. 산을 다 뜯고 인자 집을 모두 잘 지있다4). 요오 산이고 질5)이- 이리 질이 안 좋았다꼬. 딱 돌이 이런 기 뚝, 뚝 구부러지가6) 그기가 인자 이바구다, 옛날 이바구다.

그래 가매로7) 타고 시집을 오이- 아-주 우리 클 때는 그 도로가에 웅장하게 있고 좋았다꼬. 국민핵교도8) 있는데- 시집을 오이깐, 아주- 아주 저게서 가매를 타고 오이끄네 아주 아주 꼴짝이고 동네는 쪼매-9), 집두 오두막집에 방 하나 정지10) 하나 마, 참 집가사11)가 드르바12). '아이구. 이런데 우애13) 사는공-.' 싶으고14) 마, 눈물이 나는 기라. 사람도 나오는 거 보

---

1) 오니.
2) 골짜기.
3) 이것이.
4) 지었다.
5) 길.
6) 널브러져서.
7) 가마를.

8) 국민학교도.
9) 조그만 해.
10) 부엌.
11) 집. 살림살이.
12) 보잘 것 없어.
13) 어찌.
14) 싶고.

이 모도15) 맨- 낯선 사람이 되고, 꼬라지16)도 못났고- 비네17)로 뭉뚱뭉뚱 하이18) 집어 올리가19) 얄궂더라. 그래 가매로 내다보이-'참, 이 동네가 그 동넨강-, 그 동네가 저 동넨강-, 신랑 집이.' 찾아가 【크게】 오이끄네-, 옛날에는 양반이라 가마로 타고 오니끼네 하인늠20)이 인자 각시라꼬 미고21) 오이끼네 한 늠이 따라 오고 그때는. 내 몸종도 따라 오고 말하자믄 몸종이지, 인자. 그래 내, 울었다. 자꾸 우이끼네22) 내 따라오는 도지관23) 들이 이카는 기라24). '작은 애씨요 우지 마소25). 우지 마소.' 이카는 기라. 자-꾸 눈물이 나는 기라. '아휴, 이 꼴짜구.' 마, 돌이나 없나? 방구26) 이런 기 마 뚝, 뚝, 뚝 불거져가 걸리면 자빠지겠고-. 그 때 시집오가주고 오새27) 사람 같으만 그렇지만 옛날에는 부모가 한 번 맞차주면28) 죽어두 거 살아야 되는 기라, 그자?29) 머리가 파푸랭이30)가 되두록 내우간에31) 살아야 되는데, 오새에 가스나32)들 같으마 없다꼬, 안 사는 기 많다. 오새 딸아-들33) 안 그렇나, 그자?

시집을 오이-, 집은 똑 요만한 기이, 방 하나, 부엌 하나, 우리 인자, 신랑 각시 자라꼬 여 방을 달아-내가34) 쪼매-는 거 하나 지-35) 놓고, 그래 시집을 오니까 【크고 또박또박하게】 시옴마님이- 어른이, 안질어른36)이 빽- 빽 얽어가주고37) 보이끄네 어특케38) 겁이 나는지, 시누부39) 하나 있는 기

---

15) 모두.
16) 꼬락서니.
17) 비녀.
18) 뭉텅뭉텅하니.
19) 올려서.
20) 하인놈.
21) 메고.
22) 우니까.
23) 상객.
24) 이렇게 말하는 거야.
25) 울지 마세요.
26) 바위.
27) 요새.
28) 맞춰주면.
29) 그렇지? 당연한 사실에 대해서 동의를 구하는 물음.
30) 파뿌리.
31) 내외간에.
32) 여자.
33) 여자아이들.
34) 달아내서. 덧내어 늘여서.
35) 지어.
36) 안양반. 시어머님.
37) 얽어서. 얼굴에 있는 천연두 자국.
38) 어떻게. 얼마나.
39) 시누이.

너무 좋아. 아가씨 하나가 있는 기-라. 인물도 좋고 난-정한40) 처자가, 머리가 능청능청 땋아가주구 참 내41)한테 잘하는 기-라. 우리 다완42) 시누부가, 참 잘해. 참-하대-. '저 시누부 없으면 난 시집 몬43) 살지' 싶우드메. 신랑은 크단-은44) 기, 마 코도 크고 눈도 크고 막 겁이 나고, 시누부가 참 잘 해요. '참, 시누부 치우고 나믄 난 우애가 살꼬' 싶으디 시누부로-, 우리 문 앞에서 가매로 타고 다완으로 우리 시누부를 치왔다. 안동, 안동 손가. 다완 안동 손씨거든.

그래 가가주구 시집을 오이, 방도 조매-코45) 오두막집이 요렇고 우리는 클 때는 집가사 큼-직하이 집이 참 좋았는데, '저, 우애 사꼬-.' 싶, 정지 부엌에 밥하러 나가이- 여기 왕투46)라 흘로47) 안 올리고 옛날에는 수수깨비48)를 비다가49) 엮어 났거든.

그래 물로 이고 저 우50)에 저 부엌 꼴짝이는 문 앞에, 전-신51) 수도 아이가? 우리 시집올 때 물로 여다52) 뭈-다53). 새미가54) 조-게55) 있다. 물로 이다 무-먼 한 번은 물로 이고 나가이끄네 구리56)가 비얌57) 그래 비얌이 크단-은 기, 비얌이 막 이만--은58) 기 그, 쥐 잡아 묵을라꼬59), 쥐, 쥐 잡으러 붙어 있는데 물로 이고 나가다가 그기이 얼른 눈에 비-데요60). 그 쪼가리61) 비는62) 비얌이 저 배기가주구63) 막 내가 과암64)을 얼매나 질렀

<hr>

40) 조용하고 단정한.
41) 나.
42) 다원. 산외면 다원마을.
43) 못.
44) 커다란.
45) 조그맣고.
46) 황토.
47) 흙으로.
48) 수수깡.
49) 베어다가.
50) 위.
51) 전부.
52) 이어다가.

53) 먹었다.
54) 샘이.
55) (가까운 곳) 조기에.
56) 구렁이.
57) 뱀.
58) 이만한.
59) 먹으려고.
60) 보이데요.
61) 쪼가리.
62) 보이는.
63) 박혀서.
64) 고함.

는동65) 모른다. 우리 시누부는 바-에66), 밤에 바느질로 이래 하는데 '【큰 소리로】하이고-. 엄마야-. 저게 뭐-꼬' 카미 마, 옛날에 저 양츨똥우67)두 없고, 동우로다68) 물을 옇거든69). 그래 다완 시누부가 놀래 띠-나오미70) '【빠른 어투로 허둥지둥하며】 아이구. 와 카노71), 와 카노?' 이카는 기라. '아이구. 천장에 즈기이72) 뭐-꼬?' 이카이 비얌이라. 그래 날로73) 동우로 붙드리주는74) 기라. 붙드리 니라-주더라꼬75). 뭐, 무슨 실갱76)이 있나? 열여덟에 시집왔거든, 열여섯 살 묵으예77). 그래 놀래이께 참 시누부가 쫓아 뛰이나와여78) 바느질하다 동우 그- 뜩 붙들어가 니라주데. 마, 간이 벌떡, 벌떡, 벌떡, 벌떡 벌떡79). 동우 그, 안 깰라꼬.

그래 어른이 인제 들에 가, 저- 밭에 가서 일로 하고 오면은 빡- 빡 얽어가주고 '아유-. 저 어른이 참-' 자꾸 눈치만 봤는 기라. 마 막 겁이 나사80). 우리, 어른한테 겁 많이 냈다꼬- 모도 마. 얼라81) 하나 놓고서는 겁 안 냈대이. 간이 컸대이."

할머니의 '옛날이바구'란 바로 자신이 몇 십 년 전 이 마을로 가마 타고 시집오던 때의 이야기였다. 할머니는 살기 좋았던 친정 마을을 떠나 물 설고 산 설은 시댁으로 오기 위해 지나왔던 그 울퉁불퉁한 돌길이 쉽게 잊혀지지 않는 것 같았다. 앞으로 겪어야 할 결혼 생활이 막막해서 그저 울기만 했던 당시 모습도 마치 어제 일인 양 고스란히 기억하고 있었다.

---

65) 질렀는지.
66) 방에.
67) 양동이.
68) 동이로.
69) 넣거든.
70) 뛰어나오며.
71) 왜 그러냐.
72) 저것이.
73) 나를. 나한테.
74) 붙들어주는.

75) 내려주더라고.
76) 철.
77) 먹어서요.
78) 뛰어나와서.
79) 마치 심장이 뛰는 소리인 양, '벌떡/ 벌떡/ 벌떡/ 벌떡/ 벌떡'을 한 마디 한 마디 끊어서 발음하였다.
80) 나서.
81) 아이.

　그간 현지조사를 다니면서 어르신들에게 꼭 구전이야기뿐만 아니라 본인이 살아온 생애 이야기를 청해 들을 때가 많았다. 그러면 우리가 만났던 그 많은 할머니들은 마치 약속이나 한 것처럼 으레 시집올 때 이야기를 들려주곤 했는데, 내가 숲골에서 만난 이 할머니 역시 시집오던 날의 이야기로 입을 열었다. 나는 할머니들이 서울에서 왔다는 생면부지의 처자에게 맨 처음으로 들려주는 이야기가 왜 본인이 시집올 때 모습인지 항상 궁금했다.

　이 할머니의 말대로 '요새 처자들은 그렇지 않지만', 당신이 혼인하던 그 시절만 해도 부모가 정해준 혼사를 따라야 했다. 할머니들에게는 태어나서 십수 년 간 뛰놀던 터전을 버리고 정든 부모형제와도 헤어져야 하는 때가 바로 시집가는 날이었을 것이다. 하루아침에 처지가 뒤바뀌어 누구의 아내, 누구 집의 며느리로서 낯선 공간에 적응해야 하는 것이다. 그래서 내가 만난 거의 모든 할머니들은 시집오던 날을 아주 생생하게 기억하고 있었다.

　시집오던 때를 이야기하면서 할머니들은 간혹 '어릴 적 친정 고향마을은 행복했었노라'며 자랑하곤 했다. 그때마다 할머니들에게서 일종의 자부심 같은 것을 느낄 수 있었는데, 나는 이것이 이름 대신 불리는 할머니들의 택호라는 것과도 연관이 있어 보였다. 할머니들의 택호가 비록 여성 자신의 이름으로 살 수 없도록 가부장적 공동체가 부여한 호칭이기는 하지만, 거기에서 드러나는 친정마을은 할머니들이 다른 누구와 구분될 수 있는 자신만의 고유한 영역이면서 자신을 지탱케 해주는 또 하나의 근원적 힘의 공간으로 자리잡고 있다는 생각이 들었다.

　할머니의 이야기가 끝나자, 나는 조사 때마다 하던 것처럼 반사적으로 할머니의 연세와 택호를 물었다. 할머니는 84세로, 아흔 살의 남편이 아직 살아있다고 했다. 할머니의 택호는 '운동댁'이었는데, 친정이 나의 외가이기도 한 무안면의 '운정마을'이란 곳이었다. 할머니가 시집왔을 무렵 운정 유가(柳家) 집안의 두 사람이 시집을 와 있어서 그냥 '운동'이라 부르게 됐다고 하였다. 그리고 내가 채 묻기도 전에 할머니 스스로 이름을 밝히며, 남자 이름이라 병원에 가면 '유남수씨 할매-'라 한다는 말도 덧붙였다.

비록 내가 의도한 '옛날이야기'는 아니었지만 유남수씨가 이야기를 시작해서 그제야 나는 한시름 놓게 되었다. 사실 나는 그때까지 한번도 이렇게 많은 할머니들을 대상으로 혼자서 조사해 본 적이 없었다. 할머니, 할아버지들이 많이 모이는 노인정 같은 곳도 항상 김영희나 이미라와 함께 조사를 갔었기 때문에 내가 꼭 이야기판을 주도적으로 이끌어 나가지 않아도 큰 무리가 없었다. 게다가 나는 산내면 어느 마을에서 할머니들이 마실가는 댁을 찾아갔다가 말 한 마디 제대로 나눠보지 못한 채 되짚어서 나와야 했던 쓰라린 기억도 가지고 있었다. 그때는 내가 현지조사에 참여한 지 얼마 되지 않아서 사람들에게 다가가는 데 지금보다 더 미숙했을 뿐만 아니라, 모인 할머니들도 내가 예상했던 것보다 훨씬 많았다. 당황한 내가 던졌던 질문들은 할머니들의 산발적인 웅성거림 속에서 '대답 없는 메아리'로 고스란히 돌아올 뿐이었다. 그래서 숲골의 할머니들도 내 말에 귀 기울이지 않아 결국 나만의 무색한 메아리로 이어질까봐 두려웠다. 물론 내 마음 한 구석에서는 모처럼 많은 할머니와 혼자서 만나는 자리이니만큼 뭔가 잘 해봐야겠다는 의욕도 있었지만, 그럴수록 그에 따른 부담감이 나를 경직되게 만들었다. 그래서 우리가 하는 조사를 할머니들에게 설명한 다음에도 내 머리 속은 여전히 복잡했고, 마냥 초조한 심정이었다. 그러던 중에 유남수씨가 말문을 연 것이다.

말을 하지 않고 있을 때 유남수씨는 양쪽 입가가 내려가서 전체적으로 약간 굳어 있는 얼굴표정이었다. 귀가 잘 들리지 않아 주위 소리에 즉시 반응할 수 없었기 때문에 더 무표정하게 보일 수 있다는 점을 몰랐던 나는 지레 이 할머니가 나를 그리 탐탁치 않게 여기는 것이라 짐작했다. 하지만 유남수씨는 아무 거리낌 없이 나에게 아주 자연스럽게 이야기를 해주었다. 유남수씨는 평소에도 다른 사람과 이야기하는 걸 좋아하는 것 같았다. 연세가 많아서인지 할머니의 말투는 일정한 톤으로 꽤 느린 편이었고, 특히 강조하려는 내용에서는 음절 끝을 길게 발음하였다.

유남수씨가 서슴없이 이야기를 해준 덕분에 약간의 자신감을 회복한 나는 구렁이에 관한 이야기가 나온 김에 자연스럽게 호랑이 이야기를 물어봐야겠다고 생각했다. 구렁이와 마찬가지로 호랑이도 예전에는 사람이 생활하는 주변에서 살았지만 현재는 흔히 볼 수 없게 된 동물이기 때문이었다. 그리고 특히 이곳 숲골처럼 사방이 산으로 둘러싸인 마을에서는 호랑이가 더 자주 나타났을 것이어서 분명 호랑이에 얽힌 이야기도 많이 있을 것 같았다.

유남수씨의 구수한 옛날이야기가 쏟아지자, 흩어져 있던 주위 할머니들도 바짝 다가와서 우리의 대화에 귀를 기울이기 시작했다.

▶11 호랑이를 쫓아간 시할머니82) (이야기⑧)

연행자 : 유남수(여, 84세, 운동댁) ●

조사자 : 황은주 ①

청　중 : 김말순(이동댁) ②, 김진옥(구야할머니) ③, 안□□(삽계댁)83) ④, 이위영(살내댁) ⑤, ◎84)

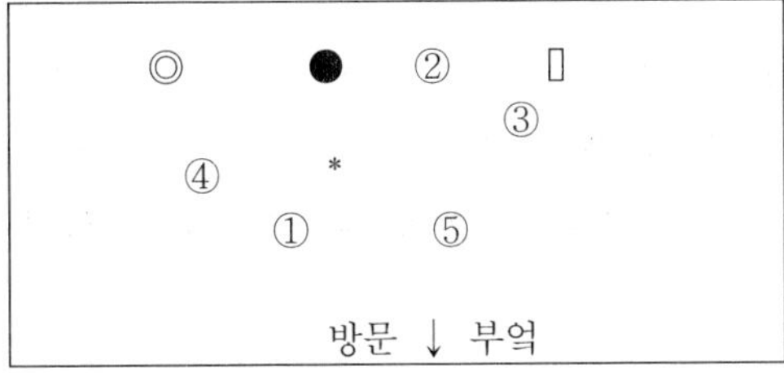

* 녹음기 　□ 텔레비전85)

---

82) 2003년 2월 15일 오전 밀양 산외면 엄광리 숲골 할머니노인정.

83) 연행자 정보 파악 안 됨. 연령은 50대 초반으로 추정.

84) 연행판에 직접적으로 참여하지 않아서 이름이나 나이, 택호 등을 묻지 못했다. 다만 유남수씨에게 전해 듣기로 큰집 질부가 된다고 하였다. 여기서는 유남수씨가 이야기하는 도중에 이 사람을 여러 번 지칭하였기 때문에 위치를 밝혀두기로 한다.

85) 당시 텔레비전을 켜둔 상태였으므로 위치를 밝혀둔다.

"할머니, 옛날에- 여기 호랑이 같은 것도 많았죠?"

"【말을 알아듣지 못한 듯】……."

"호랑이."

"뭐라 카는고? 내, 귀가 쪼끔 어두바서-86)."

"【소리를 좀 더 높여서】호랑이요, 호랑이."

"호랑이?"

"예."

"어, 옛날에 호랑이 있었다. 호랑이, 있었는데-, 호랑이 이바구 함분87) 하까-?"

"옛날에-, [②: 【TV 소음으로 ①이 녹음 마이크를 들고 있자, 연행자를 보며 앞의 바닥을 두드린다】88) 여 딱- 들어 받아89). 여, 저- 녹음한다.] 【오른 편 ◎를 가리키며】저- 우리 큰집 질부거든-. 우리 큰집 질부는 요- 집으로, 우리 집은 요게90) 있는데-.

우리 시할무니가- 옛날에- 삼 가-91), 삼, 아가씨는 모를 끼라. 옛날에 는 이런 데 비로92) 뚝, 뚝, 뚝 짜가93) 그래가 옷을 해 입고 이랬는데, [①: 아, 베틀이요?] 음, 질삼94). [①: 베틀 짜가주고.] 어, 비틀95)에. 비 짜구 했다. 우리두 비 짰다. 그래 삼을, 우리 시, 할무님96)이- 시집을 와 시가주고97) 연세가 많으이98) 그런데, 삼을 삼아가주고99) 익하가주고100)

---

86) 어두워서. '잘 들리지 않아서'라는 뜻
   이다.
87) 한번.
88) 연행자는 이야기 속 인물이 문제를
   일으키는 데 중요한 부분을 동작으로
   보여주었다. 하지만 확인할 수 있는
   비디오 자료가 미비한 관계로 직접
   지시사를 구연한 경우, 조사자가 당시
   상황을 기억할 때만 그 동작을 설명
   해두었다. 이하 2월 15일에 할머니노
   인정에서 조사한 상황은 동일하다.

89) 들여 앉아라.
90) 여기에.
91) 삼을 가지고.
92) 베를.
93) 짜서.
94) 길쌈.
95) 베틀.
96) 시할머니. 시조모.
97) 오셔서.
98) 많으니.
99) 삶아서.

인자 니리는데101)-, 마다앙서102) 인자 참 [②: 다 돌곳103)에 니리는데,]
예, 니리는데- 우리 시할문님이- 삼을 이래이래 끌어놓고 이래 밤에, 밤
쭝- 되면 인제 니리, 칠월달에, 덥다꼬 인자 선선할 때 그리이104), 호랭
이가 한 마리 여, 돌오디이만105) 우리 큰 집에, 호랭이가 한 바리106) 쪼
록쪼록107) 그늘로 타고108) 내려오더라. 그늘로 타여 내려오디이만은 개
가 한 바리 있었거든, 우리 큰 집에.【다시 ◎를 가리키며】이- 사람 집에.
개가 한 바리, 고때 우리 질부가 인자 시집을 안 왔거든.【이어서 생각난
듯】어, 나도 시집 안 왔다 참. 이바구만 들었다.

그래 우리 시할문님이- 실로 요리요래 니리니끄네109) 밤 쭝- 되이 호
랑이가 한 바리 살- 살살 돌오더란다110). 돌오미111) 비-도112) 안 하는
데113)【급박한 듯 빠른 말투로】개가 마, 겁을 내가114) 마, 청115) 밑으로 와
악116) 드가는 기라117).【청중이 긴장하도록 소리를 낮추며】'아, 요눔으 호랑
이가 왔구나-.' 싶어 가만- 보이, 사푼사푼118) 그늘로 타고 오드이119)
마, 개로【갑자기 큰 소리로】팍 물고 올라가더란다. 마, 개로 팍 물고 마,
가는 거로120) 우리 시할문님이 참- 간이 컸어. 간지깽이121)를 들고 저-
비들대122), 거꺼지123) 올라갔다, 따라. [②: 아이고-.] 개 그-124), 뺏들라

<hr>

100) (불에) 익혀서.
101) 내리는데.
102) 마당에서.
103) 돌껏. 돌껏은 실을 감고 풀고 하는
　　 데 쓰는 기구로, 나무바탕에 세운 나
　　 무기둥 끝(굴뚱)에 '+' 모양으로 나
　　 무를 장치한 것이다.
104) 그러니.
105) 들어오더니만.
106) 마리.
107) 비탈진 데로 빠르게 미끄러져 내려
　　 오는 모양.
108) 그늘진 곳만을 찾아서.
109) 내리니까.
110) 들어오더란다.

111) 들어오며.
112) 보이지도.
113) 않는데.
114) 내서.
115) 대청마루.
116) 놀라서 다급하게 숨는 모습.
117) 들어가는 거야.
118) 소리가 나지 않도록 가볍고 조심스
　　 럽게 발을 내딛는 모양.
119) 오더니.
120) 것을.
121) 높은 나무에 달린 열매를 털어서 떨
　　 어뜨리는 장대다.
122) 지명(地名).
123) 거기까지.

꼬125), 간지깽이로 철북 철그득126) 내긋고127) '네 이늠,【단호하면서도 침착한 어조로】내- 놔라. 개 내 놔라.【소리를 좀 더 높이며】우리, 개 내 놔라.' 밤에, 캄캄한데128), [②: 아이고, 우야꼬-.] 그래 물고 가뿌더라 카데129). 그래 고마130) 잃아-뺐다131) 카는 기라. 그래 우리 할문니가-, 개 받으러 가이-132), 이늠이 마, 산에 가뿌고, 마 뜯어 무뿌고133), 할무님이 개도 몬134) 잡고 니리왔단다."

캄캄한 밤중에 자기 집 개를 찾아오기 위해 호랑이를 쫓아 산으로 올라갈 만큼 유남수씨의 시조모는, 담이 큰 어른이었기에 난데없이 나타난 구렁이에 기겁했다는 유남수씨와는 미묘한 대조를 이루고 있었다. 하지만 집안 살림인 물동이를 깨지 않으려던 유남수씨와 개를 잃지 않으려고 호랑이를 뒤쫓았던 시할머니의 모습이 어딘지 모르게 맞닿아 있다는 생각도 들었다.

유남수씨는 '그렇게 담이 컸던 시할머니도 연세가 많아 돌아가셨고, 사람이란 나이가 많으면 죽고 새 사람 나서 크면 시집가고 장가가는 거'라 했다. 그리고 자신이 시집올 당시에는 살림이 너무 없었는데 아들 넷, 딸 넷을 낳아서 지금은 그 팔남매가 모두 결혼해 잘 살고 있다고 했다. 부산의 아이들한테 가면 잘 얻어먹고 살 테지만, 그곳에 갈 수 없는 이유는 할머니의 어투를 그대로 빌자면 "구십 살 영감님, 오강135)도 씻거주야제-136), 옷도 벗어 놓으믄137) 씻거주야제-, 자-아138) 가가 고기도 사가 찢어주야제-."였다.

---

124) '그'를 길게 발음하였는데, '개'를 가리키는 말이다.
125) 빼앗으려고.
126) 땅바닥에 긴 장대가 닿는 의성어.
127) 내리긋고. 뒤쫓아가며 장대를 위아래로 들었다 놓았다 하는 동작이다.
128) 강조하기 위해 '캄 / 캄'의 음절을 끊어서 발음하였다.
129) 가버리더라고 하대.
130) 그만.
131) 잃어버렸다.
132) 시할머니가 이르게 된 결과적 상황을 강조하기 위해 '이-'를 길게 발음하였다.
133) 먹어버리고.
134) 못.
135) 요강.
136) 씻어줘야지.
137) 놓으면.
138) 시장에.

　유남수씨는 여기까지 이야기를 마친 다음 주위 할머니들을 둘러보며 매우 흡족하게 '어디 가든지 이런 아-139)들은 이야기해달란다.'고 했다. 그에게는 예전 같으면 시집갈 나이를 훌쩍 넘긴 나도 마냥 아이같이 느껴지는 모양이었다. 현지조사에서 만나는 할머니들은 내가 몸이 불편하기 때문에 더 마음을 쓰는 것 같았다. 그래서 나를 대할 때면 할머니들은 양친 부모님이 다 살아 있는지를 묻는다든가 '이렇게 나와 있으면 엄마가 얼마나 걱정이겠노.'라는 등의 말씀을 하곤 했다. 처음 이런 이야기들을 들었을 때는 속상하기도 하고 그저 어린애로 여기는 것 같아 서운하기도 했지만 할머니들이 그러했듯이, 어느새 나도 그분들에게 마냥 철부지 손녀처럼 살갑게 굴 수 있는 관계를 바라게 되었다.

　유남수씨는 당신 손자들도 종종 "할매 이바구 하이소-."라 조른다고 했다. 그러면서 본인이 어렸을 적에는 외할머니한테 아무리 해달라고 해도 이야기를 해주지 않았다는 말도 했다. 잔뜩 기대감에 부풀어서 이야기를 청했는데도 들려주지 않았던, 유년 시절 그의 외할머니 모습이 떠오른 것을 보면, 유남수씨도 이야기를 못 들을까봐 조마조마해 하던 내 마음을 읽은 모양이었다.

토채비 보이냐꼬

　이야기판의 분위기가 어느 정도 무르익었다고 생각한 나는 지체 없이 도깨비불을 물어보기로 했다.

　현지조사에 있어서 조사자가 현장 분위기를 정확하게 파악하는 것은 매우 중요하다. 한창 연행이 진행되는 상황에서 조사자가 기억하기 어려운 내용의 이야기를 무리하게 청한 나머지 이야기를 재미있게 하려 했던 연행자의 사기까지 꺾는 역효과를 초래할 수도 있기 때문이다.

　그런 측면에서, 도깨비불은 얼마 전까지만 해도 간혹 볼 수 있었던 기이

------

139) 아이.

162 숲골마을의 구전문화

한 현상이었던 만큼, 이것을 실제 경험했던 사람이나 목격담을 전해 들었던 사람은 누구나 서슴없이 이야기를 해 줄 수 있었다. 도깨비불 이야기를 듣는 입장에서도 실제로 자신과 친분이 있거나 아는 사람이 직접 겪었던 일이기 때문에 쉽게 호기심을 갖게 된다. 따라서 도깨비불 이야기는 연행현장에 참여한 연행자들의 관심을 한 군데로 모으는 데 큰 역할을 한다.

게다가 내가 숲골에서 조사한 시기는 사람들의 이동이 잦은 정월대보름날이어서 도깨비불과 같은 짧은 이야기를 유도하는 것이 나을 듯했다. 어수선한 분위기 속에서 연행자가 하는 이야기가 너무 길어지면 청중에게 일관된 호응을 얻지 못한 채 흐지부지 이야기 연행을 마쳐야 할 때도 있기 때문이었다.

도깨비불 이야기는 전달할 말을 매순간 취사 선별해야 하는 내 상황을 고려한 질문이기도 했다. 언어 장애가 있는 나로서는 많은 말을 한꺼번에 할 수 없을 뿐더러, 내 발음에 익숙하지 않은 사람들도 내가 이야기하는 내내 상대적으로 더 많은 집중을 해야만 한다. 그래서 나는 현지조사에서 되도록이면 짧은 호흡의 말을 하더라도 묻고자 하는 요지가 상대방에게 정확하게 전달될 수 있도록 해야 했다. '호랑이'라든지 '도깨비'는 우선 어휘만 또박또박 발음하면 상대방이 금방 내 의도를 파악할 수 있기 때문에 현장에서 나는 주로 이런 질문을 하곤 했다. 이것이 바로 현장에서 터득한 나만의 노하우라면 노하우였다.

▶12 도깨비불은 홋칭이[140) (이야기⑨)

연행자 : 유남수(여, 84세, 운동댁) ●
조사자 : 황은주 ①

....

140) 2003년 2월 15일 오전 밀양 산외면
　　엄광리 숲골 할머니노인정.

청 중 : 김말순(이동댁) ②, 김진옥(구야할머니) ③, 안□□(삽계댁) ④, 이위영
(살내댁) ⑤

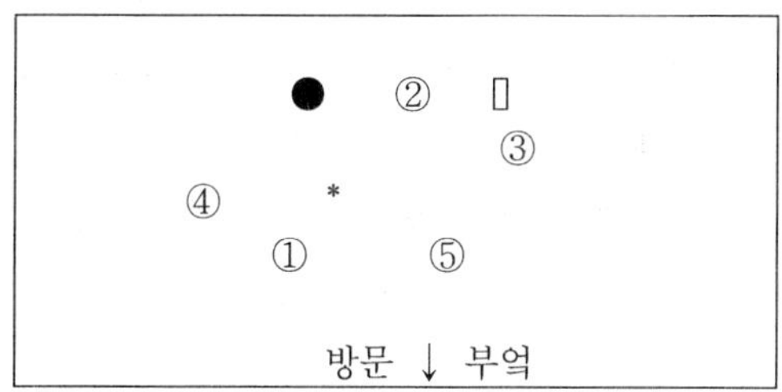

* 녹음기   □ 텔레비전

"할머니, 옛날에는요-, 도깨비불 같은 거 많았죠? 토깨비불141)."

"【조사자의 말을 못 알아들은 듯】 ……."

"토캐비 이야기?"

"예, 예. 토캐비불-, 보셨어요?"

"토채비? [①: 예.] 토채비, 보이냐꼬-? [①: 예.] 그거는- 비가
올라카면은-142), 토채비는 안 비-도143), 훗칭이144)라꼬 있다, 훗칭이.
[①: 아-.] 훗칭이라 카는, 날라 다니는 【휘파람 소리와 비슷하게】 휘-익, 휘
-익, 휘익 카미145) 날라 댕기고146). 【① '휘익'하는 소리를 듣고 웃음】 우리
여147), 시집와가 얼마 안 돼서 여 훗칭이, 훗칭이가 있데. 조-서148) 훗칭
이 고-, 훗칭이가, 저-리 건네149) 가고 이라면 궁딩이150) 불이 빠짝, 빠
짝, 빠짝151). 【허둥거리는 어조】 영- 막, 겁이 나가 '【겁먹은 소리】 아이고 저
기-152) 뭐-꼬153)?' 카미 숨고 이랬다. 엥간하면154) 겁 안 내는데 그런 거

....

141) 도깨비불.
142) 오려고 하면.
143) 보여도.
144) 헛것. 허깨비.
145) 하며.
146) 다니고.

147) 여기.
148) 조기에서.
149) 건너.
150) 궁둥이.
151) 단어를 끊어서 발음하였다.
152) 저것이.

봤다. 그 때만 해도 젊은 시절이 돼 노-이155) 그르카고156) 사람 물, [②: 그게 샌갑다157), 그제?158) 날, 날라 가구로.] 새-, 새데요. 휙, 휙 카미 날라 가데요. [②: 홋칭이라 카는.] 그으 아-들159) 죽은-, 그 아-들 죽어 산에 근- 데160) 애장161)을 해 놓먼 [①: 예.] 거-서162) 나온단다. 거서 나오이163), 저리 날라가고 저리 날라오고 이래. [①: 날 흐리면요?] 음. [①: 비 오면?] 음, 새맨치로164) 그렇단다, 홋칭이가. 그랬다."

　내가 도깨비를 묻는 것으로 잘못 알아들은 유남수씨는 '도깨비는 보이지 않아도 대신에 홋칭이라는 건 있다'고 했다. 질문을 제대로 알아듣고 답한 건 아니었으나 홋칭이라고도 하는 도깨비불을 설명해주었으니 얼추 내 의도와도 맞은 셈이었다.

　유남수씨는 휘파람 소리를 내가며 '홋칭이가 이런 소리로 날아다닌다'고 했다. 곁에서 귀담아 듣고 있던 김말순씨가 홋칭이에 대해 '날아다니니, 새인가 보다'고 하자 유남수씨도 새처럼 그렇다며 맞장구를 쳤다. 이 날 두 할머니는, 이야기를 하는 내내 서로에게 존대를 하고 있었는데 비슷한 연배면서도 예의를 차리는 사이인 것 같아 보였다.

　홋칭이 이야기를 하던 유남수씨가 갑자기 '젊어서 그걸 보았는데 그때는 팔남매를 키우느라 고생도 많이 했다'는 말을 덧붙였다. 그리고 '이 팔남매가 모두 잘 장성했으니 이제 남은 소원이라면 그저 죽는 날까지 건강한 거'라는 말이 이어졌다. 그는 가난한 집으로 시집와서 어려운 살림살이에도 팔남매를 낳아 키웠던 일이며, 앞으로의 소박한 바람까지 조사자에게 털어 놓

153) 뭐야.
154) 여간하면.
155) 놓으니.
156) 그렇게 하고.
157) 새인가 보다.
158) 그렇지?
159) 아이들.
160) 그런 데.

161) 아이무덤. 어린 아이가 죽으면 그 시신을 멍석으로 감싼 다음 지게에 지고 가서 묻은 다음 돌을 쌓아 놓는다.
162) 거기서.
163) 나와서.
164) 새처럼.

았다.

　나는 이야기의 초점이, 내가 질문했던 도깨비에서 유남수씨의 '옛날이바구'로 돌아가는 것 같았다. 화제를 다시 도깨비불로 맞춰야겠다는 생각에서 같은 질문을 김말순씨에게 한 번 더 해보기로 했다. 뽀얗게 머리가 센 김말순씨는 자리한 분들 중에서 비교적 연세가 많아 보였는데 이야기를 많이 알고 있고, 또 이야기도 자분자분 잘 할 것 같았다. 하지만 할머니는 도깨비 이야기는 잘 모른다고 하면서 내가 알고 싶어하는 것을 알려주지 못해서 서운하다는 표정을 지어 보였다. 그러던 사이, 뭔가를 곰곰이 생각하던 유남수씨가 말을 꺼냈다.

▶13 도깨비가 변한 처녀에게 홀렸던 시외숙165) (이야기⑩)

연행자 : 유남수(여, 84세, 운동댁) ●
조사자 : 황은주 ①
청　중 : 김말순(이동댁) ②, 김진옥(구야할머니) ③, 안□□(삽계댁) ④, 이위영
　　　　 (살내댁) ⑤

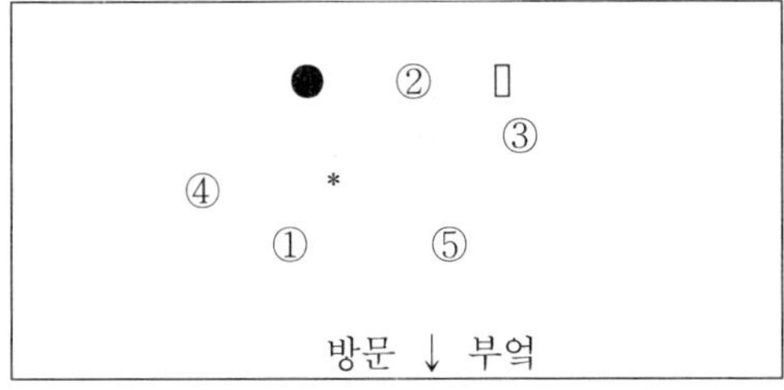

* 녹음기　□ 텔레비전

　"【②를 쳐다보며】 할머니, 옛날에 토깨비불 보셨어요?"

---

165) 2003년 2월 15일 오전 밀양 산외면
　　 엄광리 숲골 할머니노인정.

"나는 토깨비 이바구 모른데."

"토깨비 봤나?"

"토깨비 뭐, 옛날에 안 있드메?"

"내 또, 이바구 한 자리 하까?"

"저-게- 옛날에-, 우리 식이, 이삼춘166)이-,【빠른 말투로 할머니들에게】아까 희슬덕이167), 즈그168) 아부지169)다. 그래 내가 '외삼춘. 이바구들 하이소170).' 카믄171) 이바구로 하거든, 날로172) 안차173) 놓고. '【굵고 큰 남자 목소리】아이구-, 생질부야. 내 이바구 한 자리 줌 하꾸마.' '【본래 목소리로】아재174), 이바구 한 자리 하이소.' 이카고.

우리 시- 참, 시이삼춘이- 일-본 동갱에 있었단다. 일분175) 동경 있는데, 노름재앵이176)다. [①: 아.【웃음】] 어-뜨키177) 노름을 마히178) 하든지 여리179) 돈 벌이180) 노림181)해 때리182) 옇-뿌고183) 때리 옇-뿌고, 이래가184) 배도 억수로 굶고 고상185)을 한-청없이 핸186) 어른인데.

그래 한 분187)은, 술로 막 꽈-키188) 묵고 죽을라꼬【텔레비전 끄는 소리】시작었는데189), 안 죽더란다. 술로 그렇기190) 묵어도 안 죽고 어는191) 산골로, 산골로 막 갔는 기라. 가인끼네-192) 방구193)가 이리 넙, 떡-한194)

<hr>

166) 시외삼춘.
167) 희실댁.
168) 자기.
169) 아버지.
170) 하세요.
171) 하면.
172) 나를.
173) 앉혀.
174) 아저씨.
175) 일본.
176) 노름꾼.
177) 어떻게.
178) 많이.
179) 여러 (날).

180) 벌어.
181) 노름.
182) 모조리.
183) 넣어버리고.
184) 이래서.
185) 고생.
186) 한.
187) 번.
188) 가득.
189) 시작했는데.
190) 그렇게.
191) 어느.
192) 가니까.
193) 바위.

기, 이런 기 있는 기라, 바위가-. 그으 마, 잤다 카네.

 마, 마 술로 취해가 오도가도 몬해195) 자인끄네, 밤 쭝- 되이 새댁이
가 하나 와가, 예-쁜 아가씨【번복하여】차, 아가씬강-196) 뭐시든동197) 오
가198), 깨비드란다199),【한 손으로 흔들어 깨우는 흉내】요래요래. 일라라
꼬200). 깨비는데 '그래, 어데서 온- 할아부지가, 좋은 기아집에서201) 자
느냐꼬-' 이래 묻더라 카더라. 카는데 방구, [②: 아-. 방구 자는,] 그기-
방구, 큰- 방구가 기와집이 돼가202) 있더란다. 내 눈에는 마, 기와집이
라. [①: 아-.] 아가씨가 '할아부지가 어데서 오시가주고203) 이 좋안204)
기와집에서 이래 주무지난꼬205)' 하는 거로. :

 그래 참, 깨가 보이끄네르206) 자기 집에도 기와집이였더라 카데. 그래,
내 따로가자207) 카더란다.【할머니들 웃음】【따라가는 상황을 극대화하기 위해
소리를 높여】그래, 따라 갔단다. 그래 그으, 토깨비 따로갔는, 거게 [①:
아- 여자, 여자가.] 어-, 인자 술-, 열이 깨고 나이 그, 그거, 아가씨 따라
토채비 따라가이, [①: 예.] 저--208) 중간에 가디이만은, 마 온 데 간 데
가 없더라. 술이 탁 깨이깬209) 마, 사램이, 토채비가 안 비더라210) 카네.
'안 비-요. 내, 뒤따라가자 캐 놓고 난 따라 가는데 거…….'211) 사램이
없는 기라. 그래 깨 보이끼네【단언하듯】토채비라. 고래212) 사람을 꼬아
가다213) 중간에- 가다가 마, 온 데 간 데. 내- 술이 깨고 나이 사람도 흔

---

194) 널찍한.
195) 못해.
196) 아가씬지.
197) 무엇인지.
198) 와서.
199) 깨우더란다.
200) 일어나라고.
201) 기와집에서.
202) 돼서.
203) 오셔서.
204) 좋은.

205) 주무십니까.
206) 보니까.
207) 따라가자.
208) '저--'를 길게 발음하여 꽤 거리가
    먼 지점을 가리킨다.
209) 깨니까.
210) 보이더라.
211) 도깨비를 만난 사람이 하는 말이다.
212) 그렇게.
213) 꼬셔서 가다가.

적도 없고.

　거서214) 인제 그 어른이 딴 데로 가가주고215), 또 돈 좀 벌이믄216) 노림해가 때리 옇-뿌고 노림해가 때리 옇어뿌고. 그래가주고 마, 참 마, 뭐 너무 고생을 마히217) 해가, 시상218) 뜰 때는 여, 한국 나오가주고219), 고상 마-히 했다, 그 어른. 뻴가벗고220) 왔더라. 올 때 옷이 없어 호부래기221), 너무 디덴222) 상223)을 해가. 죄로 받는 기라224). 마 죄로 너무 많이 받는 기라. 그래 우리 집에 왔데. 갈 데가 없어가 온 거로225), 비로226) 한 필 짜가주고- 두루막227)도 해 입히고. 그 때 내 각중에228) 이래 인제 안팎으로 접옷229)을 한 벌 해가- 입히고. 그래가 그 어른이 나가가주고, 그래 내가 참 잘했다. 삼 년을 내가 모싰다230). 모시다가 고향으 가시가주고 마, 어데로 돌아댕기다가 마 얼어서 죽어뿠-어231). 칩어가232) 너무 얼어서, 간이233)로 안 하이. 그, 나- 만234) 사람은 간이를 안 하면 무-을235) 데도 없고 잘 데도 없으이, 우리 집에도 오실라 카이- 인자는 내 흥지간236) 누님이 시상 뜨고 나이 우리 생질 이거를, 눈치를 보마237) 안 좋다 아이가, 그자? 그래 자기 맘대로 댕기다 마, 시상 떠뿠다238). 떠뿌고 마, 그렇다. 그래 됐다. 그기이 이바구다. 난 딴 이바군 없다."

----

214) 거기서.
215) 가서.
216) 벌면.
217) 많이.
218) 세상.
219) 나와서.
220) 발가벗고.
221) 홀아비.
222) 힘든.
223) 상(像). 꼴.
224) 죄를 받는 거야. 벌을 받는 거야.
225) 것을.
226) 베를.

227) 두루마기.
228) 갑자기.
229) 겹옷: 두 겹으로 입은 옷.
230) 모셨다.
231) 죽어버렸어.
232) 추워서.
233) 관리.
234) 나이 많은.
235) 먹을.
236) 형제간.
237) 보면.
238) 떠버렸다.

자꾸 도깨비를 물어보는 통에 유남수씨도 잠시 들려줄 이야기를 생각한 모양이었다. 할머니의 시외삼촌이 만났던 것은 예쁜 아가씨의 형상을 한 도깨비였다. 나는 드디어 도깨비 이야기를 듣는다는 생각에 더욱더 이야기 연행에만 몰두했지만 할머니는 이야기하는 내내 외삼촌에 대한 연민의 감정을 드러냈다. 당신을 앉혀 놓고 이야기하길 좋아했던 그 어른은, 노름으로 온 재산을 탕진하고 목숨을 끊기 위해 술을 먹고 다니다가 도깨비도 보게 된 것이다. 할머니에게는, 고향에 거지꼴로 돌아온 그를 형편상 끝까지 보살피지 못했다는 미안함과 고생만 했던 그의 처지에 대한 안타까움이 얽혀 있는 듯했다.

시외삼촌의 이야기를 끝으로 더 이상의 이바구는 없다는 식으로 유남수씨가 말을 마쳤다. 내가 서먹해 하는 동안 유남수씨의 '옛날이바구'는 다른 할머니들을 끌어모아서 자연스럽게 한자리로 앉게끔 한 계기가 되었다.

나는 이야기해줄 만한 다른 연행자를 찾아보기로 했다. 마침 아침에 음식 준비할 때 할머니들이 내 옆에 앉은 아주머니를 '삽계댁'이라고 부르던 것이 얼핏 떠올랐다. 그래서 은근히 거리감을 좁혀 볼 생각에 친정 마을이 삽계 근방인지를 물어 보았는데, 아주머니[239]의 친정은 바로 뒷가실[240]이었고 다만 '삽계 안가(安家)'라서 택호가 그리 됐다고 했다. 삽계댁이 도깨비는 모른다고 할 때, 불쑥 내 뒤편에서 한 아주머니의 목소리가 들렸다.

▶14 애장터에 있다는 도깨비불[241] (이야기⑪)

연행자 : 이위영(여, 살내댁)[242] ●

조사자 : 황은주 ①

---

239) 연행자 정보 파악 안 됨. 연령은 50대 초반으로 추정.
240) 엄광리 숲골 자연마을 중 하나.
241) 2003년 2월 15일 아침 밀양 산외면 엄광리 숲골 할머니노인정.
242) 마을 어른들과 동석한 자리여서인지, 연행자는 나이에 대한 답변을 꺼렸다. 연령은 40대 중반으로 추정된다.

청 중 : 김말순(이동댁) ②, 김진옥(구야할머니) ③, 안□□(삽계댁) ④, 유남수
　　　　(운동댁) ⑥

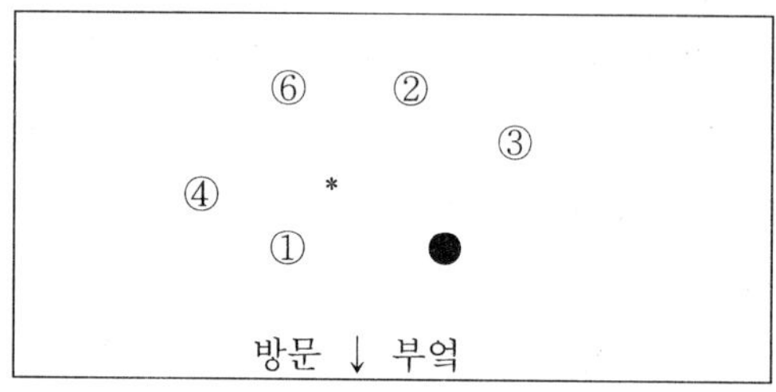

＊ 녹음기

"【④를 보며】 도깨비불 보셨어요? 토깨비."

"토캐비 이바군 모른다. 【웃음】"

"모른다. 여기사243) 우리보담244) 나-245)가 억수로 작다 아이가246)."

"토캐비 그건, 불밖에 없다 캅니다247). [④: 안개씨리248) 맨이
로249) 주루루루 갔다.250)] [⑥: 안개씨리맨이로 주루루- 이란다251) 불
이 츠-악252) 이렇다.] 우리 집에시늠253) □□□ □□ 저- □□□에서 오
인끼네254) 이짝255) 건니가256) 그 저, 남산댁 밭, 안 있습니꺼? 거-서257)
마 주루루 인자 갔다 주루루 올라왔다 이라더라. [⑥: 그란다.] 그라더라
카데. 그래 토깨 [⑥: 그기 토캐비불이 아이라258) 훗칭이불이다.] [②: 훗
칭이불이라 카더라.] 그래 내가 치다보고259) 있으이260) [⑥: 훗칭이란 새

....

243) 여기야. 이 사람이야.	런다.
244) 우리보다는.	252) 길게 늘어진 모양.
245) 나이.	253) 집에서는.
246) 적잖아.	254) 오니까.
247) 고 합니다.	255) 이쪽.
248) 길고 성근 빗자루.	256) 건너서.
249) 처럼.	257) 거기서.
250) 도깨비불이 긴 빗자루처럼 일렬로	258) 아니라.
이어져 간다.	259) 쳐다보고.
251) 빗자루처럼 주루루 (길어지고) 이	260) 있으니.

가, 찔--261) 가미262) 휘-이익 이카고263) 마, 무서바264) 죽겠더라.] [①: 어, 소리두 나요?] [⑥: 음.] 어, 불. [①: 소리두 나요? 휘익 하고?] 불로 막 주루루 올라갔다, 내려갔다. [⑥: 불로, 불, 불이, 빠알간 불이 추룩추룩근고265) 이렇다.]

  [①: 옛날에는 토채비한테 홀린 사람두 많잖아요?] [⑥: 음, 오새266)는 인자 뭐.] 토깨비가 뭡니꺼267)? 홀치서268), [①: 홋칭, 홋칭이.] [④: 사람 혼을 뺀 거 아이가?] [⑥: 오새는 토깨비 없다, 인자 없다.]

  아이구, 애장터269) 근-270) 데는 무섭다 캅디더. [⑥: 그 때 그래두 오새는 인자, 세월이 바뀌다 보이271) 그것두 다, 없어졌다.] 저어 우리 살내272)서 클 때, 저어 금시당273) 안 있습니꺼, 와274)? □□□ □ □ 밑에, 물 이래- 용두마275)서 내려오는 거-, 재실 하나 안 있습디꺼276)? [⑥: 와 아이라277), 와 아이라. 그 똘- □□□ 있다.] 그으 마 마, 사람 죽으먼 그 애, 그- 들겅278)이 많아가주구요, 전-부 덜겅이다예279), 애장을 해 놔 노이깨280), 고동281)을 잡으러 가가주고, 우리 인, 즈-282) 동사양283) 될 그-284)하고, 동상하고 내285)하고 서이가286) 가가주구, 나- 그때 시집을 왔는데, 서이가 가가주고 마- 시누우 저 뭐꼬, 어두부리한데287) 고딩이

---

261) 한 줄로 가지런하게 늘어선 모양.
262) 가면서.
263) 이렇게 하고.
264) 무서워.
265) 추룩추룩거리고.
266) 요새.
267) 무엇입니까.
268) 홀려서.
269) 아이들 무덤이 모여 있는 곳.
270) 그런.
271) 보니.
272) 밀양시 내일동의 자연마을 중 하나.
273) 금시당(今是堂): 1566년(명종 21) 좌부승지 이광형(李光軫)이 세운 별장. 현재 밀양시 내일동 소재.

274) 상대방에게 동의를 구하는 물음.
275) 용두마을.
276) 있지 않았습니까.
277) 왜 아니야. 상대방의 말에 대한 강한 긍정의 대답.
278) 자갈.
279) 자갈이에요.
280) 놓으니까.
281) 고둥.
282) 저.
283) 동생.
284) 동생 처가 될 사람을 가리키는 말.
285) 나.
286) 셋이.
287) 어두침침한데.

가 마, 한- 소배기288) 나오는 기라.

 그거 잡다가【웃음】'그래 가자, 가자.' 카는 기라.【누군가가 방으로 들어와서 중단】그래가 마 마, 막, 주루루루 거서289) 마, 거-서 그-래 우는 소리 많이 나데예290), [②: 아이-고.] 어두부이께291), 구름이 꽉- 찌292), 우는 소리 그래 많이 나데, 아-293) 우는 소리. [⑥: 무섭다, 거기.] 그래가 나는 마, 그것두 모르고 나는 애장이 뭐시 어떴는, 그거를 몰라가주고 그래가 인자, 뚝 오가294), 그래 있으이 오가, 동상아-하고295) 그래, '【속삭이듯이 목소리를 낮춘다】누부야296), 갑시더.' 이카더라. 그래 '와?' 카이끼 네르297) 그, 즈그는 그 애장이 있을 줄 알고 나는 그- 생전 근- 데 안 가보이, 애장이 있든동 없든동 몰라가주고【웃음】그래가, 그래 저어 중간쭘- 와가주구 '엄, 누부야. 그으 전-부 애장, 사람 죽은, 그-298) 다 갖다 묻어가주구시늠299) 그으, 불이 우에가300) 푸뜩푸뜩 안 근든교301)?' 이카더라. 나는 뭐, 안 봤다…"

 달칵!

 애석해 하는 내 심정을 아는지 모르는지 녹음기가 경쾌한 소리와 함께 멈췄다. 나는 카세트 테이프를 교체할 적당한 타이밍을 맞추지 못했고, 결국 이후에 이위영씨가 한 이야기는 발화(發話)와 동시에 허공으로 사라져 버렸다.

 녹음기 한 대만으로 조사를 시도했던 만큼 이미 어느 정도의 자료 손실은 감수해야 할 부분이었다. 녹음기 한 대만 있을 경우, 조사자는 최대한

---

288) 한 소쿠리. 소쿠리 하나 가득.
289) 거기서.
290) 나던데요.
291) 어두우니까.
292) 끼어.
293) 아이. '아-'라는 소리에 높낮이가 있다.
294) 와서.
295) 동생하고.
296) 누나야.
297) 하니.
298) 거기. '애장터'를 가리키는 말.
299) 묻고서는.
300) 위에서.
301) 번쩍거리지 않았습니까.

자료 손실을 방지하기 위해 자주 기기를 확인해야 한다. 현지조사 경험이
웬만큼 있는 조사자라 하더라도, 현재 테이프의 녹음 가능한 시간을 앞으로
연행자가 할 이야기의 길이와 적절하게 가늠하는 문제는 매번 어렵기 때문
이다. 그런데 조사자의 이런 행동 자체가 마주 자리한 연행자에게는 이야기
를 하는 데 대한 부담으로 작용할 수도 있다. 따라서 조사자가 혼자인 경우
녹음기라도 두 대 이상 갖춰야 비교적 원만한 현지 조사를 할 수 있다. 각
각 약간의 시간차를 두면서 녹음을 해야 하나의 테이프가 교체되는 동안의
공백을 메울 수 있다.

어찌 됐건 내가 서둘러 테이프를 바꿔 넣는 동안 이위영씨의 이야기가
끝나자, 그 옆에서 김진옥씨가 다시 빗자루를 운운했다. 그래서 나는 다시
녹음을 하기 위해 이야기를 제대로 못 들었다는 핑계를 대며 김진옥씨의 연
행을 유도하기 시작했다.

▶15 월경 물은 빗자루에서 처녀로 변한 훗칭이에게 홀린 사람[302] (이 야기⑫)

연행자 : 김진옥(여, 68세, 구야할머니) ●
조사자 : 황은주 ①
청　중 : 김말순(이동댁) ②, 안□□(삽계댁) ④, 이위영(살내댁) ⑤, 유남수(운
　　　　 동댁) ⑥

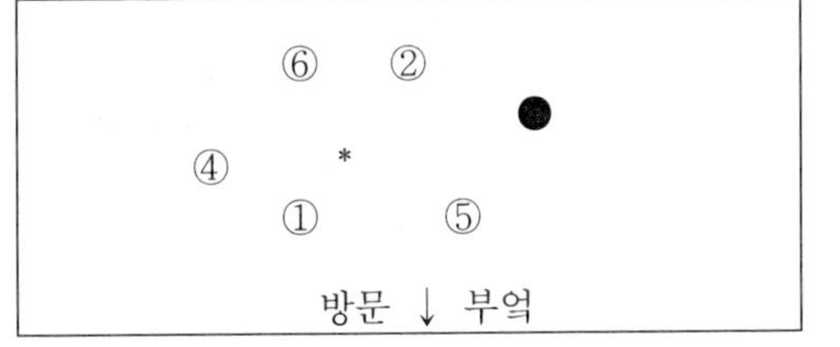

302) 2003년 2월 15일 오전 밀양 산외면
　　 엄광리 숲골 할머니노인정.

"아이 거, 빗자루에, 피가 묻으면, 거기에……."

"빗자루 인자, 여자【말을 약간 더듬거리며】저, 저, 우리 저 저 젊은 새댁들, 아가씨들 이, 경도303) 있잖아? 그기-304) 묻으믄 인자 저, 인자, 인자 홋칭이가 되는 거-라. [⑥: 아-들305), 아-들 죽으만306), 요런요런 아-, 댓-살307) 이래 한, 대여-살308) 문309) 죽으믄.]

김해서-310), 소를 한 마리 팔아가주구 오는데, 인제 술이 이만큼 챈311) 거라. 채가주고312) 삐뜩삐떡하이313) 오인끼네314) 아주 요 참- 이쁜, 참 새댁이 하나 이렇게 뜩 나서더라 카네예.

나서가주구【청중의 시선이 집중되자, 멋쩍게 웃으며】그걸 갖다, 가자 캐서315) 따라가니깐은 저, 저, 뭐꼬. 강 가보믄 왜 가알-대316) 많지? 갈대 밤쌔도록 구불고317) 밤새두룩 사우고318), 아직319)에 인제 날이 새서 보이, 정신 채리고 보이끼네 빗자리320)라 안 캅니꺼? 빗자리-. [①: 아-.]【웃음】김해 그랬답니더, 옛날에. [②: 그, 뭐시-321) 있는갑다322).]"

유남수씨가 한 이야기와 유사했지만 깨어보니 빗자루더라는 결말이 보태졌고 도깨비로 변한 빗자루는 여성의 월경혈이 묻은 것이라는 설명이 덧붙여졌다.

---

303) 경도(經度). 월경.
304) 그것이.
305) 아이들.
306) 죽으면.
307) 다섯 살 정도.
308) 대여섯 살.
309) 먹은.
310) 새로운 이야기를 시작하려고 끝음
    절을 길게 발음하였다.
311) 취한.
312) 취해서.
313) 비틀비틀하며.
314) 오니.
315) 가자고 해서.
316) 갈대. 강조하는 억양.
317) 구르고.
318) 싸우고.
319) 아침.
320) 빗자루.
321) 뭔가.
322) 있는가 보다.

월경혈은 여성이 임신 가능하다는 것을 보여주며, 이는 생산을 가능하게 하는 강한 에너지로 가득차 있음을 의미한다. 이 에너지가 가진 활동적이며 무한한 이미지는 뭇사람들로 하여금 호기심을 유발시킨다. 하지만 사람들은 쉽게 범접할 수 없기 때문에 이 알 수 없는 근원적 힘에 대한 두려움도 함께 갖게 된다.[323) 월경흔이 묻은 빗자루는 이러한 월경의 이미지가 접촉이라는 방식을 통해서 그대로 투사된 매개체였다. 이 매개체가 부여받은 힘을 도깨비 이야기에서는 바로 긴 머리의 젊은 여성으로 형상화한 것이다. 한편 이야기는 인간이 가진 감정의 두 축, 즉 대상에 대한 동경과 경외심(敬畏心)을 순차적으로 반영한 구조를 띠고 있다. 즉, 이야기에서 유혹될 만큼 아름답게 그려진 여성은 곧바로 해를 입히는 위험한 존재로 그 실체를 드러낸다.

한 달에 한 번씩 하는 월경은 평상시 생체 리듬과 다를 수밖에 없다. 그리고 이것이 묻은 빗자루를 만난 술 취한 사람 역시 이성적 판단이 가능한 일상과 동떨어진 혼미한 정신 상태였다. 앞에서도 애장터에서 도깨비불이 나온다는 이야기를 들은 이위영씨가 직접 겪었던 신기한 일을 전했는데, 바로 그곳에서 자신이 평소보다 더 많은 고둥을 잡았다는 것이었다. 결국 할머니들의 이야기를 통틀어 보자면 '도깨비'라는 존재는 범상치 않은 요소에 의해 일상적으로 지탱해오던 균형이 깨어지는 어느 모호한 지점에 있는 듯했다.

잠시 후, 당신은 더 이상 할 이야기가 없다며 뒤로 물러났던 유남수씨가 다시 이야기를 연행하기 시작했다.

---

323) 원시 부족들은 사춘기에 접어든 소녀를 자신의 공동체와 분리시켜 두기도 하였다. 이러한 이유에 대해『황금가지』에서는, 원시사회 신성한 왕이 지키는 의식적 규칙이 여러 면에서 살인자, 산모, 사춘기 소녀, 사냥꾼과 어부 등이 지키는 그것과 일치한다고 보았다. 이 모든 사람이 위험을 수반하며 동시에 위험에 처해 있다고 여겼던 원시 부족들은 무서운 영적 위험이 그들에게 미치거나 그들로부터 확산되지 않도록 세상과 격리하였다. (프레이저,『황금가지』, 이용대 옮김, 한겨레신문사, 2003, 248면 참조.)

▶16 아가씨에게 홀렸다던 시외숙[324] (이야기⑬)

연행자 : 유남수(여, 84세, 운동댁) ●
조사자 : 황은주 ①
청　중 : 김말순(이동댁) ②, 김진옥(구야할머니) ③, 안□□(삽계댁) ④, 이위영
　　　　(살내댁) ⑤

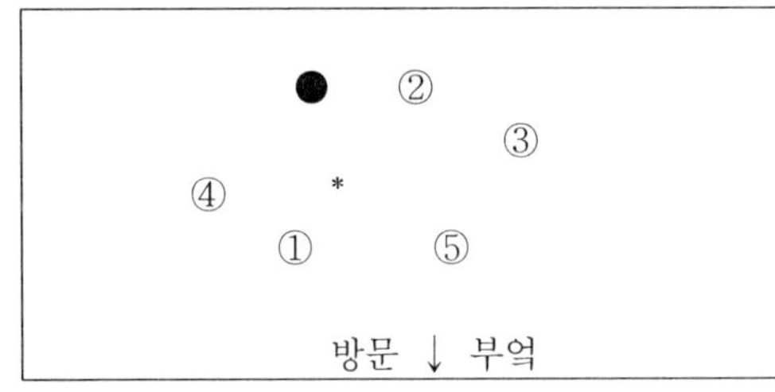

* 녹음기

"내 또 이바구 한 자리 하까?"

"ㄱ, 우리 종질인데-, 재종질인데, 저- 대밭마-[325] 저, 살았는데-,
저- 저 모도[326], 산 중간에 한 여남은[327] 치 모아가[328], 저어 울로[329] 구
경을 갔는 기라. 구갱[330]을 가 그 인자 만족하이【손뼉 치며】이리[331] 뚜
디리[332] 놀고 술로 꽈-키[333] 묵고[334], 딴 사람은 괘않은데[335] 한 사램이,
술이 얼매나 취했는공[336], 내나[337] 운정딕이 아들 돌띠기[338], 술로 얼-
매나[339] 뭀-는공[340], 가실[341]고갤 이리 넘어 인자, 넘어 오는데, 이리 응

---

324) 2003년 2월 15일 오전 밀양 산외면
　　엄광리 숲골 할머니노인정.
325) 산외면 엄광리 자연마을 중 하나.
326) 모두.
327) 열 가량 되는 수.
328) 모아서.
329) 위로.
330) 구경.
331) 이래.

332) 두드리며.
333) 과하게.
334) 먹고.
335) 괜찮은데.
336) 취했는지.
337) 간투사의 일종.
338) 돌덕이.
339) 얼마나. 술을 많이 먹었다는 사실을
　　강조하기 위해서 길게 발음하였다.

광342)으로 오야343) 되는데 못 있고344) 그리 갔는 기라, 못 있고. [④: 아
유, 우야끼나345).] 뒷가실346) 못 있고 그 [④: 비암347), 비암을 가, 드-
가뿠다348).] 비암으로 올라갔는 기라. [④: 비암으로 올라갔는갑다349).]

배암을 기350) 올리가이, 특- 술이 채가351) 【상체를 좌우로 천천히 흔들거
리면서】이르구 마, 노랠 하미 트븍트븍트븍 올라가이, 순-진하이 아가씨
가 [④: 그짝352) 산비알353)이 또 다 공동산354)이데이-.] 그래. 참- 아가
씨가, 예쁘고 머리가 궁딩이355) 능청능청 능청한 기-, 옷을 아래 우356)
로 뻘근357) 저구리358), 뻘근 츠매359)로 쌔파란 저구릴 입었는데, [②: 무
숩겠다360).] 마, 앞을 딱 가라-361) 서더라 카네.

가라 서는 거로362), 잡을라꼬-363) 그, 잡을라꼬 카이364) 【머리를 가리키
며】머리 요기-, 【두 손으로 무언가를 일시에 움켜쥐는 흉내】자프닥365) 만치
이는데도366), 싹 뽈가지 가뿌고367) 또 【멀리 턱으로 가리키며】조오 가여
또 보골로 미-고368), 조오 가여 또 □□를 치고 이래. 【빠르고 화난 목소
리】내 온369) 마, 밤새도록 가도, 니 잡어가 직이 뿔라꼬370), 글루371) 가

<hr>

340) 먹었는지.
341) 산외면 엄광리 자연마을 중 하나.
342) 엄광.
343) 와야.
344) '못이 있는 곳'이라는 뜻.
345) 어찌할꼬.
346) 엄광리와 인접한 상동면 자연마을
    중 하나.
347) 상동면의 지명으로, 이곳의 바위가
    마치 날아갈 듯한 형상이어서 비암
    (飛岩)이라 부른다.
348) 들어 가버렸다.
349) 올라갔는가 보다.
350) 기어.
351) 취해서.
352) 그쪽.
353) 산비탈.
354) 공동묘지.

355) 궁둥이까지.
356) 위.
357) 빨간.
358) 저고리.
359) 치마.
360) 무섭겠다.
361) 가려. 막아.
362) 것을.
363) 잡으려고.
364) 하니.
365) 덥석 움켜잡는 모양.
366) 만져지는데도.
367) 불거져 가버리고.
368) 약을 올리고.
369) 오늘.
370) 죽여버리려고.
371) 그리로.

이끼네 처자가 요, 참- 인물도 좋고 옷도 잘 입은 기, 낭창낭창372) 가는데, 【비녀에서 빠진 머리카락 끝을 만지며】머리 요고 잡을라꼬, 【두 손으로 움켜잡은 흉내】요래 잡을라 카이 탁 뽑거지 【움켜잡은 모습을 한 채, 턱으로 가리키며】조- 가 딱 보골을 믹이고. 그래 거-서어 날로373) 새와뺐는 기-라374), 돌띠기가.

　[④: 그래 뭐-, 물건이 있겠다, 이래.] 어. 그래 돌띠기 날, 날이 새 보이, 술도 깨이끄네 아무것도 없더란다. 그래가 아직375)에, 즈그 집에 돌왔는데376), 아-가377) 물에 빠진 겉더란다378). 옷도 다 베리고379), 땀이 나가. [⑤: 그- 잡을라 카다가 눈에 홋꺼물이380) 찌이가381), 【웃음】] 그거, 그거 홋끄물, 눈에 홋끄물이 친-거다382). 고래 마, 애를 다룬다383) 카네. 마, 손을 【오라는 손짓】요리요리 쌓고 마, 간을 다루더란다384). 그래 잡을라 카이 【머리카락 끝을 잡아 보이며】요 머리 요기-, 【머리카락 잡은 손을 흔들며】요리요리 낭창머리, 【두 손으로 움켜잡는 흉내】요래 붙잡을라 카이 탁 볼가지고385) 볼가지고. 그래 비암 그 저, 올라가가 보이끼네 아가씨도 없고 아-는 막, 물에 빠진 겉디만386). 땀이, 밤새도록 어뜨-키387) 욕을 봐388), 까시밭에389) 호매-390) 났든지. 마, 까시는 등골에 이래 있는, □□ □, □ 이래 있는데, 아-가 얼-매나 그, 히밟아391) 났든동392), 마 나테393) 마, 마, 마 전-신394)에 홀끼가주고395) 마- 얄--궂더라396). 그

<hr>

372) 탄력성 있게 흔들리는 모양으로, 앞
　　서서 가는 여자의 움직임이 가볍다
　　는 뜻.
373) 날을.
374) 새워버렸던 거라.
375) 아침.
376) 돌아왔는데.
377) 아이가.
378) 것 같더란다.
379) 버리고.
380) 헛것이.
381) 끼어서.

382) 끼인 것이다.
383) 태운다.
384) 애간장을 태우더란다.
385) 불거지고.
386) 것 같더니만.
387) 얼마나.
388) 고생을 해서.
389) 가시밭에.
390) 헤매.
391) 짓밟아.
392) 놓았던지.
393) 낮에.

래가 [⑤: 뒷가실 거- 감, 무습더라 카더라.]

　　그 때 그래, 욕 봤대이 그-397). 머시마- 그거, 간이 크고 해 그렇지, 모다398) 그 때 죽었다 안 카나399)."

　　김진옥씨가 여자로 변한 도깨비에게 홀린 이야기를 하자, 유남수씨도 비슷한 경험을 한 종질의 이야기를 연행한 것이다. 그의 이야기를 요약해보면 다음과 같다. 동네 사람들 여럿과 놀러갔던 돌덕이가 술에 취해서 집에 간다며 나섰다. 그런데 마을로 가는 길을 잃어버린 돌덕이는 고운 여자에게 홀려서 밤새 가시밭을 헤집어 다니는 꼴이 되었다. 다음날 집으로 돌아온 그는 온통 상처투성이에다 땀으로 흠뻑 젖어서 사람 꼴이 아니었다.

　　유남수씨는 어떤 여자가 자신을 유혹했다는 돌덕이의 말을 믿는 것 같았다. 이런 맥락에서 할머니는 그 같은 험한 일을 당하고도 살아남을 수 있었던 건 그나마 돌덕이가 담이 커서였다며 대견스러워하기도 했다. 하지만 이야기를 가만히 듣고 있던 이위영씨가 '눈에 헛것이 끼어서'라며 가볍게 웃었다. 그녀의 말에서 '돌덕이 눈에 헛것이 끼여서 그렇지 무슨 여자가 있어서 그런 고생을 했겠냐'는 뉘앙스를 느낄 수 있었다.

　　이위영씨는 돌덕이가 봤다던 여자의 실체를 대수롭지 않게 여기고 있었기 때문에, 그가 곧바로 내놓은 다음 이야기는 꽤 흥미로웠다.

▶17 덫을 도깨비로 착각한 사람400) (이야기⑭)

연행자 : 이위영(여, 살내댁) ●
조사자 : 황은주 ①

- -

394) 온몸.
395) 긁혀서.
396) 엉망이더라.
397) 그거. 도깨비에 홀린 사내를 가리키는 말.
398) 모두.
399) (간이 크지 않았다면) 죽었을 거라고 하잖아.
400) 2003년 2월 15일 오전 밀양 산외면 엄광리 숲골 할머니노인정.

청 중 : 김말순(이동댁) ②, 김진옥(구야할머니) ③, 안□□(삽계댁) ④, 유남수
       (운동댁) ⑥

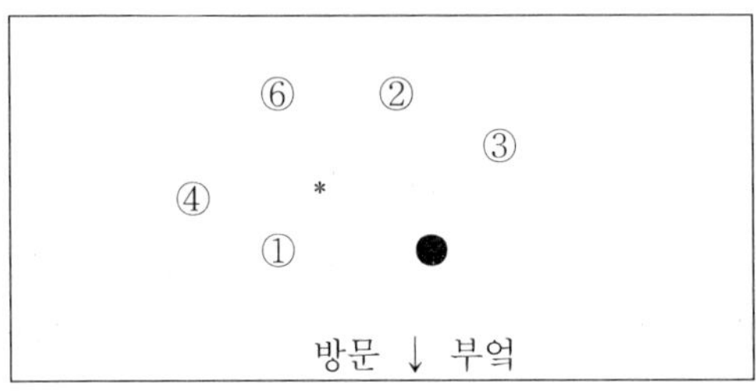

* 녹음기

　　"그 전에 댓마401), 사깨댁이402) 양반 보이소403). [⑥: 그
래.] 술 잡숩고404) 감 팔고 오다가, 지게를 지고 오다가 마, 뒤에시늠405)
저 【웃음】 그래, 목 매 난-406) 그거로407) 모르고, 오이408) 한 발쭉 띠이409),
뒤에 틀컥410) 딸리고- 털컥, 자꾸 뒤에 때리더래. 이캐 놓이411), 그래, 걸
린 그기이, 발에 걸렸으이까412) [④: 그-루413) 몬414) 빼고.] 그래, [⑥:

----

401) 엄광리 자연마을 중 하나.
402) 삽계댁.
403) 보세요.
404) 잡수시고.
405) 뒤에서.
406) 토끼나 노루 등이 항상 다니는 길목
　　에 매어 놓은.
407) 그것을. 토끼나 노루 같은 짐승을
　　잡기 위해 만들어 놓은 일종의 덫을
　　가리킨다.

408) 오니.
409) 한 발짝 떼니.
410) 무엇에 걸렸을 때 나는 소리.
411) 이렇게 해 놓으니.
412) 걸렸으니까. 삽계 양반 발목에 무언
　　가가 걸렸다는 뜻.
413) 그것을.
414) 못.

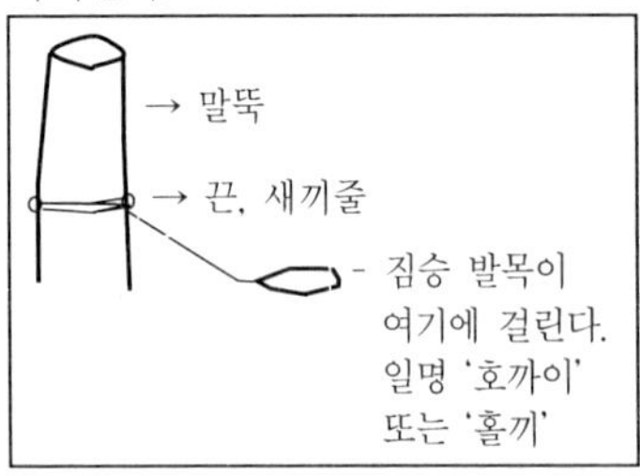

사깨 양반이?] 뒷들415)에 와여416), 저어 뒷가실417) 고개 거기예. [⑥: 그
래, 사깨 양반이?] 예-. [⑥: 옛날- 사깨 양반이-?] 예-. 그래 이야기 해
싸-시데요418). 그래가주구. [⑥: 그 양반, 터듬-하이419) 이바구 잘 한다.]

　그렀는데420) 뜩-421) 오이끼네 마, 여어 밑에 뒷들에 니라서422) 인자-
는 뭐시423), 내두룩424) 짝때기425)를 갖, 뒤에 자꾸 【마치 막대를 잡은 손으
로 어깨 너머를 내젓는 듯한 흉내】 이랬다 카데, 이래. 작때기로 자-꾸 내젓
었는, 몬 따라 오라꼬-. 물지 마라꼬 그랜. 그, 다리에 훌낀426) 줄은 모
르고.

　그래가주구 자-꾸 여까정427) 끄시고428) 니리와여429) 목 매 난- 데 그,
[④: 호까이430), 목.] 【청중 웃음】 호까이 잡을라꼬 목 매 난-, 그으431) 걸
리가주고 【웃음】.

　그래 뒷들 동네 뜩- 니리와서 보이끼네 나무 짚, 요만-한 기, 하나 끄
싱-이432) 그, 그래 여- 홀끼가 [⑥: 그래. 말떡433)에 꼽아434) 난-, 그기-
다.] 【강조하며】 예-. 그래 홀끼, 끌그가435) [②: 그래 끌구온다꼬 욕봤
다.] 【웃음】 그래, 끌그가 애묵고436) 그래 ˹【굵은 남자 목소리로, 가볍게 화풀
이하듯】 에-이, 그눔으 짜슥437).˼ 카미. 영- 마 인자. 참 뭐 토캐빈 줄 알
았는갑데예438), 그 양반이. 그래 알고 보이께 목 매 난- 그기-다. 【웃음】

---

415) 엄광리 자연마을 중 하나.

416) 와서.

417) 엄광리와 인접한 상동면의 자연마을
　　중 하나.

418) '해쌓던데요'의 높임말.

419) 털털하고 수더분하게.

420) 그랬는데.

421) 뚝. 계속되던 것이 갑자기 멈춘 모양.

422) 내려와서.

423) 무엇이.

424) 계속해서.

425) 작대기.

426) 홀친. 얽어 매인.

427) 여기까지.

428) 끌고.

429) 내려와서.

430) '호까이'는 덫에서 짐승의 발목이 걸
　　리는 부분으로, 새끼줄이나 철사줄 등
　　으로 만든다.

431) 거기.

432) 끄나풀. 받침 'ㅇ'은 거의 발음되지
　　않는다.

433) 말뚝.

434) 꽂아.

435) 끌고와.

436) 애먹고.

437) 자식.

438) 알았던가 보데요.

그꺼지439) 끄시고 옰다440). 그래 이야기 해싸-시데."

　앞서 내가 도깨비에 관한 이야기를 거듭 청할 때 이위영씨는 자신이 고등을 잡으면서 이상한 느낌을 받은 적이 있다고 말했다. 그 근처가 애장터라는 사실을 알았던 동생은 번쩍거리는 도깨비불을 보고 나서 서둘러 돌아갈 것을 재촉했지만, 아이 울음소리만 들었을 뿐 애장터가 무엇인지 모르는 이위영씨 자신은 그날따라 많이 잡히는 고등에만 신경을 썼다고 했다.

　그리고 '월경흔 있는 빗자루가 도깨비가 된다더라'는 김진옥씨의 이야기가 있었고 이어서 유남수씨의 재종질 이야기가 나왔다. 그런 다음 이위영씨가 꺼낸 이야기가 바로 이, 한 마을에 살았던 삽계 어른의 경험담이었다. 뒷가실의 삽계 양반이 술을 먹고 기분 좋게 집으로 돌아오는 길이었는데 걸을 때마다 뒤에서 무언가 자꾸 자신을 쳐대는 것 같아 허겁지겁 동네 어귀까지 닿아서 확인해 보니 작은 산짐승을 잡기 위해 쳐놓은 덫의 새끼줄이 자신의 발목에 걸린 것에 불과했다는, 우스운 얘기였다. 이위영씨는, 도깨비에게 홀린 것이 아니라 홀린 줄 착각했다는 이야기를 연행함으로써 대상에 대한 실체성 문제를 건드렸다. 직접 체험하지 않은 이상, 영적 차원의 도깨비를 만났다는 이야기를 들은 사람들은 크게 두 가지 반응을 나타낸다. 도깨비가 실제로 존재해서 사람을 홀렸다고 하는 부류가 있는 반면, 도깨비가 실제로 존재하기보다는 단순히 홀린 사람의 착각일 것이라고 생각하는 이들도 있다.

　이전에 내가 현지조사에서 만났던 연행자들도 월경혈이 묻은 빗자루가 도깨비로 변한다는 이야기를 했다. 물론 실제로 도깨비한테 골탕을 먹었다는 동네 사람이나 친지 이야기를 하면서도 그 정체에 관해서는 슬쩍 판단을 유보하는 연행자도 있었다. 또 청중에 따라서는 도깨비나 여자에게 홀렸다는 사람들의 이야기가 정신만 똑바로 차리면 되는 허무맹랑한 일일 수도 있

---

439) 거기까지.　　　　　　　　440) 왔다.

었다. 이렇듯 도깨비를 바라보는 복잡하고 다양한 시각들이 결국 이날, 숲골의 할머니들 방에서도 자연스레 드러나고 있었다.

유남수씨가 터무니없게 겁먹었다는 삽계 양반의 이야기를 듣고 갑자기 생각난 듯 담력내기한 사람의 이야기를 연행하기 시작했다.

▶18 담력내기로 혼이 난 사람441) (이야기⑮)

연행자 : 유남수(여, 84세, 운동댁) ●
조사자 : 황은주 ①
청 중 : 김말순(이동댁) ②, 김진옥(구야할머니) ③, 안□□(삽계댁) ④, 이위영
     (살내댁) ⑤

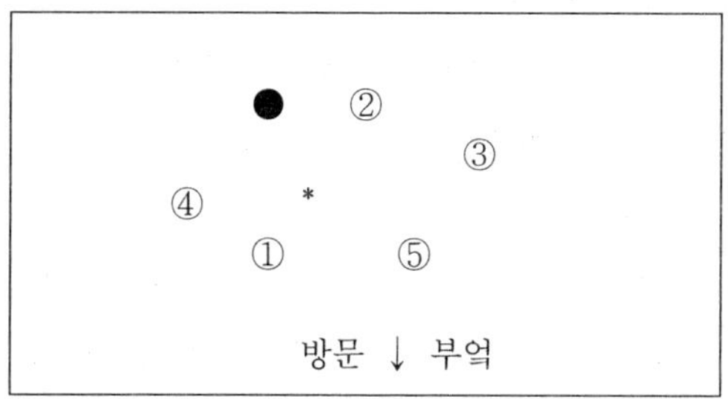

* 녹음기

"뒷들442)에- 이바굴 해."

"어떤 사램이, 인자 우리 운정443) 거게, 친정 뒷산에 공동산444) 이 있거던. 덕실445) 사람하고 운정 사람하고 매기446)를 맺았는 기라447).

---

441) 2003년 2월 15일 오전 밀양 산외면 엄광리 숲골 할머니노인정.
442) 엄광리 자연마을 중 하나. 앞서 연행한 이위영씨의 〈덫을 도깨비로 착각한 사람〉 이야기에 영향을 받아 잘

못 언급한 말.
443) 무안면의 자연마을 중 하나.
444) 공동묘지.
445) 무안면의 자연마을 중 하나.
446) 약속.

'아무 거어 운정 뒷산에 거 미-448)가 몇449) 산꼬450)고?' 높은 사람 미-가 및451) 낱 있는데452) '고오 및 산꼬?' 카이, 하나는 및 산꼬다, 하나는 및 산꼬다. '그르믄453) 은-지454)라도 우리 매기 맺어가주고【할머니들, 다른 대화】매기를 맺어가 니가 □□ 미긴455) 산꼬가 다섯 산꼬 겉으만456) 니가, 니가 날로457) 돈을,【휴대전화 벨소리. ① 통화】돈을 암마458) 주게 하고, 내가 고-, 미-가 작으면은- 니로459) 및 상꼬 주고, 이래 가가주고 말띡이460)를 치461) 놓고 온나-462).' 이캤더니463) 말띡이를 따듬어 놓고 그 해가464) 인자 말띡이를 치이깐465) 이리 따-466)에다 박아 놓고 말띡이를 이래 치이끄네,【① 통화 마침】자기 두루막467) 다리,【치마자락을 손바닥만큼 접어 보이면서】이기 마 이리 백히가468) 이늠이,【접은 치마 자락을 땅바닥에 대고 그 위에다 무언가로 박는 흉내】이리 이래 해가주구 말띡이를 친 기이라. 두루매기 이리 너푸리-하이469) 안 그렀나, 그자?

그으다-470) 말띡이를 치이 일라서이471) 빠지나?【치마자락을 흔들어 보이며】이기가. [①:【웃음】] 안 빠진다 아이가? 그, 두루막 다리 저, 저, 고림472)이 얼매나 넓노? 넓고 질다 아이가473)?【다시 치마 자락을 바닥에 대고】그래 이리 놓고【앞에 있는 녹음 마이크를 잡아 바닥에 콩콩 찧는 흉내】말띡이 요래가 콩콩 뚜디리쌓이474) 일라라 카이475) 일라지나-, 느 뭐- 우

---

447) 맺었던 거라.
448) 묘.
449) 몇.
450) 봉분(封墳)을 세는 단위. 기(基).
451) 몇.
452) (지위가) 높은 사람의 묘가 몇 개 있는데.
453) 그러면.
454) 언제.
455) 매긴.
456) 같으면.
457) 나를.
458) 얼마.
459) 너를.
460) 말뚝.
461) 쳐.
462) 오너라.
463) 이랬더니.
464) 해서.
465) 치니.
466) 땅.
467) 두루마기.
468) 박혀서.
469) 너풀너풀하니.
470) 거기다가. 옷고름을 가리킴.
471) 일어서니.
472) (옷)고름.
473) 길잖아.

얄476) 수가, 거어서477) 마 사람이 혼이 다 빠지뿄어478), 물에 빠진 겉이479), 놀래가지고.

그래 혼이 빠지가주고 집에 왔는데 보이480), 얼매 몬481) 살고 죽더란다. 얼-매나 사람이 고생, 욕을 봐 났든지. 그런 이바구, 내가 들었다.

그래 매기를 맺어 가가, '니가 미-가, 및 산꾸 되면은 니가 날로 돈을 암마 주기로 하고, 내가 및 산꾸 되면 니로 돈을 암마 주기로 하고.' 약속이 틀리면은 돈 그래, 주고 받기로 캐, □□□. '그래 그-, 말띡이를 하나, 포적482)을 해 놓고 온나-.' 캐 놓이, 그으 갖다 말띡이를 쳐 놓이 이기- 빠지나? 그래 그 사람이, 거-서 마, 얼-매나 실뺑이를 치고483) 마, 물에 빠진 겉이 해, 집에 와여 얼매 못 살고 죽더란다. 혼이 빠지가, 혼이 빠지가. [②: 그렇지, 마 마.] 그런 이바구두 내가 들었다."

공동묘지의 무덤을 헤아린 다음 말뚝을 박고 오는 것을 이웃 동네 사람끼리 내기했는데 공동묘지에 갔던 사람이 자신의 옷고름도 같이 박은 줄 모르고 놀라는 바람에 얼마 못 가서 죽었다는 이야기였다. 유남수씨가 연행한 이 이야기는 도깨비에 관한 것이라기보다는 이위영씨가 전해준, 뒷가실의 삽계 어른이 겁먹었던 상황과 매우 닮아 있었다. 이로써 도깨비로부터 불거진 다양한 시각들이 자연스럽게 또 다른 화제의 이야기로 바뀌어가는 연행의 흐름을 파악할 수 있었다.

한창 유남수씨가 이야기를 연행하는 중에 내 휴대전화가 울리기 시작했다. 벨소리 때문에 모른 척 할 수도 없었을 뿐더러 새벽에 긴늪마을로 조사를 갔던 일행의 연락일 것 같아서 전화를 받지 않을 수 없었다. 상대는 예

---

474) 두드려대니.
475) 일어나려고 하니.
476) 어쩔.
477) 거기서.
478) 빠져버렸어.
479) 것 같이.

480) 보니.
481) 못.
482) 표적(表迹).
483) '실뺑이를 친다'는 것은 어려움에서 벗어나기 위해 발버둥치며 혼쭐나게 움직이는 일을 가리킨다.

상대로 나 혼자 숲골에 있는 게 내심 걱정이 된 김영희였다. 나는 할머니들의 연행판에 방해가 되지 않도록 작은 소리로 짧게 통화하려고 했지만 어느새 이야기를 듣는 분들 가운데 적잖은 시선이 내게로 옮겨졌음을 느낄 수 있었다. 유남수씨도 전화를 받기 전까지는 주로 나를 보며 연행하고 있었기 때문에 내가 잠시 연행판에서 빠진 후에는 마땅한 대상을 찾지 못한 채 두 번 세 번 같은 말을 할머니들에게 반복했다. 조사자였던 내가 전화를 받으면서 전체적으로 청중의 주의가 분산되자 유남수씨는 이야기에서 중요한 대목을 거듭 말함으로써 흐트러진 분위기를 다시금 모으고자 한 것이었다.

얼른 전화를 끊고 다시 이야기를 들으려고 했지만 할머니의 연행은 시들하게 끝이 났고, 방 안에는 일순 머쓱한 기운이 감돌았다. 유남수씨도 영 아쉬웠던지 '옛날에는 이야기도 많이 들었는데 지금은 다 잊어버리고 모른다'고 했다. 그리고는 손자들을 키울 적에 이런 이야기를 해주면 아이들이 손뼉을 치며 무척 좋아했다면서, 할머니에게는 별 이야깃거리도 아닌 〈꼬꿀 할마이 이바구〉인데, 집의 막둥이 녀석은 "꼬꾸랑 작때기 집고, 낭개 올라 가가, 꼬꾸랑 깽, 꼬꾸랑 깽."이라는 소리만 들어도 "우리 할매! 이바구 잘 한다."며 좋아한다고 했다. 유남수씨의 말을 들으면서 나는 다시 한 번 찾아뵙고 오늘 못다한 이야기를 더 청해 봐야겠다고 생각했다.

때마침 와락 미닫이문이 열리고 이상주씨가 '누구 집에서 지신 밟고 있다'며 백승희씨와 함께 방 안으로 들어왔다. 이상주씨는 모여 앉은 할머니들에게 지신 밟는 마을사람들의 모습을 전해주었다. 그러는 사이, 몇몇 할머니들은 식사준비를 위해 일어나 밥상을 가져와서 펼치기도 했다. 그래서 나는 이즈음에서 조마조마했던 대보름날 아침 숲골의 조사를 마치기로 했다. 혼자서는 처음으로 조사를 시도해보았기 때문에 내내 마음을 졸이고 있었던 것이다.

할머니들이 아침부터 모여서 준비한 반찬이 크고 작은 그릇에 담겨 널찍한 상에 차려졌다. 할머니와 아주머니들이 서너 명씩 안으로 들어오기 시작하더니, 삼사십 명 되는 인원이 금세 한 자리에 모였다. 서로 촘촘하게 좁혀 앉았지만 모인 사람들이 한꺼번에 식사를 하기에는 노인정 방 안이 좁아 보였다. 그나마 마을에서 젊은 층에 속하는 아주머니들은 아예 바깥에서 기다리다가 할머니들이 먼저 먹고 일어난 자리로 와서 뒤늦은 식사를 하기도 했다. 서로 오랜만에 만난 듯, 아주 반갑게 인사하며 그간의 안부를 세심히 묻는 분들도 있었다. 이런 모습을 보면서 그제야 나는 밥 한 끼일 수 있는 이 점심식사가 마을 사람들에게는 모두가 한 자리에 모이는 대보름날의 중요한 일정이라는 사실을 새삼 알 수 있었다. 왁자지껄하게 경상도 사투리가 오가는 가운데 나도 할머니들과 같이 절기 음식인 오곡밥을 먹기 시작했다.

저 할매는 잘 하신다

어느덧 식사가 끝나자, 아주머니들 서너 분이 그릇들과 상을 바깥으로 척척 내갔다. 식사만 하고 가는 분도 있었지만, 출입구를 제외하고는 사방 빈 구석이 없을 만큼 많은 할머니들이 방 안을 꽉 채웠다.

식사시간에 맞춰 노인정으로 온 할머니들은 하나둘 내게 관심을 보이기 시작했다. 할머니들은 내가 어디서 온 처자길래 이런 날 노인정에서 밥을 먹는지 궁금한 모양이었다. 많은 할머니가 모여 있는 자리라서 모처럼 나는 우리가 하는 조사에 대해 조목조목 설명을 드리고 싶었다. 하지만 혼자 조사했던 오전 동안 많은 긴장을 한데다가, 장애의 특성상 오랫동안 한 자세로 앉아 있는 것이 힘들어 나는 당시 제대로 발음을 할 수가 없을 정도로 지쳐 있었다. 할머니들의 물음에 내가 단답식으로 말을 이어가자, 지켜보던 다른 할머니들이 '지신 밟는 데에도 서울에서 온 처자들이 있더라'며 대신 우리 일행과 조사 목적 등에 대한 이야기를 해주었다. 그제야 나도 긴늪마을에서 조사자들이 돌아왔다는 걸 알게 되었고, 너무 피곤했던 나머지 우리에 대한 소개는 김영희와 이미라에게 맡기기로 하고 일단 두 사람을 기다리기 시작했다.

잠시 후 김영희와 이미라가 할머니들에게 인사를 하면서 방 안으로 들어왔다. 나의 예상대로, 자리를 잡은 그들은 서울에서 옛날이야기나 민속을 공부하고 있는데 마침 대보름날이라서 이렇게 찾아 왔노라는 설명을 자세하게 하기 시작했다. 방 안에 빙 둘러 앉은 할머니들도 고개를 끄덕이거나 가벼운 농담을 건네며 설명을 들었다.

할머니들에게 소개를 마친 김영희와 이미라는 지신밟기를 하는 바깥뿐만 아니라 노인정 안에도 많은 할머니가 모여 있다는 것을 알았고, 할머니들과 함께 있을 내게도 동영상 촬영을 할 수 있도록 조치를 취해 주고자 했다. 그래서 임시로나마 기계를 사용할 수 있게끔 손볼 요량으로, 지난밤에 보관해둔 캠코더 한 대를 다시 꺼냈다. 캠코더는 지난밤에 지신밟기 연습을 촬영하던 중, 테이프를 교체하다가 고장난 것이었는데 김영희가 여기저기 건드려보기도 하고 맞춰보기도 했다. 여전히 교체 작동이 불안정했지만, 당장 쓰는 데는 큰 무리가 없을 정도로 캠코더를 고칠 수 있었다. 그들은 간밤에 고장났던 캠코더 대신 본인들이 사용하던 캠코더를 방 안에 설치해주었다. 이 모두가 가능하면 내가 다루기 좋은 기기를 놓아주려는 그들의 작은 배려였다. 김영희와 이미라는 할머니들에게 지신 밟는 데 다녀오겠다는 인사를 드린 다음 서둘러 방을 나갔다.

사실 나는 다른 조사자들이 방으로 들어왔을 때, 이제 이야기판에 나서지 않아도 될 거라는 약간의 기대감이 있었다. 그런데 이런 내 속사정을 아는지 모르는지 김영희와 이미라는 이내 자리를 떠나버렸다. 은근한 바람이 수포로 돌아간 나는 할머니들과 다시 어떻게 시간을 보내야 할지 고민해야 했다. 그러다가 없었던 캠코더가 설치된 터라, 이 새로운 기기를 할머니들에게 설명도 할 겸 녹화되는 모습을 캠코더 창으로 보여드렸다. 다행히 할머니들은 서로 '참-하게' 나온다면서 관심을 보였다.

나는 이 기회에 자연스레 할머니들의 연행을 유도해보기로 했다. 오전에 비해 할머니들이 많아서 연행자 한 사람이 주도하는 이야기를 청하는 것보다는 여럿이 함께 부를 수 있는 노래가 나을 것 같았다. 내가 머리 속에서 질문할 말을 정리하는 사이, '어떤 할매가 노래도 하더라'며 운을 띄운 사람은 김말순씨였다. 할머니는 오전에 도깨비 이야기를 모른다며 못내 아쉬워했는데, 내가 조사하는 모습을 내내 가만히 지켜보다가 캠코더로 촬영을 시작하자 민요 같은 걸 불러주는 방송 프로그램이 생각난 모양이었다. 그러자 옆에 있던 다른 할머니들도 일제히 '나도 지난번에 불렀다'면서, 말을 꺼낸 김말순씨에게 노래를 권했다.

▶19 모노래(3)[484] (노래④)

연행자 : 김말순(여, 80세, 이동댁) ●
조사자 : 황은주 ①
청　중 : 안□□(삽계댁) ④, 이위영(살내댁) ⑤, 유남수(운동댁) ⑥, 장남이(법산댁) ⑦, ◎[485]

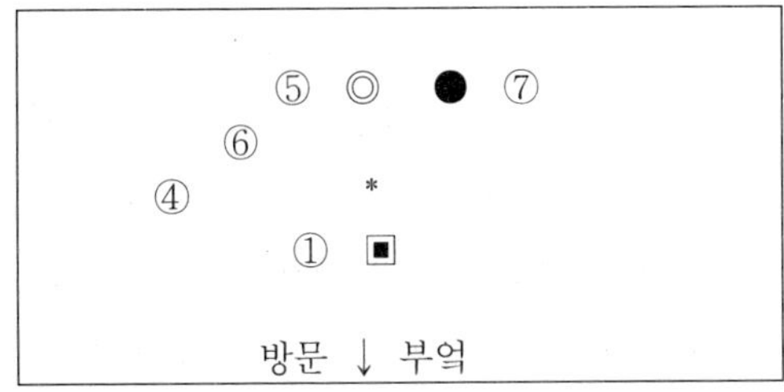

■ 카메라　* 녹음기

"【캠코더 기기를 가리키며】 그래, 저- 대고 노래도 하고 어떤 할매 할 줄 몰라도 다 하고, 다 하데."

"우리 저번에 모소리[486] 두 날 해 났-다[487]."

---

484) 2003년 2월 15일 오후 밀양 산외면 엄광리 숲골 할머니노인정.
485) 연행자 정보 파악 안 됨.
486) '모노래', '모찌기 노래', '모심기 노래'라 하며, 경상도 일부 지역에서는

'모정자'라고도 칭한다. 모판에서 모를 뽑거나 논에 심을 때 부르는 일노래를 가리킨다.
487) 놓았다.

"응-, 모소리 어떤 거 했노?"

"그, 찔레야 카는 거,"

"아-! 그래. 아레488) 모소리 했다 캐쌓는다."

"살꾸마489) 디치490) 임으 버선 볼 걸었다 카는 거491), 조오492) 해 놨-다."

"할머니, 모소리."

"모소리 하까?"

"예."【웃음】

"하나 하이소493)."

"【가락을 타며】밀양아- 삼당494) 풀무숲495)에 연밥 따는 저 큰 아가496)

연밥 줄밥 내 따줄게 백 년 천 년 내캉497) 사자498)."

나는 다른 할머니들도 자신이 아는 모노래를 이어서 불러주기를 내심 기대했지만, 미처 기억이 나지 않는지 후창자로 나서는 할머니가 없었다. 김말순씨도 지난번에 들려주었다는 언급이 있어서였는지, 굳이 또 다른 모노래를 부르려고 하지 않는 눈치였다. 게다가 흥을 돋울 만큼 방 안의 분위기

---

488) '그저께'라는 의미이나, '가까운 과거의 어느 시기'를 통틀어 지칭하기도 한다.
489) 살짝.
490) 대어.
491) 지난 2월, 장남이씨가 연행한 모노래, '찔레야 꼬튼 살꾸마 디치 임의 버선에 볼을 걸어 임으야 보고 버선을 보고 주기가 난감하네'의 한 소절.
492) 조기에.
493) 하세요.

494) 의미 불명. '삼동아'로 표기한 자료도 있다.
495) 의미 불명. 각편에 따라서 이 부분을 '국노숲', '궁노숲'이라 부르기도 하는데 '국농소'라는 말이 변한 듯하다. 밀양 하남읍 수산제(守山堤) 일대 토지를 1463(세조9)년, 국농소(國農沼)로 정했다고 한다.
496) 아가씨.
497) 나랑.
498) 살자.

가 무르익지 않았기 때문에 할머니의 모노래는 한 편으로 끝났다.

　생각보다 노래가 빨리 끝나서 모두 어색해하는 사이 한 할머니가 캠코더를 가리키며 노래하는 모습이 나오느냐고 물었다. 그러자 김말순씨가 '텔레비전에 나오더라'면서 자연스럽게 또 한 곡의 노래를 부르기 시작했다. 내가 처음 듣는 가락이었다.

▶20 **밀양노래**499) **(노래⑤)**

　　연행자 : 김말순(여, 80세, 이동댁) ●
　　조사자 : 황은주 ①
　　청　중 : 안□□(삽계댁) ④, 이위영(살내댁) ⑤, 유남수(운동댁) ⑥, 장남이(법
　　　　　　산댁) ⑦, ◎

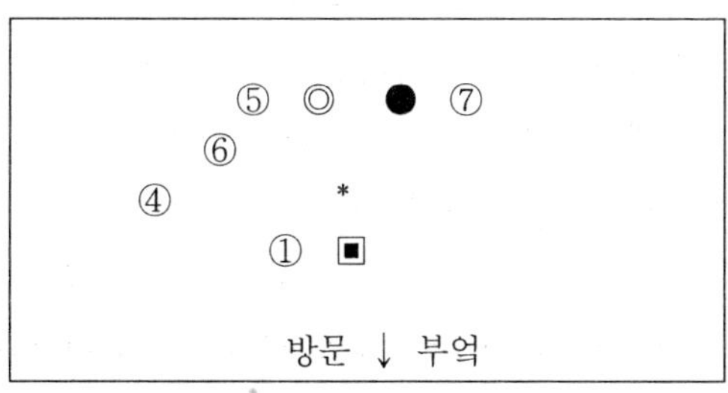

■ 카메라　* 녹음기

"노래하믄 여기 나오나?"

"나오더라. 그으 여, 엠비씨 거 나오데.500) 그기-다, 내나."

　　" 【가락을 타며】 앞-강물을 흘-러라 넘-치는 밀양강아-

· ·

499) 2003년 2월 15일 오후 밀양 산외면
　　엄광리 숲골 할머니노인정.
500) 처음에 김말순씨는 이날의 조사를,

방송국에서 취재 나온 것으로 알고
있었다.

□□□□ □□□□ □□□ □□□□
요 내는501) 두 줄개502) □□지는 눈물
당신이 어떻게 막으리오 요나- 좋다 지화자 좋네
늙는 양503)이 섧잖은데 지는 양이 더욱 섧다
우리야 백발 갈 곳으는504) 어든505) 곳을 가야 할지
괄심키도506) 한이 없고 섧-기도 한이 없다
【한숨】숨이 디-가507) 못하겠다. [⑦: 잘하네예.]"

박자가 느린 만큼 숨이 찼던 할머니는 노래를 더 이상 부르지 못하고 중단했다.

김말순씨가 막 연행을 시작할 즈음, 한편에 앉아 있던 아주머니 두 명이 벌떡 일어서더니 방문 미닫이를 매우 거칠게 여닫으면서 나가 버렸다. 하지만 나는 노래 부르는 할머니를 쳐다보고 있느라고 나머지 분들이 자리를 비우는 상황까지 신경 쓸 수 없었다. 아주머니들은 문 바깥에서도 마치 소리치는 것처럼 몇 마디를 내뱉고 노인정 밖으로 나갔는데, 이것도 나는 그저 경상도의 사투리 억양이 강해서 그러려니 생각했다.

내가 아주머니들의 돌발적 행동에 대한 진짜 이유를 안 것은 김말순씨가 노래 몇 편을 더 연행한 이후였기 때문에 제법 시간이 경과한 다음이었다. 김말순씨의 노래 연행이 모두 끝나고 방 안 분위기를 살피는데, 남아 있던 할머니들의 얼굴에 언짢은 기색이 역력했다. 할머니들의 오가는 말을 대강 들어보니, 나가 버린 아주머니 댁에서도 오늘 지신을 밟기로 한 것 같았다. 그런데 자신들의 집에서 지신을 밟는 순서가 다른 집보다 늦춰져서 기분이 상했을 것이라는 이야기였다. 마침 정월대보름날이었기 때문에 한 마을 사

---

501) 이 냇물은.
502) 줄기.
503) 모양.
504) 곳은.

505) 어떤.
506) 괄시당하는 것도.
507) 힘들어서. 숨이 차서.

람들 사이에서 으레 일어남직한 작은 소동이었을 것이다.

그런데 어수선한 이 날의 상황은 우리가 미처 예상치 못한 부분에서 난감한 문제로 드러났다. 점심식사 이후 방에다 설치했던 캠코더가 고장이 나버린 것이었다. 결국 김말순씨의 노래와 이야기 채록도 어쩔 수 없이 오로지 카세트 테이프 녹음에만 의존해야 했다. 문제는 녹음 테이프만으로는 미닫이문 여닫는 소리와 아주머니들의 카랑카랑한 목소리에 묻혀버린 할머니의 노래 소리를 온전히 알아듣기 어렵다는 데 있었다. 이후 전사 과정에서 불가피하게 적잖은 노래 가사를 공백으로 남겨 두어야 했다.

조사 당시 나는 할머니의 노래가 워낙 생소할 뿐더러 주위가 매우 시끄러워서, 세월의 무상함을 한탄하는 내용과 '지화자 좋다'는 가사를 겨우 알아들을 수 있었다. 흔히 할머니, 할아버지들이 〈양산도〉508)라고 부르는 노래와 가사가 비슷한 것 같아서 방금 노래한 것이 양산도인지 물었더니 김말순씨는 주저 없이 〈양산도〉를 연행했다. 다른 할머니들도 한 분씩 박자에 맞춰서 손뼉을 치기 시작했다.

▶21 양산도509) (노래⑥)

연행자 : 김말순(여, 80세, 이동댁) ●
조사자 : 황은주 ①
청　중 : 안□□(삽계댁) ④, 이위영(살내댁) ⑤, 유남수(운동댁) ⑥, 장남이(법
　　　　산댁) ⑦, ◎

---

508) 양산도는 '덩덩덕쿵덕(●●│○│)' 식의 약간 빠른 장단으로, 주로 사람들이 흥겹게 노는 자리에서 즉흥적으로 부르기 쉬운 민요가락이다.

509) 2003년 2월 15일 오후 밀양 산외면 엄광리 숲골 할머니노인정.

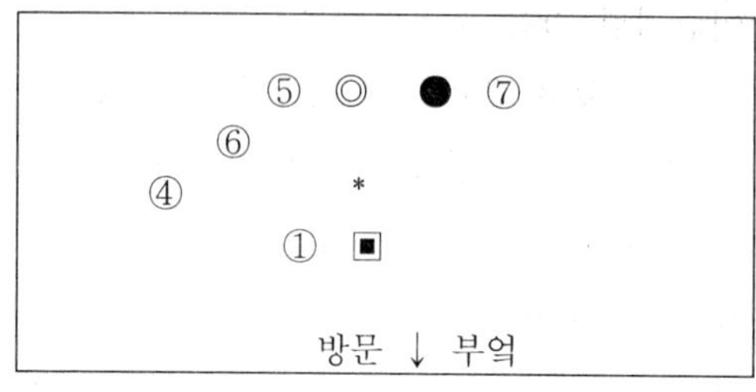

■ 카메라 * 녹음기

"아, 그건 뭐예요, 양산도예요?"

"양산도 하까?"

"예."

" 【가락을 타며】 노자아510) 젊어 놀아 늙고 빙511)들면 못 노나니

한 번 이실- 뿐이요512) 달도 차면은 기우나니 [⑥: 잘한다아.]

달아 또렷한 달아 임으513) 사찬514)에 비친 달아

저 달이 낮 심중-515) 하면 요리 밝기도 만무하지

[⑦: 【가락을 타며】 □밥을 발-치나 먹고 밀양 영남루 썩 올라서니

□□산은 □옷이 되고 남천강물은 □□이로다]

[①: 어-, 그것두 양산도예요?] 어, 양산도다. [⑦: 몰-라. 마, 아무거

나 해봤지, 뭐. 【웃음】] [①: 【웃음】]

【가락을 타며】 봄 들었네 봄 들었네 이 강산 삼천리에 봄 들었네

노련516) 것은 꾀꼬리요, 【원래 말투로, 정정하며】 아이구, 꺼꾸리517)다.

【가락을 타며】 노련 것은 꾀꼬리요 푸른 것으는518) 버들이라

- -

510) 놀자.
511) 병.
512) (청춘은) 한 번 있을 뿐이요.
513) 임의.
514) 사창(紗窓).
515) 의미 불명.
516) 노란.
517) 거꾸로.
518) 것은.

황금 같은 꾀꼬리는 노련 들판을 날아나들고

백설 같은 흰나비는 장도리밭으로 날아든다.

얼씨구나 좋다 지화자 좋다 아니야 노지는 못하리라.

[①: 우-, 할머니 가수예요, 가수. 【웃음】] 【할머니들 웃음】

[⑦: 【가락을 타며】 출렁이는 수숫대는 동남풍 바람에 시러지고519)

이구십팔 큰아기는 【잠시 뜸을 들인 다음】 총각 바람에 시러진다.

얼씨구나 좋다 지화자 좋네 아니 노지는 못하리라]"

김말순씨는 이야기보다 노래에 더 자신 있어 하는 듯 보였다. 그도 그럴
것이, 내가 듣기에도 할머니가 부르는 노래의 음색은 유난히 맑고 단아했
다. 어느 순간, 나는 김말순씨가 '이동댁'이라는 자신의 택호를 알려 줄 때
부터 할머니의 택호가 왜 그리 낯설지 않은 느낌이었는지를 알게 되었다.
지난 2월 조사 때 조사자들이 노래를 청하자 할머니들 사이에서 회자되던
택호가 바로 '이동댁'이었던 것이다. 김말순씨는 마을에서도 이미 노래 잘하
기로 손꼽히는 분이었다. 캠코더가 설치되자 김말순씨는 텔레비전을 운운
했었는데, '어떤 할매가 나와서 노래하는' 프로그램들을 눈여겨 볼 만큼 평
소에도 할머니는 노래에 많은 애착을 가지고 있었던 것이다.

김말순씨가 연행을 시작하자 옆에서 유남수씨가 박자에 맞춰 추임새를
넣었고, 장남이씨도 지난 번 조사에서 한 차례 모노래를 연행했던 가락이
되살아났는지 자연스레 노래를 이어받았다. 덩달아 신이 난 내가 할머니들
이 잠시 노래를 멈춘 사이, 지금 부른 것도 양산도인지 얼른 물었다. 김말
순씨는 선뜻 그렇다고 답해주었지만, 장남이 할머니는 모른다면서 씨익 웃
었다. 〈양산도〉는 서로 놀다가 흥에 겨워서 즉흥적으로 지어 부르는 노래이
니만큼 '아무거나 해봤다'는 할머니의 말도 영 틀린 것은 아니었다.

나는 할머니가 이 외의 다른 민요도 많이 알 것 같아서 예전에 길쌈하며

---

519) 쓰러지고.

간간히 불렀을 베틀노래를 부탁드렸지만, 할머니는 노래를 잊어 버렸다고
했다. '대신에 밀양고을노래라는 걸 불러주마'라며 연행을 자청했다. 가사를
들어보니 〈밀양고을노래〉는 밀양의 명소를 열거하며 밀양이 본디 살기 좋
은 고장임을 전하는 노래였다.

김말순씨가 앞서 연행한 〈모노래〉나 〈밀양노래〉의 경우, 노래가사에 밀
양이라는 지명이 들어 있다. 뒤이어 연행한 〈양산도〉가 놀면서 부르는 노래
여서 〈밀양고을노래〉도 이런 흐름 속에서 김말순씨가 보다 쉽게 연행했던
것으로 보인다. 당일이 정월대보름이었던 터라 김말순씨는 주로 〈양산도〉
처럼 여러 사람들이 모여 놀면서 불렀던 노래를 연행했을 것이다. 따라서
내가 청했던 〈베틀노래〉는 그 연행 흐름과는 다소 동떨어진 면이 있었다.
〈베틀노래〉는 베를 짤 때 부르는 일노래였기 때문이다. 할머니도 여럿이 모
여 있는 노인정 방 안의 상황과 〈베틀노래〉가 서로 맞지 않다고 생각해서
본인의 연행 목록에 이 노래를 넣지 않았던 것 같다.

목을 잔뜩 빼고 기다리던 내게 김말순씨가 '어느 마을부터 시작했으면 좋
겠냐'며 장난스레 물어보는 통에 모두들 잠시 웃었다. 김말순씨는 곧이어
노래를 연행했다.

▶22 밀양고을노래[520] (노래⑦)

연행자 : 김말순(여, 80세, 이동댁) ●
조사자 : 황은주 ①
청 중 : 안□□(삽계댁) ④, 이위영(살내댁) ⑤, 유남수(운동댁) ⑥, 장남이(법
　　　　산댁) ⑦, ◎

----

[520] 2003년 2월 15일 오후 밀양 산외면
　　　엄광리 숲골 할머니노인정.

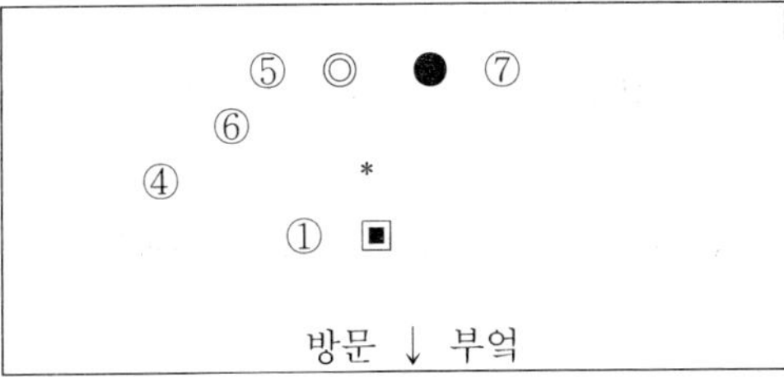

◼ 카메라   * 녹음기

"할머니. 옛날에- 베틀 짤 때 베틀노래,"

"베틀노래는 못해."

"길어서요?"

"잊아뿠지요521)."

"잘 잊아-뿌지. 저 할매는 잘 하신다."

"아! 밀양노, 밀양 이거 저, 우리 고을 노래, 이건 한 번 해 볼게. 밀양 여어, 이-도522) 다 안 되지. 어떤 청년이 그전에 우리 놀 찍523)에 핸524) 긴데525), 안 잊아뿌고 되는강526)."

"잊아뿌가 자꾸 딴 노래 나올라 카는데527) 뭐."

"삼당진서 시작하까? 읍에서 시작하까?"【청중 웃음】

"【가락을 타며】 밀양이-라 영남-루는 남천강-이 구비쳐서

영남루각 앉았구나 정상감사528) 거동 보소

영남루에 슬풋529) 앉아 사-방을 바라보니

수십 년 장터 앞길 만백성이 왕래하네

- -

521) 잊어버렸지요.
522) 이것도.
523) 적.
524) 한.
525) 것인데.

526) 잊어버리지 않을 수 있겠느냐고 반문하는 질문.
527) 나오려고 하는데.
528) 경상감사.
529) 살며시.

예림다리 좁다 하고 상-남들 바라보니

운예들- 참 너르-구나530) 살531)도 많이 나지만은 맥문동도 많다 하네

삼-랑진 □□면은 □촌에서 용진되라

골 짚은532) 만에산533)은 비-륵【정정하며】미륵과 돌이 되니

촛불 서루534) 많이 가네

밀양에 돌아들어

【원래 말투로】아이고 이거 자꾸 다 잊아뺐다.

【가락을 타며】진-늪숲535) 숲도나536) 지다537) 경상남도 자랑이요

【원래 말투로】진늪숲 이거는, 경상남도 자랑이다, 숲이 질으가주구538).

이름만 [②: 감내물이 다다539) 해도 그건 뭣이라 하든고540). 그 노래 참-

좋데.]

【가락을 타며】금물, 금물곳들 은개살 정상감사 안 부럽다

이 아니들아541) 부촌 구경 가자 하면 다완□ 춘양542)이냐

임이사 춘양을 오매 칠팔동을 구경하고

【원래 말투로】한 동네 들어서면 일곱 동네를 구경하는 기다.

【가락을 타며】구경하고 단장면 물도 맑다

심-질 수543) 자랑-도다544) 노는 고기 더욱 좋다

세-하니 자□□ 길에 □□사신을 돌아 든다

정승동을 슬풋 앉아 도라지 고개로 넘어서니

동-방에 선찰이요 포충사545)가 둘러 앉아

---

530) 넓구나.
531) 쌀.
532) 깊은.
533) 만어산.
534) 켜려.
535) 긴늪숲. 산외면 남기리 기회송림.
536) 숲이나.
537) 길다.

538) 길어서.
539) 달다.
540) 하던가.
541) 아이들아.
542) 봄 버들 구경.
543) 의미 불명.
544) 자랑하도다.
545) 표충사(表忠寺).

금당에 앉인546) 도-사 백팔염주 목에다 걸고

아미타불 표충사 모시오니 삼거리 고기 낚아

범도리547)에 돛을 달고 □□득달 좁은 길로

□□□골 지치 다라 노양 구경 가자시라

아이 기생 노래하니 어른 기생 춤을 춘다

□□□생 우얀이냐548)

【원래 말투로】아이고, 디-549) 못 하겠다, 디-여 못 하겠다. 그래, 반도
더 빠졌고550) 이 숨이 가빠 못하겠고."

가쁜 숨을 내쉬며 차 연행을 마친 김말순씨는 이 노래를 '밀양아리랑'551)
이라고 했다. 예전에는 매년 봄이 돌아오면 사람들이 마을 앞 숲에 모여 희
춘552)을 했는데, 그런 자리에서 젊은 사람들이 많이 부른 노래라는 말도 덧
붙였다.

김말순씨가 연행하는 동안, 방 안은 매우 소란스러웠다. 두 아주머니가
얼굴을 붉히고 나가 버린 파급인 듯 다른 분들도 하나둘 멋쩍게 일어나거나
술렁거리기 시작했으며, 결국 김말순씨의 노래는 문 여닫는 소리와 웅성거
림이 계속 겹쳐 녹음돼 버렸다.

비록 현장에서 김말순씨가 직접 연행한 자료의 손실은 컸지만, 그나마
『밀양지(密陽誌)』에서 이와 유사한 자료를 찾을 수 있었다. 김말순씨는 '고
을노래' 혹은 '밀양아리랑'이라고 했는데, 『밀양지』에서는 〈밀양고적노래〉라

---

546) 앉은.
547) 의미 불명.
548) 의미 불명.
549) 힘들어.
550) 빠졌고.
551) 일반적으로 '밀양아리랑'이라고 알려
　　진 노래 가사 첫 대목은 '날 좀 보소
　　~'나 '정든 임이 ~'로 이루어져 있
　　으며, 김말순씨가 연행한 자료와는 장

단도 다르다.
　　『밀양지(密陽誌)』에서는 '노년층이
　　긴 가락의 아리랑을 부르고는 이것을
　　〈밀양의 아리랑〉이라 하기도 한다.'고
　　설명하였다. (『밀양지(密陽誌)』, 밀양
　　지편찬위원회 편, 밀양문화원, 1987,
　　294면 참조.)
552) 봄나들이.

고 명명했으며 근래에 창작된 것으로 추정하였다.

<table>
<tr><td>밀양의 노래를 불러보자,</td><td>밀양의 노래를 소개하자</td></tr>
<tr><td>용두산 구부 돌아</td><td>남천강 자아내니</td></tr>
<tr><td>마암산 가로막혀</td><td>새울자 강을 이루어 놓고</td></tr>
<tr><td>추화산 등에 지고</td><td>종남산 바라보는</td></tr>
<tr><td>밀양하고도 영남루는</td><td>영남에서 제일이라</td></tr>
<tr><td>부북면 굴밭 뒷산은</td><td>밀산군의 옛터인데</td></tr>
<tr><td>날이테밑 한골에는</td><td>점필재선생의 탄생지요</td></tr>
<tr><td>화악산물 모두 모아</td><td>퇴로못 되고 나니</td></tr>
<tr><td>달다 하는 감천물</td><td>이름만은 아즉 있네</td></tr>
<tr><td>유천가 맑은 물가</td><td>상동면 박연정아</td></tr>
<tr><td>만년송 자랑보다</td><td>노는 고기 더욱 좋고</td></tr>
<tr><td>이서국 마전암과</td><td>임란 때 낙화듬은</td></tr>
<tr><td>말없는 바위건만</td><td>이름만은 아즉 있네</td></tr>
<tr><td>동북천 모여난 물이</td><td>산외면의 경계가 되어</td></tr>
<tr><td>숲도 짙다 동북숲은</td><td>긴늪에서 다원까지</td></tr>
<tr><td>살기 좋다 금물곳들</td><td>은 박힌 보한 쌀과</td></tr>
<tr><td>밀양강 은어회는</td><td>경상감사도 안 부럽다</td></tr>
<tr><td>밤 대추 실과 많고</td><td>산수 고운 산내면에</td></tr>
<tr><td>삼복여름 얼음골과</td><td>호박소가 이름 높다</td></tr>
<tr><td>석골사 석골폭포</td><td>천 길에 요란하고</td></tr>
<tr><td>폭포가 구만이나 되니</td><td>이름도 작은 금강이라</td></tr>
<tr><td>천황산 좋거니와</td><td>단장면에는 물도 맑고</td></tr>
<tr><td>재약산 표충사는</td><td>동방제일 선찰이라</td></tr>
<tr><td>서산과 송운기허</td><td>충의를 자랑한다</td></tr>
<tr><td>명은 짧고 의는 기니</td><td>영전에서 뜻 배우자</td></tr>
</table>

경부선 삼랑진은　　　　교통하고도 요지인데
깐촌과 광나리는　　　　왜적 막던 싸움터라
동해용왕이 대화에서　　미륵과 돌이 되니
이름은 만어산데　　　　돌마다 쇠소리라
상남면 들어가는　　　　예림다리가 좁다 해도
종남산 등에 지고　　　　운옛들이 참 넓구나
고려 때 싸움터인　　　　병구는 예림 있고
쌀도 많이 나지마는　　　백문동이 많다 하네
하남면 들어가니　　　　고적도 참 많구나
가야의 형왕이　　　　　정남정서 항복하고
사다함 가야친 곳은　　파서막 있거마는
신라왕이 유람하시던　　국노숲은 간 곳 없네
초동면 통바위는　　　　변춘정 사신데요
검암리 이궁대는　　　　신라 때의 궁터라지
덕대산 옛 성터　　　　지금은 흔적 없어도
소구령 폭포수에　　　　약물 찾아 모여든다
사명당 나신동네　　　　무안면 괴나리요
호제연 삼비문　　　　　온 나라에 자랑이라
충신과 열녀효자　　　　이곳에서 함께 나니
이름도 삼강동에　　　　충열목 드로리라
옛날은 풍각인데　　　　지금은 청도면에
이름은 당숲인데　　　　숲은 하나도 안보이네
안장사 운주여래　　　　억만암 절도 많고
천주사 고려 탑은　　　　고려 영화의 자취런가"553)

---

553) 『밀양지』, 앞의 책, 320면.

김말순씨가 연행하려고 한 노래가 이와 같은 긴 가사였다면, 연세가 많아서 혼자 완창하기란 체력적으로 힘든 일이었을 것이고, 한동안 부르지 않던 가사를 한꺼번에 전부 기억해내는 것도 그리 쉽지만은 않은 일이었다. 더구나 김말순씨가 노래를 잘 기억할 수 없었던 것은 그 날 산만했던 연행판 분위기 때문이기도 했다. 무관하지 않을 것이다. 나름대로 오랜만에 불러보는 노래를 흥겹게 하려 했지만, 이미 방 안 분위기는 두 아주머니로 인해 썰렁해진 이후였다. 따라서 할머니의 노래에 전적으로 호응을 보일 만한 청중이 그리 많지 않았다. 나 역시 컨디션이 나빠서 억지로 웃음을 지어 보일 때가 있었고, 그렇게 간혹 부자연스러운 표정을 짓는 것을 스스로도 느낄 수 있었다.

어색해진 틈을 타 나는 그간 촬영이 잘 되고 있는지 점검할 생각에서 잠시 캠코더 기기를 확인했다. 그런데 언제부터인지 모르겠지만 캠코더는 작동을 멈춘 채 꺼져 있는 상태였다. 이리저리 살펴보니, 기기와 연결된 전원 잭이 끊어져 있었다. 대보름이었던 이 날, 방 안은 많은 인원이 모였을 뿐 아니라 할머니들의 이동도 잦은 상황이었기에 나는 연행판의 이런 변화를 촬영하기 위해서 삼각대에 고정한 기기를 자주 좌우로 움직여야 했다. 그 와중에 아마도 연결선이 엉켜서 끊어진 것 같았다.

순간 당황한 나는 어찌 할 바를 모르다가 우선 김영희와 이미라에게 알려야겠다는 생각이 들었다. 내가 허둥지둥 자리에서 일어나자, 눈치 빠른 몇몇 할머니는 '그거, 고장 났느냐'고 묻기도 했다. 태연스레 '괜찮을 것'이라면서 나선 길이었지만, 다급해진 나는 연신 두리번거리며 이들을 찾아다녔다. 그리고 마침 지신 밟는 행렬을 뒤따르던 김영희와 이미라를 만나 노인정으로 돌아왔다. 이들이 망가진 캠코더의 상태를 확인하고 도로 기기를 정리해 주는 동안, 무안해진 나는 제대로 고개를 들 수가 없었다. 기계가 고장 난 것을 알게 된 할머니들도 뭔가 크게 잘못된 건 아닌가 싶었던지, 내내 걱정스런 눈빛으로 지켜보았다.

현장에서는 어떠한 상황도 예측할 수 없어서 사전에 각자의 역할 분담이 이루어졌다 할지라도, 현지조사에 임하는 조사자는 전체 장비를 기본적으로 다룰 수 있을 만큼 최소한의 사용법을 알아 두어야 한다. 또한 만일 불가피하게 난처한 상황에 봉착하더라도 되도록 문제를 침착하게 대처할 수 있는 마음 자세가 필요하다. 연행 현장에서는 조사자의 작은 몸짓 하나가 앞으로 연행자가 취할 행동을 결정할 수 있기 때문이다. 따라서 연행현장은 주·객체가 서로 분리된 채 한 쪽의 정보만을 일방적으로 전달하는 공간이 아니라, 이 둘의 관계가 상호 침투하여 하나의 공동작을 만들어내는 역동적인 장소라는 점을 항상 잊지 말아야 한다.

하지만 숲골에서 나는 침착하지 못했다. 난처해 하는 나의 모습이 여과없이 드러난 탓에, 결국 할머니들은 더이상 재미있게 이야기하거나 노래 부르지 않았다. 실수였다고는 하지만 나조차도 할머니들에게 다시 말 걸기가 머쓱해서 조사를 그만둘 수밖에 없었다.

김영희와 이미라는 내가 컨디션이 좋지 않았던 만큼 주의력이 떨어져서 그런 것이라며 다독여주었고, 나에게 자신들이 긴늪마을에 다녀올 때까지 여기서 쉬고 있으라고 했다. 이곳과 달리 긴늪마을에서는 달집을 세워 놓아서, 아침에 조사를 갔던 김영희와 이미라가 대보름 세시풍속을 참관하기 위해 한 번 더 다녀올 모양이었다. 일반적으로 달집태우기는 오후 해가 넘어가기 전부터 행사 준비를 시작하기 때문에, 달집 태우는 전 과정을 보려면 미리 현지에 도착해야만 한다. 그래서 종전처럼 내가 할머니 방에 남는 대신, 조사 장비를 챙긴 김영희와 이미라는 서둘러 긴늪으로 향했다. 잠시 후, 할머니들도 소 여물을 주러 가거나 지신 밟는 곳으로 구경 간다면서 차례로 자리에서 일어났다.

지금 여, 말 안 듣기나

할머니들이 자질구레한 일들을 얘기하다가 한두 분씩 나가고 난 후, 방

안엔 한동안 나 혼자 남아 있게 되었다. 짧은 겨울 해가 저물기 시작하자, 사람들로 넘쳐났던 한낮 풍경과는 달리 노인정도 한산한 저녁을 맞고 있었다.

가만히 온종일 노인정에서 지내온 일들을 되짚어보던 나는, 낮에 망가진 캠코더가 내심 큰 걱정거리였다. 기계를 수리하는 문제는 둘째 치고 할머니들의 모습을 남기지 못할 수도 있다는 생각에 마음이 영 편치 않았다. 이래저래 착잡해 하고 있는데 살그머니 미닫이문이 열리고, 아까 만났던 김말순씨가 방 안을 들여다보는 것이었다.

그렇게 해서 들어온 김말순씨가 자리에 앉고 얼마 안 돼 유남수씨와 김진옥씨도 방으로 들어왔다. 할머니들은 내게 '여기 있어서 저녁밥도 못 먹었을 테니, 우선에 이거라도 요기하라'며 사과를 깎아 주었다. 밀양 특히, 산내면에서는 주로 얼음골 사과를 재배하고 있다. 그래서 으레 이맘때 현지조사를 다니면 집집마다 벌레가 먹거나 물러져 상품 가치가 떨어지는 얼음골 사과가 지천이었다. 겨울에 밀양에서 현지조사를 할 때는 맛좋은 사과를 늘 배부르게 먹었다. 유남수씨는 우리가 할머니들의 주전부리로 사왔던 과자도 몇 봉지 뜯어 놓았다. 할머니들은 서로 마을 사람들의 이런 저런 얘기를 나누기 시작했지만 나는 피곤하기도 했거니와, 기계를 망가뜨려 다시 조사하고 싶은 의욕도 상실하여 잠자코 할머니들의 대화를 들으며 앞에 놓인 사과를 먹고 있었다.

한참 과자를 먹던 유남수씨가 집에 혼자 있을 할아버지가 아무래도 마음에 걸리는 모양이었는지 '영감, 사탕이나 갖다줘야겠다'며 과자 한 봉지를 골라서 자리를 뜨자, 김진옥씨도 이내 밖으로 나갔다.

멀리 지신 밟는 곳에서 꽹과리 소리가 끊어졌다 이어지기를 반복하며 아주 희미하게 들려올 뿐, 조용한 방 안에는 김말순씨와 나만이 호젓하게 남아 있었다. 김말순씨는 아침부터 줄곧 노인정 방에 있었지만 유남수씨와 다르게 선선히 자신의 이야기를 하지 않았고, 또 딱히 그럴 만한 자리도 없었다. 점심을 먹고 나서 김말순씨가 노래를 부르긴 했지만, 할머니들이 많이 자리해서 나는 택호와 나이만을 간략하게 물었다. 그래서 이참에 할머니의 살아온 이야기를 청해 들으면서 무료한 시간을 보낼 요량이었다.

김녕(金寧) 김씨인 김말순씨의 친정은 이곳 숲골이었다. 18살 되던 해 한 마을로 시집와서 택호가 '이동댁'으로 붙여졌다. 결혼 초에는 남편과 일본으로 건너가 살았는데, 해방이 되자 고향인 숲골로 돌아와서 이제껏 살았다고 했다. 슬하에 6남매를 두었고, 몇 해 전에 남편과 사별해서 지금은 큰 며느리, 손주들과 함께 살고 있었다.

이야기를 마친 김말순씨는 팔꿈치에 괴고 있던 베개를 꺼내 비스듬히 누웠다. 내게도 잠시 누워 있으라고 했지만 선뜻 그럴 수 없었던 나는 할머니에게 들은 내용을 조사표에 정리하고 있었다. 물끄러미 나를 바라보던 김말순씨가 잠시 후, 자리에서 일어났다. 그리고는 천천히 곁으로 다가와서 구석에 있던 신문지를 펼쳐다가 '김말순'이라는 세 글자를 삐뚤삐뚤 적어서 내게 보여주었다.

소심해져 있던 나는 손수 본인의 이름까지 적어주는 할머니의 모습을 보면서, 다시 조사를 해 봐야겠다는 생각이 들었다. 어느새 김말순씨는 언제 그랬냐는 듯 멀찌감치 가서 누워 있었는데, 나는 할머니에게 한글을 익힌 시기를 묻는 것으로 카세트 녹음을 시작했다. 김말순씨는 처녀 때 집안에서 어깨 너머로 한글을 배웠다고 했다. 그래서 할머니도 예전에 고소설을 조금씩 읽어 보았을 것으로 생각한 나는 다시 이야기책(고소설)에 관해서 물었다. 김말순씨는 리듬을 타면서 '춘아 춘아 옥단춘아 버들잎에 시당춘아' 하는 옥단춘 이야기를 읽었다고 했는데, 주로 시장에서 팔았던 딱지본을 읽은 것 같았다. 그런 책이나 가사를 손수 베껴 쓴 적이 없는지에 관해서 묻자, 김말순씨는 오히려 '일하느라 그거 쓸 여력이 어디 있었겠느냐'며 반문했다. 내친 김에 액운애기 이야기도 할머니에게 물어보았지만 '액운애기가 전설인데, 지금은 다 잊어버렸다'는 대답만 들을 수 있었다.

내겐 좀처럼 연행을 유도할 만한 소재가 떠오르지 않고 있었는데, 김말순씨가 마침 일어나 앉아서는 바닥에 놓인 카세트를 가리켰다. 방금 전 망가진 캠코더 때문인지 할머니는 녹음에 대한 우려를 내비치면서 슬며시 〈베틀노래〉에 관한 말을 꺼냈다. 이것저것 물어대던 내게 할머니는 아마도, 낮에 불러주지 못했던 〈베틀노래〉를 한 번 불러줘야겠다고 생각한 모양이었다.

▶23 베틀노래554) (노래⑧)

연행자 : 김말순(여, 80세, 이동댁) ●
조사자 : 황은주 ①

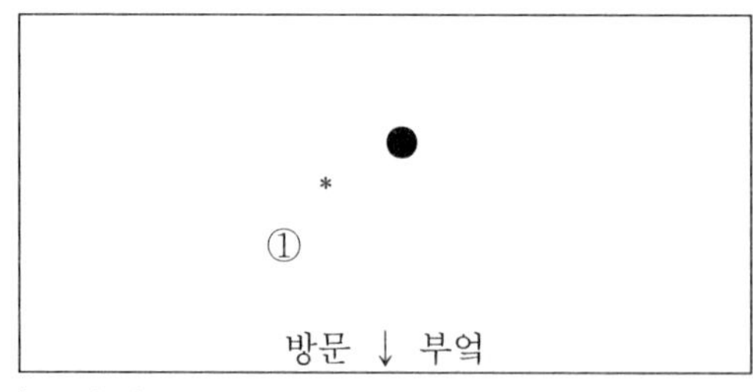

* 녹음기

"지금 여555), 말 안 듣기나556)? 이래557) 하믄558). 다 가면 우얄라559) 하노?560)"

"괜찮아요."

"드가기는 드가제561)?"

"예."【웃음】

"우야꼬-. 다가만-562), 어데가563) 녹음돼가 옇-564) 놓으믄565) 나온대

....

554) 2003년 2월 15일 저녁 밀양 산외면
    엄광리 숲골 할머니노인정.
555) 여기. 연행자 앞에 놓인 녹음기를
    가리킴.
556) 들리나.
557) 이렇게.
558) 하면.

559) 어떡하려고.
560) 이렇게 녹음을 해서 가져가도 괜찮
    느냐는 말.
561) 들어가기는 들어가지.
562) 들어가면.
563) 어디에.
564) 넣어.

이566)."

"예. 에이, 그래두 우리만 들을 거니까 【웃음】 …."

"비틀노래567)도 있거든, 우리 비 짜믄 찍568)에. 우리, 우리두 비 마히569) 짰거든. 이, 집에서 질삼570) 마-히 했는 기라. 삼-베 같은 것도 하고 미엉베571) 같은 것도 하고 마히 짰는데, 그 베틀노래도 나는 잘- 했는데 인자 다 잊아-뿄어572). 인자 다 잊아-뿄어. 베틀노래 여, 하나 엏어 보까?"

"예, 쪼금만 해주세요. 【웃음】"

"지끔573) 되나? 【자세를 고쳐 앉고서, 앞의 과자를 가리키며】 무-라574)."

"예!"

"【조사자가 준비할 동안 잠시 뜸을 들인 후】 오-, 내 하, 시작하께-. 될랑가575) 안 될랑가, 다 잊어뿌가주고 모르겠지 싶으다576)."

"【가락을 타며】 **옥황에** 노던577) 설려578) 지하에 니러오니579)

하실 일이 전히580) 없어 비틀이나 맞차 보까581)

앞집에 김대목아 뒷집에 박대목아

비틀 한 채 맞차 주소

헐렁 뚝딱 맞차 내니 비틀 한 채 되었도다

앞다릴랑 높끼582) 놓고 뒷다릴랑 낮게 놓고

비틀 놀583) 데 【정정하며】 좌우로 살펴보니584) 비틀 놀 데 전히 없네

---

565) 놓으면.
566) 나온다.
567) 베틀노래.
568) 베 짤 적.
569) 많이.
570) 길쌈.
571) 명주베.
572) 잊어버렸어.
573) 지금.
574) 먹어라.

575) 될지.
576) 싶다.
577) 놀던.
578) 선녀.
579) 내려오니.
580) 전혀.
581) 맞춰 볼까.
582) 높게.
583) 놓을.
584) 살펴보니.

옥, 옥황에 노던 설려 만사 두루 살펴보니

비틀 놀 때 전히 없다

비틀 노세 비틀 노세 옥난간에 비틀 노세

낮에 짜만 일강단이요 밤에 짜만 이강단이라[585]

일강단 이강단 다 짜노다 정단[586] 임 바지저고리 맞차 놓고

오늘이나 오실랑강 니을[587]이나 오실랑강

오실 날이 막막하다

저게 가는 해인사야[588] 우리 낭군 안 오시오

오기야 온단만은 칠성판에 실려 오요"

할머니에게는 다른 할머니들이 있을 때 연행한 모소리나 청춘가가 여럿이 모인 자리에서 하는 노래였다면 베틀노래는 조용히 되새기면서 불러봐야 할 노래였다. 노래를 마친 할머니는 노래에 얽힌 이야기를 설명해 주었다. 그리고 기억이 나지 않아서 노래를 부를 때 빠트렸던 가사의 조각들을 맞춰보기도 했다.

"그기-[589] 다 된 기라[590]."

"아이구."

"과객, 인자 가가주고, 어데 가가주고 인제 죽어가 오는 기지, 죽어가. 옷을 한 벌, 일강단 이강단 다 짜 모다가-[591] 바지처구리를 맞차 났는데 신랭이 마, 안 오는 기이라. 그래 인자, 내가 다 잊아뿌가주고 대강 하는 기다."

"음. 디기[592] 슬프네요."

---

585) 다른 베틀 노래에서는 '낮에 짜면
　　일(日)광단이요 밤에 짜면 월(月)강
　　단(혹은 야(夜)광단)이요'라고 부르는
　　것이 일반적이지만 이 날 김말순씨는
　　'일(一)광단' '이(二)광단'을 숫자적인
　　댓구로 해석하여 노래를 불렀다.
586) 정든.

587) 내일.
588) 행인(行人)아.
589) 그것이.
590) 거라.
591) 모아서.
592) 되게. 많이.

"음. 그래, 그래 그런 게 있는데- 이게, 디기 질고593) 좋은데 내가 잊아-뿄어."

"아니예요, 할머니. 와-."

"어, 다 잊어뿌렀다. 밤에 짜만 일강단이요 낮에 짜면 이강단이요. 일강단 이강단 다 짜 모다 정단 임 바지쩌구리를 맞차 놔-가 저, 단수594) 속에 옇- 놓고 나날이 지다려도595) 안 오는 기-라. 그래 저 가는 해임596)님한테 물으니끄네597) 어, 오기사598) 온다만."

"해인님이요?"

"어. 【또박또박하게】 손님이 가는데, 우리 낭군님은."

"어 행인이? 예."

"응. '우리 낭군은 와599) 안 오시오?' 카이 '오기사 온단만은 칠성판에 실려 오요' 안 카나600)."

"아이구. 죽어, 죽어 오네."

"어, 죽어 온다. 그래 그거루601) 못 입는 기라, 그 바지쩌구-로602). 그래 비틀 그거이603) 참, 좋은 노랜데 내가 다 잊아뿄어."

"그래두 할머니 기억, 기억력 너무 좋으세요. 【웃음】"

"음, 그래, 다 잊아뿌가주고 모른다. 다 잊아뿌렀어. 【혼잣말】 그래 그기 마-히 진데."

"네. 할머니, 그면- 그거, 베틀 하면서 노래하는 거예요? 지금 이 노래?"

"어. 눈썹대604)는 시605) 낱이요. 【정정하며】 아이, 눈썹대는 한 낱이요. 벌림대606)는 두 낱이요. 그거, 뭐, 많-다. 비틀이, 드가는607) 기608) 많는

<hr>

593) 길고.
594) 장롱을 일본어로 '단스'라고 한다.
595) 기다려도.
596) 행인.
597) 물으니까.
598) 오기야.
599) 왜.
600) 안 하나. 말하지 않느냐.

601) 그것을.
602) 바지저고리를.
603) 그것이.
604) 눈썹대는 베틀의 용두머리 두 끝에서 앞으로 길게 내뻗친 가는 막대기이다.
605) 세.
606) 의미 불명.

데609) 다 잊아뿄다. 기그610) 그으 짜는, 기갱이611)가 많거든, 꼬챙이 그기 이. 눈썹대는 【바닥에 있던 막대를 주위들어】 이래 하나이고. 벌림대는 시 낱이고.
  그래가 참 잘, 마이 했는데, 우리 친정, 놀마-612) 이, 봄으로 희춘613)하고 놀마, 그-까614) 칭층이615) 앞소리하고, 잘- 했는데 모른다, 내가."
  "희춘이 야유회죠? 밖에서 노는 거죠?"
  "그렇지. 음, 다 잊아뿌서 모르겠다."

  변화된 산업 환경에서 일부러 환기하지 않는 이상 가창자의 기억에서 비교적 빠르게 잊혀지는 노래가 일노래 즉, 노동요이다. 노래를 부르는 공간 자체가 없어지기 때문이다. 이런 노동요는 작업의 속도나 걸리는 시간, 동원되는 인력 등에 따라 그 내용과 형식이 다르게 나타난다. 모를 찌거나 심으면서 부르는 모노래는 일하는 사람들이 모두 함께 부를 수 있어야 하기 때문에 그 내용이나 형식이 선·후창하는 대구로 이루어지고, 노래의 호흡도 짧은 편이다. 따라서 가창자가 몇 소절밖에 기억하지 못한다 할지라도, 그 구조상 가사의 앞뒤 문맥을 유추해서 한 편의 모노래를 연행하기가 그다지 어렵지 않다. 그러나 베틀노래의 경우, 오랜 시간 동안 대부분 혼자 일하면서 부르기 때문에 노래의 호흡이 상대적으로 길다. 따라서 베틀노래의 연행자는 노래 일부만을 기억하거나, 앞뒤 가사를 혼동해서 부르는 일이 많다.
  김말순씨도 노래 부를 때 베틀의 각 부분 명칭을 묘사하는 대목을 대부분 빠뜨린 것 같았다. 김말순씨는 노래를 다 잊어 버렸다면서 못내 아쉬워했지만 나는 오히려, 이런 까닭으로 그녀가 연행한 베틀노래가 더욱 중요한 의미를 가지고 있다고 생각한다. 이는 대보름날 갑작스레 부탁받은 상황에서 김말순씨가 즉각적으로 베틀노래의 어떤 대목을 기억하고 연행할 수 있

607) 들어가는.
608) 게.
609) 많은데.
610) 기계.
611) 의미 불명.
612) 놀면.
613) 봄나들이.
614) 그것 가지고.
615) 칭칭이. '쾌지나칭칭'을 가리킴.

었는가를 여실히 보여주기 때문이다. 이미 몇 십 년째 베틀 일에 손을 놓고 있었을 할머니로서는 당장 보이지 않는 베틀의 각 명칭을 묘사하는 대목을 완전하게 기억하기 어려웠을 것이다.

　김말순씨가 기억한 노래의 내용은 다음과 같다. 옥황에서 노닐던 선녀가 인간이 사는 이 세계에서는 할 일이 전혀 없기 때문에 베틀이나 한 번 맞춰 보려고 했고, 앞집 뒷집 목수를 불러 베틀을 만들고 그 베틀에 앉아서 밤낮으로 베를 짠다. 드디어 바지저고리 한 벌을 만들어 신랑을 기다리지만 결국 지나가는 행인에게서 신랑이 칠성판에 실려 온다는 비보를 접하고 만다.

　나도 이 베틀노래를 처음 접했을 때는 살아생전 입힐 수 없는 신랑의 옷을 만들었다는 결말부에 강한 인상을 받았다. 그래서 김말순씨의 노래를 다 듣고 나서 평소에 내가 가졌던 베틀노래에 대한 느낌을 넌지시 전했다. 그러자 할머니도 노래가 길고 좋은 거라면서, 바지저고리 한 벌을 만들어 장롱 속에 고이 넣어 두고 기다렸는데 신랑이 칠성판에 실려 온다는 노래 내용을 다시 한번 차근차근 설명했다. 결국 사랑하는 사람을 위해 정성껏 지었던 옷이 그의 수의(壽衣)가 돼 버린 셈이었다. 인간의 근원적 두려움이기도 한 죽음을 직접 다루고 있기 때문인지 나에게 이 베틀노래는 뭐라 표현할 수 없는 엄숙한 비장미 같은 것을 느끼게 했다. 그리고 슬픈 정서가 흐르는 노래를 할머니들이 유독 일상적인 노동인 베 짜기를 하면서 불렀다는 사실이 나에겐 여전히 새삼스러웠다.

　한편 주로 여성들이 불렀던 베틀노래는 하늘의 옥황선녀가 주요 인물로 등장하여 작품 배경이 초월적이고 환상적으로 설정되었다. 베틀노래의 연행주체인 여성들은, 비록 현실 속의 자신은 작은 방 안 베틀에 갇혀 있더라도 자신이 부르는 노래 속에서만은 드넓고 화려한 천상 세계의 아름다운 선녀가 되는 모습을 꿈꾸면서 녹녹치 않은 생활의 고됨을 잠시나마 잊을 수 있었던 것이 아닐까.

입이 사가 안 되는 기라

내가 미처 다른 질문을 하기 전, 할머니는 이야기 하나를 더 꺼냈다. 베틀노래를 설명한 다음 바로 그 뒤를 이어서 이야기를 시작했는데, 듣다 보니 〈선녀와 나무꾼〉으로 알려진 이야기였다. 김말순씨는 베틀노래에서 옥황선녀가 지하로 하강한다는 내용과 비슷한 모티브를 가진 이야기, 곧 나무꾼이 숨었는지도 모르고 목욕하기 위해 천상에서 내려오는 선녀의 모습이 떠오른 것 같았다.

▶24 입 싼 나무꾼과 선녀616) (이야기⑯)

연행자 : 김말순(여, 80세, 이동댁) ●
조사자 : 황은주 ①

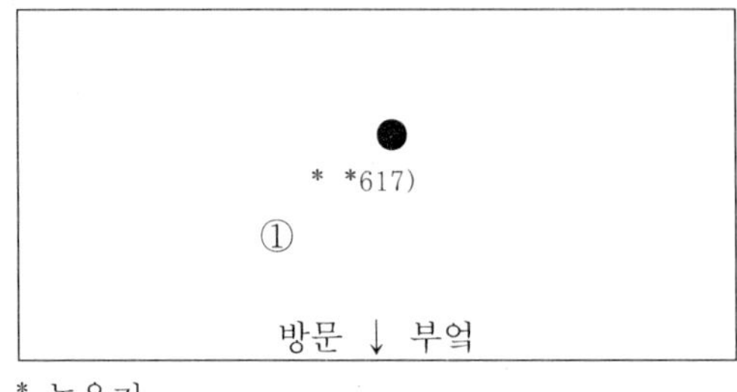

* 녹음기

"진짜 할머니, 너무 잘하시네. 옛날에-, 노래 되게 잘 하셨을 거 같애요."
"옛날에는, 잘 했는데 모르겠다."

---

616) 2003년 2월 15일 저녁 밀양 산외면 엄광리 숲골 할머니노인정.

617) 김말순씨의 연행 도중에 녹음기 한 대를 추가 설치함.

"옛날에는 늙두룩618), 총객619)이 장개620)를 못 가가주고, 그래
가 참 억수로621) 안, 그거로 했는데.622)

그래 인자-, 이때나623) 됐는624) 몬냥625)이지. 그래 뒷동산에 낭글626)
하러 가이627), 인자 나, 총각이 인자【얼버무리며】농촌에 사이끄네628), 농
촌에 사이끄네 낭개629)나 해다 주고 남으 집 머심630)을 살미631), 그래
했는데 그래 인자【마른 침을 삼키고】낭글 하러 저- 뒷동산에 갈비632)를
끌어 가이끄네, 한 짐 끌미 노래를 했는 기라633). '이 나무로 끌어가 누
캉634) 누캉 때고 살꼬' 카이끄네, 어데635) 놀갱이636)가 훌-훌, 한 바
리637)가 뛰-오디만638), 사심639)이 큰- 게 한 바리 뛰이오드이 '【다급하
게】아이고-, 아저씨요. 날 좀 숭키-주소640). 큰일났구메.' 카거든, 놀갱이
가. '그래 숭켜641)주면 우얄라 카노642)?' '내가- 아저씨 소원을, 풀어줄 몬
냥이끄네 날 좀 숭켜주소. 포수가 날 잡으러 오요-.'【또박또박하게 큰 소리
로】카더란다, 옛날 애긴데. [①: 예, 예.] '포수가 날 잡으러 옵니더-.' 카
거던. '【안타까워하는 목소리로】하이구 우야꼬643), 마.' 갈비를 이만-치644)
끄-, 인즈-645) 안 징구고646) 안익까익647) 장-648), 한-그649) 끌어 모다650)

<hr>

618) 늙도록.
619) 총각.
620) 장가.
621) 아주 많이.
622) 장가를 가지 못해서 많이 애태웠다
　　는 뜻.
623) 김말순씨의 연행이 이루어진 당시
　　시간대를 말한다.
624) 됐던.
625) 모양.
626) 나무를.
627) 가니.
628) 사니까.
629) 나무.
630) 머슴.
631) 살며.

632) 갈비: 불쏘시개나 땔감으로 쓰는 솔
　　잎.
633) 했던 것이라.
634) 누구랑.
635) 어디.
636) 노루.
637) 마리.
638) 뛰어 오더니만.
639) 사슴.
640) 숨겨주세요.
641) 숨겨.
642) 어쩌려고 하느냐.
643) 어떻게 할까.
644) 이만큼.
645) 간투사의 일종.
646) 쟁이고.

났는데 '【소리를 낮춰 다급하게】 이 밑에 드가거라651). 이 밑에 드가거라.' 카이 마, 놀갱이가 [①: 갈비요?] 어, 노리652)가. 그래 이 밑에 마, 갈비 밑에 드가뿄는 기라.

그래 마, 포수가 인자 지653) 잡으러 막 저, 뒤에 따라오민시늠654) '여보소-655) 나무꾼요. 여, 놀갱이 한 마리 안 가든교656)?' 카이657) '【새침하게】 몰라요.【잡고 있던 막대기로 먼 곳을 가리키며】 저--658) 저, 올라가네요.'【바닥에 막대기를 두어 번 두드리며】 여659) 묻어 놓고, 인자 숭키 놓고 '【막대기로 가리키며 빠르게】 저- 저, 가네.' 카이 '【허둥지둥 찾는 듯, 고개를 두리번대며】 어데, 어데?' '저- 불끈디이660) 넘어 가네요.' 카이 막, 그거 잡으러 막, 포수가 지내가뿄는661) 기라. 그래 놀갱이, 들어보이께662) 인제,【바닥을 탁탁 두드리며】 인제 총객이 거짓말을 해주이, 지가 안- 살아가 있나?

【들숨】 그래가주고, 그래 인자 '【조심스레】 아저씨요. 지내갔는교-663)? 포수 지내갔는교-?' 카더란다. '【속삭이며】 그래 은젠664) 지내갔다.' 카이 '아저씨요, 소원이 뭣꼬665)? 내가 풀우주끄마666).' 카거던. '내 소원은 장개를 몬667) 가가668) 장개 가는 게 소원이다.' 카이끼네 '그래 내가 씨기669) 주는 대로 딱 카라670).' 카거던. '그래 내가 씨기- 주는 대로 할 모

<hr>

647) 아직까지.
648) 그대로.
649) 한가득.
650) 모아.
651) 들어가거라.
652) 노루.
653) 자기.
654) 따라오면서.
655) 여보시오.
656) 가지 않았습니까.
657) 하니.
658) '저--'를 길게 발음하여 꽤 거리가 먼 지점을 가리킨다.
659) 여기.

660) 의미 불명. 참고로 이와 유사한 발음의 지명이 단장면에 있다. 안법리 '붉은디미[紅崖]'는 골짜기의 암벽이 붉다 하여 붙여진 이름이다.
661) 지나가버린.
662) 들어보니.
663) 지나갔어요.
664) 이제는.
665) 뭐냐.
666) 풀어주마.
667) 못.
668) 가서.
669) 시켜.
670) 해라.

냥이, 씨기 도고671).' 놀갱이로 보고 카이, 놀갱이가 '그래. 저어 배.' 백두
산 만대앵이672) 가먼673) 새미가674), 지끔675)도 새미가 있단다. 새미가
일곱 개가, 있는 기라. 하늘에는 물이 없어. 물이 없는데, 그거 인자-, 하
늘에 옥당춘676)이가, 전-부 니리와여677) 목678)을 감고, 그 새미에 목을
감고, 그래 인자 물을 달아, 올리는 기라. 큰- 뚜루막679)을 가주고. 달아
올리가680) 그 하늘에, 물로 묵고681) 산단다.

　이래서, '그래 인자 그 금강산 만대앵이에 가여 바랐고682) 있으만, 그
래 옥당춘이가, 설려683)가 하늘의 설려가 일곱이가 주-욱 니리와여 그 새
미에 목, 목을 감고 그래 물로 달아 올릴 몬냥이끄네 목 감을 찍684)에,
고685) 바랐고 있다가, 옷을 한 벌 숭키뿌라.' 카더란다. [①: 아-, 예.] 어.
'옷을 한 벌 숭키뿌라.' 카이 '그라지686).'

　그래가 인자【들숨】그-687) 가, 그으688) 니리오는 날, '어든689), 날 니
리온다.' 카이 인자 바랐고 있으이끈690), 나무꾼 그기691) 가여 바랐고 있
으이, 참 설려가,【바닥을 두드리며】일곱이가, 주욱- 니려오디만은692) 목
을 감더란다. 새미에 목을 감는데, 마 옷을 한 벌 숭껴뺐는 기라. 벗어
놓고- 감는, 처자들 인제 목을 감는데, 옷을 한 벌 숭카뿌-나이693), 일곱
이가 니려왔는데 여섯은 옷을 입고 다 올라가뺐는데, [①: 에-구, 하나
는 못.] 하나는 옷을 숭키-뿌니 옷이,【난감하다는 듯, 막대로 바닥을 여러 번

<hr>

671) 다오.
672) 꼭대기.
673) 가면.
674) 샘이.
675) 지금.
676) 옥단춘.
677) 내려와서.
678) 멱.
679) 두레박.
680) 올려서.
681) 먹고.
682) 기다리고.
683) 선녀.
684) 적.
685) 거기.
686) 그러지.
687) 거기.
688) 두레박을 가리킴.
689) 어떤.
690) 있으니.
691) 거기.
692) 내려오더니만.
693) 숨겨버리고 나니.

두드리면서】 뻘게벗고694) 갈 수가 있나. 짜드락695) 울미이, '【한탄스레】 나
는 우야꼬오. 나는 우야꼬. 나는 우애가 뻘게 벗고, 으드로696) 가꼬697).'
카미 울어쌓이, 그래 이 나무꾼이 이 숨어 있다가, 옷은 따, 딴 데 숭켜
놓고 '아가씨. 와698) 이래 우요699)?' 카이 '내가 옥황으서700) 니리와가주
고, 그래 이, 일곱이 니리와가 여섯은 갔는데 나는 옷이 없어 못, 옷을 잃
아뿌이701) 이렇다.' 카이 '아- 그래 우리, 지하702)에 옷을 한 벌 갖다 줄
몬냥이, 그래 내캉 살 수 없나?' 카이끄네 그래임따나703) 하지, 우야겠
노704)? 뻘--게벗고 있는데. 고오, 수작이라. 놀갱이,【① 웃음】 그래 시키
줬다705) 카이.

   그래가-, 그래 즈그706) 집에 와이707) 조그 오매708) 옷을 한 벌 가아
갔어709). 가아갔고 인자 즈그 집에 들꼬710) 오이711), 즈- 각시 안 됐나,
봐라.【① 웃음】 그래 그으, 놀갱이가 그 을매나712) 적신713)했노, 그제714)?
[①: 예, 예.]

   그래가 인자,【단정하듯】 들꼬715) 산다. 들꼬 사이끄네 아들로 하나, 놓
더란다716). 인자 가도 오도 몬717) 해가 그으 붙들리가718) 그, 총각캉 사
는 기라. 놀갱이가 참- 적신을 마히719) 했제? [①: 음, 예.]

   그래가 고, 그래 인자, 잡옷720) 그-는721) 숭카 난-722) 기라. 아가씨 입

694) 발가벗고.
695) 많이.
696) 어디로.
697) 갈꼬.
698) 왜.
699) 울어요.
700) 옥황에서.
701) 잃어버리니.
702) 하늘나라의 아래 세계. 인간세계.
703) 그렇게 있을 바에야.
704) 어찌 하겠니.
705) 시켜줬다.
706) 자기.
707) 와서.
708) 자기 엄마.
709) 가져갔어.
710) 데리고.
711) 오니.
712) 얼마나.
713) 적선(積善).
714) 상대방의 동조를 구하는 말.
715) 데리고.
716) 낳더란다.
717) 못.
718) 붙들려서.
719) 많이.
720) 하늘로 올라갈 수 있는 옷.
721) 그것은.

고 완723) 옷, 숭카 난- 그으는 안익까증724) 저 총각이 숭카- 놓고 있는 기라. [①: 옷이요?] 음. [①: 하늘로 올라가는 옷.] 하늘의 옷, 아이가725)? 하늘의 그으, 갑옷 아이가? 그래 숭키 놓고 있는데 그래 인저726) 지하의 옷을 입히가727) 이래 한 해 듣꼬 사이, 아들로 하나 낳-. 낳고 살고. 또 한 해 지내이 또 하나 아들 낳았는 기라. 인자 아들 둘 낳았으니끼네 안 갈 끼라꼬728), 자랑을 했는 기다. 이닐729)은 나무꾼 이기-730).[①: 에고.] 절통케 됐-다.

‘그거 함 분731) 입어봤으면 내가 보기 안 좋, 좋겠나.’ 인자 아들 이래 둘이 낳아놨으이 안 갈 끼다 싶어 캤어. ‘【목소리를 낮춰 상냥하게】 그 갑옷이 어디 있는데요? 주믄732) 내가 함 분 입고 여, 함 있어 보께요733). 주소734).’ 카이 ‘꼭 함 분, 입어보고 짚나735)?’ 카이 ‘입어보고 짚다.’ 카거덩. 그래, 갑옷을 내 줬어. 입어 놓이끄네 하늘사람 아이가. 마- 번개가 치고- 너석736)은 하고. 하늘에 너석 안 해쌓더나? 【빠른 말투로】 이래 하고 하디이만737) 문지방에 【바닥에다 막대를 대며】 여어738) 마, 무지개가 타악 꼽히디만은739) 한, 머스마-740) 둘 놔-741) 논742) 거로 한 쪽743)에 하나쏙744) 찌고745) 마 그746), 다르르747) 타고 마, 하늘로 올라가뿐 기라. [①: 아이고.] 【원래 속도로】 마-, 마누래 뺏끼뺐다748). [①: 예, 예. 아휴.]

<hr>

722) 놓은.
723) 온.
724) 아직까지.
725) 아니야.
726) 인제.
727) 입혀서.
728) 것이라고.
729) 이것.
730) 이게.
731) 한 번.
732) 주면.
733) 볼게요.
734) 주세요.
735) 싫나.

736) 뇌성(雷聲).
737) 하더니만.
738) 여기.
739) 꽂히더니만.
740) 사내아이.
741) 낳아.
742) 놓은.
743) 쪽.
744) 하나씩.
745) 끼고.
746) 무지개를 가리킴.
747) 미끄러지듯, 무지개 위로 오르는 모양을 나타낸 의태어.
748) 빼앗겨버렸다.

그런 책이 있다 아이가?749) [①: 아-.]

【입맛을 다시며】 그래- 마누래-750) 하늘 옥황설려로, 마누래로 삼았는데 입이 사가751), 입이 사가- 안 그캤으마752), 갑옷 자랑 안 했으마, 안 줬으마753) 안 간다 아이가, 그자? 아들 또 한 해 있으마, 또 하나 놀754) 끼거든755). 서이756) 놓-마, 몬 들꼬 가가757), 안 간다. 그래 한 쭉에 하나쓱, 둘로 놔 놓이 한 쭉에 하나쓱 찌고 마, 무지개 타고 마 올라가. [①: 에헤이.]

그래 마누래 뺏끼뿌고, 또 인자 뭐 우야겠노758)? 마누래두 아들캉 다, 잃아뿌고 우애759) 살겠노? 이래가 또 청승을 지미760), 그 때 나무 끌던 데, 또 갔는 기라. 또 가가 '이 일로 어찌 하노? 아무꺼이761)도 보고 짚고, 아무 것도 보고 짚고, 우리 마누래도 보고 짚고. 내가 잘 못, 내가 입이 : 사가주고 이리 됐으이 우짜꼬?' 카이 '이, 노리야 노리야-. 어데 있다 나와여, 날 함 분만 더 구해도-762).' 캐싸미763) 울어쌓이끼네 □□, 나무 지게랑 갖다 받치764) 놓고, 인자 거서 울어쌓이께 노리가 또 뛰어 오더란다, 어데서.

또 풀- 풀 뛰어오더이 '【다그치듯】 이눔으 아저씨야. [①: 【웃음】] 한 해만 더 참-지! 한 해만 더 참으만, 아들 하나 더 놓으만 서이 그거, 몬 들꼬 가가 안 갈 낀데, 둘이라 놓이 한 쭉에 하나쓱 차고 안 올라가뿄나?' 이렀는데 '언자-765)는, 우얄라 카노?' 카이 '【느리게 애원조로】 언자는, 네가 씨기는 대로 하꾸마-. 노리야아. 한, 함 분만 더 해도고. 함 분만 적

---

749) 선녀와 나무꾼 이야기에 관한 책이
　　　 있다는 말.
750) 마누라.
751) 싸서.
752) 그랬으면.
753) 주었으면.
754) 낳을.
755) 것이거든.
756) 셋.

757) 가서.
758) 어찌겠니.
759) 어찌.
760) 지으며. 청승을 떨며.
761) 아무개.
762) 구해다오.
763) 해대며.
764) 받쳐.
765) 이제.

신, 더 해도고-.'【원래 속도로】캐쌓이 '그래 또옥, 오분766)에는 입을 그래 놀리지 마고-767). 내 씨기는 대로 해래이-768).' 카이 '그, 하겠나-?' 카이 '하겠다.' 카거던. '그러만769) 또, 그 자리 가여, 설려 목 감는 그 자리 가만…,' 안익까익 □산 만댕이 가만 새미가 일곱 개가 있단다, 지금도 그전 [①: 금강산에요?] 음, 금강산 만댕이. 그래가 '그 자리 가가 있으먼 물로 들러770) 니려올 찍에, 뜨 논771) 물로 부우뿌고772), 고- 탁 올라 앉아가, 딸리773) 올리가라774).' 카더란다. [①: 아.] 나무꾼 그-로775)【손빽을 치며】딱 마, 그- 담끼가776), 물 뜨는 바께쓰777)에 뎀끼가, 마 올라가 뿌라 카거던.

물로 인자, 뜨가778) 막 달아 올리는데, 마- 그, 물로 한 바께쓰 붓고, 지가【손빽 치며】착 들어 앉으가주고 올라가이끄네 즈그 마누래하고, 즈그 마누래하고- 즈그 아들하고 그- 있더란다, 하늘에. 하늘나라에 있더란다.

그래 잘 만냈어779). 잘 만내가 사이끄네-, 그래 우애 왔느냐고-, 카미 대접을 잘 하고, 즈그 각시가. 대접을 잘하고 그래가 : 잘- 사는데, 잘 사는데 그, 멫780) 해나 지내가이끼네르781), 지782)도- 갑옷을 입히가783) 즈그 신랑 이거, 나무꾼 이것도 갑옷을 입히 놓이, 하늘나라 사람 아이가? 이래가 잘 사는데, 조그 오매784) 걱정이【다시 막대를 잡고 탁탁 두드리며】또 되는 기라. 조그 오매 혼차785) 사이, 【바닥을 두드리면서】지하에 여

---

766) 요번.
767) 말고.
768) 해라.
769) 그러면.
770) 가지러.
771) 떠 놓은.
772) 부어버리고.
773) 딸려.
774) 올라가라.
775) 두레박을 가리키는 말.

776) 담겨서.
777) 바가지.
778) 떠서.
779) 만났어.
780) 몇.
781) 지나가니.
782) 자기.
783) 입혀서.
784) 자기 엄마.
785) 혼자.

혼차 사이. 걱정만 안 했으먼, 또 지는 잘 살 낀데, 또 입이 파이786)라. 【①
웃음】

　그래, 얼매-깐787)에 있으이 참 뭐 즈 아들도 많이 크고, 즈그 마누래
도 늙었고, 지도 늙고 이래가 '나-는-, 이래가 잘 묵고, 대접 잘 받고 잘
사는데 울 엄마는 우애 사는공788)?' 걱정을 했는 기라, 마누래 듣는 데.
그래 천리말클789) 한 바리 내-주미790), 말클791), 하늘에 불개라 카는 그
기792), 말인 기라, 하늘에서는. 그래 인자 [①: 아-.] 어. 그래가 말로, 천
리말로 한 바리 내-주미 '요거로 타고 가가, 엄마를 모시고 오소. 바-
아793) 발로 댄, 【바닥을 두드리며】 따-아다794) 발로 대마795) 여- 몬 올로오
고796), 하늘에 몬 올로오고 따-아 발로 안 대만, 엄마를 모시고 올, 올 터
이끄네797) 지하에 가거들랑' 천리마-클 내주미 '【빠르게】 이 말로 타고 가
가주고, 따-아 발로 대지 마고, 말큼에798) 앉아가 엄마를 불러내가 태와
가799) 세게800) 온너라801).' 이래 씨깄거든.

　그래 씨깄는데 이놈으- 나무꾼 이기, 【정정하며】 인자 조그 오매한테 오
기는 왔는 기라, 천리말클 타고. 특 대 놓고 '【침착하고 굵은 목소리로】 엄마
여- 타소, 말큼에 타소-. 내캉 같이 살러, 하늘에 갈 끼라'꼬. 그래 그카이
'【가늘게】 하이고-. 이, 오늘이라서802) 호박죽을 끓있다803). 니 질기는804)
호박죽을 끓있다.' 뜨거분805) □□ 안 있나? '쪼매인따나806) 묵고807) 가

---

786) 흠.
787) 얼마간.
788) 사는지.
789) 천리마를.
790) 내어주며.
791) 말을.
792) 그게.
793) 방에.
794) 땅에다.
795) 대면.
796) 올라오고.
797) 테니까.
798) 말에.
799) 태워서.
800) 빨리.
801) 오너라.
802) '때마침 오늘'이라는 뜻.
803) 끓였다.
804) 즐겨하는.
805) 뜨거운.
806) 조금이나마.
807) 먹고.

거라. 쪼맨-따나 묵고 가자. 아깝다, 내 끓이 난- 거 아깝다.' 카미, 그래 한 대저비[808] 떠가- 말큼에 앉아 있는 거로[809] 【그릇을 감싸 받치는 흉내】 이래 아사주이끄네[810] 【빠른 어조】 이눔으 끄이[811], 나무꾼 이기, 즈 아들 그기 마, 손이 뜨거버가[812] 마, 말 등들이다[813] 마, 놔-뺐는 기라. 말 등들이에 놔뿌니 그눔이 얼매나 뜨겁노? 마- 말키 풀-풀 띠-가[814] 나, 나무꾼 이것도 털어 내삐리뿌고[815], [①: 아, 떨어졌다.] 말이 지 혼차만 뛰이[816] 가뿄는 기라.

그래 마, 지하에 지는 살고, 【바닥을 두드리며】 조그 오매캉 고상하미[817]. 그렇기 잘 돼가 안 되는 기라. 입이 사가 안 되는 기라."

연행하는 동안 인물의 대화나 독백이 많은 편이어서 김말순씨의 이야기는 마치 구연동화처럼 자세하면서도 생동감이 있었다. 예를 들면 나무꾼이 사냥꾼에게 다른 길을 가르쳐주었다고 설명을 하는 것이 아니라, 능청스럽게 임기응변을 하는 나무꾼의 연기와 가리키는 곳을 향해 두리번대는 사냥꾼의 발화를 통해서 장면 자체를 그대로 재연해 보였다. 다른 한편 김말순씨는 스스로 이야기 속 사건에 매우 적극적으로 개입하였다. 관찰자의 입장에 서서 선녀의 날개옷을 성급하게 꺼내준 나무꾼을 한심스럽게 탓했고, 이 같은 의견에 대해 간간히 내게 호응을 유도하기도 했다. 게다가 김말순씨는 동작으로도 자신의 견해를 강하게 피력하곤 했는데, 천상에서 나무꾼이 어머니를 걱정하는 대목을 연행할 때나 끝내 그가 고생하며 살게 되었다는 결말에 이르러서는 바닥에다 손에 든 막대를 여러 차례 두드리며 나무꾼에 대한 답답함을 표현하기도 했다.

연행을 마친 김말순씨는 나무꾼이 입이 싸서 안 된 것이라면서 나름의

---

808) 대접.
809) 것을.
810) 안겨주니.
811) 것이.
812) 뜨거워서.
813) 등때기에다.
814) 뛰어서.
815) 내버려두고.
816) 뛰어.
817) 고생하며.

평을 덧붙였다. 예전에 내가 읽었던 동화책에서도 나무꾼은 노루의 목숨을
구해주었지만 그의 아내와 아이들이 있는 하늘나라에서 함께 살지 못했던
것으로 그려졌다. 사실 그때부터 이 이야기의 결말이 나에게는 불만스러운
부분이었는데, 할머니의 이야기를 들은 내가 내보였던 다음의 반응도 이런
생각이 은연중에 깔려 있었기 때문일 듯하다.

"입, 입이 파이네요?"【웃음】

"어, 입이 파이제? 그 이바구 굿818), 좋는데819), 그자? 그래가- 나무꾼
그기이 마, 평상-820)에 지이821) 지하서 떨어져가【바닥을 두드리며】조 오매
캉 고생하다 죽었단다. 그으, 지 입만 안 샀으면 첨에 시작은 잘 됐는데, 처
음에 그 때 시작은 잘 됐는데, 두 번 그래 놀갱이가 구해줘도 안 되는 기이
라, 입이 사가."

"아휴."

"그래, 사램822)이 입이 안 사야 되는 기라."

"어휴. 할머니, 이야기두 잘 하시네요."

"【웃음】그래 그렀는-, 총각이 그-, 마누래 복이 없으니 안 돼. 그래 백두
산 만댕이 가먼 지끔823)도, 둘-벙 둘번하니824) 새미가 그래 있단다, 백두
산 만댕이."

"일곱, 일곱 개요?"

"어, 그래. 일곱 개가 있는데 저, 옥황설려가 니리와여 거, 모-욕825), 모-
욕하는 웅티이826), 모-욕하고, 바께쓰를 이런 걸 달아가, 하늘에 물로 달
아올리가 묵는827) 기라. 천상828)은 비가 이래, 하늘에서 비가 오지- 싶아

---

818) 그것.
819) 좋은데.
820) 평생.
821) 자기.
822) 사람.
823) 지금.

824) 둥글넓적한 모양을 가리킴.
825) 목욕.
826) 웅덩이.
827) 먹는.
828) 천상(天上).

도829) 하늘에서 안 온다아. 지하- 물이 올라가가 그기이 돼가, 지구가 인자 마주치-가주고830) 그래 비가 오지, 하늘에서 떨어지는 게 아이라831), 알고보면은-. 근데 하늘에 물이 없으이 옥황설려들이 달아 올리는 기야."

"아-."

"그래 한다. 지끔꺼증도832) 비가 오는 건 하늘에서 안 온다. 우리가 제주도 갈 때 비앵기833)를 타보이끄네, 구름 속을 다가더라꼬834), 비앵기가. 어, 구름 속을 다가이까835) 비가 하늘에서 안 온다. 지하-서 폭포가 돼가아 우주에 맞히가836), 그래 비가 오는 기라."

"아-. 금, 지금도 선녀들이 물 지고 있겠네요?"

"음, 음. 그래, 하늘에서 비가 온다 안 카나? 비가 하늘에서 안 온다. 전부 지하-서 올라가가 니리오는 기라."

자고로 사람은 입이 싸서 안 된다는 것이었다. 곧이어 내게 '하늘에는 물이 없어서 지금도 옥황선녀가 물 긷고 있다'는 말을 할 때 할머니의 표정은 어느 때보다도 진지했다. 게다가 당신이 비행기를 타보니 진짜 그렇더라는 증언 아닌 증언까지 해주었다. 지금도 선녀가 물을 달아 올린다는 김말순씨의 말을 그대로 사실이라 믿을 만큼 어린 손녀가 되고 싶을 정도로, 어느새 나도 할머니의 푸근한 모습에 빠져 있었다. 따지고 보면 땅에서 올라간 수증기가 비가 되어 내려오는 것이니, 할머니의 말이 완전 허무맹랑한 것도 아니었다.

김말순씨가 더 이상 연행을 하지 않을 것으로 지레짐작한 나는, 서둘러 선녀라고 한 옥단춘에 관해 물었다. 자연스레 옥단춘 이야기를 유도해서 김말순씨의 연행을 이어갈 생각에서였다. 하지만 할머니가 꺼낸 다음의 이야

---

829) 싫어도.
830) 마주쳐서.
831) 아니라.
832) 지금까지도.

833) 비행기.
834) 들어가더라고.
835) 들어가니까.
836) 맞혀서.

기는 뜬금없게도 '소고기 파는 집'이었다.

▶25 보배덩이를 게워낸 효자837) (이야기⑰)

연행자 : 김말순(여, 80세, 이동댁) ●
조사자 : 황은주 ①

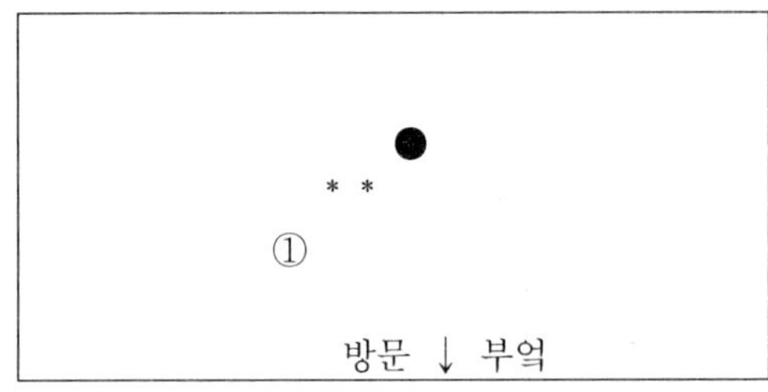

* 녹음기

"할머니. 그면 옥단춘이, 하늘나라 사람이예요?838)"

"우리나라 사람 아이가839)."

"옥단춘이요?"

"음, 우리나라 사람이다. 권익중840)이도 있고, 지끔도841) 보자ᅳ. 내가 마히842), 이바구를 아는데 잊아뿠다843). 마히 잊아뿌고, 모르고…"

"저ᅳ 어데844) 사램845)이, 오새도846) 소괴기847) 파는 집,
안 있나? [①: 예.] 이전에도 백정집이 있거덩. [①: 예.] 백정집으는848)

837) 2003년 2월 15일 저녁 밀양 산외면   842) 많이.
　　엄광리 숲골 할머니노인정.   843) 잊어버렸다.
838) 앞서 김말순씨가 연행한 이야기와   844) 어디에.
　　관련된 질문.   845) 사람.
839) 강한 긍정을 드러내는 표현.   846) 요새도.
840) 고소설 가운데 〈권익중전〉이 있다.   847) 쇠고기.
841) 지금도.   848) 백정집은.

상놈의 집이라 칸다849) 아이가? 상놈의 집이라 카고 인자-, 음시850) 살아도 양반 삐간지851) 있는 사람은 백정 그, 소괴기 같은 걸 안 팔고 양반질로 그양852) 하고 있고 이랬는데. 그래 저어 앞집 사람으는 소괴기 파는 집, 상늠이, 아들 하나 낳았고 뒷집에는 없는 사램이 아들 하날 낳았는데, 요거캉 조거캉853) 동문 기라854), 인자. [①: 음.]

그러구로 커가주고 한 서당- 글로 일우고855), 한 서당- 글로 일우고 인자 백정집 아들하고 뒷집, 뒷집에는 인자 없는 집 아들하고, 그래 : 【마이크 이동】 친구가 돼가 사는데, 그럭저럭 크다 보이끈856), 그러구로 나-857) 가 들어가주고 한 삼십쑥858) 되이끄네, 그래 인자 앞집 백정집 아 : 참, 아들 그거 즈859) 아부지는 인자, 마- 나-가 많애가860) 마, 시상을 떴는 기라861). 뜨고, 그래 뒷집에 몬862) 사는 집 총각으는-, 즈 아부지는 일찍 마 마, 어 죽, 어드863) 가 죽었는가 뭐- 벌이무러864) 갔는강865) 없고, 조고매캉866) 둘이 사는데 '그래. 앞집에 저어.' □□□ □□ □고 마, 요래- 쫌 떨어졌든 몬냥867)이지.

그래가 '아무 댁네 친구가, 그래 저어 오늘, 즈 아부지 탈상이 드는데 엄마 내, 가보고 오께요868).' 카미 이젼에는 한, 여남은 살 무-먼869) 초록 두루매기870)를 입히거든. 요 도복을871) 달아가 이런 걸 입힌다. 이랬는데 그으를 입고 '내 오늘 도포로 입고 그래 마, 친구 집에…….' '【나지막

849) 한다.
850) 없이.
851) 뼈대.
852) 그냥.
853) 요거랑 조거랑.
854) 동무인 것이라.
855) 읽고.
856) 보니까.
857) 나이.
858) 씩.
859) 자기.
860) 많아서.

861) 세상을 뜬 것이라. 백정집 아버지가 별세(別世)했다는 말.
862) 못.
863) 어디.
864) 벌어먹으러.
865) 갔는지.
866) 자기 엄마와.
867) 모양.
868) 올게요.
869) 먹으면.
870) 두루마기.
871) 도포(道袍)를.

한 소리로】 아이유. 그거이872) 상늠 집에, 니가 그래 가가 되나?' '【침착하
게】 하이구- 엄마요, 그런 소리 하지 마소873). 동창인데, 공부도 같이 하
고, 한 동창생인데. 그래 그- 댕기오끼요874).' 카이, 즈그875) 집에는 억-수
로 못 살거든. 저 집에는 백정집이라도 잘 사이끄네876) 그 온갖 음석877)
을 마-히 할 것 아이가? 그 날. [①: 예, 예.] 즈 아부지 탈상을 드이끄네.
그래 인자 '엄마, 요- 굿878) 댕기올게요.' 카이 '온-야879). 그럼 마, 댕겨온
너라880).'

그래 그럭저럭 가-. 가가주구 앉아가 있으이 음석을 한 상, 자-알 채리
가881) 왔는데, 그래 즈 도포삼882)에다 좀 옇어가883) 조오매를 갖다- 줄
라꼬884) 생각을 하고 있는데, 즈그885) 친구 그기886), 들오이887) '이 사람
아! 보래888). 무-라889). 내 채리완890) 거는 다- 무-라. 묵고891) 나먼 내가
니 갈 때- 공개892)를 하꾸마893). 모친 꺼는894) 공개를 하꾸마.' [①: 아,
싸준다고.] 어, 그래 '공개를 하꾸메.' 이카거덩895). 그러구는 마 앉아가,
참 줄랑가-896) 싶아여 다 조오897) 무뺐다898), 인자.

다 조 묵고, 해가 걸푼-하니899) 져도, 공개를 안 주는 기라. 공개를 안
주가주고900) 그래 우얄901) 수가 없어, 뿌시리-902) 일라가903) 나와도 마,

---

872) 그것이.
873) 마세요.
874) 다녀올게요.
875) 자기.
876) 사니.
877) 음식.
878) 거기.
879) 오냐.
880) 다녀오너라.
881) 차려서.
882) 도포 소매.
883) 넣어서.
884) 주려고.
885) 자기.
886) 그것이.

887) 들어와서.
888) 봐라.
889) 먹어라.
890) 차려온.
891) 먹고.
892) 공궤(供饋).
893) 하마.
894) 것은.
895) 이렇게 하거든.
896) 줄까.
897) 주워.
898) 먹어버렸다.
899) 거의.
900) 줘서.
901) 어쩔.

한, 쫌 안 주고. 그르이904) 조그 오매 줄 끼 없어 낭패 아이가? 그러구로 오이905), 기분 하낫또 없다 아이가? 인, 즈그 집에 오이. 인자 저그 엄마가 바래고906) 있을 거 아이가? 뭐 좀 가아올907) 끼라꼬908).

그러909) 가이 마, 뭐- 마, 주도910) 안 해가911), 마 앉아가. 그러이912) 즈그 집에 가는데 너럭913)이 하나 크다-히914) 앉아 쉬, 쉬고 이라는 너륵이 하나 있는데 [①: 아- 너럭이요? 바위요?] 반수915), 방우. [①: 어, 방우.] 돌, 돌방우 안 있나? 퍼리벙범-하이916) 앉이917) 놀만 존918) 데가 한 군데 있는 기라.

그으919) 가여 '내가 울 오매 뭐이920) 좀 갖다- 주도 몬 하고 내가 다 무뺐으니921) 마, 내 무은922) 거, 다 게아내뿌고923) 갈까.' 싶아여 손가락을 옇어가 그, 지 묵은 거로 자--꾸 내잉끄네924), 너럭에 【바닥을 두드리며】 거 내만925) 수북하이926) 안 있겠나? 내-잉 거만침927) 하나도 없어지는 기라, 자꾸. 게와내도, 게와냉-인 기928) 자꾸 없어지는 기라, 그- 너럭에 내- 놔도.

그래 눈물로 닦고, 그러구로 다 게와내고 눈물을 닦고 니라다보이929), 【두 손을 모아서 오목한 그릇 모양을 만들며】 요고만-한 돌호박930)이, 쌔-파란

<hr>

902) 부스스. 천천히 몸을 일으키는 모양.	917) 앉아.
903) 일어나서.	918) 좋은.
904) 그러니.	919) 바위를 가리키는 말.
905) 오니.	920) 무엇을.
906) 기다리고.	921) 먹어버렸으니.
907) 가져올.	922) 먹은.
908) 것이라고.	923) 게워내버리고.
909) 그렇게.	924) 내니까.
910) 주지도.	925) 내면.
911) 해서.	926) 수북하니.
912) 그러니.	927) 것만큼.
913) 너럭(바위).	928) 것이.
914) 커다랗게.	929) 내려다보니.
915) 바위.	930) 돌절구.
916) 넓찍하고 평평한 모양.	

기 기아 놔안931) 데 거기 하나 속끄랐어932), 돌호박이. 속까랐는데, 지
가 니라다보이 참 희한하거든. 금방 없던 기, 그으 돌호박이, 쌔파란 게
하나 돋으가933) 있어. 들어보이 개얍기도934) 개잡, 개얍은935) 기라. '옳
다. 됐-다, 마. 이거를 엄마 선물로 하지.' 그래 도포삼에다 옇어가 인자
간다.

　'【애타게】 아이-구-, 와 이때끔936) 있다가 인자-937) 오노? 이렇기 늦게
오노?' 카이, 그래 조그 오매 선물로 몬 가아가이끄네938) 인자 미안은
데939), 돌호박 고거라 인자 마 고래가, 참- 예쁘게 생겼는 기라940). '【차
분하게 굵은 목소리로】 그, 어매. 이거 받으소.' 부엌에 뭐 한다꼬-, 낭글941),
불로 때쌓더란다, 조그 오매, 집에 가이. '엄마, 이거 받으소.' 카이끄네
도포삼에서 끄내가942) 주이943) '【놀란 목소리로】 하이고-, 어데 요런 게
있드노-? 보배네. 어데- 보배가, 요런 보배가 있드노?' 그캄-시늠944) 부뚜
막에 놔이끄네945) '아이구-. 이, 어데 보배가 이런 기, 참하게 이런 보배가
있드노? 어데서 이래 구해왔노?' 카이 '【지나가는 듯한 말투로】엄마 마,
거-서946) 마, 엄마가 마 저렇게 험하게 입고 있으이끄네 옷이나 한 벌
나오면 얼매나947) 좋겠는교948)?' 카이 온- 빅949)에 비단옷이더란다. 그
땀시에950) 보배라. 보배가 속끄랐어. 부모한테 잘해가, 보배떼기가 거서
속끄랐는 기라, '엄마 옷이나 한 벌, 거-서 나오면…….' 이카이. '아이고
오, 보배다-. 우리 보배를 어데 이래 조오 왔노?' 카미 조그 오매가 마,

---

931) 게워 놓은.
932) 솟아나왔어.
933) 돋아서.
934) 가볍기도.
935) 가벼운.
936) 이때껏.
937) 이제야.
938) 가져가니까.
939) 미안한데.
940) 생겼던 거라.

941) 나무를.
942) 꺼내서.
943) 주니.
944) 그러면서.
945) 놓으니까.
946) 거기서.
947) 얼마나.
948) 좋겠습니까.
949) 벽.
950) 때문에.

얄궂더란다951).

　이런데, 그카고952) 바-아953) 문을 여이끼네954)【장면을 약간 크고 빠른 말투로 설명한다】온- 바-아 비단옷이 걸렸고955), 살까마이956)도 마 수북 수북 재이가957) 있고 솥을 여이끄네 한-958), 보오한959) 쌀밥이 한 솥, 재이가 있고, 온- 판에다 신주선찬960)이 챌리-고961),【바닥을 두드리며】그 보배를 부뚜마-962) 갖다놓이, 보배띠이를 주었어. 보배띠이가 지 기와 난 데, 거어서, 올라왔는 기라, 속끄라 올라왔는 기라. 천시963)로, 그래 됐는 기라.

　그래가주구 마, 좋은 집을【강한 어조로】아주-, 좋은 집을 막, 뚜디리964) 짓고 이라이965) 마, 동네 사람들이 놀래가주구, '우짜-먼966) 저 집에, 각 중에967) 저카노968)?' 카미,【읊는 듯이 일정한 속도로】할마씨969)두 마, 좋은 옷을 입고 나갔제-970), 찬찬히971) 의복 입고 나가제-, 지972)도 뭐, 보배 조운973) 지도 좋은 옷 입고 나가제-, 좋은 입석974) 묵지 또, 시장에 가여 오만975) 좋은 거 사다 나르제-, 그 집에 오는 사람 보이, 방으976), 온- 방-으 좋은 게 다 걸렸-제-977), 보배 그, 보배띠길 조오 놓이. 그래가 그 래 좋-은 집을 지-가978) 그렇게 잘 살더란다."

....

951) 난리더란다. 너무 기뻐서 어쩔 줄
　　모르는 상태.
952) 그렇게 하고.
953) 방에.
954) 여니까.
955) 걸렸고.
956) 쌀가마니.
957) 쟁여져.
958) 큰.
959) 뽀얀.
960) 진수성찬.
961) 차려지고.
962) 부뚜막.
963) 천시(天時): 하늘이 도와주는 때.
964) 두드려.

965) 이러니.
966) 어떻게 하면.
967) 갑자기.
968) 저렇게 하냐.
969) 할멈.
970) 나갔지.
971) 차분히.
972) 자기.
973) 주운.
974) 음식.
975) 오만 가지.
976) 방에.
977) 걸렸지.
978) 지어서.

이 이야기는 전국적인 조사가 이루어진『한국구비문학대계』979)나『한국구전설화』980)에도 경상도 일대에서만 채록되었을 뿐, 다른 지역에서는 이와 유사한 자료를 찾을 수 없다. 이 점에 대해서는 이후 충분한 자료 수집과 그에 따른 연구가 필요할 것이다.

김말순씨의 이야기를 살펴보면, 가난한 양반 아들과 백정집 아들은 서당 친구였는데, 장성한 어느 날 백정집에서 초상이 났다. 친구간의 의리상 양반집 아들이 백정집으로 문상을 갔다. 백정집 친구가 융숭한 대접을 하지만 양반집 아들은 집에 계실 어머니 생각에 차마 먹지 못했다. 그것을 본 백정집 친구는 나중에 어머니 몫을 싸주겠노라고 했다. 그래서 양반집 아들이 다 먹고 일어났지만 방금 전까지도 옆에서 맘껏 먹으라며 부추겼던 친구는 나타나지 않았다. 배불리 먹고 빈손으로 돌아가는 게 아무래도 꺼림칙했던 양반집 아들은 집으로 돌아가던 길에 음식을 모두 게워내고 집에 가려 하였다. 신기하게도 아들이 게워낸 자리에 작은 돌절구만 하나 놓여 있을 뿐 아무런 흔적이 없었다. 아들이 돌절구를 집으로 가져왔는데, 이것이 바로 소원을 모두 이뤄주는 보배여서 이후 가난했던 양반집 아들과 어머니가 잘 살게 되었다는 것이 이야기의 대략적인 내용이었다.

김말순씨는 처음에 베틀노래를, 그 다음 〈나무꾼과 선녀〉 이야기를 연행했기에 나는 이러한 흐름에 따라 하늘나라에 있다는 선녀에 이야기 초점을 맞춰 '옥단춘'에 대해 물은 것이었다. 아무리 살펴도 나무꾼 이야기와 이 이야기 사이에 연관성은 없어 보였다. 그래서 나는 오랜 시간을, '이 시점에서 왜 김말순씨가 백정집 이야기를 연행했을까'에 대해 고민해야 했다.

문제의 실마리는 이어진, 이야기에 대한 할머니의 총평에 있었다. 연행을 마친 김말순씨는 어머니를 잘 섬긴 덕분에 양반집 아들이 보배를 얻은 것이라면서 무척 흡족해했다.

---

979)『한국구비문학대계』, 한국정신문화연구원, 1980~1992.

980) 임석재,『한국구전설화』1~12, 평민사, 1989~1993.

"부모한테 잘하면 그런 보배를 줬는 기라981). 지가 뭈-다꼬982), 지 묵은 거 게와낼라고 게와내이끄네【바닥을 탁탁 두드리며】그게 게와내믄 그 추주비983) 발리가984) 있을 긴데 한 개도 없는 기라, 깨-끗하이, 다 게와내-도. 그런데 고오서985) 보배가 속끄라가."

"아- 효자구나."

"어-. 그래가 가-가여 그렇기 잘 돼가 잘 살더란다. 그래 부모한테 잘하면 좋고."

"허- 할머니, 너무 재밌어요."

"【웃음】그런 이바구는 안 좋나, 그자?"

"예, 예."

"그런 이바구는 좋다."

"할머니, 아니- 처음 들은 이야기예요."

"처음 들었제?"

"예."

"응. 그래 그런 이바구 있다. 그런 이바구 그러구로 참, 보- 보배를 조-오가986) 그렇게 잘 살더라 카데. 그래 조, 조그 오매 싱깄는 따문에987) 안 그렇나, 조그 오매 싱깄는 따문에."

위급한 노루를 구해준 덕에 나무꾼은 장가갈 수 있었으나, 선녀의 날개옷 얘기를 내뱉는 바람에 가족들과 생이별하는 상황에 처한다. 이는 나무꾼의 경거망동이 초래한, 어찌 보면 당연한 결과일 수 있다. 하지만 두 번째 불행은 그 성격이 달랐다. 원칙적으로는 금기를 어겨서 하늘로 올라가지 못한 것이라 할지라도, 오랜만에 온 아들을 위해 어머니가 끓여준 호박죽을

---

981) 줍는 것이라.　　　　　　985) 고기에서.
982) 먹었다고.　　　　　　　986) 주워와서.
983) 추저분하게. 더럽게.　　987) 섬겼기 때문에.
984) 발라져.

먹다가 일어난 일이었기 때문이다. 나무꾼이 지상에 있을 어머니를 걱정한 것이 좋지 않은 결말을 초래한 셈이어서 나로서는 그리 쉽게 납득할 수 없는 이야기였다.

그런데 이 대목에서 바로, 김말순씨는 나무꾼과 정반대의 해석이 가능한 이야기를 꺼냈던 것이다. 나무꾼과 가난한 양반집 아들이 어머니를 생각한 동기는 같았다. 집에서 어머니는 고생하고 있을 텐데 자신만 이렇게 좋은 생활을 누리는 데 대한 송구스러운 마음에서 취한 행동이었다. 하지만 결과는 판이하게 달랐다. 한쪽은 천상에 올라가지 못했고, 한쪽은 보배를 주워 어머니와 호강하며 살았다. 따라서 앞서 할머니가 연행한 이야기에서도 나무꾼의 언사가 잘못이었지, 그 마음가짐이 불행의 씨앗은 아닐 터였다.

내가 재미있다고 하자, 김말순씨도 웃으면서 좋은 이야기라고 말했다. 아마 부모에게 잘한 복으로 잘 살았다는 줄거리도 그러하거니와, 앞서 자신이 연행한 나무꾼 이야기를 염두에 둔 대답일 것 같았다.

곧이어 나는 열녀 이야기를 청해 보았다. 효자에 대한 언급을 통해 나는 김말순씨가 열녀에 얽힌 이야기도 제법 알고 있을 것이라고 생각했다. 돌이켜보면 효자와 열녀이야기는 전혀 다른 맥락일 수도 있었으나, 그 당시 나로서는 이 둘을 서로 연결지어 보고자 했던 것 같다. '열녀충신 이야기도 많이 알았는데……'라며 김말순씨는 말끝을 흐릴 뿐이었다. 그녀는 정문마을988)에 세워진 열녀비에 대해서도 모른다고 했다. 일단 말이 나온 김에 열녀의 죽음과 관련하여, 나는 다시 밀양전설이기도 한 아랑이야기를 물었다.

▶26 아랑과 밀양노래의 아랑각989) (이야기⑱)

연행자 : 김말순(여, 80세, 이동댁) ●

---

988) 산외면 남기리 자연마을 중 하나.　　　　엄광리 숲골 할머니노인정.
989) 2003년 2월 15일 저녁 밀양 산외면

조사자 : 황은주 ①

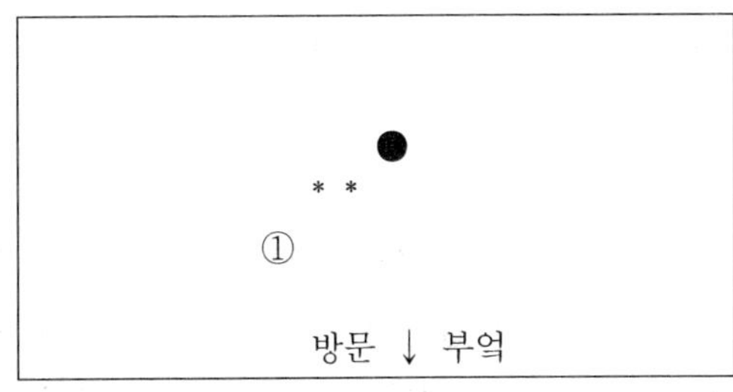

* 녹음기

"할머니 여기 밀양에 아랑얘기 모르세요?"
"와990) 몰라."

"여어991) 밀양 아랑 안 있나? 밀양 아랑제. [①: 예. 그먼 그,] 월강에 걸린 달아 아랑각만 비추네. □□, 밀양노래가 있거든. [①: 아-, 예.]

【노래로】월강에 걸린 달아 아랑각만 비추네.
　　　　용두산 굼진992)물이 남천강이

【원래 말투로】고, 영남루 앞에 고 남천강이 있거든.

【노래로】용□□ 굼진 물이 남천강이 경계로다.

【원래 말투로】그래 그 밀양 아리랑, 그기 그런, 그런 게 있다.

　[①: 아랑두 뭐 원님 딸이었는데,] 어. 아랑각에 처자로 죽어도 참, 높으게993) 돼가주고 년년이994) 제, 지사995) 안 지내주나? 아랑지사 안 지내나? [①: 아-, 왜 죽었는데요?] 그- 강도에 몰리가996) 죽었다 카데. [①: 강도에 몰리가,] 어, 강도에 몰리가. [①: 아-, 강도, 강도한테 죽은

---

990) 왜.
991) 여기.
992) 구비진.
993) 높게.

994) 매년마다.
995) 제사.
996) 몰려서.

거예요?] 어 강도가, 강도로 몰리가주고 대밭에 이래 죽었데, 대밭에. 거지꿈997)도 대가 우-하이998) 있다. [①: 예, 예.] 그래 거 거, 그 속에 죽었단다."

    김말순씨는 아랑을 이야기보다 노래 가사로 먼저 알려주었다. 내가 노래와 관련된 이야기를 유도하고 나서야 할머니는 아랑이 강도에게 몰려서 죽었다는 말을 알려주었다. 후손도 없는 처녀였지만, 제사를 지내줄 만큼 높여졌다는 설명도 간략하게 덧붙였다. 자세히 알지도 못하거니와, 할머니는 억울한 죽음을 당한 아랑의 일이 그다지 흔쾌히 전해줄 만한 소재가 아니라고 생각하는 것 같았다.

    할머니가 약간 심드렁해졌음을 눈치 챈 나는, 인근 희곡마을에서 났다는 날개 달린 아기장수에 대해 물었다. 줄곧 이야기를 듣기만 한 터라, 나는 아기장수를 모른다는 김말순씨에게 대략적인 내용을 이야기해드렸는데, 내가 이야기를 시작한 데에는 내 발음을 할머니가 알아듣게 되었다는 생각도 어느 정도 작용했다. 마고할매의 이야기도 물어보았지만 김말순씨는 모른다고 했다. 짧은 시간 동안, 나는 할머니가 잘 모르거나 관심을 두지 않는 이야기들을 연거푸 청한 셈이었다.

    잠시 후, 이번에는 말이 없어진 내게 할머니가 어디서 돈을 받아 이렇게 다니는지 물었다. 할머니는 이곳저곳을 조사한다는 우리가 은근히 궁금하기도 하고, 한편으론 걱정이 된 모양이었다. 그래서 내가 '조금씩 부담해서 오는 것이니, 할머니가 이야기를 많이 해주셔야 한다'며 너스레를 떨었다. 그러나 대화는 좀처럼 더 이상 연행으로 이어지지 않았고, 방에는 어색한 침묵만 감돌았다. 적적했던지, 김말순씨도 다른 할머니들이 오지 않는다면서 의아해했다. 그리고는 '내, 할매들 데리고 오께'라고 말하며 무릎을 짚고 일어났다.

---

997) 지금.   998) 대나무로 꽉 차 있는 모양.

　김말순씨가 나간 지 얼마 되지 않아서 이상주씨와 유남수씨, 그리고 서너 명의 할머니가 이런저런 얘기를 하면서 방으로 들어왔다. 인사를 드리자 할머니들은 '여태 밥은 먹고 있었냐'며 끼니 걱정을 해주었다. 그러자 뒤이어 들어오던 김말순씨도 '아까 와 보니 저 학생 혼자라서 마음이 쓰이더라'고 했다. 그제야 할머니의 감춰왔던 속내를 알게 된 나는 가슴이 뭉클했다. 평소에는 김말순씨가 노인정에 잘 오지 않는다는 이야기를 다른 할머니에게 전해들은 것은 시간이 한참 지난, 그해 여름 답사에서였다. 김말순씨는 정월대보름날 저녁에 마을 할머니들과 윷놀이를 하려고 조금 일찍 나와 보았다가, 마침 방에 있었던 내게 자신이 아는 노래와 이야기를 들려준 것이었다.

　어느덧 10명 남짓한 할머니들이 방에 모였다. 그리고 윷판으로 삼은 홑이불을 방 한가운데 펼치고 둥그렇게 앉아 할머니들은 윷을 놀았다. 할머니들과 같이 나도 재미있게 윷놀이를 하고 있는 사이, 긴늪마을 달집태우기를 보러 갔던 김영희와 이미라가 돌아왔고 하루 종일 마을 구석구석 지신을 밟던 풍물패도 아침에 처음 출발했던 노인정 건물 앞으로 돌아오고 있었다. 금세 풍물소리가 크게 들리기 시작했다.

　각자의 짐을 챙긴 우리는 할머니들에게 인사를 드리고 방 안을 빠져나왔다. 달집을 태우지 않을 것이라고 했었는데, 노인정 길 앞 논두렁에는 어느새 작고 소담한 달집이 세워져 있었다. 후끈 달아오른 풍물 연주로 지신밟기도 막바지에 이르렀고, 안에서 윷을 놀던 할머니들도 건물 앞으로 나와 덩실덩실 어깨춤을 추었다. 그리고 종종걸음으로 조용히 집으로 돌아가는 김말순씨가 보였다. 하지만 사람들이 모여 있는 자리에서 나 혼자 빠져나와 인사를 할 만한 상황이 아니었기 때문에 멀리서나마 눈배웅으로 할머니의 뒷모습이 사라질 때까지 쳐다보았다.

　풍만한 대보름달 아래서 우리는 잠시 숲골마을 할아버지, 할머니와 함께 노닐었다. 그리고 서울로 가는 기차표 시각에 맞춰 마을 사람들에게 인사를 드린 다음 서둘러 아쉬운 발걸음을 옮겼다.

Ⅲ-2. 남성 연행자들의 연행 현장

굉장히 오래된 기이라

　정월대보름날 지신밟기를 하기 위해, 전날 저녁 숲골의 남자들은 마을회관으로 모였다. 김영희와 내가 카메라를 챙겨 들고 회관으로 갔을 때는 서너 명의 마을 사람들이 이미 모여 술 한 잔씩 하고 있었다. 카메라와 녹음기를 설치하고 인사를 드리는 동안 차츰 마을 사람들이 한두 명씩 회관으로 모이기 시작했다. 지난 몇 년 동안 윷놀이만 하다가 지신밟기를 다시 시작한다는 것에 흥분되었는지 마을회관에 모인 사람들은 다소 상기된 모습들이었다. 손호영씨의 주재로 진행된, 지신밟기를 위한 회의는 오랫동안 이루어졌다. 지신밟기를 해야 하는 이유에서부터 시작해, 각 악기를 누가 연주할 것인지, 당제는 어떻게 지내야 하는지 등 회의의 주제는 다양했다. 회의를 마친 후에는 손기준씨의 지신풀이에 맞춰 악기 연주 연습을 하기도 했다. 조금은 서툴지만 다들 진지하게, 그러면서도 흥겹게 연습에 임했다. 한동안 지신밟기를 하지 않았던 터라 마을 사람들은 그에 대해 할 말이 많은 듯 보였다. 모두가 기다린 축제였기 때문인지, 꽤 오랜 시간 동안의 풍물 연습에도 다들 즐거운 표정이었다.

　오랜 시간 풍물을 연습한 다음 목도 축일 겸 쉬는 사이에 우리는 숲골 마을에 관한 몇 가지 질문을 던졌다. 한편에서 풍물 악기를 정리하고 다른 한편에서 두셋이 모여 막걸리를 마시며 대화를 나누는 소란 속에서 연행자들의 대답을 듣기가 쉽지 않았다. 마을의 할아버지들은 노인회관에 모이는 일이 드물어 한번에 여러 사람들을 만날 수 있는 기회가 거의 없었다. 더구나 김영희와 황은주는 2월 초에 숲골 답사를 해서 할아버지들을 잠깐 만난 적이 있었지만, 나는 석사 학위 논문 준비로 그때 함께 하지 못했던 터라 처음 인사하는 것이었다. 김영희도 2월 초에 답사할 때 할아버지들이 술에 취해 이야기를 제대로 하지 못했다고 했으니, 본격적으로 이야기를 나누기는 이 자리가 처음이나 다를 바 없을 터였다. 낯선 얼굴과 소란스러운 분위기에 걱정부터 앞섰지만 한편으로는 '할아버지들의 이야기'를 들을 수 있는 좋은 기회라 생각했다.

아직 분위기가 정돈되지 않은 상태에서 질문을 시작했기에 이야기를 조목조목 듣기는 어려웠다. 더구나 앉을 공간이 없어 몇 사람은 서서 여기저기 큰 소리로 말을 건네는 상황이라 질문도 두세 번 반복해야 했다. 사투리도 익숙하지 않다 보니 나중에는 정확한 의사소통은 기대하지 않고 숲골의 할아버지들이 어떤 이야기를 나누는지 대략적인 내용을 파악하는 데서 만족하기로 했다. 첫 만남의 자리, 익숙하지 않은 사투리, 시끌벅적한 분위기 등으로 난 질문을 제대로 하지 못했고 몇 가지 질문에 대한 대답은 잘 알아듣지도 못했다. 그러나 갑작스럽게 이야기를 들려달라고 하면 대부분 평소에 잘 알고 있는 것, 관심이 있는 것 등을 먼저 꺼내기 때문에, 개략적으로나마 숲골의 남자들이 관심 갖고 있는 이야기가 무엇인지 파악할 수는 있었다.

산내면을 답사할 때도 그랬듯이 숲골의 남자들이 모인 자리에서도 가장 먼저 마을에 내려오는 전설에 관해 묻는 것으로 이야기를 시작했다. 그간의 답사 경험으로 보건대, 할머니들이 주로 도깨비나 여우 이야기 등 '민담'을 쉽게 꺼내는 반면에, 할아버지들은 역사적인 인물에 관한 이야기, 마을의 내력에 대한 이야기 등 주로 '전설'로 이야기를 시작했다. 숲골의 할아버지들도 마을 뒷산(보담산)에 살았다는 '보담노장'에 관한 이야기를 주로 했다.

우리 옆에 가장 가까이 앉아 있었고 또 전에 한 번 만난 적이 있는 예태호씨에게 먼저 이야기를 부탁하며 마이크를 넘겼다.

▶27 숲골의 조산[1] (이야기⑲)

연행자 : 예태호(남, 65세) ②
조사자 : 김영희 ①, 이미라 ◎
청 중 : 홍순종 ③, 손호영 ④, 김만수 ⑤, 김수순 ⑥, 그 외 다수[2]

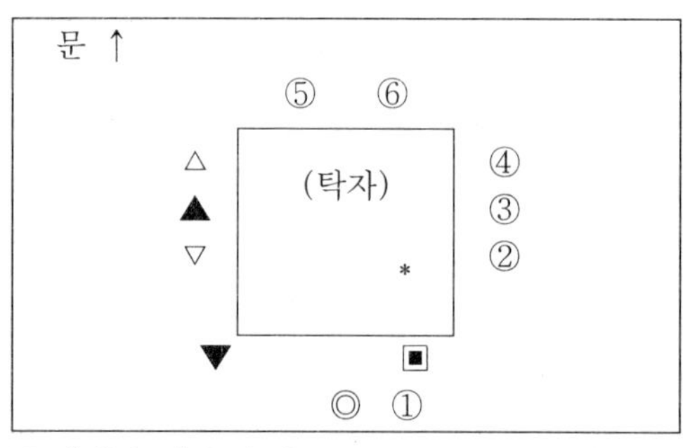

"【앞부분 녹음 안 됨.】 어, 이기 조산[3], 조산을 없앴나 하. 이
언제 없앴나 하면- 박대통령이 인자 집권하고 나서 이-, 농로가 없었
다꼬[4]. 새마을 사업 하면서르 이 조산을 없앴다꼬. 근데 이 조산의 유
래는 안 그렇나, 【◎를 보며】 그자? 조산은 어느 마을에 조산이 크-은- 돌
□이, 조산이 있었다고. 우린 【◎를 보며】 안 □□□나, 그자? 그거를 인
자 허물어뿌고 이기 농로를 갖다가, 이 농로로 갖다가 인자 길을 만들었
다꼬. 그거가 사진 찍는 거 말고, 요게 조산을 말이, 조산의 유래도 우리

---

1) 2003년 2월 14일 밤 밀양 산외면 엄
   광리 숲골 마을회관.
2) 풍물 연습이 끝난 직후에 채록한 것
   이라 청중의 구성이나 위치를 파악하
   기가 곤란하다. 이야기를 하는 도중에
   사람들이 들락날락 하여 정확한 인원
   을 파악할 수 없었다. 여기에서는 주
   연행자와 그에 대해 직접적으로 반응

한 사람을 중심으로 나타냈다. 아래 연
행판을 나타낸 그림에서 '△, ▲, ▽,
▼'는 연행자 정보를 파악하지 못한 사
람들을 표시한 것이다.
3) 조산(造山).
4) 새마을 운동의 일환으로 농로를 재
   정리하기 전에는 일정한 농로가 없었
   다는 말이다.

가 함5) 찾아봐야 된다. 왜-, 조산이 있었나, 이- 조산이 뭐하느냐믄 돌더미가 크-은 기 인자 이, 있었다꼬 여게6). 바로 여 옆의 자리라꼬요. [①: 예.] 근데 요기, 우리 인자 자랄 적에 인자 사일□ 하고 【옆에 서 있는 ③에게】 그자? 그래 인자 사일구 혁명7) 일어나고 그- 없애뿼다꼬요. 그, 유서 깊은 조산도 여 있었어요. 그라고, 조- 앞에 들어오믄 장승뱅이라꼬- 장승이 두 개 있었다꼬, 장승이. 고- 장승뱅이라 캅니다8). 그라믄 우리가 한 사백년 살았다 하는 거는- 증거가 된다꼬, 이기. 그람 저, 다음 번 또 찾아 보시요. 이- 내한테 자꾸 물으라 하믄 내, 답은 몬 가르차주고9) 【조사자 웃음】 참고적, 고것만 아시고 장승뱅이가 이, 장승 두 개가 있고 조산이-, 여 있은 기-, 이 조산을 갖다가 사일구 혁명 일어나서 없애뿌고 농로 맨들은10) 자리라, 앞의 여-라꼬, 요게. 크-, 그래 조산 거 카는, 조산은 돌로 갖다가- 이 그, 돌무, 패총, 【두 팔을 한 아름 벌리며】 돌무덤이라, 큰- 거를 만들어 놔-11) 기 있, 【마이크 건네며】 이거 가 가이소12), 이거. 내나 지금 바뿌다. 청와대 가야 된다.13) 【조사자 웃음】"

　　마을에 전해 내려오는 옛날이야기를 들려 달라고 했는데 예태호씨가 꺼낸 말은 '조산'에 관한 것이었다. 마을의 '조산'에 얽힌 이야기라도 있는가 싶었는데 예태호씨의 이야기는 '아주 오래 전부터 조산이 있었다'는 것으로 끝나버렸다.

　　조산(조산모데기)은 일종의 탑으로 마을 입구에 작은 산 모양으로 돌을 쌓아둔 것이다. 금줄이 둘러 있기도 하며, 마을 입구에 있어서 마을에 잡귀

---

5) 한 번.
6) 여기.
7) '5·16 군사 쿠데타'를 잘못 말한 것이다. 새마을 운동이 진행되는 과정에서 마을의 당집·장승 등을 많이 없앴고, 농로를 닦으면서 마을 입구 길가에 있던 '조산'을 없앴다.
8) 합니다.
9) 못 가르쳐주고.
10) 만든.
11) 놓은.
12) 가져 가세요.
13) 이야기를 마무리하기 위해 연행자가 조사자에게 농담으로 건넨 말이다.

가 들어오는 것을 막아준다고 한다.14) 당제를 지낼 때 조산에도 음식을 차려 놓고 기도를 할 만큼 당과 함께 마을 신앙에서는 중요한 위치를 차지한다.

당과 마찬가지로 조산도 새마을 운동이 진행될 때 산업화·근대화라는 미명 아래 사라져간 것 중 하나다. 예태호씨 말에 따르면 농로를 만들기 위해 길가에 있는 조산을 없애버린 것이라고 한다. 우리가 산내면을 조사할 때도 많은 마을 가운데 조산이 있는 곳은 가라리뿐이었다. 그나마 가라리에서는 조산이 길 옆 밭 안쪽으로 조금 들어가 있어서 남을 수 있었던 게 아닌가 싶다.

예태호씨는 사라져버린 조산과 장승을 이야기하면서 마을 터를 이루고 산 지 사백 년이 되는 증거라고 했다. 예태호씨는 숲골이 오래된, 역사가 있는 마을임을 자랑하고 싶었던 것이다. 다른 사람들이 마을의 절과 보담노장에 대해 이야기할 때도 예태호씨는 '증거가 있으며 역사가 오래되었다.'는 것을 여러 번 강조했다. 그만큼 역사적인 것을 중요시하고 그에 대한 자부심도 강했다. 예태호씨보다는 덜하지만 다른 마을 사람들도 이후 다른 이야기들을 할 때 '그 이야기가 사실인가, 아닌가'를 짚고 넘어갔다. 지금은 숲골이 내세울 것 없는, 가난하고 평범한 마을이지만 역사적으로 유래가 있는 곳이라는 점이 마을 사람들의 긍지인 것이다.

숲골의 역사에서 직접적인 증거가 될 만한 조산과 장승이 없어 구체적으로 증명할 수 없는 게 안타깝기도 하고 무안하기도 했던지 예태호씨는 이야기를 농담으로 마무리해버렸다. 그래도 조산과 장승이 있었던 자리가 있으니 다음에 다시 찾아보라는 말은 잊지 않았다.

예태호씨가 갑자기 마이크를 내게 건네, 예태호씨에게 집중하고 있던 나는 잠시 주춤했다. 서둘러 다른 사람에게 이야기를 요청했더니 김만수씨가 '보담노장' 이야기를 해주라며 사람들의 대화를 끌어냈다.

14) 이필영, 『마을 신앙의 사회사』, 웅진
    출판, 1994, 288~315면 참조.

▶28 보담사(보암사)의 보담노장[15] (이야기⑳)

연행자 : 홍순종(남, 63세) ●
조사자 : 김영희 ①, 이미라 ◎
청 중 : 예태호 ②, 손호영 ④, 김만수 ⑤, 김수순 ⑥, 권순금(부녀회장) ⑦, 김
        종호 ⑧, 그 외 다수

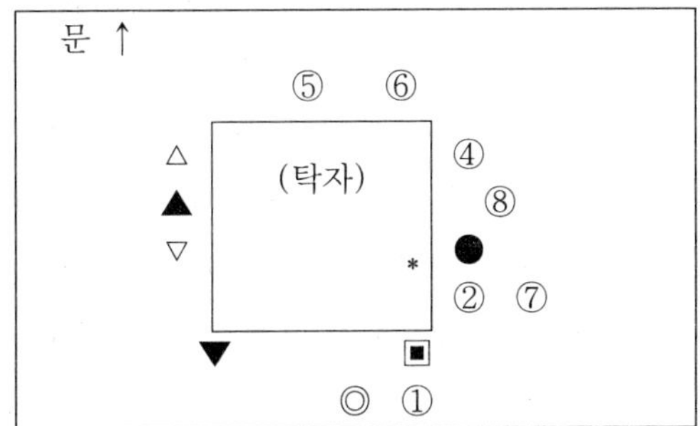

■ 카메라   * 녹음기

"이바구 해주세요, 이바구-."

"새끼, 새끼, 새끼【두 손바닥을 비비며】한 분[16] 비벼가지고 우애[17] 됐다
카는 그거 갖다 또 이바구 해 줄 순 없나?"

"보암사?"

"응, 보담사지 뭐."

"보담사, 보담사"

"보암사."

"보담사가 아니라 보-암사라. 보암사다. [⑦: 보암사, 맞습니다.
지적도에 보이끼네, 도면을 인자, 지적도[18] 보이끼네 보암사라.]【보담사

------

15) 2003년 2월 14일 밤 밀양 산외면 엄
    광리 숲골 마을회관.
16) 한 번.
17) 어떻게.

18) 토지의 소재(所在), 지번(地番), 지
    목(地目), 경계(境界) 따위를 나타내
    기 위해 국가에서 만든 평면 지도.

이름에 대해 여러 말들이 오간다.】 보담사가 아이라[19) 보암사다. [⑧: 그라고 저, 탑등 이바굴 하면, 절등이 옛날 고려 시대에, 여 문화관광이 밀양서 수차례 왔다꼬.]【다른 대화 소리 섞임.】 거게 보-암사에서 그전에 그-, 참 뭐, 우리는- 잘, 모르고 전래적으로 이야길 들어서 이야기지만은도 거게[20), 중국서, 귀향 오신 그 어른이- 뭐, 계셨다[21)는 이야기를.【목소리를 높이며】 지금도 거게, 흔적이 있어요. 아직까지 [②: 집터 있다.] 우리가 가도-, 아직까지 우리가 가도 그- 수백 년이 됐는데 정구지[22)가 있다 카이께네. 정구지가 있고 기왓장이 있어요, 우리가 볼 때. 있는데, 에-, 그런 거를 볼 때는 참, 사름[23)이 틀림없이 살은 기다[24). [②: 역사가 여, 오래된 기다.]【얼버무리며】 예. 에- 보-, 보암장이라꼬 보, 뭐라 캐싸-[25) [⑧: 보담노장.] 어, 보장 [⑧: 보담, 보담보장이다.] 예, 노장이라고-, 거, 명[26)이 있어가주고 어- 그래, 있었다는 이야기는 우리가 전래적으로 알고 있었어.”

숲골에서 마을에 내려오는 전설을 이야기해 달라 하면 가장 먼저 나오는 것이 '보담노장'에 관한 이야기였다. 자세히는 몰라도 어떤 사람인지에 대해서는 조금이나마 다들 알고 있었다. 김만수씨가 '그 얘기 해주라'는 말을 꺼내기가 무섭게 다들 한 마디씩 했다. 보담노장이 살았었다는, 증거도 남아 있다는 절의 이름이 한동안 논란이 되었다. 보암사라고 하는 사람도 있고 보담사라고 하는 사람도 있었다. 부녀회장인 권순금씨가, 지적도에 '보암사'로 나와 있다고 했는데도 불구하고 사람들 사이에 논란은 끊이지 않았다.

'보담산'에 관한 기록을 보면,『밀주지』[27) 〈엄광리 명승・고적〉에는 '步斗

---

19) 아니라.
20) 거기에.
21) 계셨다.
22) 부추.
23) 사람.

24) 산 것이다.
25) 말들 해.
26) 이름[名].
27) 박수헌 편,『밀주지』, 밀양향교, 1932, 27면 뒤.

巖〔步斗僧所居〕'라고 되어 있고, 『밀양지명고』에서는 '보두산(步斗山)을 보담산(寶潭山)이라고도 한다'[28]고 했다. 『밀양지명고』 외 다른 기록에서는 '보담산'이라는 명칭을 확인할 수 없어 그 유래에 대해서는 알 수 없으나, 세월이 흐르고 인구에 회자되면서 '보두산'과 '보두암'이 섞여 '보담산'이 된 듯하다. '보담' 노장이라는 이름도 '보담산'에서 유래한 것 같다. '보두암'에 있었다는 '보두'라는 중에 대한 기록이 없어 그가 어떤 인물이었는지는 알 수 없으나[29] 사람들이 말하는 '보담노장'은 이와 관련된 듯하다.

마을 이름 유래에서도 보담노장과 관련이 있을 법한 일면을 볼 수 있다. 『밀양지명고』에 의하면 '嚴光'이라는 말은, '중국의 엄광(嚴光)이란 사람이 후한의 광무제와 동문수학한 사이였는데, 광무제가 즉위한 후 엄광에게 벼슬을 주려고 했으나 엄광은 끝내 사양하고 부춘산(富椿山)에서 밭을 갈고 낚시하며 살았다'[30]는 고사에서 유래되었다고 한다. 이 지역(엄광리)이 엄광이 일생을 보낸 곳과 비슷하여 '엄광'이라는 마을 이름을 붙였다는 것이다. 마을 이름에 대해서는 여러 견해가 있는데 보담노장이 중국에서 왔다는 것은 이 고사와 관련이 있는 것 같다. 실제로 중국 등 외부에서 들어와 보담산에 은거했던 도승이 있었는지는 분명하지 않다. 연행자들은 보담노장 이야기를 할 때마다 '중국에서 귀양 온 사람'이라는 말로 이야기를 시작했지만 보담노장이 '어디에서 왔는가'보다 '어떤 일을 했는가', '실제로 그런 사람이 살았는가'에 더 초점을 두었다.

계속 이름에 대해 여러 말들이 오가자 홍순종씨가 정리하려는 듯 나서서

---

28) 『밀양지명고』, 밀양문화원, 1994, 348면.

29) '보두'에 관한 문헌 기록이 없어 그가 어떤 인물이었는지 알 수 없다. 다만 『밀양지명고』에 의하면, 보두가 중국에서 올 때 차나무를 가지고 와 심었고, 그래서 이곳(현재 밀양시 산외면 다촌)이 엄광사의 차밭[茶田]이 되었다는 이야기가 전한다.

30) 범엽(范曄), 『후한서(後漢書)』, 「일민열전(逸民列傳) 제73」, 〈嚴光〉 참조. "嚴光字子陵, 一名遵, 會稽餘姚人也. 少有高名, 與光武同遊學, 及光武卽位, 光乃變名姓, 隱身不見. 帝思其賢, 乃令以物色訪之. …(중략)… 除爲諫議大夫, 不屈, 乃耕於富春山, 後人名其釣處爲嚴陵瀨焉. 建武十七年, 復特徵, 不至, 年八十終於家. …(후략)…"

이야기를 시작했다. 두 손을 앞으로 가지런히 모으고 차분하게 이야기를 꺼냈다. 주도적으로 이야기를 시작한 것에 비해 보담노장과 보담사에 관해 구체적으로는 이야기를 하지 못했고 다만 '중국에서 귀양 온 보담노장이 살았는데 아직 그 흔적이 남아 있다'고만 설명했다. 보담노장에 대해 의견이 분분한 것을 잠재우기 위해서 이야기를 꺼낸 듯했지만 정확한 명칭에 대해서는 홍순종씨도 얼버무리고 말았다. 그러나 지금도 집터와 부추 밭이 있다는 것을 여러 번 되풀이하여 실제로 그러한 사람이 살았음을 강조했다. 보담노장이 있었다는 증거(흔적)를 이야기하자, 예태호씨도 역사가 오래 된 것이라고 한 마디 거들었다.

홍순종씨의 설명이 부족했는지 사람들은 여전히 보담노장에 관해 여러 말들을 주고받았다. 한편에서는 홍순종씨 말이 끝나자마자 김종호씨가 엄광사에 관한 이야기를 시작했다. 엄광사는 고려시대에 지어진 것으로 지금은 그 터만 남아 있으나 근방에서 가장 유명한 절 가운데 하나다. 절터 부근에 흩어져 있는 탑재(塔材)와 석조 유물 등의 양식으로 보아 고려 초기에 창건되었을 것으로 추정하고 있다.

▶29 빈대 때문에 망한 엄광사31) (이야기㉑)

연행자 : 김종호(남, 60대 초반) ●
조사자 : 김영희 ①, 이미라 ◎
청 중 : 예태호 ②, 홍순종 ③, 손호영 ④, 김만수 ⑤, 김수순 ⑥, 권순금 ⑦, 그
         외 다수

---

31) 2003년 2월 14일 밤 밀양 산외면 엄
    광리 숲골 마을회관.

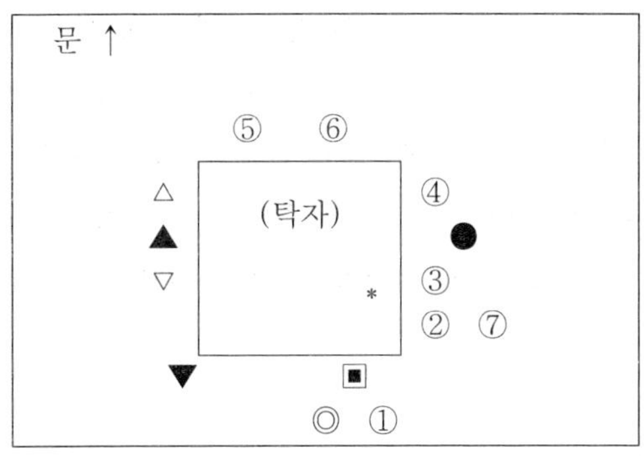

■ 카메라   * 녹음기

【다른 한 쪽에서 보담노장에 관한 대화가 계속 이어져 청취가 곤란한 부분이 많다.】 "지금두 저, 다름이 아니고 여 엄광에서는, 또 유명하는, 옛날 고려 시대에, 이 엄광사 카는 절이, 저 우에32) □□□□ 데 가면 있는데 그-는33) 왜냐면은 지금도 가면 탑하고 탑 흔적이 있어요, 아직 탑돌 밑에. 그기 지끔 밀양문화원에서 수차례 와 가주고 우앴냐34) 하면은 그, 그, 하고 갔다. 조사로 하고 가는 기다. [①: 근데 그 절이 왜 망한,] 그래 그 절, 절이 뭐, 뭐 말은 뭐, 뭐 때문에 망했다 카더노? 【옆의 ③을 보며 웃음】 뭐 [③: 빈대 때문에 망했다 하데.] 어, 뭐 빈대 때문에 망했다, 이래 쌓는데35) [③: 빈대가 뭐, 저 저, 절에 뭐, 기왓장 밑에 들어갔,【웃음】] 굉장히 오래 된 기이라. 고려 시대에 지인 절이라, 고려 시대에. 안익36) 지금 탑돌, 그 탑, 돌-이 이래 남아 있다. [②: 이름이 탑등이라.] [③: 그래서 글자가, 지금까지, 유래적으로 탑, 등이다아. 그래 있는데-, 그- 인자 유물적으, 유물이 전부 다 흩어지고, 그-는 사람들 집 지은 데, 뭐한데 다 흩어지고 지금, 남아 있는, 유물-로 봐서는 이 우에, 비각 우에, 세우는- 이런 거는 있어요. 안익까익37), 현지에, 있어요.] [⑦: 근데 원래

---

32) 위에.
33) 그것은.
34) 어떻게 했느냐.

35) 이렇게 말들 하는데.
36) 아직.
37) 아직까지.

는 그, 그 내- 저도 이야기 들, 듣기로는 절이 망하고 놀38) 때에는 그 앞에 이런 【양 팔을 위로 올려 'ㄷ' 모양을 만들며】 사자- 탑, 안 있습니꺼? 그거를 돌리놓아고39) 논다40) 카데예. 돌리놓고 논다 카는데, 그게 지금 그래 돼가41) 있답니더. 그래 돼가 있고 탑 우에 작년-, 작년 □□□ 많이 있습니더, 탑 뒤에가, 절터라는 게.】【주변 소리가 커져서 더이상 청취할 수 없었다.】"

보담노장에 대해서만 이야기가 계속되자 김종호씨는 숲골의 유명한 절인 엄광사에 대해서도 한 마디 하고 싶었던 듯하다. 홍순종씨의 말이 끝나자마자 '엄광에 고려시대의 절인 엄광사가 있다'는 말을 바로 이어서 시작했다. 엄광사에 대해서는 구체적으로 알지 못하지만 아직 탑 흔적이 남아 있고 밀양문화원에서도 수차례 조사해 갔으니 조사자들이 반드시 알아야 할 내용이라고 생각한 모양이었다.

무엇 때문에 망했느냐는 질문에 김종호씨는 선뜻 대답하지 못하고 홍순종씨를 바라보며 웃음으로 질문을 넘겼다. 홍순종씨가 '빈대 때문'이라고 대답은 했지만 그밖에 빈대 때문에 망하게 된 과정 등에 대해서는 알지 못했다. 다만 고려시대 때 지은 절의 탑에 쓰였다는 돌이 아직 있고, 그래서 그 근처 지명도 탑등이라는 것을 반복해서 말했다. 결국 절이 망한 이유에 대해 설명하기보다 절이 '굉장히 오래 된 것'이라는 데 초점을 두고 이야기했다. 망한 이유와 과정보다는 '역사적인 절이 존재했다'는 것에 초점을 두었고 그 증거가 될 수 있는 것을 여러 번 강조했다. 이에 맞춰 부녀회장도 절이 망해서 나올 때는 사자탑의 방향을 돌려놓는다는데 그 절의 사자탑이 아직 그러하다며 두 사람의 말에 증거를 덧붙였다.

보담노장 이야기에서도 보담노장이 '어떠한 인물이었고 어떤 일을 했는가'보다는 기와와 정구지(부추)가 남아 있음을 되풀이하여 말하는 것을 보

---

38) 나올.　　　　　　　　　　40) 나온다.
39) 돌려놓고.　　　　　　　　41) 되어.

면, 이야기의 구체적인 사건보다는 자신들의 이야기가 사실이라는 것을 뒷받침해 줄 증거를 거론하는 것이 연행의 주요 부분임을 짐작할 수 있다. 더불어 그 증거들은 '숲골'이 역사적인 유래를 가진, 오래 전부터 사람들이 터를 잡고 살 만큼 좋은 지역임을 증명해 주는 것이다.

그런데 보담노장이 어떤 인물이었는지에 대해서는 자세한 이야기를 듣지 못해 숲골과 어떠한 관계가 있는지가 분명하지 않았다. 특히 보담노장이 도술을 지녔다는 것과 숲골이 '좋은 지역'라는 것은 별 관계가 없어 보였다. 이에 대한 답은 김만수씨가 들려준 다음 이야기에서 알 수 있었다.

▶30 숲골은 명당자리[42) (이야기㉒)

연행자 : 예태호(남, 65세) ②, 김만수(남, 66세) ⑤, 김수순(남, 60대 중반) ⑥
조사자 : 김영희 ①, 이미라 ◎
청 중 : 홍순종 ③, 손호영 ④, 부녀회장 ⑦, 김종호 ⑧, ⑨[43), 그 외 다수

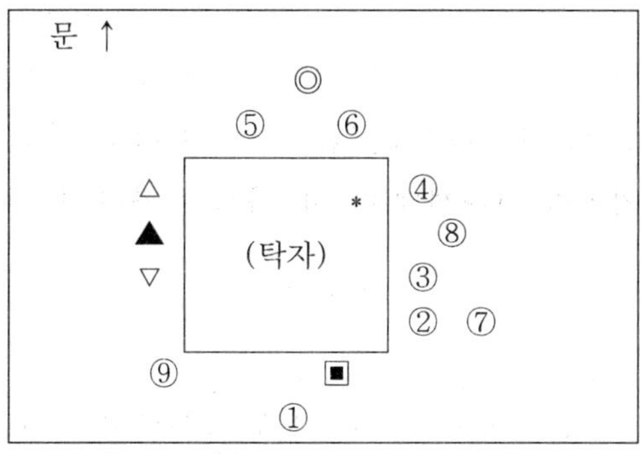

■ 카메라 * 녹음기

---

42) 2003년 2월 14일 밤 밀양 산외면 엄
    광리 숲골 마을회관.

43) 연행자 정보 파악 안 됨.

"우앴나 카마-44) 내이, 그전부텀 우야튼45) 내가 딱 이바구 듣기로 우앴
나 카마"

" 【보담노장에 관한 대화가 산발적으로 이루어져 어수선한 상황에서 ⑤가 먼
저 이야기를 시작한다.】보담이 저거는-, [내 가 봤다.]46) 저기에다
저거에 어떤, 쫌 니러오는47) 디48) 우야튼 결과가 어떻게 됐노 카마, 저
뭐꼬 그거 뭐 보담이 우야튼, 노인장이 우야튼 그래 산에 있는데, [④: 보
담, 노장이라 캤다.] 아, 노장이라 캤는데 산에 있는데 저 새끼- 우야튼
한 분-49)【새끼 꼬는 흉내】꼬아가주구50), 우야튼 니리보냈다 카거든51).
[④: 아니, 그거는,] 고거를 갖다가 어, 어디다 그 했노 카믄 가실52)에 짚
을 갖다 우앴나 카마 아 [④: 집 □□□ 데, □□□.] 집, 집을 질- 직53)
에, 새끼 한, 한 분 꼬아가주구 우야튼 거 보냈다. [④: 안맬54) 새끼, 안
맬 새끼 꼬아 보냈다.] 그래-. 알민서55) 그래 꼬았다 안 캤나? 그런데 그,
내가 인제 참-, 나는 우야튼 그런 생각이 딱 드는 기라. 우앴나 카믄 옛날
이런 미신, 미신이 아이라. 내가 생각하기는 어떤 마음이 들었노 카마, 와,
밀양에 갖다 그거 □□□ 갖다 무슨 □□□ 대핵교 우야튼 생길 적에, 생
길 적에 나는 우야튼 이런 생각을 했어. 여-, 가실하고 합해가주고56), 합
해가주고 □□□□□길 딱 닦아가주고시늠57) 즈 이 뭐꼬, 학교를 지있으
만58) 여- 대통령 날 자리라 카니끼네59). 왜 카느냐 카마-60), 대통령 날,

---

44) 어떻게 했냐 하면.
45) 어떻게 해서든.
46) 여러 사람이 말을 꺼낸 상황이라 누
    구의 발화인지 파악하기 어렵다. 아래
    연행자 표시가 없는 것은 동일한 상
    황이다.
47) 내려오는.
48) 데. '곳'을 나타냄.
49) 한 번.
50) 꼬아서.

51) 내려보냈다고 하거든.
52) 마을.
53) 지을 적.
54) 알매 할. 알매 얹기: 초가지붕 얹기
    전에 잡목이나 대나무를 엮어 새끼로
    묶고 그 위에 흙을 물에 개어 얹고 고
    르는 것.
55) 알면서.
56) 합해서.
57) 닦아서는.

날 자리나 카, 카마, 저기이, 지금, 지금까지 여 다, 그기- 있는강61) 모르
겠지만은 지금 보담□□□르 쭉 니려 오미, 니려 오미 우앴노 카만 설
갱62)을 우야튼, 일본 사람이 전부 다 끊, 끊어 놨다 카이끼네. 끊어 놨는
데 저거에 우야튼. 끊긴 거-, 저거는 한 개도 밝히도 안 하고 지금 갖다
가 아-무 그것도 없거든. 저, 지금 정부에서도 그것도 없고, 우리 여 우야
튼 우리 지금 앉아 있는 사람들, 그것도 없고 그라이끼네63) 쯤.

　【여기서부터 ②가 이야기함】 형님, 형님 들어 보이소. □□□ □□□ 가믄
주왕산 주왕굴 있거든. 주왕산 가믄 주왕굴, 주왕이 □. 이 엄광에서도-
중국에서 저, 보담노장이 여 피난오가주고 여 두루□□가 살았다는 흔적
이 있다꼬 지금. 그래서 역사가 지금 사백 년까지. [③: 있다, 지금 가면
거 집터가 있다 카이.] 집터가 있다꼬. [⑨: 어데? 보담.] [⑧: 집터 있다.]
[③: 조금 전에 이야기 했지만도,] [⑧: 보담노장 살은 데는,] [③: 기왓
장이 있고, 그 저, 그 뭐여 그 저, 정구지, 옛날에 거 부, 옛날에 저, 도시
말로는 요새, 부추 그기이,] 저거는 뭐고?

　【다시 ⑤가 앞 이야기에 이어】 저 배암64)에, 배암에 넘어가는 데 하여튼 우
앴나 카마, 그게 우야튼 일분65) 사람들이 우야튼 우앴나 카마 설갱을 끊
어놨다 카는 그거는 우야튼 의미가 뭐고? [③: 혈, 혈.] 혈 끊어놨다 카는
그거는. 그기- 인, 우앴나 카먼 보담, 보담노인이 우야튼 우앴나 카마,
여게 가실하고 엄광하고는 여하튼, 큰- 명당자리라고 카는갑다66), 그 소
리는 무슨 소리고? [⑥: 보담노장이 가실 저기 저, 박씨네들 말야, 그기
영판 친했다 카드만.] 【다른 대화 섞임】 지금, 지금에 우야튼. 어 배암에, 배
암에 넘어가면예67), 거 앞에 있어요. 안주68)까지 있다 카이끼네. [⑦: 왜

....

58) 지었으면.
59) 하니까.
60) 왜 그렇게 말하느냐 하면.
61) 있는지.
62) 혈(穴).
63) 그러니.

64) 엄광리 숲골의 한 지명.
65) 일본.
66) 하는가 보다.
67) 넘어가면요.
68) 아직.

눔시대에 그기, 혈을 끊었다.] 예, 혈을 갖다 왜눔시대에 갖다 끊었다 캐 가주고 우야튼 [⑦: 그기, 그런 말이 있습디더. 거 왜정시대 때에-,] 예, 지금까지도 안주 있거든요. [⑦: 명당이나 좋은 곳이었는데,] [⑨: 배암골 에 가보면은 지금 고속도로하고 이기 지금, 터널하고 같이 연결하고 있 지.] 에이, 그캐-69)? 내가 카는 이바구는- 배암에-, 배암에 우앴나 카마 요거 혈을 끊을 필요가 뭐 있느냐, 나는 우야튼 우앴냐 카마 뭐 일분, 일 분 사람들이 우야튼 뭐 뭐 뭐 말목을 치가 세를 끊었다 카이끼네. [④: 그 거 아이고,] [⑨: 저 눔을 갖다.] [②: 이런 명당 자리가 아이면 오늘 팔월, 정월 열나흘날, 연세대학 선생님 오가주고 사진 찍고,] 【조사자 웃음】 【여 러 대화로 청취 불가】 【박성진씨 악기 정리하면서 연습】 [③: 흔적, 흔적이 있는 데 뭐. 기왓장이 있고 또, 부추, 저 저 요새 말로 부추고 정구지가 안익70) 살아 있다 거게.] [⑨: 없더라.]

 【여기서부터 ⑥가 이야기함】기왓장, 보담도 오줌 누러, 저 저 저 그 곁71) 에 안 누고 대변 볼라 카면 저 저 벌대이72) 만댕이73) 한 대죽74) 쭉 띠- 가75), 【마이크를 가까이 대자】이 뭐꼬? 어데? 벌대이 만댕이 갔다. [②: 벌대이 만댕이 갔다 거 똥 누구 그랬어.] 그거는 와? 그런 거는, 우야튼 우앴냐 카마 알고 있이며 카는 기지, □□□□ 몬 캐지. [⑤: 그러니까 그 어른들은 전부 마, 무슨 염력이나 마, 뭐 그지 이상한 어른들이지 뭐.] [②: 그러이76) 여77) 오실 복판이라 안 하나.] 보담노장이, 어, 그래 가주고 오실 복판, 보담이, 보담노장이 살았을 때가 오실 복판이다 이캐

---

69) 그렇게들 말해. 그러나 문맥상 '내가 하려는 말은 그게 아닌데'라는 뜻이 내포되어 있음.
70) 아직.
71) 곁.
72) 보담노장이 살았다는 곳의 근처 지 명을 말하는 듯하나 정확한 위치는 알 수 없다.

73) 산등성이.
74) 걸음.
75) 떼서. 만댕이 한 대죽 쭉 띠-가 : 산 마루를 한 발자국 떼어 (가서). '산마 루를 한 걸음으로 갔다'는 뜻.
76) 그러니.
77) 여기.

가주고.78) 【마이크 이동】 [⑨: 엄광이 오실 복판이다.] [③: 남가실, 쇠실, 희실, 뒷실, 뒷가실, 남가실. 그래, 오실 가운데라. 그래서르 요거는 □□□ 옛날에 우리가 전설적으로 들을 때는 엄광 이 토지에서는 그냥 피난 해서두 살아난, 오실 가운데서두 살아났다- 카는 역사적으로 인자 고른 기지79), 유래적으로. 나만80) 어른들이 유래적으로 그래.] 【청취 불가】 "

보담노장으로 시작한 이야기는 쉽게 정리되지 않았다. 두셋이 모여 서로 싸우듯 이야기하기도 하고, 한 사람이 큰 소리로 이야기할 때조차 너도 나도 말을 꺼내 굉장히 소란스러웠다. 그 와중에 김만수씨가 보담노장과 숲골의 관계에 대해 말을 꺼냈다. 김만수씨는 보담노장의 행적에 대해서 자세히 알지는 못했다. 간단하게 설명할 때조차도 옆에 있던 손호영씨가 도움을 주어 그나마 이야기할 수 있었다. 그런 김만수씨가 잘 알지 못하는 보담노장의 행적을 꺼낸 이유는 다른 데 있었다.

이야기판이 시작되기 전 마을회의에서 김만수씨는 다른 사람들에 비해 현실적인 성향을 보였다. 마을 사람들이 당제를 옛 방식대로 해야 한다고 했을 때도 김만수씨는 별 탈이 없으니 좋은 방향으로 하면 된다고 할 정도였다. 그러한 김만수씨가 도술을 부리는 보담노장의 이야기가 미신이 아니라고 한 것은 의외였다.

김만수씨가 보기에 숲골은 보담노장이라는 신이한 인물이 살았을 정도로 명당자리인 것이었다. 대통령이 날 정도의 명당인데 일본 사람들이 보담산에서 내려오는 혈을 끊어 지금은 아무 것도 내세울 게 없는 마을이 돼버렸다는 것이다. 이러한 명당자리이기 때문에 보담노장도 도술을 부릴 수 있었다는 것이 김만수씨의 생각인 듯했다. 다시 말해 김만수씨에게 보담노장 이야기는 그 자체로 '숲골이 명당자리'라는 증거가 되는 셈이다.

보담노장에 대한 토론이 마무리되지 않은 상태에서 김만수씨가 조금 다

---

78) 이렇게 해서.　　　　　　　　　　　　　80) 나이 많은.
79) 그런 거지.

른 시각을 가지고 꺼낸 말은 처음에 많은 반박을 받았다. 각자 자신의 견해를 이야기하는 사람들의 말소리는 더욱 커졌고, 예태호씨와 홍순종씨는 증거를 들이댔다. 예태호씨는 김만수씨가 보담노장에 대한 믿음이 부족하다고 여겼는지, 아니면 '미신'이라는 단어에 조금 흥분했는지 바로 다른 예를 들면서 사실임을 강조했다. 주왕이 살았다는 증거로 주왕굴이 있는 것처럼 보담노장이 살았다는 흔적이 있으니 '미신'이 아니라는 것이었다. 그러다가 김만수씨가 일본이 숲골의 주요 산들의 혈을 끊었다는 말을 반복하자 분위기는 수그러들었다. 김만수씨가 이야기를 꺼낸 의도가 숲골의 마을 지세가 뛰어나다는 데 있음을 알고서는 사람들의 관심이 마을의 지형에 쏠렸다. 보담노장에 대해서는 어떻게 생각하든 간에 오실 복판, 즉 다섯 마을의 한가운데에 있어 큰 난리를 피할 수 있었던 숲골이 명당자리라는 데 다들 공감했다.

예태호씨는 그런 명당자리니 연세대학교 선생님들이 와서 사진도 찍은거라며 농담을 던졌다. 우리 옆에 있던 홍순종씨는 여러 번 감사하다는 인사를 했다. 답사를 하다가 홍순종씨처럼 고맙다는 인사를 하는 사람을 가끔 만나기도 했다. 도시에서, 대학에서 공부를 하는 사람들이 자기 마을에, 자기네 사는 것에 관심을 갖는 것을 고마워했다. 숲골의 이야기를 듣다 보니 홍순종씨의 인사가 그 전의 답사에서 들은 말과 조금 다르게 느껴졌다. 자기네 마을에 눈을 돌려준 것에 감사하는 인삿말 이면에, 마을을 자랑하고 싶은 마음과 보잘 것 없는 마을에 한탄하는 마음이 뒤섞여 있는 듯했다. 여러 이야기들이 숲골이 좋은 지역임을 말해주지만 그에 비해 현실의 삶은 그리 좋지 않으니 마을 사람들은 이야기를 통해 보상받고 싶어한 것이 아닐까.

악기 소리와 사람들의 말소리에 묻혀 언제 시작했는지도 모르게 김수순씨가 보담노장에 관한 이야기를 다시 꺼냈다. 내가 녹음기의 마이크를 가까이 가져가니 약간 당황한 듯한 웃음을 지으며 말을 끊었다. 손호영씨가 그의 말을 받자 다시 이야기로 관심을 돌리긴 했으나 김수순씨는 그에 관한 이야기를 잘 알고 있는 것 같지 않았다. 사람들이 보담노장에 관해 이야기를 할 때에도 김수순씨는 짧게 몇 마디씩 거들 뿐이었고, 보담노장이 살았을 때 숲골이 오실 복판이었다고 이해하고 있기도 했다. 다들 잘 아는 이야기를 자신은 모른다고 생각해서였을까. 다른 이들이 보담노장에 관한 이야기에서 비껴나 다른 이야기를 할 때에도 김수순씨는 보담노장 이야기에 관심을 보였다. 단편적으로나마 보담노장을 이야기하니 그때까지 옆에서 별말 없이 듣고만 있던 손호영씨가 자세를 바로잡고 차근차근 일러주었다.

▶31 박씨네를 혼낸 보담노장[81] (이야기㉓)

연행자 : 손호영(남, 68세) ●
조사자 : 김영희 ①, 이미라 ◎
청　중 : 예태호 ②, 홍순종 ③, 김만수 ⑤, 김수순 ⑥, 권순금 ⑦, 김종호 ⑧, 그 외 다수

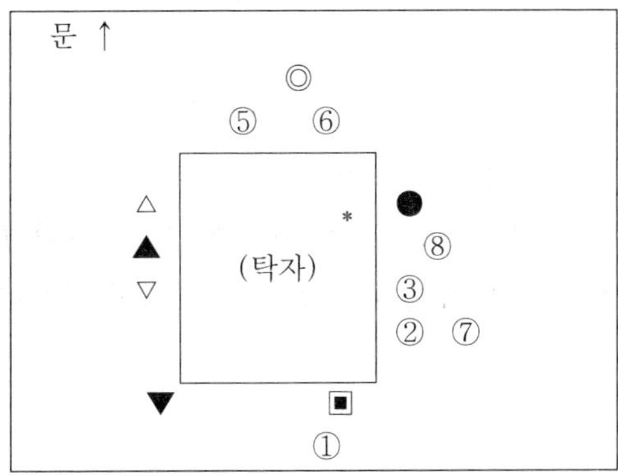

"지금도 뒷가실 가면 대청 하는 그 터가, 대청 그-는[82] 터

---

81) 2003년 2월 14일 밤 밀양 산외면 엄　　82) 대청이라고 하는.
　　광리 숲골 마을회관.

가 있거든, 거게83). 옛날에 박씨들이 한참 그- 덕□ 부릴 떡84)에 저 보담 노장이 그, 보담 기싰는데85) 근데 거-서 오줌을, 까 놓고86), 오줌 눈다고 말이지, 밉다꼬 말이야, 만달87) 볼기를 치88), 웬만하먼 잡아 볼기를 치는 기라. [⑥: 옳지.] 볼기를 치고 인자 그랬는데 [⑥: 보담노장 잡아다가 인자 볼기를 치이끄네.] 어, 어. 볼기를 첬는데89) 그래 인자 이기 칼- 대청 하날, 큰- 대청을 짓는데 저 여 새끼가, 안맬90) 새끼가 없거든. 인자 벌로서 인제 그래 짚을 갖다 주가주고91) 이래 새끼를 꼬아라 캔 기라92). 새끼 꼬아라 캤다. 새끼 끝만 딱 해 놓□□ 가주 가라93) 이기라. 자-꾸 새끼가 그양94) 마, 니려95) 오는 기라, 자-꾸 계-속 새끼, 니려 오는 기라. 【다른 말소리 섞임】그래가주고 인자, 이기 그 저 망, 망해가주고 갈 찍96)에는 그랬다 카이. 그-, [⑥: 보담노장이 그캐97), 돌아가싰다 말이야.] 어, 그, 그건 나는 잘 모르겠는데- 그래 내가 갈 찍에는, 내가 갈 찍에 뭐, 무슨 말을 해가주고 뭐 망하라고 이랬는데, 무슨 뭐 저, 저 살, 산소를 파가주고 옮기라 캤는가, 이래 캤는 기라. [⑥: 옳지, 옳지.] 어, 그캐 놔놓이 내가, 내 말이 거짓말 같음 이 산소를 갖다 놔두믄 말이지, 마 일석에 망한다-, 이캤는 기라98). 그래가 마, 내 말이 거짓말 같으믄 이 새끼를 동, 발을 동티99) 매□□, 자기 몸을. [⑥: 옳지.] 동티 매놓고 인자 □□□□ 산소 파이끼네 그서100) 뭐 짐101)이 팍- 나는 기라. □□ 여니까. 【다른 말소리 섞임】어, □□□나고 인자 싹 올라가 보니까 말이지 새끼만 딱 있고

---

83) 거기에.
84) 적.
85) 계셨는데.
86) (바지를) 벗어내리고. 드러내 놓고.
87) 매일.
88) 쳐.
89) 쳤는데.
90) 알매할. 각주 54)번 참고.
91) 주어서.
92) 한 것이라.

93) 가져 가라.
94) 그냥.
95) 내려.
96) 적.
97) 그렇게 해서.
98) 이렇게 한 것이라.
99) 동여.
100) 거기서.
101) 김.

말이지 사람이 홀랑 빠지뿐 기라102). 그질로103), 【다른 말소리 섞임】 어, 그
질로 고마 기양살이104) 끝나고 인자 중국으로 갔는 기라. 그래, 그래 카
드만은105)."

　보담노장에 관해서는 꽤 많은 말들이 오고 갔으나 정작 구체적인 내용은
이야기한 사람이 없었는데, 김수순씨가 이야기 중 한 토막을 짧게 이야기하
려 하자 손호영씨가 보담노장에 대한 이야기 한 편을 깔끔하게 정리해 들려
주었다. 김수순씨는 진지하게 이야기를 들으며 자기가 기억하는 부분에서
는 '옳지, 옳지' 하며 추임새를 넣기도 하고 한 마디씩 덧붙이기도 했다. 나
도 손호영씨의 이야기를 듣고서야 보담노장이 어떤 사람이었는지, 어떤 일
을 했는지 알게 되었다.
　손호영씨가 연행한 이야기를 간단히 정리하면, "중국에서 귀양 온 보담노
장이 뒷가실의 박씨 집안 사람들에게 핍박을 받다가, 어느 날 박씨 집안에
서 지붕에 얹을 새끼를 꼬라는 명을 받았는데 새끼 끝만 꼬아서 내려보냈는
데도 새끼가 끊임없이 내려왔다. 또 보담노장이 박씨 집안의 산소를 옮기지
않으면 망할 것이라고 해서 박씨네가 산소의 땅을 팠더니 김이 나왔고, 그
사이에 보담노장은 도망을 갔다."는 이야기다. 마을에서 세도를 부리며 살
던 박씨네를 보담노장이 도술로 혼내주었다는 것이 주 내용이다.
　보담노장 이야기는 『한국구비문학대계』(이하 『대계』)에 2편이 채록되어
있다. 그 중 한 이야기가 위와 비슷한데 이 이야기의 연행자는 보담노장이
아니라 '고담 선생'이라고 했다. 간략하게 정리하면 다음과 같다.

　고담 선생이라는 도인이 있었는데 역술에 능통했다. 적들에게 몰려 산외면
운강106) 뒷산의 고담바우라는 곳으로 피했다. 고담 선생은 축지법으로 왔다

---

102) 빠져버린 것이라.　　　　　　　　105) 말하더구먼.
103) 그길로. 그때부터.　　　　　　　106) 엄광.
104) 귀양살이.

갔다 했는데 뒷가실의 밀성 박씨들이 '중이 남의 마을 앞을 왔다 갔다 한다'면서 구박했다. 그러면서 집에 알매 칠 때 쓸 새끼를 꼬라고 했다. 고담 선생이 아무 날에 짚 석 단을 올려 보내라고 하여 그 날 머슴이 짚을 가지고 갔다. 고담 선생은 짚을 비벼 주면서 가지고 가라고 했다. 머슴이 가지고 내려와 알매를 다 치고 나서 가을에 쓰려고 모아두려는데 새끼가 끊어졌다.

고담 선생이 박씨들이 죽을 먹지 못하도록 만든다는 말이 있었다. 안동 손씨들이 고담 선생을 잘 대접하면서 묘터를 부탁했다. 고담 선생이 묘지를 잡아 주면서 앞으로 벼슬아치들이 많을 것이고 자손이 번성할 것이라고 했다. 그 후 박씨들이 망했다.

뒷가실에 강이 있는데 고담 선생이 커다란 다릿돌을 놓고서는 돌이 떠내려가면 자기가 죽은 것으로 알라고 말하고 사라졌다. 지금 그 돌이 없다. 고담바우 위에 주인 모르는 묘가 세 개 있는데, 묘를 쓸 때 밧줄로 널을 올렸다고 한다. 고담바우 앞에 절이 하나 있었는데 빈대가 많아 망했다고 한다. 지금도 기와 조각이 나온다.[107]

위 이야기는 산외면 희곡 출신인 우지원(채록 당시 55세, 밀양읍 거주) 씨가 연행한 것이다. 『대계』에 채록된 다른 한 편[108]의 연행자는 산외면 출신은 아니나 '산외면 엄광리 앞산에 있는 보두암'이라는 명확한 지명을 언급하며 이야기를 시작하고 있다. 이 외에 보담노장과 관련된 이야기가 채록된 것은 없다. 보담산을 경계로 하여 숲골과 인접해 있는 산외면의 본촌에서도 보담노장의 이야기를 들을 수 없었다. 7~80대 노인이 거의 없어 이야기를 들을 수 없었기도 했지만, 현재까지 보담노장 이야기는 산외면, 그것도 엄광에서만 전승되고 있는 이야기인 셈이다.

---

107) 『한국구비문학대계』 8-7, 한국정신문화연구원, 1983, 44~47면.
108) 『한국구비문학대계』 8-7, 한국정신문화연구원, 1983, 81~84면. 이 이야기는 보두암에 살았던 노승과 송씨 집안에 봉사가 나게 된 내력에 관한 이야기이다.

『대계』의 우지원씨 이야기는 앞서 이야기한 〈빈대 때문에 망한 절〉 등 고담 선생(보담노장)에 관한 여러 일화를 포함하고 있다. 손호영씨의 이야기와 다른 점은 고담 선생이 중국 출신이라는 내용이 없고 고담 선생과 박씨 집안의 대결보다는 손씨 집안과 박씨 집안의 대비점을 부각시킨 것이다. 도술을 지닌 고담 선생을 알아보고 후히 대접한 손씨 집안은 흥했고, 반대로 고담 선생을 괄시한 박씨 집안은 망했다. 연행자가 손씨 일가에 속한 인물이기에 기존에 전승되던 박씨 집안의 일화에 손씨와의 대비점을 추가한 것으로 보인다. 그러나 과거 문화의 중심지라 할 수 있는 중국에서 온 인물이 갖는 신비로움이 제거되고, 신이한 능력이 한 집안과 결부됨으로써 고담 선생의 능력은 개인적 차원으로 축소되어버렸다.

반면 손호영씨의 이야기는 시종 박씨 집안과 보담노장의 대결로 이루어져 있다. 보담노장이 귀양 온-귀양 온 이유는 알 수 없지만- 사람이라는 점에서 지배층과 대립되는 측면이 엿보이고, 세도가에게 구박 받는 보담노장에게서는 민중의 모습이 드러난다. 세도를 부리는 박씨 집안을 혼내주는 보담노장은 핍박 받는 민중들의 소망을 대신 실현한 존재인 것이다.

김수순씨와 손호영씨가 이야기를 나누는 모습을 지켜보던 예태호씨가 다시금 말을 꺼냈다. 보담노장에 대해 더 이야기하고 싶어한 듯한데 김수순씨가 보담노장과 사명대사가 동격이라는 말을 꺼내 화제는 사명대사로 넘어갔다.

▶32 도술로 일본인을 혼낸 사명대사[109] (이야기㉔)

연행자 : 김수순(남, 60대 중반) ●
조사자 : 김영희 ①, 이미라 ◎

---

[109] 2003년 2월 14일 밤 밀양 산외면 엄
    광리 숲골 마을회관.

청　중 : 예태호 ②, 홍순종 ③, 손호영 ④, 김만수 ⑤, 부녀회장 ⑦, 김종호 ⑧,
　　　　그 외 다수

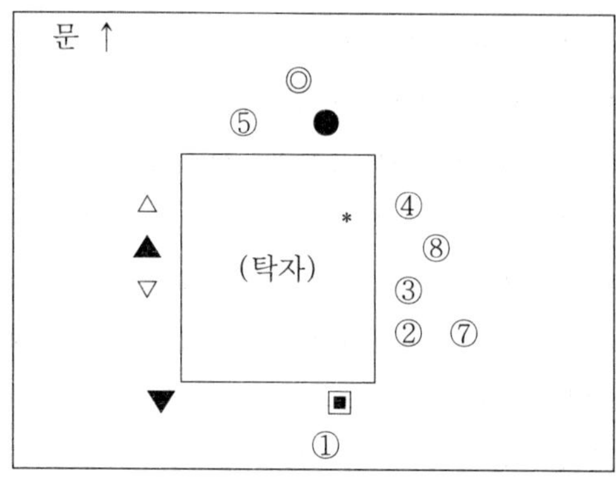

"근데 형님, 보담노장이."

"보담노장이 그 전에 임대장군하고 한가지라 카이110). 임대장군이."

"사실 증명을 해야 될 끼111), 여게서112) 그래도 쫌."

"그런 어른들이 선생이라."

"선, 선, 선생이지."

"스승이라."

"그래, 임대장군하고 한가지라 카이. 와 저, 일분눔들113)
조 옇-가114) 가마솥에 뭐, 불을 뭐 팍- 팍 끓이 놔-도115) 쉼116), 고드름
쉬염117)에 꽁꽁 언다 카듯이, [①: 누구 선생요? 어느 선생이라고,] 임대
장군 와, 옛날에 일분, 일분 임굼118), 선생들 말이지. [사명대사.] 사명대

---

110) 임대장군과 똑같다니까.　　115) 끓여 놓아도.
111) 거(야).　　　　　　　　　116) 수염.
112) 여기서.　　　　　　　　　117) 수염.
113) 일본놈들.　　　　　　　　118) 일본 임금.
114) 주워넣어서.

사 말이지. [①: 아-, 사명대사요.] 일분눔한테 그 저 잡히가주고119) 우리 국민한테 저 항서문 받으러 가마솥에 마 조 옇어가주고【웃음】즉 말해서, 그래가주고 '【묵직한 목소리】이놈들아-.' 마 마, 삶는다고 삶아도 말이야 '어- 춥다.'【정정하며】아! 방에 조-옇다 카든강120), '불 더 옇어-라! 더 때-라!' 칸다 카데. 낸주121) 솥뚜뱅이122) 열어 보이끈데123) 쉬염에 고드름이 꽁꽁 얼어 있다 카는, 와. 저, 저 보담노장도 그런 조화를 가주고 있었나 모르지."

임대장군, 즉 사명대사는 밀양의 유명한 인물 중 한 명이다. 밀양 무안면 출신으로 임진왜란 때 승병을 일으켰으며 정유재란 때 일본으로 건너가 조선인 포로들을 데리고 나왔다. 출가 전 성(姓)이 임씨(任氏)였기 때문에, 밀양에서는 종종 사명대사를 임대장군이라고 부르기도 한다.

사명대사와 보담노장의 행적이 같은 것은 아니지만 도술을 부려 나쁜 사람을 혼내주었다는 점에서는 통한다. 김수순씨가 생각하기에 두 사람은 '한 가지'로, 사명대사가 밀양을 대표한다면 보담노장은 숲골을 대표하는 인물인 셈이다. 김수순씨의 말에 예태호씨는 역시나 증거가 필요하다고 말했지만 사명대사가 워낙 유명하기 때문인지 사명대사의 도술을 이야기하는 대목에서는 별다른 토를 달지 않았다.

사명대사와 동급으로 인식된 보담노장의 이야기가 끝난 후, 예태호씨는 숲골마을 출신 가운데 유명해진 인물들을 거론하며 이 자리가 대단한 자리라고 큰 소리로 여러 번 말했다. 그런데 국민학교를 간신히 졸업한 사람이 나가서 출세했다는 이야기를 하면서 '숲골에 들어오는 사람은 못 살지만 숲골을 나가면 잘 산다'고 말하기도 했다. 심지어 '엄광에는 산 사람이 안 나고 죽은 사람이 들어온다'는 말까지 나왔다. 김만수씨의 말처럼 산의 혈이

---

119) 잡혀서.
120) 하던가.
121) 나중에.

122) 솥뚜껑.
123) 보니.

끊어졌기 때문일까, 잠시 쉴 새도 없이 농사에 매달리지만 살림이 필 여지가 없어서일까. 숲골은 '오실 복판'이라 큰 난리를 피했던 좋은 자리라고 떠들썩하게 이야기했던 사람들의 목소리에 다소 힘이 빠졌다.

김만수씨가 사람은 세월의 흐름에 따라 사는 거라며, 자꾸 그러면 대접 못 받는다고 타박하듯 말했다. 그러면서 분위기가 가라앉는 것을 느꼈는지, 풍물 연습도 하고 잠시 목도 축였으니 내일 마을 사람들이 모여서 놀 때 부를 노랫가락 연습이나 하자며 말을 돌렸다. 노랫가락 부르는 데 무슨 연습이 필요하겠냐만 분위기를 바꾸기 위해서는 노래 부르며 즐기는 게 좋을 것이라 생각한 듯했다.

제안을 한 김만수씨가 먼저 노래를 시작하고 홍순종씨가 따라 부르기 시작하자 분위기가 금세 달아올랐다. 홍순종씨는 평소에도 노래를 많이 불렀는지 노래가 잠시 멈춘다 싶으면 사람들이 홍순종씨를 자꾸 부추겼다. 그도 처음에는 한두 곡 부르고 다른 이에게 청하다가 점차 흥에 겨워 스스로 노래를 이어갔다. 홍순종씨가 잠시 숨을 돌리느라 노래를 멈추면 다른 사람이 그 뒤를 이어 회관 안의 노랫소리는 끊길 줄 몰랐다. 김영희도 노래 가락에 맞춰 장구를 쳤고 이야기 도중에 들어온 황은주도 마을 사람들과 함께 노래를 불렀다. 우리를 보며 손호영씨가 '공부는 안 하고 노래만 배웠냐'며 농담을 던졌다. 마을회관 밖으로 흘러나간 노랫소리에 서너 명의 할머니들이 들어왔다. 회의하는 줄 알았더니 술 마시고 노래하고 있었다며 자기들을 빼놓았다는 투정을 내놓았다. 술잔이 다시 돌고, 사람들이 늘어난 만큼 흥도 올랐다. 구성지게 부르는 홍순종씨의 노래는 할머니들에게도 인기였다. 할머니가 노래를 시작하면 홍순종씨가 따라하는 등 마을 사람들은 주거니 받거니 노랫가락, 민요, 대중가요 등 자신이 아는 노래들을 다 꺼낸 듯했다. 서 있는 사람들은 가락에 맞춰 덩실덩실 어깨춤을 추기도 하고 앉아 있는 이들은 책상을 두드리며 박자를 맞춰 흥을 돋웠다. 본 행사는 다음 날 대보름이었지만 마을 사람들의 대동놀이는 이미 그렇게 시작되고 있었다.

Ⅳ. 숲골 이야기꾼들의 연행

2003년 4월 23일~4월 25일*

* 'Ⅳ-1. 여성 연행자들의 연행 현장'은 황은주가 기술하였고, 'Ⅳ-2. 남성 연행자들의 연
행 현장' 가운데 '들은 대론데 이바구를 하자먼'(341면~367면)은 황은주가, '새로운
조사자들의 참여'부터 '땅 까래비가 살고'(368면~411면)까지는 김영희가 기술하였다.

Ⅳ-1. 여성 연행자들의 연행 현장

선발대원들

2003년 연세대학원 석사과정에 입학한 나는, 숲골마을 대보름 조사를 다녀와 얼마 지나지 않은 3월부터 학교를 다니게 되었다. 김영희도 같은 학교에서 학부강의를 맡아서 숲골로의 현지조사는 학교일정에 따라 조정해야 했다. 학부수업이 없는 중간시험 기간을 택했지만 조사자 가운데 한 사람인 이미라는 석사학위논문을 쓰고 있는 형편이라 이번 조사에 어느 정도 제한이 있었고, 대신 나와 같이 석사과정에 있던 이창국(가명, 남, 28세)과 우영민(가명, 여, 25세)이 3차 조사인 이번 답사에 함께 참여하게 되었다. 평소에도 두 사람은 우리의 현지조사에 관심을 보이곤 했는데, 이 기간 동안 모두 수업이 없었던 터라 함께 갈 수 있었다.

1차 조사 대상 마을로는 산외면 숲골·죽서·긴늪마을을 정했다. 그리고 이번 조사에는 4일 동안 여러 명이 참여하기 때문에 이외의 지역까지도 충분히 갈 수 있는 여건을 가지고 있었다. 그래서 상황에 따라 산내면 일대를 가보는 것으로 잠정적인 계획을 세웠다. 다만 그간 현지조사를 다녔던 기존 멤버가 아닌 새로운 조사자들이 동참하는 자리임을 고려해서 조사의 전체적 일정은 다소 유동적으로 잡아두었다.

그런데 막상 이창국은 개인적 사정으로 첫날 오후에 합류하기로 했고, 강의 시간을 맞출 수 없다면서 김영희도 그 다음날 내려온다고 했다. 출발 당일에 갈 수 있는 사람은 나와 우영민뿐이었다. 출발인원의 감소라는, 예상치 못한 복병으로 난감해하던 차에 김영희가 '차라리 하루를 앞당겨서 밀양으로 가는 것이 어떠냐'는 제안을 했다. 이전과 달리 김영희에게 이번 현지조사의 총괄책임을 위임받은 터라, 결국 이 제안에 대한 결정도 내게 달려 있었다. 우선은 밀양 무안면에 있는 나의 외가로 전날 오후에 내려가면 첫째 날 오전에 이동하는 데 시간을 허비하지 않아 그만큼 여유 있게 조사할 수 있을 것이었다. 그리고 되도록 빨리 현장에 들어가서 그곳 상황을 파악해야, 이에 따라 첫째 날 숙박할 장소도 마련할 수 있을 것 같았다. 하지만 혼자서 조사를 하는 것만큼이나 다른 누군가와 함께 하게 되는 이번 조사도 내게는 쉽지 않은 관문이었다. 다행히 우영민은 학부에서 학회 활동을 함께 한 적이 있어서 나 스스로 상대에 대한 부담이 적은 편이었고, 조사하는 내내 우영민도 적극적으로 나와 호흡을 맞춰주었다. 내가 달라진 상황에 대해 이야기하자 우영민도 별 스스럼없이 그 전날 시간이 괜찮다고 했고, 그래서 우리는 4월 22일 오후 기차를 타고 밀양으로 출발했다.

성 질 끼 없으이, 나가라

조사 당일 아침부터 밀양에는 보슬비가 내렸다. 밭일 나가지 못한 할머니들이 노인정으로 놀러 올 것 같았기 때문에, 현지조사하기에는 궂은 날씨가 안성맞춤이었다. 하지만 당장 부피가 큰 장비를 빗속에서 들고 움직이는 것이 문제였다. 다행히 외삼촌이 직접 트럭으로 태워다주어서 11시경, 숲골 할머니노인정 건물 앞에 도착하였다.

할머니들이 모여 있을 것이라 생각했지만 닫혀 있는 미닫이문 너머로 비치는 노인정 방 내부는 꽤 어두워 보였다. 조심스럽게 문을 밀자 나란히 누운 채 인기척 나는 쪽으로 내다보던 이상주씨, 유남수씨와 서로 눈이 마주쳤다. 형광등을 끈 채 텔레비전에서 나오는 불빛만으로 두런두런 이야기를 나누고 있었던 모양이었다. 두 할머니 모두 이전 조사에서 만났던 나는 얼른 인사를 드리면서 방안으로 들어섰다. 할머니들도 '지난 번에 와서 촬영하고 갔던 처자'라며 나를 기억했다. 지난 조사를 통해 할머니들이 우리가 무엇을 하는 학생인가를 이미 알고 있었기 때문에 나는 딱히 장비에 대한 설명 없이 캠코더와 녹음기를 꺼냈다.

꺼낸 장비를 설치하면서 나는 자연스레 할머니들의 안부를 물었고, 물끄러미 지켜보던 유남수씨가 '처자 둘이 다 예쁘다'면서 말문을 열었다. 아무래도 전에 안면이 있었던 내게 먼저 고향이며 나이, 가족관계 등을 조목조목 물었다.

현지조사에서 만난 할머니들은 조사의 취지나 내용보다는 오히려 조사자 개개인의 신상에 대해 호기심을 갖고 일상적인 이야기를 하는 경우가 많았다. 낯선 연행 공간에서 이러한 사적인 대화는 연행자와 조사자가 더 끈끈한 유대감을 형성할 수 있도록 하는 윤활유 역할을 한다. 그래서 나도 지난번 조사를 통해 유남수씨의 친정마을이 무안면에 있다는 것을 알고 있었기에 나의 외가가 무안면 정곡에 있다는 말을 덧붙였다. 할머니와 공통된 부분이 서로의 관계를 돈독하게 하는 계기가 될 것이라는 판단에서였다. 유남수씨도 '정곡마을 너머에는 문둥이들이 산다'면서 그곳 인근의 지리를 환히 짚어냈다. 나의 외가 성씨를 물어본 할머니는 '거기서 원정 유가라고 하면 다들 알 것'이라는 말도 했다.

그리고 내 옆에 앉은 우영민의 성씨도 물었다. 우가(禹哥)라는 대답에, 유남수씨는 '내가 제주도 가서 만난 이쁜 처자가 우가더라'고 했다. 무안면 이야기가 나왔을 때 시댁 일가가 거기에 산다고만 했을 뿐, 줄곧 별다른 말이 없었던 이상주씨가 문득 리모컨을 집어 텔레비전 소리를 약간 낮췄다. 그리고는 무심한 표정으로 유남수씨에게 이야기를 건네기 시작했다. 이야기 도중 텔레비전 소리에 방해가 된다고 생각한 내가 이야기를 들을 수 없다고 하자, 이상주씨는 이내 텔레비전을 끄고 이야기를 이어가기도 했다.

▶33 나가라1) (이야기㉕)

연행자 : 이상주(여, 80세, 죽남댁) ●
조사자 : 황은주 ①, 우영민 ②
청 중 : 유남수(운동댁) ③

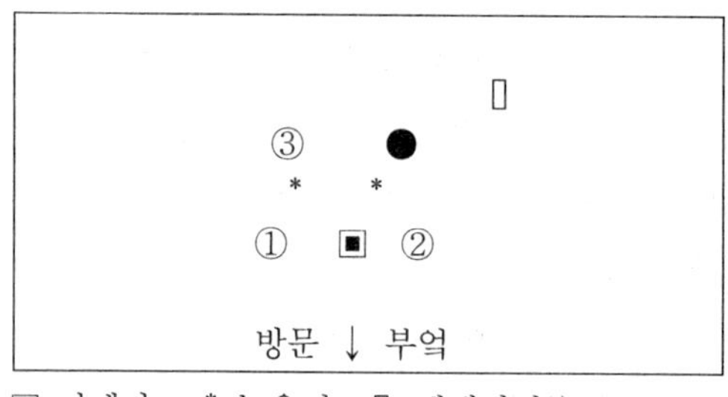

■ 카메라   * 녹음기   □ 텔레비전2)

"【②를 보며】 니는 성씨가 누고-3)?"
"저는 우가(禹哥)예요, 이름은 정진이고."
"제주도에서는 우가가 양반 성씨란다."

"성이 저기, 옛날에 성이, 성이 질4) 께 없어가예, 짓다가- 짓다가
온5) 성 다 짓고 성이 질 께 없어가지고 [③: 천방지축6)이라 안 카드
나?] [①: 예?] 그래가, 성이 질 께 없어가주고 성이, 옛날에 성이, 성을
짓는데 【손으로 여기저기를 가리키며】 이 사람도 성 지러7) 오고, 이 사람도
성 지러 오고, 이 사람도 가고 자-꾸 마, 천-지 성이, 얼매나 많습니꺼?
[③: 많다.]

---

1) 2003년 4월 23일 오전 밀양 산외면
  엄광리 숲골 할머니노인정.
2) 당시 텔레비전이 켜져 있었으므로 위
  치를 밝혀둔다.
3) 누구냐.
4) 지을.

5) 모든.
6) 한국에서 흔하지 않은 성을 다소 비
  하하는 맥락에서 가리킬 때 '천방지축
  마골피'라고 이르기도 한다.
7) 지으러.

그래 많은데 지을 끼8) 없어가주고 그래 또 내--9) 늦까10) 또, 한 눔이 갔는 기라. 가이 '제 성은 뭐시라 카믄11) 되겠습니꺼?-' 카이 [①: 할머니.] 성이 질 께 없다꼬, [①: 안 들려요.] 안 들리이? [①: 예.] 【텔레비전을 끈 다음, 분명한 어조로】 성이, 성이 질 꺼이 없다꼬 【손을 내저으며 쫓아내는 흉내】 나가라- 이캤거든12), 그래. 성 [③: 나가.] 질 께 없으이 나가라- 캐이13) 그리 마 '【우둔한 듯 느리고 굵은 소리로】 아-. 인자 내 성, 나가라, 나간갑다.' 나가라 캔 기 마 나가, 나가다. 【조사자들 웃음】 나가랍니더.

그래 나가, 나 그, 항-시14) 우습더라. 그래 성이, 성이 지러 가이 성이 질 께 없으이 옛날에 그 참 성이, 성이 짓다가 아무리 지-도15) 사램16)이 만-무해가17), 지을, 성이 없는 기라. 인자, 지을 성받이18)가 없는 기라. 와, 천방지축으로 안 짓습니꺼? 【손가락을 꼽으며】 천가, 방가 [③: 천방지축이라 카데.] 음. 천가, 방가, 마 조개19) 이래 다 지있는데20), 하-두21) 늦까- 성을 지 놓이22) 지일 끼 없으이끼네 □□ '【큰 소리로】 마, 임마. 성 질 끼 없으이, 【손을 내저으며 크게】 나가라.' 이캤는 기라. 【조사자들 웃음】 고마23), 고마 나가라 캤다 카더라 【웃음】."

유남수씨가 조사자들의 성씨와 이름을 묻는 것을 지켜보던 이상주씨는 마침 재미있는 성씨 이야기 하나가 떠올라서 슬그머니 꺼냈던 것이다. 즉 조사자들의 성씨에 대한 관심이 이상주씨에게 '나가라' 이야기를 연행토록 한 중요한 동기가 되었다. 이처럼 만나자마자 나눈 일상적 대화 속의 내용이

---

8) 것이.
9) 내도록. 아주.
10) 늦게.
11) 무엇이라고 하면.
12) 이렇게 했거든.
13) 하니.
14) 항상.
15) 지어도.

16) 사람.
17) 만무(萬無)해서.
18) 성씨.
19) 조가.
20) 지었는데.
21) 하도.
22) 지어 놓으니.
23) 그만.

이후 할머니들이 앞으로 연행할 이야기에 직·간접적인 영향을 미친다는 사실은 전사 자료를 살펴본 후에야 알 수 있었다. 정곡마을 근처에 산다는 '문둥이', 우가 성씨를 만났다는 '제주도' 등의 소재가 바로, 할머니들이 관련된 이야기를 좀더 쉽게 기억해내도록 하는 실마리 역할을 한 것이다.

"그래 나가-두24) 많애요.〔③: 저, 저 사우25) 지-가다. 지-가, 나가, 공가, 나 첨에 공가 들어서 웃싰다26). 공가가 나성27)이라 카데. 지가, 내가, 내서바-이28). 성받이가 괘않단다29).〕"

나가 성씨가 생겨난 이야기가 끝나자 어느새 할머니들은 숲골에 살았던 이들 가운데 드문 성씨의 사람을 하나둘 꼽아보기 시작했다.

그런 이바구 몬 해주

두 할머니가 워낙 이야기하는 것을 좋아했고, 자연스레 이야기 물꼬를 터주었기 때문에 나는 이야기를 하나씩 청해도 될 것 같았다. 마을 사람들의 성씨에 관한 할머니들의 기나긴 평판이 끝나기를 기다려 나는 정문마을의 열녀비에 대해 물어보았다.

▶34 문둥이 남편 낫게 한 열녀30) (이야기㉖)

연행자 : 이상주(여, 80세, 죽남댁) ●
조사자 : 황은주 ①, 우영민 ②
청 중 : 유남수(운동댁) ③

---

24) 나가도.
25) 사위.
26) 웃었다.
27) 중국에서 들어온 성.

28) 내서방.
29) 괜찮단다.
30) 2003년 4월 23일 오전 밀양 산외면 엄광리 숲골 할머니노인정.

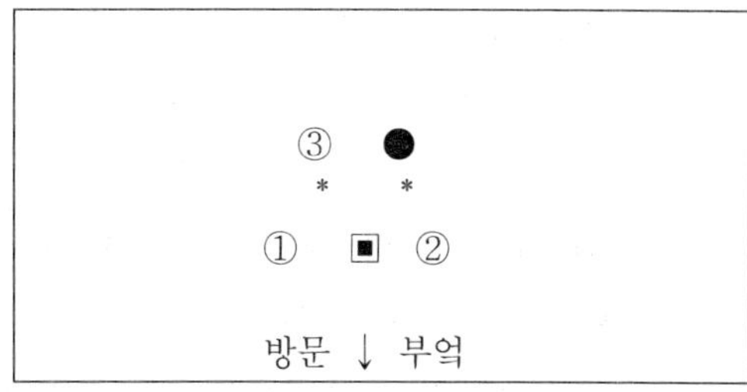

■ 카메라 * 녹음기

"열녀빈가, 저기 정문에요, 그 무슨 비석 하나 있던데."

"비석?"

"예, 열녀빈가?"

"아, 있다, 있다. 열녀빈가 거는 모르겠다. 거 있다. 집 잘, 새로 해 났-
다. 그 비."

"어데?"

"정문에 고-, 고까31) 있는데 내려가면 거 그 전에 저, 저 저 회관 하던
거 놔-두고, 회관 뜯어뿌고 요래, 비 요래 딱 깎아 해 났든교32)?"

"어, 어."

"그 열녀빈지 무슨 빈지는 모르겠고."

"그 열녀비라 카제-?"

"열녀빈강예?"

"열녀비라 카는 겉더라33). 여자가- 남자가 그래, 열녀는 인제, 남자가 여
자한테 잘 하는 기 열녀비가?"

"여자가 남자한테 잘 하는 기 열녀비지."

"여자가 남자한테 잘 하이 열녀비가? 그래 열녀비라 카더라."

"난 아익34) 고건35) 이름 모르겠고."

---

31) 고가도로.
32) 놓았습니까.
33) 하는 것 같더라.

34) 아직.
35) 고것은.

"여자가, 여자가 남편한테 너무 잘 하기 따미로36)."

"고 전에는 암따나37) 해 놔-두 요새는 참-하게 해 놨구메38), 고. 딱 숭가가지고39)."

"열녀는 금곡딕40)이 참 열녀비 해야 된다. 참 □□□. 참 몰라 그렇지-, 그 남펜한테 □□□ 참 잘했대이. 참 그기 열녀비다."

"근데 비 겉은, 그런 거 봐도, 고마 상도 그러이41) 안 좋다 카데42), 모도43). 그래두 그 사람, 워낙 잘 하이, 열녀가 섰고.

"우리 집안에, 우리 여주 이씨 집안에 【③을 보며44)】여, 고답45) 사는 데예46), 택구47)는 그 전에 알았는데 잊어-뺐다48). 뭐 고성댁인가 뭐인데, 그 남자카, 우리 집안사램이 마 문딩이49)드라 카데예50). 이래 눈썹두 없고 문딩인데 그거 인고기51) 무-면52) 낫다꼬 한다꼬예, 마 지 살 이거를, 【엉덩이를 만지며】 궁딩이53)를, 허벅지를 마 싹 비-가예54) [③: 【고개를 흔들며】 무시라55).] 【세로로 손을 세워 손날로 다지는 흉내】 마 다지가주고56)여, 믹있는 기라57). 다지가주구 신랑을 믹이, 그기 그래 묵고 나이 물로 찾더라 카데.

<hr>

36) 때문에.
37) 아무렇게나.
38) 놓았더구먼.
39) (비석을) 심어서.
40) 금곡댁.
41) 그렇게 하니.
42) (열녀비를 세우는 따위의) 상(賞)을 받아도 안 좋다고 하더라.
43) 모두.
44) 연행자의 어조는 '청중 가운데 누구를 마주보며 이야기하는가'에 따라 조금씩 다르게 나타나고 있다. 이날 이 상주씨는 유남수씨와 처음 만난 조사자인 우영민에게 높임말을 썼다.

45) 상동면 자연마을 중 하나.
46) 데요.
47) 택호.
48) 잊어버렸다.
49) 문둥이.
50) 하던데요.
51) 인육(人肉).
52) 먹으면.
53) 궁둥이.
54) 베어서요.
55) 무서워라.
56) 다져서.
57) 먹였던 것이라.

[①: 할머니, 할머니 가문에서요?] 응, 우리 가문인데, 여주 이가 가문인데, 그랬는데, 그- 또 고답댁이 잘 알데 또. [③: 고답댁이 모르는 게 있나?] 나는, 나는 우리 일가라두 모르는데, 고답딕이는 굉장히 잘 아는데, 우리 은-지58) 시오마-이59), 이바구 하는데, 우리 어른60)이 이바구 하는데. 그래 인자, 마, 신랑이 마 마, 【자신의 눈썹을 가리키며】 이것두 없고 마, 눈썹두 없고 마 퉁퉁 붓고 이랬다 카이. 그래가 가만 보이 참, 바람빙61)이라, 그래 풍빙62)이라. 그래 놓이께63) 그래 마, 이기- 지 허벅지 【엉덩이를 만지며】 궁딩이를, 살을 【손 크기 정도로 양을 가늠해 ①을 쳐다보며】 이만-니64) 띠더란다65). 이마히 싹 비-가주고66), 그래 마 【손을 세워 칼질하듯】 난도질로 다지가주고 그래 신랑을 믹있대요.

믹이가- 【신기한 듯한 어조로】 맬가히67) 낫사요68), 그래가. [③: 그래 낫던가?] 【단언하는 어조로】 낫샀어예. 나사가 모사69) 지내러 오고 이래, 【허공을 가리키며】 저- 재안골70), 모사 지내러 오이.

[③: 짭다71) 카데72), 인괴기가.] 그래 마, 그래 묵고 나이 마, 【눈을 질끈 감으며】 콰-이73) 짭답니더. 그래 물 달라고 사핼 치도74) [③: 물 안 준단다.] 물 안 준답니더. 그라고75) 물 안 주고 하룻밤 하리76)를 놔두었다 한, 달 지내고 나이께 【두 손을 두 눈썹에 대고 선을 따라 그리며】 마, 눈썹이 쌔-카마히77) 나고 【두 손으로 얼굴을 쓰다듬으며】 얼굴이 마, 얄궂던78) 얼굴

---

58) 언제.
59) 시어머니.
60) 자신(이상주씨)의 시어머니를 가리킨다.
61) 병.
62) 풍병(風病).
63) 그렇게 해 놓으니까.
64) 이만큼.
65) 떼더란다.
66) 베서.
67) 말끔히.

68) 나아요.
69) 묘사(墓祀).
70) 엄광리 숲골에 있는 지명.
71) 짜다.
72) 하더라.
73) 과연. 정말로.
74) 몸부림을 쳐도.
75) 그리고.
76) 하루.
77) 새카맣게.
78) 보기 좋지 않던.

이 와 마, 본 살 돌아오더란다. 【③의 무릎을 톡톡 치며】 그래 그 참, 그 사람 열녀비 섰어예-. 【②를 보며】 우리 집안에 그래, 열녀비 섰어.

[③: 그래, 열녀비 시알라[79] 안 카겠나?] [②: 여주에요?] 어, 집안에 두 열녀비 시아고-[80] 참, 그래 그 사람, 열녀비 시아고. 그 신랑이 그래가 문딩이 된 사람, 맬-가히 나샀으이[81] 열녀 아이가? 그런 지 살 여, 【엉덩이를 만지며】 궁둥이 여, 그 칼로 그-가[82], 여【손으로 엉덩이를 베어내듯 싹 훔치며】 싹 비지가[83] 이-만니 비지가주고, 막- 난도질해가주고 신랑을 믹있는 기라, 문딩이, 저 들앉은 문딩이를. [②: 와, 진짜 대단하네.] 믹이 놔-놓이끼네 마 대반에[84] 마【③을 바라보며】 한 두어 달, 한 일 년 좀, 못 돼서 마, 마【②를 보면서】 본 얼굴 돌아오고【눈썹을 가리키며】 요 눈썹이 나고 이렇더래. 그래가 집안에 다 알아가주구 그래 열녀비 시았어예. [③: 그래 열녀비 시알라 안 카겠나?] 그 사람, 그 사람 열녀비 시았습니더. 열녀비 시아가주구 그래 그 참 바람, 풍빙 들어가주고 넘 한테-[85] 섞이[86] 몬 다니다가예 마, 맬-가이 낫사가[87] 우리 집에 두 분[88], 시 분 왔대이, 모사 지내러 오믄 우리 집에 오는 기라. 오는 긴데【손가락으로 허공을 가리키며】 우리캄[89] 뭐시[90] 없는갑더라[91]. 여, 지암골 모사 지내러 오이, 그리 좋데요. 택구가 고성딕인강-[92] 뭐시라, 그 잘 모르겠다. [③: 아이고 그캐[93], 아이구 그캐.] 그래 그 사람두 그 참, 열녀비 섰다.

그 시아주구[94], 그래 가장[95], 그-마히[96] 잘하는 사람이 어딨노? 지

---

79) 세우려고.
80) 세우고.
81) 낫게 했으니.
82) '그'를 길게 발음하였는데, '칼을 가지고'라는 말이다.
83) 베어서.
84) 대번에.
85) 한데. 함께.
86) 섞여.
87) 나아서.

88) 번.
89) 우리와는.
90) 뭔가.
91) 풍병이 걸린 사람이 보통 사람들과는 뭔가 다른 것 같더라는 말.
92) 고성댁인지.
93) 그래. 상대방의 말이 당연하다는 의사를 전달하는 어조로, 매우 적극적인 동조의 표현이다.
94) 세워주고.

살 비-가 다져가 믹이가 가장 나사가주고[97], 마 활동하도록 활동 다,
[①: 그게 그럼 요, 요새, 요새 일이네요. 옛날 일이 아니라.] 옛날, 중간
에. 우, 우리 오기 전에 그랬다 카더라. 우리, 우리 오고도 그, 그런 사램
이 그 바람 풍병 든 사람이 내 시집오고도 여, 낫사 모사 지내로 온다
카고, 우리 집에도 왔다 가거든, 우리 저 복판에 저, 입구에 저 숱[98]에,
들오는 곁[99]에 있는데[100]. 【손으로 허공을 가리키며】여 오믄 여, 우리 재
실이 있거든. 꼴짝[101] 가면 재실이 있는데 그래 그 모사 지내러, 인제 시
월 초여-흘날[102] 언제든 모사거든, 종묘 모사 지내는데, 그 양반이 오더
라꼬, 맬-가히 나사가주고. 전에 젊을 때는 못 댕깄는데[103] 그 마누래가
나사-가[104] 그, 그 모사 지내러 댕기쌓더라꼬. [③: 그 인괴기 그래 무
으면 짭단다.] 그래 열녀 아이가? 그래 짭답니다. 【벨소리. ①이 전화 받음.】
　[②: 그러면은 그 여주 이씨 가문에서 나신 그 열녀분은-, 고성댁이,
그 분은 그깐 몇 대조 위에, 그런 거 아세요?] 나, 그런 건 모른다. [②:
어, 옛날 분이세요?] 나 그, 그런 건, 내 시집오기 전이니끼네, 내 어른
하고 친구이끄네. 그런데 거 나사가주고 여 모사 지내러 오는 그 분은
내가 알아. 알지만은 안익[105], 이제 돌아가싰을[106] 끼구만은[107]. [②: 어
정말 대단하다.]"

내가 정문마을 열녀비를 물은 것은, 사람들 눈에 잘 띄는 자리에 비석이
세워져 있어서 지나다니던 길에서라도 할머니들이 한 번쯤은 보았으리라는

---

95) 가장(家長).
96) 그만큼.
97) 낮게 해서.
98) 숱. 고숱. 시골마을의 좁은 골목길을
　　뜻함.
99) 곁에.
100) 이상주씨의 집이 숲촌마을 입구에
　　있다는 뜻.
101) 골짜기.
102) 10월 10일.
103) 다녔는데.
104) 낮게 해서.
105) 아직.
106) 돌아가셨을.
107) 것이구먼.

생각에서였다. 하지만 내 추정과는 달리 이 비석이 세워져 있는 위치며 열녀라는 명칭에 대해서 이런저런 말을 주고받았을 뿐, 정작 할머니들은 열녀비에 얽힌 이야기를 모르고 있었다. 이상주씨가 본인 가문에서 열녀비가 세워진 이야기를 한 것은 '열녀가 되는 것도 그다지 좋지 않더라'는 나름의 의견을 짐짓 특유의 퉁명스러운 어조로 내보인 다음이었다.

엉덩이 살을 손바닥만하게 베어냈다는 대목에서 유남수씨가 잔뜩 찌푸린 표정으로 고개를 절레절레 저었고, 조사자들도 열녀의 행동에 끔찍해 하면서도 한편으로는 그 대담성에 놀라워했다. 청중이 여러 반응을 나타내자 이상주씨도 '살을 베어냈다'는 내용을 몇 번씩 더 반복하여 강조하였다. 이상주씨는 자신의 살을 베어 남편을 살렸다는 이야기를 하면서 그 같은 일이 본받을 만큼 교훈적이거나 훌륭하다기보다 흔히 볼 수 없는 신기한 사건으로 받아들이고 있는 듯했다. 결국 청중의 반응과 연행자의 인식에 따른 상황 설명이 장황해지자, 그만큼 이야기의 편폭도 길어졌다.

이야기를 하는 내내 이상주씨는 처음 온 조사자를 자주 쳐다보았다. 문둥이를 표현하는 부분에서 본인의 눈썹이나 얼굴을 매만지거나, 도려낸 살을 칼로 다지는 모습을 세세하게 조사자에게 흉내내었다. 이와 달리 유남수씨에게 이야기를 할 때에는 이상주씨의 나이가 서너 살 아래인 관계로 존대를 쓰기도 했다.

이상주씨의 이야기가 마무리될 즈음 내가 이창국의 전화연락을 받자, 방안은 금세 조용해졌다. 할머니들이 통화하는 모습을 내내 지켜보고 있어서 전화를 끊은 나는 일행 한 명이 더 오고 있다는 말을 하지 않을 수 없었다. 그러자 이상주씨는 대보름 같은 행사도 없는데 와서 무슨 취재를 하겠냐고 했다. 내가 '할머니 이야기를 들으러 오는 것'이라며 너스레를 떨었고 이상주씨는 아주 유쾌하게 웃었다.

갑작스런 통화로 이야기 흐름이 끊긴 상황이어서 나는 아랑 이야기를 한 번 청해보기로 했다. 우선 조사 경험이 없었던 우영민이 좀 낯설어 하는 것 같아서 그도 알 만한 이야기를 들려주어야겠다는 생각이었다. 그리고 이미 이상주씨가 여주 이씨 열녀비 이야기를 했기 때문에 죽음으로 신념을 지켰던 열녀의 강한 여성상과 부합되는 측면을 가진 아랑 이야기를 쉽게 청할 수 있었다. 게다가 시기적으로도 당시는 밀양 아랑각에서 아랑제를 지내는 문화제 기간108)이었다. 숲골 마을로 오는 길에 나는 이 행사를 알리는 현수막이 밀양시 곳곳에서 나부끼는 것을 볼 수 있었다.

하지만 이상주씨는 ‘그런 건 잘 넣어야 한다’면서 이야기하는 것이 썩 내키지 않는 눈치였다. 이상주씨가 조사에 부담을 느끼고 있음이 은연중에 드러나는 대목이었다. 내가 조사에 대한 의욕을 앞세웠던 나머지 너무 이야기만을 들으려고 했던 것이다. 이번 조사에서도 내가 여전히 자료 수집에 대한 일종의 강박감을 갖고 있음을 스스로 느낄 수 있었다. 이는 내가 현지조사를 계속하는 한 반드시 풀어야 할 숙제 가운데 하나였다.

▶35 밀양 원님의 딸 아랑109) (이야기㉗)

연행자 : 이상주(여, 80세, 죽남댁) ●
조사자 : 황은주 ①, 우영민 ②
청　중 : 유남수(운동댁) ③

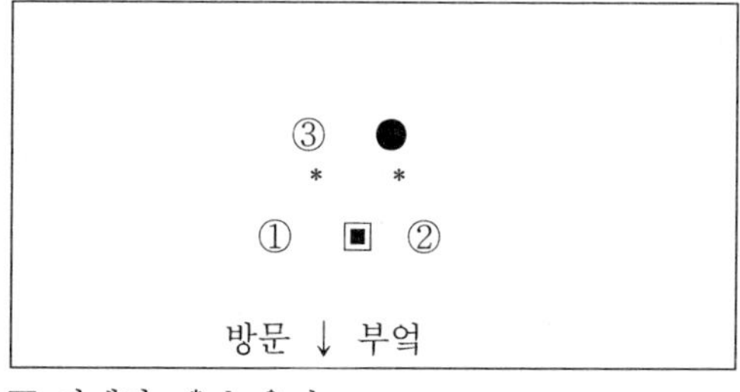

■ 카메라　* 녹음기

---

108) 2003년 4월 26~28일 ‘밀양문화제’가 열렸다. 문화제 기간 중 영남루 근처에 있는 아랑각(阿娘閣)에서 제사를 지낸다. 이 행사는 2004년에 ‘밀양아리랑대축제’로 개칭되었다.

109) 2003년 4월 23일 오전 밀양 산외면 엄광리 숲골 할머니노인정.

"오새110) 여111) 오이112), 무슨 추재113)를 해 가겠노?"

"어! 할머니 얘기요.【웃음】"

"【웃음】할매 얘기, 있나, 어데114)? 할매 얘기 옛날에, 그 서, 서너 자리115) 해가116) 여러, 서너 자리 해가 옇어놨을 낀데117), 뭐.."

"아니, 또- 또 해주세요."

"또 해주 봐라. □□ 잊아-뿌고 내-118) 할 거 있나, 어데?"

"옛날 얘기, 재밌는데."

"옛날 얘기 내 재미있는 거 내, 이, 이바구두 전부 다 잊어뿌고 없어예. 전에 이바구 많앴는데."

"우, 우리 이바구 할 줄 아나?"

"이바구 하나 해 보이소."

"할머니. 저기 아랑제- 하던데, 아랑 얘기 모르세요?"

"아랑 얘기는 잘 모르지. 그런 거, 아랑 얘기 그런 거는 좀 잘, 잘, 좋기119) 착실히 알아 옇어주야120) 되지."

"아. 아-, 그냥 아시는 것만."

"옛날에 원이, 원님이【③을 바라보며】밀양 아랑으로 들어왔는데, 원으로 들어왔는데, 그래 참 그-, 아랑처녀가 그마-이121) 잘난 기 있었거든.

그래 인자 : 원님이 그 :【혼잣말로】원님의 딸이라 카든강-, 그래 잘났는데 그, 머슴이, 머슴이 그 아랑을 마, 질투를 해가주고 나,【정정하며】좋아해가주고 그 아랑이 인제 그래 있는데, 질투를 해가 하룻밤에122)

<hr>

110) 요새.
111) 여기.
112) 와서.
113) 취재.
114) 확인과 동의를 구하는 물음.
115) 편.

116) 해서.
117) 넣어 놓았을 것인데.
118) 계속.
119) 좋게.
120) 넣어주어야.
121) 그만큼.

아랑 그걸 마, 업고 가뿄다 카데, 머슴이. [①: 업고 갔어요?]

  업고 가이, 그래 대밭에 거, 대밭에 거 가가주고 대밭에 그거, 【③을 보며】 대밭 하나 있지예? [③: 고123), 대밭 있데.] 어, 그 가여 마, 찔러 죽이뿐 기124), 지125) 말 안 들어준다꼬. 그래 찔러 죽있는데 그래 이, [③: 원님이라 카드나126)?] 원님 딸이라 안 캅디까? [③: 어-127), 그거 저, 아랑이 즈그 아부지가?] 음, 몰라. 나 그래 들었다. [③: 아랑이 즈그 아부지가, 엄마, 아랑의 조그128) 오매129)가.] 【앞 내용을 정정하며, 혼잣말로】 아이, 아이다130). 원이, 원님은 따로 있고- 그 인자 원님에, 원님이 인자 그, 밀양 원을 들오이끼네131) 원님의 꿈에, 그 아랑이 나타나더래요. 자기 이래, 【손을 살짝 돌리며】 운밍시키 돌라꼬132). 그래 나타나가주고.

  그래가 인자 아무리 찾아도 없어. 그르구로133) 인자 그 머슴눔, 그 눔은 그- 없었겠지. 그 겁을 내가134) 찔러 쥑이135) 놓고 인자 도, 들고튀었다 아이가136)? 옛날에 들고티-뿐믄137) 몬138) 찾아, 오새는 찾아도. 그래가 참 온- 천지 디비이끄네139) 그, 찾으이 대밭에 가가주고 요래 【손으로 목을 살짝 찌르며】 목에 칼 찔리가 죽었더라 카데. 그러이140) 그-, 딴 사람이 가여141) 빼이142) 안 빼이는데143), 원님이 가여 빼이 【한 손으로 목에서 칼을 빼는 흉내】 빼이더라144) 카데. [①: 어, 그 꿈, 꿈 꾼 원님이요?]

----

122) '하-르-룻밤에'로 들리기도 한다.
123) 거기.
124) 죽여버린 것이라.
125) 자기.
126) 하더냐.
127) 아니. 자신의 의견과는 다를 때 부인하는 말로, '어-'라는 소리에 높낮이가 있다.
128) 자기.
129) 엄마.
130) 아니, 아니다.
131) 들어오니.
132) 운명(殞命)시켜 달라고.

133) 그러구러.
134) 내서.
135) 죽여.
136) 들고튀었잖아. 들고튀다: '냅다 달아나다'를 속되게 이르는 말.
137) 들고튀어버리면.
138) 못.
139) 뒤지니.
140) 그렇게.
141) 가서.
142) 빼니.
143) 빠지는데.
144) 빠지더라.

어, 꿈 꾼 원님이.

그래가 뭐 그래쌓더라. 나는 그거 잘 몰라. 그런 이바구 몬 해주. [③: 【혼잣말로】다 잊아-뿼다. 나, 나두 알았는데…….] [①: 어! 다, 다 해주셨으면서.] 그래, 그래 모른다 하이끼네. 그, 그런 이바구는 잘해주야 되는데 뭐, 아나? 어데.145) 모른다."

이상주씨에게 아랑 이야기는 제대로, 잘 해야 하는 이야기였다. 이어서 이야기했던 유남수씨도 마찬가지였는데, 두 할머니는 아랑 이야기를 하면서도 잘 모른다는 말을 거듭했다. 두 할머니뿐 아니라 내가 현지조사에서 만났던 대부분의 할머니들이 아랑에 얽힌 이야기는 잘 모른다고 했다. 더군다나 내가 아랑에 대한 질문을 한 연후에야 들을 수 있었을 뿐, 할머니들이 먼저 나서서 이 이야기를 꺼내 놓지는 않았다. 아랑 이야기를 연행하면서도 할머니들은 간략한 줄거리만을 알려주었고, 더 이상의 논평을 붙이지 않았다. 이것이 할아버지들의 연행과는 큰 차이를 보이는 지점이었다. 대개의 할아버지들은 아랑의 절개를 강조하면서 예부터 밀양이 충·효·열의 고장이었음을 알려주고자 했다. 이야기 속에서 아랑이 지키고자 했던 그 무엇은 정절이라는 이름으로 지칭되었고, 기존의 지배체제 아래에서 그녀의 정신은 여성이 지녀야 할 덕목으로 자리잡았다. 여성으로서 동질감을 갖기에는, 할머니들이 사는 현실과 아랑은 다분히 괴리되어 있었다. 이상주씨가 아랑의 이야기에 별다른 흥미를 느끼지 않았던 것도 마찬가지 이유에서였을 것이다. 잘 모르기 때문에 '그런 이바구 몬해준다'던 이상주씨의 솔직한 말이 새삼스럽게 다가왔다.

이상주씨 옆에 있던 유남수씨는 본인도 알고 있는 이야기라며 연신 중얼거리다가 아랑이야기를 이어갔다.

---

145) '이야기를 잘 해줘야 되는데, 어디
    뭐 잘 알겠느냐?'라는 뜻.

▶36 아버지 꿈에 나타난 아랑[146] (이야기㉘)

연행자 : 유남수(여, 84세, 운동댁) ●
조사자 : 황은주 ①, 우영민 ②
청 중 : 이상주(죽남댁) ④

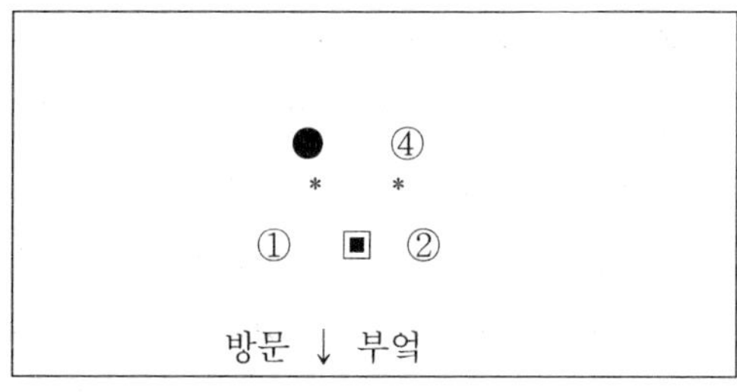

■ 카메라 * 녹음기

"이렇데. [④: 그래가 온, 뒤에 가이 고,] 그 원님이-, [④: 새미가[147] 있더라. 원님 꿈에- 그 아랑이 자꾸 몽,【정정하며】원기[148]가 됐는 기라.[149]] 그- 원님이, [④: 만날[150]【손으로 머리카락을 내려뜨리는 흉내】이래 머릴 풀고.] 상처[151]를 해가주고 [①: 예.] 그래 인제 여, 서울 있다가여, 시골로 왔는 기라. 즈그 딸로 덴꼬[152], 오가주고[153] 그 인자 아랑객[154] 그 아랑-에를 지키고.

처자 그 참- 좋대이. 머리는 능청능청하이 참, 인물도 잘났데. 아랑객, 한복을 딱- 입고 서가[155] 있데. [④:【혼잣말로 중얼거리며】누가 기맀노[156]? 얼매나 잘났는데.] 잘났데-, 과연 잘났데. 뻘-간[157] 처매 입고【약

146) 2003년 4월 23일 오전 밀양 산외면
　　엄광리 숲골 할머니노인정.
147) 샘이.
148) 원귀.
149) 원님의 꿈에 아랑이 원귀가 되어 자
　　꾸 나타났다는 뜻.
150) 매일.
151) 상처(喪妻).
152) 데리고.
153) 와서.
154) 아랑각(阿娘閣).
155) 서서.
156) 그렸냐.
157) 빨간.

간 목소리를 높여서】노란 저구리158) 입고, 고래 사진 딱- 찍어가 있데.159) 머리가 궁딩이 능청능청하이 땋아가 이래 있는데-.

그래 아부지가 여- 인제 시골에, 딸을 디리고160) 올 때 [④: 원으로, 원이] 참, 델꼬161) 왔단다. [④: 여, 저- 밀양 원으로 왔다 아이가?] 밀양 원이 여어 왔는데, 그래, 머슴눔으 어떤 눔이, 처자로 강탈로 했는 기라. [④: 그래.] 처자로 강탈해가주고 칼로 찔러【손가락으로 목을 살짝 찌르며】직있는 기라162). [④: 말로 안 들으이.] 찔러 직이이163) 그 대밭에 거 묻어 놔- 기라164). 이래 원님이, 아부지가 암만165) 딸을 찾아도 없더란다.

그래 원님이 자미166),【음절을 분명하게 끊으며】꿈을 꾸이끄네167) '아부지. 저가168) [④: 즈그 아부지 꿈에 나타나.] 아무 데 아무 데고, 그래 묻히-가 있으니 거 보라.' 카더란다. [④: 대밭에.] 그래 아부지가, 대밭에 갔어-.

차다이니께네169) 참 썩도170) 안하고171) [④: 그 원.] 빈하도172) 안하고,【두 손으로 원을 만들 듯】요대로 가만-히 누부가173) 있더래. 누부 자는 겉이174) 해, [④: 칼【목을 가리키며】여- 꼽히가175).] 목을 찔러가주고-. [④: 원님이 인제 그래 찾았다.] 그래 원님이, 즈- 아부지가 차다이끄네 아가씨가- 자는 거맨치로176) 이래177) 있더란다, 흙도 물또178) 안하고. '그래 아부지-. [④: 몽중에 □□.] 저가 말로 안 듣다가 내가 칼이【얼버부

---

158) 저고리.
159) 아랑각에 걸려 있는 아랑의 전신 초
　　상화를 가리켜 말하는 듯.
160) 데리고.
161) 데리고.
162) 죽였던 것이라.
163) 죽이니.
164) 놓은 거라.
165) 아무리.
166) 자며.
167) 꾸니까.

168) 제가.
169) 찾아다니니.
170) 썩지도.
171) 않고.
172) 변하지도.
173) 누워.
174) 것 같이.
175) 꽂혀서.
176) 것처럼.
177) 이렇게.
178) 묻지도.

리며】찔리 있으니깐 내 여, 【한 손으로 땅바닥을 치면서】묻어 놨으이179) 아
부지, 여어서 찾으라.' 헌장이라꼬180) 찾으라 카이, 찾으이181) 딸이 묻히
가182) 있더란다. [④: 고-, 딸 묻힌 그 고데183) 요, 【바닥에 두 손으로 원을
그리며】요고만-한,] 그래, [④: 드가184) 보이께네, 【다시 바닥에다 원을 그
리며】요만-한 새미 하나 있데.] [①: 아-.] 그래, 고래 빼냈는 기라. [①:
샘이요?] 빼내-가주고, 고오 미185)를 섰다186) 카든강187), 또 다부188)
섰다 카든강 서가주고, [④: 다부 섰겠지 뭐.] 그랬다 카드라."

　　이상주씨는 새로 부임한 원님 꿈에 아랑 원혼이 나타났다고 말했지만,
유남수씨는 다른 원님이 아니라 아랑의 아버지가 시신을 찾았다고 했다.

　　"나두 고래189)만 알겠다, 다 모르겠다. 〔④: 다 모른다, 잊아뿌고.〕하
두 오래되이190) 모르겠다. 〔①: 다-, 다 하셨는데. 【웃음】〕다 모른다. 우
리 소시절191)에 알았는데 지금 나이 팔십 평상192)이 되있으니193) 잊아-
뿄다. 〔④: 팔십이 넘었는데 그기,〕어 그래. 그래 카드라. 〔④: 이, 아랑제
가 언제, 언제 아랑제고-194), 그자? 언제 아랑, 언제 아랑각꼬195), 그기-?〕
그래, 언제 아랑각꼬196). 꿈을 꾸-가주고197), 아부지가 있으이198) 딸로 찾
았다 카데. 〔④: 즈그 아부지가 몬199) 젼디가200), 자꾸 즈그 아부지 꿈에

---

179) 놓았으니.
180) 현장이라고.
181) 찾으니.
182) 묻혀.
183) 곳에.
184) 들어가.
185) 묘.
186) 세웠다.
187) 하던가.
188) 다시.
189) 그렇게.
190) 오래되니.

191) 소싯적.
192) 평생.
193) 되었으니.
194) 언제 아랑제를 하느냐?
195) 언제 생긴 아랑각이냐?
196) 아랑각이 오래 되었다는 사실에 동
　　 조하는 표현.
197) 꿔서.
198) 있으니.
199) 못.
200) 견뎌서.

머릴 풀고 자꾸 인자 그-, 나타나가주고 인자 말로 해줬-는 기라201), 해주-가202) 그래 찾으이, 뒤 대밭을 찾으이 묻어 놨더라.] 그리구 대밭에 가봤는 기라. 대밭에 가보이끄네 요, 【손으로 방바닥을 짚으며】 집인데, 요, 요 대밭 있데. 고오 어데 헌장으서 딸로 찾아내가 새로 산소를 딜이고203). 〔④: 【두 손으로 어깨 너비만한 원을 그리며】 새미가, 웅덩이,] 사진을 갖다 이래 딱-고, 그 안에다 옇어놨는데 보이, 노란 처구리 입고 빨갠 치마 입고 처자가 참 좋더라. 큼-직한 처자가. 〔④: 거 함 가보지, 와? 아랑각에.] 〔②: 예-.] 그래, 이바구가 고기-다204).

〔④: 가 보면- 화상205), 화상 나타날 끼구만206). 고기, 오새207)는 문 안 여는강208)? 것두209) 문 열 때, 있을 끼구만은.] 모르지, 그. 〔④: 아랑각, 아랑각 제사 저, 문화지 하면210) 문 연다.] 거, 선전하는 사램이 있데, 남자 하나. 〔④: 예.] 그래, 선전해주데. 그래, 그래 됐다꼬- 카더만, 다 잊아-뺐다. 〔④: 잊아뺐다. 나두 모른다.]"

유남수씨를 따라서 이상주씨도 본인이 알려주었던 내용을 바로 수정해서 이야기를 다시 했다. 이는 우선 유남수씨가 이상주씨보다 나이가 더 많았다는 점을 이유로 들 수 있다. 그리고 그저 재미 위주로 이야기를 하는 편이었던 이상주씨로서는 굳이 내용의 시시비비를 따지고 싶지 않았을 것이다. 아랑 이야기 자체도 이상주씨 본인의 입장을 고수할 만큼 애착이 가는 내용이 아니었을 것이다.

유남수씨의 관심은 아랑의 죽음이 아니라 아랑각에 그려진 화상에 있었다. 이상주씨도 아랑각의 화상은 문화제 기간에나 볼 수 있을 거라고 한마디 거들면서, 화제는 자연스레 아랑각에 있다는 아랑의 그림으로 바뀌었다.

201) 해줬던 것이라.
202) 해줘서.
203) 들이고.
204) 고것이다.
205) 화상(畵像).
206) 것이구면.
207) 요새.
208) 여는가.
209) 그것도.
210) 문화제 하면.

　내가 아랑 이야기를 청했던 이유 가운데 하나는 문화제 행사 준비로 떠들썩한 밀양시내 분위기 때문이었다. 하지만 할머니들에게는 아랑 이야기만큼 문화제도 먼 나라의 일이라는 사실을 거듭 알 수 있었다.

　한편 유남수씨에 앞서 이상주씨가 아랑 이야기를 연행하면서 '그런 이바구'는 못한다는 말을 거듭 했었다. 여기서 '그런'은 지역에서 내세울 만한 일이나 유명한 이야기를 의미하는 듯한데, 할머니가 이렇게 말한 것은 나의 질문 내용과도 연관이 있었다. 꼭 그러한 의도를 갖고 질문한 것은 아니었지만 열녀나 아랑과 같은 이야기를 청하는 내게, 할머니들은 이에 부합하는 이야기들을 찾아 들려주기 위해 애썼다. 그래서 유남수씨도 아랑 이야기와 같이, 문화제를 선전하는 사람에게나 들을 수 있는 이야기를 선뜻 연행해준 것이다.

아가씨가 고- 시아놓고 착실하기 잘해 주더라꼬

　아랑 이야기를 마친 유남수씨는, 아랑각으로 구경을 갔다가 안내원에게 이 이야기를 전해 들었다고 했다. 이어서 할머니의 기억 속에 아랑 이야기를 들었던 때와 비슷한 상황이 연상되었는지, 어디선가 관광 가이드에게 들었던 이야기라며 마이산 할배·할매 이야기를 연행하기 시작했다.

　당시 나는 할머니들에게 아랑 이야기나, 정문마을 열녀비에 얽힌 이야기 같은, 밀양에 한정된 이야기를 청하고 있었다. 그래서인지 유남수씨가 갑자기 내게 '서울 이바구를 해도 되냐?'며 조심스레 질문을 던지며 이야기를 시작했다.

　유남수씨가 서울에 마이산이 있다고 하자 옆에서 듣고 있던 이상주씨는 전라도 마이산이라며 곧바로 아는 체를 했다. 유남수씨와 이상주씨는 함께 전라도 마이산으로 구경을 갔던 모양이었다.

▶37 입이 싸서 하늘로 못 올라간 마이산 할배·할매211) (이야기㉙)

연행자 : 유남수(여, 84세, 운동댁) ●
조사자 : 황은주 ①, 우영민 ②
청 중 : 이상주(죽남댁) ④

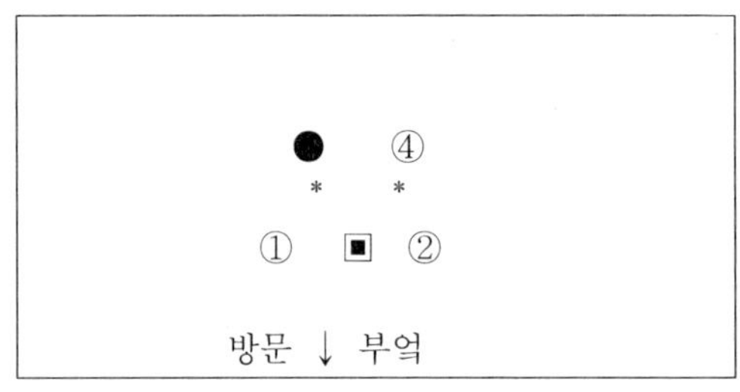

■ 카메라   * 녹음기

"우리가 서울 가이끄네, 서울 이바구를 해도 되겠나?"
"예."
"서울 놀러가이, 구경하러 가이끄네-, 서울 마이산이라꼬 있다.
"예."
"서울 마이산에 거 우리, 죽남떡이 갔을 찍212)에,"
"서울에 어데 마이산이 있능교? 전라도 마이산이지."

"전라도 마이산-가213)? 【조사자들 웃음】 봐라-. 이, 바보 제-214)?

전라도 마이산에가 우리 가이끄네 그 만댕이215)에 올라갔다 아이가? 올라가이끄네 방우이216)가, 방-구217) 이기-, 방-구가- 저거218), 이짝219)

─────────────────────────

211) 2003년 4월 23일 오전 밀양 산외면
    엄광리 숲골 할머니노인정.
212) 찍.
213) 마이산인가.

214) 바보지.
215) 산마루. 산등성이.
216) 바위.
217) 바위.

에는【두 손을 둥글게 모아 올리면서 찌푸린 표정으로】크-단-코220), 앞에【다시 내린 두 손으로 작은 원을 만들며】요래- 방우가 자그마-한 기221) 두 낱이 간 주름-히222) 서가223) 있데. 그래 그, 선전하는 사램이 '저 우째224), 저 바우는 저렇게 크고- 앞에 방구 둘은, 조래 작노-?' 그카이225), 조오 조금 큰 거는 큰아들이고 조금 작은, 작은 아들이라 카는 기라. 그 사람두 참- 이바구 잘 하더라. 내가 쌍사이226) 들었다.

그래 그런데, 그 영감 할마이, 마이산 거 할아부지 할무니가, 오두막집을 지227) 놓고 살림을 사는데, 그래가 하-두 할아부지가 그 마실에 어-떻기228) 좋은 일로 하고, 좋은 일만 하는 기라. 차-꾸229) 넘헌테 적신230) 만 하고 좋은 일만 하고 이래 하는데, 그래 그 할부지가 꿈을 꾸이끼네 '니는, 이- 만인간231)한테 너무 적신을 잘 하고, 좋은 일로 하기 때미로232), 인자 하늘 사램이【하늘을 한 번 가리킨 다음, 강조하듯이 또박또박하게】된다.' 카더란다, 꿈을 꾸이끄네.

그래 이 영감이 입이 사가주구 할마이한테 이바구를 했는 기라. '아뭇 날 아무 시가 되먼 우리가 하늘에서【무언가가 떨어진다는 듯, 손을 내려 흔들면서】주가233), 줄이 니리오먼234) 그 차,【시선을 잠시 허공에 둔 채】몇235) 시 되먼 일, 일찌기 자고 새북236)에 그 줄로 잡고, 우리가, 아들 둘로 디리고237)【손을 두어 번 들어올리며】하늘에 올라가 난- 사람 이대로 간다238).'

<hr>

218) 간투사의 일종.
219) 이쪽. '이-ㄹ-짝'으로 들리기도 한다.
220) 커다랗고.
221) 게.
222) 가지런히.
223) 서.
224) 어떻게.
225) 그렇게 하니.
226) 상세히.
227) 지어.
228) 어떻게.
229) 자꾸.
230) 적선(積善).
231) 모든 사람.
232) 때문에.
233) 줘서.
234) 내려오면.
235) 몇.
236) 새벽.
237) 데리고.
238) 태어난 그대로 올라간다. 죽지 않고 살아 있는 몸을 가지고 하늘로 올라간다는 뜻.

이카거든.

그런데 요눔우 할마이, 영감한테 듣고 안 캤으믄 되는데 : 아, 【정정하며】영감이 인제 마, 지239)만 알고 고래 마, 갔으믄 되는데, 그래 [④: 할마이한테 이바구를 했구만.] 음, 할마이한테 영감이, 이바구를 해 놓이, 요눔우 할마이가 또 이웃 사램한테 가가240) '으, 【두 눈을 질끈 감으며】우리는 아무 아무 시에는, 우리가 하늘 사램이, 아들 둘 디리고 올라간다.' 이카거든. 그래 아무 시에 간다.

그래, 이 동네 사람들이 '아이구- 저, 마이 할매하고 마이 할배하고 아무 시에, 아무 시에, 하늘 사람 돼가 올라간다 카는데, 우리 거 보자-' 이카고, 보-살241) 보살 끓일라꼬242) 인자, 그때는 보살로 마히243) 묵는 때미244) 보-살 끓일라꼬 새북에 일찍 일라가245) 보이끄네, 그래 【위를 쳐다보며】마이산 할매하고 할배하고 아달로246) 둘로 디리247), 바-로248) 타고 하늘에 올리249). 【하늘을 바라보고 두 손을 올리며】이래 중간쭘- 올라가는데 이붓 사램250)이 '【안타까운 목소리】아유-, 우얏꼬-251). 마이산에- 할부지 할무니가 마, 하늘사람- 올라간다.' 캐 놓이 마, 퉁- 널-찌는 기이라252).

입이 사□ 그 때미로. 퉁- 널찌가 마-253), 마이산 할매 할배가 마, 하늘 사람이 몬 됐단다. 성공을 몬 했단다.

그런 소리, 이바구로 난 들었다. 고래 이바구 들었다."

유남수씨의 이야기에서, 마이산 할아버지는 사람들에게 평소 적선을 많

---

239) 자기.
240) 가서.
241) 보리쌀.
242) 끓이려고.
243) 많이.
244) 먹기 때문에.
245) 일어나서.
246) 아들을.
247) 데리고.
248) 밧줄을.
249) 올라.
250) 이웃 사람.
251) 어찌할꼬.
252) 떨어진 것이라.
253) 강하게 발음하여 [ɦ] 소리가 뒤에 이어진다.

이 해서 하늘로 승천하게 되었다. 그런데 마이산 할아버지가 마이산 할머니에게 이 사실을 말해버렸고, 다시 마이산 할머니도 이웃 사람들에게 가족들이 다 하늘로 올라갈 것이라며 자랑을 했다. 결국 이튿날 새벽, 이웃 사람들이 모두 나와서 구경하는 가운데 마이산 할아버지가 자기 가족들을 데리고 하늘로 올라갔다. 그 모습을 지켜보던 이웃 사람 하나가 '마이산 할배 할매가 하늘로 올라간다'라고 말하자마자 하늘로 올라가던 마이산 할아버지 일가가 땅으로 떨어지고 말았다. 떨어진 자리에서 그대로 마이산 할아버지와 마이산 할머니, 그리고 두 아들이 모두 돌이 되었다. 이것이 유남수씨가 연행한 이야기의 대략적인 내용이었다.

이 이야기에서 마이산 할아버지는 인간이라면 누구나 한번은 거쳐야 하는 과정, 즉 죽음을 초월할 수 있는 신적 능력을 지닌 인물이었다. '신화적 전설'로 분류되곤 하는 〈아기장수〉나 〈우물명당〉 이야기에서 비밀 폭로의 주체가 여성으로 나타나듯이254) 〈마이산 할배·할매〉 이야기에서도 비극적 결말을 초래하는 데 여성인 마이산 할머니의 실수가 큰 몫을 차지하고 있다. 마이산 할아버지의 천기누설 행위는 동행할 가족에게 알려준 것이므로 어느 정도 정당성을 부여받지만 마이산 할머니는 이웃에게 자랑하기 위해 비밀을 폭로했기에 마이산 할아버지와 달리 집중적인 비판의 대상이 될 수도 있다. 그러나 이야기를 연행하는 유남수씨는 이 둘의 잘못을 같은 비중으로 다루고 있었다. 자칫 묵과할 수 있는 책임, 즉 하늘로 올라가지 못했던 1차적인 원인을 마이산 할아버지가 제공했음을 지적하고 있었다.

"〔④: 그 단디-255) 들었네요. 나는 그 뭐.〕 〔①: 【웃음】 〕 난 참 잘, 책두 하나 주데. 〔④: 난 돌아댕기느라256).〕 고 책, 저 저, 책 똑 【두 손을 맞붙이

---

254) 이와 관련하여 김영희, 「비극적 구전 서사에 나타난 비밀 폭로자로서의 여성 이미지 연구」(『한국고전여성문학』 12, 한국고전여성문학회, 2005) 참조.

255) 단단히, 똑똑히.

256) 돌아다니느라.

며】 납딱-한257) 거, 요런 거 하나, 주데. 〔④: 돌아댕기느라. 그래 내, 그
때 그, 돈 오백 원썩258) 줬는강-259) 얼매썩 주구 샀다꼬. 사가 가아오면260)
내가, 궁금하면 그거루261) 피이262) 놓고 '아이, 마이산 할매 할배가 이러
큼263) 백성들한티264) 적신을 했다 카는데, 하늘 사람 될 꾸로265) 할마이
고기이, 입이 싸가 안 해, 【정정하며】 몬했다아.' 이캤다266). 〔④: 그래 마, 몬
돼가 빠지 죽었구만. 그자?267)〕 응. 〔④: 고래가 아들, 방구 뜩- 됐다.〕 〔①:
아-, 두 아들.〕 그래 방구 두 낱, 아들 두 낱, 【한 손씩 크기를 가늠하며】 큰 아
들은 좀 크고 작은 아들은 요래268), 요래가 있데. 【오른쪽으로 손을 모으며】
여어는 할배가 크단-코269). 〔④: 방구 있다, 그래. 마이산 그래, 방우 조,〕
할매는 【왼편을 가리키며】 조- 건네 조오270) 딱 있고. 〔④: 마이산 조방우라
꼬. 그래 할매 곁271)에 잘, 할매 곁에 잘 갔네, 그러면. 【웃음】 〕〔①:【웃
음】 〕 우이뜬272) 뭐 그렇, 그렇다 캐쌓는데. 선전을 하고 책을 이, 쪼마-한
걸 하나 주데. 내-273) 우리 집 있디만274) 마 인자, 그 책도 없더라. 어데
가뺐는고275). 〔①: 야, 재밌네요.〕 고건 내, 쌍사히276) 들었다."

  옆에 앉았던 이상주씨는 '자신은 돌아다니느라고 이 이야기를 못 들었다'
는 둥, '하늘 사람이 못 되고 빠져 죽었다'는 둥, 유남수씨가 이야기하는 내
내 딴전을 피우곤 했다. 마이산 할아버지·할머니가 큰 바위가 되는 대목에
서도 이상주씨는 '할배·할매가 같이 있으니 잘 됐네'라며 싱겁게 웃어서 방

257) 납작한.
258) 오백 원씩.
259) 줬는지.
260) 가져오면.
261) 그것을.
262) 펴.
263) 이렇게.
264) 백성들한테.
265) 것을.
266) 이렇게 했다.
267) 당연한 사실에 대해 동의를 구하는

물음.
268) 요렇게.
269) 커다랗고.
270) 조기.
271) 곁.
272) 어찌 됐든.
273) 내내. 줄곧.
274) 있더니만.
275) 가버렸는지.
276) 상세히.

안 분위기를 화기애애하게 만들었다.

유남수씨와 이상주씨는 각각 1·2차 답사에서 따로따로 조사가 이루어졌다. 따라서 두 연행자가 한자리에 모여 이야기를 나눈 것은 이 날이 처음이었다. 서로 다른 이야기판에서 청중을 장악할 정도로 두 할머니가 모두 '이야기꾼'이었기 때문에, 한 연행판에 함께 자리한 두 이야기꾼의 상호작용을 파악함에 있어서도 이날 상황은 내게 매우 중요한 의미를 지니고 있었다. 즉 이야기에 대해 그 누구보다도 일가견이 있었던 두 분은, 직접 자신이 이야기할 때 못지 않게 상대의 이야기를 들을 때도 매우 적극적인 청중의 역할을 보여주었다. 그러나 이와 다른 측면에서는 상대보다 자신이 더 많은 이야기를 해주려고 하는, 이야기꾼다운 팽팽한 신경전도 (보이진 않지만) 이 둘 사이에서 분명 오가고 있음을 느낄 수 있었다. 유남수씨의 이야기가 끝나자 마치 기다리기라도 한 듯이 이상주씨도 '이번엔 내가 하나 해주겠다'며 덮고 있던 이불을 확 젖혀내고 조사자들 가까이로 바짝 다가앉았다.

사실 나는 방 안에 들어설 때부터 이 두 할머니가 있는 것을 보고 내심 안도의 한숨을 쉬었다. 지난 번 조사에서도 두 할머니는 이야기판을 주도적으로 끌어간 연행자였기 때문이다. 예상대로 조사자인 내가 굳이 별다른 이야기를 유도하지 않아도 될 만큼 이상주씨와 유남수씨의 연행이 잘 맞물려 돌아가고 있었다.

유남수씨가 마이산 꼭대기에 올라가 선전하는 사람에게 이야기를 들었다고 했듯이, 이상주씨도 이야기에 앞서 처음 제주도로 놀러갔을 때 들은 것이라며 이야기를 듣게 된 사연을 장황하게 설명했다. 이상주씨가 이 이야기를 꺼낸 데에는 앞서 연행했던 〈밀양 원님의 딸 아랑〉 이야기와도 밀접한 관련이 있는 듯했다. 처음에 이상주씨는 아랑이 아버지에게 나타난다는 유남수씨의 이야기와 달리, 밀양으로 새로 부임한 원님 꿈에 나타난다고 했다. 일단 유남수씨의 의견에 대해 수긍을 한 상태였으나 이상주씨의 기억에는 새로 부임하는 원님의 잔상이 남아 있었다. 아랑 이야기에 대해, 이상주씨는 아랑 원혼을 본 이전 원님들이 연거푸 죽는 바람에 자꾸 새 원님이 부

임한 것으로 알고 있었기 때문에, 이와 유사한 이야기를 쉽게 떠올린 듯했
다. 그래서 유남수씨의 이야기가 끝나는 대로 제주도에서 들었던 이야기를
바로 연행하기 위해 내내 기다린 모양이었다.

▶38 제주도에 선을 세운 이야기277) (이야기㉚)

연행자 : 이상주(여, 80세, 죽남댁) ●
조사자 : 황은주 ①, 우영민 ②
청 중 : 유남수(운동댁) ③

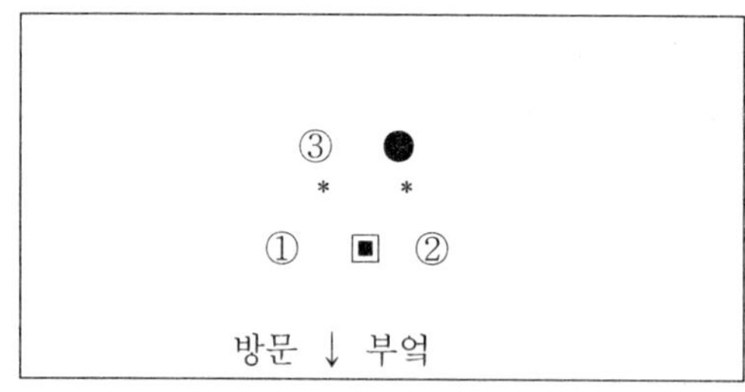

■ 카메라 * 녹음기

"나는 인자, 한 개 해주꾸마. 저- 제주도 갔는, 맨 첨에. 내 일찍, 제주도
맨- 첨에 갈 때다. 오새278)는 그마이279) 그, 안내원이 안 캐280) 주데. 맨
-- 첨에, 제주도에 가이끄네,281) 그때 내 젊을 때다, 갔는데, 딸을 치아
고282) 갔나, 그래 가이끄네 참, 그 버스 타고 안내원이 이바구를 하는데"

"제주도 그예, 선이 선이 하나, 큰- 게 하나 있는데 [①: 성

---

277) 2003년 4월 23일 오전 밀양 산외면
    엄광리 숲골 할머니노인정.
278) 요새.
279) 그만큼.

280) 해.
281) 가니까는.
282) 치우고. 시집보내고.

이요?] 선, 선. 조산모데기283)맨치로284) 【오른팔을 크게 휘저으며】 선이라
카믄 있어. 돌모데기285)로, 이래 큰- 게 있어. [①: 아- 예.] 있었는데,
그게서는286) 원님이 가믄예-: 【매우 빠르게】 죽우뿌는 기라287). 【원래 속
도로】 돌만 되믄288) 죽우뿌는 기라.

그런데- 왜 그르노?289)

그래 인자, 그 선에서 그 제주도 아가씨들로 십팔, 십팔 세 되는 아가씨
들로, 한 해 하나쓱290) 그 선에다가 【한 손으로 밀어 넣는 흉내】 옇어야291),
살지, 안 옇어면292) 원-이 자꾸 죽는 거라. 원이 마 일 년만 되믄 죽고
죽고293). 일, 한국에 지도에 선, 원님이, 제주도 열 명이 갔다 □다. 열
명이 가도 열 명이 다 죽는 거라.

그래서 인자: 이가294), 육지에 인자 또- 원님이, 에- 거 초대해가주구
원님이 그래 갔대. '음, 그럼 내가 함 가보꾸마295).' 카미296) 갔는 기라.
담 큰 원-이라야 가지, 글-아믄297) 몬298) 가는 기라. 원님이 뜩- 강해가
[③: 간이 커야 된다.] 예. 【다급하게】 담이 커 노-이299) 마. 겁으 뭐, 겁
을 내-가300) 【손을 휘휘 저으며】 몬 가는 기라. 가믄 뭐 일 년 만에 죽으뿌
이끼네301), 몬 가는 기라.

---

283) 조산모데기: 일종의 탑으로서, 마을
　　입구에 작은 산 모양으로 돌을 쌓아
　　둔 것. 금줄을 둘러놓기도 하는데, 마
　　을에 잡귀가 들어오는 것을 막는다고
　　한다. (이필영, 『마을 신앙의 사회사』,
　　웅진출판, 1994, 288~315면 참조.)
284) 조산모데기처럼.
285) 돌무더기.
286) 거기에서는.
287) 죽어버리는 것이라.
288) 일 년만 되면. 일 년 안에 죽는다는
　　뜻.
289) 왜 그런 일이 일어나느냐? 앞으로
　　일어날 사건에 대해 흥미를 불러일
　　으키기 위한, 작품 속 연행자의 목소

리다.
290) 하나씩.
291) 넣어야.
292) 넣으면.
293) 붙여서 발음하여 죽는 일이 반복됨
　　을 강조.
294) 간투사의 일종.
295) 가보마.
296) 하면서.
297) 그렇지 않으면.
298) 못.
299) 놓으니.
300) 내서.
301) 죽어버리니까.

그래서를 '무슨- 일로 이래가 죽노-?302)' 싶어가 원이 마, 내303) 【오른 손을 들고】 자수하고 드갔는 기라304). 손들고 자수하고 들어갔어.305) 가마-히306) 생각해보이, 꿈을 꾸이끼네307) 그래 원-이 드가서 가마-히 잠을 자이 할-308)밤에 여, 이 처자들이, 그 처자들이, 열칠, 팔 세309) 된 처자들이 마-악, 나로 머로 뭐-310). 【두 손으로 머리를 쓰다듬으며 간절하게】 원님예-. 저의 【두 손을 모으고】 소원 하나 풀어 주이소-311).' 카미 만날312) 이 □고□ 비이313), 거기에 마 【손뼉을 한 번 치면서】 열겁을 해가314) 마 원이, 마, 놀래가 죽우뿌고 놀래가 죽우뿌. 귀신이 나와 그래쌓-이315) 죽우뿌는데.

그래 이 원이, 인자, 죽는다칸316) 소리 듣고 이 원-이, 담이 큰 원이 드가가주고 '그러면은, 네 소원이 뭐었꼬?' 카이끼네르317) '【침착하고 나긋하게】 저는 아무아무 성받인데, 그게 아무, 십팔 세 돼가주고 이, 선에 들-와서318) 제가, 죽었으이 그 소원을 풀어주소.' 카드란다. 그러이319) '그렇나? 그르만320) 됐다-.' 또 자이 또, 또 처자들이, 칠팔 세321) 된 처자들이, 【두 손 모으기를 반복하면서】 할-밤에 둘쓱 서이쓱 귀신이 나타나이, 그래 거- 몬 이기가322) 원님, 원님들이 자꾸 죽었는데, 이 원이 워낙 담이 크고 인저, 지-323)가 자수하고 드가이 인자 지킨다. 그래 '너 소원을 으뜨-케324) 풀어주꼬-?' 카미 그래, 풀우주-마325). '그래 저 선을, 뜯으면

---

302) '어떻게 이런 일로 죽겠는가?'라는 뜻의 반어적인 질문.
303) 간투사의 일종.
304) 들어갔던 것이라.
305) 자기가 스스로 들어갔다는 뜻.
306) 가만히.
307) 꾸니까.
308) 하루.
309) 17~8세.
310) 의미 불명. 이상주씨가 웅얼거린 대목.
311) 주세요.
312) 매일.
313) 비니.
314) 질겁해서.
315) 그렇게 해대니.
316) 죽는다고 하는.
317) 하니까.
318) 들어와서.
319) 그러니.
320) 그러면.
321) '17~8세'를 잘못 말한 것.
322) 이겨서.
323) 자기.

은.' 크-, 선이 크더랍니더. 큰데, '저 선을 뜯으면은【마른 침을 삼키고】그
래 우리들로 녹카아326) 묵는327), 짐승이 있을 낀데328) 그 짐승을 잡아
도고-329).' 이래, 이래 카는 기라. 그래서 인제, 이 원이 인자, 타악 명심
하고 있었는 게라330). '그러면은 소원을 풀우 주마-.'

그래 이래,【③을 쳐다보며】그래 인제 그거 제주도 시민을 전부 모았어
요. 모아가주고 한 집에 살331)로 스, 스 그때는 살도 귀했답니다. 귀했는
데 [③ : 잘, 안 귀하겠나?332)] 한 집에 살,【오른손을 저어 앞으로 끌어당기
는 흉내】두 말도 구하고, 서 말도 구하고 고와가주고333) 살로 마, 열 푸
로334) 술을 했대. 술로 해가주고, 그 아가씨335)가 참-, 잘 갈-차주336).

그래, 술로 해가주고 그래 인자, 제주 시민들 다【두 손으로 모으는 흉
내】모았는 기라337). 전-부 다 모아가주구, 다 모여-캉338). 원이 모이라
카이 인자, 원이 들오면 죽는 원이 인자야339), 이 원은 안 죽고 살아가주
모, 모이라 카이 안 모이겠나? 모이가주고. 그래, 저 선을 뜯으래.

뜯는데, 그래 그거 아가씨가, 꿈에 나타나이 한 아가씨가, 뭐라 카냐
이끼네340) '선을 뜯으면은 큰- 짐승이 있을 끼이끄네341), 그 짐승을【검
지만 펴서 총 모양을 하며】총을 놔-가342) 잡되, 아무리 뒤에서 '【끝 부분을 약
간 떨며】원님요~.' 불러도, 돌아보지 마고343) 딴 질344)로 오라.' 카더란
다. 딴 질로 오면은 : 그래, 괜찮다 카더란다.

---

324) 어떻게.
325) 풀어주면.
326) 녹여.
327) 먹는.
328) 것인데.
329) 잡아다오.
330) 있었던 것이라.
331) 쌀.
332) '아주 귀하지 않았겠냐?'는 뜻의 반
　　어적인 질문.
333) 고아서.
334) 포대(布袋)로.

335) 제주도에서 만난 관광 가이드 아가
　　씨.
336) 가르쳐줘.
337) 모았던 거야.
338) 모여서.
339) 이제야.
340) 하느냐면.
341) 것이니.
342) 놓아서.
343) 말고.
344) 다른 길.

그래가주구르 참, 불러쌓는데【내용 전환】그래가 인제 그 선을 뜯으이 그래, 배미345)가【③을 보고 두 손을 어깨너비만큼 가늠하면서】이-런 기346), 들 었더랍니다. [③: 구-리347)다.] 구-리가 아이348), 들었는데 그 [③: 찌끼 미349)다.] 그래, 찌끼미라. 찌끼민데, 한 해 하나썩350), 처자를 녹카아 무- 야351) 그. 안 녹카아 무만352) 마, 그 찌끼미가 나오가주고353) 막,【두 손 을 맞물려 돌리면서 무언가를 굴리는 흉내를 하려다가 ③을 보며】그 제주도 가 이끼네 고거 고오매354)□□ □□같이355) 안 합디꺼예? □□해가 마, □ □를【얼굴을 찌푸리며 약간 큰 목소리로】콰-악 넣어 놓고 나락356)도 숭가 아357) 놓만358) 그 짐승이 일라가359) 안 가. 마,【실패를 감듯 두 손을 마구 굴리면서】두굴두굴 구불러가주고360) 이래믄361) 마, 전-부 해칠해서362), 제주도 시민이, 그래 무을363) 게 없는 기라. 무을 게 없으니 처자 하나 쏙 옇어주면 인저 그래, 해질을 안 지고 안 옇어준 그 해는, 그 제주 시 민들이 뭐 무을 게 없어 모한 기라364). 뭐 과일남365), 밀감나무, 저것도 마, 다 구불러가 다 젖치고366) 이런데. 그래, 그래 그러이 인자, 원이 인 자, 그으 해줒-다367). 해주고 뜯으이끼네 참-368) 있더래.

참- 있어가주고 그래 막, 그거 제주도 시민들이【장총을 잡는 흉내】총을 놔가지고 잡았단다. 우째369)【고개를 끄덕이며 총을 놓는 흉내】비얌370)을 잡

---

345) 뱀.
346) 게.
347) 구렁이.
348) 아니고.
349) 지네.
350) 하나씩.
351) 녹여 먹어야.
352) 먹으면.
353) 나와서.
354) 고구마.
355) 같이. 이상주씨의 말을 알아들을 수 없었으나, 맥락상 제주도만의 농사 모 습을 설명한 듯하다.
356) 벼.

357) 심어.
358) 놓으면.
359) 일어나서.
360) 굴러서.
361) 이러면.
362) 해코지해서.
363) 먹을.
364) 못한 것이라. 선에 처자를 넣어준 해보다 못하다는 말.
365) 과일나무.
366) 젖혀지고.
367) 해줬다. 원님이 처녀귀신들의 청을 들어주었다.
368) 참말로.

았어. 잡아가주고 그래 인자, 비얌 승371)이, 비얌 묻은 무덤이, 【방안을 둘러보고서】 이 방카믄372) 크지. 【두 손을 약간 크게 바깥쪽으로 저으며】 이래 묻어 놓고, 것-도373) 【오른팔을 위로 올린 채 왼손으로 오른 쪽 어깨를 짚어서 길이를 가늠하며】 이래 큰- 비374) 하나, 시와375) 났데.

  비 하나 시아 놓고, 그래 원이 인자, 그, 귀신 시긴-376) 대로 안 돌아보고 와야 되는데, [①: 어, 예.] [③: 돌아봤다.] '원님, 원님.' 부를 끼이끄네, 절대 돌아보지 마고 가라.' 카는데, 그- 참, 제주 시민들 해가377), 그- 선을 뜯어가 뱀을 직이378) 놓고 무덤을 해 놓고, 돌아오이 : 마, 【눈을 질끈 감으며】 양 사방서 '【큰소리로 간절하게】 원님-, 원님, 【원래 소리】 제 소원 풀어 주요379). 【크게 한 번 더】 원님, 원님.' 하두-하두 불러쌓여380), 원이 마 돌아봤-대.

  【손가락으로 ②를 가리키며】 돌아봐, 그 원두 마, 죽우뺐는 기라. 그 원두 죽우뿌고, 그래 제주도 시민이 그- 인제 비얌 잡아가 선 해놓고, 원은 죽우도, 그질로381) 시작애가주고382) 그-, 그 제주도에 그마히383), 지금 잘 된데. 그- 밀감 승가도- 그르키-384) 과일 승가도 잘 되고, 잘 된다 카는데.

  그러구로 인자, 그 비얌 묻은 선을 【마른 침을 삼키고】 쳐 놨는데, 【방 천장을 바라보며】 이 방 카믄 크더라. 크던데 비석, 큰- 거 시아 났데. 시와 놓고, 또 원님이 그 가여-385) 성공해가주고 인자, 그라고는386) 그, 【손사래를 치며】 처자 안 옇어도 되는 기라. 그, 그르이 지꿈387)까지 잘 된대. 처

<hr>

369) 어찌해서.
370) 뱀.
371) 선.
372) 방보다.
373) 그것도.
374) 비석.
375) 세워.
376) 시킨.
377) 해서. 제주 시민들을 모아서.
378) 죽여.

379) 줘요.
380) 불러대서.
381) 그길로.
382) 시작해서.
383) 그만큼.
384) 그렇게.
385) 가서.
386) 그리고는.
387) 지금.

자 안 옇-도 되고, 원은 죽어도, 그 제주도로 그-래 살리388) 놓고 죽었대.
 그래 인저 원님 비가, 【희한하다는 듯 가볍게】 음뜨라389)? 우리 두 분390)
째 가이391) 없더라. 원님 비가, 【두 손을 크게 저으며】 큰- 돌, 돌로 박아 해
놨-는데 마, 으-수로392) 크고 높으게393) 해 놔가주, 이래 요, 【왼쪽을 가리
키며】 여어는394) 비얌 선이고 【웃음】 【오른쪽을 가리키며】 여-게395)는 원님
선이고. 두 날 다, 시아 났데. 시아, 그건 디-기396) 차, 참 신기하더라. 그
렇데요, 차암- 그렇데."

 이상주씨가 연행한 이야기는 '선'이라고 부르는 제주도의 돌무덤에 얽힌
것이었다. 제주도에 원님이 부임한 지 일 년 만에 차례로 죽자, 그 이유를
알아내기 위해 어느 담 큰 사람이 스스로 자청해서 제주도로 온다. 그러던
어느 날, 밤에 잠을 자던 원님 꿈 속에 17·18세 된 처녀들이 나타나서 자
신의 원한을 풀어달라며 하소연했다. 이전의 원님들은 이를 보고 모두 놀라
서 죽었지만, 담이 컸던 이 원님은 선에 있다는 짐승을 죽여서 꼭 원한을 풀
어주겠노라며 처녀들과 약속을 한다. 이튿날 원님이 마을 사람들에게서 모
은 쌀로 술을 빚어 사람들과 함께 선으로 올라갔다. 그러나 선에 있던 지네
를 처치하고 돌아오다가 꿈 속 처녀들이 '절대로 돌아보지 말라'고 한 당부
를 지키지 못한 원님이 그 자리에서 죽고 말았다. 그 후, 이 원님의 비석이
제주도에 세워졌고, 그 덕분에 제주도민들은 편안하게 잘 살았다는 것이 이
야기의 대략적인 내용이다.
 주목할 것은 이상주씨가 이야기 연행에서 앞서 진술한 내용과는 다른 이
야기를 했다는 점이다. 연행 초반, 이상주씨는 처녀들을 선에 넣지 않으면
부임한 원님들이 죽는다고 이야기했다. 그런데 뒤에서는 선에서 나온 지네

---

388) 살려.
389) 없더라.
390) 번.
391) 가니.
392) 아주 많이.

393) 높게.
394) 여기는.
395) 여기에.
396) 되게.

가 온갖 논밭을 망가뜨렸기 때문에 제주 시민들이 처녀를 바치게 되었다고 해서, 앞과는 다른 이야기를 했다. 이는 아랑과 유사한 이야기를 기억한 이상주씨가 막상, 제주도에서 본 선을 먼저 설명하는 과정에서 두 사건간의 착종을 일으켰던 것으로 보인다.

또한 이상주씨의 이야기에는 마을 사람들이 쌀을 모아 빚었다는 술의 사용처를 알려주는 내용도 빠져 있다. 내 생각에는 원님이 마을 사람들이 빚은 술로 지네를 유인하여 취하게 한 다음, 무력해진 지네를 죽였다는 정도의 내용이 추가적으로 들어가야 할 것 같다. 아마도 이상주씨가 술을 빚었다는 내용까지는 기억했지만, 짐승의 정체에 대한 유남수씨와의 의견 조율에 신경을 쏟은 나머지 무심코 술에 대한 언급을 지나쳐버린 듯하다. 하지만 이야기의 핵심이 바로 원님이 짐승을 처치하는 데 있기 때문에 설령 지네가 술에 취하는 화소가 탈락되었다고 해도 이야기 전개상 큰 무리는 없었다.

이상주씨는 이야기를 마치고 제주도에서 만난 안내원에 대한 말을 했다. 그리고 자연스레 자신이 한 이야기를 한 번 더 연행하던 이상주씨는, 관광지에서 매우 신기했던 장면이었던지 물 위로 동동 뜨는 제주도의 돌을 은근슬쩍 화제에 올렸다.

"그 아가씨가, 그때는, 그때는 안내원, 안내원 아가씨 있다. 그 아가씨들이 우리 여, 제주도 □ 가이끼네 그-래 설명 잘해주는데, 우리 두 분째로 가이 그게 없더라꼬. 그래서 내 물어봤는 거라-. '와, 제주도에 여게, 언제년에 오이끄네 □□□□, 그런 게 있던데?' 카이끄네, 그래 그 아가씨가 '전, 잘 모르는데요.' 이카더라꼬397), 요샌 없더라꼬. 고 참- 선도 크고.

그- 제주 원이, 그 원이 그 처자들 한 해 하나쓱 잡아 엏야 되는 그 원이, 안 불렀, 돌아보지 마라 카는데, 안 돌아보고 왔으면 되는데, 그 죽은

___

397) 이렇게 하더라고.

귀신들이 그- 소원 풀우 주라꼬 차-꾸 불렀는 기라.'【끝 부분을 떨며】원님-, 원님-. 저의 소원 풀어주라.'【③ 웃음】카미드이398), 자꾸 부르이끼네, 돌아, 꿈에 저, 몽중을 해가 돌아보지 마고 오라 카는데, 안 돌아보고 왔으믄 원이 안 죽을 낀데, 하도-하도 불러쌓아 돌아봤대. 돌아보이 마, 그질로 마 원은 또 죽우뺐는 기라. 그래 그, 지, 제주도 원님이 다섯 번 죽었다 하든강399), 여섯 번 죽우 그래 죽었다 하데요. 그래 드가이 다 죽어뺐는 기라. 그래 이, 이, 원은 성공해 놓구 죽었는 기라. 그러이끼네 비로400), 그마-히 큰 걸 세와401) 났더라꼬. 구경 좋더라, 거기는.

〔③: 시긴-402) 대로 했시믄 됐는데?〕예. 그거, 귀신 시긴 대로 했음 되는데, □ 부르기를, 카드란다. '겁-나게403) 부를 끼-끄네, 우야든404) 뒤돌아보지 마고 가라' 카는데, 하두 하두 불러쌓이 뒤돌아봤대【웃음】. 〔①: 아유.〕돌아보이 마, 그 원이 그질로 가이 원은 세상 베리고405). 그 원이 그-와406), 성공해가아 세상 베렸다꼬【강조하듯】비석 크-더라. 크-게 해가 세와 났데요.

세왔는데, 우리 두 번째 가이 그기이407) 마, 음뜨라꼬408). 음서가409) 내가 그 관광, 그거- 한 안내원한테 물어 봤다. '예410), 내 언제 년에 오이, 그래 그런- 안내를 해주는데, 오새는 그-는 없느냐?' 카이끼네 '【퉁명스레】저 잘 모르겠는데요.' 이카데예. 내 그래 젊을 때 가이끼네 그래 참-. 〔③: 오새 사램411) 모른다.〕아, 카더라고요. 카던데, 오새 안내원은 그- 모르더라꼬. 선전 □□으이, 선전 다 해 주는데. 그- 그때는 가이, 그거 아가씨가 고412) 시아 놓고 월-매나413) 착실하기 잘, 잘해 주더라꼬.

<hr>

398) 해대니. 자꾸 말해.	406) 와서.
399) 하는지.	407) 그게.
400) 비석을.	408) 없더라고.
401) 세워.	409) 없어서.
402) 시킨.	410) 여기.
403) 아주 많이.	411) 사람.
404) 어떻게 하든지.	412) 고기에. 선이 보이는 자리에.
405) 버리고.	413) 얼마나.

돌, 제주도는 돌도 요론414) 거 하나, 못 가주오구르415) 하고요. 〔③: 돌
이 동동 뜨데, 물에.〕 예, 뜨고 보, 천-부416) 돌에 궁기417) 안 뚤버졌습디
꺼418)? 몬 가주오두룩, 여- 하-두 예뻐, 요런 거 하나 가주오다가419), 누
가 하나 가주오다가, 나는 겁이 나 못 가주오고, 하나 가주오다가 배 타러
오다가 뺏끼뿠-다420). 【웃음】 배 타러 오다 빼꼈다421). 첨-부 □□를 다 하
데. 【잔뜩 힘을 쥐서 ③을 쓰다듬어 내리며】 요래 다 씨담아가주-422)."

줄곧 이야기를 가만히 듣기만 하던 유남수씨는, '원님이 시킨 대로 했으
면 됐을 터'라며 말문을 열었다. 아마도 자신이 앞서 연행한 〈마이산 할
배・할매〉에서 말하고 싶은 욕망을 참지 못해 천기누설한 .내용이 있었던
것을 떠올린 모양이었다. 귀신들이 시키는 대로 했다면 무사히 귀환할 수
있었을 원님이 뱀을 죽이고 승승장구해서 돌아오다가 호기심이라는 욕망을
이기지 못해 죽게 된 것이다. 두 이야기에서 담 큰 원님은 대범했고 마이산
할아버지는 공덕을 많이 쌓았다. 이들은 모두 범인과 다른 뛰어남을 지녔으
나 경솔한 자만심에 빠져 결정적 순간 '아차' 하는 실수를 저지르고 말았다.
그래서 죽음에 이르렀고, 결국 실패담에 얽힌 증거물이 남게 된 것이다.

내 또, 이바구 한 자리 하꾸마

이상주씨는 죽은 처녀들이 말하던 짐승의 정체가 본디 뱀이었다고 설명
했다. 그러자 옆에서 듣고 있던 유남수씨가 그것이 뱀이 아니라 (보다 덩치
가 큰) 구렁이일 것이라고 정정했고, 이에 다시 이상주씨가 구렁이도 아니

---

414) 요런.
415) 가져오게.
416) 전부.
417) 구멍.
418) 뚫어져 있지 않았습니까.

419) 가져오다가.
420) 뺏겨버렸다.
421) 뺏겼다.
422) 쓰다듬어.

라는 말을 덧붙였다. 두 할머니는 마침내 그 짐승이 지네였다는 합의에 이를 수 있었다. 하지만 막상 이야기를 기억하고 연행하는 과정에서 뱀으로 인식했던 이상주씨는 이후에도 계속 그 짐승을 뱀이라고 말했다. 이는 연행자였던 이상주씨가 이야기를 굳이 의식적으로 고치기보다는 자신이 인지한 바대로 자연스럽게 즉각적인 연행을 하고 있었음을 의미한다.

어찌 됐건 간에 잠시 동안 뱀이니, 구렁이니 분분했던 짐승의 정체는 지네인 것으로 밝혀졌다. 그리고 이상주씨가 다시 이야기를 이어갔는데 옆에 있던 유남수씨가 불쑥 던진 '구렁이'라는 말이 다음 연행의 동기가 되었다. 이상주씨의 선 이야기가 끝나자마자 시작된 유남수씨의 이야기는 이무기에 얽힌 것이었는데, 용으로 승천하지 못한 이무기가 물 속에서는 큰 구렁이의 모습을 하고 있기 때문이었다. 물론 연행 현장에서 전승된 이야기는 모두 개별 작품으로서 독자적인 의미를 가지고 있다. 그러나 구렁이가 '이무기' 이야기 연행의 계기가 된 것처럼, 실제로 두 할머니의 이야기는 서로 상호 유기적인 연관 속에서 한 편 한 편 이어지고 있었다. 나는 두 할머니의 연행을 지켜보면서 각각의 이야기라는 것이 전체 연행 맥락의 깊은 연관 속에서 연행된다는 사실을 재삼 확인할 수 있었다. 따라서 하나의 이야기를 이야기답게 바라보기 위해서는 그것을 만들어낸 현장 자체를 간과해서는 안 될 것이다.

▶39 집에 들어온 이시미를 잡아 망한 할배423) (이야기㉛)

연행자 : 유남수(여, 84세, 운동댁) ●
조사자 : 황은주 ①, 우영민 ②
청 중 : 이상주(죽남댁) ④

----

423) 2003년 4월 23일 오전 밀양 산외면
    엄광리 숲골 할머니노인정.

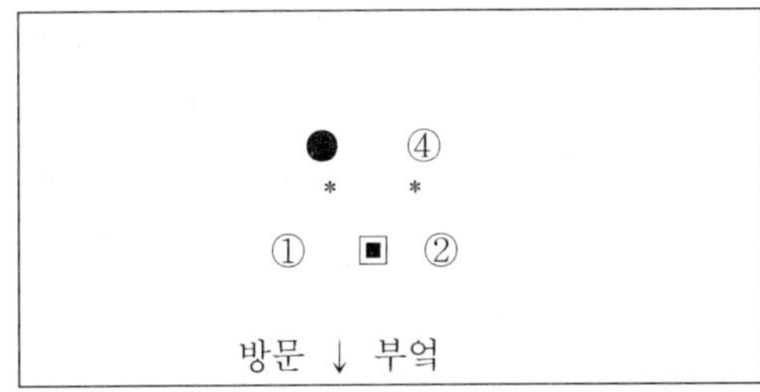

■ 카메라 * 녹음기

"내가 또 이바구를, 얄궂은[424] 걸 하나, 하꾸마–[425]."
"예."

"옛날 차–[426], 아주– 옛날 옛날에– 참, 고을 군수가 아파서 죽기에[427] 됐거던. 죽기에 됐는데, 군수가 원을 하기로[428], 뭐로 원을 하나면[429] '아무 데 아무 데, 그– 강에 가면은, 이시미가 있다 카는데 그 이시미를 잡아 무야[430] 내가 낫는다–.' 이카이[431], [④: 그, 우애[432] 잡는 공?] [①: 이시미가 뭐예요?] [④: 이시미? 뱀이지.] 이시미, 뱀–, 구리[433]. [④: 구리, 구리로. 구, 구리로 이시미라.[434]] [①: 할머니, 똑같은 거예요? 아까 찌끼미[435]랑,] [④: 아! 딴 기–지[436].] [①: 구리랑?] [④: 아, 이긴–[437] 딴 기지.] 그래 물에, 얼음물이라 물에 찌끼미가 있다. 사램[438] 눈에 잘 안 보이거든, 저어. [④: 나는 제주도 가서 봤다.]

그래 참– 옛날 옛날에, 임금[439]이 빙[440]이 들어가 죽기에 됐거던. 그

424) 이상야릇한.
425) 하마.
426) 간투사의 일종.
427) 죽게.
428) 소원하기를.
429) 무엇을 소원하냐면.
430) 먹어야.
431) 이렇게 말하니.
432) 어떻게.

433) 구렁이.
434) 구렁이가 이시미라.
435) 지네.
436) 것이지.
437) 이것은.
438) 사람.
439) 처음에는 '고을 군수'라고 했으나, 여기서부터는 '임금'으로 이야기하고 있다.

래 그 임금이 원을 하기로, '내가 이시미를 잡아 무-야 낫는다-.' 이카이, 그래 참- 포수들이 【마치 총을 쏘는 듯, 한 손은 내밀고 다른 손은 가슴 쪽으로 잡아당기며】 이, 총 놓는 포수들이, 이시미 잡으러 갔다. 그 바닷가에 가이441), 이시미가 도망가뿌고 없는 기-라. [④: □□ □ 알고 갔다442), 그 자?] 【④가 있는 쪽을 바라보고】 그렇지.

이시미가 도망을 갔는데 누443) 집으로 갔는가믄444), 아-주 아주 부잣집, 가정집에 그 집 주인이 소죽445)을 끓이446). 소-, 요- 촌에 소 안 있나, 그자? 인제 소-죽을 끓인다꼬 끓이이447), 이시미가 크단-은448) 기, 컴커무리-한데449), 지늑450) 무, 무을451) 때 이, 돌오더란다452). 이시미가 스르르르 기미453) 【바깥으로 나가는 ④를 보고】 죽남댁, 어디 가노? 【④가 나가서 잠시 중단】

그래 이시미가, 그 집 주인 할배454)가 소, 죽을 끓인다꼬, 소-죽을, 촌에는 소-죽을 끓이-가455) 주거던. 소-죽을 끓인다꼬- 끓이이끄네, 이시미가 구리가, 크단-은 【두 손으로 굵기를 가늠하며】 이런 기- 어두버리-한데456) 돌오가, 말로 하더란다, 주인 할배한테. '그리-457) 인지458) 내 잡으러 :【두어 번 가슴을 가볍게 두드리며】 어부들이 오는데, 날 잡으러 고기 잡는 사램이, 짐승 잡는 사람이 【가슴을 가리키며】 날 잡으러 인제 올 낀-데459), 온460) 내가 여461) 돌오가 처- 대안462)에 어데, 어느 어, 어는463)

<hr>

440) 병.
441) 가니.
442) 포수들이 잡으려고 온다는 것을 안
　　이무기가 미리 도망갔다는 뜻.
443) 누구.
444) 갔는가 하면.
445) 쇠죽.
446) 끓여.
447) 끓이니.
448) 커다란.
449) 어둑어둑한데.
450) 저녁.

451) 먹을.
452) 들어오더란다.
453) 기면서.
454) 할아버지.
455) 끓여서.
456) 어둑어둑한데.
457) 그러니.
458) 이제.
459) 것인데.
460) 오늘.
461) 여기.
462) 뒤안.

그으, 짚동 밑에가464) 내가 숨어가 있을 몬냥465)인데 갈차-주지466) 【손을 작게 저으며】 마라.' 카더란다467). '그래. 여, 이시미가 돌왔는데 봤-냐 카거든 즐때로468) 몬469) 봤다- 카고, 모른다 카라.' 카더란다.

그래 할부지가 불로 때고 【마른 침을 삼키고】 이래 앉았으이470) 불을 때고 앉았으이, 이시미가 컴컴-무리-한데 크-단-은 기, 스르이 【두 손으로 둥글게 만들어서 기어가는 모양을 흉내내며】 기이471) 돌오더라. 삽472), 대문 밖을 돌오는 기라. 그래 그 할배가 그- 가여 덮어주고 가라-줬는473) 기라, 【한 손으로 덮는 흉내를 내며】 이래 가라주고474) 덮어주고. 그래 그 돌오, 가라주군 할배가 【또박또박하고 약간 큰 소리로】 나오이끄네.475) 【본래 소리로】 막 그 짐승 잡으러 모도476) 막, 【장총 잡은 흉내를 내며】 총을 가지고 막, □□□ 돌오더라. [①: 아- 포수가? 예.] 응, 총 놔-가 잡을라꼬477). '그래, 이시미 요478) 돌오는 것, 봤-냐?' 꼬. 그- 이름인데. 이시미거든, 배암이라 안 카고.

'이시미, 여, 【바닥에 한 손을 두드리면서 따져 묻는 듯이】 이리 돌왔는-데, 분머-으479) 봤-냐?' 꼬 카이 할배가, '절-대로 우리 집에는 그런 짐싱480)이 안 돌왔다. 나는 모른다-.' 【다급하게】 그 막, 이눔들이 마, 돌온 눔 여럿 눔이 돌와가 막, 【두 손을 바깥쪽으로 둥글게 저으며】 디비는 기-라481), 집을. 숨어가 있는 줄을 알고. 그래가 숨어가 있었는 기라. 숨어가 있어가 막, 총을 【한 손을 빠르게 뻗고 다른 손으로는 방아쇠를 당기듯, 총 쏘는 흉내를 내

<table>
<tr><td>463) 어느.</td><td>473) 가려줬던.</td></tr>
<tr><td>464) 밑에.</td><td>474) 가려주고.</td></tr>
<tr><td>465) 모양.</td><td>475) 나오니.</td></tr>
<tr><td>466) 가르쳐주지.</td><td>476) 모두.</td></tr>
<tr><td>467) 라고 하더란다.</td><td>477) 잡으려고.</td></tr>
<tr><td>468) 절대로.</td><td>478) 요기.</td></tr>
<tr><td>469) 못.</td><td>479) 분명히.</td></tr>
<tr><td>470) 앉아 있으니.</td><td>480) 짐승.</td></tr>
<tr><td>471) 기어.</td><td>481) 뒤지는 것이야.</td></tr>
<tr><td>472) 삽작. 사립.</td><td></td></tr>
</table>

며】 놔가 잡았는 기라.

　잡어가주구 마, 동가리로 내가482) 그 마, □□ 기, 옇어483) 갔는 기라.
옇어가, 고아가주고, 삶아가주구 임금을 믹이484) 노-이485), [①: 임금이
요?] 임금은 【말끝을 약간 올리며】 살았는데, 그 할배 집은, 아주 부잔데 쫄
딱 망애뿌드란다486). 마 걸뱅이487)가 돼뿌더란다, 그으488) 갈차-주었다
꼬. 그 짐승을 갈차-줬더만489) 쫄딱 망애뿌가 마, 몬 살더란다. 그륵, 그
래, 그기이 이바구다."

　워낙 이야기하기를 좋아하는 두 할머니는, 내가 다른 이야기를 특별히
청하지 않아도 예전에 들었던 것들을 하나둘 꺼내놓기 시작했다. 이번에도
유남수씨가 선뜻 '얄궂은 걸 하나 하겠다'며 자청하고 나섰기 때문에 나는
한결 더 편안해진 마음으로 할머니가 하는 이야기에 집중할 수 있었다. 연
행하는 사이, 어느새 손동작이 커진 유남수씨를 보면서 나는 할머니가 앞서
아랑 이야기를 할 때와는 사뭇 다른 태도로 이야기를 들려주고자 한다는 것
을 느낄 수 있었다.

　조금 전 이상주씨의 이야기 속에 등장했던 지네처럼 '이시미'라는 것도
비슷한 종류일 것으로 생각한 나는 앞서 이야기와의 연결고리도 은근슬쩍
확인할 겸, 짐승의 정체에 대해 다시 한 번 유남수씨에게 물어보았다. 할머
니들은 궁금해 하는 내게 차례로 '그것이 서로 다르다'는 설명을 해주었고,
곧이어 유남수씨가 본격적인 이야기를 연행하기 시작했다.

　그런데 얼마 지나지 않아 이상주씨가 아무렇지 않은 표정으로 자리에서
일어나는 것이었다. 이상주씨가 문을 열고 막 나가려고 하자, 한창 우리를
보며 이야기하던 유남수씨도 멈칫 연행을 중단하고 그에게 '어디 가냐'고 물

----

482) 동강을 내서.
483) 넣어.
484) 먹여.
485) 놓으니.

486) 망해버리더란다.
487) 거지.
488) 그것을. 이무기가 숨은 곳을.
489) 가르쳐줬더니만.

었다. 할머니의 이야기에 빠져들었던 나 또한 이상주씨가 유남수씨에게 좋은 연행 파트너였기 때문에 '할머니가 자리를 비운다면 더 이상 이야기를 들을 수 없는 게 아닌가?' 하는 조바심이 일어났다. 이런 마음을 아는지 모르는지, 태연스레 이상주씨는 라면 삶을 물을 끓이러 간다면서 방문을 닫아주었다. 그러자 다시 유남수씨도 멈췄던 이야기를 이어가기 시작했다. 나는 이상주씨를 따라나가 도와드리고 싶었지만 유남수씨가 연행을 하고 있는 상황이어서 섣불리 자리를 뜰 수 없었다. 옆을 보니, 이야기를 듣던 우영민도 적잖게 망설이는 눈치였다. 하지만 할머니의 이야기를 듣는 시간도 우영민에게는 좋은 경험이 될 것 같아서 선뜻 그에게 나가보라고 할 수도 없었다. 일단 우영민이나 나는 유남수씨의 이야기를 귀담아 듣는 것이 나을 듯했다.

유남수씨는 집안으로 들어온 영물을 잘못 다뤄서 쫄딱 망한 부잣집 할아버지의 이야기를 연행했다. 연행 도중에 내가 임금인가를 재차 확인한 까닭은, 처음 유남수씨가 이야기할 때 죽을 병이 걸린 인물이었던 군수가 임금으로 바뀌어 있었기 때문이다. 그러나 정작 이야기를 연행한 유남수씨는 앞뒤 어휘가 달라졌음을 알아채지 못했다. 할머니에게는 군수나 임금이 모두 지위가 높은 사람이기에, 무슨 벼슬을 하고 있었는지는 그다지 대수롭지 않은 문제인 듯했다. 하지만 나는 유남수씨가 '마을 군수'로 연행을 시작한 것은 전체 연행판의 흐름이 어느 정도 영향을 미쳤기 때문이라고 생각했다. 말하자면 아랑에 관한 이야기나 제주도에 선을 세운 이야기에서 줄곧 마을 원님이 등장하고 있었기 때문에 이야기 초반 유남수씨는 별 스스럼없이 '군수'라는 어휘를 택했던 것이다.

유남수씨의 이야기는, 뱀과 이무기라는 소재가 된 두 동물 사이의 유사성도 있지만 앞서 이상주씨가 연행한 제주도 선 이야기와 많은 관련이 있었다. 예를 들면 총을 놓아 짐승을 죽이는 장면이나 시킨 대로 하지 않아서 끝끝내 화를 당한 이야기 내용이 서로 비슷했다. 이상주씨의 이야기를 듣던 유남수씨가 문득 이와 유사한 옛날이야기를 떠올린 것이다. 그래서였는지,

앞서 연행할 때처럼 '이 이야기를 어디서 들었다'는 식의 언급이 없었다. 내가 이야기 출처에 관해 물었으나, 나의 발음이 정확하지 않았고 청력이 약한 할머니도 내 말을 잘 알아듣지 못했다. 옆에 있던 우영민이 다시 큰 소리로 질문을 드리자, 그제야 유남수씨는 '어렸을 때 할아버지에게 들었던 이야기'라는 대답을 했다. 말하자면 이무기 이야기는 관광가이드가 선전하던, 유명한 이야기가 아닌 셈이다. 할머니들은 어느새 어린 시절에 들었던 케케 묵은 옛날이야기를 차츰 기억해내기 시작했던 것이다.

유남수씨는 자신에게 말을 건넨 우영민을 보면서, 어릴 적에 들었던 이야기 한 편이 더 기억난 듯했다. 귀를 쫑긋 세운 그를 바라보며 또 다른 이야기를 이어갔다.

▶40 9대 독자 장가 보내기490) (이야기㉜)

연행자 : 유남수(여, 84세, 운동댁) ●
조사자 : 황은주 ①, 우영민 ②
청 중 : 이상주(죽남댁) ④

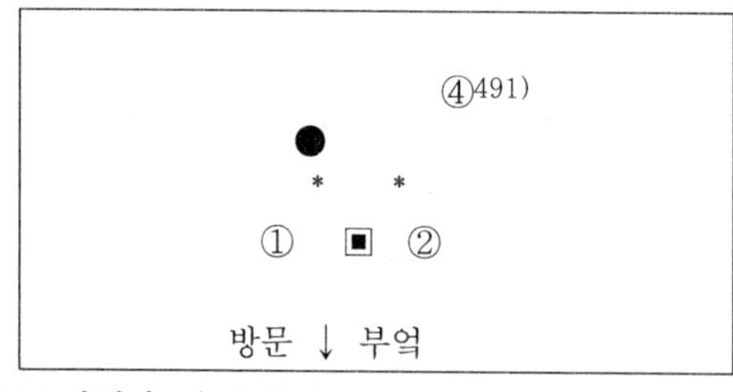

■ 카메라 * 녹음기

"이거, 이 이야기492) 들으신 거예요?"

---

490) 2003년 4월 23일 오전 밀양 산외면 엄광리 숲골 할머니노인정.

491) 이상주씨는 유남수씨의 연행 도중에 참여.

"어, 어. 모르겠, 나 귀가 어두버가주구493) 몬494) 들겠네."

"들으신 이야기예요? 이 이야기를- 누구한테 들으셨어요?"

"【②를 바라보며】아-주 옛날 옛날에 어른들. 아-주, 우리 【팔을 위로 길게 뻗어 키를 가늠하며】요마-끔495)할 때, 그런 이바구를 하데. 어른들이, 우리 할아부지들이 옛날에 그래 이바구를 하더라. 그래 우리는 고496) 때, 【다시 팔을 위로 뻗으며】요마-끔 했는데, 할부지한테 【조사자들을 가리키며】요래 앉아 있으이, 우리가 할부지한테 이바구하라 카거든. '【어린아이처럼 가느다란 목소리로】할-부지. 옛날 이바구, 좋은 거 하나, 하이소497). 하이소.'카믄498) '【나지막하게】내, 이바구, 좋은 거 하나 해-주까-499)?'그래, 그러이500) 이바굴하고 하더란다. 내- 또, 이바구 한 자리 하꾸마-."

"이전에 대감이-, 구대501)로 에동502)을 자꾸 놓거든503). 아들 겔혼504) 시키이505) 【하나씩 셈하듯이 방바닥을 살짝 반복적으로 때리며】또 아들 하나만 놓고, 고곳도 결혼시키, 아들만 하나 놓고. 그래 자꾸 구대로, 구대로 에동을 놓으면 참 기가 찬다 아이가, 그자? [①: 예.] 그래 그 할배가-'참, 이 우째가-506) 구대로 에동을 안 놓고, 자손들로 많이 낳아가507), 굿-도508) 있는 살림에, 【두 손으로 원을 그리며】한 동네로 벌리가509) 살- 터인데.'구대 아들만, 자꾸 하나쓱만510) 놓는 기-라511).

---

492) 〈집에 들어온 이시미를 잡아 망한 할배〉 이야기.
493) 어두워서.
494) 못.
495) 요만큼.
496) 그.
497) 하세요.
498) 하면.
499) 해줄까.
500) 그렇게.
501) 9대(代).

502) 외동.
503) 낳거든.
504) 결혼.
505) 시키니.
506) 어떻게 해야.
507) 낳아서.
508) 그것도.
509) 벌려서.
510) 하나씩만.
511) 것이라.

그래가 할배가 어데 가여, 【앞서 말을 정정하며】과각512)이 인자 하나 오
거던. 그래 그 과각이 차-암 똑똑하고 이래 뭐, 보는 기513) 참, 좀 마-
히514) 있어. 그래 해가 다 전데515) 그 과각이 돌오미스름516) '하, 대감님.
내가 온밤517)에 할-밤518) 자고 가자아.' 이카그든.519) 그래 '아이 좋다.'
꼬-. 그래 그으 자미-520) 인제 이바구를 하는 기라, 그- 대감이, 그- 과
각 사람한테. '나는- 자-꾸, 대대로 구대로 에동을 놓고-, 흔지521)간도 몬
놓고 구대로 에동만 놓는데, 이 일을 어떻게 하만, 자손들로 마-히 놓겠
노-?' 이래 물으이끄네522) 그 대감523)이 하는 말이, 책을 따악-【바닥에
손바닥을 펴서 책을 펼쳐 보는 듯 흉내를 내며】요래 보디이만은524) '【차분한 어
조로】그래 대감님. 저-게 오분525) 아들은 겔혼을 시기거들렁526) 손자를,
겔혼을 시기-들랑, 딸【엄지, 검지, 중지 세 개를 모으며】서이527) 난-528) 집
에, 상딩-이529), 상딩-이 딸 서이 놓은 집에, 장개530)를 딜이라531).' 카더
란다.【방으로 들어온 ④가 멀찌감치 앉는다.】딸 상딩이 서이 난- 집에 장개
를 들이면은 자손이 흔하고- 참 좋다 캤어.

그래 그 대감이 마, 옷을 한 벌 탁 보재기532) 사가533),【한 손으로 무언
가를 덮는 흉내를 내며】한 보재기 탁, 한 벌로 입고 저-【손을 뻗어 허공을 가
리키며】부산을 갔는 기-라. 부산 가, 돌아댕기이끄네534) 딸 서이 난- 사
램이 업부가535) 없는 기-라.【눈을 질끈 감으며 크게】구하다가- 구하다가,

512) 과객.
513) 보는 게. 앞일을 내다보는 것.
514) 많이.
515) 졌는데.
516) 들어오면서.
517) 오늘밤.
518) 하룻밤.
519) 이렇게 하거든.
520) 자면서.
521) 형제.
522) 물으니까.
523) '과객'을 잘못 말한 것이다.

524) 보더니만.
525) 이번.
526) 시키거들랑.
527) 셋.
528) 낳은.
529) 쌍둥이.
530) 장가.
531) 들여라.
532) 보자기.
533) 싸서.
534) 돌아다니니까.
535) 여북해서.

이래가 [④: 우리 집으로 옴, 될 거 아이가? 스물 다섯인데…….] 음. 구하다 구하다가 몬 구해가-,【④의 말에 조사자들 웃음을 터트린다.】인제 대구로 올라왔는 기라, 말로 하자만536).

[④: □□ 다섯인데 뭐.] 대구 따-로537) 올라오이끼네, 그렇게 물이 묵구538) 짚아서539), 물 물-라꼬540) 과각보따리 탁 받치541) 놓고 인제【라면 봉지를 뜯는 ④가 연신 '우리집에 오지……'라며 중얼거린다.】타-악 이래 앉았으이542) 아가씨가, 머리가 능청능청능청한 아가씨가 물 이러를543) 나오거든. '【나즈막하게】그래 이 아가씨야-. 냉수로 날로544) 한 그륵545) 도고 오546).' 이카이547), 그래 이 아가씨 즈그548) 집에 쫓아가더이549) 바가치550)에다 물로 안 주고, 사발로 하나, 그륵을 가아가주551) 물【두 손을 모아 그릇을 든 흉내를 내며】두 손으로 주시552) 올리가553) 주거든-. □□□ 눈을 □□□ 뜩- 보이끄네 삼태으554) 참, 상딩-이 낳은 처자라, 즈그 흥제. 상딩-이【앞서 말한 내용을 정정하며】참! 상딩-이 처자라, 가-가555).

그래, 이 노인이 물었는 기라556). '아가씨. 여-557)는 잘 데가 없나?' 이래 물으이, 아이558) 아가씨 하는 말이 : 그-, 즈그 사람 지아는559) 집이라 카더란다. 오새560) 말로 하면 그 뭐, 식다양561), 그 이름이 좀 다르더라.【생각난 듯】좌수! 좌수라 카드라. 좌수. 좌수- 아붓님562)이 좌순데,

---

536) 하자면.
537) 땅으로.
538) 먹고.
539) 싶어서.
540) 먹으려고.
541) 받쳐.
542) 앉아 있으니.
543) 이러.
544) 냉수를 나에게.
545) 그릇.
546) 다오.
547) 이렇게 말하니.
548) 자기.
549) 쫓아가더니.

550) 바가지.
551) 가져가서.
552) 주워.
553) 올려서.
554) 삼태(三胎).
555) 그 아이가.
556) 물었던 것이라.
557) 여기.
558) 아니.
559) 재우는.
560) 요새.
561) 식당. 여관 따위의 장소를 가리키는 듯.
562) 아버님.

[①: 아-, 좌수요?] 어, 어 좌수- 사람, 손님을 받아가 재아는 집이라 카더란다. 영판 잘 됐제? [①: 예, 예.]

　그래 그 할배가, 과각을 참, 보따릴 가563) 고 아가씰 따로564) 가이끄네 그러이 '【다소곳한 말투로】할아부지, 이 바-아565) 주무시싸566). 아부지가 지꿈567) 마실 나가싰는데568) 오시므는569) 된다.' 이캐. 그래 그 노인이 그으 가, 뜨윽- 이래 앉아 있으이, 친정 아부지가 오거덩-.【앞 내용을 정정하며】참, 아부지가 오거덩-.

　그래 그-서570) 이바구를 하고 있으이끄네, 그 처자 아부지, 지 눈에는 이 과각 겉고571) 막, 행핀572)이 없는 기라, 거. 미, 부산으루 한 달로 돌아댕기미 걸뱅이573) 안 겉겠나, 그자?574) 마 가치가 없고 얄궂, 대감인데, 알구 보마575).【뒤에 할 말을 먼저 한 것을 정정하려는 뜻을 드러내기 위해 고개를 살짝 흔들며】행핀 없고 이렇더란다.

　그래 그- 하룻밤을 자민서576) '그래-, 따님을- 우리 미느리577) 하자.': 카이끄네 자, 그 좌수라 카는 처자 아바씨578)가, 시뿌거던579). 보기가 참 남루하거든. [①: 아-, 시뻐요?] 그 뭐, 응. 너무 시푸 비는 기라580). 시뿌 비는데, 그래- 할 수가 없다꼬. '우리 딸은, 그래 몬 치안다581).' 이카이끄네【침을 삼키고】그래 인자 영감이, 좌수가 시수하러582) 나갈라꼬, 일라서이583),【왼쪽 가슴을 쓸어내리며】보겟뜨584)서【오른손으로 왼쪽 손목을 잡

---

563) 갖고.
564) 따라.
565) 방에.
566) 주무세요.
567) 지금.
568) 나가셨는데.
569) 오시면은.
570) 거기서.
571) 같고.
572) 형편.
573) 거지.
574) '같지 않겠냐'고 반어적으로 묻고

동의를 구하는 질문.
575) 알고 보면.
576) 자면서.
577) 며느리.
578) 아버지.
579) 시답잖거든.
580) 시답잖아 보이는 거야.
581) 치운다. 시집보낸다.
582) 세수하러.
583) 일어서니.
584) 양복주머니. '포켓(pocket)'의 일본식 발음.

고 왼손바닥을 내보이면서】이른 게 하나, 뭐 통 널찌거든585). [①: 아, 주머니에서요?] 그기-586) 참, 좋은 기대이587). 참, 높은 기-라. 대감의- 그기, 무슨, 포적588)이라. 통 널찌이 그래 그-, 그【바닥에 TV 리모컨을 집어 들고】처자 아바씨가 널름 조오589) 보이, 마【두 팔을 가슴에 모아 몸을 잔뜩 움츠리고는】떠는 기라. [①: 아-.] '아, 이거 대감이다.' 마【움츠리고 있던 팔을 벌벌벌 떨면서】뿔뿔뿔뿔 떠는 기-라, 겁을 내가590). 그래가 인자,【리모컨을 내려놓고】마, 혼사를 할라 카는 기라. 너무 좋거든, 즈이591) 집이. 서울서, 서울 자완592) 안에 언-쑥593) 부자제, 대감이제, 이르594) 놓이.

그러이 여, 혼살 하자 카이, 혼살 할라 카는데, 또 영감이 하나 오디이만은595), 뭐 이붓집596) 영감이 놀러오디이만은, 처자 아바씨 이종이라 카미, 놀러 오디이만은 '그래 나는 마-, 그 대사 치고 □□믄, 하구 짚다. 이, 겔혼을 치우고 짚다.' 이카이 '홍님요-. 그거, 걸뱅이 그것캉597) 사돈할라꼬요598)?' 이카거던. '사돈이 아이다599), 이【크게】사람아. 사돈이 아이【정정하며】참, 걸뱅이가 아이다.【TV 리모컨을 집어 앞으로 내밀며】이기600) 봐라.' 그래 그 사람도, 이거를 보디-만은 차암- 마 마, 높은 사램이고, 좋다꼬, [④: 긋-도601) 놀랬구만은.] 음.【④가 있는 쪽으로 뒤돌아보며】그 때 마 놀랬는데 이것도 놀래, 떠는 기-라, 마, 마. 대감이라, 대감 이종이라꼬.【웃음】[④: □□ 이종, 한가지다.]

그래가주고,【웃음】그래가 대사로 인자, 이래【손뼉을 두어 번 치며】걸었는 기지602) 차, 참 겔혼을 시길-라꼬603) 이 서로 인제, 약속을 했는

---

585) 떨어지거든.
586) 그것이.
587) 것이다.
588) 표적. 표시.
589) 주워.
590) 내서.
591) 자기.
592) 장안.
593) 원체. 매우.

594) 이래.
595) 오더니만.
596) 이웃집.
597) 그것과.
598) 하려구요.
599) 아니다.
600) 이거.
601) 그것도.
602) (약속을) 걸었던 거지.

기라.

그래 총각안604) 인자, 아부지가 인제 막,【손을 위로 휙 올리며】올라가는 기라. 서울 즈- 아-605), 즈그 집에 가가, 총객606)이 학교 갔다 와가주고 '아부지-. 그래 아가씨를 구해 놨-는가?' 물으이끄네 '그래. 아가씨, 좋은 아가씨를 구해 놨다.' 카이. 총객이 지가 인자, 처자 보러 니러올라607) 카거덩. 마, 책 보따리를 가방에 옇어가주고608) 츠윽- 이래 인자, 가방에 옇어 내-609) 짊어지고 옸다610).

처자 집을 찾으가611) 왔는데,【마른 침을 삼킨 다음】처자가 원당 안에 있는데 원당, 빌당612) 있는 데, 그으 [④: 원당 안에, 빌당 안에.] 공부를 하고 있으이끄네, 총각이 가마-이613) 들으이614), 다- 공부두 잘하고 하-두615) 이래여616). 총객이 또 처남 될 사램이, 또 학교 갔다가 오는데 '그래. 저 아가씨, 공부하는 아가씨가 우째 되느냐-?' 카이 총각이 하는 말이, 처남 될 아-가 말하는 '우리 누님인데, 빌당 안에서 지끔 공부하고 있다.' 이카거든. '볼 수 없나-?' 카이끼네 '볼 수 있습니더. 지늑617) 묵고 나먼 우리 누님이 저- 꽃밭에 물 주러 나옵니대이618).' 이카거던.

그래 뜨윽- 있으이끄네, 지늑 묵고 한참 지나, 아가씨가 참-, 꽃밭에 물 주러 나오더란다. 그래 총객이 문을 열,【위를 쳐다보며】창문을 열고 보이 과-연 잘났더란다. 그르이 총객이 들우오가619) : 이, 겔혼을 핸- 기라620).【손뼉을 치며】[①: 어-.] 이, 영폴621) 겔혼했다. 겔혼 참, 겔혼 했다.

---

603) 시키려고.
604) 총각은.
605) 자기 애.
606) 총각.
607) 내려오려고.
608) 넣어서.
609) 내도록.
610) 왔다.
611) 찾아서.
612) 별당.

613) 가만히.
614) 들으니.
615) 하도.
616) 이래서.
617) 저녁.
618) 나옵니다.
619) 들어와서.
620) 한거야.
621) 영판.

【④가 있는 자리로 돌아보며 웃음】 내가 봔 겉-다622), 똑.【④도 따라서 웃음】
 그래 겔혼을 해가623), 부-자로 살고, 아들도 많이 놓고. 에, 구대로 에
동 놓던 사램이었는데 그 집안이, 아들도 서이 놓고, 딸도 둘 놓고 그래
오남매를 낳아가 부귀하고 잘 살더란다. [①: 아, 할머니. 야-.]【웃음】그
래. 잘 살더란다."

 유남수씨의 9대 독자 이야기가 한창 무르익을 즈음, 바깥에 있던 이상주
씨가 방으로 들어왔다. 나는 이상주씨가 다시 유남수씨 곁에 앉아 이야기를
들을 줄 알았다. 하지만 방 안으로 들어온 이상주씨는 멀찌감치 유남수씨
뒤편에 자리를 잡고서 박스 안에 있는 라면을 꺼내는 것이었다. 그리고 차
례로 봉지를 뜯는 내내 아무런 말이 없었다. 나는 이상주씨가 이야기를 좋
아하는 걸 알고 있었기 때문에, 우리에게는 전혀 관심이 없는 듯한 그의 행
동이 약간은 낯설게 느껴질 정도였다. 그러던 이상주씨가 대뜸 입을 연 것
은, 유남수씨가 신부를 찾으러 부산쯤이나 내려갔다고 이야기하는 대목에
서였다. 뜬금없이 '우리 집으로 오면 될 거 아니냐?'고 내뱉은 말의 뜻을 얼
른 알아채지 못한 조사자들은 한 박자 늦게야 키득키득 웃기 시작했다. 이
상주씨 자신에게도 혼기 꽉 찬 딸이 있으니, 9대 독자가 멀리 갈 것 없이
이리로 찾아왔으면 됐을 거라는 말이었다. 표정 하나 변하지 않고 툭 말을
꺼낸 그의 모습이 더욱 웃음을 자아냈지만, 정작 이상주씨 본인은 시종일관
라면 봉지를 뜯으면서 '우리 집에 오지……'라는 말을 중얼거릴 뿐이었다.
이상주씨만의 천연덕스러움이 돋보이는 자리였다. 유남수씨가 이야기하는
내내, 이상주씨의 짓궂은 개입이 계속되었기 때문에 연행판의 분위기는 화
기애애했다.
 한편 유남수씨는 9대 독자가 신부감을 보고 첫눈에 반해 부부의 정을 맺
는 장면을 이야기하다 말고, 이상주씨가 있는 쪽을 쓱 뒤돌아봤다. 그리고

622) 것 같다. 　　　　　　　　　　　　623) 해서.

는 이상주씨에게 '꼭 본 것 같다'라며 웃었다. 할머니는 막상 말을 꺼내 놓고도 영 쑥스러웠던 모양이었다. 눈치 빠른 이상주씨도 따라 웃었다.

이야기를 마친 유남수씨는, 할아버지 할머니가 사랑방에서 이야기를 해 주곤 했다면서 자신의 어린 시절을 회상하였다.

"그전에 이, 우리 할아부지가, 그자? 우리 이래 할배 할매, 다 같끼624) 컸다. 그전에 우리, 쪼맨할625) 때, '할부지-, 이바구 한 자리 하이소-.' 사라앙626) 가서 '이바구 한 자리 하이소-.' 〔④: 나두 만날627), 우리 아부지 보고 얘기 하라 카고.〕 그전에 할배 보믄, 만날 이야기 카라 캤거든. '【크게】 할부지. 이야기 한 자리,' 그전에는 할부지라 캤나? '【또박또박하게】 할배. 이바구 한 자리 해라.'【웃음】 그래, 우리 할부지, 이바구를 하고, 할무니628) 두 이바구를 하고, 그게 인자 다, 없어지가629), 인자 엉터리만 이래 한다, 엉터리로. 〔①: 아유-. 할머니, 이야기 잘 하세요.〕 엉터리만 한다, 그런 소리 들었다.

구대로 외동을 니리오가주고, 삼태 난- 상딩이 집으 겔혼을 해 놓이, 그래 아들 딸로 마히 놓고 부-자, 부-귀로 살더란다. 〔①: 음, 복 받았네.〕 음, 그래. 그런 이바구 들었다."

대개 복 많은 배우자를 찾는다는 이야기에는 난해한 시험을 거쳐야 하는 등의 여러 혼사장애 요소가 존재하기 마련이다. 그러나 유남수씨가 한 이야기에서는 우연찮게 대감의 표적이 떨어지는 바람에, 반대하고 나섰던 신부 측과의 혼사갈등이 흐지부지하게 마무리된 면이 없지 않았다. 무언가 미진한 감이 있었던지 유남수씨도, 엉터리로 한다는 말을 되뇌었다. 그러나 자신이 오래전에 들었던 '9대 독자와 쌍둥이 처자' 이야기를 무난하게 연행한

---

624) 같이.
625) 조그마할.
626) 사랑(방)에.

627) 매일.
628) 할머니.
629) 없어져서.

것 자체가, 이야기꾼다운 면모를 드러내는 부분이었다고 볼 수 있을 것이다.

이야기 속에서 9대 독자와 세 쌍둥이 처자라는, 두 집안을 대별하는 숫자의 대응은 유남수씨가 이야기를 쉽게 기억해내는 이유 가운데 하나였을 것이다. 숫자 9가 아무런 부족함 없이 꽉 차 있다는 뜻을 가지고 있으므로, 독자가 9대로 내려왔다는 것은 이 집안의 결핍된 상황을 극대화한다. 다시 말해 대감이 더 이상 어찌할 수 없는 막다른 궁지에 내몰렸음을, 숫자 9를 통해서 은연중에 암시하고 있다. 반면 이야기 속 신부는 9대 독자와 뚜렷한 대조를 이룬다. 신부감은 삼태로 태어난 세 쌍둥이 처자로, 세 아이를 동시에 잉태할 만큼 신부의 집안이 강한 생명력으로 충만해 있음을 말해주고 있는 것이다. 또한 일반적으로 집 떠난 여행자가 생존을 위해 없어서는 안 될 것이 바로 물인데, 유남수씨가 연행한 이야기에서 9대 독자 아버지가 신부감을 만난 장소가 이러한 물이 풍족한 우물가였으므로 그녀가 이미 생명의 근원을 장악하고 다룰 수 있는 힘을 지닌 존재임을 알 수 있다.

유남수씨의 연행이 끝나자 이상주씨가 넌지시 '점심으로 라면이나 삶아 먹자'고 했다. 노인정 벽시계를 올려다보니 어느덧 12시가 넘어 있었다. 시간가는 줄도 모르고 이야기를 듣고 있었던 것이다. 우리는 우선 장비를 한쪽으로 치워두었다. 이번에는 우영민이 얼른 물을 끓이고 있는 부엌으로 나가 라면을 끓였다. 잠시 후 방안에 작은 밥상이 펼쳐지고, 할머니들과 우리는 조촐한 점심식사를 시작했다. 라면을 먹던 이상주씨는 '내 살림이 아니니 숟가락 하나도 못 찾겠더라'는 말을 했다. 이상주씨가 줄곧 움직인 데도 다 그럴 만한 이유가 있던 것이다. 노인정 살림을 도맡고 있는 김기남씨가 이날따라 밀양장을 보러 가서, 두 할머니는 그냥 간단하게 끼니를 때우려던 모양이었다. 그런데 별안간 손님 대접을 하게 되는 바람에 평소 손에 익은 살림살이가 아닌 것으로 마련한 변변치 않은 찬이, 할머니는 마음에 쓰이는 듯했다.

내가 어데 봤-나, 들었지

오후가 들어서도 바깥에서 내리는 비는 쉽사리 그치지 않았다. 먹은 것을 막 치우고 나자, 누군가가 우산을 탁탁 털며 노인정으로 들어오는 소리가 들렸다. 곧이어 문이 열리고 방 안을 들여다보는 사람은 지난 조사 때 만났던 서복선씨와 김진옥씨였는데, 우리가 일어서서 인사를 드렸더니 전에 본 학생이라면서 나를 기억했다. 함께 앉아 있었던 할머니들도 서로 오랜만에 모인 듯, 사나흘 만에 노인정에 사람이 있다는 말을 건넸다.

새로운 할머니들이 왔기 때문에 나는 다시 어떻게 말문을 열어야 할지 고민이었다. 모두 멋쩍게 앉아 있기는 마찬가지였는데 맨 먼저 침묵을 깬 사람은 이상주씨였다. 그는 서복선씨를 쳐다보면서 '집으로 전화를 해도 받지 않아서 병원 간 줄 알았다'는 말을 꺼냈다. 이어서 할머니들이 아주 일상적인 대화를 나누기 시작했다. 요새 잘 가는 시내 병원, 많이 오른 병원비, 세금 등등 선뜻 옛날이야기를 청할 수 있는 분위기가 아니어서 나도 잠시 숨을 고를 겸, 가만히 할머니들의 대화를 듣기로 했다.

이상주씨가 세금에 관한 이야기를 하다 말고 '빈 집에도 세가 나오느냐'며 고개를 갸웃거렸다. 그리고는 내게, "법산댁이 알지? 그 할매, 얼마 전에 세상 떴다"는 말을 했다. 그런데도 그 집에서 전기세가 나온다는 것이었다. '법산댁'은 지난 2월 조사에서 카랑카랑한 목소리로 청춘가를 불렀던 장남이씨의 택호였다. 나는 벌써 여러 해 동안 밀양으로 현지조사를 다니고 있지만 내가 만난 어르신이 돌아가셨다는 소식을 들은 것은 처음이었다. 연세가 그리 많은 편도 아니었을 뿐 아니라 생전에 활기찼던 인상이 남아 있어서였는지 장남이씨의 소식은 내게 다소 충격이었다. '집에서 나오지 않아 사람들이 한 번 찾아가 봤다'라고 말씀하시는 것으로 보아, 할머니들에게도 장남이씨의 죽음은 다소 충격적인 일이었던 것 같았다. 난데없는 비보에 대한 서운함이 밀려드는 한편, 나는 지금 하고 있는 현지조사를 게을리 해서는 안 되겠다는, 일종의 책임감을 되새기게 되었다.

　비는 추적추적 내리고, 방 안 할머니들도 마냥 앉아 있는 게 지루했던지 차례로 베개를 가져다가 눕기 시작했다. 할머니들은 기기를 설치해 두고 있는 우리에게도 베개 하나씩을 건네며 어디 한 군데 누우라는 말을 했다. 아무렇지도 않게 베개를 넘겨주는 모습에서 나는 할머니들이 우리를 무척 편하게 대하고 있음을 느낄 수 있었다. 만일 할아버지들이었다면 앞에 있는 조사자가 어려워서 좀처럼 눕지는 못했을 것이다. 그래서인지 조사에 임하는 나도 상대적으로 할머니들 앞에서 덜 긴장하게 되었다. 할머니들의 모습은 지극히 자연스러웠지만, 이야기를 더 듣고 싶은 나로서는 사실 이런 방 안의 분위기가 약간은 당황스러웠다. 할머니들에게 더 이상 이야기를 듣기 어려울 것으로 판단해서였는지, ‘차라리 이쯤에서 자리를 옮겨야 누운 할머니들도 조용히 쉴 수 있겠다’는 생각이 들었다.

　내가 할머니들의 머리맡에서 갈팡질팡하면서 겸연쩍어하는 사이, 몸을 좌우로 뒤척이던 이상주씨가 갑자기 획 하고 엎드리더니 우리를 쳐다보았다. 그리고 가슴에다 베개를 괴더니 두 팔로 상체를 지탱한 채, ‘고슴도치’라는 말을 꺼냈다. 잠깐 방심했던 우리들은 대기 상태로 두었던 기기를 다시 켜느라 허둥거렸다. 가장자리의 김진옥씨만 눈을 감고 있었을 뿐, 나란히 누워 있던 할머니들도 “심심하던 차에 무슨 이야기를 꺼낼꼬?” 궁금해하는 표정으로 이상주씨를 바라보았다. 서복선씨는 아예 이상주씨를 따라 마주 엎드려서는 한 마디라도 놓칠세라 바짝 다가갔다. 한꺼번에 청중의 관심을 받아 한껏 의기양양해진 이상주씨가 막 이야기를 시작하려는 찰나, 방바닥을 둘러보던 서복선씨가 “청소를 했느냐?”고 물었다. 당장 이야기 연행에 마음이 급했던 이상주씨는 귀찮은 듯 짧게 대답해주고서는 바로 이야기를 시작했다. 처음에는 엎드린 채 슬쩍 말문을 열었던 이상주씨는 연행에 몰입하자 곧 자리에서 일어났다. 이상주씨가 연행하는 내내, 멀찍이 누운 유남수씨도 간간이 맞장구를 쳤다.

▶41 아들 공덕으로 인도환생한 고슴도치[630] (이야기㉝)

연행자 : 이상주(여, 80세, 죽남댁) ●
조사자 : 황은주 ①, 우영민 ②
청 중 : 유남수(운동댁) ③, 서복선(오치댁) ⑤, 김진옥(구야할머니) ⑥

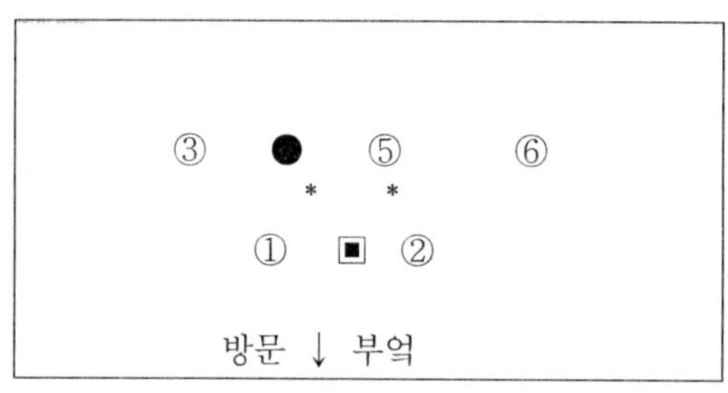

■ 카메라   * 녹음기

"고슴도치가 안 있나, 그자? 있는데, 즈그[631] 아부지하고 살았는데 맨-날[632] 벨로-[633] 고슴도친 기라, 동네 사람들이. 【옆에 있던 ⑤가 청소 여부를 묻자 건성으로】 닮았다, 와. 음, 고슴도치라꼬 있는데 아들이 참-, 하나 그르이[634], 만-날 사람들이 즈그 아부지 보-, 고슴도치라 카이 억수로[635] 듣기 싫었는 기라[636], 이 아들이. 듣기 싫어가[637] 자, 그러구르[638] 그러구로 [⑤: 그 택구[639]를 부르이-, 우이[640] 멀-라[641] 듣기 싫어?[642] 【웃음】] 택구두 아이고[643], 벨로로 인자, 동네 사램[644]들이 고슴도치로 지이[645] 났는데, 그거 마, 듣기 안 싫, 고슴도치 그 마, 파이[646], 아입니

- -

630) 2003년 4월 23일 오후 밀양 산외면
　　엄광리 숲골 할머니노인정.
631) 자기.
632) 매일.
633) 별호로. 별명으로.
634) 그러니.
635) 아주.
636) 싫었던 거야.
637) 싫어서.

638) 그러구러.
639) 택호.
640) 어째서.
641) 뭐라고.
642) 택호로 부르는 것인데, 어째서 듣기
　　싫냐는 뜻의 반어적인 질문.
643) 아니고.
644) 사람.
645) 지어.

꺼, 그자? 듣기 싫어가주고, [③: 똑, 고슴도치 겉다647) 안 카나?] 【할머니들 웃음】예. 뭐이648) 쫌-만649) 가믄 '고슴도치 겉다, 고슴도치 겉다.' '느그650) 아부지 이제 고슴도치다.' 이래 쌓는데, 얼매나651) 자슥652)이 듣기 싫어가주 이.

그래 하루는 마 참, 이래 이래 사다가653), 그카다654) 사다가 마, 【음색을 달리 하여 빠르게】즈그 아부지 죽었는 기라요. 마 시상655)을 베리뿠는데656), 마- 마, 즈그 아부지, 딱 운구657) 밀치658) 놓고 마, 복숭나무659) 해차리660) 하나 해가예661) 그래 마, 그 사름662)이 그- 자슥 눈에 즈그 아부지가 쳐-, 혼이 실-663) 날라가더라 카데예664). [③: 아-.] 날라가는데 마, 즈그 아부지 갖다 놓고 마, 마 복숭나무 해차리가 하나 해가 마, 자-꾸 즈그 아부지 혼 따라가는 기라.

【엎드려 있던 자리에서 일어나 앉으며】천리라 만리로 마 자-꾸 따르이665), 그- 죽은 혼이 있다 카데, 마. : [③: 혼이 날라간다.] 예. 혼이 날라가다 가다가예, 마 【여기저기 쑤셔대듯이 가리키며】수치구멍666)도 드가고예667), 개헐리668)한테도 드가고669), [⑤: 개, 헐리, 날라가다가670) 즈-허기671),]

<hr>

646) '파이'는 나쁘거나 싫음을 나타내는 부정적인 의사표현으로, 여기서는 고슴도치가 호칭으로서는 그리 좋지 않다는 뜻으로 쓰인 표현이다.
647) 같다.
648) 뭐.
649) 조금만.
650) 너희.
651) 얼마나.
652) 자식.
653) 살다가.
654) 그렇게 하다가.
655) 세상.
656) 떠나버렸는데.
657) 운구(運柩).
658) 밀쳐.

659) 복숭아나무.
660) 회초리.
661) 해서요.
662) 사람.
663) 슬슬. 드러나지 않게 슬그머니.
664) 하데요.
665) 따르니.
666) 수챗구멍.
667) 들어가고요.
668) 흘레. 흘레는 짐승의 암컷과 수컷이 교미(交尾)하는 것을 가리키는 말.
669) 들어가고. 고슴도치라고 불리던 사람의 혼이, 개가 교미하는 데에도 들어갔다는 뜻.
670) 날아가다가.
671) 저기.

어. 닭672) 헐리한테도 들어가고. [⑤: □□□ 데로 잘 가고.] 그래 가더라 카네. 가는데 마, 이눔은 그걸673) 가주고【베개를 들고 땅바닥에 치며】마 자-꾸 ‘아부, 아부지요. 물 좋고 저 반석 좋은 데 갑시더. [⑤: 그래.] 아부지요.【애원조로】고슴도치 소리- 지674)는 듣기 싫습니더. 아부지요, 고슴도치- 은675), 인저 민해가주고676), 좋은 데 가입시677).’ 카미678) 자-꾸 따라갔는가 봐.

밤새두룩-679) 날 새두룩 즈그 아부지 따라, 이눔 마, 혼이 드가믄680) 마,【여기저기 민첩하게 가리키며, 빠른 말투로】수채구멍도 드가고- 개 헐리한테도 드가고- [⑤:【작게】그렇다-.] 소, 교배 붙이는 데도 드가고-. [⑤: 안 들어간다, 그자?681)] ‘【애원하는 소리로】아요-682) 아부지요-. 그리 가시지 마고- 좋은 질683)로 갑시더-. 또 ‘제발- 아부지요-. 좋은 질로 갑시다아.’ 자꾸 홋차갔는684) 기라. [⑤: 우야든동685) 하늘나라로 가라꼬.] 어어.

홋차가이끼네686),【할머니들 흐뭇하게 웃음】그래 밤 하리687), 낮 하리, 낮 이틀, 이래 인, 인자 사을688) 만에 뜩 도, 도착이 뜩- 됐는데 가이께 누-689) 집으가690) 채알691)로 쳐.【③을 보며】옛날엔 치알 안 칩니까, 그자?

치알 치는데, 참 이 정승으 집에, 잔치를 하는데,【이불을 걷어내고 고쳐 앉으며】채알로 쳤는데, 그 집에 쑥 드가더래692). [③: 응.] 마- 그래 놔-

672) 닭.
673) 복숭아나무로 만든 회초리를 가리킴.
674) 저.
675) 간투사의 일종.
676) 면해서. 벗어나서.
677) 가십시다.
678) 하면서.
679) 밤새도록.
680) 들어가면.
681) 아버지의 혼이 여러 군데 들어갔지만 금방 도로 나온다는 뜻.
682) 아휴. 감탄사의 일종.
683) 길.
684) 쫓아갔던.
685) 어떻게 해서든지.
686) 쫓아가니.
687) 하루.
688) 사흘.
689) 누구.
690) 집에서.
691) 차일.
692) 들어가더래.

듰다 인자. 채알 치이 그- 안 좋는게693)? 인694), 놔 두이695), [③: 좋구
말고.] 어-. 그래 드가가696) 놔 두이, 그럼 지-697)는 인제, 옛날에 과객
안 많습니꺼? 그래 과객이라 발, 사, 사라앙698)으로 드가이 참, 대집699)
을 잘 하더랍니다. 부잣집이 돼 놓이. 이 정승-으 집이 돼 놓이끄네 그래,
대집을 잘 받고, 그래가 인즈700) 하리 시이가701) 묵어가주고, 그래 오민
시702) 그 인자, 그 집 주인을 보곤 인자, 보고 인제 이래- 악수를 하민
시늠703), '내년 입때704), 함705) 보입시더-706).' 이캤는707) 기라. '내년 이
때, 내가 이 집을 한 번 찾아오겠십니더-.' '그캅시더708).'

  인, 그- 과객이 그래 갔지. 그으 아들, 아인-교709)? 그- 고슴도치 아들
이 인자, 그카고 인자 돌아왔다. 돌아와가, 그-까710) 행니-처수711)로, 쑥
드가, 드가이, 혼이 쑥 드가버리니 마 인동화상712) 하는 기라, 그 혼이.
그래, 인동환-상해 오가주고 그 여자, 그 처자 그- 씨한테, 그래 마 배가
주구713), 인동환생하는데 그런 데 들어가주고 그래 멩년714) 입때, 그래
지-북715) 인제 천 리나- 만 리나- 그래 인자 마, 혼을 그래 훗차가 그-
집, 행니한716) 집에 인자 들라717) 놓고, 지- 할밤718) 자고 인, 즈그 집에
오이 참, 신츤719) 내-720) 그양721) 있어. 그래 장사를 하고. 한, 내년 입때

---

693) 좋습니까.
694) 간투사의 일종.
695) 두니.
696) 들어가서.
697) 자기.
698) 사랑(방).
699) 대접.
700) 인제.
701) 쉬어서.
702) 오면서.
703) 하면서.
704) 이맘때.
705) 한번.
706) 보십시다.
707) 이렇게 했던.

708) 그렇게 합시다.
709) 아닙니까.
710) 그러니까.
711) 행례청(行禮廳).
712) 인도환생(人道還生): 사람이 죽어
    저승에 갔다가 이승에 다시 사람으
    로 태어나는 일.
713) (아이를) 배서.
714) 명년(明年).
715) 제법.
716) 행례한.
717) 들여다.
718) 하룻밤.
719) 신체는.
720) 내도록.

돼가 [⑤: 신치는 있는데 인자, 혼이 먼이[722] 간다, 그자?]【말한 ⑤를 쳐다보며】그-래. 이, 혼이 먼이 간단다. 순간적으로 혼이 마, 가뿄다 하네. 순간적으로 혼이 가는데, 신친 그- 있지. 그래가 인자, 신치는- 뭐, '혼-명으는[723] 극락 가고 신치는 황천 가고' 안 캐쌓드나[724]? 그 말이 딱 맞는 기라.

그래 집에 다시 오가 참, 즈그 아부지로 장살하고[725] 참, 내년 돌 때 돼가예[726]. 그래 그 집을 찾아갔다. 가이끼네 그래가 참 '어데서 오싰노-[727]?' 이래 묻더라 카네. 그래 '【가볍게 혀를 차며】쯧. 사여사[728] 와, 내가 작년 이 때에.'【정정하며】아이[729], 그리 드가가주고, 주인을 찾아가주고 '그래. 이 집에 뭐, 뭐 식구로 하나, 불은 사람, 없느냥-?' 물으이끼네, 그래 가, 가이끼네 마 대반에[730] 그-, 그 집 참 메느리[731], 즈[732] 시아바이[733] 되는 사램이 '【크게】하이-구. 우리 집에, 생남했심더-[734].' '내, 작년 입때 오이[735] 잔치하던데-, 이 집에 식구가 불었습니꺼?' 카이끼네 '【놀란 듯】아. 그, 생남' 아이, 생남했다 하더라.

메느리가 아들로 낳았는데,【침 삼키고】낳았는데 도-저히 요, 손을 안 핀다[736] 카더랍니더. 손으로 마 [⑤: 그, 고슴도치다. 그자?【웃음】] 막-【주먹을 꽉 쥐며】주묵[737]을 쥐고 마, 요래 있더래. □□□ 사름이 가 피-도[738] 손을 안 핀단게요. 탁- 양 줌-[739]을 쥐고 있는데 '그래. 그 애기로.' 즈그 아부지 아이가, 그자? [③: 와 아이라.[740]]【웃음】'그 애기로,

---

721) 그냥.
722) 먼저.
723) 혼령(魂靈)은.
724) 말해대지 않더냐.
725) 장사(葬事)를 지내고.
726) 돼서요.
727) 오셨느냐.
728) 간투사의 일종.
729) 아니.
730) 대번에.
731) 며느리.

732) 자기.
733) 시아버지.
734) 생남(生男)했습니다.
735) 오니.
736) 편다.
737) 주먹.
738) 펴도.
739) 주먹.
740) 왜 아니겠어. 이상주씨의 말이 당연히 맞다는 뜻.

내가 좀 봤으먼예.' 카이 그래 사라앙 안고 왔더래요.

그래 안고 왔는데, 애기 가주왔는데741), 그래 그 아들이, 요래 손을【왼손을 펴며】피이 삭 피더란다.【할머니들의 감탄사가 터진다.】그 자리에 삭 피더란다.

그 아들 오두룩742), 곧이743) 고걸 고래 쥐고 있는다. [⑤: 혼이 고-744), 고 아-한테 혼이.] 혼이 그래, 홋차가 그 행니처엉에 들으느이끼네745) 그 인동환상 했는데, 그 인자 손자 그기이746) 돼가, 아들 돼 나오는데, 고래 요 손이 요래 핀-데, 마 천- 사름 가주구 손이 안 피가주고 격정이다 카민스름747) 그래 그거, 그래 카거든. '그래 그, 그 애기를 내가 좀 봤으믄요-.' 카이끼네르 그르이 참, 사라-앙을 안고 니러왔더라748) 카데. 옛날 임금749) 집이 되이, 니러오이, 그래 그기이, 아들이 요래 하이 마, 손을 짜악, 요 두 손 핀- 데, 그래 손 복판에【왼손바닥을 가리키며】요, 임금 왕자(王字)가 따악 쓰이가예750), [③: 아-.] 인동환생, 임금 왕자가 따악 쓰이가【손바닥이 보이도록 위로 오게 하여 양 무릎에 놓고】양쭉751) 손에 임금 왕자 복판에 딱 쓰이가 딴 사람 안 비주는752) 기라. 뜩 즈그 아부지 오이까 딱 비주,【정정하며】즈그 아들 오이, 비주더라.

고래가753), 고래 고슴도치가 그래, 인동환생 해가주고 그 집, 정승으 집에 태히가754), 이 정승으 집에 태히가주고 그래 그것, 잘 살아요.【할머니들 웃음】"

별명이 고슴도치인 아버지와 그 아들에 관한 이야기였다. 평소 사람들에

----

741) 가져왔는데.
742) 오도록. 올 때까지.
743) 곧이곧대로.
744) 그.
745) 들어가니.
746) 그것이.
747) 하면서.

748) 내려왔더라.
749) 정승을 잘못 말한 듯.
750) 쓰여서요.
751) 양쪽.
752) 보여주는.
753) 그렇게 해서.
754) 태어나게 되어서.

게 자신의 아버지가 고슴도치로 불리는 걸 싫어한 아들이 있었다. 어느 날 아버지가 세상을 뜨자, 아들은 복숭아나무로 회초리를 만들어서 아버지의 혼을 따라간다. 이렇게 아들이 줄곧 쫓아간 덕분에 고슴도치 아버지는 소·말 같은 가축이 아닌 정승 집의 행례청으로 들어가게 되었다. 그제야 집으로 돌아간 아들은 아버지의 장사를 치루고 다시 1년 만에 정승 집을 방문한다. 정승은 그간에 손자가 태어났지만 도무지 주먹을 펴지 않는다고 고슴도치 아들에게 말한다. 그러나 고슴도치 아들이 손을 펴게 하자 손자는 손을 폈고, 그 손에 임금 왕자(王字)가 쓰여져 있었다.

이상주씨가 연행한 이 이야기는, 식사 직전에 유남수씨가 들려준 '9대 독자' 이야기와 적절한 대조를 이룬다. 우선 9대 독자의 아버지는 신부감을 찾기 위해 길을 떠났는데, 이상주씨의 이야기에서도 고슴도치의 아들이 아버지를 위해 서슴없이 먼 길을 떠난다. 그리고 유남수씨가 쌍둥이 처자와 9대 독자가 만나는 장면을 '본 것처럼 말한다'고 얼버무렸다면, 이상주씨는 정승집의 행례청을 고슴도치 아버지가 축생이 아닌 인간으로 환생할 수 있는 공간으로 그렸다.

이상주씨가 이야기를 연행하는 동안, 청중의 호응은 이날 노인정에서 가장 적극적이었다. 고슴도치의 아들을 만나 정승의 손자가 주먹을 싹 폈다고 하자 이야기를 듣던 할머니들은 놀랍다는 식의 감탄사를 연발했고, 고슴도치 아버지가 정승의 집에 태어나서 잘 살았다는 끝부분에서는 흡족하게 웃기도 했다. 특히 서로 말을 터놓고 지내는 사이인 듯 보였던 서복선씨는 시종일관 흥미진진하다는 표정으로 이상주씨의 이야기를 들어주었고 이따금 적극적인 동조를 보이곤 했다. 이야기를 연행한 이상주씨도 이런 서복선씨가 곁에 있어서 절로 신이 나는 듯 보였다. 약방의 감초처럼 서복선씨는, 이야기판에서 무엇보다 중요한 청중의 역할을 톡톡히 하고 있었다. 그는 이야기를 다 듣고나서도 여러 사람이 애를 썼지만 펴지지 않았다던 아이의 주먹이 퍽 궁금한 모양이었다.

"〔⑤: 그래. 손, 아-755) 손은 피든게756)?〕 그래 그거 저-, 조선 사람 다 피두룩 손이 안 피가757) 얼매나 걱정했나암758). 주먹을 요래 쥐고 있는데, 안 피이는데759), 그래 그 아들이 와여【주먹 쥔 손을 어루만지며】요래 요래. 그- 그, 그 그리이760) 아들 그것도 인자, 좀 안. 그- 귀신 쫓아갈 쭈로761) 우애 안 그, 이인762)일 끈데763) 그렇지. 아들도 뭐, 알 끈데 그렇지. 그래 가주고 똑 요 때 되면, 조오 드갔으이, '인동환상으루, 울 아부지가 인동환생했구나.' 카는 생각을 하고 인저 고 때764), 고 시765)에 딱 가이께766) 인동환생해가 있, 〔③: 아, 인동환생했다, 그래.〕 주묵을, 그래, 아들은 낳았는데 도-저히 주묵이 안 피이, 이래 걱정이라 카더란다. '【차분하게】그래. 그 애기로, 내가 좀 봤으믄예-.' 카이끼네 그래 참, 알라-767)를 안고 니리 왔는데, 즈그 아부지 손 대이768) 요, 따악 요래 피는데 요 복판에, 요 속안에 양쭉 손에 임금 왕자 따악 쓰이가주고, 그래 인동환생했단다. 그래 그 사램, 인동환생했다. 그래 사람이 죽으면 혼은 날라간다 카더라. 〔⑤:【엎드렸다가 바로 누우면서】맞-다.〕"

할머니들은 고슴도치라 불리던 아버지의 인도환생을 위해 천리 길을 마다하지 않은 아들의 공덕보다도, 혼이 동물한테 들어가면 그 동물의 띠로 태어난다는 이야기가 더 재미있었는지 십이지(十二支)를 한참이나 읊어댔다.

"날라가는데, 개 헐리한테 가마-769) 마, 개가 돼뿌구요. 〔①: 예.〕어. 개

---

755) 아이.
756) 폈던가.
757) 펴져서.
758) 걱정했겠는가.
759) 펴지는데.
760) 그러니.
761) 줄을.
762) 이인(異人).

763) 것인데.
764) 인도환생한 고슴도치 아버지가 아기로 태어났을 때를 가리킴.
765) 시간.
766) 가니까.
767) 아기.
768) 대니.
769) 가면.

가 돼뿌고, 또 소 흘리안테770) 가면 소띠가 돼뿌고, 그런갑데771). 【웃음】
쥐 흘리은테 가면 쥐띠 되고. 그은디772) 이 사람은 자꾸 자꾸 가가 사람-
이래, 행니헌773) 데 홋차이끼네 아들 돼가주고 그래가, 〔③: 배암774)한테
감, 배암띠 되고.〕 인, 인동환생 돼가. 〔⑤: 쥐한티 가믄 쥐띠 되고.〕 어.
〔⑤: 달한테 가면 달구띠775) 되고.〕 그, 그렇다. 〔③: 말띠 되고. 【웃음】〕
그런갑데예. 그렀는데 요 사람은 행니한테 딱 닿-이776), 인동환생 해가주고,
요 손을 그으 아들 오두룩 요래 쥐고 있으이까, 조선 사람 다 피도 안 피-
는 기라. 그 아들이 오가주고 요래 피이께 이래 사-악 핀데777), 그래 요,
양쪽 손에 임금 왕자 딱- 쓰이가주고, 〔③: 【혼잣말로】 고슴도치, 고슴도치.〕
예. 고슴도치, 걸 민하고778) 마, 임금 도, 왕자 돼가주고 그 부자집에 갔으
이, 얼매나 즈그 아부지 잘 됐습니꺼? 그- 아들 때메779) 이래가, 아들이 홋
차가다가 어데, 자-꾸 복숭나무 해차리로 홋차가 따라갔는 기라. 그래가 인
자, 좋은 데 가가, 고 집에 드가이 인자 놔두고 지는 고오 하룻밤 자고 와
가, 고때 고때 되이 가이께네 임금 왕자 돼가주고 아들이 나서르, 그렇데.
옛날에 그런 거 뭐.

　〔①: 할머니, 그거- 들으신 거예요?〕 음? 〔①: 그거 들으신 거예요?〕 들
었지. 〔②: 누구한테?.〕 내가 어데 봤나, 들었지. 【웃음】 내가 봤나, 들었지.
【다시 눕는다.】”

　이 날 나는 할머니들의 이야기 연행이 끝날 때마다 이야기를 어디서 들
었는지 묻곤 했다. 그런데 이번에는 이상주씨가 오히려 나에게, “들었지, 그
럼 봤나?”라며 짓궂게 되물었다. 이상주씨의 말처럼 죽은 사람이 혼으로 날
아다닌다는 것은 누구도 볼 수 없는 장면일 것이다. 그래서였는지, 나는 이

---

770) 흘레하는 데.
771) 그런가보더라.
772) 그런데.
773) 행례한.
774) 뱀.

775) 닭띠.
776) 닿으니.
777) 펴는데.
778) 그것을 면하고.
779) 때문에. 덕분에

상주씨의 지나가는 듯한 말투에서 묘한 여운을 느꼈다. '혹시 돌아가셨다던 장남이씨를 염두에 두고 연행한 이야기는 아니었을까'라는 생각이 들었기 때문이다. 나로서는 바로 두어 달 전 생전의 모습이 생생하게 남아 있어서 가슴 한켠에 알 수 없는 씁쓸함이 내처 가시지 않았다.

먼젓번에 핸 거, 하나 해주까

이야기를 마친 이상주씨는 캠코더를 가리키면서, '이렇게 해가서 어떻게 보느냐'고 물었다. 할머니들에게는 전에도 촬영되는 화면만을 보여드린 것 같아서, 나는 무료하던 차에 지금까지 촬영한 테이프를 약간 되감아 할머니들이 이야기하던 모습을 한번 보여드리기로 했다. 그러자 누워있던 다른 할머니들도 이내 다가와 캠코더의 작은 화면을 들여다보았다. 이상주씨가 연행한 고슴도치 이야기의 한 부분이었는데, 방금 전 자신들의 모습이 재미있었는지 할머니들은 유심히 쳐다보며 즐거워했다. 화면을 보고난 이상주씨가 지난 번에 방송으로 나오는 줄 알았는데 안 하더라는 말도 건넸다. 몇 차례 조사자들이 와서 재미있게 이야기를 하긴 했는데, 정작 본인의 자료가 어디에 쓰이는지를 은근히 알고 싶었던 모양이었다.

잠시 후 김말남씨가 들어왔다. 이야기판에 모인 할머니들은 모두 한 번씩 이전 연행판에 참여했던 분들이었기 때문에 딱히 연행자 관련 조사를 할 필요는 없었지만 사진을 한 컷도 찍지 못했다. 할머니들이 다시 다 눕기 전에 사진을 찍어 두는 것이 나을 듯했다. 그래서 나는 할머니들이 모인 김에 사진을 찍어 드리겠다고 한 다음, 우영민에게 사진을 찍도록 일렀다. 다섯 할머니들이 마치 사전에 약속이나 한 듯 일제히 두 손바닥으로 머리카락을 넘긴 다음 꼿꼿하게 앉은 채 굳은 표정을 지었다. 할머니들이 서로 이야기 나눌 때의, 좀더 자연스러운 포즈를 잡지 못한 것이 아쉬웠지만 사진 촬영을 계기로 할머니들의 관심을 다시 모아낼 수 있었다. 나는 사진을 다 찍고 나서 마고할미나 호박소 전설 같은 이야기를 두서없이 청하기 시작했지만, 할머니들은 심드렁한 표정을 지으며 다 모르는 이야기라고 했다.

어색해진 나는 질문을 성급하게 일방적으로만 한 것 같아서, 함께 온 우영민에게도 이야기를 부탁했다. 가볍게 권한 말이었는데도 우영민은 당황한 기색이 역력했다. 우영민이 난감해하자, 지켜보던 이상주씨가 대뜸 할머니들에게 이야기를 부추기기 시작했다. 역시 괄괄한 성품다웠다. '대학 다녔으니 좀 해 보라'며 옆에 앉은 김말남씨를 독촉하기도 했는데, 아마 근래에 김말남씨가 노인대학을 다닌 모양이었다. 김말남씨가 이야기 연행을 주저하자, 이에 선뜻 이상주씨가 '전에 들려준 이야기를 다시 해주마'라며 이야기 연행을 시작할 뜻을 비쳤다.

이상주씨가 말하는 이야기란 내가 지난 2월 조사에서 들었던 것으로, 중에게 잡혀간 이쁜이의 이야기였다. 그 당시 나는 할머니에게 이 이야기를 무척 재미있게 들었기 때문에 이번 조사에서도 방안에 앉자마자 처음 온 우영민을 핑계 삼아 똑같은 이야기를 청해보았다. 나로서는 같은 내용의 이야기가 연행 상황에 따라 어떤 변이로 나타나는지 알고 싶은 이유도 있었다. 워낙 자신 있는 이야기인지라 별 무리 없이 들려줄 것으로 생각했던 나의 예상과 달리, 막상 이상주씨는 마치 능구렁이가 담 넘어가듯 "지난번에 들었잖아?"라며 슬그머니 연행을 회피했다. 이후 두 할머니의 숨겨진 이야기 보따리가 하나둘 풀어졌고, 이 '흉측한 검딩이'의 행각을 알려줄 만한 적당한 시기는 좀처럼 찾아오지 않았다. 결국 이상주씨는 나름대로 이 이야기를 최후의 보루로 남겨두고 있었던 셈이다.

'했던 이야기는 소용없다'는 김말남씨의 떨떠름한 대꾸에도, 이상주씨는 '지난번에 우영민이 이야기를 못 들었으니 한 번 더 해주겠다'며 엎드려 있던 몸을 벌떡 일으켰다. 이상주씨의 성화에 못 이겨 김말남씨도 엉겁결에 일어나야만 했다.

드디어 연행을 위한 '주변정리'를 마친 이상주씨가 '덤북골소리'를 시작했다.

▶42 중에게 잡혀 갔다 정승 부인된 처녀(2)[780] (이야기㉞)

연행자 : 이상주(여, 80세, 죽남댁) ●
조사자 : 황은주 ①, 우영민 ②
청 중 : 유남수(운동댁) ③, 서복선(오치댁) ⑤, 김진옥(구야할머니) ⑥, 김말남
  (새터댁) ⑦

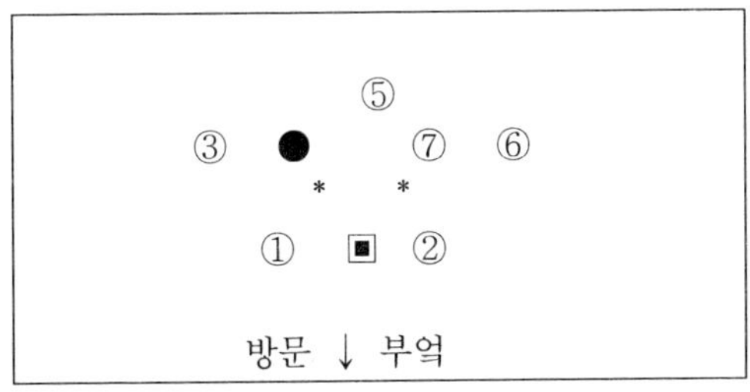

▣ 카메라 * 녹음기

"이번엔 니가 이야기 한 번 해드려."

"【난감한 듯 웃으며】 이야기? 나는 모르는데……"

"【옆의 할머니들에게】 이바구 하나쓱 해주라, 모도[781] 거게[782] 적어 가구로……[783]. 내, 고슴도치 이바구 하나 해 놓이 금방 나오더라. 아이, 웃기더라 그."

"또 해 봐라. 그러면은."

"아까 했는데 뭐, 또 해라꼬[784]?"【⑤: 웃음】

"딴 거 해라, 그믄[785]."

"먼첫번에 또 시[786] 가지, 니[787] 가지 해주 났는데. 먼첫번에 핸[788] 거, 하나 해주까? 먼첫번에 해두 되나?"

---

780) 2003년 4월 23일 오후 밀양 산외면
  엄광리 숲골 할머니노인정.
781) 모두.
782) 거기에. 캠코더 기기를 가리킴.
783) 가게.

784) 하라고.
785) 그러면.
786) 세.
787) 네.
788) 한.

"딴 거 해, 했든 건 파이다789)."

"어-어, 아이지790). 긋-도791) 딴 데 가버렸는데. 먼첫번에 해준 내, 하나 또 해주끄마. 일라소792), 마!【일어나면서】내 이바구 할라793) 일라란다794). 일라소!"

【연행자가 성화를 부리자, 누워 있던 ⑦도 일어나며】"아이구 어지러워라. 아이구 일라도795) 모한다796)."

"똑바로 앉으소!"【⑦이 천천히 옷매를 살핀다.】

"또 인자, 듬북골소리 지르는 거 한 번 한다-."

"옛날에 딸로 하나 낳아니, 딸로 못, 못 낳아가주고, 자슥797)을 못 낳아가주고 인저798) 저- 맨799), 암자가 하나 있는데 그 가여 만-날 공을 디렸는 기라800). 공을 디리니 참, 딸로 한 개 낳았는 기라. 딸로 하나 생기, 낳아 딸이, [⑦: 공 디리가 딸 놓-믄801), 매구802) 되는데-.] 딸 낳았는데, 매구 안 되구요. 그륵803) 낳았는데 으-티-케804) 인물이 참한지, 이름을 이쁜이라고 지있는805) 기라. 그래 그, 고을에 그으 가, 지 공 드린 절에 가여 □□□ 공 디리가806), 딸로 낳아-니 아-807), 이름이 인자 이쁜이.

이 할매가 만-날 가 공 드리미808)-, '우리 딸 이쁜이는, 부처님요-. 우리

---

789) 별로다.
790) 아니지.
791) 그것도. 2월 조사 당시에 촬영한 자료를 가리킴.
792) 일어나요.
793) 하라고.
794) 일어나련다.
795) 일어나지도.
796) 못한다.
797) 자식.
798) 인제.
799) 매일.

800) 드렸던 거야.
801) 놓으면.
802) 천 년 묵은 여우가 변하여 된다는 전설상의 짐승으로, 경상도 지역에서는 여우를 가리키기도 한다.
803) 그렇게.
804) 어떻게.
805) 지었던.
806) 드려서.
807) 아이.
808) 드리면서.

딸 이쁜이는 정승감사댁 되도록'809)꼬, 만-날 아침기도를 가 인살 하고
절로 하고 빌어, 빌었다.

　영감 할매810) 둘이 사는데 빌어 놓이811) 참, 그러구로 인저 그 처자
가 인자 그 뭐 한 살-, 두 살- 커가 인자 한, 열 칠팔 살 무-812), 옛날 열
칠팔 살, 무-만813) 안 치우나814)? 치울 때 다 돼 가이-815), '참 □□ 이
쁜이고 정승감사로 노오겠노-816)?' 싶어가여817) 이눔으 할마씨가818) 사
시□□ □ '우리 딸 예쁜이로, 정승감사 댁 되도록.' 사-시819)로 □□□
빌어 놔 놓이, 진짜 참. 【웃음】

　하리820)는 똑 부체821) 뒤에서, 그 절에 인자 검딩이라 카는822) 늠823),
이름이 검딩이라 카는 늠, 한 늠이 있는 기라. 이, 시크벙-한824), 검딩이
라 카는 늠이 '저늠우825) 할마이. 즈그826) 딸로 얼매나 잘 낳아가주고
만-날, 정승감사 댁 되도록 해돌라꼬827) 비노-?' 싶어가주구, 【졸던 ②를 보
면서】 이- 자분다828), 저기, 저. [②: 【웃음】 어저께- 어저께 기차 타고 오
느라고.]

　그래가 인자 참 가-만 생각하이 이 늠 마, 참 검딩이라 카는 이눔이
숭통바서가주구829) 부체 뒤에 뜩- 앉아, 뒤에서 거 앉, 이 이래 딜라830)
놓고 츠엉831) 안 있든게832)? 검딩이르 뜩, 숨어가주고 '【굵게】 어-.'【본

<hr>

809) 운율에 맞춰 '정승감사 댁되도록'이
　　 라 붙여서 발음하였다.
810) '영감할매'라 붙여서 발음하였다.
811) 낳았으니.
812) 먹어.
813) 먹으면.
814) 시집보내지 않느냐.
815) 가니.
816) 나오겠나.
817) 싶어서.
818) 할멈이.
819) 사시(四時).
820) 하루.

821) 부처.
822) 하는.
823) 놈.
824) 시커먼.
825) 저놈의.
826) 자기.
827) 해달라고.
828) 존다.
829) 음흉스러워서. 흉측해서.
830) 들여다.
831) 청(廳).
832) 있지 않더냐.

래 목소리로】하리는 뭐라 카는고 카이833) '【목청을 떨며】 또 예834) 할마야
야-835).' '부처님. 우리 딸 예쁜이로 정승감사댁 되도록.' 절을 하이께, '【굵
은 남자 목소리로 근엄하게】 어- 느그 딸 이쁜이는- 정승감사 어, 댁을 줄라
면 이 절에 이 절에 검딩이를 조-라836).' 이카거덩837). '검딩이를 조-라'
이카거든.

그래가 인자, 참 검딩이를 주라 캐가주고, 【들뜬 어조로】 마- 인자, 인자
부체님한테 귀한 소리 들었다꼬 마, 집에 가가 '하이구, 영감요-. 자, 우
리 이쁜이는 인자, 그 절에 검딩이로 주믄 정승감사댁이 된단다.' 이래
카거든.

그래 그 이튿날 또, 그 검딩이를 불렀다. 이, 영감이 불러가 빠짝빠짝
한 기838)로 앎아가주고839), 옻칠을 해가, 판득판득 맨들어가주구840) 이
놓고, 검딩이를 부르이끼네, 마- 이눔우 손841)이, 지- 숭충받치842) 해 놓
고는 또 안 핸 듯이 '【능글맞게 굽신대며】예―, 죽을 죄를 지았으이843),
뭐로 저를 찾습니꺼-?' 카미 인살 하거든. '【차분하게】그래. 그기- 아이
고, 그래 우리 딸 예쁜이로 데리고 가라꼬'. 그래 카미 그- 참, 옥궤로 내
가주고, 이래 처자를 옇어가주고844) 인저, 등발845) 해가 짊어지고 가이,
[⑦: 처자를 그 안에 옇어가?] 그 안에다. 그 안에 옇어가 가이,【침을 삼
키고】참, 인자 올라가미 마, 즈 을-매나846) 좋노, 그자? 크-, 이쁜 딸, 검
딩이로 그, 십팔 년 키아가주고847) 줄라 카이, 이눔으 할마이가 만날 빌
은 그 딸로 가주갈라이848) 얼매나 좋노? 그래가 하는 말이,

---

833) 하는고 하니.
834) 여기.
835) 할머니야.
836) 주어라.
837) 이렇게 하거든.
838) 궤.
839) 짜 맞춰서.
840) 만들어서.

841) 이놈의 자식.
842) 음흉스럽게.
843) 지었으니.
844) 넣어서.
845) 등짐.
846) 얼마나.
847) 키워서.
848) 가져가려니. 데려가려니.

‘【어깨춤을 추면서, 노래하듯】 듬북골랑 손에 쥐고 임으야 꼬튼849) 손에 얹고 쿵치지라 좋을시고’

【딴 곳을 보는 ⑦을 치며】 내 보소850)! ‘쿵치지라 좋을시고’ 그래 자꾸 하미851), 노랠 부르미 올라간다.

‘【노래하듯】 임으야 꼬튼 등에 미고852) 듬북골랑 손에 쥐고 쿵치지라 좋을시고.’

인자 얼매나 검딩, 처자를 얻어 가이 좋노? 귀-853)는 마 파딱파딱하이 □□데, 아, □□□□ 중간쯤- 가이끼네르854) 저어 저 말 화상855), 옛날에 와 상재, 질856) 안 있는, 그자? 말 화상을 지렁지렁지렁857), 왕이 참, 임금이 이래 지나가는데, 지나가이께 저- 밑에 마 시기858)가 환-하이 빘거든859). 그래 마 뜩 쳐다보이 【손을 뻗어 허공을 가리키며】 저 말, 말 화상 해가 주 줄이 마 다섯 여섯 마리 니러오는데860) 이늠으 검딩이는 막, 식급을 묵고861) 마, 마 막 그 귀로 벗어 놓고 마, 지는 마, 저- 밑에 가, 뜩 밑에 가 숨어 있다. 지862) 잡으러 올까 싶어, 겁이 나 숨어 있으이, 그래 가 인저 그 말 화상, 저거 임금이 ‘【차분하고 굵은 목소리로】 저 밑에 뭐-시863) 있노, 가 봐라.’ 카이께, 그러이 갔다 오더이 ‘【굵은 남자 목소리로】 예, 그게 저, 임금요. 아무것두 없고 옥기864)만 하나 있습디더-.’ 하거든. ‘【남자 목소리로】 그래. 옥기 그-를865) 풀어라-.’ [그 인자, 뭐시 있다.]866)

---

849) 님의 꽃은.
850) 날 봐요.
851) 하면서.
852) 메고.
853) 궤.
854) 가니까.
855) 말안장의 장식을 가리키는 듯.
856) 길. 임금의 행차.
857) 치렁치렁치렁.
858) 서기(瑞氣).
859) 비치거든.

860) 내려오는데.
861) 경상도에서 ‘시껍 묵다’라는 말은 ‘겁먹다’, ‘놀라다’, ‘고생하다’ 등, 여러 가지 의미로 쓰인다. 여기서는 난데없이 임금 행차를 만난 검딩이가 지레 겁을 먹었다는 뜻.
862) 자기.
863) 무엇이.
864) 옥궤.
865) 그것을.
866) 발화자가 누구인지 확인할 수 없다.

어, 어. '옥기 그거로 낄아-867) 오너라.' 그래 끼르고868) 요만-한 갈가
질869) 한 마리를 주거든. 주민시름870) '그래. 옥기를 낄아가주구, 그래
그게【두 손을 작게 모아 오므리며】뭐시 들어두 들었을 끼다871). 그 처, 아가
씨가 들어도 업고 오고, 요,【웃음】갈가지, 범을 거 옇어 놓고 오너라.'
이카거든. 그래가 인자 참, 참머이872) 낄아보이873) 참 달딩이 같은 처자
가 참 이쁜이가 들앉아 있거든. [⑦: 그, 호강했다, 그-.] 음.

   그래 들앉아 있어, [⑦: 타고 가미.] 그- 참 말, 말 화상 핸 사램이 마
부874)가 인자 그, 처자를 업어다 그 인자 또 임금 실는875) 데, 그 인자
뒤에 갖다 말 상, 하상 시기876) 놔 놓고 그래 인저 놔 놓고,【다른 사람들
의 대화 소리가 섞임.】놔 놓고 인자, 이래 이래 가이끼네, 가이끼네 어, 가
이께, 어 얘기 잘한, 그래 가이께네, 크【웃음】가이께 인자, 나는, 이기 지
방으서 뻿들어가877) 자-꾸 드,【청중 웃음】시부리 옇어쌓이878), [⑤:【웃
음】해라, 해라 마.] 그래 해서 자꾸 중지된다. 그래가 또 인자, 왔다. '【은
근한 목소리로】아이고. 기다린다고 욕 봤지예879)?' 카민시 또오 그 한다.
응판880) 또,

   '【리듬을 타며】듬북골랑 손에 쥐고 임으야 꼬튼 등에 엲고 쿵치지라
좋을시고.'

   마, 자-꾸 인자 노래 부르미 올라간다. 올라가이 그래 그러구로 절에
인자, 절에 당도했다. '상재881)야-, 상재야. 오늘 밤에는 지, 오늘 지늑882)
에는 지늑을 두 상 해가- 내 갖다 들라라883).' 카거든. 지늑을 두 상 해

---

867) 끌러.
868) 끄르고.
869) 개호주. 범의 새끼.
870) 주면서.
871) 것이다.
872) 참말로.
873) 끌러보니.
874) '마-르-부'로 들리기도 한다.
875) 싣는.

876) 시켜.
877) 지방에서 자꾸 참견한다는 뜻.
878) 떠들어서 (캠코더 기기에 그 소리
    를) 넣어대니.
879) 봤지요.
880) 영판.
881) 상좌.
882) 저녁.
883) 들여라.

들라 놓고, 처자로 분밍884) 지가 업고 왔거든. 들라아 놓고 '어야 지야, 죽는다 산다885) 캐도 오보지886) 마라.' 카거든. 【웃음】 그래가 인자, 참 그, 상재들이 듣고 인자 그, 그 절, 상재들이 인자 지늑을 두 상 해다 뜩 대기해 놓고 문을 요, 딱- 잠가 놓고, '【속삭이듯 작게】 그래. 사양 말고 나오시오-.' 카이, 기 문을 쪼매 여이끼네887), 범 발톱이 을매나 크노? 싹 까래뿌거든888).

'【능글맞게, 노래하듯】 음달에 큰 처자 손톱도 지다889).'

【웃음】 그거 나, 우리 형부한테 들은 이바구다. 생전에 그 이바구는 안 잊어뿐다. 또, 요 쪼매 '【은근하게】 사양 말고 나오시오.' 또 문을 쪼매 여 드이끼네 또 싹 까래뿌.

'【노래하듯】 음달에 큰 처자 발톱도 지다.'

【크게】 아, 그러구로끼네890) 마, 갈가지 범이 나와 막 달891), 잡아 묵는다. [⑦: 처자로 와 안 뺏기, 처자가 마, 바꼈다892).] 처자, 처자는- 임금이 싣고 갔다고 안 카나? [⑦: 실코893) 가뿌고.] 고래. 그, 공 드린 탑이 무너지나. 그으 하두 할매, 공 디리 노-이 그날따라 인자 그-, 숭충바슨 늠이 해 놓이 안 되고 인저, 임금이 실코 갔는데 그래 정승감사 댁이 됐는 게894), 임금이 실코 가뿌 놓이.

그래가주 인저 자-꾸 그카다895), 사양 말고 나오라 카이 마- 범이 할-896) 나와 마 잡아물라897) 【옆의 ⑦에게 덤벼들며】 마 달라드이, '마-【큰소리로】 상재야-. 아야 지야, 내 죽는다. 상재야- 으뜩898) 와여 문 끼라

<hr>

884) 분명.
885) '어야 지야 죽다 산다'와 같은 방식으로 발음하여 운율을 맞춤. 첫 음절을 강하게 발음.
886) 와보지.
887) 여니까.
888) 할켜버리거든.
889) 길다.
890) 그렇게 되니까.

891) 달려들어.
892) 바뀌었다.
893) 싣고.
894) 된 거지.
895) 그렇게 하다.
896) 포효하는 모양을 나타내는 표현.
897) 잡아먹으려고.
898) 어서. 퍼뜩.

라899).' 카이 문, 문을 똑 잠가 놓고 처자 그으 딸 가900), 문을 잠가 놨-으이【웃음】그래가주구 아칙901)에 인제 또, 들큭902) 그카다 마, 고마 마 기측903) 없어가주고 □□ □□가 있고.

그래 아침에 상재들이 인자, 밥 두 상 탁- 해 놓고 인저, 처자 업고 온 줄은 알거든. 그래가 세숫물 두 낱 뜨다904) 놓고는 암-만905) '스님들 나오시소906). 세수 하이소. 스님 나와서 세수 하이소.' 아-무리 캐도907), 아무리 캐도 안 나오더래. 그래 안 나와서르 참, 돌자구908) 저거를 끼르고, 옛날에 돌자구 끼르면 안 되는게909)? 돌자구 끼르고 문을 끼이그네910), 세상-, 방에 범 한 퍼대911) 되고 마, 상재 그 늠 거, 검딩이, 숭충바튼 그으는912) 죽어가주고 [⑤: 아이구야.] 마, 피가 한박913) 있더란다. [⑤: 아이구야.] 그래 '아야 디야 죽는다 산다 캐도 오지 마라.' 캐가주구, 그래, 오지 마라 안 캤으면 오볼 낀데914) 그래가 마, 죽으뿌렀는□

그래가 그으, 처자는 마 정승감사댁이 돼 갔는데, 그으 실꼬 그, 저, 저, 인자, 혼례를 치고 정승감사댁이 됐는데, 그래 인자 아들 홍제915) 딱-놔 놓고 나이 참, 친정 생각이 나거든, 그 처자가-. 그래 생각나여 그래 인자- 신랑한테 '【작은 소리로】이래 아무 데 아무 데고 우리 엄마가 있는데-, 우리 아부지가 날 가-916), 우리 엄마가 날 하나 낳아 놓고 주야 장창 공 드렀는데.' 그래가 '아이구, 진작 카지917).' 카미 그래가 참, 말

---

899) 끌러라.

900) (할머니가 공 드린) 그 딸을 가지고 와서.

901) 아침.

902) 덜컥.

903) 기척.

904) 떠다.

905) 아무리.

906) 나오세요.

907) 해도.

908) 돌쩌귀: 문짝을 문설주에 달아 여

닫는 데 쓰는 두 개의 쇠붙이.

909) 되지 않던가.

910) 끄르니까.

911) 포대.

912) 그것은.

913) 한바가지. 아주 많이, 가득 차 있다는 뜻.

914) 와봤을 것인데.

915) 형제.

916) 가져서.

917) 말하지.

화상 해가주고 마 가매918), 꽃가매 타고 친정 오이끼네, 그래 친정은 아
익919) 오두막살이920), 그래 있고, 그래 딸이, 정, 그 인저 그질로 가면
정승감사 댁이 됐으믄 비이921) 친정으로 호강시키 주겠나? 그래가 잘 살
데.【웃음】그래 나 처무에922) 그 이얘기 디-기923) 우쑵더라924).

　【리듬을 타며】'듬북골랑 손에 쥐고 임으야 꼬튼 등에 얹고 쿵치지라 좋
을씨고.' 가다 가다 말 화상 보고 겁을 내가주고【웃음】그래가, 굿-도 처
자 든 지 모르고 지고 와가주고 그 지랄하고 그래 죽었단다. 그 우리 형
부한테 들었나-. 굿, 그 때는 내우한다꼬925) 문 밖에 저, 들어가주고 한
방-으서 못 가고. 아이구- 그늠으 이바구, 생전에 안 잊어뿐다. [⑦: 언-
체926) 들었그만, 나는 잊아뿌서.] 어지927) 들은 이바구, 내- 하겠다. 이-
는 미, 및928)십 년 됐는 기-다."

　이전에 듣지 못했던 조사자를 위해 할머니가 한 차례 더 연행한 이야기
는 이렇게 끝이 났다. 같은 이야기를 동일한 연행자가 다시 한다 하더라도,
이야기를 연행한 조건이 서로 다르기 때문에 이야기는 매번 달라질 수밖에
없다. 따라서 나는 이야기 연행에서 가장 중요한 세 주체인 연행자 이상주
씨, 조사자, 그리고 청중이 각각 이 '이쁜이 이야기'의 변이에 어떠한 영향
을 미치고 있는지 살펴보고 싶었다.

　우선 같은 이야기를 두 번 연행한 이상주씨에 초점을 맞춰보았다. 첫 조
사에서 조사자는 연행자에게 조사의 대상과 목적을 충분히 설명했지만, 처
음 만난 자리에서 연행자가 조사자들이 무엇을 원하는지 파악하기는 어려
웠을 것이다. 따라서 이상주씨는 이미 한 번 이루어진 조사를 통해 우리 일

---

918) 가마.
919) 아직.
920) 오막살이.
921) '스스로 먼저 나서서, 아주 잘'의 뜻.
922) 처음에.
923) 되게. 아주.

924) 우습더라.
925) 내외한다고.
926) 원체.
927) 어제.
928) 몇.

행이 '옛날이야기'를 듣고 싶어한다는 걸 확실히 알게 되었고, 이런 교감을 바탕으로 한 번 더 이야기를 했기 때문에 이번 연행에는 더 많은 공을 들였다. 이상주씨의 '이쁜이 이야기'는 거듭된 연행 경험으로 인해 표현이 훨씬 더 풍부해지고 잘 다듬어졌다. 그리고 이야기를 마친 다음에는 '형부에게 들었을 때 우습더라'며 슬그머니 그 출처를 밝힘으로써 조사자가 알고 싶어하는 부분까지 언급하였다. 자연스레 더 긴 이야기 한 편이 만들어진 것이다.

다음으로 조사자의 입장이 이야기에 어떤 영향을 미치는지 생각해 보았다. 2월 조사가 숲촌 어른들을 대면하는 첫 자리였기 때문에 김영희와 나는 아무래도 긴장할 수밖에 없었다. 그러던 중에 이상주씨가 누구보다도 먼저 이야기를 꺼냈고, 우리는 이 이야기를 호기심어린 표정으로 매우 주의 깊게 들었다. 따라서 이미 한 차례 이야기를 들어서 사건이 어떻게 전개될지 알고 있었던 나는, 이상주씨의 연행에 대해 어떠한 개입이나 적극적인 호응을 하기 어려운 위치였다. 이상주씨의 시선도 조사자 중의 나머지 한 명, 즉 이 날 처음 본 학생에게 집중되었다. 하지만 우영민은 조사 여정이 나름대로 피곤했던 모양이었다. 촬영도 잊은 채 깜빡 잠들어 있었고, 한창 이야기를 연행하던 이상주씨가 '저, 자분다'며 그를 가리키기도 했다. 결국 이 날 두 조사자는 각각 이야기를 적극적으로 들을 수 없는 상황이었다. 분위기가 전체적으로 가라앉자, 이상주씨는 본인 스스로 인상적인 부분을 강조하기 위해 두세 번씩 같은 말을 반복하기도 했고, 마지막에는 이야기꾼으로서의 자부심을 은근슬쩍 내비치기도 했다. 따라서 이번 '이쁜이 이야기'는 전에 내가 들었던 것보다 훨씬 길게 연행되었다.

이상주씨의 이야기 연행에 영향력을 행사하는 또 하나의 집단은 바로 청중인 할머니들이었다. 지난 2월 청중이었던 할머니들은 이상주씨의 이야기에 집중했고, 검딩이의 음흉한 행동거지를 무척 재미있어 했다. 반면 이번 조사에서 할머니들은 졸고 있는 우영민을 보면서 '이야기가 따분해서 그런 건 아닌가'라는 생각이 들었는지, 이야기를 잘 한다는 동네 할머니에 대한 이야기를 나누기 시작했다. 급기야 연행을 이어가려던 이상주씨가 볼멘소리로 '시끄러워서 이바구 못 한다'며 투덜거렸고, 무안해진 할머니들이 계속 하라면서 다독여주는 상황이 연출되기도 했다. 게다가 서너 살 터울이 지는 유남수씨가 결코 뒤지지 않는 이야기 상대로 자리하고 있었기 때문에, 이상주씨에게는 비슷한 연배의 할머니들 사이에서 거침없이 연행판을 장악할 수 있었던 2월과는 사뭇 다른 여건이었다.

특히 청중 가운데서도 김말남씨는 이상주씨가 이야기를 전개하는 데 큰 역할을 했다. 이상주씨는 1차 조사에서 서복선씨가 이 이야기를 이미 들었던 탓에, 그나마 곁에 있고 부담이 없는 김말남씨에게 말문을 연 것 같았다. 하지만 이상주씨에게 연행을 권유받았던 김말남씨는 처음부터 '공들여서 딸을 낳으면 매구가 된다더라'는 식으로 슬그머니 딴죽을 걸었다.

게다가 김말남씨는 졸고 있는 우영민에게 신경을 쓰느라고, 처자를 옥궤에 넣었다는 이상주씨 이야기의 다음 부분을 놓친 듯했다. 따라서 당연히 처자가 나와야 할 옥궤에서 갑자기 갈가지가 달려든다는 이야기를 듣고, 김말남씨는 '처자가 바뀐 거냐'며 고개를 갸웃거렸던 것이다. 이에 답답해진 이상주씨가 연행 흐름을 잠시 멈추고, '할매의 정성 때문에 검딩이 놈이 이쁜이를 가지려고 해도 안 되고 그날 마침 지나치던 임금에게 발견된 것'이라는 자세한 설명을 덧붙였다. 이와 동시에 이상주씨는 '공 들인 탑이 무너지냐'는 말을 들먹이며 이야기가 지니고 있는 주제까지도 친절히 밝혀 주었다.

한편 연행 마지막에 이상주씨는 범 새끼가 든 줄도 모르고 음흉한 짓을 하려던 검딩이가 벌 받는 내용을 가장 통쾌하게 들었다고 했다. 반면 김말남씨는 이야기 초반부터 '매구' 운운하면서 처자의 정체에 대해 관심을 보였고, 이야기를 제대로 이해하지 못한 나머지 처자의 행방이 묘연해진 것을 의아해했다. 총체적으로는 이러한 반응들이 연행하는 이상주씨로 하여금 정승감사의 부인이 된 '이쁜이'가 다시 친정에 와 본다는 내용을 부연하게 만든 것이다.

이는 실제로 연행 현장의 상황이 하나의 이야기가 만들어지는 과정에 얼마나 직접적인 영향을 끼치고 있는가를 잘 보여주는 예라고 할 수 있다. 입으로 전해오는 이야기는 결국, 우리가 예측할 수 없는 '연행이 이루어지는 현재의 상황'을 기반으로 하여 그만의 고유한 생명력을 얻는다. 마치 필사자에 따라 고소설 작품 하나에 여러 이본이 존재하는 것처럼 동일한 연행자가 동일한 이야기를 하더라도, 역동적이고 매우 즉각적인 상호 관계 하에서 매번 '같지만 다른' 개개의 고유성을 지닌 작품이 만들어지는 것이다.

'이쁜이 이야기'가 끝나자, 할머니들은 내내 졸려 하는 우영민이 안쓰러워 보였던지 '한숨 자라'면서 한 옆에 자리를 깔아주었다. 내 생각에도 피곤해 하는 우영민을 잠시 재우는 것이 나을 듯했다. 1시간이 지나 우영민을 조용히 깨워서 짐을 꾸렸다. 비가 계속 내렸기 때문에 빗물이 스며들지 않도록 단단히 장비를 싸매고 있는 동안, 할머니들도 어느새 모두 일어나 있었다. 인사를 드린 우리는 '둘이 어떻게 다니겠냐'던 할머니들의 걱정 어린 목소리를 뒤로 한 채, 다음 조사 지역인 다원 죽서마을로 서둘러 발걸음을 옮겼다.

Ⅳ-2. 남성 연행자들의 연행 현장

들은 대론데 이바구를 하자먼

숲골 3차 조사는 나와 김영희, 이미라, 그리고 석사과정에 있던 우영민과 이창국이 참여하였다. 그러나 개인적인 사정으로 이창국은 조사 당일 오후, 김영희는 그 이튿날, 이미라는 조사 후반부에 합류하겠다는 의사를 보였다. 그래서 우선 나와 우영민만이 조사 일정보다 하루 일찍 밀양에 도착하여 무안면에 있는 나의 외갓집에서 1박을 했다. 시간적으로 여유가 있었기 때문에 다음날 아침 느긋하게 준비했어도 오전에 숲골 할머니노인정에 도착할 수 있었다. 할머니노인정에서는 '숲골의 이야기꾼'이라 할 수 있는 연행자들(이상주씨·유남수씨)을 만나 많은 이야기를 들었다.

애당초 예상했던 시간을 훌쩍 넘겨버린 탓에 다음 일정이었던 죽서마을의 조사를 보류해야 할 만큼 숲골 할머니들의 연행은 쉬이 끝나지 않을 분위기였다. 하지만 오후가 되자 할머니들은 잠이 들거나 누워 있어서 더 이상의 조사를 하기 어려웠고, 아침 일찍 죽서마을의 손태호씨와 전화 연락을 해 둔 상태였기 때문에 나는 원래 일정대로 이동하기로 했다. 다원(茶院) 죽서마을로 간 우리는, 일직(一直) 손씨(孫氏) 재실의 사랑방에서 손태호씨를 비롯한 문중 사람들과 잠시 이야기를 나눴다. 우영민과 함께 그 댁을 나왔을 때 주변은 이미 어스름해져 있었고, 오후에 합류하기로 했던 이창국을 마침 골목 어귀에서 만날 수 있었다.

우리는 국도 옆의 식당에서 식사를 하면서 앞으로의 일정에 대해 가장 현실적인 대안을 모색해야 했다. 이 날 저녁에 방문하려고 했던 오치마을의 김수조씨가 하루 종일 출타중인 관계로 산내면으로 이동하려던 일정을 일단 미루기로 했다. 아들 내외만 있는 가정집을 저녁시간에 방문하는 것은 아무래도 실례라는 판단에서였다.

두 사람을 인솔할 책임이 있던 나는, 현 상황에서 가장 적당한 숙소는 숲골 할머니노인정이라는 생각이 들었다. 거기는 지난 대보름 조사 때도 하루를 묵었던 적이 있고, 당장 이 날 낮에 만난 할머니들도 '잘 곳 없거든 오라'고 했기 때문이었다. 그러나 막상 도착한 숲골 할머니노인정은 시간이 너무 늦어서 현관문이 굳게 잠겨 있었다. 그래서 촌에서는 비교적 늦은 시간이었지만 마을 동장에게 연락을 취해서 협조를 구할 수밖에 없었다. 내가 당연히 전화를 걸어야 했지만 전화상으로는 내 발음을 더 알아들을 수 없다는 게 문제였다. 그래서 나를 대신해 우영민에게 지난 대보름날에 방문했던 학생이라며 전화를 드리도록 했다. 마을 동장인 손호영씨가 전화를 받았고, 나는 우영민의 입을 통해 '이 날 아침에 마을로 들어왔는데 오늘 밤 회관을 사용할 수 있도록 해 달라'는 부탁을 드렸다. 댁에 있던 손호영씨는 곧 나오겠다고 했다.

잠시 노인정 앞에서 기다리자, 어두운 골목에서 나오는 손호영씨의 모습이 보였다. 뒤따라 나오는 마을 어른(손기준씨)에게도 공손하게 인사를 드렸다. 지난 대보름 전날 밤, 여러 마을 사람들 사이에서 언뜻 본 듯한 인상이었지만 확실히 기억할 수는 없었다. 당시에는 풍물 연습으로 어수선한 가운데 조사가 이루어졌기 때문에 각 연행자에게 세세한 주의를 기울일 수 없었다. 게다가 대보름날 컨디션이 좋지 않았던 나는 줄곧 할머니노인정에 머물렀기 때문에 마을 남성들이 바깥에서 주도하던 지신밟기를 참관하지 못했다.

우리의 인사를 받은 동장 손호영씨가 할아버지노인정의 문을 열어주었다. 이창국이 서울에서 준비한 한과 상자를 이날 오후에 들고 왔기 때문에 겸사겸사 동장에게 전해드렸다. 노인정 큰 방에서 짐을 풀 동안 두 할아버지는 거실 소파에 걸터앉아 있었는데, 우리에게 무언가 할 이야기가 있는 듯 선뜻 돌아가기를 주저하는 눈치였다. 그래서 나는 얼른 조사표 하나를 꺼내서 손호영씨에게 마을지도 한 장을 그려 달라고 부탁해 보았다. 손호영씨는 동장직을 맡고 있어서 이곳 마을의 지세나 지명에 관해서 누구보다도 잘 알고 있을 것 같았기 때문이다.

하지만 그림이 쉽지 않았던지, 손호영씨는 펜을 잡은 채 한참을 골똘히 생각하더니 천천히 지도를 그리기 시작했다. 마을지도가 완성되자, 나는 지도에 표시한 인근 지명에 대해 차례로 물어보면서 자연스럽게 연행 분위기를 형성하기로 했다. 조사 경험이 많지 않았지만, 우영민과 이창국도 재빨리 장비들을 챙겨 와서 두 할아버지 앞에 앉았다.

먼저 탑등 부근의 절터에 관한 말로 손기준씨가 입을 열었다.

"차1), 저기 탑등이라는 데 가믄-2), 저기 절, 새미가3) 있고 그 절이- 밀양 문화 공보원에서도 저기- 역사를 모른다요. 이 아주 옛날에 있은 절인데 기록척으로 절이 있다가 없어진 모양이지. 없어지고 남아 있는 기- 탑, 이거 이거【두 집게손가락으로 네모를 그리면서】거기 돌 하나 남아가 있어요, 거 게가-4). 새미도 기양5) 있고."

나는 이 탑돌을 누군가가 가져갔다가 도로 갖다 놓았다는 말을 어디선가 얼핏 들은 적이 있었기 때문에 똑같은 질문을 다시 손호영씨에게 물어보았다. 하지만 손호영씨는 간단한 언급만 할 뿐, 더 이상의 자세한 설명은 손기준씨에게 넘기려는 듯 옆 자리를 건너다보았다.

"그기는6) 나는 모르고, 이, 이 분이 그 그래 카시네7), 【헛기침】 흐음. 그건 모르고……. 그전에 밀양, 밀양문화원에서 한 번 가져간 걸 알거든요. 한 번 가져갔는데 그 인저8) 그 다부9) 가져왔는가 나는 모리겠고10)……."

"문화공보원에서 그 때 텔레비 방영할 찍11)에 그 인자 □□ 사람 말없이 그거를 가져갔거든. 가-갔는데12) 동민13)이 갖다 논- 기라14). 그 자리, 다

<hr>

1) 간투사의 일종.
2) 가면.
3) 샘이.
4) 거기에.
5) 그냥.
6) 그것은.

7) 하시네.
8) 이제.
9) 다시.
10) 모르겠고.
11) 적.
12) 가져갔는데.

부 갖다 놨어요. 있는 자리, 갖다 난- 기라, 갖다 놨어."

"옛날에는 그 절이 컸는15) 모양인데, 절이 망하고 나니까 그게……."

"뒤에, 근데 그 탑 밑에 있는 뭐 그런 거 뭐. 에- 마을에 집에 그런 데 전부 다 조오가고16) 사람들이 다 없어지고 한 개만 남아 있어요, 지금."

"여게17) 그 탑등 카는 그거는, 절터에 몇 년 전에 거어서 인자, 절-로18) 어느 중, 스님이 와가주고 절로 지을라꼬19) 했는데 그 인자, 엄광사 등에서 반대해가주고 절을 못 짓-으요20). 다른 데 가서 절 해21), 여서 몬 짓고. 일, 일로22) 시작하다가 지금 못 짓고 반대로 해가주고, 다른 게23) 가서 지었다."

손기준씨는 문화공보원에서 탑돌을 가져간 적이 있었지만 도로 그 자리에 가져다 놓았다는 것을 재차 강조했다. 나머지 돌들은 이미 다 없어져버렸고 탑기단으로 사용되었음직한 것이 단 하나 남아 있다는 말도 덧붙였다. 이어 손호영씨가 현재 남아 있는 절터에다가 어떤 스님이 절을 지으려고 했지만 엄광사 등의 반대로 결국 그리 되진 못했다는 말을 하였다.

나는 다시 이 절에 빈대가 많아서 망했다는 이야기가 있지 않은지 물어보기로 했다. 그런데 의사전달 과정에서 내 질문 의도를 잘못 파악한 손호영씨가 마을에는 절이 없다고 하면서 인근에 위치한 세 곳의 절 이름을 거명하였다. 그리고 옛 엄광사의 절터와 혼동할 여지가 있는 지금의 엄광사라는 절은 개축한 것임을 일러주었다.

"그- 옛날이야기 보면-, 빈대가 많아서 망한 절두 있잖아요?"

"그런 말, 있어요. 절에는, 절에는 빈대가 많으면 망한다 카더라, 그러데. 언제부터."

---

13) 동민(洞民).
14) 놓은 것이라.
15) 컸던.
16) 주워가고.
17) 여기에.
18) 절을.

19) 지으려고.
20) 지었어요.
21) 절을 지어서 운영한다는 뜻.
22) 일을.
23) 데.

"이 마을에는 그런 절은 없구요?"

"이 마을, 【손을 빙빙 돌리며】 마을 안에는 절이 없고, 없었고. 지금 용봉사하고 정각사하고 엄광사 이거는 새로 생긴 기-고24). 지금 엄광사라 카는 이거는, 가정집매이로25) 이래 만들어 놨어요."

손호영씨와의 대화를 잠자코 듣고 있던 손기준씨가 밀양문화원에서도 절의 건립년도를 알아내지 못할 정도로 절터가 오래되었다는 말을 덧붙였다.

"밀양에 표충사, 이런 거는 역사로 다 알지만 옛날에 여기 있는 절은 모른다. 공보원에서도 역사를 모른다. 굉장히 오래된 절이에요. 남아 있는 거는 탑밖에26) 남아 있는 게 없어. 절 새미- 카는 그거는 안익까익27) 남아 있고. 옛날에 【두 팔로 네모 모양을 그리며】 이거, 돌로 갖다 걸치가주고28) 이래, 요 요 【무언가를 잡아서 물을 떠 담는 듯한 흉내】 쪽박29)이 갖다 물 샘에 그런 데 가면. 우물, 거 있어요."

나는 지금까지의 현지조사를 통해 다른 마을에서 시집온 할머니들과 달리 대부분 자신의 고향마을에서 지금껏 살아온 할아버지들이 마을 주변 유적에 관해 비교적 많은 관심을 나타낸다는 것을 알고 있었다. 그래서 다시, 마을로 오는 길에 보았다면서 정문마을30) 어귀에 세워진 비석의 유래를 물었다. 손호영씨가 자세히는 모르겠다면서 그에 얽힌 짧은 이야기를 들려주었다.

"그, 그러니까 그 인자 【담뱃재를 털고】 왜놈이 그 인자 그러면, 그, 그 내 상황은 잘 모르겠는데, 【두 팔을 가슴 쪽으로 쓸어 담으며】 그 인자 그, 여자를 그 겁탈을 할라31) 그러니까 그 인자 자신은 목숨을 갖다 바치고 자결, 자살을 했어요. 그래가주고 정열, 정열비다, 정열. 정문, 그."

"임진왜란 때요?"

---

24) 것이고.
25) 가정집처럼.
26) 탑밖에.
27) 아직까지.

28) 걸쳐서.
29) 바가지.
30) 산외면 남기리 자연마을 중 하나.
31) 하려고.

"【딴 곳으로 시선을 옮겨 잠시 생각한 후】임진왜란-, 임진왜란 때죠, 그러니까."

"아- 그래서 정열."

"그 거기 가면 그-【두 손으로 네모를 그리며】비-32) 있어요. 그, 저 고-33) 읽어 보믄, 난 안익 읽어 보진 안 했는데."

이 때 이창국이 과자를 담아왔고, 나는 두 할아버지에게 좀더 많은 이야기를 들어야겠다고 생각했다. 그래서 우선 우리가 조사하고자 하는 내용에 관해 천천히 설명을 드렸다.

"아, 여기 근처, 저희가 알고 싶은 거는 마을에 뭐 산이나 탑이나 바위나 거기에 얽힌 이야기나……."

나는 평소에도 할머니보다 할아버지들을 더 대면하기 어려워했다. 게다가 너무 늦은 시간대에 연락을 드려서 일부러 노인정까지 발걸음을 한 할아버지들에게 송구스러워하던 중에 갑작스럽게 연행판이 만들어졌기 때문에, 나로서는 바짝 긴장할 수밖에 없는 상황이었다. 그런데 과자를 담아오는 이창국을 물끄러미 쳐다보던 손기준씨가 입가에 웃음을 머금고는 "인자아34) 보이끄네35) 남자 겉는데36), 남자 맞지요?"라고 물었다. 마침 긴머리를 묶고 있던 이창국도 주뼛거리면서 대답한 다음, 씩 웃었다. '머리 긴 남자'인 이창국에 대한 할아버지의 느닷없는 관심으로 방 안의 분위기는 한결 부드러워졌다.

손기준씨도 자연스레 이 '꼴짝'에 있는 이야기를 하나둘 꺼내기 시작했다.

---

32) 비(碑).
33) 거기.
34) 이제.

35) 보니까.
36) 같은데.

▶43 보암산에 살았던 보담노장[37] (이야기㉟)

연행자 : 손기준(남, 67세) ●
조사자 : 황은주 ①, 우영민 ②, 이창국 ③
청 중 : 손호영 ④

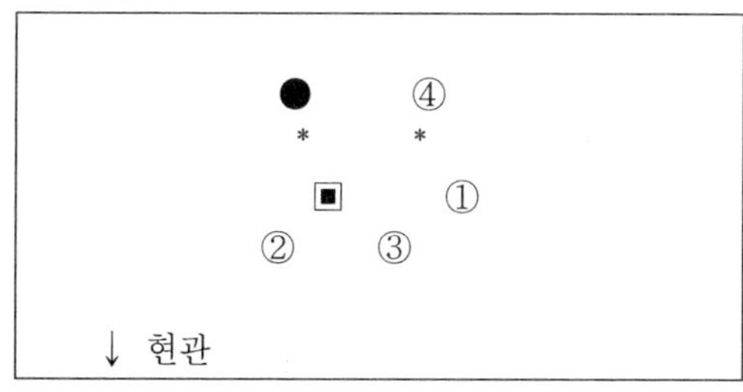

■ 카메라 * 녹음기

"그 이바구 들은 대로 세밀하게 다 모르고, 또 오래된 기[38] 또 한 가지 있어요. 여-[39] 뒤에 가면 여어 뒤에 저, 저, 방쿠[40] 거 많이 있는 데 거 있죠? 거 불룩한 데 그기이 보암산이라 카거든[41], 방구[42] 암자. 보자는 모르고 인저, 보암산이라 카는데[43].

거게가[44], 거게 가면은 옛날에 그 중국하고 우리 조선하고 그 연결이 돼 있을 찍[45]에 중국서 어, 그렇지 아마, 정승이겠지? 정승이 인자 [④: 정승도 아이고[46], 거-는[47] 뭐 귀양 옸는[48] 기-고[49].] 귀양을 우리 조선 땅을 인자 귀양을 나오셨는, 나오시는 과정에서 여 보암산에 여기 와싰는[50] 모양이지, 그 분이. 보암산에 여기 와갖고[51] 귀양을 마츨[52] 따[53]까

----

37) 2003년 4월 23일 밤 밀양 산외면 엄
   광리 숲골 할아버지노인정.
38) 게.
39) 여기.
40) 바위.
41) 하거든.
42) 바위.
43) 하는데.

44) 거기가.
45) 적.
46) 아니고.
47) 거기는.
48) 왔던.
49) 것이고.
50) 오셨던.
51) 와서.

지 여-서54) 살았는55) 모양 같아요. 그랬는데 그 방쿠 그 소봉한56) 걸, 【두 손을 모아 가늠하며】 그걸 곁57)에 가면은 그, 집터가 있어요. 거 살던 집터 가.

한, 한, 십 년 앞전까지는 정구지58)도 고-【오른손 집게손가락을 위로 치 켜들며】 올라왔다니끼네59), 정구지 [④: 부추.] 어. 정구지, 반찬 해 묵 는60) 거 안 있어요? [①: 아, 부추요?] [④: 부추, 부추.] 그것도 올라 왔는데, 지금 솔61)이 차고 사램62)이 안 가고 이라이63) 없어짓고64) 묵 던 새미65)도 지금 아직 있는가 없는가 모르겠어요. 요- 중년까지는 사 람 댕기고66) 요즘 산에 낭글67) 안 하고 이랄68) 때는 사람이 안 가이69) 잘 모르겠어요. 그런 기 인자 있었는데 그 집터에는 요, 중년에 가보니까 어떤 사람이 거, 묘로 써 놨어, 집터에다가. 【웃음】 [①: 집터에다.]

그랬는데 그것을 인자, 글을 가르키주고70) 그 분이 그렇게 했다요. 했 는데 그 분이 여기 지내는 과정에 【잠시 생각하며】 에-, 옛날에 인자 지끔71) 말하자믄 밀양시지만은 모든 시장을 보러 댕길 적에 인자, 조-서72) 【허공 을 가리키며】 열로73) 상동면 가실74)로 가먼 가줍다75) 말이요, 밀양을 나 갈라76) 카믄77). 일로78) 가믄 둘러가야 되고. [①: 예.] 그래 인자, 가실,

---

52) 마칠.
53) 때.
54) 여기서.
55) 살았던.
56) 소복한.
57) 곁.
58) 부추.
59) 올라왔다니까.
60) 해먹는.
61) 소나무.
62) 사람.
63) 이러니.
64) 없어졌고.
65) 샘.

66) 다니고.
67) 나무를.
68) 이럴.
69) 가니.
70) 가르쳐주고.
71) 지금.
72) 저기서.
73) 여기로.
74) 상동면의 가실마을은 산외면의 숲골
　　마을 북쪽을 경계로 인접해 있다.
75) 가깝다.
76) 나가려.
77) 하면.
78) 이리로.

상동면 가실에 그 박씨들이 옛날에 아주 그 득실히[79] 살았는 모양 같아
예. 그러니께네[80] 인자 글로-[81] 댕기는 과정에 에-, 결국 인자 하서[82]로
하니까- 박씨들이, 그래 엄광으로 다니싰다-[83], 그런 이바구두 듣기고[84]."

　내가 산이나 바위에 얽힌 이야기를 들으러 왔다고 하자, 손기준씨도 중
국에서 귀양 온 보담노장이 마을 뒤편에 있는 보암산(보담산)에 머물렀다
는 이야기를 연행한 것이었다. 그리고는 상동면 뒷가실에 사는 박씨들의 괄
시에 보담노장이 그 동네를 피해서 밀양으로 다니곤 했다는 이야기를 슬쩍
덧붙였다. 정작 손기준씨가 하고 싶었던 진짜 이야기는 운만 띄워둔 상태였
을 것 같다. 왜냐하면 이야기를 마친 손기준씨가 손호영씨를 쳐다보면서
'혹 박씨들이 들으면 좋아하지 않을 것'이라고 넌지시 웃었기 때문이다. 손
기준씨가 연행하려던 이야기는 실제 그곳에 살고 있는 박씨들의 문중과 관
련해서 그다지 반길 만한 내용이 아니었다. 연행에 앞서 약간 주저하던 손
기준씨가, '전해 들은' 이야기임을 강조하는 이유도 여기에 있었다.

▶44 박씨 문중의 명당을 쓸모 없게 만든 보담노장[85] (이야기㊱)

　연행자 : 손기준(남, 67세) ●
　조사자 : 황은주 ①, 우영민 ②, 이창국 ③
　청　중 : 손호영 ④

---

79) 옹골차게.
80) 그러니까.
81) 그리로.
82) 하시(下視).

83) 다니셨다.
84) 들리고.
85) 2003년 4월 23일 밤 밀양 산외면 엄
　　광리 숲골 할아버지노인정.

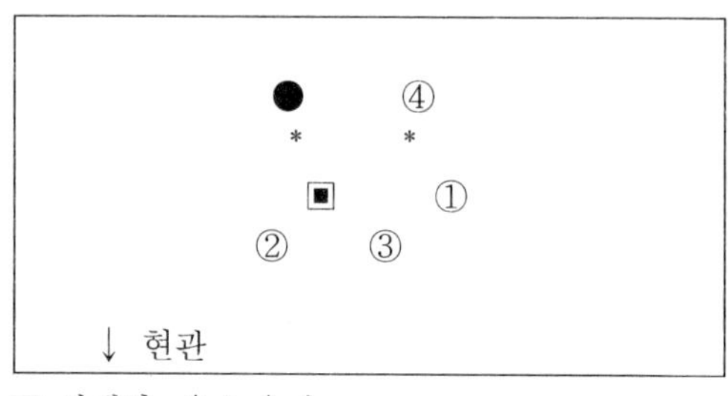

■ 카메라   * 녹음기

"그래서 인자 너무나 하시를, 하시를 받아 놓으니께 그 어른이 귀양 마치고 어-, 다부[86] 중국으로 들어갈 찍[87]에 결국적으로 박씨네들 문중에다가 어떠한 그, 비난을 남겼다-[88] 하는, 그런 것도 있어요. 있는데 그걸 셰밀하게[89] 캐 노-믄[90] 또 박씨들 귀에 들어가면 【④를 보고 웃으며】 안 좋겠제[91]?"

"녹화를 해가[92] 그걸 가주가겠나[93]?"

"참말인강 거짓말인강[94] 우리도 모르는 과정인데, 들은 대론데, 그럼 인자 그걸 이바구를 하자면.

어, 뒷가실 박씨네들이 그 뭐 함박디미[95]라 카는 데 거-다[96] 묘로 썼는데 산소에 가가지고 아주 깊은 산솔 썼던 모양이지. 그래 놓이[97] 그기-[98] 인자 그 산소, 정기를 받아가 박씨들이 하[99] 번창하기 이래 마, 득세하니 사는데, 결국 인자 어- 그 산소를 인자- 파게 했다아 그, 그 분이.

그 분이 인자 에-, 박씨들 문중 조묘[100]하는 데 가가지고 '나를 거- 못

86) 다시.
87) 적.
88) 남겼다.
89) 세밀하게.
90) 해 놓으면.
91) 좋지 않겠지.
92) 해서.

93) 가져가겠냐.
94) 참말인지 거짓말인지.
95) 함박꽃처럼 보이는 등성이.
96) 거기에다.
97) 놓으니.
98) 그것이.
99) '아주', '많이', '크게' 따위의 뜻.

믿어보마-101) 나를 여, 참-바102)로 묶아103) 놓고 말이여 어, 묘를 파봐라. 어, 놔 두믄104) 나중에 머, 환란이 오고 머 그렇다' 이런 이바구로 머, 파도록 했겠지. 그러니께네105) 박씨들이 인자 그 어른을 묶아 놓고 인자 참, 참바로 땡땡- 묶아가시늠106), 남개107)에 딱, 남개에 붙들리108) 매- 놓고 가서 미109)로 파이끄네110) 【양손으로 무언가를 열어젖히는 흉내】 미, 이 □를 들씨이-끼네111) 짐112)이 푹 솟꾸이-끄네113) 그 어른은 그, 비얌114) 허물 벗는 거맨치로115) 참바에 땡땡 묶아 논116) 거 사악 풀고 달아빼뿟다117) 이기라118). 그러니꺼네 뭐 뭐, 그래 됐다- 카는 거. 참-말인지, 거짓말인지 그것두 모르겠어요.

[①: 할아버지. 그거 들으신 거예요?] 예? [①: 들으신 거예요?] [③: 누구한테 들으셨나요?] 옛날에 이야기가 있어요, 그 어른들은 다 세상 베맀고-119). [④: 오래, 오래 돼서 모르지.] 아주 그, 그, 오래된 그, 이바군데. [④: 몇 년도도 그것도 모르는 거고.] 어, 몇 년도도 모르고 인자 내리오는120) 과정이, 그 어른이 글을 거 가르켜주고 이란데121), 글 배운 사람도 그 언제 사람고오? 그 어른한테 글 배완122) 사람도 다 그거 돼 뿌리고 또 묘터도 그 어른이 이래 잡아줬다 카는 거, 그런 것두 이바구 있고, 그, 중국 귀양 온 분이."

<hr>

100) 조묘(造墓).
101) 믿겠으면.
102) 참바: 볏짚이나 삼 따위로, 세 가닥을 지어 굵다랗게 느린 줄.
103) 묶어.
104) 놔 두면.
105) 그러니까.
106) 묶어서는.
107) 나무.
108) 붙들어.
109) 묘.
110) 파니까.
111) 들추니까.
112) 김.
113) 솟아오르니까.
114) 뱀.
115) 것처럼.
116) 묶어 놓은.
117) 달아빼버렸다. 도망쳤다는 뜻.
118) 이것이라.
119) 버렸고.
120) 내려오는.
121) 그랬는데.
122) 배운.

    뒷가실 박씨들은 산의 정기를 받는 곳에 산소를 들여서 득세하고 살았다. 그런데 보담노장이 그 산소를 파도록 만들어서 박씨들이 망하게 되었다는 이야기였다. 이에 앞서 손기준씨는 보담노장이 박씨들의 하시를 피해서 다녔다는 것으로 일단 이야기를 마쳤다. 그리고 잠시 후, '박씨들의 득세가 다름 아닌 명당자리에 묘를 썼기 때문이고, 보담노장이 그 명당자리에 남긴 것이 있다'라고 조심스럽게 이야기의 운을 떼었다. '참말인지 거짓말인지 모른다'는 말을 덧붙이며 단지 '들은 것 뿐'이라고 강조하긴 했어도, 손기준씨가 앞서 보담노장에 대해 길게 설명한 것은 결국 이 이야기를 하기 위한 서두였던 것이다.

    연행하는 내내 손기준씨는 격식을 갖춘 존대어를 의식적으로 사용하면서 이야기를 연행하는 것 자체에 대해서 무척 조심스러운 입장을 취했다. 이런 손기준씨의 태도는 아마 청중으로 참여한 조사자의 위치 때문인 듯했다. 우리가 모두 외지인(外地人)이자 대학원생이었던 만큼 손기준씨로서는 우리를 대하기가 약간 어려울 수밖에 없었던 것 같다. 하지만 본인이 거주하는 마을에 관한 일들을 알려줄 때 그는 매우 적극적이며 진지한 모습이었다.

    손호영씨도 보담노장에 얽힌 또 다른 이야기를 알고 있었는지, 말문을 열었다.

▶45 도술로 박씨 문중을 속인 보담노장(1)[123] (이야기㊲)

    연행자 : 손호영(68세, 숲골 동장) ●
    조사자 : 황은주 ①, 우영민 ②, 이창국 ③
    청 중 : 손기준 ⑤

---

123) 2003년 4월 23일 밤 밀양 산외면 엄
    광리 숲골 할아버지노인정.

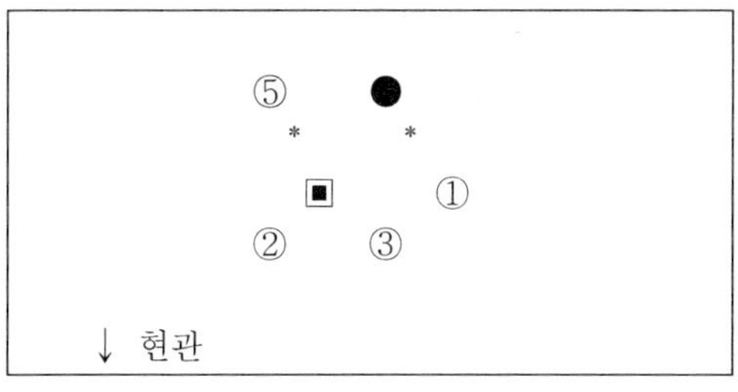

■ 카메라 * 녹음기

"그 분이 귀양 와가지고[124] 거기 있으민시는[125] 가실 박씨들이 굉장히 참, 머 잘 살고, 올리고 살았는 거라[126]. 그라이[127] 대, 대청 카는[128] 【양팔로 네모를 그리며】 지금 거[129] 없는데, 인젠[130] 논 거, 있는데[131] 대청 카면 【양팔을 펼쳐 젖히면서】 그 옛날 큰- 그, 집이거든요.

그 대청을 지, 집을 짓는데 그 인자 거, 보장노인한테 가가지고 옛날에는 집을 지으믄-[132] 다 섀끼[133]를 가지고 이- 알매[134]라, 다 얹고 하거든요, 섀끼를 가지고. 이 섀끼를 【양 손바닥을 마주 비비면서 섀끼줄 꼬는 흉내】 이래 꼬아가[135] 짚을 안 맨들어주는[136] 거라.

그라니까 그래 이꺼 마, 섀끼를 똑 꼬아가주고 말이, 가주가라[137] 카꺼든. 가주가이 계, 섀끼가 계-속 나오는 기라, 섀끼가.

【헛기침】 험, 가주구는[138] 그 인자, 그르이[139] 그거는 인자 사람이 아인[140], 사람은 사람이지만은 그 무슨, 옛날-에 무슨 그, [①: 이인, 이인.

---

124) 와서.
125) 있으면서는.
126) 살았던 것이라. 박씨들이 살림을 제
    법 갖추고 잘 살았다는 뜻.
127) 그러니.
128) 대청(大廳)이라고 하는.
129) 거기.
130) 이제는.
131) 현재는 대청이 있던 자리에 논이 있
    다는 뜻.

132) 지으면.
133) 새끼.
134) 알매: 초가지붕 얹기 전에 잡목이
    나 대나무를 엮어 새끼로 묶고 그 위
    에 흙을 물에 개어 얹고 고르는 것.
135) 꼬아서.
136) 만들어주는.
137) 가져가라.
138) 가지고는.
139) 그러니.

이인이네요.] 예, 이인, 이인이겠죠. 그래가 그런데, 짚으로 다- 마치고
난 뒤에두, 그늠141), 새끼를 남더라 카니까 말이지요. 그래 사람, 그양142)
걸어가도 새끼는 계-속 나오는 거라.

　그런 거두 있고 여러 가지가, 우리는 몰라 그렇지."

　손호영씨의 이야기에 의하면, 뒷가실에서 잘 사는 박씨들이 큰 집을 지
었다. 그런데 지붕을 얹을 때 박씨들이 귀양 와 있던 보장노인143)더러 알
매 없는 데 필요한 새끼를 꼬라고 시켰다. 보장노인이 손바닥만하게 새끼를
꼰 다음 가져가라고 했고, 금방 끊길 줄 알았던 새끼가 줄줄 이어져 나왔다
는 것이 이야기의 대략적인 내용이다.

　이야기의 전체적인 흐름을 파악하기 어려운 것으로 볼 때, 손호영씨는 전
체 이야기 가운데 기억에 남아 있던 어느 한 대목만을 알려준 듯했다. 옆에
서 듣고 있던 손기준씨가 이야기 내용이 좀 부족하다 싶었던지 다시 부연·
설명하기 시작했다.

▶46 도술로 박씨 문중을 속인 보담노장(2)144) (이야기㊳)

연행자 : 손기준(남, 67세) ●
조사자 : 황은주 ①, 우영민 ②, 이창국 ③
청　중 : 손호영 ④

---

140) 아닌.
141) 그놈.
142) 그냥.
143) 보담노장을 가리킴. 마을 사람들 가

운데 몇 명은 보담노장을 '보담선생',
'보장노인'으로 불렀다.
144) 2003년 4월 23일 밤 밀양 산외면 엄
광리 숲골 할아버지노인정.

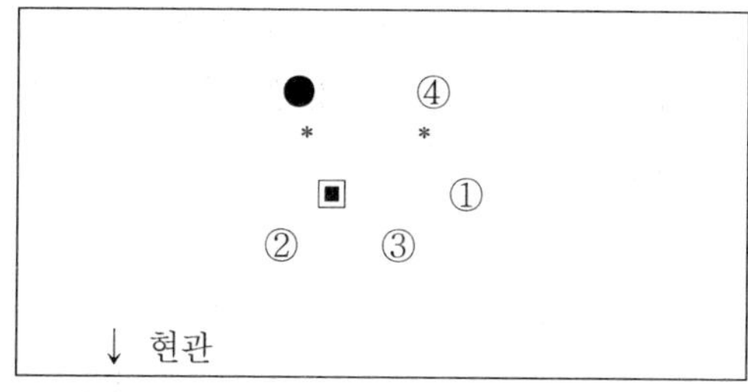

■ 카메라 * 녹음기

"그런 그런 이바구도 들은 대로 하먼은145), 보담노장, 그 어른을 욕을 비일라꼬146) 서당에 인자 글로 가르치고 이래 있으니까, 애들을 그래 시키가주고147), '새끼를, 알매148) 치는 데, 새끼를 꼬아도고-149).' 이라이150), 이 □□이고, 세 □□이고 인자-, 안 꼬다 준다 카먼 인자 뚜디리151) 맞을 판이고, [④: 안 그래도 많이 맞있어152), 옛날에는. 【웃음】 여, 높은 데 서가주고 오줌, 오줌 눈다꼬, 그래 마 불러 니라가주구153) 매로 내리치고154) 이런 거라155).] 그러니까 인자, '그러면 새끼를, 그러믄156) 꼬아줄 터이니꺼네157) 짚을 올리158), 갖다 올리도고.' 그으 태산 산만랭이159) 말이야.

그래 머슴을 시키가주고 그 바우160) 밑에까익161) 짚을 지이162) 올리주- 놓이끄네163), 인자 니을겉이164) 알매치는 날인데, 안익165) 보이, 치

---

145) 하먼은.
146) 보이려고.
147) 시켜서.
148) 각주 134)번 참조.
149) 꼬아다오.
150) 이러니.
151) 두들겨.
152) 맞았어.
153) 내려서.
154) 내려치고.
155) 보담노장이 사는 곳에서 오줌을 누자, 아랫마을의 박씨들이 불러들여서 몰매를 때렸다는 뜻.
156) 그러면.
157) 테니까.
158) 올려.
159) 산꼭대기.
160) 바위.
161) 밑에까지.
162) 지어.
163) 올려줘 놓으니까.
164) 내일같이. 알매치는 날이 당장 다음 날로 다가왔다는 뜻.
165) 아직.

다보이166) 짚동이 기양167) 서가 있단 말이야, 새거가168), 안 꼬고.

기양 서가 있으이끼네 인자 '이늠우169) 영감쟁이,' 욕을 비일라170) 이라이끼네, 그래 머슴들을 시키가주구 '씨끼171) 가-172) 니리온나173), 가서.' 지게를 지이갖구174) 올리 보내일꺼네175), 그르믄시늠176) 섀끼를 【양팔을 약간 벌려 길이를 가늠하며】 요만-치 꼬아가 한 발쭘-177) 꼬아주고 '시끼 가- 니리가라.' 이기라178). '끈팅이179) 가주구 니리가라.' 이기-라.

【말을 급하게】 끈팅이가, 쎄기180) 오니 쎄기 따라오고, 지-게181) 오니 지-게 따라오고, 새끼 자꾸 따라 니리오는 기라. 마 □□ 놓이 마. 새끼 끈팅이 가- 내려오이. 고놈 끈팅이 가주구 즈그 □ 안에, 【끈을 자꾸 잡아당기는 흉내】 자-꾸 땡기가182), 안매183) 다 쳤다 카는 기라. [③:【웃음】]

그래 그 안매, 다 치184) 놓고 니리와 천장을 【위로 고개를 들어보며】 치다아보이 새끼가 아이라185), 첨-부186) 짚 가-187) 붙들어매뺬다188).

[① : 어-, 속았다.【웃음】] 속아두 뭐, 첨-부 다 부술189)이겠지 뭐.

그래 지꿈190) 말하자면 우리, 내가 들을 찍191)에는 그 저-저, 인자, 사명대사 겉은 그런 위인인 모양 같애요192), 그 어른이."

나는 손기준씨가 하고 싶은 이야기가 있어 사명대사를 운운하는 줄 알았

166) 쳐다보니.	180) 세게. 빨리.
167) 그냥.	181) 길게. 느리게.
168) 새것이.	182) 당겨서.
169) 이놈의.	183) 알매.
170) 보이려고.	184) 쳐.
171) 새끼.	185) 아니라.
172) 가지고.	186) 전부.
173) 내려오너라.	187) 짚을 가지고.
174) 지워서.	188) 붙들어매버렸다.
175) 보내니까.	189) '부적과 주술'을 가리키는 듯.
176) 그러면서는.	190) 지금.
177) 한 발쯤.	191) 적.
178) 이것이라.	192) 같아요.
179) 끄트머리.	

다. 그래서 곧바로 사명대사 이야기를 청해보기도 했지만, 그렇다고 손기준 씨가 사명대사 이야기를 연행한 것은 아니었다. 아마 이 마을에도 사명대사와 같은 그런 위인이 살았다는 것을 강조하기 위해 언급한 모양이었다.

　잠시 정적이 흐른 후, 다시 손기준씨가 이 마을에 살았다는 정씨들의 이야기를 꺼냈다.

▶47 보담노장이 잡아준 정봉사네 묘터[193] (이야기㊴)

연행자 : 손기준(남, 67세) ●
조사자 : 황은주 ①, 우영민 ②, 이창국 ③
청　중 : 손호영 ④

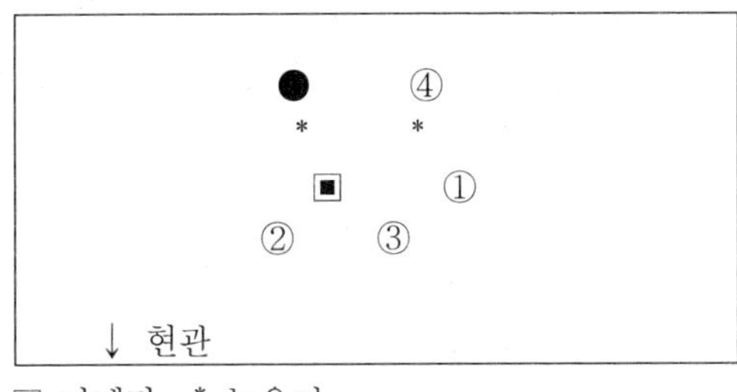

　"그러구로 또 인저, 옛날에 여- 정씨들이, 많이 살었는거갑데예[194]. [④: 정씨들이, 택이 말하자면, 정씨들이 지금 □□다.] 정씨들이 그, 들었기나[195] 말았기나 정씨들이 □□□, 정씨들이 인자 중마-[196], 저-기【⑤가 들고 있는 마을지도를 가리키며】중촌 카는 데, 아까 그 그림 그려 놨는데[197]. [①: 예, 예.] 고-서[198] 인자- 살았는데, 상주가 돼갖고 초상

---

193) 2003년 4월 23일 밤 밀양 산외면 엄
　광리 숲골 할아버지노인정.
194) 살았는가 보데요.
195) 들어왔거나.

196) 엄광리 자연마을 중 하나.
197) 손호영씨가 그렸던 마을지도를 가
　리킴.
198) 거기에서.

이 났어, 정씨들.

초상이 났는데 보담노장한테 가가주고 말야, '어데, 자리 하나 잡아도고-199).' 이래 됐는 모양 같애, 묘 내도록. 그르이200) 그 줄기에다가 묘터로 잡았어-. 그 어른이 잡아가주고- 그런데, '요-다201) 파면은【잠시 생각하며】에-, 돌이 나온다-.' 그래 '어떡하냐?' '돌이 나오는데, 그 돌을 빼지 마고202), 고 우에다가203) 하관204)을 해라, 신체를 옇-라205).' 요래- 시킷든206) 모양이지.

시키는 대로, '상주가 바랐꼬207) 서가아208) 딱 징키라-209)' 이랬는데, 고-서 건니다보믄210) 중마 동네, 빤-하게 비인다211) 말이요. 요래가주고, 인자 상주가 거서 바랐꼬 보고, 바랐꼬 징키고 있는데-, 돌이 나올라212) 카는213) 차에 :【허공을 손으로 가리키며】자기 집을 건니다보이께네, 자기 집에 불이 나뺐는 기라214).【약간 빠르게】그럼 뭐, 돌을 징키고 뭐시고 뭐, 뭐, 즈그215) 집에 불 끄러 가야 되지, 뭐 우야노216)? 상주가.【④를 쳐다보고 웃음】

그래 다마로갔다가217) 오일끄네218), 그- 일꾼들이 이 괭이219)로 가주고 그 돌을 일바끄이끄네220), [④: 학이 날라갔다.] 어- 학이, 셰221) 바리222) 가 나오는데, [②: 어머.] 한 바리는 뭐, 저- 여, 여주 이씨- 절-로223) 갔

---

199) 잡아다오.
200) 그러니.
201) 여기에다.
202) 말고.
203) 위에다가.
204) 하관(下棺).
205) 넣어라.
206) 시켰던.
207) 기다리고.
208) 서서.
209) 지켜라.
210) 건너다보면.
211) 보인다.

212) 나오려고.
213) 하는.
214) 나버렸던 것이라.
215) 자기.
216) 어쩌겠냐.
217) 달려갔다.
218) 오니까.
219) 곡괭이.
220) 일으키니까.
221) 세.
222) 마리.
223) 저리로.

고, 한 바리는 또 어디로 갔나 카더노? 뭐 우리 종문 산으로 갔다 카더나, 여 댓말224)에 갔다 카더나, 머 어디로 날고. 세 분채225) 나오는 거로226) 【무언가를 내려찍는 흉내】괭이 가-227) 찍는다꼬228) 찍은 기- 학, 눈을 찍어뿠다 아이가229)? [①: 아이구.]

　그래 가 인제 돌 밑에 조오 옇-230). 조오 옇-, 그 우에 하관을 했는데-, 정씨들이 봉사가 하나쓱231) 난다요. 눈, 안 보이는 봉사가-. 봉사가 나는데-, 그 봉사가 눈 뜬 사람카마232) 더 돈두 잘 벌고 대인이라. 【미소】 [①: 아이고.]"

　이와 유사한 자료가 『한국구비문학대계』(이하『대계』)에도 〈엄광리의 명산과 송봉사〉233)라는 제목으로 실려 있다. 그 줄거리를 정리하면 다음과 같다.

　이백 년 전 중국 어느 나라 대신이 조선으로 귀양을 왔는데, 길성(吉星)을 따라 엄광리 보두암 꼭대기까지 이르렀다. 이 노승에게 물과 양식을 가져다 준 사람이 있었는데, 십여 년 후 노승은 그에게 한 묘터를 일러주며 '그 안의 돌을 들춰내지 말라'고 당부한 다음, 중국으로 돌아갔다. 아버지가 죽자 이 사람은 일꾼들을 불러 그 묘터의 땅을 파게 했다. 땅 속에서 큰 돌이 나오려는 찰나, 이 사람은 집에 불이 난 것을 보고 허겁지겁 집으로 갔으나 불은 나지 않았다. 그 사이 일꾼들이 땅 속 돌을 들춰냈는데, 그 아래서 꿩 세 마리가 나오는 것을 보고 재빨리 막았지만 두 마리는 날아가 버리고 한 마리가 눈을 찍힌 채 그대로 있었다고 했다. 그 후 이 사람이 세 아들을 낳았는데, 첫째, 둘째 아들은 죽고 셋째 아들은 한쪽 눈이 보이지 않았다. 이 셋째 아들이 자라서 점을 잘

---

224) 댓마. 엄광리 자연마을 중 하나.
225) 세 번째.
226) 것을.
227) 가지고.
228) 찍는다고.
229) 찍어버리지 않았겠어.

230) 주워 넣어.
231) 하나씩.
232) 사람보다.
233) 『한국구비문학대계』 8-7, 한국정신
　　문화연구원, 1983, 〈엄광리의 명산과
　　송봉사〉, 81~83면.

쳐 '엄광의 송봉사'로 불렸다고 한다.

두 이야기의 다른 점을 크게 두 가지 정도 들 수 있는데, 우선 『대계』의 송봉사 집안 사람은 중국에서 노승이 보두암으로 귀양 와 있는 동안에 잘해 주었던 것으로 그려진다. 따라서 10년 후 귀양살이를 마친 노승이 돌아가면서 감사의 인사로 묘터를 알려주었다는, 비교적 탄탄한 이야기 구조를 가지고 있다. 두 번째로 『대계』에서는 처음 두 마리 학이 어디로 갔는지 이야기하지 않았고, 첫째·둘째 아들은 죽고 셋째가 봉사로 태어났다고 했다. 이와 달리 손기준씨는 정씨 후손들 가운데 하나씩 봉사가 난다면서 날아간 두 마리 학의 행방을 언급하고 있다. 이야기에 등장하는 봉사는 학의 눈을 찍어서 앞을 못 보게 되긴 했지만 대인의 능력을 지녔다. 따라서 날아가버린 학도 그만큼의 능력을 소유하였기 때문에, 그 두 마리의 학이 어디로 가버렸는지는 매우 중요한 의미를 가지고 있다. 비록 지나가는 듯한 말투였지만, 손기준씨는 날아간 학이 자신의 종문 산으로 갔다고 했다. 그래서 나는 이것이 연행을 하면서도 손기준씨가 자신의 가문에 대한 일종의 자부심을 은연중에 내비친 것이라 생각했다.

이 날 손기준씨가 연행한 세 편의 이야기에서 보담노장은 지관(地官)으로서 면모가 일관되게 드러내고 있다. 자신들이 지닌 신령스러운 능력을 그릇된 행실이나 잠깐의 실수로 잃게 된다는 측면에서, 앞서 이야기한 박씨네 묘터와 이 정씨네 이야기는 서로 유사하다. 물론 두 이야기 사이의 차이점도 엄연히 나타난다. 뒷가실 박씨네가 악을 징치한다는 의미에서 집안 전체가 망하게 되는 반면, 중촌 정씨들에게서 난 봉사라는 존재는 다소 안타깝기는 하지만 비범한 능력의 소유자로 부각되는 것이다.

두 할아버지도 이 정봉사에 관해 이야기를 꺼내기 시작했다.

"옛날에 이 □ 꼴짝234)에 정봉사라꼬 살았는데, 【④를 보며】 그 지꿈은 죽

---

234) 꼴짜기.

었제? 죽었다 이카더라235). 저- 여,"

"죽었지. 나이가 얼맨데236)."

"저, 어데고237)? 그 이름 쪼금 그건데, 어데 저 저,"

"양산?"

"어, 양산 어데다. 어, 그으238) 있다, 그 있었는데 여자가 서이239)라. 봉사가 그래도. 【웃음】 여자를 서이 데리고 이랬다 카는데240). 그래 인자, 예를 들어서 귀신이 붙었다 카면은 그 정봉사가 오만241) 마, 구신242) 【손을 살짝 흔들며】 대분에243) 띠는244) 기라. 구, 구신한테는 왕이라 마, 옛날에. 눈 뜬 사람캄245) 훨씬 낫어."

"그르이 그-, 학이 날라가는데 도끼는 찍었으이, 눈을 찍어뿌렸으이끼네246) 그양247) 묻으, □□ 묻어 놔- 놓고 그 우에다 시체로 묻었으니까. 그래, 후손들이 하나쓱248) 봉사가 나는 기-라."

"그게 명, 명당이었나."

"근데 그 어른이, 그, 그 어른은 봉사는, 나두 【의자에 기대어 앉았다가 자세를 바로잡으며】 그 전자아249) 봤는데, 【양손을 각각 오므려서 두 눈을 가리키며】 눈이 마, 벌-꿈한250) 기251) 마, 쑤-욱 드간252) 기 마, 겁나요 겁 나. 보면."

"눈, 눈알이 없어."

"어. 보통 이래 【손을 살짝 흔들며】 눈 안 비는253) 그기이254) 아이고255) 마, 벌-꿈하다 이거, 꼭 마 저 해골맨치로256). 벌꿈하이."

---

235) 이러더라.
236) 얼마인데.
237) 어디야.
238) 거기.
239) 셋.
240) 하는데.
241) 오면.
242) 귀신.
243) 대번에.
244) 떼는.
245) 사람보다.

246) 찍어버렸으니.
247) 그냥.
248) 하나씩.
249) 전에.
250) 뻐끔한.
251) 것이.
252) 들어간.
253) 보이는.
254) 그것이.
255) 아니고.
256) 해골처럼.

"그 때 찍어서 그런……."

"겁 난다요."

"아, 그 터가 아직도 있어요?"

"네?"

"그- 묘터가 어딘지 아세요?"

"묘터가 그, 그, 산줄기-에, 【손을 들어 허공을 가리키며】 요오 밑에 어데라 카는데, 내 학실히257) 고거는 모르지. 거 가믄 □□□□□ 맨날258) □□□ 에-. 쪽- 내려오미 묘가 있는데, 어느 산소 그거는 잘 몰라요, 우리가. 그- 등대259)라 카는 걸 그것만 우리가 이바굴 들었지. 그래 인, 저 저 저 보담 노장 그거 살, 그 글 갈치이주고260) 자기가 거치하든261) 그, 집터는- 가믄 지금도 흔적이 있어요. 고거 새미262)도 지금까지 있고."

"새미도 있고."

"새미도 여, 있어."

봉사가 눈 뜬 사람보다 낫다는 말을 들으면서 나는 손기준씨가 조사에 참여하고 있는 나를 일정 부분 염두에 둔 것처럼 느껴졌다. 지난 대보름 조사 때 나와 대면할 기회가 적었던 할아버지는 이 날 몸이 불편한 나를 보고 정봉사 이야기를 쉽게 떠올린 것 같았다.

현지조사에서 연행현장은, 조사자의 자격으로 자리한 현재의 내 모습이 숨김없이 그대로 드러나는 공간이다. 연행현장에서 나 자신이 너무나 적나라하게 드러나고 있기 때문에, 녹음한 자료를 전사하면서 간혹 내 목소리임이 분명한, 불분명한 발음의 말들을 들을 때면 나는 마음이 불편해지기도 했다. 테이프 듣는 것을 몇 번이나 주저했을 정도로 익숙하지 않은 나와의 대면은 어렵고 두렵기까지 했다. 그러나 한편 그렇기 때문에 또다른 내 모습을 바라볼 수 있는 공간이 바로 이 곳, 살아온 방식과 환경이 다른 타인

257) 확실히.
258) 매일.
259) 줄기.

260) 가르쳐주고.
261) 거취하던.
262) 샘.

들과 만나고 있는 연행현장이었다.

옛날에부터 여게 물이 참 좋은 곳이요

이쯤에서 나는 연행자와 관련된 질문을 시작했다. 밀성(密城) 손씨(孫氏)인 손호영씨는 67세로, 조부(祖父) 때 여기 숲골마을로 들어왔다고 했다. 마찬가지로 삼대에 걸쳐 이 마을에서 살아왔다는 손기준씨는 동장보다 한 살이 더 많은 68세였다. 이 날 낮에 조사했던 다원마을의 손태호씨와 같은 일직(一直) 손씨(孫氏)였지만 그의 집안은 모두 산내면 송백에 있다고 했다.

두 할아버지의 나이를 듣고서 우리는 이 곳 환경이 좋아서 훨씬 젊어 뵌다는 말을 했다. 그러자 손기준씨는 유쾌하게 웃으며, 마을 물에 대한 이야기를 꺼내 놓았다.

"【웃음】 이 꼴짝에-, 옛날에부터- 여게263) 물이 참- 좋은 곳이요. 공기도 좋고. 그라기264) 때문에 일제시대에 일분265) 사람들이 조- 건네266) 조오267) 가면, 여주 이씨들 재실이라는 데, 약물샘이라꼬 있어요. 하나 있는데 그게 우리가 이바구 듣기로는, 옛날에 약도 없고 이랄 찍268)에, 나빙269) 환자도 그 씻어가 다 나았다- 이런, 그 따문에270) 약물샘이라. 지끔271)은 밀양시내에는 인구가 많-고, 이래 안 되지만은, 옛날에 일제시대에는 사램272)이 얼매273) 없었단 말이요, 이 밀양읍이라 카는 데가. 그랬는데 조게274) 물이, 같은 양을 가주- 달마275) 근- 되가 더 나간다요276).

<hr>

263) 여기.
264) 그렇기.
265) 일본.
266) 건너.
267) 조기.
268) 이럴 적.

269) 나병.
270) 때문에.
271) 지금.
272) 사람.
273) 얼마.
274) 조기에.

약물샘에 있는 물 그기이277), 똑같은 양을 츠, 딱 달면은- 그래서 그기, 물
이 아주 좋은 모양이지. 그랬는데 일분 사람, 말기에- 이 일분 사람이 저-
물로 밀양 식수로 빼갈라278) 카다가 해방이 돼가주고 몬279) 갖구 갔다 아
이가. 지끔은 거기가 텍280)도 없지.

　또 산에 옛날맨치로281) 이래 낭글282)을 이래, 많이 비이뿌고283) 이라
면284) 물이 많이 나는데-, 저기 물이, 낭기285) 물을 빨아 묵거든요286).
그렇기 따문에 남기 □□이 치이끄네287) 물이 작게 나는 거예요."

　"소나무는, 물로 갖다가 이래 빨아 묵고, 다른 이거, 잡목들은 물을 내
논-다288) 카더라. 그래 솔나무가 많으면 물이 자꾸 없어지는 기라."

　"그래가 물두 가보면 영- 작기289) 나고, 또 지금 그, 사람이 이거 안, 안
다니이끄네 사람 드가도290) 몬하고 그래요, 약물샘이라 카는 데가. 그러고
오뉴월에 되-게 더불291) 때, 안 있으요-인? 거어 가서 이래 물에 손을 한-
참 당가292) 있으면 손이 시려바293) 몬 담가294) 놓구 있어요."

　"땀띠가 죽어뿐다, 땀띠가."

　"우리 그 저, 저, 저저 소 미-러295) 가고 쪼매끔-할 찍296)에, 손 옇어가
주구297) 누가 오래 있노 말이야. 【웃음】많이 그래 마, 손이 막, 시려바서
몬 있는 기라, 그래. 물이 워낙 차-뿌이꺼네298)."

　그런데 지끔은 인자 이 골짝이- 짐승을 많이 믹이고299) 나서르부텀300)

275) 가지고 (저울에) 달면.
276) 나간다고 해요.
277) 그것이.
278) 빼가려고.
279) 못.
280) 턱.
281) 옛날처럼.
282) 나무.
283) 베어버리고.
284) 이러면.
285) 나무.
286) 먹거든요.

287) 치니까.
288) 내 놓는다.
289) 작게.
290) 들어가지도.
291) 더울.
292) 담그고.
293) 시려워.
294) 담궈.
295) 먹이러.
296) 조그마할 적.
297) 넣어서.
298) 차버리니까. 너무 차니까.

참- 저래 하이까 물이 오임301)이 돼 갖고, 또- 여게 집집이 그거 지하수, 이래 새미를 파가주고- 물을 이래 좋다 캐쌓아도302), 감정을 하면 전부 불량이라.

불량인데, 내가 이카면303) 뭐, 거짓말 했다꼬 잡아갈란가 모르지만은, 옛날에 그때 저, 박대통령 정치하고 그 무렵304)에, 말기에 그 때, 에- 박대통령이 고 정치해가 새마을 제도로 생길 때부텀 내 한, 십오 년 동안 지도자로 맡아 했어. 그으 있는 순간에- 인자 물 이거로, 엄광이 인자 이거를 봄 되만305) 물로 감정을 해가-306) 무슨 인자 머, 이유 없이 물을 떠가- 보내라 카이끄네 공중 새미로 가307) 마, 그때는 집집이 새미두 없고 이러이까308). 그래 보내면, 【반복한 일을 강조하기 위해 열거】 불량이고, 불량이고 허- 괴롭다 말이여. 이 머, □□□이 어불리가주구309) 새북310)에 나가 공동 새미에 거-는311), 인자 많은 사람이 인자, 물을 식수로 사용하는데 그늠312) 약물 갖다 인자 당가 놓이, 부인들이 뭐 시내 사램들은 보통 생각하는데 그거 넴새라 카거든, 그거 소독약 옇어 놓으믄. 기록해쌓제-, 또 행정적으론 옇어라 카제, 이래가주구 안 되겠데. 여- 와313), 약물샘에서 니려오는314) 도랑에 요, 조 건너 딱 가가주고 빙이를315) 내 쫘-악 담아간 기라요. 싸-악 비이뿌고316) 가주가-가주고317) 인자,"

"바리318) 위에 가문319) 돼."

"따-악, 【허공을 가리키며】 고오 가서 인자, 인자 빙에, 물은 똑같지. 여 요-

<hr>

299) 먹이고.
300) 나서부턴.
301) 오염.
302) 해대도.
303) 이렇게 하면.
304) 무렵.
305) 되면.
306) 해서.
307) 공동 샘을 가지고.
308) 이러니까.
309) 어울려서.

310) 새벽.
311) 거기는.
312) 그놈.
313) 왜.
314) 내려오는.
315) 병을.
316) 비워버리고.
317) 가져가서.
318) 바로.
319) 가면.

래, 도랑에 니리오는【병을 잡고 흔드는 흉내】살살 요래 타 놓고 따악- 떼 옇어 가주고 요거는 어느 샘에 물이다【뚜껑을 닫는 흉내】딱 옇어놓고, 또 요것도, 또 옇, 넣어가주고 여거320)는 어느 샘의 물이다 보내니까 전부 합격인 기라.【웃음】그랬는데 내가 약 수321)를 썼어요.

그래서- 이거 저, 물이 오염 돼 갖고 여게 식수로 저어 건너편에다 파가주고 첨-부322) 다 이기 정부에 지원을 받아가 지하수로 대용해가 그때 뭣, 백 몇323) 십 미타324) 니려갔지, 저 새미 판 기325)?

이 꼴짝이에 지꿈- 나는 생각헐326) 때, 다 살기 위해서르 참 사는 갱제327)만 저기 하만328) 마, 소 겉은 거 저런 거 안 믹이고- 이 고장만 고대로329) 옛날맨치로 징키만-330) 이 토가331)도 올라가고 요고332) 산세가 잘 생깄거든333). 따시고334) 여 있으면은, 그렇기 따무로335) 돈 있는 사람들 쭘336) 들어오고 이래 하마, 살기가 안 낫겠느냐 이래 또 생각해보는데, 우선에 뭐, 급하이끄네 소도 믹이야337) 되고 뭐 우애야338) 되고 머. 근데 또 소 저기 믹이는 게 가청에서 내가 소를 뭐, 한 마리 믹이민339) 모르지만은 많이 축산 하는 사람, 이바굴 들으마 정화조 그거를 갖다가 가동으루 이십사 시간 시키면은, 계속 정화조로 정화를 시키면은 소 믹이가 적자 난다요. 사실 마, 정녕 오임 안 되구로인? 마 참 행청에 그 다- 계산적으로 그대로 마 딱 할라 카면은 소 못 믹인다요.

그러믄340) 대부분 요게가 하, 해놓고 있는 기이 그기거던341). 그 저, 톱

---

320) 요거.
321) 약은 꾀.
322) 전부.
323) 몇.
324) 미터.
325) 게.
326) 생각할.
327) 경제.
328) 하면. 경제가 좋아지면.
329) 그대로.
330) 지키면.

331) 땅값.
332) 요거.
333) 생겼거든.
334) 따뜻하고.
335) 때문에.
336) 좀.
337) 먹여야.
338) 어떻게 해야.
339) 먹이면.
340) 그러면.
341) 그것이거든.

밥□□ 사람, 뭐 우짜든342) 뭐 이래 카는 거, 이런 거 허가로 받는 거는ㅡ 소
로 인자 축사에다가 뭐, 딩개343)나 뭐 이래 거부지기344)나 탁ㅡ 옇었다가345)
그기이 인저346) 오줌똥이 되면은 뜯어내고 또오 이래 하고, 옇고 새로347)
해야 되는데, 한 분348) 옇어면 오래까지 놔두이까네349) 그러믄 물이 땅에
배ㅡ 니리올350) 때밀에로351). 그러니 자꾸 물이 오염이 되는 거요. 물은, 이
꼴짝에, 옛날에부텀 물 좋은 곳이라고 이름난 곳이라요, 물 하나는ㅡ."

 손기준씨는 일제시대 때부터 일본인들이 가져가려고 했을 정도로 약물샘
의 물이 좋았다는 말이 하고 싶었던 모양이었다. 이래저래 오염이 많이 됐다
는 이야기를 할 때 손기준씨는 무척 답답해했다. 그래도 '이 숲골이 물 하나
는 유명한 고장'이라고, 마을에 대한 강한 긍지를 내비치면서 긴 이야기의
막을 내렸다.

 손기준씨가 이야기를 마치자 옆에 있던 손호영씨는 서둘러 자리에서 일
어났다. 어느새 10시가 넘어 있었다. 우리는 늦은 시간까지 있다가 댁으로
돌아가는 두 분을 문 밖으로 나가 배웅했다. 손호영씨는 노인정 현관문을
잠그는 법까지 세세하게 일러준 후 돌아갔다.

 두 할아버지가 돌아간 다음, 조사 일정을 상의하기 위해 나는 이튿날 도
착할 김영희와 통화를 했다. 김영희는 대보름날 당시에 지신풀이 하던 분이
찾아오라고 말했으니 연락을 한 번 취해보라고 했다. 그래서 다시 우영민을
통해서 손호영씨에게 전화를 드렸고, 지신밟기를 했다는 분을 알게 된 나는
잠시 당황했다. 우리가 방문해야 할 분이 바로 조금 전에 손호영씨와 함께
왔던 손기준씨였던 것이다. 다시 손기준씨 댁으로 전화를 걸어서 다음날 방
문하겠다는 말씀을 드리는 것으로 이 날 조사 일정을 마쳤다.

342) 어떻게 해서든.
343) 등겨.
344) 검불.
345) 넣었다가.
346) 이제.

347) 새로.
348) 번.
349) 놔두니까.
350) 내려오기.
351) 때문에.

새로운 조사자들의 참여

2003년 4월에 대학원 중간시험 기간을 틈타 우리는 다시 숲골 답사를 계획하였다. 조사팀의 일원인 이미라는 석사학위논문 준비로 현지조사에 적극적으로 참여할 수 없었기에 이번에도 황은주와 내가 숲골 조사를 주도적으로 준비하였다. 대신 이번에는 평소 한 번쯤 현지조사를 해 보고 싶다는 의사를 밝혔던 몇몇 대학원생들이 조사팀의 일원으로 참여하였다. 참여 의사를 밝힌 대학원생은 이창국(가명, 남, 28세, 연세대 국문과 대학원 석사과정)과 우영민(가명, 여, 25세, 연세대 국문과 대학원 석사과정)이었는데 마침 황은주와 비슷한 연배인데다 함께 강의를 듣는 대학원 동료들이어서 그에게 좋은 격려와 응원의 계기가 될 수 있을 것 같았다.

조사팀이 이와 같이 구성됨에 따라 조사 목적과 일정에도 약간의 변화를 주지 않을 수 없었다. 숲골은 지난 번 정월대보름 답사를 계기로 우리에게 어느 정도 익숙한 동네가 되긴 했지만, 조사 기간이 채 일 년도 지나지 않은 곳이었기에 아직 조사자들이 긴장을 늦출 수 없는 조사 지역이었다. 또한 두 사람은 현지조사를 한 번쯤 경험해 보고 싶다는 생각으로 답사에 참여한 것이었기에, 나는 숲골 조사에 주력하는 한편 현지조사의 다양한 국면을 경험하는 데 초점을 두고 조사 일정을 구성하였다. 그래서 전체 조사 일정의 3분의 1이상을, 산내면에서 우리가 만났던, 연행 능력이 뛰어난 연행자와 연행집단을 만나고 그들이 사는 마을에서 함께 시간을 보내는 데 할애하였다. 또한 아직 익숙하지 않은 마을에서 조사를 처음 시작하는 단계의 경험을 해 보는 것도 좋을 듯하여, 나는 산외면에서 숲골마을 외에 죽서·긴늪마을을 방문하기로 계획하였다.

한문학을 전공하는 이창국은 평소 신유한(申維翰)[352]에 대한 관심이 많

---

352) 신유한(申維翰): 1681~1752. 호 청천(靑泉).

았는데 산외면이 바로 그의 출생 및 생장지여서 특히 이번 조사에 거는 기대가 남다른 듯했다. 나는 현지조사에 앞서 새롭게 참여하는 두 사람을 중심으로 현지조사에 필요한 내용들을 발제하고 논의하면서 각자 이번 조사에 참여하는 개인적인 목적을 가질 것을 주문했는데 이때 이창국이 신유한에 대한 이야기를 꺼냈다.

현지조사에서는 조사자의 기술적인 역량 못지 않게, 아니 그 이상으로 현지조사 자체에 대한 조사자의 열정과 문제의식이 중요하다고 생각하기에 나는 현지조사에 참여하고자 하는 동료나 후배들에게 반드시 조사 활동에 참여하는 동기와 자신만의 조사 주제, 활동의 초점 등을 미리 정할 것을 강조하곤 하였다. 때마침 우리가 현재 관심을 두고 있는 밀양 산외면이 이창국이 앞으로 연구하고자 하는 인물과 연관된 곳이어서 더욱 열의에 찬 활동을 기대할 수 있을 것 같았다. 그의 이야기를 듣고, 나는 신유한의 후손이면서 신유한의 출생지로 전해지고 있는-구전으로- 죽서마을에서 태어나고 자란 밀양문화원장 손기현씨와의 만남을 조사 일정에 넣는 것이 좋겠다고 생각하였다. 마침 앞선 조사를 통해서 죽서마을의 몇몇 연행자들과 어느 정도 관계를 형성해 놓은 상태였기 때문에 이번 조사 기간 동안 짧은 시간이나마 이들에게서 신유한에 관한 이야기를 들을 수 있을 것으로 기대하였다.

현지조사의 목적과 일정에 변화를 주어야 하고 숲골에 집중할 수 없다는 사실이 다소 부담이 되긴 했지만 새로운 조사원들의 참여는 우리에게 활력을 불어넣어주었을 뿐만 아니라 큰 응원과 격려가 되었다. 평소 세 사람, 혹은 두 사람만으로 현지조사를 진행하면서 힘에 부치는 일들도 많았는데 우선 인원이 늘어나면서 조사자 한 사람에게 집중된 역할의 하중이 줄어든 것도 좋았지만, 무엇보다 우리가 하는 일에 누군가 관심을 갖고 함께 하려 한다는 사실 자체가 우리에게 큰 힘이 되었다.

하지만 다른 한편 나는 새로운 조사원들이 진정으로 우리 팀의 일원이 될 수 있도록 그들을 준비시키는 일에 좀더 많은 관심을 쏟아야 했다. 조사 활동에서 가장 중요한 것은 조사원들 서로 간의 원활한 의사소통과 유기적인 네트워크라는 사실을 조사 경험을 통해 배워왔기 때문이다. 조사원들 상호 간의 배려와 이해, 조사 활동에서 본인이 맡은 역할에 대한 책임의식 등도 물론 중요했지만 더욱 중요한 것은 조사원 개개인이 자기 활동의 목적과 방향을 자기 내용으로 소화하는 것과 그때그때 서로에게 적절한 조언과 충고, 부탁 등을 솔직하게 할 수 있는 소통의 통로를 확보하는 것이었다.

나는 우선 새로 참여한 두 사람에게 우리 조사 활동의 역사를 간략하게 들려주고 우리가 그 역사를 통해 배운 것들이 무엇인지 최선을 다해 전달하려 하였다. 또한 조사 대상 지역에 대한 정보를 공유하고 지난 활동의 성과로 축적된 각종 녹음·녹화 자료와 전사 자료 등을 함께 검토하였다. 조사원 교육 과정에서 내가 초점을 둔 것은 기존의 조사방식에 대한 비판을 통해 이와 다른, 우리들만의 조사 방식을 전달하고 이에 대한 각자의 의견을 듣는 것이었다. 또한 조사팀의 일원으로서 각자 맡아야 할 역할을 사전에 충분히 인지하여 실제 현장에서 문제가 될 만한 상황을 최소화하고자 했으며, 기존의 경험을 토대로 현장에서 부딪힐 수 있는 몇 가지 문제 상황을 미리 일러둠으로써 각각의 상황에 순발력 있게, 능동적으로 대처할 수 있는 힘을 키워주고자 하였다.

하지만 짧은 준비 기간 동안 이 모든 일들을 충분히 소화하는 것은 어려운 일이었다. 다만 조사원들의 미숙함이나 조사원들끼리의 상호 작용에서 발생하는 문제로 인해 현지민들을 당황하게 하거나 본의 아니게 그분들에게 결례를 범하는 일이 없도록 세심하게 주의를 기울여야 한다는 사실을 염두에 두지 않을 수 없었기에 나의 잔소리 아닌 잔소리가 계속 이어지게 되었던 것이다.

사실 다른 무엇보다 가장 중요한 것은 할아버지, 할머니들을 마음으로 좋아하고 그분들이 들려 주는 이야기를 재미있게 들을 수 있는 열린 자세와 인간적인 태도, 관계에 대한 책임감과 현장을 존중하는 마음가짐, 현지민들을 대상화하거나 타자화하지 않는 자세, 그리고 시골 생활에 대한 친근함과 적응력 등이라고 나는 생각하고 있었다.

　그러나 사실상 이 모든 것들은 조사자들이 서울에서 준비해 가야 할 것이기도 했지만 '현장'에서 배워야 하고 '현장'에서만 배울 수 있는 것들이기도 했다. 단 한 번의 일회적인 만남이 아니라 거듭된 만남과 지속적인 관계를 통해, 다시 말해 오랜 경험과 나름의 역사적 과정을 통해 비로소 배울 수 있는 소중한 자산이었다. 나는 이번 기회를 통해 새로 참여한 두 사람이 그것들 가운데 극히 일부라도 배울 수 있기를, 또 그 배움을 통해 현지조사의 진정한 즐거움과 보람을 맛볼 수 있기를 바랐다.

　어떤 측면에서, 경험이 풍부하지 않은 조사자의 참여는 대단히 모험적이고 위험한 일일 수 있다. 현지조사에서 발생하는 문제는 조사 주체들에게만 영향을 미치는 것이 아니라 연행 주체 개인과 집단에 영향을 미칠 수 있기 때문이다. 또한 현지조사는 현지 주민들과의 '관계'를 토대로 이루어지기 때문에 자칫 한 번의 실수로 여러 해 쌓아온 신뢰와 공감대가 한 순간에 무너지는 일이 발생할 수도 있다. 사람들 사이의 관계는 매우 민감하고 그 결이 복잡해서 예기치 않은 순간에 발생한 아주 사소한 문제가 곧잘 큰 '틈'을 만들어버리기도 하기 때문이다.

　하지만 좀더 주의를 기울이며 긴장을 늦추지 않는다면 새로운 조사자의 참여는 새로운 현지조사 결과를 낳을 수 있다는 점에서 매우 긍정적인 역할을 할 수 있다. 현지조사 결과에 변화를 초래하는 여러 조건 가운데 가장 강력한 영향력을 행사하는 것은 바로 조사 주체이다. 우리는 경험을 통해, 조사자들이 어떤 차림새로 가는가, 어느 정도 피곤한가, 연행판에 어느 정도 참여하는가에 따라, 또 조사 주체의 연령과 사회적 지위 등에 따라 연행자들의 연행 역시 달라진다는 것을 뚜렷하게 확인할 수 있었다. 따라서 더 젊고 앳되 보이는 대학원생들의 조사 참여는 이제까지 우리가 경험했던 것과는 다른 연행 현장을 우리에게 열어 보여줄 터였다. 나는 자연스럽게 이들의 참여가 현지 연행 주체들의 연행을 어떻게 변화시키는지 관찰할 수 있으리라는 기대를 갖게 되었다.

　숲골에서의 현지조사는 처음부터 조사자 황은주의 '독립'을 염두에 둔 채 시작된 것이었다. 특히 비슷한 연배의, 그의 대학원 동료들이 참여하는 이번 조사야말로 황은주가 자립적이고 능동적인 조사 주체로 거듭날 수 있는 좋은 기회라고 나는 생각하였다. 마침 학부 학생들의 중간고사 시험 감독 일정이 끼어 있어서 나는 하루 늦게 조사 대열에 합류하기로 했다. 황은주를 비롯한 나머지 조사자들은 하루 먼저 산외면의 숲골에 도착하여 조사를 진행한 후 다음날 오전에 밀양 시내 영남루에서 나와 만나기로 하였다.

예정대로 조사 일정 둘째 날 밀양에 도착한 나는 일행을 만나 영남루 주변을 둘러본 후 영남루 바로 옆에 위치한 밀양문화원을 방문하였다. 문화원에서 필요한 자료를 얻고 원장과 간단한 면담을 가진 후 우리 일행은 곧바로 산외면 긴늪마을로 향하였다. 긴늪마을을 다음 행선지로 선택한 것은 새로 참여한 조사자들이 숲골 외에 다른 마을에서의 조사도 경험할 수 있도록 하기 위해서였다. 더구나 긴늪은 길가에 위치한 마을인데다 숲골로 들어가는 길의 초입에 자리잡고 있어서 조사 일정과 조사 동선을 고려했을 때 둘째 날의 조사 대상 지역으로 매우 적합한 곳이었다.

긴늪마을에는 때마침 할머니 몇 명이 모여 있었다. 조사자 일행은 할머니들과 이야기를 나눈 후 대보름날 만났던 몇 분의 집을 방문하여 조사를 진행하였다. 반나절 동안 조사를 진행하고 저녁을 먹은 후 일행은 산내면 남명리 동명마을을 향해 길을 떠났다. 동명에는 소설가 김춘복씨가 살고 있는데 밀양에서 현지조사를 지속적으로 진행하면서 우리는 그와 매우 특별한 관계를 형성해왔다.

그는 고향에 내려와 어머니를 모시고 살면서 고향 마을의 자연과 역사, 어린 시절의 추억을 바탕으로 소설을 쓰고 있는데 처음부터 우리 일행을 반겨주었다. 당제 등을 조사하느라 밤 늦게 일이 끝나 잠자리가 마땅치 않을 때면 아무리 늦은 시간이라도 언제든지 잠자리를 제공해주었으며 그의 서재겸 작업실에서 삼겹살에 소주 한 잔을 함께 나누는 일도 마다하지 않았다. 또한 김춘복씨의 모친인 백필경씨는 많은 이야기를 알고 있을 뿐 아니라 연행 능력이 아주 뛰어난 연행자 가운데 한 명이었다.

 새로 참여한 조사자들이 김춘복씨를 만나고 백필경씨의 이야기를 듣는 것도 좋겠다고 생각하여, 늦은 시간이었지만 우리는 미리 약속한 대로 김춘복씨 댁으로 향했다. 역시 밤 10시가 넘은 시간이었지만 그는 우리를 반갑게 맞아주었다. 김춘복씨는 우리를 위해 손수 담근 과실주와 삼겹살을 준비해 두고 있었다. 간단하게 안부 인사를 주고받은 후 과실주에 삼겹살을 나누어 먹으며 밀양에 오면서 알게 된 여러 사람들의 근황과 밀양의 새로운 소식들을 듣고 또 우리의 현지조사가 어떻게 진행되고 있는지, 이번에는 어느어느 마을을 방문할 예정인지 등을 이야기하였다.

 새벽녘이 되어서야 잠자리에 든 우리는 다음날 좀 늦게 일어나서 김춘복씨가 차려주신 아침을 백필경씨와 함께 먹었다. 아침을 먹은 후 간단하게 설거지를 하고 우리는 오전 내내 백필경씨의 연행에 참여하였다. 백필경씨는 건강이 그다지 좋지 않아 거동이 불편한 상황이었지만 이야기를 기억해 내는 총기나 목소리만은 여전히 또렷했다. 백필경씨의 이야기를 들은 후 우리는 곧바로 오치마을을 향해 길을 떠났다.

 오치마을에서는 이미 여러 해 전부터 조사자들과 인연을 맺어온 김수조씨를 만나기로 하였다. 김수조씨는 수십 편의 이야기를 연행했을 뿐 아니라 연행 기술이 뛰어나고 친화력이 강해 새로 참여한 조사자들에게 좋은 만남의 경험이 될 수 있을 것으로 기대하였다.

 같은 산내면이지만 호박소 바로 아래 동네인 남명리 동명에서 청도로 이어진 산길에 위치한 오치까지 가려면 랜트카를 타고 30분 이상 가야 했다. 밀양 시내를 벗어난 외곽의 농촌 지역에서는 택시를 이용하기 어렵기 때문에 자가용을 이용할 수 없는 대부분의 주민들이 전화로 랜트카를 불러 이용한다. 랜트카는 마을과 마을 사이의 거리에 따라 일정하게 그 액수가 정해져 있어 지역 주민들은 택시를 이용하는 것과 별반 다르게 생각하지 않는다.

 랜트카는 개인이나 소규모 회사가 운영하는데 대부분 지역 내에 거주하는 이들이 운전을 하기 때문에 주민들과 서로 잘 알고 지내는 사이이다. 그래서 때론 랜트카 운전자가 이웃 주민들의 급한 용무를 대신 봐주기도 하고 마을 간의 소식을 전해주기도 한다. 조사자 일행도 이미 여러 해 조사를 해오고 있는 터라 여러 명의 랜트카 운전자들과 친분이 있을 뿐 아니라 그들을 통해 마을 소식을 전해 듣거나 새로운 지역에 대한 정보를 얻기도 했다.

일행이 오치마을에 도착한 때는 오후 늦은 시간이었다. 사전에 연락을 해 놓은 터라 조사자 일행은 도착하자마자 바로 김수조씨의 이야기를 듣기 시작했다. 예상대로 김수조씨의 구성진 이야기 솜씨에 조사자 일행은 금세 연행판에 빠져드는 듯했다. 저녁을 먹은 후에도 김수조씨의 이야기는 끊이지 않고 계속되었다. 시간이 어느덧 밤 8시를 넘길 무렵 조사자 가운데 나와 이미라는 다시 랜트카를 불러 타고 숲골로 길을 떠나야 했다.

조사 첫날 숲골에서 손기준씨를 만났는데 충분히 이야기를 듣지 못해 다음날 다시 찾아뵙기로 약속을 했다는 것이 황은주의 전언이었다. 황은주의 말에 따르면, 손기준씨는 봄에 다시 찾아뵙겠다는 우리의 약속을 기억하고 있었다고 한다. 농사일로 바쁜 와중에도 조사자 일행을 기다리며 이야깃거리를 준비하고 있었는데, 조사자들이 짧은 시간 조사하고 자리를 털고 일어나는 걸 보고 좀 서운해 한 모양이었다. 더구나 정월대보름 때 만났던 나를 기억하고는 왜 같이 오지 않았는지 물어봤다고 했다. 이런저런 이유로 해서 나와 이미라만이 숲골에 가서 손기준씨를 만나뵌 후 다시 오치로 돌아오기로 했다.

밤 늦은 시간에 무리한 일정이긴 했지만, 오치에서 하루밤 묵으며 김수조씨의 이야기를 좀더 들을 계획이었고-밤 늦은 시간에는 연행자들의 연행 레파토리가 달라지기 마련이다.- 손기준씨와의 약속을 저버릴 수도 없어서 두 사람은 부랴부랴 조사 장비를 챙겨 다시 랜트카에 몸을 실었다.

밑도 끝도 없는 말

할아버지들의 노인정으로 쓰이는 숲골 마을회관 앞에 도착하니 회관에 이미 불이 켜져 있었다. 먼저 와서 기다리고 계신 것이 아닐까 하여 서둘러 안으로 들어가니 예상대로 손기준씨가 방안에서 일행을 맞아주었다. 밭에서 일을 끝내고 집에 돌아와 옷을 갈아입을 사이도 없이 회관에 와 있는 듯 하였다. 숲골은 하우스 농사를 짓기 때문에 농번기나 농한기가 따로 없을 뿐 아니라 밤낮 구분 없이 들일이 많은 곳이다. 손기준씨도 해가 진 뒤 늦은 시간까지 하우스에서 일을 하다 돌아온 듯했다.

계절 구분 없이 바쁜 곳이긴 하지만 이곳에도 특별히 일이 더 많은 때가 있는데, 바로 4월이 그때이다. 마침 일이 바쁘고 고된 시기에 귀한 시간을 빼앗게 되어 송구한 마음을 가눌 길 없었다. 손기준씨는 정월대보름 때 만나 '다시 한 번 찾아뵙겠다'고 한 조사자 일행과의 약속을 소중하게 여기며 기다린 반면, 우리는 언제 농사일이 바쁜지 충분히 조사하고 배려하지 않은 채 무작정 우리 일정에 맞춰 조사를 계획했던 것이다. 옛날 현명한 임금들은 중요한 나랏일을 행할 때에도 농사철을 피했다고 하는데, 하물며 농촌에서 사람들을 만나 이야기를 듣는 것을 업으로 삼는 우리들이 농사일을 전혀 고려하지 않았다는 사실이 새삼 부끄러웠다. 그만큼 우리는 마음으로, 또 몸으로 농촌과 거리를 둔 채 살아가는 도시인에 지나지 않았던 것이다.

손기준씨는 마을 일이나 마을에서 전통적으로 행해 온 여러 민속에 관심이 많은 분이었다. 목소리가 크고 기운이 넘쳤으며 말을 할 때는 좌중을 휘어잡는 힘이 있었다. 마을에 전해오는 이야기나 전통에 대해 많이 아는 편이라 당제를 지낼 때나 지신밟기 등을 할 때 마을 사람들은 그를 많이 의지하고 있는 듯했다. 지난 번 지신밟기를 앞두고 마을회의를 할 때에도 그가 주도적으로 이야기를 이끌어갔으며 대보름 당일에 지신밟기를 할 때에도 그가 '지신풀이'를 풀어나갔다. 노래를 할 때에도 청이 좋고 가락이 유장하여 듣는 사람이 절로 흥겨워지곤 하였다.

또한 그는 무슨 일에든지 매우 열정적이어서 조사자들의 활동에도 가장 적극적인 관심을 보여주었다. 이번 약속도 조사자가 아니라, 그가 먼저 나서서 계획한 것이었다. 정월대보름날, '내가 전해오는 이야기를 많이 아는

데 오늘은 지신밟기 때문에 겨를이 없으니 다음 번에 꼭 다시 나를 찾아오라'며 조사자들에게 먼저 제안을 했던 것이다. 이번에도 조사자들이 미처 이야기를 꺼내기도 전에, 그가 먼저 준비해 놓은 '지신풀이'를 읊어나갔다. 조사자들이 찾아올 것을 염두에 두고 혹 빠지는 것이 있을까봐 혼자 곰곰이 되새겨가며 종이에 적어 보았던 것이다.

조사자 두 사람에게 후렴구를 잘 따라 하라고 몇 번이나 다짐을 받고, 또 몇 차례 연습을 시킨 후 곧잘 따라하는 것처럼 보이자 그가 이내 '지신풀이'를 부르기 시작했다. 마을회관의 작은 방안이, 깊은 밤 순식간에 지신과 더불어 한바탕 놀음을 벌이는 흥겹고 성스러운 마당으로 변해갔다. 장구나 북도 없이, 좁은 방안에 고작 세 사람만이 모여 정좌한 채 부르는 노래였지만 추임새를 넣으며 '지신풀이'를 이어가는 동안 나도 모를 신명에 취해가고 있었다. 평소 신명이 많지 않던 이미라도 어느새 무릎 장단을 쳐가며 흥에 겨워 절로 추임새를 넣기 시작했다.353)

지신을 풀어내는 한바탕 놀이가 끝난 후 연행판은 어느새 이야기 마당으로 흘러가고 있었다. 손기준씨의 성(姓)과 본(本)을 묻다가 '일직 손씨'라는 답을 듣고 나는 얼른 '손병사 이야기'를 생각해냈다. 산외면 일대에서 흔히 접할 수 있는 이야기인데다 한 집안 사람에 얽힌 이야기이니 쉽게 연행을 이끌어낼 수 있으리라는 생각에서였다.

손병사는 병사(兵使) 벼슬을 지낸 사람에 얽힌 이야기인데 특정 인물에 대한 이야기라기보다는 현재 행정구역상 다원으로 분류되는 죽서 일대에 거주하던 세도가에 관한 이야기이다. 손병사 일가는 대대로 병사 벼슬을 하면서 산내와 산외 일대에서 권세를 누리던 무인 집안이었는데 주로 남다름을 지녔던 병사의 기개와 그 어머니에 관한 이야기나, 병사 집안의 세도에

---

353) '지신풀이' 연행의 내용은 정월대보름 지신밟기를 기술한 대목에서 언급하였다. 연행 맥락을 인위적으로 분리한 점이 문제가 될 수 있으나 조사자들은 협의 결과, 실제 의례 및 놀이의 연행과 연관해서 다루는 것이 좋겠다고 결론을 내렸다.

관한 이야기가 산외와 산내 일부 마을에서 전승되고 있다.

"아. 그럼 손병사 얘기 같은 거, 많이 들으셨겠네요, 어렸을 때."

"누-?"

"손병사."

"손병사? 내나 그-, 내가 그 관리의 자손인데. 내, 종손은 아이라도354)."

"아, 그러시구나."

"예."

"어릴 때 어떤 얘기 들으셨어요? 자라실 때 그런 얘기 들으셨을 거 같아요, 선조 되시니까."

"내- 인저, 빙사355) 할부지356)가, 아- 바로 이 참, 우, 우리 중간에 인자, 그런 인자, 어- 대로 니러오미357) 갈리가주고358), 어- 그맀는데359), 내가 인저 고360), 고 갈래에 그, 자손이라."

"어렸을 때 뭐 그, 병사, 손병사 얘기, 많이 들으셨어요?"

"근데, 나는 뭐, 많이-. 뭐 우리 직계 할부지 같으마361) 몰라도 내나 뭐 그거 뭐, 에-, 옛날에-는 그 인자, 지□ 갖고 이기362), 이래 한 □□ 그 한 일이 있으마363), 밑에364) 사람한테든 양반 상놈 찾고 이래 해쌓니까-365), 그 내, 듣구 짚은366) 생각도 없고, 그래요. 그 뭐, 지끔은-, 모든 기 다 이래-, 발전이 돼갖고367) 그랬지만은368), 옛날에는 □ 가주구 뭐,【핸드폰 진동】 거, 어데서369) 그카노370)?"

"아, 예. 여 안에서, 괜찮습니다."

<hr>

354) 아니라도.
355) 병사.
356) 할아버지.
357) 내려오면서.
358) 갈려서.
359) 그랬는데.
360) 그.
361) 같으면.
362) 이게.

363) 있으면.
364) 아래.
365) 해대니까.
366) 듣고 싶은.
367) 되어서.
368) 그렇지만은.
369) 어디에서.
370) 그렇게 하노.

이야기를 나누는 중간에 장비 가방 속에 들어 있던 핸드폰이 진동하는 바람에 잠시 대화가 끊어졌다. 아마 오치에 있는 사람들의 상황에 약간의 변화가 생겨 급히 연락을 한 것 같았다. 평상시에는 연행에 방해가 될까봐 핸드폰을 꺼 놓곤 하는데 이 날만큼은 늦은 시간에 두 조로 나뉘어 활동을 하게 되어 여러 가지 염려되는 바가 많아서 일부러 핸드폰을 끄지 않고 있었다. 이미라에게 전화를 받게 하고 나는 다시 이야기를 이어나갔다.

산외면에서 전승되는 손병사 이야기는 귀신이나 도깨비를 두려워하지 않는 손병사의 기개나 그 어머니의 비범함에 관한 것들이 많은 편이다. 그러나 다른 한편, 세도를 누리던 병사 집안에 기 죽어 지내며 간섭과 억압을 받아야만 했던 일반 서민들의 관점에서 그의 남다름보다 그가 누린 권세에 초점을 두고 이야기를 전개하는 유형의 각편들도 전승되고 있다. 특히 반촌(班村)의 성격이 강한 산외에 비해 민촌(民村)의 성격이 강한 산내에서는 손병사의 권세에 도전했던 윤좌수라는 인물에 관한 이야기가 여러 편 전해 내려오고 있다.

숲골은 산외 안에서도 민촌의 성격이 강한 지역인데 특히 손기준씨는 예부터 중앙으로부터 소외되어온 농투산이 백성으로서의 의식이 강한 분이었다. 그래서인지 한 집안 사람인데도 불구하고 손병사 이야기를 하고 싶어하지 않는 눈치였고 양반, 상놈 따지는 집안의 분위기나 계층을 구분하는 문화에 대해서도 비판적인 의식을 갖고 있는 듯했다. 이와 같은 이유에서인지 손기준씨가 들려준 손병사 이야기는 손병사의 권세와 그에 반항한 윤좌수에 얽힌 일화였다.

▶48 손병사 집 앞에서 말 타고 지나간 윤좌수371) (이야기㊵)

연행자 : 손기준(남, 67세) ●
조사자 : 김영희 ①, 이미라 ②

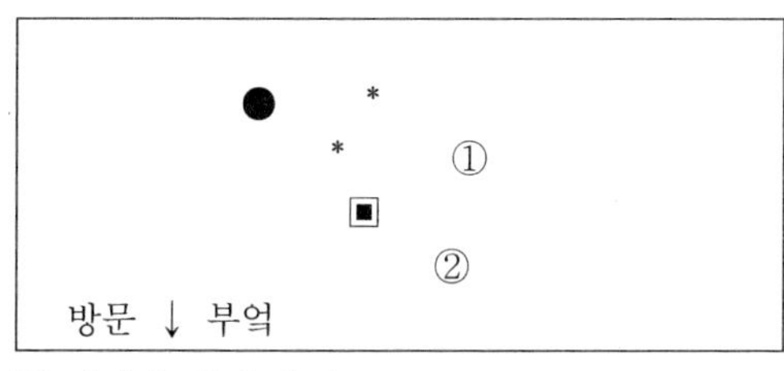

"예, 좀 이런, 높은 직위에 있고 이라만372) 거 뭐, 머슨373) 양반 상늠374) 캐쌓민서375) 뭐 뭐- 이라고……."

"다완에 거게-, 내가 이바구376) 듣기로, 어- 그 동네에, 그, 앞에 길에, 우리 그 빙사 할부지가 계시고 이럴 찍377)에-, 자기 말을, 지꿈378) 은- 차가 댕기지만은379) 옛날에 말이거든, 차 없을 찍에. 지 말로380), 지 가 못 타고 갔다요381). 몬382) 타고 가고, 고 동네 앞에 가만383), 인자 니 리가주고384), 거 인자 걸어 가- 저, 동네 지내가서385) 또 새로386) 타고 가고. 그, 말 타고 지가 지나단387), 마, 마, 대든기388), [①: 음-, 큰일나

---

371) 2003년 4월 25일 밤 밀양 산외면 엄
    광리 숲골 할아버지노인정.
372) 이러면.
373) 무슨.
374) 상놈.
375) 해대면서.
376) 이야기.
377) 적.
378) 지금.
379) 다니지만은.

380) 자기 말을.
381) 갔대요.
382) 못.
383) 가면.
384) 내려서.
385) 지나가서.
386) 새로. 다시. 첫 자음 'ㅅ'을 [ʃ]로 발
    음하는 경향이 있다.
387) 지나다가는.
388) 들키면. '대든기다'는 '들키다'라는 뜻.

죠.] 대든기 마, 마 볼기 맞고 마, 난리 나는 거예요.

　그렀는데, 우리 빙사 할부지가 참 이래-, 연세가 이, 쭘389) 들고 이래가390), 그 때, 뒤에391), 한 사람은, 간 사람이 있다 이기라392). [①: 음-.] 그 저, 저 살래면393), 시례394), 윤좌수라 카는395) 양반이. 윤좌수라 카는 양반이, 에- 머라 카이깐396) 종이 인저, 그 밑에 심바람397) 핸398) 사램이 앞에서 인자, 말로399) 니리라꼬400), 인자 머라 카이까 그래 인자, 다마락401), 달아 빼민시늠402) '시례 윤좌수가 지403) 말, 지 타고 간다 캐라-404). 고해라-.' 카미405), 달아 빼뺐다406). 【웃음】

　그렀는데, 시례 윤좌수, 그 분이, 옛날에 그때는- 자기가 밥술이나 묵었고-407), 내가 이바구 들을 찍에- 옛날에-, 지금 이래- 살았는 모양인데, 그래 시례 윤좌수 그 분도, 그 어른이 세상을 베리고408) 나서 그 집이 망했다-. 머, 집도 옳기409) 관리할 사람두 없고 망했다 카는 이런 이바굴 들었어요. [①: 예-.] 그 분이 쯤 그 뭐 쯤, 우대410)가 시있든411) 모냥이지412). 그래 서가413) 카도 카지만은414), 달가 빼민시늠 마, 닐리415) 나라꼬 달아나미416) 마. 【웃음】 그 칸다 카는, 그런 이바구는 들었어요."

---

389) 좀.
390) 들고 해서. 들었을 때.
391) 나중에.
392) 이것이라.
393) 산내면.
394) 산내면 남명리에 있는 호박소 주변을 '시례'라고 함.
395) 하는.
396) 뭐라 하니까. 꾸짖으니까.
397) 심부름.
398) 하는.
399) 말에서.
400) 내리라고.
401) 달려서. 재빨리.
402) 달아 내빼면서.
403) 자기.
404) 해라.
405) 하면서.
406) 달아 내빼버렸다.
407) 먹었고. 부와 권세가 상당했다는 뜻.
408) 버리고.
409) 옳게. 제대로.
410) 위세.
411) 셌던.
412) 모양이지.
413) 서서.
414) 해도 하지만은.
415) 의미 불명.
416) 달아나면서.

손기준씨가 연행한 이야기의 초점은 손병사가 아니라 윤좌수에게 맞춰져 있다. 일가 어른임에도 불구하고 그는 손병사의 관점이 아닌, 윤좌수의 관점에서 이야기를 전개한 것이다. 이는 그에게 가문의식보다 계층의식이 더 크게 자리잡고 있음을 반증한다. 한바탕 유쾌한 웃음거리에 지나지 않는 소극적인 반항이긴 하지만, 손병사의 집 앞에서는 반드시 타고 가던 말에서 내려 예를 갖추고 가야 한다는 형식적인 권위에 도전한 윤좌수의 행동이 손기준씨의 통쾌한 어조에 실려 형상화되었다.

이 이야기는 산내에서 주로 듣던 것인데 손병사와 같은 집안 사람을 통해 들으니 그 느낌이 색달랐다. 이유 없이 권위에 순종해야 하는 것이 권력으로부터 소외된 채 살아온 농투산이들에게 요구된 생활 자세였다면, 큰 틀에서는 오늘날에도 그 상황이 크게 달라지지 않았다는 사실이 손기준씨의 어조를 강하게 만든 요인이 아닐까 생각해 보았다. 손기준씨는 양반, 상놈의 차별이 없어진 지금에도 그와 같은 구분이 사회적으로나 문화적으로 여전히 존재하고 있다고 느끼는 것 같았다.

손기준씨의 성향을 미루어 짐작컨대 아무래도 전설에 관심이 많을 듯하여 혹 아기장수 이야기를 들은 적이 있는지 물어보았다. 그는 아기장수 이야기를 전해 들어 알고 있는 듯했으나 별로 하고 싶어하지 않았다. 연행을 피한다기보다는 연행할 필요가 없는 이야기로 인식하고 있는 듯했다. 그에게 아기장수 이야기 같은 것은 '밑도 끝도 없는 말'에 불과했던 것이다.

"할아버님, 예전에 뭐, 장군이 태어났대거나-, 장수나고 용마난다 이런 얘기, 들어보신 적 있으세요? 날개 달린 애가 태어났다거나 뭐, 그런 얘기."

"【잠시 생각하다가】 근데 머- 장수가, 나고 카는 거 그런 거는-, 말은 그, 들었으나, 실지417)로 뭐 그기418), 밑도 끝도 없는 말, 그런 거는 그 한 기고419). 그런데 내가 이바구 들을 적에는, 그-, 옛날에 장군이 나면은, 반드시 용마가 따린다420) 카는, 그런 이바군 들었어. 장군이 나면은-, 그렇고.

---

417) 실제.
418) 그것이.

419) 이야기할 만한 것이 못 된다는 뜻.
420) 따른다.

장군은, 나면은 진작, 뭐, 보통 사람강421) 틀린 겉드만은422). 진작에 일라, 일라고423) 뭐 뭐, 걷고 이렇다 카든데424)."

"어-, 그 얘기 좀 해주세요. 아니, 뭐 꼭 사실이여야 얘기하는 건 아니잖아요. 【웃음】"

"인제 그런, 얘기 속에도 다 뜻이 있구 그러니까-."

손기준씨는 아기장수 이야기보다는 좀더 근거가 있는, 다시 말해 증거가 있는 지형 전설류의 이야기를 하고 싶어하는 것 같았다. 아마도 그가 준비한 이야기 연행 레퍼토리에 아기장수 이야기는 없고 숲골 근처의 지형에 얽힌 전설만 있는 듯했다. 손기준씨의 연행 특성 가운데 하나는 대체로 준비한 내용만 연행한다는 것이다. 어떤 이야기나 노래든지 미리 준비해서 생각해 두었다가 조사자들 앞에서 연행하려 하였다. 준비하지 않은 것에 대해 조사자가 물으면 간단하게 언급하고 넘어가거나 아예 언급 자체를 회피하기도 했다.

그리고 보면 아기장수 이야기를 연행하지 않은 것은 관심이 없어서가 아니라 준비하지 않아서일 것이다. 손기준씨의 연행에서는 조사자의 질문이나 조사자와의 대화 내용보다 본인의 생각과 준비가 더 중요한 역할을 하는 편이다. 조사자가 어떤 질문을 던지고 어떤 이야기를 하든지 간에 그는 본인이 준비한 내용으로 연행을 계속하는 경향이 강했다. 대신 조사자가 질문한 내용을 기억해 두었다가 미리 준비한 후 다음 만남에서 이야기를 들려주곤 하였다.

이날도 손기준씨는 조사자를 만나 지난 번에 들려 주었던 보담노장의 이야기를 좀더 상세하게, 빠뜨린 내용 없이 전달하는 데 주력하였다. 그가 조사자를 다시 만나고 싶어했던 이유도 아마 여기에 있는 듯했다. 지난 번 만남에서 들려준 보담노장 이야기에 무언가 미흡한 부분이 있었던 것이다.

---

421) 사람과.
422) 것 같더니만.

423) 일어나고.
424) 하던데.

"먼주분425)에 내 이, 이바구핸426) 그거 그, 보암산에 그거 하고, 저- 탑 등에 절 있는 데 하고, 그거 한 분427) 가가, 구경 한 분, 해 보고 가라 카이끄네428)."

"아, 근데 요즘 비가 계속 오고 이래가주구요. 찾아가기가, 비가 많이 왔잖아요."

손기준씨는 거듭 보담산에 가보았냐고 조사자에게 물었다. 그는 자신이 한 이야기를 귀담아 들었는지 확인하고 싶어하는 듯했다. 또한 그 자신이 고향 마을의 뒷산인 보담산을 매우 자랑스럽게 생각하고 있었다. 나는 꼭 한 번 가보라는 마을 분들의 말을 듣고도 미처 보담산에 가 보지 못한 것이 송구할 따름이었다. 결국 별다른 핑계거리를 찾지 못한 채 날씨 탓을 하는 수밖에 없었다.

▶49 보담노장이 박씨 문중을 혼낸 이야기429) (이야기㊶)

연행자 : 손기준(남, 67세) ●
조사자 : 김영희 ①, 이미라 ②

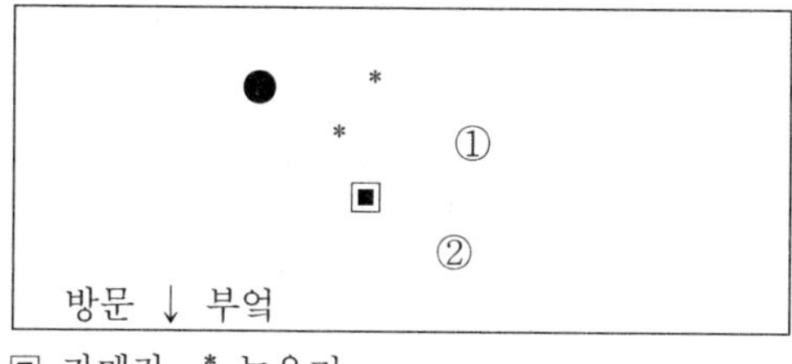

■ 카메라 * 녹음기

"근데 이 꼴짝430)에는, 큰- 역사- 뭐 이런 기-431), 있는 고장으는432) 있

---

425) 먼젓번.
426) 이야기한.
427) 한 번.
428) 하니까는.

429) 2003년 4월 25일 밤 밀양 산외면 엄광리 숲골 할아버지노인정.
430) 골짜기.
431) 이런 게.

는데-, 에- 내가 인자 이바구 듣기로는 먼첫분433)에, 아레434) 즈늑435)에
도 이바구했지만은."

"보담산에 그-가436), 그게는437), 에- 우리 조선이 그, 중국하고
이래 중국에 지배를 받알 찍438)에, 중국에서, 정승이, 이- 귀양을 받아가
주고439)【손가락 하나를 들며】일루440), 보암산에 여게441) 왔다-, 여게 와가
주구442) 그 분이 인자아, 애들 글도 가르치고 어-, 이렇게 했는데, 에- 뒷
가실443)에【손가락으로 허공을 가리키며】요오, 등 너머에 뒷가실에, [①: 예.]
뒷가실 카는444) 요게서445), 어- 박씨들이 거, 아-주 웅장하게 살었어, 내
가 이바구 들을 찍에는.

그런데, 그 인저 우리가 이바구 들을 찍에는 인자, 보담산에 저게-446)
있으이, 보담노장□□. 이렇게 인자 말이447) 됐는 모양인데, 밀양읍에 인
자, 시장에 다닐 찍에,【손가락으로 허공을 가리켜 오른쪽에서 왼쪽으로 옮기며】
조게서448), 졸-로449) 가실450)로 가머451) 시장이 빠르거든. 바루452) 엄광
으로 니리오면453) 둘러가는데, 절루454) 가면은 인자- 어-, 뒷가실 박씨들
이 사람 치급455)을 안 하는 거예요. 머, 뚜드리456) 패기도 하고, 영감을
말이야, 이래서 인자 엄광을 이리 둘러 댕깄다-457), 그런 이바구두 있고.

432) 고장에는.
433) 먼첫번. 지난 번.
434) 그저께.
435) 저녁.
436) 거기가.
437) 거기에는.
438) 받을 적.
439) 받아서.
440) 이리로.
441) 여기에.
442) 와서.
443) 숲골의 자연마을 가운데 하나.
444) 이라고 하는.
445) 요기에서.
446) 저기에.
447) 이야기가.
448) 조기에서.
449) 조리로.
450) 마을.
451) 가면.
452) 바로.
453) 내려오면.
454) 저리로.
455) 취급.
456) 두들겨.
457) 다녔다.

그러이끼네458) 뒷가실에 박씨들이 이, 그러이끼네 인자 그 보담노인한
테 인자 하도, 어- 화설-459)을 인자 주고 이라이460) 보담노장이- 자기가
인자 귀양 그 임기를, 마칠 무릅461)에, 그 박씨들한테 그-, 어- 보갚음462)
을 하고 갔다아.

그러믄 박씨들 문중에 찾아 가가주구 그- 보담노장이, 에- 그래 참 인
자, '당신들 그-,【헛기침】흠. 여-463) 어데464) 산소를, 으- 파 욍기라-465).
그거 산소를 놔두면 큰- 그, 그-한466) 환란이 온다-.' 이래 가주고 '그러면
은 나를 꼭 모, 못 믿겠거들랑467) 참바468)를 가주고 날로 이 묶가 □□□
□들고 파 디비469) 봐라-.' □□□에 어데가470) 산수471)를, 그 산소 따무
로472) 산 정기를 받아가주고 박씨들이 웅장했던 모양이지. 이래가주고
'그러믄 그거, 파 보고 내, 죽이도473) 좋으니까네-474), □ 내가, 내 말이
틀렸는가475), 느그476) 함477) 가여478) 파 봐라-.'

이래 가아 참, 그래 가 인자-, 가서 파니까, 결국적으로 인자, 건너편
에-서 인자, 일하러 가던 사램이 보고 그 산소 아바라꼬479) 막, 난리를
치거든. 그래 그거로 파이끄네480) 에-, 우에 □□을 들씨이끄네481) 이래
그 함박띠미482)라꼬 산이-, 산 이름이 함박띠미, 함박띠미 이카는데, 함
박꽃이 이래,【두 손을 모아 둥글게 만들며】꽃몽오리483)가 막 이래- 핀다 이

---

458) 그러니까.
459) 의미 불명. '핍박'을 뜻하는 듯함.
460) 이러니.
461) 무렵.
462) 보복.
463) 여기.
464) 어디.
465) 옮겨라.
466) 어떠한.
467) 믿겠거든.
468) 삼이나 칡 따위로 세 가닥을 지어
   굵다랗게 드린 줄.
469) 뒤집어.
470) 어딘가에.

471) 산소.
472) 때문에.
473) 죽여도.
474) 좋으니까.
475) 틀렸는가.
476) 너희.
477) 한 번.
478) 가서.
479) 덮으라고.
480) 파니까.
481) 들추니까.
482) 함박덤이. 함박꽃 같은 모양을 가리
   킴.
483) 꽃망울.

기라. 그래가주고 햇빛을 보이께네 사라지뿠어[484]. 그래가주고 이, 영감 때리직인다고[485] 말이야, 단발로[486] 니리오이꺼네[487] 그 참바 가-[488] 꽁추[489] 묶가-[490] 낭게[491]에 딱 붙들어 매 놘- 기[492], 고 꼭 배암[493] 고, 허물 벗는[494] 거맨이로[495] 사악 벗었고 사람이 흔적이 없는 거요. [②: 도인이였나 부다.] 예, 그렇다요. 그렇다는 이, 이바구 들었어.

그라고 고기이[496] 이바구가 디비-[497] 했는데-, 고 저 저, 고 앞전에 인자 그, 보담노장을, 그기 인심이 갈 만한, 하게 또 일을 했어요. 핸 기[498] 뭐냐면은, 박씨들 인자 그런 세력이 있고, 그래 재실로[499] 지을 찍에, 애들을 글로 가르치고 이래 하이끼네-, 옛날에 그, 집을 지이마[500] 그 집을, 재실 겉은[501] 거 잘- 질라 카마[502], 알매[503] 칠라 카면[504] 그 새끼[505]가, 장골[506]이 한- 짐 넘게 들으가요[507]. 새끼 많이, 지금은 머 끈이, 새끼 안 꼬지만은, 짚 가[508] 새끼 꼬는 거-. '새끼를, 알매 칠 새끼를, 꼬아도고-[509].'

이라이꺼네[510], 그래 보담노장이, '그러믄-, 쌔끼를 꼴라 카믄[511] 짚을 올리도고-[512].' 그래두 산이 되게 높으요[513], 저게-. 그래 인자 머슴들을

484) 사라져버렸어.
485) 때려죽인다고.
486) 재빨리.
487) 내려오니까.
488) 가지고.
489) 꽁꽁.
490) 묶어서.
491) 나무.
492) 매어 놓은 것이.
493) 뱀.
494) 벗은.
495) 것처럼.
496) 그것이.
497) 뒤집어. 거꾸로.
498) 한 것이.
499) 재실을.
500) 지으면.
501) 같은.
502) 지으려고 하면.
503) 알매. 초가지붕 얹기 전에 잡목이나 대나무를 엮어 새끼로 묶고 그 위에 흙을 물에 개어 얹고 고르는 것을 '알매 얹기'라고 한다.
504) 치려고 하면.
505) 새끼.
506) '왕골'의 일종.
507) 들어가요.
508) 가지고.
509) 꼬아다오.
510) 이러니까.
511) 꼬려고 하면.
512) 올려다오.
513) 높아요.

시기가주구514) 짚동을 지다515) 올리줬어516). 올리주이517) 짚동을 인자, 그러믄 거서518) 내리다 보면 그대루519) 동네가 비이그던520). 비는데521) 내일겉이522) 알맬 치는데, 안익523) 짚동 기양524) 서가아525) 있단 말이예요. 그래서 인자, 알매 치는 날 인저, 보담노장을 욕을 빌라꼬526) 짚동은 고래527), 고양528) 서가 있고, 이래서 아침에 인자, 거름 머슴529)을 시키가가-530) '섀끼 그, 그, 가서 아무 데 가서 쌔끼 지고 오너라.' 그래 인저 머슴이 올라가이까531), 섀끼를【두 팔을 벌려 길이를 가늠하며】요래 한, 한 발쫌- 꼬아가주구 보담노장이-, 요 끄트릴532) 거머 쥐고,【허공을 가리키며】거 산말랭인께533)【손을 내리며】니려오면 되거든-. 이 저, 아랫꼬랭534) 이니까-. '이 섀끼, 이 가주가거라535).' 이래.

　이늠536) 머슴이- 섀끼 가오이537) 보이538), 쎄기539) 다마로540) 오면 새끼, 쎄기 따마로541) 따라오고, 그 끝만 가542) 니려오는데543), 징히544) 오면 섀끼 징해545) 따러오고546), 이래가 인자 즈그547) □□□이에 새끼를 뜩548) 갖다 줬다549) 말이요. 주니 즈그 □□에 자-꾸 땡기가550) 알매를

514) 시켜서.
515) 져다.
516) 올려주었어.
517) 올려주니.
518) 거기서.
519) 그대로.
520) 보이거든.
521) 보이는데.
522) 내일같이. 당장 다음날이 알매치는
　　날로 다가왔다는 뜻.
523) 아직.
524) 그냥.
525) 세워져.
526) 보이려고.
527) 고렇게.
528) 그냥.
529) 거름 치는 머슴.
530) 시켜서.

531) 올라가니까.
532) 끄트머리를.
533) 산등성이니까.
534) 아랫고랑.
535) 가져가거라.
536) 이놈의.
537) 가져오며.
538) 보니.
539) 세게. 빨리.
540) 달려.
541) 달려.
542) 가지고.
543) 내려오는데.
544) 길게. 느리게.
545) 길게. 느리게.
546) 따라오고.
547) 자기.
548) 떡.

다 쳤어, 그 집을. 다- 치고 나서 인자, 니리와서 집을 쳐다 보이끄네, 새끼를 가551) 안 붙들어 매고 전-부 짚 가552) 붙들어 맸다요. 새끼, 꼬도553) 안 하고, 그게 점부554) 부술555)이라.

그러고, 그렇게 해 놓이끼네556) 난중에557) 우애558) 헐559) 수두 없고 인제, 그때부텀은560) 인자 영감을 겁을 냈는561) 몬냥562)이지, 박씨들이. 겁을 내 참, 참 두려워하게 봤든 모양이지. 고래가주고 인저 그 아까 카듯이563) 이바구가 거꾸로 됐는데, '아무 데, 미564)를 파야 된다-. 안 파믄565) 느그, 큰- 환란이 온다-.' 이래가주고 결국 □□가 미로566) 파이끄네567) 그질로568), 그런 사안569)이 벌어지이끄네570) 자기는 뭐, 요래571) 배암 허물 벗는 거매이로572) 요래 사-알 벗어뿌고573) 가뿌고574) 뭐, 그라곤575) 흔적이 없다 아인교576)? 어데로 가, 가뿄는지. 그러이끼네577) 이바구 들을 때 내, 고오 자기 귀양 고거, 마칠 찍에, 고래578) 가 중국 타고 드갔는579) 모양이지."

보담노장이 실존 인물이었는지 여부는 알 수 없으나 손기준씨가 연행한

---

549) 주었다.
550) 당겨서.
551) 가지고.
552) 짚을 가지고.
553) 꼬지도.
554) 전부.
555) 부적과 주술을 가리키는 듯.
556) 놓으니.
557) 나중에.
558) 어떻게.
559) 할.
560) 그때부터는.
561) 낸.
562) 모양.
563) 하듯이. 말했듯이.
564) 묘.

565) 파면.
566) 묘를.
567) 파니.
568) 그길로.
569) 사단.
570) 벌어지니.
571) 요렇게.
572) 것처럼.
573) 벗어버리고.
574) 가버리고.
575) 그러곤.
576) 아니요.
577) 그러니.
578) 고렇게.
579) 들어간.

이야기는 여러 지역에서 전승되고 있는 도인, 혹은 지관에 얽힌 이야기의 유형에서 크게 벗어나지 않는다. 이야기 속에서 보담노장은 도인, 혹은 신선의 이미지로 등장하며 '조선이 중국의 지배를 받을 적'이라는 말은 그만큼 오래 전부터 전해내려온 이야기임을 나타내는 수사적인 표현 가운데 하나다. 혹은, 실제로 한 노승이 중국에서 이곳으로 와서 일정한 활동을 했을 가능성도 완전히 배제할 수는 없다.

그러나 보담노장이 실존 인물인지 여부에 관한 문제는 내 관심을 벗어난 주제였다. 나는 오히려 손기준씨의 이야기 연행에서 계층 간 갈등과 권위에 대한 도전이라는 주제가 반복적으로 등장하고 있음에 주목하였다. 보담노장 이야기에서도 가장 뚜렷하게 부각되는 주제는 집성촌을 이루고 살아가면서 텃세와 권세를 부리는 박씨들에 대한 반항이다. 이 이야기에서는 보담노장이 범인이 아닌, 도인에 가까운 인물로 그려지기 때문에 그의 반항은 '징치(懲治)'에 가까운 성격을 지닌다. 그래서 박씨 집안의 권위에 대한 그의 도전이 오히려 당연하고 마땅한 것으로 비춰지는 것이다.

앞의 이야기에서와 마찬가지로 보담노장이 박씨들의 권위를 통쾌하게 공략하는 장면에서 연행자의 어조가 가장 강해졌다. 이야기 전체의 초점이 이 장면을 향해 있다고 해도 과언이 아닐 정도로, 백성의 입장에서 세도를 부리는 자들의 '뒷통수를 치는' 소박한 복수의 장면이 서사 전개의 극점에 놓여 있다. 대부분의 지형 전설류 이야기에서 지형의 유래와 그 증거물로서의 지형의 형상과 위치가 강조되는 데 반해, 손기준씨의 이야기에서는 보담산보다는 보담노장의 행위, 곧 통쾌한 복수를 벌이는 극적인 사건 전개 과정이 더 강조되고 있다. 이것은 손기준씨의 경우, 연행할 이야기 목록의 선택과 실제 이야기 연행에서 계층 간 차별과 갈등에 대한 연행자 본인의 인식과 사회 의식이 주요하게 작용하고 있기 때문이다.

연행자에 따라 '보담산'이라고도 하고 '보암산'이라고도 하는, 숲골 뒤편에 자리한 산에 얽힌 이야기는 숲골의 남성 연행자들이 즐겨 연행하는 레파토리 가운데 하나였다. 남성 연행자들은 누구라도 '보담노장'에 얽힌 이야기를 전해 들어 잘 알고 있는 듯했지만 여성 연행자들은 이 이야기를 잘 알고 있지 못할 뿐더러 부분적으로 알고 있다 하더라도 연행하려 하지 않았다.

숲골 남성 연행자들의 '보담노장' 이야기 연행에서는 크게 세 가지 의도가 부각된다. 하나는 아주 오래 전 인물인 '보담노장'이 살았던 곳이니만큼 '보담산(혹은 보암산)'의 역사적 유래가 깊고 오래되었다는 것이고, 다른 하나는 '보담노장'을 보통 인물이 아닌, 도인이나 신선으로 묘사함으로써 그가 살았던 숲골 부근 지역을 신성한 공간으로 일정하게 성별화(聖別化)하는 것이다. 마지막 하나는 숲골에서 한때 세도를 누렸던 것으로 전해지는 박씨 문중에 대항하여 민중의 편에서 그들을 조롱하고 징치한 '보담노장'의 면모를 부각시킴으로써 계층의식을 드러내는 것이다.

손기준씨의 연행은 앞선 다른 이야기의 연행에서 드러나는 바와 같이 피지배 민중을 핍박하는 지배 계층의 부조리함을 고발하고 이를 징치하는 성적(聖的) 존재의 민중적 성격을 유감없이 드러내는 데 초점을 두고 있다. 특히 손기준씨를 포함한 숲골의 남성 연행자들은 '보담노장'의 이야기에 대한 각별한 애착을 드러냈다. 이는 이야기 전승을 통해 강화되어온 '보담노장'의 신성성과 민중적 성격 때문인 듯했는데, 다른 이야기들과 달리 '보담노장' 이야기는 전승의 지속적 흐름에서 크게 벗어나지 않고 '제대로' 연행해야 한다는 의식이 강했다.

손기준씨는 이미 정월대보름 현지조사와 전날 조사에서 '보담노장' 이야기를 연행한 바 있는데 지속적 흐름에 부합하는 좀더 완성도 높은 각편을 연행하기 위해 다시 한 번 준비하여 이야기 연행을 시도하였다. 그래서인지 그는 보담노장에 관한 두 편의 이야기를 하나로 묶어 구성 흐름을 재조정해가며 이야기를 들려주었는데, 사건의 순서나 주요 대목 표현의 정확성 등을 신중하게 고려하면서 시종일관 진지한 태도로 연행에 임했다.

그는 '보담노장' 이야기를 연행한 후 미리 준비해 놓은 듯 '신선바위'에 얽힌 이야기를 들려 주었다. 그가 '신선바위'에 얽힌 이야기를 다음 레파토리로 선택한 것은, '보담노장'의 존재 속성이 신선과 일정하게 연관이 있다고 생각했기 때문인 듯했다. 또한 '신선바위' 이야기 역시 '보담노장' 이야기와 마찬가지로 숲골 주변 지역을 신성한 공간으로 의미 부여하는 데 일정하게 기여할 수 있다는 점 또한 연행 동기로 작용하고 있는 것처럼 보였다.

▶50 신선 놀음에 도끼 자루 썩는 줄 모른다580) (이야기㊷)

연행자 : 손기준(남, 67세) ●
조사자 : 김영희 ①, 이미라 ②

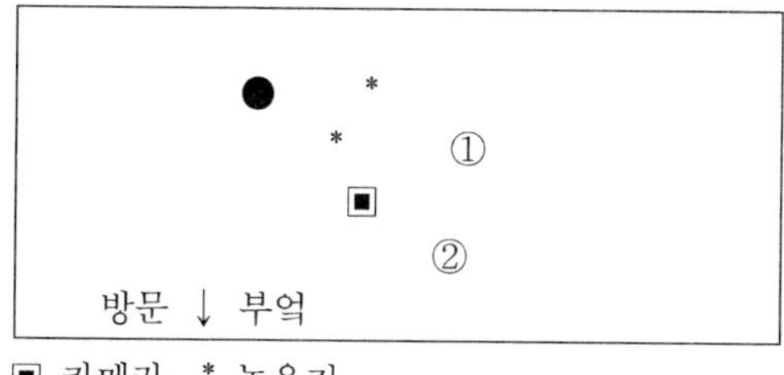

■ 카메라 * 녹음기

"그게 인자-, 고런 이바구 있고, 【뒤쪽을 가리키며】 요-, 요게581) 가면은, 방 쿠582)에 가면은, 지금은 사람이 안 가는 덴데, 【두 손바닥을 아래로 하여 평평한 모양을 흉내내며】 편-편하이583) 이래요. 신선방우584), 신선방우 카는데."

"옛날에 그 시, 신선이-, 신선이 거게서585) 놀았다, 이바구 들을 적에-.

그래 인자 어떤 사람이 나, 낭글586)을 하러 갔다. 나무 하로-587), □□

---

580) 2003년 4월 25일 밤 밀양 산외면 엄
  광리 숲촌 할아버지노인정.
581) 요기에.
582) 바위.
583) 평평하니. 고르고 너른.

584) 신선바위.
585) 거기에서.
586) 나무.
587) 하러.

갔던 사람이니까-, 고래 인저 어-, 신선들이 인자 앉아가주고[588] 어-, 이런 바둑을 두는데-, 바둑 그 늠[589], 다 두두룩[590] 구경을 하, 이래 하다가 보이끼네[591] 이 늠, 도끼자리[592]가 썩어뺐다[593] 이기라[594].

나무하러 가미[595], 도끼자루를 크, 가지구 기경했는데-[596], [①: 예.【웃음】] 그 말이 그게서-[597] '도끼자리 썩는다' 카는[598] 기이.

그래서 도끼짜리가 썩어뺐는데 그래 가 참, 집에 니리와[599] 보이까-[600], 손자가 낳아가[601] 있더라 이거요. [②: 손자?] 어, 손자가.

신선을, [①: 세월이, 그러니까 그렇게 흐른 거죠?] 오냐, 신, 신선이 노는 자리 가서-, 바둑 두는 데, 기경하고 도끼짜리[602]가 깔□□ 빼러 가서 인자, 구경을 하고 이래 있는데 그 도끼자루 거머지고[603] 있었는데, 도끼자루가 썩어뺐다 이기라-.

그래서 인자 집에 니리왔는 기라, 인자-. 니리오이 인자 손자가 낳아가 있는 거예요. [①: 신선 사는 세계랑 우리가 사는 세계랑 이.] 온여[604]. [①: 시간이 다르구.] 그르이끼네[605] 이 신선허구[606] 같이 놀아뿌이께[607] 세월이 그만치[608] 갔다-, 카는 그긴데- 것도[609] 참말인가[610] 거짓말인가 모르겠어요."

손기준씨가 이어서 들려준 이야기는 '신선 놀음에 도끼 자루 썩는 줄 모

---

588) 앉아서.
589) 놈.
590) 두도록.
591) 보니.
592) 도끼자루.
593) 썩어버렸다.
594) 이것이라.
595) 가면서.
596) 구경했는데.
597) 거기에서.
598) 하는.
599) 내려와.

600) 보니까.
601) 태어나.
602) 도끼자루.
603) 거머쥐고.
604) 오냐.
605) 그러니까는.
606) 신선하고.
607) 놀아버리니.
608) 그만큼.
609) 그것도.
610) 참말인지.

른다'는 속담의 유래에 관한 것이었다. 보담노장 이야기에 이어서 신선에 관한 이야기를 한 것은 손기준씨가 보담노장을 신선, 혹은 신선에 가까운 어떤 존재로 인식했음을 보여주는 징표가 된다. 신선이 사는 세계가 다른 시간과 공간 질서에 의해 구성된, '다른' 세계임을 드러내는 이야기에 대해 손기준씨는 진위 여부를 알 수 없는 이야기라는 말을 덧붙였다. 내가 '이야기가 꼭 참말이어야 하는 것은 아니지 않냐'며 '거짓말이어도 의미가 있지 않냐'고 묻자, 한편으로는 맞는 말이라며 동의하면서도 손기준씨는 진지하게 이야기의 진위 여부에 대해 강한 의문을 제기했다.

"그래서 인자, 신선- 노는 자리에 가만611) 도끼자리가 썩는다- 카는 기, 그게서르612) 오는 말이라. 그런 데서 나오는 말이요. 말인데 그래, 그런 기 참말로 있었는강613) 모르겠어요."

의미가 있는, '꾸며낸 이야기'라고 생각하는 나와는 달리 그는 이야기의 진위 여부 자체를 문제시하며 그에 대해 강한 의문을 제기하였다. 그러나 오히려 의문을 제기하는 그의 진지한 태도가 인간이 사는 세계와 함께 인간이 파악할 수 없는, 불가지(不可知)하고 초월적인 세계가 공존한다는 사실에 대한 믿음을 드러내는 것은 아닌가 하는 생각이 들었다.

애초에 내게는 의심할 여지 없이 확실한 사실이, 의심할 필요조차 없는 사소한 일이 그에게는 진지하게 의문을 제기할 만한 어떤 것이었던 셈이다. 나는 신선이 사는 세계가 있을지도 모른다고 진지하게 생각해 본 적이 없으나, 아마도 그는 그런 세계가 있을지도 모른다고 생각했던 때가 있었을 것이다. 의심과 회의는 믿음과 기대에 대한 배반이므로, 때로 애초에 믿음과 기대를 갖고 있었음을 반증하기도 한다.

성(聖)과 속(俗)의 세계가 공존한다는 믿음, 인간이 사는 세계 가까이에 인간이 파악할 수도, 인식하고 지배할 수도 없는 또다른 초월적인 세계가 존재한다는 생각을 나는 한 번이라도 가져본 적이 있었던가 하고 스스로에

611) 가면.
612) 거기에서.

613) 있었는지.

게 질문해 보았다. 무엇이든지 알 수 있고 파악할 수 있기에 지배할 수도 있다는 근대인의 오만과 자만으로부터 나 역시 결코 자유로운 존재일 수 없음을 새삼 생각하지 않을 수 없었다. 의심조차 하지 않는 나와 계속해서 의심하는 손기준씨 사이에, 성(聖)의 세계에 대한 인식과 태도의 측면에서 일정한 차이가 존재하는 것이다.

땅 까래비가 살고

'신선 놀음'에 관한 이야기는 '보담노장' 이야기의 연장에 다름 아니었기에 그의 말은 보담산 자락에 위치한 탑등에 피는 절꽃과 중국에서 가져와 심었다는 차나무에 관한 이야기로 이어졌다. 탑등에 관한 이야기는 사실상 오래 전부터 숲골에 큰 절이 있었다는 사실을 증명하고 그 절터에 피는 절꽃에 관한 이야기를 통해 그 절이 매우 영험한 힘과 전통을 가진 곳이었음을 보이기 위해 시작한 말인 듯했다. 중국에서 옮겨와 심은 데서 유래했다는 차나무 역시 확언하지는 않았지만 결국 '보담노장'이 옮겨와 심은 것이지 않겠느냐는 언질을 주기 위해 꺼낸 이야기인 것 같았다. 절꽃과 차나무에 얽힌 이야기는 모두 간접적으로나마 '보담노장'의 사적을 증거하는 사물들에 대한 이야기인 셈이다.

"그러고 인자 요, 요 탑등 카는 데 여게614), 절, 이거는, 에- 문화공보부에서도 그 역사를, 그거- 발굴로 몬한다-615) 이거야. 아주- 오래된 기616) 돼갖고617). 그런 데 가서 이래618) 보면은, 고거 사진두 찍고, 안익619) 그, 그, 물 낚는 새미가620) 기양621) 있거든. 고거 탑 두고 그거, 하나, 요 기

---

614) 여기에.
615) 발굴을 못한다.
616) 게.
617) 되어서.

618) 이렇게.
619) 아직.
620) 샘이.
621) 그냥.

와집 같은 거, 따까리622) 겉은 거, 고거 하나 그 그, 어데 구부러지가623) 있고. 고기에 절꽃두 와, 발-가히624), 【손가락을 살짝 구부려 둥근 모양을 만들며】 저래가주고625) 꽃 안 있는교626)? 〔①: 예.〕 그기이, 절꽃이 저게-, 에 한, 한, 오 년 앞전까지627) 그, 꽃이 만-날628) 피고 참 좋았어. 좋았는데 이기, 절꽃 절꽃 이래 쌓는데629), 결국적으로630) 그으 꼬틀631), 이- 등산 객 댕기는632) 사램들이, 자-꾸 캐가633) 가이끄네634) 인자 어, 없어지뿌데635). 자꾸 오는 사람마중636) 뿌리로 캐 가고 캐 가고 이러니까.

그렇구 인자, 안주637) 차나무, 차나무 그그는638) 안익 있고, 있는데, 이- 지난 해, 밀양시에서 뭐고, 머 거 누가 우얀다 카더나639), 그래가주고 차나 무 나는 곳에 거 낭글640) 첨부641) 치고 지끔 가꾸는, 거 같애. 고거는 기 울-642), 기울두643) 잎이 새파르한 기 있으요644). 어, 차나무 고거로. 고 보 면 많이 키안다 □□□□. 그 캐아 간다이꺼네645). 그래갖고 인자 그 차낭 기646), 우리가 이바구 들을 찍에 그기, 원래 나올 찍에 쭝국서647) 나왔다 카네, 그기. 그래가 인자 그, 접해가648) 갖다 심어가 가여 그기 인자, 요게 차나무 고기이 있고, 에- 다완, 일구649) 뒤에 가만, 산에 가만 또 있으요, 차낭기. 예, 요기 두 군데가 있는 줄 알구 있어요."

그만 자리를 털고 일어나서 일행이 있는 곳으로 옮겨야 할 시간이 다 되

---

622) 뚜껑.
623) 널브러져.
624) 발갛게.
625) 저렇게 해서.
626) 있지 않느냐.
627) 오 년 전까지.
628) 매일. 항상.
629) 이렇게 말하곤 하는데.
630) 결국.
631) 꽃을.
632) 다니는.
633) 캐어.
634) 가니까.
635) 없어져버리더라.

636) 사람마다.
637) 아직.
638) 그것은.
639) 어떻게 한다고 하더냐.
640) 나무를.
641) 전부.
642) 겨울.
643) 겨울에도.
644) 있어요.
645) 간다니까.
646) 차나무.
647) 중국에서.
648) 접을 붙여서.
649) 1동.

었기에, 차나무에 얽힌 이야기가 끝나기를 기다렸다가 언제쯤 다시 찾아뵈면 좋겠느냐고 여쭤 보았다. 이야기판을 마무리할 의도를 갖고 한 말이었으나 손기준씨는 못다한 말이 남아 있는 것처럼 보였다.

"할아부지, 여기가 언제쯤 되면 덜 바빠지죠?"

"아이650), 머 할라꼬651), 또?"

"그러니까 저희가 이번에는, 제가 지금 학생들 시험기간이라–."

"예."

"제가 강의를 안 해두 돼 내려왔는데, 오래 있지는 못 하거든요. 근데 이제, 아무래두 바쁘실 때보다는 덜 바쁘실 때 또 찾아뵈면, 말씀하신 대로 사진두 좀 찍고 또 얘기두 더 듣구요, 근데 언제쯤 뵈면 폐가 덜 될지……."

"지끔은 뭐, 한 열흘, 어 지끔은 못자리 시기거든. 못자리 시긴데, 지금 마–악 비가 와가주고."

"지금 안 좋죠, 되게. 이 비는."

"예에, 이거 인자, 곡식이라 하는 건, 이 나락 저기652), 물에 너무 여러 날 오래 당가 날653) □□ 없거든. 그러이끼네 비가 오이, 우째 할 수두 없고 그래요. 그리 되면 하늘만 기다리야654) 되는 기, 할 수도 없고. 이 농사 짓는 사람도, 살아야 안 되겠어?"

"그러게요. 농자천하지대본이 말만 그렇지."

마침 비가 온 후라 나락 농사일에 특히 손이 더 많이 가는 때인 듯했다. 이야기를 마무리할 생각으로 다음 약속을 위해 꺼낸 말이었으나 손기준씨는 마음 속에 쌓아 두었던 말들이 많은 듯 거침없이 이야기를 이어가기 시작했다. 평소 농사일에 무관심한 도시 사람들과 지식인, 또 나라일을 맡아 보는 사람들에게 하고 싶었던 말들을 내게 들려주고 싶은 모양이었다. 나는 그 자리에서 농촌 일에 무관심한 도시인이면서 나라를 이끌어갈 책임과 사

---

650) 아니.
651) 무엇을 하려고.
652) 저것이.

653) 담궈 놓을.
654) 기다려야.

명을 가진 지식인이 되어 손기준씨의 이야기를 들어야만 했다.

일행과 약속한 시간이 이미 지난 때였지만 나는 자리를 박차고 일어설 수 없었다. 구전이야기를 듣는 것 못지 않게 농민으로 살아오면서 그분이 경험하고 느낀 삶의 이야기를 듣는 것이 중요하다고 생각했기 때문이다. 그것은 내가 몇 년 간의 현지조사 경험을 통해 배우고 터득한 자세였다.

처음엔 어르신들의 구수한 옛날 '이바구'를 듣겠다는 욕심이 앞서 살아오신 이야기나 일상적인 생활에 관한 수다가 계속될 때면 은근슬쩍 녹음기를 끄곤 했는데, 이젠 더 바짝 다가앉아 이야기에 귀를 기울이게 된다. 이야기야말로 이야기하는 사람의 삶에서 우러나오는 것이며, 연행자는 피상적인 조사 대상이 아니라 일상 속에서 살아움직이는 주체인 동시에 조사자인 나와 '만나는' 현지조사의 또다른 주체라는 사실을 깨달았기 때문이다.

더구나 손기준씨의 이야기는 정확하게 '지식인'으로서의 나를 겨냥한 것이었다. '많이 배운 사람'이며 '학생들을 가르치는 선생'인 내가 반드시 들어주었으면 좋겠다는 바람을 갖고 털어 놓는 농투산이의 속내였던 것이다. 나는 그 어느 때보다도 연행자의 이야기에 정성껏 귀 기울이며 열린 마음으로 그의 간곡한 이야기를 듣기 시작했다.

"□□ 지금, 다같이-, 이래 사람을655) 태어나가주구656) 차-, 어떤 사람들은 【손가락으로 꼽으며】 호위호강으로 지낸다-, 그러나 어떤 사람들은 마, 만-날 땀 흘리미-657), 농민 져□ 땅, 땅 까래비가658) 살고 그게 안 맞다 그거요.

그런데 옛날에, 내 크고 이랄659) 적에는 배 고프니까- 농사일 위주로, 삼아갖고660) 살라꼬661) 그랬지만은, 지금은 애들 점부662), 농사 안 질라고663) 객지 다 나가뿠제664), 그러이까 인자 우리 영감, 할마이-뺴이665)

---

655) 사람으로.
656) 태어나서.
657) 흘리면서.
658) 파서.
659) 이럴.

660) 삼아서.
661) 살려고.
662) 전부.
663) 지으려고.
664) 나가버렸지.

일 안 하는 기라. □□□ 애들로 한 놈, 들어다666) 농사 질라 카이667) 농사 지일668) 늠669)이 없어요. '아부지670), 그거, 농사 지이가주고671) 그 머하는교672)? 고마 농사, 지이가주고.' 못 산다 이기라673).

사실 농사 지여가주고674) 이거, 뭐, 돈 벌일라 카믄675) 이거는 머, 안 되는 기고, 지 입칠밲에676) 안돼요. 입칠하는 □□□나. 안 되고, 이것두 옛날매이론677) 지어가주고는 안 되고, 옛날에는 농사 지일 찍에, 에- 뭐, 나락 한 철 해 놓으마678), 겨울에 보리밭□□, 겨울에 아무것두 안 하고 놀거든. 놀고 말이야 어데 뭐, 어불리가지고679) 화투나 치고 으잉, 그래 가주고 인, 이래가주고 마, 말야 뭐 하이튼680) 노름지기겉이681) 거- 망한 사램682)도 있고, 그런데, 지꿈683)은 그래가-684) 몬685) 살아요. 몬 살고, 기울686)에도 농사를 지야687) 된다 아이가, 비니루 농사688). 그래가주구 마, 우리 집엔 나는 여슥아689)를 키아가690), 다 치았지만은691) 농사짓는 데 커 놓이끼네692) 놔 놓이끼네, 자기는 절대, 농사짓는 데 시집 안 간다 이기라."

"아, 따님께서요?"

"예. 그래 가, 그래 지, 저 저 저 도시에 뭐 이래 가 놓이, 머 지□ 가 놓이끼네 머 하노? 농사 지이만693) 가을되마694) 또 머, 살까마이695)나 친정

---

665) 할머니밖에.
666) 데려다.
667) 짓게 하려고 하니.
668) 지을.
669) 놈.
670) 아버지.
671) 지어서.
672) 뭐합니까.
673) 이것이라.
674) 지어서.
675) 벌려고 하면.
676) 입에 풀칠하는 것밖에.
677) 옛날처럼은.
678) 놓으면.
679) 어울려서.

680) 하여튼.
681) 노름쟁이같이.
682) 사람.
683) 지금.
684) 그렇게 해서.
685) 못.
686) 겨울.
687) 지어야.
688) 비닐 농사. 하우스 농사.
689) 여식아이.
690) 키워서.
691) 치웠지만은. 시집보냈지만은.
692) 놓으니까.
693) 지으면.
694) 가을되면.

에서 안 주믄, 마- 눈치 비이고696) 어, 살까마이나 주마 쪼끔, 상그래이697)
피고. 【웃음】 부산에 내가, 내 동상698)이, 둘, 남동생이 둘 있고, 여동생이
둘 있고, 내가 이래도 팔남매, 사홍제699)에 맏이요."

　"【놀라며】 사남, 사녀의 맏이신 거예요, 그러면?"

　"내 홍지700)간이-. 그린701) 기지. 말하자면 남자가 느이702)고, 여자가
느이단 말입니더. 〔①: 허, 아이고-. 고생 많이 하셨겠어요.〕 그런데-, 내-,
내 동상들도 뭐 내가 어-, 공부시킨 동상도 있고, 그렇는데 인자, 어- 결국
머, 여동상은- 지 치아만 줬으이끼네703) 지가 잘 살든강704), 모하 못 살든
동 지-, 지 복에 달린 기고, 내 남동생들은, 점부 도시에서 이층집 다 가
있으요705). 그 돈, 내가 다 해줬다 아이가, □□으로. 그래 내 할마이한테
지금, 만날706) 쫄린다707). '당신 살 요량으루는708) 안 하고, 만날 그래 놓
이끼네 집구석은 만달709) 이렇고.' 그 소리를."

　"할머님이 고생, 많이 하셨겠어요, 솔직히. 【웃음】"

　"어어. 【웃음】"

　"그렇죠? 저희 아버님이 칠남매 장남이시거든요."

　"그래요?"

　"저희 어머님이 늘 그러셨어요. 【웃음】"

　농사일에 전망이 없으니 요즘 사람들이 통 농사를 지으려 하지 않는다는
이야기 끝에 자연스럽게 가족 이야기가 이어져 나왔다. 마침 형제가 많은
내가 가족 이야기를 꺼내자 다소 상기되었던 분위기가 금세 누그러졌다. 손
기준씨는 가족 이야기로 인해 문득 술 생각이 났는지 조사자들에게 음료수

---

695) 쌀가마니.
696) 보이고.
697) 살며시 상기되는 얼굴 표정을 나타
　　내는 의태부사.
698) 동생.
699) 사형제.
700) 형제.
701) 그런.

702) 넷.
703) 결혼만 시켜줬으니.
704) 살든지.
705) 가지고 있어요.
706) 매일. 항상.
707) 원망을 듣는다.
708) 궁리는.
709) 항상.

를 권하고는 소주 한 잔을 따라 마셨다. 미처 술을 받아가지 못한 조사자들이 민망해 하는 사이 큰 유리잔 가득 담겨 있던 소주는 어느새 깨끗하게 비워져 있었다.

손기준씨는 조사자들이 방문한 목적에서 이야기가 너무 빗나갔다고 생각했는지 갑자기 자신이 곱게 적어내려간 '지신풀이' 종이를 집어 들었다. '원래 '지신풀이'는 이렇게 보고 읊는 것이 아니라 신명나게 불러제끼는 것인데 빠지는 내용이 없게 하려고 미리 준비해 둔 것'이라는 상황 설명을 하기 위해서였다.

"좋은 풍습이 많은데, 사라져가니까 좀 안타깝-다는 그런 생각이 드네요."

"그래두 또, 그 지키시는 분들은 힘드시니까."

"예-. 그쵸. 많이, 많이 힘드시죠?"

"내가?"

"예, 그런 거 지켜 나갈라면 예. 당제 드리고 이런 거."

"그거야 머- 이른710) 기이. 지꿈-, 인자아 내 밑에 이제 젊은 사람들이, 내가 칠십이 다 돼가이- 젊은 사람들이 이거를 인자 해야 되는데, 젊은 사람들은 이런 거를 신경을 안 서고711), 이래 하니까- 사실은 이거 머, 앞으로 우애끼나712) □□나 모르겠어요. 모리겠고713)."

이미라와 내가 염려 섞인 몇 마디를 건네자 손기준씨는 오히려 반문하며 본인이 그다지 힘들 일은 없다고 대답하였다. 다만 젊은 사람들이 관심을 갖고 마을의 전통을 이어가려 하지 않는 것이 안타까울 따름이라고 한 마디 덧붙였다. 그는 다시 시골에서의 살림살이에 대해 말하고 싶어하는 듯 보였다. 요즘 도시 사람들이 경제가 안 좋다고 떠드는 이야기가 텔레비전에 매일 나오는데 정작 시골에서 농사 짓고 사는 사람들은 경제 현실을 그만큼 피부로 느끼지는 못한다고, 그는 말했다. 농촌 경제가 악화된 사정이야 어

710) 이런.
711) 쓰고.

712) 어떻게 해서든지.
713) 모르겠고.

제 오늘 일이 아니고, 경제 환경의 변화를 민감하게 느끼기 어려울 정도로
시골 사람들은 중앙으로부터 소외되어 있는 것 아니냐는 말을 하고 싶은 듯
했다.

"그런데 인자- 옛날에는 이, 여게714)가- 참-, 우리 클 찍에만 해도 여
어715)가 물 좋고, 산세 좋고, 겨울에 따시고716), 산이 타-악 요, 갈리-갖
고-717) 살기가 좋다 캤는데718), 인자 젤 몬하요719). 교통이 나쁘이까720)
제일 몬하요.

그렇고 농사, 이기 가주고721) 수입 나오는 거 없제, 이러니까 자-꾸 갱
제적으로722) 뒤떨어지니까, 자꾸 더 몬해지지. 몬해지고 농사 이것도, 여-
지굼723), 국민학교 학생들 지금, 및724)이 되는강 모르지. 통 없을 거다, □
□ □□□ 끼구만은. 점-부725), 애 놓는 사람들 도시에 다 나가뿌니까726).
【웃음】

그래가주곤 지굼 인자, 나는 이거 가만- 생각하고727) 할 찍에는, 어데 없
이, 요 쪼금 밖으로만 나가도, 농사짓는 사람, 젊은 사람, 짓는 사람 드물거
든. 첨부 다, 나이 한 오십 된 어른들이- 이런 사람들 농사를 짓는데, 과연
이 사람들 농사 몬 지이면은-728), 우째729) 우리나라 대한민국 국민이 묵
우야730) 살 거 아니냐 이기라731).

그르믄732), 안 묵고 우애733) 살 수가 있느냐. 그르믄 미국이다, 아이

---

714) 여기.
715) 여기.
716) 따뜻하고.
717) 갈라져서.
718) 했는데.
719) 제일 못해요. 제일 살기 어렵다는
   뜻.
720) 나쁘니까.
721) 이것(농사)으로는.
722) 경제적으로.
723) 지금.

724) 몇.
725) 전부.
726) 나가버리니까.
727) 생각하고.
728) 지으면은.
729) 어떻게 해서든지.
730) 먹어야.
731) 이것이라.
732) 그러면.
733) 어떻게.

면734) 저런- 선, 선진 국가에서, 사실 우리 젊을 찍에, 우리 지끔 보마, 어
느 집에 신든735) 거, 신발이다 옷이다 머 이래 □ □이 안 좋으니끼네 말
이야, 이 이, 머 이거 입다가 안 떨어지는 거 말이야, 그런 거 조- 모다가주
구736) 어? 그거 인자, 알구보이끼네 그기 우리 한국에 내-737) 보냈던 모
양이지. 그거 이 이이 이거 머, 그 그 그거 뭣꼬, 구, 구호물품이라 카나738),
구조물품이라 카나, 그거- 동네 인자 가-739) 오는 거, 반빌740)로 갈라가주
고741) 그거 □□ 반에 갖다 가 반원들이 또 갈라 또 갈라 신고, 그거 넘
으742) 신던 신 거743), 요새744)는 그거- 전부 내삐릴 끼다745), 내삐려.

  밀까리746) 거, 통 그것도 우리 가 나가면 점부 그 □□고- 밀까리도 말
이요, 그 지금 나락 농사를 짓고 있지만은, 사실 그 국수 그거, 우리가 농
사 지-가주고747), 방앗간에 가서 국수 빼가주고748), 아이면749) 집에서 이
래750) 미린751) 국수 해가주고, 사리가주고인752), 그 할 줄 알아요? 국시,
맨들 쭈로753)? 어, 그거는 구시고754) 참- 맛이 있다꼬요-755). 있는데, 밀
농사는 우리 한국엔 안 짓거든요. 미국에서 밀까리로, 무상을 막 내보냈단
말이야. □□ 글키756) 내보내고. 밀 그거를 우리 한국 창고에서 보관을 시
킬려 카마757) 보관비가 많-이 들어요. 벌키758)가 달라 들기 따무로759) 그
약을 치거든, 많-이 □□ 가. 이러니까, 타산이 안 맞으니까 밀농사 지을 사

734) 아니면.	747) 지어서.
735) 신던.	748) 빼서.
736) 주워 모아서.	749) 아니면.
737) 계속.	750) 이렇게.
738) 하나.	751) 민.
739) 가지고.	752) 사리로 말아서.
740) 반별.	753) 만들 줄을.
741) 갈라서.	754) 구수하고.
742) 남이.	755) 있다구요.
743) 그것.	756) 그렇게.
744) 요새.	757) 시키려고 하면.
745) 내버릴 것이다.	758) 벌레.
746) 밀가루.	759) 때문에.

람이 어덨는교760)?

정부에서 그, 관리로 안 하이까. 그래이꺼네, 그래 가 지금 밀까리로 그거 무상으로 준 이상을 미국에서 도로 안 찾아 갔느냐-, 내 잡히갈761) 소리지만은. 처무이762) 그렇게 주763) 놓고는, 낸중764)에는 말이야, 〔①: 그죠.〕 응. 〔①: 아예 짓지를 않으니까.〕 예. 그 그거 무, 무상으로 준- 그거, 댓가 다 받아 나간다-, 난 그래 생각해요.

고로먼765), 또 어떤 게 있노니끼네766) 그 저- 여, 흠, 〔①: 설탕이 또 그렇죠?〕 예, 여러 가지 종류 그렇고, 일본 겉은767) 데는 내, 그, 고종 내한테768) 자형 된다, 그 누님- 그, 내우간769)에 일본에서 그, 정미소로 하고 있어요. □□□ 크기-, 하고 있는데. 일본 겉은 데는, 한- 이래 꼴짝을 한 사람이, 여 한국에는 여, 한 마지기 머 이래 가르는데, 거는 만약에 지역별로 이래 한 사람이 농, 내 안 가보이꺼네, 일분770) 가 봤어요? 〔①: 아니 저도 못 가 봤습니다.〕

어, 농사를 짓는다는 그 이바굴771) 들어 보이772), 농촌에서-. 그르면, 논을 내가 백 마지기를 농사를 짓다가 그러믄 내 힘이 부대끼가773), 그- 역시 젊은 사람들은 이, 버릴라꼬774) 애를 쓰지 농사 마, 마 많이 해도- 그러이까775) 넘겉이776) 더 힘이 부대끼가주고-, 예를 들어서 한, 열 마지기나 얼매 몬 지마-777), 그래 한국말로 행징민778)에나 가가주고 우리 지역 같으마- '내 논 머, 얼매를 몬 짓겠다-.' 이래 카면은779) 고 몬 짓는 고- 토지를

---

760) 어디 있겠습니까.
761) 잡혀갈.
762) 처음에.
763) 줘.
764) 나중.
765) 그러면.
766) 있느냐 하면.
767) 같은.
768) 나에게.
769) 내외간.

770) 일본.
771) 이야기를.
772) 보니.
773) 부쳐서.
774) 버리려고.
775) 그러니까.
776) 남처럼.
777) 얼마 못 지으면.
778) 행정면.
779) 이렇게 말하면.

보상을 준다요[780].

　그래 머, 한국에도 머 올개부텅[781] 머 보상 뭐 우짜고[782] 이래 쌓는데- 그래 인자, 보상을 주는 동시에- 그 토지를, 행태를 몬 뿌순다요[783]. 고대로. 그러믄 일분 겉은 선, 한국카믄[784] 선진국가기[785] 따무로 미래로 본다 카는 결론이 나오거든. 그러믄 이 꼴짝 같은 데가, 여어가 토지를 많-이 파가 파손을 시키뿟으요[786]. 우째서 파손을 시키나 카이끄네[787], 촌에서 인자, 수입 나오는 거 없제, 애들 인자 공부시킬라 카이꺼네[788] 돈 없제, 이래마 저- 빈두리[789] 저런 거, 머 기계차 안 드가고[790], 저런 경비 잘 안 되는 기, 이런 거, 머 판다 말이야.

　그래 팔마, 도시에서 인자 사람들이 와, 사가주고[791], 그럼 포꼬레인[792] 장비 가아와가주구[793] 마, 【땅을 파는 흉내를 내며】 논두렁 밭두렁 마, 파 디비뿐 기라[794]. 파 디비가 나무를 쭉 숭가가[795] 내비리뿐다[796] 이 말이요. 그러면은 국가적으로 내가 볼 찍에는-, 만약에 우리 한국에, 국민이, 식량이 모지린다[797] 칼[798] 경우에는, 각중에[799], 논밭을, 몬 일바낀다[800] 이기라. 조상들이 일바끼 논-[801] 토지를 갖다가 그러이 이 여 여, 빈두리 너른 데 가마 그 그- 산□□, 학실히[802], 지끔 당장 댕기미[803] 보마[804] 감을 잡았두요, 이거는 옛날에 토진데 산이 맨들었다-[805]. 어, 이거는 산에 개간해

<hr>

780) 준대요.
781) 올해부턴.
782) 어찌어찌하고.
783) 부순대요.
784) 한국보단.
785) 선진국가이기.
786) 시켜버렸어요.
787) 시켰나 하니.
788) 공부시키려고 하니.
789) 변두리.
790) 들어가고.
791) 사서.
792) 포크레인.

793) 가져와서는.
794) 뒤집어버린 것이라.
795) 심어서.
796) 내버려버린다.
797) 모자란다.
798) 할.
799) 갑자기.
800) 일구어낸다.
801) 일구어 놓은.
802) 확실히.
803) 다니면서.
804) 보면.
805) 만들었다.

가주고 핸 기다–806), 그걸 딱 보믄 알아요.

 한국 정치가, 내 이것 지끔 머, 잡히갈 소리지만은, 이래서는 자꾸 뒤떨어진다 이기라. 그, 토지를– 농사 몬 지믄807) 【손바닥을 아래로 하여 누르는 듯한 모양으로】 고대로, 으이? 논이믄808) 논대로 고대로 놔두고– 밭이믄 밭대로 그대로 놔두두룩809) 하면은–, 냄중에 식량이 모지랠 찍810)에, 즉각 일바낄 수 있다 이기라. 왜, 포코레인, 머 장비 있겠다–, 가아 실실 【땅을 살살 파는 흉내를 내며】 끄래비믄811) 말이야–이, 그거 모, 흙은 그으가812) 있는 기고, □□텐데, 논두렁 밭두렁 다 파 디비가 쌔리813) 문대뿠으니814), 이, 논두 안 되고 밭두 안 되고 아무것두 안 돼, 산뻭에 안 돼.

 요 다촌 지역에 올라가면은, 반 총– 민직815)에 반수를 산도 아이고, 노는 □으로 다 맨들어 놨어, 밭도 아이고. 〔①: 어디, 저기, 탑등에요?〕 아니, 【허공을 가리키며】 저– 다촌 입구, 까지– 〔①: 아–, 다촌이요.〕 이그816)는 숲촌이고–, 다촌에–, 그래요. 근데 인제 그기–, 전국적으로 분석을 하자면은–, 그기 한정없–는, 면적이라 이기라. 그렇구로 또 한 가지, □□□가 이바구 들어볼 찍에는 길을 닦는데–, 도로를 닦아야지요. 닦는데 □□□□ 이바굴 들으이817) 한 해에, 길을 닦는 거로818), 백 리로819) 닦을 같으마–820), 칠십 리로 닦아도–, 가급적이면 농토를 살리고, 산을 이용해갖고, 닦는다 카는데 우리 한국에는 하는 거 볼 찍에는, 【두 팔을 약간 벌려 길이 뻗어 있는 모양을 흉내내며】 좋두룩 논 마, 논밭 멋진 데 마, 글로 막 팅가거든821). 그런데, 요기 요 요, 다완 앞뜰에 저– 살래면822) 머, 아까 뭐 오테823)라 캤나, 머 머

---

806) 한 것이다.
807) 지으면.
808) 논이면.
809) 놔두도록.
810) 모자랄 적.
811) 긁어서 파면.
812) 거기에.
813) 막. 막무가내로.
814) 뭉개버렸으니.

815) 면적.
816) 여기.
817) 이야기를 들으니.
818) 것을.
819) 리를.
820) 닦을 것 같으면.
821) 막무가내로 길을 내거든.
822) 산내면.
823) (산내면) 오치.

그런 쭉, 드가이 봤으만은824), 그기이 우리 민825)에서 논 그거 점부 옥토로 참- 질, 그 땅 거, 참 좋은 논이거던, 그거. 그거 한 두 마지기루 마, 수백 명이 다 파가 □□ 거□□이 다 드가뿠다 이기라. 그러이 전국적으로 한-정 없는 그, 토지가 죽이뿌리는826) 거야, 지금.

그러믄, 내가 생각할 때, 우리 한국에, 국민이 배가 고프다- 그러면은, 외국 살□ □□ 공이 드느냐 이기라. 이, 먹는 거 이거를 사람 입으로 드간다827) 카는 이거는 시간 단위에 얼매 머, 맨들어828) 내오는829) 게 아이거든요830). 이거는, 살로831) 한 알 맨들을라 카면은832), 어- 지꿈부터 시작하면은 시월 달에, 그럼 및833) 개월 걸리오? 쌀 한 알 맨드는 데 아-무, 함834) 해 보소, 및 개월 걸리느냐-. 〔②: 팔, 칠팔 개월.〕 그렇지. 고래 걸리야835) 살 한 톨이가 맨들아지거든836). 보리는 이 년 걸리야 돼요. 〔②: 이 년이요?〕 그렇지. 설 아래837) 심어야 설 시고838) 인자, 오월 달에 하이깐839) 횟수로 이 년 걸린다- 이기라, 보리는-. 그만침-840), 그래 많이 걸리요841).

그러믄 소 한 바리842)는 얼매 걸리는고 알애요843)? 〔②: 몰라요.〕 소 한 마리. 〔②: 한, 십 년쯤- 걸리지 않아요?〕 어어, 소 한 바리-. 소가, 한 바리를 맨들어내는 데-, 사람도 열 달이 돼야 애를 안 놓나, 아이요-? 소도 역시 열 달 돼야, 쌔끼844)가 나오거든-. 열 달 돼아845) 쌔끼가 나오마, 그럼 열 달. 그러구 또 낳아가 키아가주고846) 팔라 카마847) 소 한 체848)에 한,

<hr>

824) 들어가 봤으면.
825) 면.
826) 죽어버리는.
827) 들어간다.
828) 만들어.
829) 나오는.
830) 아니거든요.
831) 쌀을.
832) 만들려고 하면은.
833) 몇.
834) 한번.

835) 걸려야.
836) 만들어지거든.
837) 설 전에.
838) 세고.
839) 하니깐.
840) 그만큼.
841) 걸려요.
842) 마리.
843) 알아요.
844) 새끼.
845) 되어서.

다섯 달 돼야 하거든. 열다섯 달-. 그럼 또 쌔끼 요, 키와가 쌔, 쌔끼 또 놓을라 카면849), 삼 년이 걸리야 되거든.

그런데 촌에서 이거 나오는, 농민들이- 이거 생산이 돼가 나는 거, 나오는 거는- 국가적으로 예정 가격 정해 놘850) 기 없다 이기라. 이기 아숩다-851) 이기라, 농민들 살라 카마852). 그러믄 도시에서, 예를 들어서, 어- 수제853) 한 개를- 맨드는 것도, 이거 원가가 얼매다-, 그러믄 소비자 가격이 얼매다-, 정해지가854) 있다 카는 겔론855)이거든, 모든 것이. 에- 도시에 나오는, 공장에서 나오는 모든 물건은-, 한참 박 대통령 그-, 그 할 찍에 새마을 제도, 생기고 이럴 찍에 그 때 그-, 에- 중앙 그- 교육원, 원장이 그거 정, 정교감이라꼬, 어- 그 내 연수원에 가서, 내가 즈□□가 그 사람캉856) 둘이 앉아서 자기 책상마리857)에서-, 내 그, 질문을 핸858) 일이 있어요. 농민들이 생산되는 이것도, 원깔859) 정했으면 좋겠다-, 그래야 농민들 살겠다-, 그러믄 도시에, 공장에서 나오는 모-든 물자는 첨부 원가, 정해지가 있다 이기라. 그라면 농민들 생산되는 거 머, 정해진 거 머 있노 이기라. 배추 그 늠 한 핑-860)이 맨들어내는 데에, 알곁이861) 맨들라 카믄 얼매나862) 걸리야863) 되는데, 날짜가. 헐으만864) 막, 밭에 마, 쳐 내삐리야865) 되는 기라. 그러니, 이 농민들이 □□ 산다는 결론이라.

〔①: 저희들이 새겨들어야 되네요.〕 대학, 대학 강사님이라 캤지요? 〔①: 예.〕 그런 것 쫌, 신경 씨두룩866), 쫌 쫌 강의를 쫌 하소. 이 농촌에, 이 농

846) 키워서.	857) 책상머리.
847) 팔려고 하면.	858) 한.
848) 체(體).	859) 원가를.
849) 낳으려고 하면.	860) 평.
850) 놓은.	861) 알차게.
851) 아쉽다.	862) 얼마나.
852) 살려 하면.	863) 걸려야.
853) 수저.	864) 가격이 싸면.
854) 정해져.	865) 내버려야.
855) 결론.	866) 쓰도록.
856) 사람과.	

민들, 생산되는 이것도, 에- 그런데 인자, 정부에서는 결국 이것도 인자, 그 정해진다 카는 게 매상 가객867) 그기거든요-868). 그긴데, 에- 사실은 그-, 매상 그것도 또 □□□ 라 카마 또 미뤘다869) 카더나-? 모든 물자는 올라가는데-딴 물자는 우애870), 노, 농민들 □□□, 그러믄 우애 미루느냐 이기라. 농사 지일871) 사램들이 더 없이지는데-, 해마중872) 갈수록-.

그렇구 또, 농기계 이, 이것두 말이요, 보면은- 이기, 한국 사램 맨들은 내는, 이기이 뿌싸-지뿌믄-873) □□□ 해싸-갖구 산 그는, 부숙874) 자치875) 가 없어 가 곤치도876) 못 합니다. 회사가 인자, 그기 쪼깨이877) 인제 클라카다가878) 회사가 마, 부도가 나뿌만879), 그 회사 문 닫아뿌만880), 그 부속이 나와야 하이튼881) 뭐, 사 찡가-제882). 그럼 또 □□□ 기계 내비리뿌고 다른 기계, 또 사야 돼. 그렇구로 또, 또 인자 어떤 게 있냐이끼네883), 부속이, 농기계 종류가, 뿐 아이라 머 이른884) 기이, 부속이, 늘- 이른 기 인자 나오는 것도- 정부에선 이, 검토를 해갖고 유사품이 안 나오게 해야 돼, 유사품이. 지금 말하자면 가□□□에서 나오는 거, 그□ 로-타리 이빨을- 이거 쓰면 인자, 하나 예를 들어서- 여러 가지가 그래요. 사면은- 어데 가서 사 놓만885) 마, 호박매이로886) 금방 닳아뿌는 기라, 금방. 그거는 유사품이라-. 가□□□에서 나오는 거 말이요. 그러믄 또 인자, 정품으로 사가아, 쫌 오래 가고. 우리는, 봐가주고는 몰라. 그래 인자, 아는 데 가면은 요건 얼매다, 요건 얼매다, 인자 가르켜887) 주거든. 그러이끼네 첫채888) 인

867) 가격.
868) 그것이거든요.
869) 미뤘다.
870) 어째서.
871) 지을.
872) 해마다.
873) 부서져버리면.
874) 부속.
875) 자체.
876) 고치지도.
877) 조금.

878) 크려고 하다가.
879) 나버리면.
880) 닫아버리면.
881) 하여튼.
882) 끼우지.
883) 있느냐 하니까는.
884) 이런.
885) 놓으면.
886) 호박처럼.
887) 가르쳐.
888) 첫째.

자- 그런 것도 우리 한국에는, 이기 선진 국가 될라 카먼 없이야[889] 된다 이기라. 거-짓말 좀 안 해야 된다 이기라. 【웃음】 거짓말."

한 번 풀린 이야기 매듭은 끝도 없이 이어졌다. 밤 늦은 시간이라, 해 다진 밤까지 밭일을 하고 돌아온 손기준씨나 여러 마을을 조사하고 들른 조사자들 모두 지친 기색이 역력했지만 누구 하나 먼저 일어나려 하지 않았다. 나는 따로 떨어져 있는 일행이 다소 염려되긴 했지만 그의 이야기를 멈추게 하고 싶지는 않았다.

농촌 현실에 비교적 관심이 많은 편이고 대학 시절 한 번도 거르지 않고 농촌 활동을 다녔으며 시골에서는 언제나 일을 잘 한다고 칭찬을 받곤 하던 나였지만, 도시에서의 일상에 파묻혀 어느새 잊고 지낸 우리 '땅'과 그 '땅의 사람들'이 처한 현실이 생생한 육성을 통해 내 마음 깊숙이 아로새겨졌다.

스스로 촌구석 무지랭이 농투산이라고 생각하는 그였지만 내가 이제까지 들은, 한국 농업에 관한, 훌륭하다는 어떤 전문가의 분석보다도 더 명쾌하고 분명한 해석이었다. 한 마디 한 마디 말에 조리가 있고 주장하는 말마다 절로 고개가 끄덕여지는 타당한 근거가 제시되었다. 그것은 그의 말이, 어떤 이론도 도달할 수 없는 생활의 경지, 구체적인 삶의 현장과 현실로부터 길어올려진 것이기에 가능한 일이었다. 나는 그의 이야기를 들으며 마음 속 깊이 공감하였을 뿐만 아니라, 그 앞에서 너무나도 작고 초라하며 한없이 부끄러운 나 자신을 발견하지 않을 수 없었다.

어느 정도 술이 오른 상태에서 쏟아내는 말들이었지만 농업 자립의 문제에서부터 농민 후계자의 부재, 상업 부지로의 농지 전환, 농산물 시장 개방, 농지 운영 정책과 농산물 가격 책정 방식에 이르기까지 오래 전부터 준비해 왔던 말인 듯 그의 말은 매우 구체적이고 논리적이었다. 나는 정말 그의 이야기를 들으면서 서울에 올라가면 내가 가르치는 학생들에게 오늘 들

------

889) 없어야.

은 그의 이야기를 꼭 전해주어야겠다고 생각했다.

시간이 많이 늦어지면서 나는 일행과 떨어진 우리보다도 내일 아침 일찍 다시 들로, 하우스로 일하러 가야 할 그가 너무 무리하는 것은 아닌지 염려되기 시작했다. 농사일이 한참 바쁠 때 찾아와서 이래저래 폐만 끼치고 가는 것 같아 마음이 여간 불편하지 않았다. 그래서 내일은 일이 많지 않냐고 손기준씨에게 물었더니 내일도 다시 자신을 찾아올 예정이냐며 조사자들에게 되물었다.

"어르신. 내일두, 일 나가시나요?"

"예?"

"내일두 일 나가세요?"

"내일?"

"예."

"매일, 내 머, 밭꼬랑890) 가야 머 살죠-. 니일891)은 또, 뭐 하실라꼬요892)?"

"음, 아뇨. 내일도 인제, 비가 오니까- 내일 또, 낮에 일 나가시나 어쩌나 여쭤본 겁니다."

그는 이제 자신이 아는 이야기는 다 했다고 생각했는지, 아니면 준비한 이야기를 다 끝냈다고 생각해서였는지 다소 의아한 표정으로 다시 만날 일이 있겠느냐고 나에게 물었다.

"예. 머 인자 또, 만날 일이 있는교?"

"【웃음】 만날 일이야 많죠-."

"만, 만날 일 있으마 또 오소, 항시. 또 오소. 니일, 함 보자-. 어- 니을, 오전에- 오전에 니을, 비가 안 오면은, 일하러 가고, 니을 오전에 비가 오면은, □□, 내을 오전에는."

"아-, 계실 거예요?"

---

890) 밭고랑.
891) 내일.

892) 하시려구요.

"예. 내일 오전에, 비 오면은- 머, 큰- 그기 없고, 비가, 안 오면은 내 집에 일꾼이 없으이끼네893) 늠으894) 집에 품앗이를 해야 한다, 고- 하거든. 고래 서로 해 줄- 약속이 돼가 있어, 그게. 그래요. 비 오면은 저 집에 일, 몬 한다꼬 마 대화가 됐어."

다음날 손기준씨는 이웃 사람의 들로 품앗이를 갈 예정이라고 하였다. 숲골은 넓은 농지를 가진 사람이 거의 없어서 필요한 때마다 돈을 주고 일꾼을 쓰는 다른 농촌과 달리 이웃 사람들끼리 품앗이로 대부분의 농사일을 처리하고 있다. 대부분 60대 후반 이상 고령의 농민들이어서 하우스 농사나 나락 농사 모두 그 규모가 크지 않은 편이다.

여전히 먹고사는 일에서 자유롭지 못하고 생활 역시 여유롭진 않지만 자식들도 이미 다 자라 출가를 한 형편이고 보니, 한국 사회에서 거의 '도박'에 가깝다는 농사일을 무리해 가며 큰 규모로 벌일 이유가 없는 것이다. 이제 그만 농사일에서 손을 뗄 나이도 되었지만 모두 일손을 놓지 않고 있는 것은, 해 뜨면 일어나 논밭으로 나가고 해 지면 집으로 돌아와 잠자리에 들던 평생의 생활을 죽는 날까지 멈추고 싶지 않아서다. 땅에서 나서 땅에서 살다 땅으로 돌아가는 인간의 숙명을 가장 진실하게 실천하고 있는 셈이다.

언제고 찾아오면 반갑게 맞아주겠다는 손기준씨의 마지막 인사가 도시에서처럼 형식적인 인사치레로 들리지는 않았다. 그는 언제고 다시 찾아오면 오늘처럼 또 가슴에 꼭꼭 접어 품고 있던 '살아온 이야기'를 들려줄 것이고 나는 또 그의 이야기에서 많은 것들을 배우고 돌아갈 것이다.

---

893) 없으니까.   894) 남의.

V. 숲골의 제의와 놀이*

* 'V-1. 영등제와 시준'은 김영희가 기술하였고,
  'V-2. 당제와 지신밟기'는 이미라가 기술하였다.

Ⅴ-1. 영등제와 시준

설날이 얼마 지나지 않은 때에 숲골의 여성 연행자들을 처음 만난 조사자들은 정월이라는 조사 시기를 염두에 두고 연행판의 이야기 흐름을 자연스럽게 정월의 세시 풍속에 대한 논의로 이끌어갔다. 숲골에서의 두 번째 조사 시기를 정월대보름 전후로 계획한 우리는 연행자들에게 정월대보름 풍속에 대한 질문을 던지는 것으로 본격적인 민속 조사를 시작했다.

때마침 숲골에서는 예년과 달리 정월대보름날 아침에 지신밟기를 계획하고 있었다. 작년까지만 해도 정월대보름날 마을회관에 모여 윷을 놀거나 술을 마시는 것이 마을 행사의 전부였는데 올해부터는 예부터 전해오던 마을 전통을 되살려서 한판 걸판지게 놀아 보자는 의기투합이 이루어져 남성들을 중심으로 지신밟기를 계획하는 중이었다.

하지만 지신밟기 준비는 초반부터 암초에 걸려 난항을 겪고 있었다. 우선 첫 번째 어려움은 지신밟기가 윷놀이에 비해 훨씬 더 많은 준비를 필요로 한다는 사실이었다. 하우스 농사로 농한기가 없는 숲골에서 마을 사람 여럿이 모여 열흘 이상 풍물 연습을 비롯한 각종 지신밟기 준비를 차분히 계속해 나간다는 것은 사실상 불가능한 일이었다. 가장 큰 문제는 지신밟기에 풍물잽이로 참여할 사람들이 절대적으로 부족하고 그나마 참여 의사를 가진 사람들마저 충분한 연습 시간을 마련하기 어렵다는 데 있었다.

지신밟기 준비의 두 번째 어려움은 정월대보름 당일에 마을 사람들이 얼마나 큰 호응을 보일지 장담할 수 없다는 사실이었다. 최근 몇 년 동안 지신밟기는 해 본 적이 없고 작년까지도 윷놀이판만 벌였었는데, 막상 새롭게 다시 시작하는 지신밟기에 마을 사람들이 적극적으로 참여할지 누구도 자신할 수 없는 상황이었다. 더구나 정월대보름날 윷놀이판에서 모인 돈으로 마을 재정의 일부를 충당해 왔는데 지신밟기를 통해서도 그만큼의 돈이 모일지 의문이었다.

마을 사람들의 적극적인 참여를 자신할 수 없는 이유 중 하나는 마을 구성원의 다수를 이루고 있는 할머니들이 윷놀이를 매우 좋아한다는 사실이었다. 어느 마을에서든지 정월대보름날 오전에 벌어지는 윷놀이판에서만큼은 여성들의 목소리가 커졌다. 지신밟기는, 지신풀이와 풍물잡이 등을 비롯한 각종 역할과 실질적인 행사 준비가 모두 남성 위주로 이루어지기 때문에 마을 전체가 참여하더라도 남성들이 주도하는 놀이판인 반면 윷놀이는 말 그대로 여성들이 스스로 만드는 자신들의 놀이판이기 때문이다.

아무래도 정월대보름 풍속을 여성들보다 남성들이 주도해온 탓인지, 정월대보름 민속을 묻는 조사자들의 질문에 할머니들은 윷놀이를 한다는 것 외에 다른 답을 들려주지 않았다. 여성들이 주도하는 민속으로 화제를 옮겨가는 것이 좋겠다고 판단한 나는 할머니들에게 영등할머니나 신주단지를 모신 적이 있는지 물어 보았다. 할머니들은 '영등할매'에 대한 이야기가 나오자 저마다 하고 싶은 말이 많은 듯 이런저런 이야기들을 쏟아 놓기 시작했다. 최근 몇 년 사이에 영등제를 지내는 사람은 거의 자취를 감추었지만 영등제를 모셨던 기억만큼은 대부분의 할머니들이 갖고 있는 듯했다.

① 영등제

'영등제'는 2월에 '영등할머니(영등신)'를 모시는 제의로, '영등굿, 영등맞이, 영등제' 등의 명칭으로 불리기도 한다. '영등할머니'는 대부분의 지역에서 비바람을 일으키는 신으로 통하는데, 중부 이남에서는 농사를 주관하는 신격으로 인식되는 경향이 강한 반면 제주도에서는 해녀들의 수확을 도울 뿐 아니라 어업과 관련된 일들을 보호하는 신격으로 받아들여지고 있다. 비바람이 농사일과 바닷일에 큰 영향을 미치는 요소 가운데 하나이기에 비바람을 관장하는 신이 농업과 어업의 생산력을 주관하는 신격으로 인식되기에 이른 것이다.

각종 생산과 관련된 신격이었던 '영등할머니'는 최근 풍요와 부를 기원하는 대상 신격으로 자리잡았을 뿐 아니라, 가족의 평안이나 자녀의 출세 등과 같은 구체적인 기복(祈福) 활동의 대상신으로 인식되고 있다. 최근 몇 년 사이에 밀양에서 만났던 연행자들은 대부분, '영등제'가 과거와 마찬가지로 지금까지도 여성이 주도하는 제의인 반면 과거와 달리 농기구 대신에 돈이나 자녀들의 학용품 등을 제단에 놓는 현상이 일반화되었다고 진술하였다. '영등할머니'는 비바람 등의 자연현상을 주관하는 신격이었다가 풍요와 부를 보장하는 신격으로, 다시 가족의 평안과 출세 등의 소망을 실현해주는 기복 신앙의 대상 신격으로 변화를 거듭해온 것이다.

『동국세시기(東國歲時記)』에서는 '영등제'에 대해, "영남 지방의 풍속에 집집마다 신에게 제사지내는 것을 영등신(靈登神)이라 한다. 그 신이 무당에게 내리면 동네 여기저기를 돌아다니는데 사람들이 다투어 맞이하여 신을 즐겁게 한다. 이달(2월) 초하루부터 사람과 물건을 꺼려 접촉하지 않는데 15일 혹은 20일까지 간다"[1]라고 하였다. 최남선도 『조선상식(朝鮮常識)』에서 '영등제'에 대해, "湖嶺間에서는 〈영등할머니〉가 나려온다 하야 家家에서 巫覡을 通하야 그를 迎祭하고 是日의 陰晴風雨等으로써 今年에는 어느 〈할머니〉가 下降하섯다 하야 이로써 一年氣象의 占驗을 삼는 等 農耕時期의 臨迫과 함께 거긔 關聯한 實際的 쏘 呪術性의 行事가 만히 行한다."[2]라고 하였다.

또 『동국세시기(東國歲時記)』에서는, "제주도 풍속에 2월 초하루날 귀덕(歸德), 금녕(金寧) 등의 지역에서 나무 장대 12개를 세워 신을 맞아 제사지낸다. 애월(涯月)에 사는 이들은 말머리 형상으로 깎은 나무를 얻어 채색

---

1) "嶺南俗, 家家祭神, 名曰靈登神. 降于巫出遊村間, 人爭迎而樂之, 自是月朔日, 忌人物, 不接之, 至十五日或二十日." (홍석모 저, 이석호 역주, 『조선세시기(朝鮮歲時記)』 「동국세시기(東國歲時記)」 〈2월(二月)〉, 동문선, 1991, 68~69면.)

2) 최남선, 『조선상식(朝鮮常識)-풍속편』, 동명사, 1948, 23면.

비단으로 장식하여 말놀이〔躍馬戱〕를 함으로써 신을 즐겁게 한다. 보름에 이르러 마침내 그만두는데 이를 일러 ‘연등(然燈)’이라 한다. 〔『동국여지승람(東國輿地勝覽)』을 보라.〕”3)고 하여 제주도에서 ‘영등제’가 지역마다 독특한 형식으로 치러지고 있음을 기술하였다.

『동국세시기』와 『조선상식』의 기록을 참조할 때 조선 후기는 물론 20세기 초까지만 해도 ‘영등제’가 마을 공동체 전체의 행사로 치러지고 있음을 알 수 있으며 그 규모 역시 상당한 수준이었음을 짐작할 수 있다. 그러나 오늘날 ‘영등제’는 대부분의 지역에서-특히 영남에서는- 여성들이 전승 주체이며, 각 가정마다 아내이자 어머니인 여성이 이월 초하룻날 새벽 일찍 일어나 부엌 한 쪽에 간단하게 제물을 차려 놓고 가족의 평안과 건강, 자녀의 출세와 집안의 풍요 등을 기원하는 가내(家內) 기복(祈福) 신앙의 하나로 전승되고 있다.

『동국세시기』의 기록에서는 마지막 부분에 15일이나 20일 동안 사람은 물론 물건조차 접촉하지 않았다는 ‘영등제’의 금기가 제시되고 있다. 부정한 기운이 옮겨질까봐 물건조차 함부로 접촉하지 않았다는 엄격한 태도를 통해 ‘영등제’에 대한 전승 주체들의 태도를 엿볼 수 있다. 실제로 오늘날 전승되는 ‘영등제’에서도 지역에 따라 사람을 만나지 않거나, 땅과 관련된 일과 물건 사고팔기 등의 일을 금하기도 한다.

‘영등제’의 엄격한 금기는 ‘영등할머니’라는 신격의 신적 능력과 신성성, 그리고 그에 대한 전승 주체들의 ‘경외(敬畏)’를 반증한다. ‘영등할머니’가 영험하고 무서운 존재이기에, 또 대단히 신성할 뿐 아니라 엄청난 신적 능력을 지닌 존재이기에 사소한 일 하나까지도 조심하지 않을 수 없는 것이

---

3) “濟州俗, 二月朔日, 歸德金寧等地, 立木竿十二, 迎神祭之. 涯月居人, 得槎形如馬頭者, 飾以彩帛, 作躍馬戱, 以娛神. 至望日乃止, 謂之然燈. 〔見輿地勝覽.〕” (홍석모 저, 이석호 역주, 『조선세시기』「동국세시기」〈2월〉, 동문선, 1991, 68~69면.)

『동국세시기』의 이 기록은 『동국여지승람(東國輿地勝覽)』을 인용한 것이므로 ‘영등제’ 전승의 연원이 얼마나 오래된 것인지 짐작할 수 있다.

다. 이상주씨도 이어진 연행에서, '영등제'에 쓰기 위해 말리는 곡식을 쪼아 먹은 새가 그 자리에서 죽었다거나 '영등제'를 지내기 전에 '영등할머니'에게 바칠 제수를 절대 입에 대지 않았다는 등의 말을 통해 '영등할매'의 영험함을 드러내려 하였다.

▶ 영등할매 모시기[4]

연행자 : 이상주(여, 80세, 죽남댁) ●
조사자 : 김영희 ①, 황은주 ◎
청 중 : 백승희(희설댁) ②, 서복선(오치댁) ③, 김기남(의령댁) ④, 김진옥(구
    야할머니) ⑤

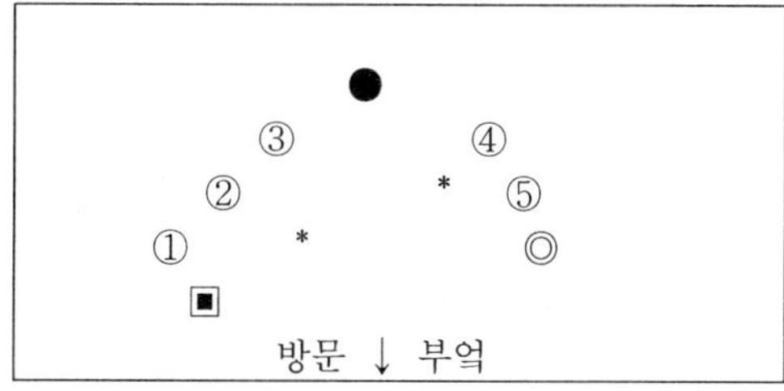

■ 카메라   * 녹음기

"입춘 때는 뭐 한 거 없습니꺼? 오늘 입춘이잖아요?"

"오늘 입춘이다."

"입춘은, 그 전에는 뭐, 오늘 입춘이다."

"예전에 음력, 이월 초하루에 영등할매 모시고 왜, 이런 건 안 하셨습니까?"

【영등할매라는 말이 나오자 할머니들이 이구동성으로 예전 일이라는 반응을 보이며】

"아이고-, 옛날이지-, 요새는."

4) 2003년 2월 4일 오후 밀양 산외면 엄
   광리 숲골 할머니노인정.

"오새5)는 안 한다, 그런 거, 오새는."

"그러니깐, 옛날에는 어떻게 하셨는데요?"

"옛날에는 내, 참 많이 했다. [③: 물 떠 놓고.] 우리 □□□ [①: 어떻게 하셨는데요?] 음, 일주일 물 떠 놓고. [②: 일찍이 가여6) 샘에, 일찍이 샘에 가여, 거랑7)에 물 먼저 폈다8).] 음, 그래. [①: 샘에 일찍 가갖고 뭐 하셨다고요?] [②: 물 뜬다고, 샘에. 바가치9) 가-10), 새 바가치 가- 물 떠 놓고.] [③: 넘11) 머혀12) 가여 울로13), 딱- 바라고14) 있대이.] [④: 오새는 오염이 돼가주고.] [②: 샘에 딱- 쳐뿌고15).] [④: 거랑물 몬 묵는다16). 옛날에는 거랑물 안, 새벽에 이고 밥 안 해묵었는가?] [②: 우리는 거랑물 안 한다. 우리는 샘에 거.] [④: 우리는 거랑물 믓-단다17).] 우리는, 우리는 거랑물 믓-다, 우리는 거 또랑18), 거랑물 떠 묵지19), 만날20) 와 묵지. [④: 또- 와, 장독간에 물 떠 놓고.] 첫닭 울면21) 또-, [②: 그래 물 쳐뿌고, 새미22) 마-키23).] 【옆에서 쌀 퍼담던 ④를 보며】밥 많이 하지 마라.

[①: 할머니 얘기해주세요. 어떻게 했다구요? 첫새벽에,] 음. [①: 물 떠다가.] 새벽에 첫닭, [④: 새터댁이 오라 캐야24) 될 거25) 아이가26)? 또.] 첫닭 울면 가여, 새터댁이 와도 고오27)만 하면 된다. 첫닭 울면 가

---

5) 요새.	17) 먹었단다.
6) 가서.	18) 도랑.
7) 개울.	19) 먹지.
8) 펐다.	20) 매일.
9) 바가지.	21) 울면.
10) 가지고.	22) 샘.
11) 남.	23) 막.
12) 먼저.	24) 해야.
13) 위로.	25) 것.
14) 기다리고.	26) 아니냐.
15) 쳐버리고.	27) 고것.
16) 못 먹는다.	

가주구 옷 타악 갈아입고 물 떠다 놓고 장독간에 고래 딱-, 떠 놓는다. 고 딱【무언가를 싸서 두 손으로 받치는 흉내를 내며】□□□□로 딱 떠 놨다가, 고래 인제 또, 아침에 붓고 고거 고것두 일주일 떠 논대이28). [①: 아-.] 까-딱29)으로. [①: 매일 아침마다?] 어, [②: 지푸래기가 한 받.] 아춤마중30) [②: 지푸래기가 한-바띠기31) 갖다 놓고 마.] [③: 한 다섯 분32) 떠 놓는가?] 어, 오 일 또, [③: 딱- 머리 감고, 옷 싹 갈아입고, 달33) 울두룩34) 바랐고35) 있거든.] 달, 닭 울면 서로 첫질36) 받아가 [④: 거랑 가여 따악 물로,【머리에 무언가를 얹는 흉내를 내며】이고 온다, 그자?] [③: 아이구 마, 지 애미 적신이지 뭐37).] [④: 요새는 마, 안 해도 그냥38)이고 해도 그냥이고.]

　【옆에 선 ④를 보며】나는 바람39) 참 오래까지 했대이. 작년 재작년에. 보자. 안 한 지 한, 팔 년 되겠다. [①: 아, 그걸 바람이라 그러나요?] 이월 바람풍이라. [①: 이월 바람?] 어.【양손바닥을 비비며】바람이라 카고. □□□에 갖다 놓고 □□□ 받아 놓고 밥 했는데. 어른40) 하던 거 받아가, 내 참 많이 했대이, 했는데. [①: 시어머니 하시던 거, 받아가주고?] 어. 시, 시할매41) 하던 거, 시올, 시오마이42) 하던 거, 내가 받아서 다 했는데. 나는 내-43) 했어요. 내- 했는데. [②: 내가 하기 싫어 안 하는데 뭐.]

　내- 그래가 인자, 우리 손녀 저 부산에, 그거 낳고, 한- 정월 스물 하릿날44) 낳았거든. 갔다오이끼네45) 갔다오이46) 마, 본동딕47)이 죽어뻤

---

28) 떠 놓는단다.
29) 가득.
30) 아침마다.
31) 한 바가지.
32) 번.
33) 닭.
34) 울도록. 울 때까지.
35) 기다리고.
36) 첫길. 첫 번째로.
37) 시어머니에게 물려받아 하게 된 것

이라는 뜻.
38) 그만.
39) '영등제'를 가리킴.
40) 시어머니를 가리킴.
41) 시할머니. 시조모.
42) 시어머니.
43) 내도록.
44) 하룻날.
45) 갔다오니까는.
46) 갔다오니.

데48). 그러이49), 그래 이월 초하릿날 뜨는데, 열하리50), 스물하릿날, 그 아-51) 우리 웅이52) 낳았거든. 낳아 놓고, 돌 지내고, 칠53) 지내고 오이 끄네 칠 지내고 오이, 다음 달에 할라꼬54) 인자, 그 오이, [②: 본동딕이.] 본동딕이가 마, 【②를 보며】 참, 본동댁이 죽고 나이 안 했다, 큰 일이다 싶어. [②: 이월 초하릿날 죽었다.] 그래가 오이 마, 본동딕이 이월 초하릿날 마 죽우뺐다 카데. [②: 어.] 그래 마, 더럽다꼬 안 하고. [②: 죽으서…….] [①: 아, 사람이 죽으면 안 해요?] 어-, 안 하지, 추줍다 꼬55). 동네가 추줍으면 안 하지. [②: 했으면, 새북56)에 했으면 됐지만은.] 그래, 안 하고. [②: 안 했으이끼네.] [①: 아- 그 날 돌아가신 거예요, 이월 일일날?] 어.

그래가 왜 옛날에 용암, [②: 기창딕이, 그자?] 어. [②: 기창딕이 영감, 지사57)거든.] 어. [②: 지삿밥 묵으로58) 우리 모도59), 모다가60) 갔는데, 저거 술만 묵고 마, 개구신맨치61) 지랄해쌓이끼네62), 아무 소리도 하지 마고63) 마, 【다음 한 구절은 ④의 목소리와 섞여 들린다.】묵고 나이 그래 모도, 죽었다- 이카데64). 지삿밥 묵고 나이65) 죽었다- 이카데. 그래 은미 양반, 은미댁이,] 그래 그 그, 지삿밥 그것도, 그거 영둥66)하고 나믄67) 안 묵는다. 가린다, 그거. [②: 그 은미댁 □□가,] 그것도 많이 가리는데.

영둥 할라꼬 나락, 【한 손으로 방바닥을 훑으며】널어 난68) 나락, 새가 까

----

47) 본동댁.
48) 죽어버렸더라.
49) 그러니.
50) 열하루.
51) 아이.
52) 발음이 분명하지 않음.
53) 삼칠일.
54) 하려고.
55) 추접스럽다고.
56) 새벽.
57) 제사.
58) 먹으러.

59) 모두.
60) 모여서.
61) 개구신처럼. 엉망으로 행패를 부리는 모양을 나타내는 말.
62) 지랄해대니.
63) 말고.
64) 이렇게 하데.
65) 나니.
66) 영등.
67) 나면.
68) 놓은.

무으먼69), [②: 새가 고 자리에,] 새가 고 자리에 도골70) 구부러진다71). 그마이72) 이, 옛날에 영등이 심했는데, [②: 옛날엔,] 요새는 안 해두 되고. [②: 그마이, 그마이 영력하지73).]

【자세를 고쳐 앉으며】우리 어른은, [①: 시어머님요?] 어, 우리 시- 저, 시조모님은, 인자 시오마씨74)랑 이래 있는데 우리 어머님은 와, 요 그래 각시75) 아이겠나76)? 그래 각시일 때 와여77), 바느질하이78), 시조모가 얼매나-79) 깨끄바시80) 해가주고81) 나락 훑어와갖고 해가82), 고- 영등밥 하거든. 그래 하는데, 옛날에 또 이월83) 하면 또, 쑥떡 많이 하거든. [②: 쑥떡 많이 하지, 그때는.] 쑥떡을 찌는데, 【얼굴을 온통 찡그리며】방에 앉아 있으이84) 마 【상기된 목소리로】묵고 짚어85) 죽겠더라 카네, 우리 시오마씨가. 그래 묵구 짚아여 마 【목 가다듬고】환장을 하겠더란다. 그래가, 인자 시조모가 오가주고86) 요래 콕콕 쑤시고, 【손가락으로 방바닥 여기저기 찍으며】'익었나 안 익었나?' 콕콕 쑤시 보고, [①: 음-.] 요 【왼손으로 오른손 검지손가락 끝을 가늠하며】젓까치87) 끝팅이88)에 그거, 떡이 좀 묻었더래요. 그래 살째-기89), 정지문90)을, 【밖에서 밥하는 ④의 목소리가 들린다.】불두91) 니리92) 달라 하나? 그래가 인자 바느질하이 살째-기 부엌문을 나가가주고, 【검지손가락 한 마디를 잡으며】요 좀 붙었더라 카데. 묻었는데, 【작은 소리로】요래 요래 【무언가를 입에 넣는 흉내를 내며】뜯어 묷-어93).

---

69) 까먹으면.
70) 단번에. 곧바로.
71) 구른다. 죽는다는 뜻.
72) 그만큼.
73) 영력(靈力)하지. 영험하다는 뜻.
74) 시어머니.
75) 새색시.
76) 아니겠나.
77) 와서.
78) 바느질하니.
79) 얼마나.
80) 깨끗하게.
81) 해서.
82) 해서.
83) '이월 영등제'를 가리킴.
84) 있으니.
85) 먹고 싶어.
86) 와서.
87) 젓가락.
88) 끄트머리.
89) 살짝.
90) 부엌문.
91) 불도.
92) 내려.

【상기된 목소리로】고마 아프더래. [①: 어-.] 고마 아픈데, 쑥 뜯어 무, 그-, 뜯어 묵고 나이 마 머리가 아프고 마, 마, [③: 에휴-.【웃음】] 아픈데, 우리 시조모가 안 하나, 그자? 깨끄반94) 시조모가 그래 하는데, 우리 시오마이가 그래 마 아픈기라. 아픈데 그리도95) '니, 뭐 뭇-제? 뭐 바람 할라 카는 거 걸리미96)' 옛날엔 그지97) 바람 무서워갖고 생전에 미느리98) 요, 맛 안 비-거든99). 똑 먼이100) 해 놓고 하거든. 그래가주고 그래싸여101), 그래 내- 몬 캤다 카데. 내- 못 카고 또 □□□ □데, 아무래도 저, 우리 시조부님이 '아무래도 저, 저거 우리 저 며느리가, 뭘 묵고 저, 저래 아프제.' 그때도 아무 것도 핸102) 일도 없, 할마씨103) 겁을 내가104), 옛날 사람 겁을 내가 안 뭇-다 하이께105). 낸중106)에는 마【할머니들 호박떡 이야기에 열중】그래 옛날에는 인제,【한 할머니 호박떡에 관한 물음에】응. 그래가 그냥 끝팅이 가가주고107), 끝팅이 가가주고, 그래 시오마이 물으쌓여108) 그래 '여, 붙은 거 끊어 뭇-다.' 캐뿠다. [모두들: 음-.] '아이고-. 이 요시109)야-. 그러니 지 카지110) 그렇기111) 물어도 와 안 카노112), 와 안 카노?' 카미113). 그래가 그- 가여, 보리밭에 가여, 이월 스뭇날으 보리밭에 가가주고, 보리밭에 가여, 가【양손바닥을 비비며】그리 빌고 나이, 마 괘않더란다114).

우리 어른 그래 욕봤어115), 시오마씨. 이월, 이월엔 영둥이 그만이116)

<table>
<tr><td>93) 먹었어.</td><td>105) 하니까.</td></tr>
<tr><td>94) 깨끗한.</td><td>106) 나중.</td></tr>
<tr><td>95) 그래도.</td><td>107) 끄트머리에 가서.</td></tr>
<tr><td>96) 걸리면서.</td><td>108) 물어대서.</td></tr>
<tr><td>97) 그저.</td><td>109) 여우.</td></tr>
<tr><td>98) 며느리.</td><td>110) 그러길래 진작 하지.</td></tr>
<tr><td>99) 보이거든.</td><td>111) 그렇게.</td></tr>
<tr><td>100) 먼저.</td><td>112) 왜 말 안 했니.</td></tr>
<tr><td>101) 그렇게 해대서.</td><td>113) 하면서.</td></tr>
<tr><td>102) 한.</td><td>114) 괜찮더란다.</td></tr>
<tr><td>103) 할망구.</td><td>115) 고생했어.</td></tr>
<tr><td>104) 내서.</td><td>116) 그만큼.</td></tr>
</table>

심했는 기라. [①: 이월에만요?] 어, 이월 초하룻날, 고 날. 영둥 할라 한
밥, 먼지117), 그래 먼이 젓까치 끊어 묵고 그 요리요리 쪼옥 훑어 묵고,
그러치118) 아팠어. 그래 접을 내가 시어마이 시아바이119), [③: 얼매나.]
시조모 그, 접을 내가 마 그래 자꾸 묻더란다. [②: 아 그래, 칭칭이120)
있는데 우애121), 접을 내가 될 일이가?] '니가 뭐 무웄나, 무웄나?' 물어
쌓아도, 절대로 안 뭈-다 캤다 카데. 【청중 웃음】

   그래 냄중에는 마 【손으로 허공을 가리키며】 니일122) 모레 인자, 이월 영
등모지123), 스뭇날이124) 마자125) 올라간다 카데. 【손가락으로 하나하나 꼽
으며】 여흘날 올라가고, 이렛날 올라가고, 보름날 올라가고, 스뭇날 마자
올라가는데, 그래 스뭇날, 니일 모레 인제 수뭇날인데 오늘 인자, 하두
아파싸서, 영등 물으이끼네, 갈차주이126) '【수줍은 새색시 목소리로】 어무이
요.' 그, 그, 그, 젓까치 그거, 뜯어 무웄다 카 【웃음】. '하이고-, 이 여
시127)야. 그래 물어도 와 안 갈차 주노?' 카미 그질로128) 가가주고, 【양손
바닥을 비비며】 보리밭에 가여 【방문 여는 소리로 말소리가 섞여 들린다.】 [②:
얼마나 묵고 짚아 그 젓까치가- 고거, 훑어 뭈-겠나?] 마 괘않, 마 괘않
더란다.

   [①: 아니 그럼 할머니, 이월 일일만 올라가는 게 아니라, 일일날 또?]
일일날만 올라가지, 영등할마이. 일일날 올라가는데 물은 한 삼오일 떠
놓는 기라. [①: 아, 근데 아까 이십일까지 다 떠놓는다고.] 이십일까
저129) 올라간다 카이, 이십일. 마자 올라가면 이십일날 올라간다 카이.
   메느리130) 델꼬131) 오먼, 【손가락으로 허공을 가리키며】 비가 니리오고132)

---

117) 먼저.
118) 그렇게.
119) 시아버지.
120) 층층이.
121) 어떻게.
122) 내일.
123) '영등제'를 가리키는 듯.

124) 20일에.
125) 마저.
126) 가르쳐주니.
127) 여우.
128) 그길로.
129) 이십일까지.
130) 며느리.

여, 영등할마씨가. 이, 【옆 할머니 치마를 가리키며】 다홍치마 얼룽지라꼬133) 비 오고. 딸 델꼬 올라가믄 【양손을 좌우로 흔들며】 바람 불어 다홍치마 팔랑팔랑하라꼬 바람 불고. 【웃음】 [⑤: 옛날에 영등할마이 올린다꼬 마, 이 성겂134)도 마 빨간 거, 쌔파란 거, 이래가이고135) 묶어 달아 놓고.] 와 아니라136), [②: 소지 올리고 다, 안 했나?] 전-부 형137) 달고, 소지 다 올리고, 또 여 까마구138) 또 【양손바닥을 펼쳐 모아 무언가를 받치듯이】 밥도 여 꺼러미139)에 내주고 옛날에는-, 많이 놨다. 오만140) 해가, 작밥141) 해가 【양손을 떠받치듯 모아 여기저기 무언가를 바치는 흉내를 내며】 여142) 떠다 놓고, 성준 떠 놓고 시준도 떠 놓고, 얼매나 에롭혔다고143). [②: 그래 했는데 오새야.] 그래 했는데, 요새는 그런 거 안 해두 마, 잘 되더라 뭐.

[①: 할머니, 이십일날 그럼 올라갔다는 게 뭐예요?] 이십일날에 그래, 마저 올라간다 카이. 영등할매가 니리왔다가 그래 이십일날에 【양손바닥을 펼쳐 위로 치켜올리며】 마저 올라가는 거라. [②: 마자 올라가는 거라, 하늘로 마자 올라가는 기라.] [①: 어. 아니, 올라가는지, 안 올라가는지 어떻게 알아요?] [②: 와 안 돼? 【웃음】] 그러기144) 알지, 알기 따문145)에 그 날 인자, 【양손바닥을 비비며】 마자 빌구 나먼 알지. 알지. [③: 바람에 싹 실꼬146) 올라간다.] [②: 이월부텀 마, 스무날, 이월 스무날…….] 이월달만 잡아들만147), 정월 한, 그믐끼148) 되먼 【오른손을 좌우로 흔들며】 바람 부는 기라. 한 스뭇끼149)만 되면 바람 부는데, 바람 불고 한 번은

---

131) 데리고.
132) 내려오고.
133) 얼룩지라고.
134) 헝겊.
135) 이렇게 해서.
136) '왜 아니겠냐'는 뜻. 강한 긍정의 뜻을 나타냄.
137) 헝겊.
138) 까마귀.
139) 꺼러미: 짚을 대강 얼기설기 엮어

서 만든 그릇. '꺼렁지'라고도 함.
140) 온갖.
141) 잡곡밥.
142) 여기.
143) 어렵게 했다고.
144) 그렇게.
145) 때문.
146) 싣고.
147) 접어들면.
148) 그믐께.

비 오고 이라거든. 그래가 그리 니리왔다가 인자, 고 때 되면 이월 스뭇날 되만 인자, 【양손을 위로 올리며】싹 다 들꼬150) 올라가뿐다. 마 마 인자.

　[①: 그때는, 빌 때 뭘 비는 거예요? 그럼요.] 뭐를 빌어. 뭐 그냥, 【웃음】【양손바닥을 비비며, 리듬을 타듯】바람탄 지성님네, 구름탄 지성님네 이러데.【옆 할머니 소리가 크게 들린다.】[①: 아이 할머니, 잠깐! 【웃음】조용히 줌 □□□. 【웃음】] 옛날에 빌 때 그라데151). [①: 예.]

　‘【양손바닥을 비비며】바람탄 지성님네 구름탄 지성님네요. 그래, 아뭇 댁 아무집에, 아무가정 아무집에 그래 만장진장 받어, 지성님네 대접하오니 그래 반갑기고 길겁기고152) 잡수라.’ 카데.

　그래 까마구밥도 내주고, 그래가 인자 내주고 오만 잡곡 해가 묵고, 갈라153) 묵고 그렇게 비는데. 그래 빌고 물은 아춤마중154) 떠다 놓지. [②: 아침마다 떠다 놓고.]【무언가를 바치듯 양손바닥을 펼쳐 모아 위로 올리며】장독간에 딱-, 장독에 그래 놓으믄 장독도 하고 그렇기.

　[①: 아, 그럼 음식은 뭘 하는 거예요? 그 때는.] 음석은 갖추155) 하지. 나물하고, [①: 나물하고 밥, 쑥떡.] 떡도 하고, 쑥떡 하고, [②: 오새는 쑥떡도 없다.] [③: 괴기156) 굽고.] 괴기 굽고, [②: 쑥떡도 없어.] 바람장157)은 깨끄맣게158) 하지. [①: 고기, 고기는 무슨?] [②: 아무끼나159) 마,] 뭐 뭐 다 있어야 돼. [②: 밍태160)나 청에161)나, 옛날엔 청에도 많고.] 청에 많다. [②: 그래가 무시해고162) 부글부글 찌지가163) 국물이나 해가 한 그릇씩 묵고.] 그래, 우리 어른 그, 받아가 내 참 바람 많이 했대

<hr>

149) 스무날께.
150) 데리고.
151) 그렇게 하더라.
152) 반갑고 즐겁게.
153) 나눠.
154) 아침마다.
155) 갖추어서.
156) 고기.

157) ‘영등제’를 지내기 위해 장 보는 일을 가리킴.
158) 깨끗하게.
159) 아무것이나.
160) 명태.
161) 청어.
162) 무하고.
163) 지져서. 끓여서.

이. 딴 거, 따른 건 못 빌어도, 그건 잘 빈다. 바람탄 지성임요【웃음】구름탄 지성임 하하하-.

　[①: 아-. 할머니 그럼 상을 놓을 때-, 영등할매 상만 놓는 게 아니라-, 시준, 지석 다 놓나 봐요?] 안 논다164). [②: 아이지165).] [③: 바람만 하고.] [①: 빌 때만?] 어. 바람 부는, 바람 하는 거만, [③: 바람만 하지.] 어, 지성임네만한테.

　걸166) 해가 또 어데167) 놓는가 하이께네168), 【무언가를 늘어놓듯 양팔을 좌우로 펼치며】정지169) 바닥에 놓는 거라. [②: 짚 피고170), 짚 피고.] 짚, 짚을【양팔을 좌우로 펼치며】탁- 깔아 놓고, [③: 미주171).] 미주도 한 장【손가락을 꼽으면서 방바닥을 한 번씩 치면서】갖다 놓고, 장172) 다라꼬173) 미주두 갖다 놓고, 나무하먼 도끼, 다치지 마라 도끼두 갖다 놓고, 칼두 갖다 놓고, 호미두 갖다 놓고, [②: 농사짓는 연장, 전부 다 갖다 놓고.] 농사 짓는 연장, 전부 다 갖다 놓고 탁 갖다, 짚을 타악- 피174) 놓고, 고-다175) 딱 밥 한-데176) 해가주고 마, 숟가락 있는 대로 거, 【손으로 꽂는 흉내를 내며】다 꼽아177) 놓고, 젓까치 있는 대로 다 빼 놓고, 장만 먹을 거, 딱- 해 놓는 기라. 근데 지석임네 대접할라 카면 언제든지, 그 저, 저, 저, 저, 바람 하는 음석부터 먼이178) 장만해 놓고 찌끄래기179) 묵지, 먼이 수지180)는 절대【한 손을 저으며】입으로, 간 안 보고. [②: 옛날에는 그랬다.] 나물 볶는 것두 간 안 보고, 그래 했, 그래 했어요, 여 참- 그 때, 엄중했다 카이. 지끔은 안 해두 마, 잘 되데. [②: 지금은 안 해두 뭐.]

<hr>

164) 놓는다.
165) 아니지. 조사자의 말에 대한 답변이
　　다.
166) 그걸.
167) 어디에.
168) 하니까는.
169) 부엌.
170) 펴고.
171) 메주.
172) 장(醬).
173) 달게(맛있게) 되라고.
174) 펴.
175) 거기에다.
176) 한 군데로 모아 놓는다는 뜻.
177) 꽂아.
178) 먼저.
179) 남은 부스러기.
180) 수저.

[⑤: 시방은 뭐, 하지도 안 한다 아이가.] 옛날에는-, 많이 놨다. 오만 해가, 작밥 해가 여 떠다 놓고, 성준 떠 놓고 시준도 떠 놓고, 얼매나 에롭혔다고. "

　힘들었던 만큼 아련한 추억으로 남아 있는 듯, 이상주씨가 이야기를 시작하자마자 연행판에 모인 할머니들은 너나 할 것 없이 말들을 쏟아냈다. 고생스럽긴 했지만 '영등제'를 지내는 일이 재미있고 신명나는 일이기도 했던 것처럼 보였다. 정월대보름 민속에 대한 질문에는 모두 침묵을 지켰지만 '영등할매'를 어떻게 모셨냐는 질문에는 속사포처럼 이야기 보따리를 풀어놓기 시작했다. 남성들이 주도하는 다른 제의와 달리 '영등제'만큼은 여성들끼리 공유한 비밀스럽고도 흥겨운 의례이자 놀이였기 때문이다.

　숲골에서 '영등제'의 전승은 거의 끊어졌지만 '영등제'의 기억은 이처럼 여성 연행자들 사이에서 여전히 지속되고 있었다. 무엇보다 흥미로운 것은 연행자들이 '영등할매'의 영험성에 대한 회의와 함께 강한 믿음을 여전히 지니고 있다는 사실이었다. '영등제'를 지내지 않아도 별 탈 없이 잘 살 수 있더라는 연행자의 말 속에, 분명 '영등할매'의 신성성에 대한 의문과 회의가 담겨있긴 했지만, 반대로 이상주씨의 이야기는 오로지 '영등할매'의 신적 능력을 드러내고 이를 공유하는 데 초점이 맞추어져 있었다. 신적 존재로서 '영등할매'는, 존재 자체의 신성성에 대한 회의가 시작된 이후에도 전승자들로 하여금 믿음의 끈을 완전히 놓지 못하게 할 만큼 강한 지속성을 품고 있는 것이다.

　이상주씨의 연행에 따르면, '영등제'에서 전승자들이 가장 중요한 과정으로 인식하는 것은 '첫물뜨기'다. 새벽 일찍 일어나 첫닭이 울 때를 기다렸다가 닭 울음소리가 들리자마자 아무도 손대지 않은 깨끗한 물을 한 그릇 떠 가지고 와서 짚으로 정화한 제단 위에 놓고 기도를 시작한다. 이 '첫물뜨기'는, 물을 용이라는 신적 존재와 연관시켜 생각하는 민간 신앙의 관념에 따라 '용알뜨기'라고 불리기도 한다.

‘용알뜨기’는 조선후기 문헌에도 등장하는 민속이다. 『동국세시기』에서는 ‘용알뜨기’를 ‘노룡란(撈龍卵)’으로 명명하면서, 이를 황해도와 평안도의 풍속으로 소개하고 맨 먼저 물을 긷는 사람이 그해 농사를 제일 잘 짓게 된다는 내용을 기술하였다.181) 『열양세시기(洌陽歲時記)』에서도 첫새벽에 일어나 정화수를 뜨는 일을 ‘노룡자(撈龍子)’라 이름하였다. 그러나 두 문헌은 모두 ‘용알뜨기’를 정월대보름 민속으로 소개하고 있다.182)

숲골이 자리한 산외면에 맞닿은 산내면의 여러 마을에서도 ‘용알뜨기’는 ‘상원(上元, 정월대보름)’ 풍속이 아니라 ‘영등제’를 시작하는 첫 단계 과정으로 인식되고 있다. 정월대보름 풍속이었다가 전승이 점차 약화되는 과정에서 깨끗한 물, 곧 정화수를 뜨는 일이 대단히 강조되는 영등제의 한 과정으로 자연스럽게 이동해온 것으로 보인다.

정월대보름날이나 이월 초하룻날 새벽에 아무도 손대지 않은 깨끗한 물을 뜨는 행위를 ‘용의 알’을 뜨는 행위에 빗댄 것은, 정화수 뜨기를 ‘수신(水神)’인 용의 정기(精氣)가 한데 모인 물을 뜨는 것으로 인식한 관념이 작용한 결과로 볼 수 있다. 또한 용은 신화적 사고의 층위나 민간신앙의 제의적 관점에서 ‘물의 신’인 동시에 비와 바람을 주관하는 풍우(風雨)의 신격으로도 인식되고 있다. 따라서 비바람의 신인 ‘영등할매’에게 올리는 제사에서 ‘깨끗하게 정화된 물’인 ‘용의 알’을 뜨는 것은 부정(不淨)을 차단하는 금기를 준수하는 제의의 실질적인 준비 단계인 동시에, 전승 주체들의 인식상에서 ‘영등’이 그 신성의 속성상 ‘용’과 일정하게 연관된 존재임을 드러내는 상징적인 과정이라고 할 수 있다.183)

---

181) 홍석모 저, 이석호 역주, 『조선세시기(朝鮮歲時記)』「동국세시기(東國歲時記)」〈상원(上元)〉, 동문선, 1991, 52면.

182) 홍석모 저, 이석호 역주, 『조선세시기』「열양세시기(洌陽歲時記)」〈상원(上元)〉, 동문선, 1991, 149면.

183) 일제 강점기 일본인 학자 秋葉隆은 『조선민속지(朝鮮民俗誌)』에서 제주도 민속을 조사, 소개하면서 제주도에서 올리는 연등 할머니 제사를 용신 신앙에 결부된 것으로 기술한 바 있다. (秋葉隆, 심우성 옮김, 『조선민속지(朝鮮民俗誌)』, 동문선, 1993, 265면 참조.)

누구의 손도 타지 않은, 어떠한 부정도 끼어들 여지가 없을 만큼 깨끗하게 정화된 물을 뜨기 위해 마을 여성들은 치열한 경쟁을 벌여야만 했다. 산내면의 한 마을에서, 할머니들은 '영등'을 맞는 정월 초하룻날 새벽에 동네 우물가에서 벌어지던 '첫물뜨기' 경쟁을 실감나게 묘사해주기도 하였다. 동네 대동샘이 없는 숲골과 같은 마을에서는 개울에서 정화수를 떠 올렸는데, 다른 사람보다 더 깨끗한 물을 뜨기 위해 아직 여명이 밝기도 전인 깜깜한 한밤에 마을의 여자들이 앞을 다투어 개울의 더 위쪽으로 올라가서 첫닭이 울기를 기다리곤 했다고 한다.

이와 같은 정성은 이월 초하룻날 하루에 끝나지 않았다. 정화수를 제단에 올리는 일은 3일이나 5일 동안 계속되었는데, 그보다 더 오래 전에는 '영등할매'가 지상에 머문다는 15일이나 20일 동안 계속되기도 했다고 한다. 지역에 따라 정성을 들이는 기간은 다르지만, 대부분의 지역에서 '영등할매'는 바람이 불기 시작하는 이월 초하룻날 찾아와서 바람이 서서히 잦아들기 시작하는 이월 보름이나 스무날께까지 머무는 것으로 인식되었다. 이상주씨도 정화수를 떠 놓는 것은 3일에서 5일 사이지만 '영등할매'가 머무는 것은 20일까지라고 말했다. 이월 스무날쯤 바람이 잦아드는 모양과 정도를 보고서야 비로소 '영등제'가 성공적으로 치루어졌는지 여부를 판단할 수 있다는 것이다.

"이 여신은 정월 15일에 와서 2월 15일에 돌아가므로 2월을 연등달이라 칭하며, 신달[神月]이라 생각한다. 여러 가지 엄격한 금기가 있다는 것은 이미 서술하였다. 제주 동문 밖의 등대로 가는 도중에 연등당(燃燈堂)이 있다. 2월 무렵에 행하는 연등굿에는 주로 해녀들이 모인다. 공양물로는 돼지나 소주를 금하고, 월경 중인 사람, 돼지고기를 먹은 사람, 장례식을 치른 사람 등은 이 굿에 오지 못하는 것으로 되어 있다. 그렇지만 오늘날 이 제사는 반드시 해안지대에 한하지 않고 상당히 깊은 산 속의 읍락에서도 볼 수 있다. 그래서 차귀(遮歸) 신앙이 성행하는 정의면 수산리 지방의 연등굿에 관하여 서술하겠다.

그것은 2월 13일에 무가에서 굿을 하고 14일에는 무당이 연등대[燃燈竿]라 칭하는 신기(神旗)를 단 신대를 들고 요령을 흔들고 주문을 외우면서 담당 부락의 가가호호(家家戶戶)를 방문한다. 그러면 주인이 문 앞에서 기다리고 있다가 쌀 한 홉, 술 한 잔을 준다. 무당은 이것을 문 입구에 뿌려서 용신에게 공양하고 집집마다 기도를 행한다. 15일이 되면 방선(放船), 또는 부선(浮船)이라 칭하는 행사가 있다. -후략-"184)

제주도 '연등제(燃燈祭)'에 관한 『조선민속지(朝鮮民俗誌)』의 기술은 '영등제'가 용신 신앙과 밀접하게 연관된, 여성들만의 비의적(秘儀的)인 제의로 전승되었을 가능성을 보여줄 뿐 아니라 이 제의가 15일이나 20일 동안 다양한 절차를 거쳐 지속되는 성대한 행사였음을 증언한다. 이월 초하루부터 '영등할매'가 올라간다는 보름이나 스무날께까지 유기적인 구성을 갖춘 하나의 성대한 제의로 '영등제'가 치루어져왔음을 보여주는 것이다. 밀양과 같은 경남 지역인 거제도의 '영등제'에 관한 『조선민속지』의 기술 역시 이와 같은 정황을 보여준다.

"거제도에서는 이 제(祭)를 영등할머니 올림, 또는 풍신 올림이라 칭한다. 동해안 장승포 주변에서는 이 제사를 위하여 물대[水竿]를 세우는 풍습이 있다. 각 집마다 정월 그믐날 밤에 대나무 장대 상부를 일부 가르고 주위에 색천을 드리운 것에 작은 그릇을 얹는다. 여기에 맑은 물을 담아서 주방 또는 장독대 곁에 세우고, 다음날 아침 즉 풍신(風神)이 내려오는 2월 1일 아침부터 19일까지 매일 아침 맑은 물을 새로이 갈아서 올려둔다. 그리고 2월 1일부터 3일까지 그 동안에 길일(吉日)을 택해 오곡밥·인절미 등을 만들어 물대 옆에 바치고 소지기원(燒紙祈願)을 행한다. 이 기도를 위한 공양물의 원료로는 지

---

184) 秋葉隆, 심우성 옮김, 『조선민속지(朝鮮民俗誌)』, 동문선, 1993, 265면.

난해 가을에 수확한 나락을 대청 또는 방 안의 항아리에 담아 준비해 둘 정도
로 신중함을 기한다. -중략-

　소위 영등바람은 무서운 여신이라고 하는 것이 원형으로 생각된다. 그런데
이 여신이 하늘에서 내려올 때 딸을 데리고 오는 해는 바람이 많이 불고, 며느
리를 데리고 오는 해는 비가 많이 내린다고 하여 바람영등·비영등이라는 속
칭도 있다. 그러나 이 섬에서는 삼신(三神)이 함께 내려오고 승천할 때는 각각
다른 날 올라간다고 생각한다. 처음은 2월 9일, 다음은 14일, 마지막이 19일
로 5일씩 차이가 난다고 한다. 따라서 이 각각의 날에도 음식을 장만하여 물대
앞에 바치고 소지기원을 행하게 된다. 19일 행사가 끝나면 물대의 물은 깨끗
한 곳에 버리고 그릇은 일상용으로 사용하지만, 대[竿]는 깨끗이 하여 다음해
행사를 위해 보존한다."185)

『조선민속지』에서 기록한 거제도 '영등제' 풍속과 같이 이상주씨의 연행
에서도 '영등할매'는 딸, 며느리와 함께 하는 삼위(三位)의 신격으로 등장한
다. 이상주씨 역시 '영등할매'가 딸을 데리고 오면 바람이 불고 며느리를 데
리고 오면 비가 온다는 말을 조사자들에게 건넸다. 색색깔로 올리는 종이
소지에 대한 언급이나 '영등'을 '바람'으로 칭하는 것, 제수에 들어가는 '잡곡
밥'에 대한 진술 등이 모두 『조선민속지』의 기록과 일치한다.
　'영등제'를 위해 준비하는 제수 중에는 『조선민속지』에 기술된 거제도 풍
속과 이상주씨가 말하는 밀양 산외면 숲골의 풍속 사이에 다른 점이 있다.
『조선민속지』에서는 지난해 가을에 수확한 나락으로 제수를 장만하고 제수
로 올렸던 인절미를 벼가릿대 꾸러미 속에 넣어 성주단지 위에 놓았다가 3
일 후에 나눠 먹는 거제도 풍속을 소개하였다. 또 메벼, 찰벼, 좁쌀 등으로
부푼떡, 베피떡, 척떡, 차프떡과 같은 다양한 떡을 만들어 벼가릿대 꾸러미
에 담아서 항아리 속에 저장해 두었다가 풍신이 올라간 후에 풍년을 기원하

---

185) 秋葉隆, 앞의 책, 267~268면.

며 꺼내서 구워 먹는 거제 서해안 지방의 '할머니떡' 풍속도 소개하였다.186)

반면에 이상주씨는 '영등제'를 성주단지나 벼가릿대 풍습과 연관되지 않은 독립된 제의로 진술하였고, '영등제'의 비나리에서 기원의 대상이 되는 신격을 '지성님'이라고 불렀다. 제수로 준비하는 음식에서도 차이가 드러났는데 이상주씨를 비롯한 숲골의 할머니들은 '영등제'에 쓰이는 제수로 '쑥떡'과 '나물 반찬', '명태·청어 등의 생선'과 '오곡밥' 등을 강조하였다. 여성 연행자들은 '영등할매'가 화려한 음식이나 육고기보다는 밥과 나물을 중심으로 차려진 소박한 밥상을 좋아하신다고 입을 모았다. 대상 신격이 여성으로 설정된 데다가 제의를 주도하는 이들 역시 여성이라는 점이 제의의 성격을 규정하는 데 많은 영향을 미치고 있음을 짐작할 수 있었다.

할머니들은 '영등제' 때 '까마귀밥'을 차려 놓기도 한다고 했는데, 여성 연행자들은 객지로 나간 식구들의 평안을 기원하기 위해 차리는 별도의 소박한 제상이라고 설명하였다. 연행자들의 설명에 따르면, '까마귀밥'은 일종의 거리굿의 성격을 띤 듯했지만 예부터 정월대보름날에 올리던 '까마귀밥'과 무관한 것은 아닌 듯했다.

'까마귀밥'은 『삼국유사(三國遺事)』에 실린 '사금갑(射琴匣)' 이야기에서 유래한 것으로 알려져 있는데, 신라 소지왕(炤智王)을 살린 까마귀에게 감사의 뜻을 전하기 위해 정월대보름날 약밥을 지어 올리는 풍습을 가리키는 말이다. 신라 21대 왕이었던 비처왕(毗處王, 소지왕) 10년(488)에 소지왕이 까마귀의 안내에 따라 편지 한 봉을 받고 그 편지 내용이 지시하는 바에 따라 금갑(琴匣)을 쏘아 중과 내통하던 궁주(宮主)를 죽임으로써 안전을 도모한 일에서 바로 이 정월대보름날 까마귀에게 올리는 제사 풍습이 유래된 것이다.

오늘날에는 '영등제' 때 약밥을 제수로 만들어 '까마귀밥'으로 올리진 않지만 과거에는 그와 같은 풍습을 따랐을 가능성을 배제할 수는 없다. '오곡

<hr>

186) 秋葉隆, 앞의 책, 267~268면 참조.

밥'이나 '까마귀밥'은 정월대보름과 영등제의 민속이 축소되는 과정에서 서로 혼효되는 양상을 보여주는 풍습들이다. 그러나 '영등제'의 변화 과정에서 다른 어떤 것보다 더, 가장 뚜렷하게 나타나는 특징은 여성 민속으로서의 성격과 기복(祈福) 신앙적 요소가 강화되는 것이다.

'영등제'가 풍요를 기원하는 마을 전체 제의로 치루어졌을 때에는 농경제의적인 성격이 강하여 제단 앞에 호미와 낫 등의 농기구들이 진열되고 제수 역시 오곡을 중심으로 마련되었을 가능성이 높다. 앞선 기록이나 연행자들의 증언이 모두 이러한 정황을 뒷받침하고 있다. 이 때문에 풍요를 기원하는 농경제의-마을 공동체 전체가 주관하는-가 강조되는 정월대보름 풍속이 '영등제' 풍속과 서로 혼효될 수 있었던 것이다. 그러나 언제 어떤 계기를 통해 '영등제'가 여성 민속으로 자리잡게 되었는지 그 역사적 과정은 분명하게 파악할 수 없으나 이와 같은 변화를 통해 정월대보름은 농경 사회의 풍요를 기원하는 마을 공동체 전체의 제의가 거행되는 날로, 이월 초하루는 여성들이 주관하는 '영등제'가 올려지는 날로 분화되어왔음을 짐작할 수 있다.

여성들만의 제의로 자리잡은 '영등제'는, 제의 공간이 여성 생활 공간인 부엌과 장독대 등으로 옮겨졌을 뿐 아니라 제단 앞에 놓이는 제물 역시 낫, 호미 외에 장을 담그는 데 필요한 메주와 자녀들의 학용품 등으로 확대되었다. 집안의 장맛을 책임지는 데서부터 자녀들의 교육과 출세를 보장하는 일에 이르기까지 '영등할멈'이 관장하는 신적 능력의 영역이 여성들의 생활과 염원을 중심으로 점차 변화된 것이다. '영등할멈'은 이제 더이상 농사나 어업 등의 생산 활동과 풍요를 주관하는 '바람신'으로 그 역할을 한정하지 않는다. 여성들의 일상적인 바람을 충족시켜주는 기복 신앙의 대상신으로 자리잡기에 이른 것이다. 여성이 주도하는 여성들만의 제의로 자리잡은 '영등제'는 이제 시할머니에서 시어머니에게로, 다시 시어머니에게서 며느리에게로 이어지는 여성적 계통을 통해 전승되고 있다.

여성들에게 '영등제', 혹은 '영등할매'가 얼마나 강한 구심력을 지닌 민속으로 전승되고 있는지는, '영등제'의 엄격한 금기와 이에 대한 연행자들의 인식을 통해 짐작할 수 있다. '영등제'의 전승을 묻는 조사자의 질문에 여성 연행자들이 가장 먼저 떠올린 것은 다름 아닌 '영등제'의 금기였다. '영등제'의 금기는 주로 '영등제'의 공간과 '영등할매'에게 올리는 제수, 제의의 주체를 모든 부정(不淨)으로부터 차단하고 이를 깨끗하게 정화(淨化)하는 일, 곧 성별화(聖別化)의 작업에 연관되어 있다.

'영등제'에서 가장 중요한 것은 새벽 일찍 일어나 첫닭이 울 때 아무도 손대지 않은 깨끗한 물을, 첫새벽의 첫물을 뜨는 일이다. 이때 제의 주체인 여성은 목욕재계를 통해 본인의 몸을 깨끗이 정화하며 제의를 올리는 공간인 장독대나 부엌 한 쪽에도 짚을 깔아 부정을 차단한다. 정화를 위한 금기는 제의 주체 한 사람에게 국한되지 않아 마을 전체에 한 집이라도 초상이 나면 그 해 '영등제'는 지내지 않는다고 한다. 제수 마련에도 신중을 기해 장 보기에서부터 음식 장만에 이르기까지 조금이라도 부정한 요소가 개입되지 않도록 의식을 집중한다.

'성별화'의 작업은 제의와 관련된 '성(聖)'의 영역이 일상 생활과 연관된 '속(俗)'의 영역에 의해 오염되거나 두 영역이 뒤섞이지 않도록 엄격한 금기를 통해 '성·속'의 분리를 시도하는 일이라고 할 수 있다. 그러나 이 분리는 '속'의 영역으로부터 '성'을 분리하여 보호하기 위한 조치인 동시에 '성'의 제어 불가능한 힘으로부터 '속'의 세계를 지켜내기 위한 조치이기도 하다. 그래서 한번 '영등할매'의 신성(神性)에 감염된 제사 음식은 그 힘이 빠져나가는 데 필요한 일정 기간이 지나기 전에는 절대 입에 대지 않는다. 그 기간을 준수하지 않고 음식에 입을 대면 반드시 '동티'가 났다고 연행자들은 입을 모았다.

'영등제'의 엄격한 금기와 금기 위반의 결과로 나타났던 '동티'에 관한 일화들은 모두 연행자들이 '영등할매'의 신적 속성에 대해 갖고 있는 두려움과 숭배, 즉 경외의 감정을 보여준다. 여성 연행자들은 '영등제'에 쓰려고 준비해 둔 나락을 주워먹은 새가 죽은 사건이나 제수로 마련한 쑥떡을 먹고 아

팠던 시어머니의 이야기를 반복해서 연행함으로써 '영등할매'의 영험한 힘
과 능력을 증언하고 마음 속 깊이 되새겨온 것이다.

　제수로 쓸 음식을 준비하면서 간을 보지 않는 것은 물론, 숟가락조차 대
지 않을 정도로 엄중하게 치루어진 '영등제'를 통해, 객지에 나가 있는 식구
걱정에서부터 자라나는 자식들의 미래, 가정의 안정과 평화, 생활의 풍요와
먹거리의 안전에 이르기까지 끊이지 않았던 여성들의 불안과 걱정, 그들에
게 짐 지워진 생활의 무게를 가늠해 보는 것은 어려운 일이 아니다. 생활의
불안과 책임이 무거워질수록 여성들은 더욱 정성껏 '영등할매'를 부르며 그
에게 의지하여 삶의 불안을 해소해 왔던 것이다. 이렇게 해서, '바람'의 신
인 '영등할매'는 오랜 시간 여성 연행자들의 생활 전반에 걸쳐 삶의 동반자
이자 제의적 의지처로서 오랜 시간 자리를 지켜왔다.

② 시준

　'시준'은 추수가 끝나는 10월 상달에 쌀을 단지에 담아 왼새끼로 감은 후
방 천장 한 구석의 선반 위에 올려 놓고 집안의 번성과 풍요를 비는 풍습을
가리킨다. '시준'은 '세준', '세존'이라 불리기도 하는데 다른 지방에서는 '조
상단지', '제석단지', '세존단지', '신주단지' 등의 명칭으로 일컬어지기도 한
다. 최남선은 『조선상식(朝鮮常識)』에서 이를 '재곡신(財穀神)'에 관한 '신
곡천진(神穀薦進)'의 의례로 규정하고, '부루ㅅ단지', '帝釋주가리', '진둥항
아리' 등으로 부르기도 하였다. 여기서 그는 햇곡식의 수확기인 10월에 이
루어지는 이와 같은 의례에 대해, 수확에 대한 감사의 마음과 풍요를 관장
하는 신령(神靈)에 대한 존봉(尊奉)의 뜻을 드러내는 제례의 일종이라고
설명하고 있다.[187]

187)　최남선, 『조선상식(朝鮮常識)-풍속
　　편』, 동명사, 1947, 37면 참조.

추엽융(秋葉隆)은 『조선민속지(朝鮮民俗誌)』에서 집안에서 이루어지는 가제(家祭)를 남성이 주도하는 유교적 제례와 여성이 주도하는 무속적 집 신굿으로 구분하고 후자의 집신굿을 원시적인 신령제(神靈祭)로 파악하였는데188) 바로 이것이 '시준'을 가리킨다. 집안에서 이루어지는 의례에 대한 추엽융의 구분과 분석이 얼마나 타당한 것인지에 대해서는 논외로 하더라도 이것이 여성에 의해 주도되는 집안 의례인 것은 분명한 사실이다.

그러나 이 의례는 어머니에게서 딸로 전승되기보다는 가부장제를 통해 형성되고 승인되는 관계인 시어머니-며느리 계보를 따라 전승되며, 특히 여러 며느리 가운데 큰며느리, 그 중에서도 장손 며느리에 의해 계승되는 경우가 많다. 秋葉隆은 어머니에게서 딸에게로 전승되는 예가 많고 심지어 출가한 딸이 친정집 조상단지를 계승하는 경우도 있다고 설명하면서 이를 모계적 경향으로 지적하였으나189), 미약하나마 최근까지 지속되고 있는 전 승 방식을 고려할 때 시어머니-며느리 관계로 이어지는 전승 형태가 훨씬 일반적이다.

　　"경성 지방의 민가에서는 종종 안방 벽에 종이 봉지에 든 돈·곡식을 담아 걸어두고, 그 위에 종이로 만든 고깔을 씌워두고 이를 제석(帝釋)이라 부르고 있다. 그것은 인간에게 명복(命福)을 하사하는 신, 또는 삼신제석(三神帝釋) 이라 칭하며 어린 아이의 수호신으로 여기고 있다. 또한 평안도 지방에서는 고 방 구석에 곡물을 담은 단지를 놓아두고 이를 농제석(農帝釋)이라 부르는 집 이 있다. 그것을 제사지낼 때 농제(農祭)라 부르는 점으로 보아 그것은 농경신 (農耕神)인 듯하다. 더구나 이와 같은 신단지는 전국적으로 볼 수 있는 것이 다. 대개는 대청 구석에 놓아두고 제석단지·세존단지·천왕단지 등의 이름으 로 부르고 있다. 또한 이와 구별이 되지 않는 신단지에 조상단지라 칭하는 것 이 있다. 이것은 분명히 조상의 영혼을 제사지내는 것이다. 더욱이 곳에 따라

---

188) 秋葉隆, 앞의 책, 31~32면 참조.　　　　189) 秋葉隆, 앞의 책, 32면 참조.

서는 조상고리라 칭하여, 고리에 선조의 의복을 담아서 제사지낸다. 이것을 평안도 지방에서는 조상마울·조상단지기 등의 방언으로 부르고 있다. 또한 함경도 방면에서는 제석단지를 주방과 소〔牛〕 우리 사이에 걸어두고 이를 성주〔成造〕라 부르고 있다. 성주란 보통 가택신으로 여기며, 경성 지방에서는 대청의 대들보 위에 흰 종이를 붙여 여기에 쌀을 뿌려 붙게 하여 제사지내고 있다."190)

곡식 수확기에 새로 나온 햇곡식을 담아 신에게 고(告)함으로써 집안의 평안과 발전, 풍요를 기원하는 가내 신앙인 '시준'은 이처럼 지역에 따라, 시기에 따라 다양한 명칭과 의미를 지닌 민속으로 전승되어왔다. 특히 秋葉隆의 기록을 참고할 때 '시준'은 의례 대상 신격의 성격과 기능 면에서도 매우 복잡한 양상을 드러내고 있음을 알 수 있다. 그 다양한 명칭만큼이나 여러 가지 신성의 의미와 기능이 '시준'에 겹쳐져 있는 것이다.

어떻게 '시준'이 토지를 지키고 풍요를 관장하는 '농경신'으로부터 집안을 지키는 '성주신', 아이들을 보호하는 '삼신제석신', 그 외 '조상신'으로까지 그 외연을 확장해왔는지 구체적인 과정을 치밀하게 논증할 수는 없지만, 복잡하게 확장된 외연에서 추론할 수 있는 한 가지 사실은 '시준'이 가내 신앙의 영역에서 중추적 기능을 담당해왔다는 점이다. '시준'은, 가정 내 핵심 생활 영역과 연관된 주요 신격을 아우를 만큼 가내 신앙의 범주 안에서 상위에 존재하는 동시에 하나의 구심으로 작용하고 있다. 또한 '신주', '세존', '제석' 등 최고 지위의 신격에 대한 호칭이 '시준'의 명칭으로 통용될 뿐 아니라 '조상', '성주' 등 가내 무속 신앙 내 핵심 신격들이 '시준'의 또다른 외연으로 인식된다는 사실을 통해서도 '시준'의 중추적 기능과 깊고 오랜 연원을 짐작할 수 있다.

---

190) 秋葉隆, 앞의 책, 170~171면.

▶ 시준[191]

연행자 : 이상주(여, 80세, 죽남댁) ●
조사자 : 김영희 ①, 황은주 ◎
청 중 : 백승희(희설댁) ②, 서복선(오치댁) ③, 김진옥(구야할머니) ④

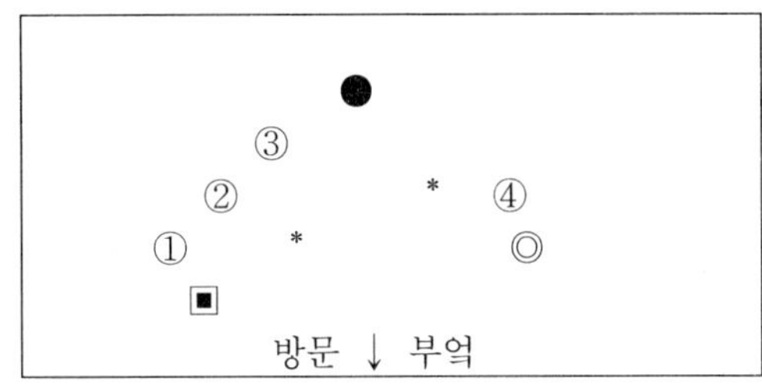

■ 카메라   * 녹음기

"그럼 할머니, 제석이, 제석은 뭐고 시준은 뭐예요? 세준은."

아, 그거는 바람 탄 저 그거는 그기고[192], 시준은 또 옛날 부텀[193] 【오른손을 올려 방 천장의 한 구석을 가리키며】 저게[194] 단지에다 살[195] 옇고[196], [⑤: 단지에다, 살로 퍼가주고[197] 딱- 고.] 딱 요마히[198] 해가 주고[199], [②: 시월 달에 따악 나락, □□□□ 가주고.]【양손을 모아 오른쪽 위로 올리며】시월 상달에, [①: 예, 시월 상달에.] 어, 시월 상달에 해가[200] 저 딱 얹어 놓거든. 먼지[201] 한, [②: 제일 먼지, 먼지 핸[202] 나락을, 갖다 찐살[203] 해가지고,] 먼지 핸 나락, 딱 찌가지고[204]. [①: 찐쌀, 쪄서 해 넣

---

191) 2003년 2월 4일 오후 밀양 산외면
     엄광리 숲골 할머니노인정.
192) 그것이고. '영등제'를 가리킴.
193) 옛날부터.
194) 저기에.
195) 쌀.
196) 넣고.
197) 퍼서.

198) 요만큼.
199) 해서.
200) 해서.
201) 먼저.
202) 한.
203) 찐쌀: 덜 여문 벼를 쪄서 말린 뒤에
     찧은 쌀.
204) 쪄서.

는 거예요?] 어. [②: 쪘다.] 찐 것도 해도 되고 마, 중간에는 안 해고205)
해도 되더라. 나는 마 안 찌고 마 만달206) 그렇게 했다. 옛날에는 그렇
게 해, [①: 아니 그렇게 상달에 넣어서 얹어 놔요? 아무것두 안 넣고, 실
이나 뭐 색.] 【생각난 듯】 아! 고거 인제 여, 【새끼 꼬는 흉내를 내며】 왼새끼
꼬아가주고207) [①: 왼새끼요?] 어, 【무언가 칭칭 동여매는 흉내를 내며】 꼬
아가 단지 여 이거 하면, 여 인자 금줄 딱 쳐가주고 고래208) 얹어 놨다
가 또, [①: 안에는 뭐 안 옇구요?] [③: 살, 쌀.] 안에는 쌀 옇지. [①: 쌀
만 넣지, 천은 안 넣고?] 어. 쌀만 옇지, 아무 것두 안 옇고. 살만 마, 그
것도, 것도 한 단지 채우면 안 된다 카데209). 나는 그전에 마, 만날 한
단지 채워가 줄창 여-210) 났는데. [②: 우리는 안익211)까지, 옛날부터 우
리 시준은, 우리 할, 어른이 없은동212) 시준단지 없어가.] 【희설댁 쳐다보
며】 안 했나? [②: 안 했다.] 나는 시준도, 【오른손을 올려 허공을 가리키며】
시준 인자 미느리213) 모시간214) 지 인자, 삼 년채215) 난다. [②: 우리는
없더라, 마.] 미, 및216) 해 지난 거 같다. [②: 옛날부터 없더라.] 저 찐살
옇어가, [②: 모사217)도 안 지내는데 뭐.] [⑤: 한 단지 이빠이218) 안 채
워 주고, 요, 요 끈땡이219) 밑에 요만-큼, 반 단지 넘기220) 요래 고래.] 【양
손으로 한 웅큼 정도 가늠하여】 요만-한 단지 사가주고, 【손바닥의 반 정도 가늠
하며】 요마-히 찌어가주고 해놓으면 인자, 시준이 그, 【오른손으로 왼손 주
먹을 덮으며】 한 단지 불아221) 준다 카데. 【말이 빨라짐】 그래두 난 마, 그
전에 마, 한 단지 채워가주고, 찰랑찰랑 흔들어 이빠이 옇어가주, [①: 【웃

---

205) 하고.
206) 항상.
207) 꼬아서.
208) 그렇게.
209) 하더라.
210) 넣어.
211) 아직.
212) 없어서인지.
213) 며느리.

214) 모셔간.
215) 삼 년째.
216) 몇.
217) 묘사(墓祀).
218) 가득. 일본 말의 영향.
219) 끄트머리.
220) 넘게.
221) 불려.

음】] 그게 아이드라222) 카더라223). [②: 그래야 많이 불아지224). 느그225) 살림 많이 불았다 아이가?] 그래 몰라. 마, 그렇다 카더라.

　[①: 아, 그럼 제석은 따로 모시진 않고요?] 어. 【①을 흘겨보듯 바라보며】 고거 고거, 지준 또 살로, 시준살 갈마-226), [②: 그-는 시월 상달에 또 날 받아가주구227),] 시월 상달에 날로 받아가 안 가나, 그자? [②: 가는 사람 또 그거 아이.] 요, 요 쌀 【오른손바닥을 뒤집어 방바닥에 놓으며】 부운, 작년에 핸 쌀, 부우228) 내가가229), 밥해가주구 요 정지230) 꾸리231)에 【자기 가슴을 짚으며】 혼차232) 묵는 거라233). 쪼매-만234) 요래 해가주고, 【방바닥을 두 번 두드리며】 혼차 묵고, 붓고. 또, 고오 또, 【손바닥의 반 정도 가늠하며】 요만이235) 옇어가주고 해놓으먼, 그 날 지녁236)에 시준, [②: 그날 지녁 떡 하고, 해가 마.] 갖추237) 한다. 갖추 장만해가 갖게238) 해가, 시준밥, 【오른쪽으로 몸을 틀어 손으로 가리키듯】 여 두 그릇 떠가주구 죄239) 들아240) 놓고 나물 싹- 갖게. 또 【왼쪽으로 몸을 틀어 바치는 흉내를 내며】 요, 조상판 채리241) 놓고, 시준한테 먼이242) 똑-243), 조상판 채리야 된다. 그 시준 조상을 모시244), 한테245) 그래 또 빈다카이246). 빌고, [②: 그러고 보이, 옛날이다.] [①: 아-. 그때도 나물하고 고기하고,] 그렇지. [①: 떡 하고.] [②: 그렇지, 내 정신만 하먼 돼247).] 정신만 하먼, [①: 아-. 그

---

222) 아니더라.
223) 하더라.
224) 불리지.
225) 너희.
226) 갈면. 바꿔 넣으면.
227) 날을 받아서. 택일(擇日)을 가리킴.
228) 부어.
229) 내가서.
230) 부엌.
231) 구석.
232) 혼자.
233) 먹는 것이라.
234) 조금만.

235) 요만큼.
236) 저녁.
237) 갖추어서.
238) 갖추어서.
239) 모두.
240) 들여.
241) 차려.
242) 먼저.
243) 꼭.
244) 모셔서.
245) 함께.
246) 빈다니까.
247) 정성만 드리면 돼.

때 떡은, 뭐 하는데요?] 아무 구지나248) 뭐-, [②: 아무끼나249) 뭐. 시루 떡이나 뭐.] 내- 찰떡도 쪼매 하면 되고, 무시250)도 하고. [②: 그래가 인자, 동네 갈라251) 묵는 기라. 마음 있는 사람, 동네 갈라 묵는 법이더라. 가을, 가을손 빈다꼬 다 갈라 묵는 기지.] 가을손 빈다고 다 갈라 묵는다. 그때 시준할 땐 그땐 또, 참 지북252) 많이 한대이. 조상도 빌고, [②: 지253) 하기 싫으면 뭐, 찬물 한 그륵254) 정신으로만 떠 놓으면 돼.] 음, 그래. 찬물 하나 정싱껏255) 받아 놓고, 머리 빗고 다 마 얼매나 뭐, 옷 갈아 입고, 깨끄바시256) 하면257). [②: 그래, 정싱껏만 하면 돼.] 근데 마, 오새258)는 그런 거 안 해두259) 잘 살더라. [②: 시준조상 있는데 뭐, 묵고 가나 쉬고 가나 뭐.] 그래. 오새는, [②: 내 마음만 정신 드리만 뭐.] 오새는 그런 거 안 해두 마, 그만치260) 잘 되데.”

'시준'에 대한 언급에서도 이상주씨는 '영등제'와 마찬가지로 신께 올리는 의례의 정성을 대단히 강조하였다. 길일을 골라 택일한 날에 가장 먼저 거둔 쌀을 상하지 않도록 살짝 쪄서 단지에 담은 후 왼새끼로 꼰 금줄을 둘러 온갖 부정을 막는 일련의 과정들이 얼마나 정성스럽게 치루어졌을지, 그녀의 이야기를 통해 어느 정도 짐작할 수 있었다.

지난 해 담아두었던 쌀을 꺼내 정갈하게 밥을 짓고 소박하게 준비한 나물·떡 등을 제수로 장만해 놓고서, 이상주씨를 비롯한 여성들이 '시준님'과 '조상님'께 마음을 다해 빈 것은 무엇이었을까? 반만 채워둔 단지 안의 쌀이 불어나듯이 집안의 살림살이도 그렇게 부쩍부쩍 늘어나기를 바랐던 것일

---

248) 것이나.
249) 아무것이나.
250) 무. 여기서는 '무나물'을 가리킴.
251) 나눠.
252) 제법.
253) 자기가.
254) 그릇.

255) 정성껏.
256) 깨끗이.
257) 하면.
258) 요새.
259) 해도.
260) 그만큼.

까? 밖에 나가 있는 식구들이 아무 탈 없이 집으로 안전하게 돌아올 때까지 몸가짐 하나하나 그저 조심스럽기만 했던 우리네 어머니들의 간절하고 소박한 소망이 단지 재물을 불리는 데 국한되지는 않았을 것이다. 얼마 안 되는 밥과 보잘것없는 나물 반찬이나마 이웃들과 나눠 먹으려 했던 마음에서 읽을 수 있듯이 집안에 있는 식구들이나 밖에 있는 식구들이나 배 곯지 않고 평안하기를, 그래서 그저 진정한 사람다움과 넉넉한 사람살이의 여유를 잃지 않기만을 빌고 또 빌었던 것이다.

중요한 것은 눈에 보이는 제물이 아니라 오로지 '정성'이기에 찬물 한 그릇을 떠 놓더라도 정성을 다해, 진심을 다해 정갈하게 준비해야만 한다. 그게 바로 신에게 통하는 마음이고 그게 바로 희망을 만드는 마음이기 때문이다. 그리고 이 마음은 은밀하게 소통될 때 비로소 힘을 발휘하기에, 남몰래 부엌 한 쪽에서 혼자 밥을 지어 먹을 만큼 '시준'은 여성들 사이에서 비의적(秘儀的)으로 치루어져왔던 것이다.

이제 '시준'이나 '조상'을 모시지 않아도 잘 살 수 있는 세상이 되었다지만, 더욱이 '시준'처럼 번거롭고 까다롭게 절차를 따지는 일은 비효율적이고 무용(無用)한 일로 인식될 뿐이지만, 그럼에도 불구하고 마음 한 구석이 허전해지는 것은 찬물 한 그릇을 정갈하게 준비할 정성과 마음을 잃어버렸기 때문이다. '시준' 따위를 모시지 않아도 걱정 없이 살 수 있다고 스스로를 위안하면서도 그 옛날 '시준님'께 올렸던 깨끗한 찬물 한 그릇이 여전히 향수어린 기억으로 남아 말끝을 흐리게 만드는 것은, 아무래도 정성과 마음 없이 지탱할 수 있는 사람살이란 불가능하다는 것을 부인할 수 없기 때문이 아닐까.

V-2. 당제와 지신밟기

숲골의 정월대보름 행사는 전날(음력 1월 14일) 밤에 치루는 당제와 보름날에 이뤄지는 행사로 나눌 수 있다. 예전에 당제는 1년에 두 번, 정월 보름과 음력 10월에 지냈으나 지금은 정월 보름에만 지낸다. 한 해가 시작되는 기점에 일 년간 마을의 무사 안녕을 비는 것이니만큼 당제는 대보름 행사에서 중요한 부분이다.

당제에 대해서는 2월 초에 찾아갔을 때 할머니들에게서 조금 설명을 들었고 보름 전날 마을회관에서 회의가 열렸을 때 잠깐 질문하여 들을 수 있었다. 숲골의 당제는 다른 마을과는 다르게 마을 사람들이 직접 지내지 않고 절에 맡겨 지내기 때문에 지금의 당제 모습에 대해서는 마을 사람들도 자세히 알지 못했다. 당제의 변모된 모습이나 당제를 지내던 방법 등에 대해 전체적으로 차분하게 들을 수 있었던 것은 대보름 이후 4월에 다시 숲골을 찾아가 손기준씨를 만나서였다.

숲골의 지신밟기는 지난 몇 년 동안 하지 않다가 마을 사람들이 함께 즐겨보자는 취지에서 다시 시작된 것이었다. 오랫만에 하는 것이라 혹 부족한 부분이라도 있을까 싶어 마을 사람들은 동장 손호영씨를 중심으로 회관에 모여 회의를 하고 풍물연습도 했다. 운좋게 우리는 그 회의에서부터 대보름날의 지신밟기, 달집태우기까지 모두 볼 수 있었다.

① 당제

숲골의 당제를 이야기하기 전에, 우리가 조사했던 밀양 산내면의 당제를 먼저 간단히 살펴보려고 한다. 산외면의 당제 조사는 숲골이 처음인데다 긴

늪 외에 다른 마을은 조사가 이루어지지 않아 산외면의 당제를 전체적으로 개괄하기는 어렵고, 먼저 조사한 산내면이 마침 산외면과 이웃해 있어 산외면의 당제를 이해하는 데 좋은 안내 자료가 될 수 있을 것이기 때문이다.

오늘날 당제의 모습은 예전에 비해 생략되거나 변모된 것이 많다. 그래도 마을 사람들은 '옛날에 지내던 당제'에 대한 기억이 많아 조사자의 질문에 막힘없이 대답을 들려주곤 한다. 대부분의 마을 사람들은, 상황에 따라 여러 가지가 달라지긴 했어도 '이렇게 지내야 하는데……'라는 생각을 여전히 지니고 있는 듯하다.

예전에는 음력 정월 보름과 상달(10월) 보름, 일 년에 두 번 당제를 지냈는데 지금은 마을에 따라 정월과 10월 중 하루를 택해 한 번만 지낸다. 정월 보름에 당제를 지내는 마을이 많은데, 산내면의 오치와 가라리에서는 각각 10월 초하루와 10월 보름에 당제를 지낸다. 정월대보름에 당제를 지내는 대부분의 마을에서 당제는 보통 14일 밤 자정에 지내는 것을 원칙으로 삼고 있지만 요즘은 마을의 상황에 따라 좀더 이른 저녁에 지내거나 새벽에 지내는 경우가 많다. 제주(祭主)가 보통 나이 많은 노인들이라 날이 추운 날 밤 늦게 움직이기 어렵기 때문이다.

당제는 제주 1명과 제사를 보조하는 유사 1~2명이 같이 지낸다. 유사를 따로 두지 않는 마을에서는 음식을 준비한 여성이 보조자 역할을 한다. 당제에는 여성이 참가할 수 없는 게 원칙이나 당제를 혼자 지내는 것은 힘들기 때문에 여성이 유사의 역할을 하는 것이다. 그 외 마을 사람들은 제사 지낼 때는 근처에 얼씬거리지도 않으며 보름날 아침 일찍 제사 음식을 나누어 먹기 위해 모이는 정도다.

과거에 제주는 대〔竹〕를 잡아 뽑았다고 한다. 신 내린 사람이 대를 잡아 신을 청하면 대가 덜덜 떨렸다고 한다. 대를 들고 마을을 돌아다니다가 대가 들어가는 집에서 그 해 제주를 맡았다. 그 날부터 제주는 매일 새벽 찬물로 목욕하고 날마다 옷을 갈아입고 항상 정갈하게 지내야 했다. 상가(喪家)에는 가지 말아야 하고, 화장실에 갔다 올 때마다 목욕을 하고 옷을 갈아입어야 하며, 사람들과 이야기를 해서도 안 되었다. 제를 지내는 날 아침, 제주 혹은 유사가 당 주변을 청소하는데 이 때에는 마을 사람들이 지나가더라도 말을 걸지 않았다. 제주가 장을 볼 때는 물건값을 깎아서는 안 되며, 제수를 파는 사람도 알아서 좋은 물건으로 주었다고 한다.

이처럼 제주가 지켜야 하는 것들이 너무 엄격하고 까다로워서, 요사이 대부분의 마을 사람들은 제주 맡기를 꺼리고 있다. 이 때문에 예전에는 '대잡이'로 제주를 결정했지만 요즘은 '대잡이' 대신 마을회의로 제주를 결정하고 있다. 마을회의를 통해 제주를 결정하는 일마저 어려워진 마을에서는 보통 마을 동장이나 마을 동답(洞畓)을 경작하는 이가 당제를 주관한다. 동답 경작자가 제주를 맡는 경우 한 해 동안 동답에서 나오는 수확물로 제사를 준비할 뿐 아니라 이를 통해 본인의 생계를 해결하기도 한다. 그래서 일부러 생계를 꾸려가기 어려운 집에 동답 경작과 함께 제주를 맡기기도 하는데, 예전에 '대잡이'를 할 때에도 일부러 가난한 집에 '대'를 보내 제주를 맡게 함으로써 마을 공동체 차원에서 마을 구성원의 어려운 살림살이를 도와주기도 했다고 한다. 사람들은 '신이 영험하여 돌봐준 것'이라고 하지만 '신내림'보다는 한 마을에 같이 사는 사람을 배려하는 그들의 마음 씀씀이가 내게는 더 크게 다가왔다.

당은 마을에 따라 조금씩 다르다. 당숲 안에 당집, 혹은 당나무만 있거나 당나무와 당집이 함께 있기도 하고, 당숲 없이 당나무나 당집만 있는 경우도 있다. 당 옆에는 산신에게 제사 지낼 공간이 함께 마련되어 있다. 아주 작은 돌집을 만들어 놓거나 평평한 돌 제단을 마련해 두기도 한다. 그런 것들이 없는 마을에서도 당 옆에 산신에게 제를 지내는 '자리'는 정해져 있다. 당나무는 비교적 오래된 나무가 보통인데, 재해 등으로 나무가 죽었거나 일제 시대, 새마을 운동 시기에 당제를 일소하던 과정에서 사라진 경우에는 새로 심은 것도 있다. 당집은 작은 기와집 모양이고 그 안에 당제에 쓰는 제기, 촛대 등을 보관하기도 한다. 당집이 없는 곳에서는 마을회관에 제기 등을 보관한다.

제는 당신과 산신에게 드린다. 음식도 당신용, 산신용으로 준비한다. 마을에 따라서 당제를 먼저 하기도 하고 산신제를 먼저 하기도 한다. 당제 마지막에 소망하는 것을 적은 흰 종이를 태운다. 소지(燒紙)에는 마을 사람들의 성(姓)이나 이름을 적기도 하는데 요즘은 종이에 일일이 적지 않고 종이를 태울 때 제주가 기원하는 내용을 하나씩 읊으면서 태운다. 소지가 하늘로 날아오르면서 타면 그 해 마을이 잘 되고 그렇지 않으면 마을에 불운이 올 것이라 하여 제주는 소지가 잘 날아오를 수 있게 태우려고 애쓴다.

당제에서 지켜야 할 금기가 너무 까다롭기 때문에 요즘은 대폭 완화되었다. 특히 제주가 지켜야 하는 금기 사항은 요즘처럼 복잡한 사회 생활 속에서는 거의 실행할 수 없다. 그래서 사람들이 제주 맡기를 꺼리는 바람에 요즘에는 금기 사항이 많이 축소되었다. 그래도 당제에 대한 경외의 마음만은 여전히 남아 있어서, 마을 사람들은 최대한 정성껏 제사를 올리려고 한다. 찬물은 아니지만 더운 물로라도 이틀, 사흘에 한 번씩 목욕을 하고, 매일은 아니더라도 자주 옷을 갈아입고, 당제날만큼은 화장실에 다녀올 때마다 옷을 갈아입을 정도로 깨끗하게 지내려고 한다.

그러나 급격한 사회 변화와 함께, 이제 숲골에서는 더 이상 제주를 맡을 사람이 없어서 하는 수 없이 마을 뒷산 암자의 승려 두 사람에게 당제 지내는 일을 맡겨 놓고 있었다. 엄격한 금기를 지키기 어려운 마을 사람들이 맡는 것보다 평소 정갈한 몸과 마음으로 생활하는 승려들에게 당제를 맡기는 것이 동티를 막으면서 최소한의 형태로나마 당제를 유지할 수 있는 방법이라는 데 마을 사람들의 의견이 모아졌기 때문이다.

숲골의 당제는 정월대보름 전날 자정에 치뤄졌다. 그 날 저녁 마을회관에 모였던 마을 남자들은 다음날 지신밟기에 대한 회의와 풍물 연습을 마친 후 삼삼오오 모여 술잔을 기울이며 이야기를 나누고 있었다. 여성들은 당제에 관심을 보이지 않는 것은 물론 전혀 참여하지 않고 있었다. 마을의 남자들이 회관에 모여 술잔을 기울이며 이런저런 이야기를 나누는 사이 자정이 다가오자 동장 손호영씨는 당나무가 있는 곳으로 트럭을 몰고 가 헤드라이트 불빛을 켜 둔 채 뒷산 암자의 승려 두 사람이 주관하는 당제를 한 쪽에 서 조용히 지켜보았다.

음식 준비에서부터 당제를 치루는 전 과정이 승려 두 사람에 의해 주도되었다. 승려들은 떡과 과일 등으로 간단하게 차린 음식을 당나무 앞에 놓고 목탁을 두드려가며 불경을 암송했다. 몇 해 전 자연 재해로 죽어버린 나무 대신 심은 어린 당나무에는 어느새 흰 종이를 끼운 금줄이 둘러쳐져 있었다. 마을의 토속 신앙이 불교 수도승들에 의해 지탱되는 기묘한 풍경을 나도 말없이 지켜보았다. 동장 손호영씨 역시 당제 지내는 전 과정에 대해 일체 간섭하지 않은 채 그저 지켜보기만 하더니 독경이 끝나는 것과 함께 당제가 무사히 끝난 것을 확인한 후에 돌아갔다.

숲골의 당제는 기묘한 형태로 변형되었지만 당제에 대한 사람들의 기억만큼은 아직도 생생했다. 그래서 우리는 어쩔 수 없이 마을 사람들의 기억 속에서 숲골 당제의 예전 모습을 되찾아 보기로 했다. 당제에 대해 가장 분명하고 풍부한 기억을 가진 사람은 손기준씨였다. 다른 마을 사람들도 당제에 대한 단편적인 기억들을 지니고 있었지만 손기준씨만큼 상세히 기억하고 있는 사람은 드물었다. 손기준씨는 당제나 지신밟기 같은 마을 공동체의 전통에 많은 관심을 갖고 있었고 그것을 지속시켜야 한다는 일종의 사명감 같은 것을 지니고 있었다. 손기준씨에게서 여러 차례 숲골의 당제에 대한 이야기를 들었지만 가장 풍부한 내용을 들려준 것은 4월의 만남에서였다. 그는 미리 준비하고 있었던 듯 차분하게 숲골 당제의 옛 모습을 우리에게 재현해 주었다.

▶ 숲골의 당제1)

연행자 : 손기준(남, 67세) ●
조사자 : 김영희 ①, 이미라 ②

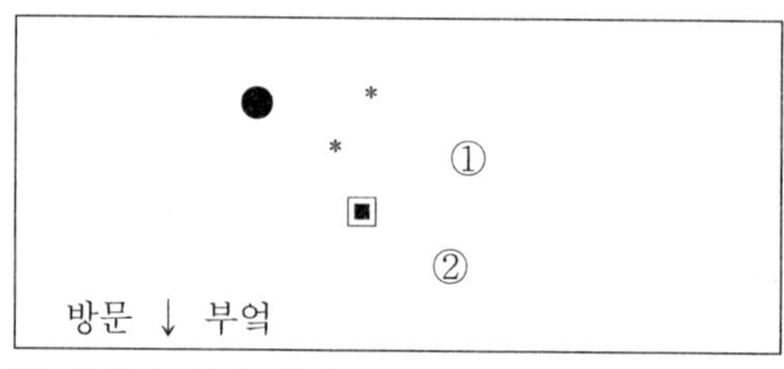

■ 카메라 * 녹음기

"할아부지, 옛날에 정월대보름엔 어떻게 하고 노셨어요? 옛날에. 열나흘 날 당제 지내고."

"어-, 그때 인자."

"당젠 두 번 지내셨어요, 일년에?"

"예. 일년에- 정월 보름날- 지내고, 또- 인자, 시월 초여흘날, 지내고 일 년에 두 번쓱2) 지내요."

"**그랬는데** 옛날에는- 인자, 여게3) 당제를-, 저 당산에 가서 인 자【무언가를 세워 잡는 흉내를 내며】대를 잡아갖고, 어- 그거 대 가는 집에 서, 인자 그라먼4) 어- 일주일 앞전에 인자-,【무언가 잡은 듯한 손을 살짝 흔 들며】대를 잡거든. 잡으면 그 집에 인자, 기도를 하고, 정성을 디리가주 구5), 그래 인자 제사를 모시면은, 그 동네에서 인자, 어- 정월 보름날 지 낸 사람은, 에- 시월 달에 당제 지낼 땅6)까지, 동네서 인자 길흉사간에

---

1) 2003년 4월 25일 밤 밀양 산외면 엄
   광리 숲골 할아버지노인정.
2) 두 번씩.
3) 여기에.

4) 그렇게 하면.
5) 들여서.
6) 때.

인자, 봐 주는 거여. 봐 주믄 인자- 그 어, 초상이 나거나 이를 직에 안 가지. 그 때까지 정신이라-, 당제 지낼 사람은. 그랬는데7) 인자 지끔 젊은 새댁8)이 인자 와가주고 우리- 헬9) 때에는, 참 이번에 하이튼10) 뭐, 근 백 호가 가까이 살고 있지만은 우리 집에 참- 많이 지냈어요, 당제를.

지내고 이래 했는데, 에- 결국 인자 대 가먼 젊은 사람 집에서는 인자 안 지낼라꼬11), 이래 가이까-12) 결국 인자 대를. 젊은 사람 머라13) 카느냐14) 캄15) 대잡는 거 거짓말이다 그거, 아아- 이래 나오는 거예요. 그르이끼16) 그기17) 헐18) 수두 없고, 어- 이래 가주구 인자, 어이- 동네서 인자, □□님- 반장님 늘- 이 지내다가 또- 안 그라먼 어느 절에, 먼첫분19)에 지낸 것도 그 절에 부탁해가주고, 그래 가, 그래 지내는 가카마20) 절에 어데21) 쫌 부탁해가 지내는 게 안 낫겠나-, 그래 인자, 절에 부탁해 가지고 □□ 지냈어요.

[①: 예. 동답이나 이런 게 예전에 있으셨나요? 그럼 당제 지낼 □에.] 이, 부락에서는 우리 부락에서는 옛날에- 아주 몬 살기 따무로22) 동답이 이런- 기 없어요, 없고, 내가 인자 이바굴23) 들일24) 찍25)에, 이【뒤쪽을 가리키며】여 여, 숲 안 있어요? 이거 숲나무, 이런 거-. 아주 옛날에 여게 사실은 어른분들이 저걸 심었다 카는데-, 저기 그러이26) 즉 말하자면 저기, 동네에- 이랬다 □□□는데, 개인 앞으로 해 놓으면은, 누가 팔아 묵고27) 이, 지 욕심 채릴까봐28)-, 옛날에 그때 인자, 아주 옛날이먼 고을,

---

7) 그렇게 했는데.
8) 새댁.
9) 할.
10) 하여튼.
11) 지내려고.
12) 가니까.
13) 무엇이라.
14) 하느냐.
15) 하면.
16) 그러니까.

17) 그게.
18) 할.
19) 먼젓번.
20) 것보다.
21) 어디.
22) 때문에.
23) 이야기를.
24) 들을.
25) 적.
26) 그러니.

고을이고 고, 고을 원이고, 아이면29) 고 뒤에 군수고 이라30) 안 바끼
요31), 그렇지? [①: 예.] 그기 맞는강32) 안 맞는가 모르겠다, 그랬는데
그, 멩이33)로 갖다 해 놔뺐는 기라34). 그러이 인자 군수 멩이가 돼 있다,
군에서도 또 시 멩이로 되이끄네 저기 인, 인자 땅은 인자, 동네 땅이 아
인35) 기라. 그래 돼뺐다.

[①: 음-, 할아부지, 당제 여러 번 지내 보셨으면-, 예전에 당제 지내
던 과정 한 번 얘기해 주세요. 뭐, 준비하는 게 있잖아요. 며칠 전부터 정
신을 드리시는 거죠?] 【목을 가다듬고】 저거 인자, 당제로 저거를, 지낼-
라꼬 인자 내가 정, 정신을-, 그러만36) 당산님이 대를 잡아가 내 집에 왔
다, 아입니꺼37)? [①: 예.] 올리면은, 대가 인자, 집에 들오면은- 머, 하
나 하나 이래 카면은38), 판에 이, 물을 떠가주고- 판에 채리가39) 인자, 대
가 가는 자리-, 어, 당산님이 그 집에 인자 어- 영혼이 인자, 【두 손을 오므
려 둥글게 만들며】 당산님이 【무언가를 내려놓는 흉내를 내며】 오싰다-40) 카는41)
그기라42).

그래가 좌중을 시키43) 놓고 인자, 그래 인자 정신을- 하는, 정신 카
만44) 머 그- 모욕45) 뭐 하, 하루 한 번썩46) 하기나-, 이래 하고, 어- 자
기 집에-, 인자 결국적으로47) 이, 기도를 해뿌리면-48) 부정한 사람이고
어떤 사람이고 자기 집에 못 들어오지. 못 들어오고 자기도 인자, 아무데

---

27) 팔아 먹고.
28) 차릴까봐.
29) 아니면.
30) 이렇게.
31) 바뀌요.
32) 맞는지.
33) 명의.
34) 것이라.
35) 아닌.
36) 그러면.
37) 아닙니까.

38) 하면은.
39) 차려서.
40) 오셨다.
41) 하는.
42) 그것이라.
43) 시켜.
44) 정신이라 하면.
45) 목욕.
46) 번씩.
47) 결국.
48) 해버리면.

나 어데 인자, 내가 당제를 지낼 땅까지는, 어- 동네에, 예를 들어 초상이
나도 갈 수가 없고 또- 옛날에 상주 안 있는교-이49)? [①: 예.] 복50) 있
는 사람, 한텐 말두 할 수도 없고-, 지금 말하면 죄인 한가지요-. 말도 몬
하고, 에- 그런 식으로 인자- 그기 정신이라. 모-든 게 인자, 마음을 거-51)
【강조하는 말투로】집중을 해야는52) 기야, 인제.

　이라고, 또 인자- 그, 음석53)을 장만할 찍에, [①: 예.] 장만할 찍엔 맛
을- 안 봅니다. 그 음석은. 짭건54) 싱겁건 간에, 에- 맛을 안 보고, 그게
는- 어- 우리 동네에서는 그- 시장 보는 거, 그거- 음물55) 가짓수가 있
어요. 마-악 그거로, 뭐 에-【헛기침을 하고】여러 가, 가짓수 상당히 많앴
어요56), 옛날에, 그 때. 그라고, 또- 장을 보로57) 갈 찍에, 에- 대개 보먼
인제 내가- 알기로 이래 보통 머, 우리-, 이래 이래 머- 안 다니는교-잉?
[①: 예.] 여-서58) 시내까지 가면은, 혹시나 그-, 흔히 비입니다59). 그
여 여, 행상 행이60) 카는 거-, [①: 예.] 그런 거, 안 볼라꼬61) 이, 여【무
언가를 머리에 쓰는 흉내를 내며】삿갓 겉은62) 거 씨고63) 다녔어요64). 이 여-
사람들, 그래 가급적으먼65) 질66)만 딱 보고 가지, 그런 거 뭐, 궂은 거
그런 거 안, 안 볼라꼬-, 그래가 인자, 질만 따-악 보고 가서.

　그러먼 지끔은 모르는데- 어물전에 가도, 결국적으로 어- 고- 가 포
시67)로 하거든-, 상주는-. 상주로, 포시로 원칙은, 포시로- 해 가 있어야
되는 기거든68). 지금은 모른단 말이오, 그-는 인자, 우선 그 장 보로 가

49) 있지 않습니까.	59) 보입니다.
50) 상복.	60) 상여.
51) 거기에.	61) 보려고.
52) 해야 하는.	62) 같은.
53) 음식.	63) 쓰고.
54) 짜건.	64) 다녔어요.
55) 음식물.	65) 가급적이면.
56) 많았어요.	66) 길.
57) 보러.	67) 표시.
58) 여기서.	68) 것이거든.

마69), 사람부터 이, 먼이70) 보는 기라, 상준강 상주가 아잉강71). 【웃음】 에- 옛날에는 짚단으루72) 가-73) 상주가 포시로 한단 말입니더. [①: 예.] 에 요, 머리에 머, 삼베로 가라기나74) 머 하기나-75), 에- 그런 사람한테는 안 사지, 인자. 안 사고, 보고 '조 사람 같으마-안,' 싶은 데 인자, 고게 가서 어- 물건을 사되, 깍진 안 하지. 음, 얼매 주라 카든. 그렇고, 그 파는, 장사도-, 어- 당제에- 그게- 음식을 그- 무-믄76), 팔믄- 재수가 있다요. 바루 갖추, 갖차는77) 거 보믄 알거든. 음 이, 이거는 이, 여-, 꼴짝이만78) 지내는 기 아이고 사방 다 지내이까-. 고- 시기 되면은- 그러니까 아- 가급직이먼 파는 사람두 잘 해 주요. 그래, 당제 그게, 제사 장을 팔면, 재수가 있다요. 그 사람들 이바구 들어 보마79).

그래가주고 여게 에- 여 인저, 지내면은 지꿈은 안 그런데, 옛날에는-, 당제 지내는 날 저닉80)쯤- 되면은- 가급적이면은 가정에 있는 사람들도 밤중에 늦까-81) 참, 안 댕기야82) 맞아요. 동네 사람 전원, 전부가 제사를 지내는 긴데, 대포83)로 지낸다 카는 기지-, 다 지내는 거 한가지거던.

그랬는데 음- 나는- 뭐, 들은 이바군데, 내 조부님이, 당제로 모실 찍에, 내 커가주구 그거를 알았어-. 정신을 타악- 지독하게 딱 하먼, 개 있는 집에 가도 개가 안 짖는다요. 안 짖고, 그래 그 쪼깬할84) 찍에는 인제, 내 집이 요 요 【방문쪽을 가리키며】 바로 뒤에 요게요-. 낸중85)에 요 있다, 우리 집에 한번 가 봅시다, 【미소를 지으며】언제 함 가서-.

근데, 그래 인자- 이래 고목 이 거 당산에 저기 저, 인제 가는데-, 그래

69) 가면.
70) 먼저.
71) 아닌가.
72) 짚단을.
73) 가지고.
74) 가리거나.
75) 하거나.
76) 먹으면.
77) 갖추는.
78) 골짜기에서만.
79) 보면.
80) 저녁.
81) 늦게.
82) 다녀야.
83) 대표.
84) 조그마할.
85) 나중.

개가, 개가 약간 짓으이끼네86) 이- 나는 몰랐는데, 할부지가 '에이-.' 이
카시는87) 거요. '에이-.' 이카시며 이라드이만88), 그래 인제 결국적으로
다시 인제 모욕하시는 거로 봤어.

　보고 어- 했는데, 저기 인자, 뭐 딴 사람들은 그, 뭐, 우리, 젊을 찍에
그때, 딱 여, 집을 징해89) 놓-먼- 아침에, 아침 되며90) 인자 동네 사람
들이 음복을 하러 오거든-. 어, 그 어른분들이 참석을 할 찍에- 자기가 상
주 그, 복을 입었거나 이른 사람들은 자기 스스로 안 옵니다. 에, 그러이
그 음석을 묵는 사램두 깨끗한 사람이 인자 묵는다-, 카는 그기 인자, 깨
끗한 음, 음석인데 에- 그런 이미에91) 해서 인자- 안 오지. 안 오고 인,
동네 나- 만92) 어른분들, 카나 안 카나93) 인자 마, 아침 되마 쫌 머 인자,
한 잔하고 인자 음 머, 인사 차- '밤에 욕 봤제-.' 카민시늠94), 그래 인제
어른분들이 전부 오가주구95) 인저 고거루96) 요래 요, 분배라 그래, 사악
지내고 고- 싸-악 가 오면은 고대로 딱 나-97) 두거든. 놔-98) 두믄, 동네
어른분들 싹 모이면 인자, 【두 손으로 무언가를 바쳐 앞으로 내려놓으며】 고대
루 타악- 내주는 기라. 탁 내주먼 인자 그 어른분들 중에서 인자, 및 분
들이 전부 분배를 해 가주구 한 잔- 하, 하고 이, 이렇게 하지. 이렇게 하
고, 떡 겉은 그런 것도, 보통 그- 백찜99) 겉으 거는 그 저 저 저, 밥수건
가라가100) 이래 안 찝니까? 고거는 백끼 □□ 깔아 앉아요. □□ 옛날에
이 할 찍에, 인제 지끔 와서는 이런 거 저런 거 다 없어졌어.

　【웃음】허허. 다 없어지고, 할 사람이 없는데 뭐. 그때 그, 거- 머고, 거

---

86) 짖으니까.　　　　　　94) 하면서.
87) 이렇게 하시는.　　　　95) 와서.
88) 이러더니만.　　　　　 96) 고것을.
89) 정해.　　　　　　　　 97) 놓아.
90) 되면.　　　　　　　　 98) 놓아.
91) 의미로.　　　　　　　 99) 백설기.
92) 나이 많은.　　　　　　100) 가려서.
93) 하나 안 하나.

당제 그, 지낼 찍에 그 저 저 저 저게, 그 머, 염불하는 그, 그 핸 데 그-, 그 했지요? [①: 가까이선 못 찍고 멀리서 찍었어요.] 안 나오든교, 말이? [①: 아, 말은 잘 안 나왔어요, 예.] 잘 안 나와? [①: 예. 멀리서 찍고, 가까이 오지 말라고 그러셨거든요, 그때.] 어 그래, 내, 그 안에는 못 들어가게 했을 거야. 그래 내가 그랜데.

[①: 그, 당제 지낼 때도 특별히 하는, 축 같은 게 있으신가요?] 어? [①: 당제 지낼 때에, 특별히 하는 뭐 축 같은 게 있으신가요?] 근데, 절에- 이 사람이 인자- 하, 하는 거 볼 찍에는 자기- 절에 그기에 따라서-, 어- 그래 인자 하든데-, 동네서 전작 지낼 찍에는, 어- 그거 와, 【무언가 긴 것을 드는 흉내를 내며】 소지 카는 거, 안 있어요? [①: 아, 예 예.] 종이 파는 데 가만, 요 요 요고, 촛불 딩가가101) 【손으로 소지를 태워 날리는 흉내를 내며】 이래 이래 소지 올리는 거-. 그거-를 올립니다. 어- 그거를 여게서는 인자, 그거를 예를 들어서 머, 이 부락에 에- 금년 농사, 【소지를 태워 날리는 흉내를 내며】 풍년이 되구로102) 해 주소- 카고 또 올리고, 또 또 인자 짐승 또 【소지를 태워 날리는 흉내를 내며】 이래 우마, □□ 이거 또, 잘 이래-이 되두룩 올리고, 또 마을 주민들- 【소지를 태워 날리는 흉내를 내며】 안팎 태평하라꼬 올리고, 그런 거는 했어요. [②: 아, 올해두요?] 어이103). 지, 지끔 와서는 중이 하이끄네 그런 거 머- 소지 올래라104) 우애라-105) 칼106) 수두 없고, 뭐 자기 절, 거루107) 하이까-, 그래요. [②: 것두 대보름에 하시는 거예요?] 예. 그런데 뭐. 【한숨】"

사회가 변하면서 당에 대한 신앙이 약화되어 당제를 준비하고 제를 지낼 때의 금기도 어느 정도 약화되었다. 지금처럼 복잡한 사회관계 속에서는 당

---

101) 당겨서.
102) 되게.
103) 아니.
104) 올리라.

105) 어찌해라.
106) 할.
107) 그것으로. 절의 방식대로 한다는 뜻.

제의 금기사항이라 하여 피할 수만은 없는 일들도 있다. 그러나 당제의 엄격함이 많이 사라졌다고는 해도 당제의 제주를 맡게 되면 마을을 위해서도, 혹은 제주 자신을 위해서도 깨끗하게 지내야 한다는 부담이 어느 정도 있기 마련이다. 이 부담을 감수하겠다고 나선 사람도 없고 그렇다고 얼렁뚱땅 지낼 수도 없어 숲골에서는 다른 방법을 강구했다. 근처에 있는 절의 승려에게 당제 일체를 맡기고, 당제 준비에 들어가는 비용만 마을에서 대기로 한 것이다. 따라서 현재 당제를 지내는 전체 과정에 대해 마을 사람들은 잘 알지 못했고 우리가 직접 확인하는 수밖에 없었다. 부탁을 받고 하는 것이기 때문에 제를 지내는 것이 조심스러웠는지 승려는 약간 떨어진 곳에서 보는 것은 허락했지만 가까이에서 촬영하는 것은 허락하지 않았다. 결국 승려의 독경 내용이나 당제의 세세한 진행 과정에 대해서는 확인하지 못했다.

숲골의 당은 당나무로, 마을 입구에 있다. 몇 년 전 태풍으로 당나무가 부러지고 새로 심어서 나무가 그리 크지는 않다. 옛 당나무가 없어졌어도 할머니들은 새 나무가 참하게 잘 컸다고 위안했다. 당신(堂神)은 '당산할매'로 불리는데 마을 할머니들은 특히 숲골의 '당산할매'를 '배씨할매'라고 불렀다. 당신은 '당산할아버지와 당산할머니'의 부부신으로 구성되기도 하고 '당산할머니'만으로 존재하기도 한다. 처음에는 부부신이었다가 당산의 영향력이 약화되거나 축소되면서 둘 중 하나만 남는 경우도 있고 애초부터 '당산할머니'만이 강조되기도 하는데 현재 숲골에서는 '당산할머니'만이 당신으로 떠받들어지고 있었다.108)

"여기는 그러면 골막님네라고 불러요, 당산할매라고 불러요?"

"당산할매."

"근데 왜 배씨 할머니예요?"

"그- 성이, 배씬갑데, 배씨할매."

---

108) 아래 여성 연행자들과의 대화는 2003년 2월 4일 오후 밀양 산외면 엄광리 숲골 할머니노인정에서 조사한 내용이다.

"어, 얘기 들으신 건 없구요?"

"음 배씨할매, 그-뺑이109) 못 들었다."

"나, 우리 저 비안골 저, 당 저 내, 이름 모로고110) 내, 올라가믄 '할매요, 저 왔습니다-.' 카고, 인사하민시늠111) 올라가고. 【웃음】"

"흠, 나두 절하고 했다."

'배씨할매'의 정체를 묻는 조사자의 질문에 이상주씨와 백승희씨는, 왜 배씨 성인지는 모르고 이전부터 '배씨할매'라고 불러서 '그런가 보다'라고 짐작할 뿐이라고 말했다. 이상주씨와 백승희씨가 '배씨할매'에 대해서는 잘 모른다고 대답하자 김진옥씨는 예전에 당나무 앞을 지날 때마다 '배씨할매'를 부르며 절을 하고 지나갔다고 했다. 소박하나마 당신에 대한 마을 사람들의 경외의 마음을 읽을 수 있었다.

조사자가 당제와 관련된 금기로 화제를 이어가자 이상주씨와 백승희씨는 당신이 제주를 어떻게 선택하는지에 대해 말하기 시작했다. 특히 두 사람은 '당산할매'가 보통 아이를 낳거나 해서 피를 보았던 '부정한' 집에는 가지 않는데 이상하게 '상주'가 있는 이동댁 집에는 갔었다는 말을, 매우 신기하다는 듯이 이어가기 시작했다.

"아니, 애기 낳는 여자 있거나 이러면 어떻게 했어요?"

"어?"

"당제 지낼라고 할 때 애기 낳는 여자 있거나 할 때 이러면."

"옛, 애기 난 사램, 못 가지."

"당산님이 안 가지."

"당, 애기 난 집은 절대로 당산님이 안 가."

"안 가지."

---

109) 그것밖에.   111) 인사하면서.
110) 모르고.

"안 가지. 저, 대가 안 가는 기라. 그, 대 가는 집만 지내는 기지."

"아, 상주는 가도."

"상주는 가데."

"상가는 가서?"

"상주는 가데."

"상주는 안 가는데, 와 상주는 □□ 가노?"

"이동댁이집, 가드라."

"상준데?"

"어. 이동딕이 시아바씨, 상준데 가드라."

제주로 선정되면 상가에 갈 수조차 없는데 '대'가 상가에 갈 리 없다. 그런데 '상주집에도 가더라, 상주라도 해야 한다'는 것은 그만큼 '대'에 내린 신의 뜻은 절대적으로 따라야 한다는 의미다. 이상주씨는 제주가 되면 밤에 목욕을 해야 하는데 그게 무서워 대를 받고 싶지 않았다고 한다. 그래서 문을 꼭꼭 닫아놨는데 그래도 들어오더라고 했다.

"매구112) 뚜드리면113) 대가 이, 일라거든114). 그래 인자 당산님을 청는다115). 청하면 인자 대가 일라가116), 그 대가 요래요래 가는 집은 무주건117) 그 당산을 받아야 돼. 받아가주고 참, 그땐 참, 난 당제 그진118)에마, 디-기119) 겁나더라."

"우리는 많이 지냈다."

"그렇더만은, 나는 거 당산 앞에 거기서, 동동 뚜드리만 마, 대문 닫아뿐다.【웃음】"

---

112) 꽹과리.
113) 두드리면.
114) 일어나거든.
115) 청한다.

116) 일어나서.
117) 무조건.
118) 그전.
119) 되게.

"대문 닫아도 드가지120)."

"대문 닫아 나이121) 못 오더라."

"대문 닫아도 드간다."

"뚜드리만 마, 밤에 목간122) 우이123) 할꼬 싶어, 겁이 나 대문 닫아뿌그든. 바로 앞에 거."

"이동댁이 거, 상주라꼬 안 하나? 시아바씨124) 상준데, 안 할라고 대문 닫아 잠가 놓고 나섬125) 자-꾸 오디-126)."

"그래 오더라. 나 그래 대문 닫아 놨다."

"또 각중에127) 가디만은, 또 와가, 또 뚜디리128), 고."

"어. 대문 닫아 놔도 막- 열고 들오데, 거. 열라 카데 모도. 그, 열어야 된다 카데. 그래 열어가."

"상주라도 마."

"밤에 디-기 겁나는, 그 때는, 그럴 □□□해가, 그래 지내고, 밤쯤- 돼 지내고, 목 감고129) 지내이끼네130) 목도, 첨무이는131) 물 덮아가132) 지, 감았다. 내. 물도 【웃음】 덮아-가 감고, 낸중133)에는 마, 그 날 밤에라두 감아도, 괜찮데. 그래가주구 목, 하루에 한 번쓱134) 감으라 카데. 저닉마즉135) 목 감고."

상주라서 제주를 피하려고 했던 이동댁도 대를 받았는데 이상주씨가 어찌 거절할 수 있었겠는가. 대를 거부하지도 못하고 규칙을 다 지키자니 겁도 나서 이상주씨는 편법을 썼다. 찬물 대신 더운물로 목욕을 하기도 했고,

---

120) 들어가지.
121) 놓으니.
122) 목욕.
123) 어찌.
124) 시아버지.
125) 나서도.
126) 오더라.
127) 갑자기.

128) 두드려.
129) 멱 감고.
130) 지내니.
131) 처음에는.
132) 데워서.
133) 나중.
134) 한 번씩.
135) 저녁마다.

나중에는 새벽이 아니라 저녁에 목욕을 해도 된다는 허락을 얻기도 했다. 이렇게 당제는 시대의 변화에 따라 조금씩 그 엄격함이 완화되었다.

손기준씨의 말을 들어보면 지금의 당제가 어떻게 자리잡게 되었는지 명확히 알 수 있다. '대잡이'로 일 년에 두 번씩 제주를 정하고 제주가 된 집의 길흉사는 제를 지낼 때까지 마을 사람들이 힘을 합쳐 도와주며 당제에 정성을 기울였는데, 어느 순간 젊은 사람들이 '대잡이'를 미신이라고 거부하면서 문제가 생기기 시작했다. 그렇다고 당제를 지내지 않을 수도 없어 택한 방법이 절에 부탁하는 것이었다. 한두 번 절에 부탁하다가 이제는 으레 절에서 지내는 것으로 생각하게 되었다. 예전에는 숲골에도 동답이 있었다고 했다. 개인의 이름으로 명의를 해놓으면 욕심을 부릴 것 같아 고을의 원(지금으로 말하면 시장이나 군수) 명의로 해 놓았는데 몇 번 사람이 바뀌고 시간이 흐르다 보니 이제는 숲골의 땅이 아닌 게 되어버렸다고 한다. 결국 지금의 당제 비용은 마을 사람들이 추렴한 것이다.

예전의 당제에 대한 이야기는 제주가 뽑히는 과정, 제주가 지켜야 할 금기에 대한 것들이 대부분이다. 당제를 지낼 때는 아무도 가까이 하지 않기 때문에 당제의 진행과정에 대해서는 자세히 모를 수 있다. 그러나 제주는 대를 받으면 거부할 수 없고 자기가 언제 제주가 될지 알 수 없으며 자기가 제주가 되면 금기사항을 잘 지켜야 하기 때문에 제주에 대해서는 상세히 알고 있었다. 그래서 제주에 대한 이야기는 넘쳐났다. 손기준씨도 여러 번 맡아 보았기 때문인지 제주가 지켜야 하는 금기사항에 대해 잘 알고 있었다. 특히 조부가 제주를 맡았을 때 곁에서 지켜본 기억이 있어 세세한 부분까지 이야기해 주었다. 조부가 제주였을 때 당산 앞을 지나는데 개가 짖어 더러워졌다고 다시 목욕했다는 이야기는 제주가 어떻게 해야 하는지를 잘 보여준다.

당제 기간 동안 정결한 모습으로 지내야 하는 것은 제주만이 아니다. 제주는 마을을 대표하여 제사를 지내는 사람일 뿐이다. 당제는 제주가 지내는 것이 아니라 온 마을 사람들이 함께 지내는 것이다. 그래서 마을 사람들이 함께 제주의 집안일을 봐 주기도 하고, 제를 지낼 때는 자기 집에서 가까운 곳이라 해도 밤에 다니지 않는다. 심지어 제가 끝난 후 마을 사람들이 모여 음식을 나누어 먹는 것도 깨끗한 사람만이 참석할 수 있다. 당연히 집에 안 좋은 일이 있거나 애를 낳았다거나 하는 사람은 참석할 수 없다. 음복에 참석하는 사람도 제주 못지 않게 깨끗하게 차려입어야 한다.

숲골에서는 절에 맡긴 뒤부터 당제에 대한 마을 사람들의 관심이 줄어든 듯했다. 동장이 당제 비용을 준비하기 때문인지 동장이 당제를 지내는 것으로 생각하는 할머니들도 있었다. 할머니들에게 당제에 대해 물었을 때 옛날에 어떻게 지냈는지는 대략이나마 알고 있어도 요사이 스님이 어떻게 지내는지는 잘 모른다고 대답하였다. 손기준씨도 지금의 당제에 대해서는 추측만 할 뿐이라고 말했다. 절 방식에 따라 지낼 것이니 '하라, 마라' 말할 수도 없다면서, 손기준씨는 긴 한숨을 내쉬었다.

요즘은 대잡이를 하지도 않고 당신에 대한 믿음도 거의 사라졌다. 손기준씨가 '지금은 안 그러는데, 지금은 없어졌는데, 지금은 모르는데'라는 말을 계속 덧붙이는 것만 봐도 이러한 정황을 짐작할 수 있다. 그러나 마을에 따라서, 혹은 사람에 따라서 과거에 당을 훼손했다거나 제사를 정성들여 지내지 않아 피해를 입은 경우가 있을 때는 아직 그 믿음을 가지고 있기도 하다. 숲골의 동장 손호영씨는 자신이 제를 지내는 것은 아니지만 당제가 가장 신경 쓰인다고 했다. 잘 해 보자는 뜻에서 절에 당제를 맡겼지만 직접 당제를 치를 때보다 더 걱정되는 모양이었다. 마을의 동장이기 때문만은 아닐 것이다. 마을 사람들 스스로 '옛날처럼 지내야 되지 않겠냐'는 말을 하는 것을 보면 지금의 당제를 탐탁치 않게 생각하는 이들도 많은 듯했다. 절에 맡김으로써 부담이 줄기는 했지만 자기들 손으로 직접 하지 못해 전통을 끊어 버리는 것이 아닌가 걱정하는 모습도 엿보였다. 꼭 당신(堂神)을 믿는 게 아니더라도 당제가 마을의 제사라는 생각은 여전히 이어지고 있음을 짐작할 수 있었다.

② 지신밟기

 2월 14일(음력 2월 14일) 저녁, 저녁 식사를 끝내고 마을회관으로 갔다. 몸이 좋지 않았던 황은주는 할머니노인정에서 잠시 쉬기로 했고 나와 김영희는 마을회관에서 회의하는 사람들을 지켜보기로 했다. 우리가 갔을 때는 동장 손호영씨를 비롯하여 5명이 모여 막걸리를 마시며 이야기를 나누고 있었다.

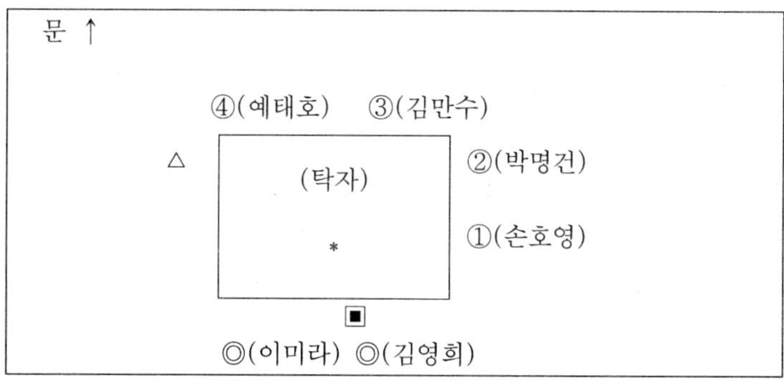

■ 카메라 * 녹음기
(△는 이름을 물어봤으나 대답하지 않았다.)

 손호영씨는 몇 번 만난 적이 있고 다른 사람들 중에도 한 번쯤 만난 사람들이 있어, 그나마 마음 편하게 자리를 잡을 수 있었다. 마을 사람들이 모이기를 기다리며 간단한 이야기를 나누는 동안 우리는 카메라를 설치하면서 분위기부터 파악하기 시작했다. 촬영 준비를 지켜보던 손호영씨가 '보름에 할 행사들을 논의하기 위해 이 자리를 마련한 것'이라는 말을 꺼내 회의가 본격적으로 시작되려는 듯했다.
 그러나 아직 마을 사람들이 많이 나오지 않아서인지 사람들은 각자 소소한 이야기들을 나눌 뿐이었다. 잠깐의 틈을 이용해 이날의 회의와 보름 행사에 대해 몇 가지 질문을 했다. 작년 12월에 동회를 했다고 하는데 또 이렇게 모이게 된 이유부터 물어보았다. 그동안 풍물놀이를 하지 않다가 올해 지신밟기를 하려고 하니 그에 대해 결정해 둘 일이 있어 모인 것이라고 했다. 보름날 온종일 지신밟기를 하게 될 텐데 그동안 경험이 없어 이래저래 신경이 쓰이는 모양이었다. 동회에서 보름날에 대해 이야기가 오고갔는지, 동장직을 연임하게 된 손호영씨의 개인적인 생각에서 풍물놀이를 할 계획이었는지는 알 수 없었다. 그러나 사람들은 이유가 무엇이든지간에 '풍물놀이를 한다'는 것을 아주 환영하는 분위기였다.

우리가 화합해야 국가가 화합이 되고

손호영씨의 질문에 대답하면서 다른 사람들도 자연스럽게 회의 내용에 집중하기 시작했다. 처음에 손호영씨가 꺼낸 말은 풍물놀이를 할 때 각각의 역할을 결정하기 위해 모인 것이라는 뜻이었는데 사람들은 풍물을 할지 말지를 결정해야 하는 것으로 이해했다. 몇 년 동안 윷놀이 외에는 다른 놀이를 하지 않았기 때문에 '새로 무언가를 해야 하느냐'부터 결정해야 한다고 생각한 모양이었다. 말은 잘못 오갔어도 마을 사람들은 이미 생각이 일치되었던지라 길게 얘기할 것도 없이 바로 '마을 일을 대하는 태도'로 주제가 옮겨졌다.

"이논136)이 맞아야 칸다137)."

"임원진에서 이논을 해가지고 행사를 하믄138) 협조를 해야지. 그 행사에 협조해주고, 그게 중요한 기지. 윷놀이를 하면 못 논다, 쇠를 치면은 뭐, 안 논다, 그런 얘기가 나오니. 그렇다 캐서139) 동장 혼차140) 한다고 해서, 혼차 만들 일이 아닙니더, 대중의 일은 내 혼차 생각을 버려야 됩니더. 단체

---

136) 의논.
137) 한다.
138) 하면.

139) 해서.
140) 혼자.

가 돼가지고 해야지, 내 맘이 안 맞다고 해서 단합이 안 되고 카믄141) 안
된다."

"동장, 반장이 한다 이래뿌믄142) 끝을 봐뿌리야지143), 뒤에 딴소리 하
고……."

"우리가 화합해야 국가가 화합이 되고, 고거 한, 70호 몇 명도 화합이 안
되믄 국가가 망한다."

풍물놀이는 온 마을 사람들이 함께 해야 하는, 마을의 화합을 위한 일이
며 '전통적'으로 마을에서 행한 '대중의 일'이다. 그러니 동장 혼자 결정할
일도 아니지만, 동장이 '풍물놀이를 하는 것'으로 결정을 내렸다면 화합을
이루기 위해 동장을 잘 따라 '끝을 봐야' 한다는 것이 모인 사람들의 의견이
었다. 국가가 망한다는 말에 김만수씨가 장난스러운 말로 "동네가 망하는
기지, 무슨 국가가……."라며 퉁을 놓아 사람들이 웃긴 했지만 그래도 일리
가 있는 말이었다. 작은 마을의 일이라고 소홀히 한다면 결국 국가의 일도
잘 될 리 없겠다 싶은 생각이 들었다.

웃음이 잦아들자 손호영씨가, 하기로 결정했으면 바로 각각의 역할을 정
하고 조금 배워서 연습이라도 하자는 뜻을 내비쳤다. 손호영씨 생각에는 그
것이 바로 오늘 모인 주요 목적이었는데, 사람들은 흥나는 대로 하면 되지
역할을 정할 필요까지는 없다는 반응을 보였다. 한동안 대화는 화합을 이뤄
마을 일(풍물놀이)을 해야 한다는 주제로 진행되었다.

"내가 북 치고 장구 치고 다 하지. 아무 걱정 마라."

"우리가 뭐, 농사 지음서144) 배운 거 있습니꺼? 누가 압니꺼? 모르지예.
옛날 풍습에 뚜드리는 거- 소리만 낼 줄 알고, 흥만 되믄은 분위기 된다 말
입니더. 안 그렇습니꺼?"

"잘 치고 못 치고를 떠나서예 하루 분위기 살리고, 그렇기 즐겁기 놀다가,
하루 놀믄 되지 꼭 깊이 할라 해가지고 하믄 상당히 어렵습니더."

----

141) 하면.
142) 이렇게 해버리면. 이렇게 하면.
143) 봐버려야지.
144) 지으면서.

"서이145)만 하믄 돼요. 꽹과리 치고, 장구 치고, 징 치고."

"누가 치든 간에 그날 치고 나가믄 된다."

"형님, 형님. 호남 사람들 서편제, 동편제 그, 참 한 매킨146) 노래 부른 기, 못 살아가 한 매킨 노래 부른 사람들이 부른 기 지금 음악도 나오고, 거 우, 우리는 우리식으로 살믄 될 거 아이요."

"형님, 개발위원147) 오고?"

"개발위원들도 안 온다 카이."

"거, 우애 사람이! 개발위원이라 카믄 그, 그런 거인데, 뭐, 그런 사람들이 저, 자리에 어떤 일로 앞서가지고 만들고 이, 이럴, 이래 해야 할 사람들이 앉아가지고 '누구 해라, 그거 잘 하는데' 카고, 그런 식으로 젊은 사람들이 카믄 되는 게 아니거든예."

숲골에 사는 사람들 가운데 개발위원인 사람들이 있는 듯했는데, 그 사람들이 보름날 행사에 잘 참여하지 않는다는 말이 나오자 다들 한 마디씩 거들었다. 뜻이 안 맞아 뭘 할 수가 없다고도 하고, 해 보면 될 것이라고도 하고, 그동안 개발위원회에 불만이 있었다고 말하는 등 여러 말들이 오갔으나 결국 단합해서 잘 해보자는 것으로 이야기가 일단락되었다.

조금 뒤 두어 명이 회관에 들어오면서 회의는 좀더 소란스러워졌고, 좀더 활발해졌다. 사람들이 많아져서인지 회의의 주제는 더 확대되었다. 풍물놀이를 '왜 하느냐'부터 시작하여 '어떻게 해야 하는지'까지 폭넓게 거론되었다.

145) 셋.
146) 맺힌.
147) 면사무소와 긴밀한 협조 하에 도로 포장 등 마을 사업을 주도적으로 행하며 마을의 개발을 위해 일하는 사람들을 말한다. 작은 마을은 2~3명, 큰 마을은 4~5명으로 구성되어 있으며 동장이 겸임하는 경우도 많다.

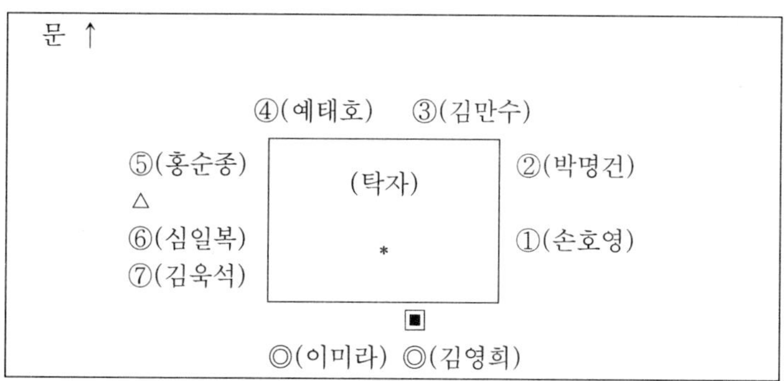

■ 카메라 * 녹음기

　"옛날에- 어른들 쇠 치고 할 때는- 저희들이 따라댕기미[148] 게임도 해쌓고[149] 이랬지만은[150] 뭐, 인제, 노래하는 데 익힐 것도 있고 외울 것도 있고 이러는데, 요새 가만 생각해보믄 그 우애 살았는고, 그때 요상한 생각하고 따라댕기고 놀았는데 지금 막상 생각하니까 하- 그거 와, 너무 허송세월을 보냈다 이캐[151] 생각합니더. 지금 막상 생각하면 동네서 다시 인자, 재기를 하기 위해서 모이다 보이 게임 자체도 게임이지만으도 앞에, 서두에 뭐 하는 그게 안 있습니까? 이기[152] 문제라."

　"옛날에나 지금에나 하튼[153] 우앴나[154] 그래 했는데, 우리가 지금 그만침[155] 했기 때문에 어떤 이렇게 됐다. 이렇게 됐으이[156] '젊은 사람들이 한번 배와가지고[157] 한 번 해 봐라' 해야지, 젊은 사람들이 배와 한 번 할라 카는데 협조를 안 해준다 카이, 이거 말이 안 된다."

　차분하게 말하는 홍순종씨는 어렸을 때 쇠 치는 어른들을 마냥 좋다고 따라다니기만 했지 배워둔 게 없어 아쉽다고 했다. 김욱석씨는 이런 전통을 내버리자고 하는 사람도 있으니 지금 하지 않으면 숲골에서 영영 없어져 버

---

148) 따라다니면서.
149) 해대고.
150) 이렇게 했지만은.
151) 이렇게.
152) 이것이.

153) 여하튼.
154) 어떻게. 어떻게든.
155) 그만큼.
156) 됐으니.
157) 배워서.

릴 것이라며 강한 어투로 '꼭 해야 한다'고 주장했다. 이에 김만수씨가 지금 젊은 사람들이 배워서라도 해보려는데 협조를 안 한다는 것은 말이 안 된다면서 다시금 힘을 합쳐 해 보자고 정리했다.

유창한 설명도 없고, 조리있게 이야기가 이루어진 것도 아닌데 마을 사람들의 대화는 어떤 말보다 더 진실되게 다가왔다. 옛것을 실행하여 이익을 얻는 것도 없을 것인데, 마을 사람들은 굳이 찾고자 하고 이어가려고 했다. 살면서 스스로 터득한 것이기 때문일까. 지극히 평범하게 사는 사람들이 정말 진실된 삶을 사는 것인지도 모른다는 생각이 들었다.

다들 한 마디씩 하느라 잠시 소란해지자 홍순종씨가 행사에 대해 이야기하자고 했지만 별다른 반응이 없었다. 회의하자고 제안했던 손호영씨도 사람들의 대화를 조용히 듣기만 할 뿐이었다. 그때 김영희가 당제에 대해 물어 보았다. 언제 지내는지, 축(祝)은 어떻게 하는지 정도만 물어 보았는데 대답은 '당제는 어떠해야 하는가'라는 내용으로까지 번져갔다.

숲골에서는 마을 사람이 직접 당제를 지내는 것이 아니기 때문에 당제 지내는 과정을 자세히 알 수 없어 손호영씨는 여러모로 걱정이 되는 듯했다. 예전에 개발위원회가 당제를 지낸 적이 있었는데 손호영씨가 보기에 흡족하지 않았던 모양이었다.

예태호씨는 자기가 직접 당의 영험을 보았다(당에 제사를 지내고서 아들이 취직되었다)면서 엉터리로 지내면 안 된다고 강조했다. 자기만 복을 받으려고 해서는 안 되고 동민을 위해서, 남을 위해서 당제를 지내면 저절로 복이 오는 것이라는 말도 덧붙였다. 다들 개발위원회가 동네가 잘 되냐 못 되느냐는 제쳐 놓고 그 전통을 끊어버리려고 하는 것이라며 못마땅해 했다.

홍순종씨는 가급적 전통적인 형태를 찾기를 원하는 듯했다. 그는 노인회에서 깨끗한 어른을 찾아 맡기자고 제안했다. 상가(喪家) 출입도 자제해야 하는 등 당제를 위해 지켜야 할 금기 사항들은, 바쁜 현대 생활 속에서 지키기가 어려워 요즘의 당제는 많이 간소화되었다. 그러나 비록 예전에 비해 많은 부분이 바뀌긴 했지만 정결한 마음으로 당제를 지내야 하는 것은 변함이 없다. 그런 점에서 보자면 노인들은 거동이 어려워 상가뿐 아니라 바깥 출입을 잘 하지 않으니 당제의 금기사항을 지키는 것이 젊은이들보다 좀더 낫지 않겠냐는 게 홍순종씨의 생각이었다. 김만수씨는 절에서 지내도 별 탈 없으니 좋은 방향으로만 가면 된다고 했으나 목소리에 그리 힘이 실려 있지 는 않았다.

당제에 대한 이야기가 계속되는 사이 손호영씨가 회의에 참석하기를 요청하는 마을 방송을 했다. 회의의 본 목적인 지신밟기에 대해서 제대로 의견을 나누지 못했지만 사람들은 지난 답사에서 이야기하지 못했던 것을 다 들려주려는 듯 당제에 대해 많은 말들을 꺼냈다. 지난 답사까지는 마을의 상황이나 당제에 대해 주로 동장인 손호영씨가 설명을 해주었는데, 이때는 마을 사람들이 당제 자체뿐만 아니라 당제에 대한 자신의 의견들도 제시하여 손호영씨는 자신까지 낄 필요성을 못 느꼈는지 몇 마디 하지 않았다. 예태호씨는 옛것을 지켜야 한다는 말을 여러 번 강조했는데, 세상이 변해서 남아 있는 것은 사람들의 한풀이뿐이라는 예태호씨의 말이 조금 과장된 것처럼 들리기도 했다.

"우리 뿌리를 찾다 보이158) 나오는 기159) 상민들이 뚜디리고160) 한 기지 양반들은 안 했다. 밀양 백중놀이, 거 머슴들이 다 했제. 밀양 아리랑이나 밀양에 남안161) 거 다 버려뿌서162) 찾을라 카믄163) 지끔은 어렵다. 오늘 당제도 다 그런 기지. 먹고 살 만하니 한 번 찾아보자는 거다."

예태호씨 말처럼 양반들은 하지 않고 상민들이 이어오던 우리의 문화들이 고단한 삶을 살아오는 동안 거의 사라져버렸지만, 이제 먹고 살 만하니 '우리가 한 번 찾아봐야 되지 않겠냐'는 게 이 회의의 진짜 목적일 수도 있었다.

예태호씨의 말을 기점으로 한동안 아랑제로 관심이 쏠리다가 손기준씨가

---

158) 보니.
159) 것이.
160) 두드리고.

161) 남은.
162) 버려서.
163) 찾으려 하면.

오고 나서야 풍물에 대한 본격적인 논의가 이뤄졌다.

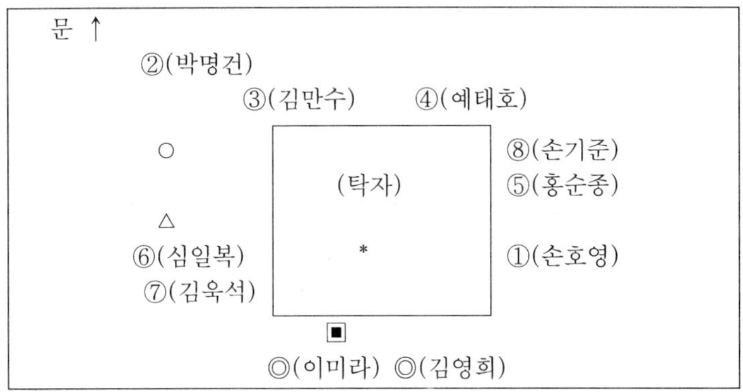

■ 카메라   * 녹음기
(회의 도중에 들어오는 사람들도 있었고 사람들이 여러 번 자리를 옮겨 자리 변화를 다 기록할 수 없었다. 위의 표는 손기준씨가 온 후 어느 정도 회의가 진행되었을 때 연행판의 상황을 나타낸 것이다. ○는 처음 만난 사람인데 회의 도중에 들어와 이름을 물어보지 못했다.)

손기준씨는 목소리가 크고 이야기를 조리있게 잘 하는 편이었다. 그전까지 산발적으로 이야기하던 당제를 손기준씨가 깔끔하게 정리하여 이야기해주었다. 하나도 빠짐없이 설명을 해주어서일까, 한 마디씩 꺼내던 분위기가 사그라들고 주로 손기준씨의 말을 듣는 분위기로 바뀌었다.

올 사람은 다 온 것인 듯, 손호영씨가 이제 풍물놀이를 이야기하자며 사람들의 주의를 모았다. 체계적으로 진행된 것은 아니지만 풍물을 왜 하는지, 어떻게 해야 하는지 등은 이미 자체적으로 의견 조율이 이뤄졌고 이제 누가 무엇을 할 것인지에 대한 결정만 남았다. 손호영씨가 해야 할 역할을 칠판에 적고 각 악기를 맡을 사람을 추천하라 했다. 동장직 맡은 것을 그리 달갑게 여기지 않은 듯했는데 회의를 진행하고 이끌어나가는 게 익숙한 것을 보니 이전에도 이와 비슷한 일을 많이 해본 것 같았다. 웃음과 농담 속에서 사람들을 서로 추천하기도 하고 자기가 하겠다고 나서기도 했다.

손북으로 추천받은 김만수씨는 악기를 칠 줄 모른다며 여러 번 고사했다. 손기준씨는 김만수씨를 가리키며 큰 소리로 '양반 시키라'고 되레 부추겼다. 손기준씨는 지신풀이를 하기로 결정되었는데 다들 으레 그러려니 하는 듯한 분위기였다. 나중에 들은 것인데 손기준씨가 지신풀이의 가사를 정리해두었다고 했다. 그 말을 듣고 나서 지신풀이를 할 사람으로 손기준씨를 당연하게 여겼던 마을 사람들의 태도가 이해되었다.

이를 시작으로 상쇠, 부쇠, 징, 북, 장구, 손북, 포수의 역할이 결정되었다. 상쇠(매구)는 윤종성씨, 부쇠는 박명건씨, 징(정)은 이정형씨와 김만수씨, 북은 박성진씨와 김욱석씨, 장구는 홍순종씨와 박영진씨, 소고(손북)는 예태호씨, 김종호씨, 김수순씨, 심일복씨, 포수는 김정식씨가 하기로 결정되었다. 하루 온종일 걸릴 테니 혼자만 하면 힘들 것을 감안하여 징, 북, 장구, 손북은 여러 사람에게 배정했다. 한 사람씩 정할 때마다 된다, 안 된다 말도 많고 이러니 저러니 이유도 많았다.

농담도 수없이 오고간 듯한데 경상도 사투리가 익숙하지 않은 나로서는 대화의 30%도 알아듣지 못했다. 밀양 답사를 시작한 지 5년이 다 되어가지만 이렇게 시끄러운 상황에서 두서없이 이야기가 오가면 반귀머거리가 될 수밖에 없었다. 정 궁금하면 김영희에게 물어 설명을 듣고 뒤늦게 혼자 웃기도 했다. 오가는 말을 듣기에도 바쁜데 마을 사람들의 이름과 얼굴을 다 알지 못해 이를 일일이 확인하느라 더 정신이 없었다. 이전 답사 때 나는 서울에서 석사학위논문을 준비하느라고 같이 하지 못했기 때문에 사람들을 만날 때마다 머리 속에 기억해 두느라 바빴다. 칠판에 적힌 이름과 사람들의 얼굴을 사진에 담고 캠코더로 촬영도 했지만, 그 자리에 나오지 않은 사람들도 악기를 맡은 것 같아 다음날 풍물패와 함께 마을을 돌아다닐 때 알아보지 못할까봐 조금 걱정되기도 했다. 그래도 들뜬 분위기 속에서 덩달아 나도 흥분되었다.

역할이 결정된 후 손기준씨의 지신풀이에 따라 연습이 시작되었다. 담담하게 자신의 역할을 받아들였던 손기준씨가 긴장을 풀려는 듯 "인자 겁이

슬슬 나네."라며 농담을 건넸다. 마을 사람들은 하나둘 각자 맡은 악기를 집어 들고 자세를 갖췄다. 연습이 시작되기 직전에 온 사람들도 있고 해서 다들 악기까지 챙겨 자리를 잡고 보니 꽤 넓다 생각했던 회관이 꽉 찼다. 저래서야 악기를 두드릴 만한 공간도 안 되지 싶었다.

그러나 막상 연습이 시작되자 좁은 것은 아무 문제가 되지 않았다. 조금 어긋나는 박자가 있어도 연습하는 사람들은 시종일관 진지하게, 한편으로는 흥겹게 서로 박자를 맞춰 나갔다. 맡은 것이 없는 사람들은 자리에서 일어나 술 마시던 바가지를 들고 박자를 맞추기도 하고 하나라도 놓칠 새라 진지하게 쳐다보기도 했다.

상쇠를 맡은 윤종성씨는 많이 해본 듯 익숙하게 사람들을 이끌어 갔다. 지신풀이가 군데군데 막히자 누군가 그냥 읽어나가는 게 박자 맞추기가 쉽다며 내일 할 때도 틀린 거 상관하지 말고 그냥 하라고 조언했다. 손기준씨는 몇 번 하다 보면 외울 거라면서 걱정 말라는 듯 웃음으로 답했다. 또 너무 기니 조금씩 빼고 하라는 누군가의 말에 손기준씨가 '돈 많이 주면 많이 하고 적게 주면 조금 할 것'이라며 웃었다.

마을 사람들은 연습 중간중간 이렇게 저렇게 해야 한다며 의견을 나누기도 하고 서로 연주하는 방법을 가르쳐 주며 개별 연습을 하기도 했다. 풍물을 해본 적이 없는 나도 보기만 해도 어깨가 들썩거리는데, 악기를 다룰 줄 아는 김영희는 마을 사람들과 함께 하고 싶어했다. 마을 사람들이 합심하여 연습하는 데 섣불리 하겠다 나설 수도 없고 누군가 같이 하자고 말이라도 건네주기를 은근히 기대해 보았지만 다들 연습하는 데 정신이 팔려 우리가 있다는 것도 생각하지 못하는 것 같았다.

북을 맡은 박성진씨는 가장 젊은 축에 낀 사람이어서였는지 몰라도 정신을 온통 북에 쏟으며 연습했다. 지금이 아니면 다시 북을 치지 못할 것처럼 온 힘을 기울여 두드려댔다. 이마와 콧잔등에 땀방울이 송글송글 맺힌 모습을 보며 그렇게까지 몰두하여 열심히 연습하는 데 혀를 내둘렀다.

잠시 쉬는 동안 김욱석씨가 어느 집을 할 것인지 순서를 안 정하면 길가에서 시간을 다 보낸다며 걱정하자 이에 대해 한동안 논란이 있었다. 논란 끝에 한 집에서 치는 동안 다른 집에서 할 의사가 있으면 동장에게 이야기 하고 동장이 손기준씨에게 말해주면 손기준씨가 풍물패를 이끌고 가면 된 다는 내용으로 의견이 모아졌다. 그때그때 상황에 맞게 하면 되고 당산에서 먼저 치고 있으면 사람들이 알아서 모일 것이라는 게 중론이었다.

그때 부녀회장(권순금씨, 40대 중반)이 들어오자 사람들이 '선생이 온다' 면서 반겼다. 사전에 풍물 연습을 도와줄 것을 부탁해 두었던 모양이었다. 부녀회장은 어디선가 풍물을 배운 듯 각 악기를 어려움 없이 다뤘다. 부녀 회장이 이것저것 가르쳐주었으나 두어 시간 연습해서 박자가 딱 맞아떨어 질 수는 없을 터였다. 마을 사람들은 조금씩 박자가 맞지 않아도, 자기들의 말처럼 '하던 대로 해도' 흥이 나는 모양이었다. 부녀회장이 가르쳐주는 대 로 따라 하다 보니 박자가 그런 대로 맞아들어가면서 안정감이 생기는 듯 보였지만, 규칙에 맞추는 데 신경을 쓰게 되어서인지 자기들이 아는 대로 연습했을 때가 훨씬 더 흥겨워 보였다.

한꺼번에 여러 악기를 가르쳐줄 수는 없어서, 부녀회장은 악기 별로 연 주법을 가르쳐주었다. 부녀회장이 한 악기를 가르쳐주고 맞춰 봐서 어느 정 도 맞게 된다 싶으면 그 악기를 맡은 이들이 각자 연습하는 방식으로 풍물 연습이 진행되었다. 배우는 사람들은 탁자 앞의 부녀회장 주위로 모이고 개 인 연습하는 이들은 마을회관 뒤쪽 구석 빈 공간에 모여 서로 의견을 나누 며 연습했다. 이때다 싶었는지 김영희도 개인 연습에 한몫 거들었다. 다른 사람들도 서울에서 온, 조용히 지켜보기만 할 줄 알았던 사람이 제법 연주 하는 것을 보고 관심을 내보였다. 김영희도 하고 싶었던 것을 하게 되어 신 이 났는지 나에게 캠코더를 넘기고 장구 하나를 맡아 마을 사람들과 같이 연습했다. 가끔 어긋나는 박자가 있으면 좀더 쉽게 칠 수 있는 방법도 가르 쳐주며 하나하나 맞춰나가는 모습이 영락없이 숲골 사람이었다. 부녀회장 이 가르쳐준 것보다 더 쉽다고 느꼈는지 한 사람씩 악기를 챙겨들고 모였 다. 그렇게 김영희는 개별 연습에도, 모든 악기 연주를 다 같이 맞춰보는 총연습에도 자연스럽게 끼게 되었다. 나는 촬영을 해야 한다고 위안했지만 풍물을 배워두지 않았던 게 다소 후회스럽기도 했다.

다음날을 위해 호흡이나 맞춰보자는 뜻에서 시작되었던 연습이 이제는 흥이 오를 대로 올라서 본격적인 연주가 되어버렸다. 밤 11시가 다 되어가는데 모두들 그만둘 생각이 없어 보였다. 오히려 지켜보는 사람들이 지쳐 자리에 앉아 술을 한 잔씩 돌리기 시작했는데 정작 힘들 사람들은 아랑곳하지 않았다. 지신풀이하던 손기준씨가 힘들어 하여 잠시 멈춘 동안에 누군가 늦었으니 그만 하자고 했다. 손호영씨가 당제도 지내야 하고 내일도 하루 종일 해야 하니 들어가 쉬자고 하여 자리를 정리하기 시작했다. 자리를 정리하고 돌아가는 사람들의 얼굴은 조금 피곤해 보이기도 했지만 한 판 잘 놀았다는 그 흥겨움은 쉽게 가시지 않은 듯했다. 가벼운 발걸음으로 집에 돌아가는 사람들을 보며 조금 있으면 당제를 촬영하러 가야 한다는 생각에 피곤이 몰려왔지만 그래도 답사 다니는 동안 이렇게 마을 사람들이 모여 풍물 치는 것을 보지 못했던 터라 뿌듯함 같은 기분이 들었다. 숙소로 정한 할머니노인정으로 돌아가서 당제를 보러 나갈 때까지 우리는 끊임없이 오늘의 마을모임에 대해 이야기했다.

즐겁기 하루 놀믄 되지

2월 15일(음력 1월 15일) 아침 일찍 졸린 눈을 비비며 택시를 타고 긴 늪마을로 갔다. 긴늪에서는 보름날 아침 7시에 당제를 지내기 때문이었다. 또 저녁에 긴늪에서 달집태우기를 한다고 하여 달집태우기를 어떻게 할 것인지 이야기도 들어야 했다. 마을 입구에 들어서자마자 큰 나무 아래 사람들이 모여 있는 것이 보였다. 늦은 건 아닌가 싶어 뛰어갔더니 막 제수를 차리려는 중이었다. 숲골의 당제를 제대로 보지 못한데다 긴늪의 당제마저 놓치는가 싶었는데 다행히 시간에 맞춰 도착했다.

 제를 지내기 전에 당제에 대해 물어볼 시간이 없어서 긴늪의 당제에 대한 설명은 음복하면서 들었다. 당제를 마치고 긴늪의 동장과 같이 마을로 들어갔다. 다음 번에 긴늪을 답사할 계획도 있어 사전 답사 겸 마을의 이모저모를 살펴보았다. 자기 마을에 관심을 보이는 게 반가웠는지 긴늪의 동장은 조목조목 이야기해주었다. 마을회관 앞에는 잘 보존된 고택도 있었다. 사람이 사는 듯해 들어가지 못하고 사진만 찍어 두고 저녁에 다시 오기로 했다.

 어느 정도 긴늪의 이야기를 듣고 숲골로 다시 돌아왔을 때(오전 11시 경)는 이미 지신밟기가 진행중이었다. 예정했던 것보다 긴늪에서 시간을 많이 보낸 듯했다. 멀리서 들려오는 풍물 소리를 따라 서둘러 찾아가니 상쇠를 맡은 윤종성씨 집이었다. 마당에는 파란색, 빨간색, 노란색 띠를 두르고 고깔모자까지 갖춰 쓴 풍물패와 함께 마을 사람들이 모여 있었고, 지신밟기는 거실에서 이루어지고 있었다. 대문을 들어서자마자 마을 사람들은 '어디 갔다 왔냐?'면서 인사말을 건넸다. 돌아간 줄 알고 서운했다면서 늦게 온 것에 대해 타박을 하기도 했다. 전날 같이 연습한 것 때문에 사람들은 김영희에게 또 같이 해야 하지 않겠냐고도 했다. 반갑고 고마운 말이지만 마을 사람들만 하는 게 좋을 거라 생각했는지 김영희는 촬영을 핑계 삼아 정중히 거절했다.

 처음부터 지켜본 것이 아니었던 터라 지신풀이의 시작, 순서 등은 정확히 파악할 수 없었다. 무엇보다 각 집을 돌며 지신밟기 하기 전 당산 앞에 모여 어떻게 시작했을지 궁금했다. 보통 당산풀이는 당신에게 풍물을 올려 고사를 지내는 것인데, 지신밟기를 새로이 시작한 숲골에서도 그리 했을지 의문이 들었다. 전날 회의에서 당산풀이, 혹은 당산 앞에 모여 어떻게 시작할 것인지에 대해 논의가 없었던 것으로 미뤄보건대 단지 지신밟기의 출발점으로서 당산 앞에 모여 풍물을 연주하며 마을 사람들에게 알리는 정도로만 하지 않았을까 싶었다.

 풍물패는 부엌을 거쳐 마당으로 나와 한 판 흥겹게 놀고 다른 집으로 이

동했다. 그 사이 김기남(의령댁)씨를 비롯하여 마을 사람들이 하나둘 모이기 시작했다. 길을 걸어가면서 할머니들은 어깨춤을 추기도 했다. 김기남씨는 우리를 보며, "내가 춤출 테니 잘 찍어도고."라며 흥을 돋웠다. 공교롭게도 그때 지신풀이가 시작되어 중간중간 풍물 소리가 끊겼다. 막 춤추려 어깨를 들썩거리던 김기남씨는 "내가 춤출래니 음악이 멈추네."라는 농담으로 무안함을 덮었다. 우리는 마당에서 놀 때 춤추면 잘 찍어드리겠다는 말로 김기남씨의 아쉬움을 달랬다. 다른 마을 사람들은 두셋씩 모여 이야기를 나누며 풍물패 뒤를 따랐다. 모두 얼굴빛은 밝은데 김기남씨와 같은 적극적인 표현을 하지는 않아 나로서도 어찌 해야 자연스럽게 판에 끼어들 수 있을지 조금은 난감했다. 예년에 윷놀이와 같은, 상대적으로 정적인 놀이만 해서인지 마을 사람들은 약간 어색해 하는 듯했고, 풍물패 뒤를 따라가는 것만으로는 아직 흥이 덜 오르는 것 같기도 했다.

회의에서 논의한 대로 풍물패에 속한 사람들의 집을 먼저 하기로 하여 다음 차례는 홍순종씨의 집이었다. 문 앞에서 주인을 부르는 것부터 시작했다.

"주인 주인 문 여소 나가는 손님 드간다[164]
이 집 대주(大主)[165] 문 여세요 □□□ 들어간다
복 사시요 복을 사 여루 여루 지신아
문 여쎄오[166] 문을 열어 대주양반 문 여세요"[167]

<hr>

164) 들어간다.
165) 굿 하는 집의 바깥주인을 가리켜 이르는 말.
166) 여세요.
167) 2003년 4월 25일 밤 밀양 산외면 엄광리 숲골 할아버지노인정.
　보름날 지신밟기할 때 지신풀이를 맡은 손기준씨는 연행 중간중간에 지신풀이를 적어 놓은 종이를 보며 부르기도 했다. 보름날 촬영한 것으로는 지신풀이의 내용을 정확히 알 수 없어 4월에 손기준씨를 만나서 지신풀이를 불러달라고 청하였다. 여기에 정리한 것은 그때 들은 것을 전사한 것이다. 그때도 손기준씨는 미리 적어 놓은 가사를 보며 불렀다. 손기준씨 말에 따르면, 이전에 지신풀이를 잘 하던 사람이 정리해둔 것을 자신이 간단하게 다시 정리한 것이라고 했다.

『한국구비문학대계』와 『한국민요대전』에 채록된 밀양 지역의 지신밟기 노래 중, 주인을 찾는 부분이 있는 것은 1981년 밀양읍에서 채록된 1편[168] 뿐이었다. 여기에서는 '인사풀이'라고 했는데 노래 가사는 다음과 같다.

쥐인 쥐인 문 여소 나가는 손님 드간다
지신아 지신아 지신참사(地神參祀) 부귀경명(富貴功名)
이 지신을 밟거들랑 만대부귀(萬代富貴) 눌러주소
일세 동방은 길도령 이세 서방 결동량
삼세 남방 구정토 사세 북방은 영왕양

『한국구비문학대계』의 내용과 비교해보면 숲골의 노래는 '주인을 부른다' 는, 핵심적인 내용만 담고 있다. 숲골에서는 한동안 지신밟기를 하지 않았 기 때문에 많은 부분이 빠진 것일지도 모른다. 하지만 밀양의 다른 지역에 서는 이 노래 대신 '대문풀이'가 전승되는 것으로 보아 '인사풀이'는 점차 생 략되는 것 같기도 하다. 밀양 상동면에서 채록된 지신밟기[169]에서는 풍물 패가 들어올 때뿐만 아니라 지신밟기를 끝내고 나갈 때도 '인사풀이'를 하는 것으로 나와 있다.

"작년에 우리 부락에서는 이거를 누가 배알라 카는 사람도 없고, 또- 이래 해서, 하두 그 해가주고 인자, 이거를 내가 인자, 그, 그 어른 하든 것을 내가 인자, 어-, 그 집에 후손들한테 인자, 좀 보자 캐갖고, 그래 요거 내가, 간단하게 뽑았는 거요. [김영희: 아, 예-.] □□를 뽑아가주고 이래가주고 인자- 지난 정월 달에 하두 캐싸-서 인자, 내가 이, 해줬지-. 캐주구 나이, [김영희:【웃음】 그 어른, 존함이 어떻게 되세요?] 누구? [김영희: 전에 하시던 분요.] 어허-, 전에-, 그 앞전에-, 하신 분은 박, 이- 이도라꼬-, 어른 연세, 상당히 많았고. [김영희: 박자, 이자, 도자요?] 예, 그 뒤에는 또- 고-, 이어 받아가주고 핸 사람은, 에- 박순달씨하고 김제목씨, 이 고- 두 사람이-, 또 같이 고래 이어 받아가 했으요."

168) 『한국구비문학대계』 8-7, 〈밀양읍 민요 3〉, 한국정신문화연구원, 1983, 197면.

169) 『한국구비문학대계』 8-8, 〈상동면 민요 35〉, 한국정신문화연구원, 1983, 470면.

(들어갈 때) 주인 주인 문 여소 나그네 손님 들어가누매
(나갈 때)   주인 주인 문 여소 드갔던 손님 나가누매
여루여루 지신아 지신을 밟아 누루세

손기준씨는 지신밟기를 끝내고 나갈 때는 따로 풀이를 하지 않았으나 자신이 흥에 겨울 때는 위의 노래처럼 간단하게나마 노래를 부르며 문을 나서기도 했다.

이와 비교하여 『한국민요대전』에 채록된, 밀양 산내면에 거주하는 신의근씨가 부른 '대문풀이'170)를 보자.

지신아 지신아 대문지신을 울리자
이 집에라 대주양반이 대문지신을 울리 놓고
모시자 모시자 대문신장을 모시자
대문신장을 모시 놓고 소원성취로 비나이다
이 집에라 대주식구 대문 밖으로 나가거든
남의 눈에 꽃이 되고 남의 눈에 잎이 되소
소리길로171) 들어서머 소리가시도172) 막아주고
대로질로173) 들어서머 대로가시도 막아주고
고소질로174) 들어서머 고소가시로 막아주소
일년하고도 열두달아 과년하고는 열석달아
삼백하고 육십일에 안과태평을 돌아오소
삼월이라 삼짓날에 연자새는 날아들고
이 집에라 대문에는 금은보화가 날아들어

---

170)『한국민요대전 - 경상남도민요해설
    집』,〈밀양 지신밟기〉, 문화방송, 1994,
    161면.
171) 소로길(小路-).

172) 소로길에 있는 가시.
173) 대로길(大路-).
174) 고소길(高所-). 높은 곳으로 난 길.

　　　이 집에라 대주양반 부귀영화로 시키주소

　　　잡귀잡신은 물알로 만복수복은 이리로

　　대문은 모든 것이 들어오고 나가는 곳이기 때문에, '대문풀이'는 복은 들어오고 재앙은 들어오지 못하게 막는 내용으로 구성된다. 집에 들고날 때 집주인에게 인사하는 취지의 '인사풀이'와는 사뭇 다르다. 그렇지만 '문 앞에서 복을 들고 들어가고 화를 들고 나온다'는 의미에서는 통한다고 할 수 있다. 즉, 간단한 '인사풀이'에도 '대문풀이'와 마찬가지로 복을 기원하는 뜻이 담겨 있는 것이다.

　　주인이 나와 풍물패를 맞이하여 안으로 데리고 들어가면서 풍물패들 사이에 조왕부터 해야 하는지, 성주부터 해야 하는지 논란이 있었다. 손기준 씨의 말대로 하자면175) 성주부터 시작했어야 하는데, 부엌으로 들어가기가 쉬웠는지 조왕부터 시작했다. 누군가 성주가 집의 전체를 다스리니 성주부터 해야 한다고 했으나 소란스런 분위기 속에서 길게 의견을 나눌 만한 상황은 아니었다. 다소 편의를 고려하여 각 집의 상황에 맞게, 어느 집에서는 조왕부터 시작하고 어느 집에서는 성주부터 하기도 하여, 정해진 순서가 있는 것은 아닌 듯했다. 이 날의 지신밟기는 격식을 갖추는 것보다 '새' 지신밟기를 통해 마을 사람들이 새롭게 시작하는 데 더 큰 의미가 있을 터였다.

　　"여루여루 지신아 조왕지신(竈王地神)을 눌러 보세

　이 댁 조왕님 모실 적에 상-탕(上湯)에 모욕176)하고

　하-탕(下湯)에 수족(手足) 씻꺼177) 좋은 날을 택일(擇日)해서

　조왕님을 모싰네178) 광대천지(廣大天地) 일월조왕(日月竈王)

---

175) 이후 4월에 숲골에 갔을 때 손기준
　　씨는 대문, 성주, 조왕, 용왕, 장독 풀
　　이의 순서로 지신을 밟아야 한다고
　　말했다.

176) 목욕.

177) 씻어.

178) 모셨네.

사해팔방(四海八方) 부귀조왕(富貴竈王) 동서남북(東西南北) 수명조왕(壽命竈王)

비나이다179) 비나이다 조왕님전에 비나이다

이 댁이라 대주양반 문외출동(門外出動) 하실 적에

남으180) 눈에 꽃이 되고 남으 눈에 잎이 되고

집안이 화합하고 귀한 손님 찾아들고

산해진미(山海珍味) 진수정찬181) 고기국에 이밥182)이라

후덕도다183) 이 댁 마님 남으 눈에 □□ 달기

이 가정의 모든 액을 달달이184)도 막아주소

수살(水煞) 화살(火煞) 막아 주고 간재구설(奸才口舌)185)도 막아주소

일년(一年)하고 열두달 과년(過年)하고 열석달

이 댁 가죽186) 모두 모두 부귀영화(富貴榮華) 무병장수(無病長壽)

삼백에 육십오일 만사태평(萬事太平)을 점지하소

여루여루 지신아 지신 밟아 눌려 보세

여루여루 지신아 지신을 밟아 눌려 보세"

조왕은 부엌의 아궁이와 부뚜막을 맡고 있는 신으로 불, 재물과 관련된 신으로 여겨진다. 불을 때 음식을 만들고 방을 데우는 등, 조왕은 생활과 밀접한 관련이 있기 때문에 사람들은 아궁이를 수리하는 것도 함부로 하지 않을 만큼 정성 들여 조왕신을 모신다. 더구나 일월조왕(日月竈王), 부귀조왕(富貴竈王), 수명조왕(壽命竈王) 등 조왕에게 여러 속성을 부여하는 것으로 보아 조왕신은 가신(家神) 가운데 중요한 위치를 차지하는 것으로 파악할 수 있다.

---

179) 강조하여 '비난이다'로 들린다.
180) 남의.
181) 진수성찬(珍羞盛饌).
182) 쌀밥.
183) 후덕(厚德)하도다.
184) 다달이.
185) 손재앙과 구설수.
186) 이 댁 가족.

특히 끼니에 맞춰 불을 피우지 못하는 것은 제대로 먹고 살지 못함을 뜻하니 조왕풀이는 먹고사는 문제와 직결된다. 그래서 액을 막는 것뿐만 아니라 '산해진미 진수성찬 고깃국 이밥'이 등장했다.

> 남방수 물을 길러 북방에 흙을 이게
> 조왕성주 단말지등 걸어게 걸어 놓고
> 닷말지도 열대자 서말지도 열대자
> 은동이 놋동이 요기조기 놓여 두고
> 은조래187) 놋조래 고리고리 걸어 놓고
> 은주거188) 놋주거 구석구석에 세워 놓고
> 옥시같은 쌀밥을 삼시사철 지어 놓고
> 매련애기 지은 밥은 먹고 세고 남 주도록
> 부귀영화도 여기요 천년재수도 여기다
> 천년인심도 여기요 만년인심도 여기다
> 비나이다 비나이다 조왕영전 비나이다189)

위 노래는 산내면 마전리의 조왕풀이다. 숲골의 노래에서 간단하게 언급된, '산해진미 진수성찬'을 준비하는 과정이 자세히 나타나 있다. 더불어 삼시사철 쌀밥을 지어 먹고 남에게도 나눠줄 수 있으니 부귀영화와 인심이 이곳, 조왕에서부터 시작됨을 강조하고 있다. 숲골의 지신풀이에서는 '조왕에서 부귀영화가 비롯되는 것'이라고 노래하고 있다. 조왕신을, 먹고사는 문제뿐만 아니라 물·불로 인한 재앙, 손재앙, 구설수 등 모든 문제를 해결해 줄 수 있는 신으로 여기고 있는 것이다. 그렇게 하나의 작은 공간인 부엌에서 시작된 복이 넘치고 넘쳐, 일 년 '열석달' 만사태평하고 '천년만년' 다른

---

187) 은 조리.
188) 은 주걱.
189) 밀양 산내면 마전리를 답사할 때 그 지역 청년회에서 받은 지신풀이 자료이다.

이에게도 인심을 베풀 수 있게 되는 것이다.

조왕풀이가 끝나자 패거리들은 거실로 자리를 옮겨 성주풀이를 시작했
다.

　　"여루여루 지신아 지신을 밟아 눌러 보세190)
성주 본(本이) 어뎄느냐191) 경상도 엄괄땅
보함산192)에 솔씨 받아 솔193), 보함산에 솔씨 받아
소풍대풍(小風大風) □어 드니 그 솔이 점점 자라서
청자목도 되였고 황자목도 되였네
이 댁이라 대주양반 성주운을 가리194) 받아
경상도 박대모가 전라도 도대모
나무 베러 가자시라 연장망태 둘러메고
건지건산 들어가서 나무 한 줄을 잡았네
그 나무 끝을 쳐다보니 까막까치 집을 지어
어느듯이195) 새끼196) 쳐서 새끼 좋아 사랑한다
에헤라 그 나무 부정타 또 한 등을 넘어서서
나무 한 줄을 잡아 놓고 그 나무 끝을 쳐다보니
황새 덕새197) 집을 지어 어느듯이 새끼 쳐서
새끼 좋아 사랑한다 에헤라- 그 나무 부정타
또 한 등을 넘어서선 나무 한 줄을 잡았네
쳐다보니 황자목 내리다보니198) 청자목
어허 그 나무 좋구나 서거렁서거렁 톱질이야

190) 눌러 보세.
191) 어디에 있느냐.
192) 보담산, 혹은 보암산이라고도 한다.
　　숲골마을 뒤편에 자리한 산이다.
193) 잘못 불러 뒤에 다시 정정한 것.
194) 가려.
195) 어느덧.
196) 새끼.
197) 황새 덕새. 덕새는 두루미를 가리킴.
198) 내려다보니.

금도끼로 찍어내고 옥도끼를 따듬어서199)

굽은 데는 먹줄200) 놓고 곧은 데로201) 따듬어서

밀양이라 엄강마을202) 천하 명당 골로 잡아

유리기둥 호박지축 새미정사 새와 놓고

낙락장송 □□ 끌고 오죽203)대로 산자204) 얽어

오새토205)로 알매 쳐서206)

사모207)에는 핑경208) 달고 오모에는 도틀209) 달아

동풍이 어210), 동남풍이 불어드니 풍경소리 찬란하다

동방에는 동문 달고 서방에는 서문 달어

은하수 돌짜구211)를 날일자212)를 창문에다 달월자213)를 달아 놓고

꽃 심고 나무 심어 새와 나비 함께 사니

무릉도원 여214) 아니냐 청학(靑鶴)215)이 여 아니냐

이 댁이라 대주양반 좋은 날로 이택216)해서

성주님을 모시고자 이 댁 성주 와가성주217)

---

199) 다듬어서.
200) 먹통에 딸린 실줄. 먹을 묻혀 곧게 줄을 긋는 데 쓴다.
201) 곧은 곳은.
202) 엄광마을.
203) 오죽(烏竹). 첫해에는 줄기가 녹색이지만 다음해부터 자흑색으로 변하는 대나무.
204) 지붕 서까래 위나 고미 위에 흙을 받쳐 기와를 이기 위해, 가는 오리나무나 싸리나무 따위로 엮은 것. 또는 그런 재료.
205) 오색토(五色土) : 다섯 가지 색깔의 흙.
206) 알매 얹어. 알매 얹기는 초가지붕을 잇기 전에 잡목이나 대나무를 엮어 새끼로 묶고 그 위에 흙을 물에 개어 얹고 고르는 것을 가리킴.

207) 네 모퉁이.
208) 풍경.
209) 돗을.
210) 앞의 말을 정정한 것.
211) 돌쩌귀. 문짝을 문설주에 달아 여닫는 데 쓰는 두 개의 쇠붙이.
212) 日.
213) 月.
214) 여기.
215) 보통 '푸른 학'을 뜻하는데, 여기서는 '날개가 여덟이고 다리가 하나이며 사람의 얼굴에 새의 부리를 한 상상의 새'를 가리키는 듯. 이 새가 울면 천하가 태평하다고 하니 여기서의 '청학'은 태평성대를 누리는 지역을 뜻한다고 할 수 있다.
216) 택일.
217) 의미 불명.

이 집 지은 삼 년 만에 옥동자를 점지하소

아들애기 출생218)할 때 정상감사219) 점지하소

딸애기 출생할 때 정절부인 점지하소

이 댁이라 대주양반 동서남북 다닐 찍220)에

남으 눈에 꽃이 되고 만 사람에 존경받고

일년하고 열두 달을 하루같이 넘기주소221)

잡구잡신222)을 물리치고 드는 액을 막아주소

계미년 열두달 삼백하고 육십오일

이 댁 가죽223) 모두 모두 만사태평 점지하소

잡구잡신은 물 알로224) 만복은 이 댁으로

여루여루 지신아 지신 밟아 눌려 보셰225)

여루여루 지신아 지신을 밟아 눌려 보세"

성주는 가신(家神) 중에서도 가장 중요한 신으로 집안의 길흉화복을 관장하는 신이다. 집의 중심이 되는 대청이나 기둥의 높은 곳, 요즘은 안방의 천장 한 구석 높은 곳에 선반을 놓고 그 위에 모신다. 가장 중요한 신이니만큼 내용도 풍부하고 다른 지신풀이보다 상당히 길다. 한 아주머니는 자기 집에서 지신밟기를 할 때 성주풀이를 할 때만큼은 연신 허리를 숙이며 기도를 하기도 했다.

성주풀이는 집을 짓는 과정이 중심을 이룬다. 밀양읍의 성주풀이226)에서는 좋은 나무를 찾는 것, 나무를 베는 것, 나무를 다듬는 것 등 그 과정을 상세히 그리고 있으나 숲골의 노래에서는 중요 부분만을 불렀다. 어쨌든

---

218) 출생.
219) 경상감사.
220) 적.
221) 넘겨주소.
222) 잡귀잡신(雜鬼雜神).
223) 가족.

224) 아래로.
225) 눌러 보세.
226) 『한국구비문학대계』 8-7, 〈밀양읍 민요 3〉, 한국정신문화연구원, 1983, 197면.

생활의 터전을 마련하는 것이니 집터, 집의 재료 등을 깨끗하고 바른 것으로 고르고 골라 지었다. 무릉도원으로 여겨질 정도로 좋은 지역에 좋은 집을 지었으니 자식들이 잘 되면 더 바랄 것이 없겠다. 숲골의 노래에서는 경상감사, 정절부인 등 대표적인 것만 이야기했으나 밀양읍의 다른 성주풀이227)에서는 부모에게 효도하고 형제간에 우애 있고 이웃과 화목하게 지내는 것까지 세세하게 이야기하기도 했다.

성주풀이가 끝나자 포수를 맡은 김수순씨와 동장 손호영씨가 상 위에 놓인 쌀과 돈을 챙겼다. 각 지신풀이가 끝날 때마다 두 사람은 하나라도 빼놓을까 꼬박꼬박 챙겼다. 손호영씨는 수첩에 이름과 액수를 꼼꼼하게 적기도 했다. 지신밟기에서 걷은 돈과 쌀은 마을의 공동기금이 된다. 누가 얼마를 내느냐는 중요하지 않다. 전날 회의에서 손기준씨가 농담으로 '돈을 많이 내면 지신풀이를 많이 할 것이고, 적게 내면 조금 할 것'이라 했지만 이는 지신밟기 진행상의 문제일 뿐이다. 쌀 한 톨, 돈 한 푼에 정성을 가득 담아 각 신에게 바치고 복을 빌어 마련하는 기금이니 그 가치를 헤아릴 수 없다.

네 집을 도는 동안 포대에 상당한 양의 쌀이 찼다. 쌀을 포대에 담아 짊어지는 포수(김수순씨)를 지켜보던 이상주씨가 쌀 포대를 빼앗으며, "내가 간다. 따라오너라."고 말하면서 어깨에 짊어지는 바람에 사람들이 한바탕 크게 웃었다. 웃음으로 지나가긴 했지만 자신도 한 몫 하고 싶은 이상주씨의 마음이 엿보였다. 이상주씨의 활달한 성격을 생각하면 풍물패 뒤에서 어깨나 들썩거리며 쫓아다니는 것으로는 양에 차지 않았을 것이다. 더구나 마을 전체의 일인데, 자기 집에서 지신밟기를 하지 않아도 마을 일에 앞장서고 싶은 마음이 가득할 터였다.

당신을 모시는 당제가 남성을 중심으로 이루어지는 반면, 가신(家神)을 모시는 제의는 여성, 특히 주부가 중심이 되어 진행된다. 여성들이 가신이 안주하고 있다고 생각하는 부엌·장독·우물·곳간·안방·마당은 모두 지

---

227) 『한국구비문학대계』 8-7, 〈밀양읍 230면.
　　　민요 19〉, 한국정신문화연구원, 1983,

신밟기의 장소이다. 비록 풍물패가 남성으로만 구성되어 있고 여성은 풍물패가 지신풀이를 하는 동안 한 편에 서서 기도를 할 뿐이지만, 여성 또한 지신밟기의 한 축임을 간과할 수 없다. 그럼에도 전날 지신밟기에 대해 논의하는 회의에 여성이 한 명도 나오지 않은 것은 단순히 관습 때문일까. 풍물을 연습하는 것이 주요 목적이었다 해도 한편으로는 아쉽기도 했다.

마당으로 나온 풍물패 사이에 잠시 논란이 벌어졌다. 고방풀이를 해야 하는데, 외양간의 소가 새끼를 배 혹시 풍물 소리에 놀랄까봐 계속 할 것인지 말 것인지 여러 말이 오갔다. 집주인도 고방풀이를 하고 싶은 마음과 소에 대한 걱정 사이에서 잠시 갈등하는 듯했다. 결국 소리를 약간 작게 하면 괜찮을 거라고 하여 각 악기를 하나씩만 치기로 했다. 풍물패 몇 사람이 고방 앞으로 모여 손기준씨의 지신풀이에 맞춰 연주를 시작했다.

"**여루여루** 지신아 지신 밟고 눌려 보자

이 고,【헛기침】고방228)이 뉘 고방이공229) 대주양반 고방일세230)

옛날하고 옛적이라 실농씨231)에 본을 받아

높은 데는 밭을 떠서, 뜨고232) 낮은 데는 논을 떠서

오곡 잡곡 심어다가 농사자-원233) 하여 보자

천석꾼이 되게 하고 만석꾼이 되게 하소

고방 고방234) 채워 주소 누린다235) 누린다

고방지신을 누린다 천대만대를 누린다

여루여루 지신아 지신을 밟아 눌리 보세"

....

228) 곳간.
229) 누구의 창고인고.
230) 창고일세.
231) 신농씨(神農氏). 중국 옛 전설 속의
　　　제왕으로 농업의 신이라고 일컬어짐.

232) 앞의 말을 정정한 것.
233) 농사장원.
234) 두 번 반복한 것은 온 창고 가득 채
　　　워 달라는 뜻이다.
235) 누른다.

고방풀이는 농업의 신이라는 신농씨를 따라 농사를 잘 지어 천석꾼, 만석꾼이 될 수 있도록 온 창고를 채워 달라는 것이 주 내용이다. 예나 지금이나 농사를 짓는 집에서는 곡식이 중요한 재산이니 많은 곡식을 수확하여 창고 안에 가득 채우는 것이 큰 바람일 것이다.

고방 앞에 있는 수돗가도 그냥 지나칠 수 없어 용왕풀이도 했다.

> **"비나이다** 비나니다 용왕님전에 비나니다
> 동서남북 사해바다 용왕님께 비나이다
> 계미년 열두 달 삼백하고 육십오일
> 이 샘물에 묵으어서236) 이 샘 우물 지키주소
> 용지불갈(用之不渴)237) 맑은 물이 춘하추동(春夏秋冬) 넘실넘실
> 공해 없는 이 샘물에 밥을 지어 밥맛 좋고
> 몸을 씨어238) 화장수요 생수 마서239) 생명수라
> 늙은 사람 젊어지고 젊은 사람 늙지 마소
> 무사태평(無事泰平) 소원성취(所願成就) 용왕님께 비나니다
> 무병장수(無病長壽) 부귀영화(富貴榮華) 용왕님께 비나니다
> 여루여루 지신아 지신을 밟아 눌려 보세
> 여루여루 지신아 지신을 밟아 눌려 보세"

우물풀이(혹은 샘굿)는 우물의 신에게 물이 마르지 않게 해달라고 비는 것이다. '생명수'라 일컬을 만큼 인간에게 없어서는 안 되는 것이 물이며 특히 농촌에서는 물이 마르지 않아야 농사를 지을 수 있다. 따라서 물을 관장하는 신 가운데 최고신인 용왕을 불러 우물을 지켜달라고 비는 것이다.

소 때문에 마당에서는 흥겹게 놀지 못하고 작은 풍물 소리와 함께 마당

---

236) 머무시어.
238) 씻어.
237) 아무리 써도 닳거나 말라 없어지지 239) 마셔.
　　않는다는 뜻.

을 한 바퀴 도는 것으로 지신밟기를 끝냈다. 풍물패와 마을 사람들은 주인이 준 식혜로 목을 축이고 다음 집으로 갔다. 과일을 조금 챙겨 나온 이상주씨는 길을 가면서 여기저기 과일을 던지며 '고시레'를 외치기도 했다. 들에서 일하다가 새참 먹을 때나 '고시레' 하는 것을 들었었는데, 이렇게 지신밟기 하다가 길을 가며 하는 것은 처음 본 터라 이상주씨에게 '원래 이렇게 다 하는 거냐'고 물어 보았다. 이상주씨는 고개를 끄덕이며 나에게 과일을 조금 떼어주고는 자기 손에 있는 과일을 모두 들에 던졌다. 나도 따라해 봤는데, 조금 쑥스럽기도 하여 '고시레' 소리를 크게 하지 않자 이상주씨가 대신 외쳐주기도 했다.

밀양읍에서는 '대문풀이'를 하고 난 후 '고시레'를 읊조리기도 한다.[240] '고시네 하시네 청도 밀양 고내실네 밍실네 박실네 오뉴월에 핫바지 입고 얼어 죽은 구신 밍태대가리 터진 구신 저 진주 월강에 세문하고 만복 떼복은 이 본가로 술술 들오이소'라는 '고시레'는 온갖 귀신을 위로하여 복을 불러들이는 과정이다. 밀양읍처럼 특별한 노래와 함께 하는 것은 아니지만, 음식 조금 떼어주고 외치는 숲골 할머니들의 '고시레'는 마을길의 지신밟기로서, 길을 걸어가는 와중에도 농사가 잘 되고 마을이 안녕하기를 비는 것이다.

마을에 밀성 손씨 재실이 있다는 이상주씨의 이야기를 듣다가 다음 집에는 조금 늦게 도착했다. 풍물패는 집 안에서 성주풀이를 하고 있었고, 손호영씨 부인은 누군가에게 손북을 얻어 집 안에서 들려오는 풍물 소리에 따라 같이 치기도 했다. 여러 집을 도는 동안 흥이 올라 풍물 소리에 맞춰 춤추는 것만으로는 부족했던 모양이었다. 이전에 지나온 집들에서는 장독풀이를 하지 않았는데 여기서는 주인의 강력한 요청으로 장독대에서도 지신풀이를 했다.

---

240) 『한국구비문학대계』 8-7, 〈밀양읍   197면.
　　 민요 3〉, 한국정신문화연구원, 1983,

"**지신아** 지신아 장독 지신을 눌려 보자

이 장독이 뉘 장독이뇨[241] 대주양반 장독일세

장독 근본 말하자믄 하늘에는 옥황상제

상천이 내린 장독 큰 장독에 장을 담고

중간 단지[242] 소곰[243] 받아 넙둑단지[244] 김치 담고

중간 단지 고장[245] 담고 작은 단지 깨소곰 담아

만백성이 먹거들랑 벵환[246]이나 막아주소

여루여루 지신아 장독지신을 눌려 보자

여루여루 지신아 장독지신을 눌려 보자"

장독풀이에서는 별다른 반찬이 없던 때 장맛이 제대로 들기를 바라고 그 장을 먹음으로써 병이 없기를 바라는 마음을 엿볼 수 있었다. 남부 지방에서는 장독대 주위에 지신(혹은 터주, 터주대감)을 모시는 지역도 있다고 하는데 장독신과 터주를 같은 개념으로 인식하고 있는 것 같기도 하다. 장독대는 예전에 정화수를 떠 놓고 빌기도 한 곳이며, 장맛이 변하면 집안이 망한다는 말이 있듯이 주의를 기울여 관리해야 하는 곳이다. 이것으로 미뤄 보면 주인이 장독풀이를 해주기를 강하게 요구한 것도 쉽게 이해가 된다.

지신풀이가 끝나고 집 주인이 음식을 내왔는데 '깨죽'이란 것이었다. 들깨와 고사리 나물을 버무려 만든 죽인데 회색빛 도는 걸죽한 국물이 많았다. 나는 처음 보는 음식이어서 쉽게 손이 가지 않아 먹지 않았는데 할머니들은 다른 음식보다 그 '깨죽'을 더 좋아했다. 선뜻 먹지 못하고 어색하게 서 있는 내가 안돼 보였던지, 한 할머니가 '서울에서는 먹지 않는 것'이라고 말하며 더 이상 권하지 않았다. 민망하고 죄송하여 내심 내 까다로운 입맛을 타박하기도 했다.

241) 누구의 장독이냐.
242) 중간 크기의 단지.
243) 소금.

244) 넓적한 단지.
245) 고추장.
246) 병환.

점심 때가 지나면서 사람들은 더 늘어났다. 다른 집으로 가려는데 강쾌남씨가 우리를 붙들고 점심을 먹었는지 물었다. 먹지 못했다는 말에 집에 준비해 놨다며 '먹고 따라다니라'고 했다. 황은주가 할머니노인정에 혼자 남아 있었기 때문에 우리만 챙겨 먹기가 곤란해서 선뜻 따라가지 못하고 머뭇거리는데 강쾌남씨가 대답을 들을 새도 없이 앞장서 집으로 향했다. 결국 강쾌남씨를 따라가 점심을 먹게 되었다. 밥을 먹으며 강쾌남씨에게서 마을에 관한 이야기를 차분하게 들을 수 있었다. 숲골이 오실(다섯 마을)에 둘러싸여 있어 오실 복판이라고 한다는 이야기, 보담산에 보담노장이 살았다는 이야기, 신선방우·약물샘에 얽힌 이야기 등 여러 가지를 들었다. 강쾌남씨는 몇 년 전 사고로 뇌를 다쳐 말을 조리 있게 못한다고 말했지만 그말과 달리 꼼꼼하게 이야기를 들려주었다. 자세한 것까지는 알지 못해도 마을에 대해서는 하나라도 빼놓지 않고 이야기해주려 했다.

강쾌남씨 집을 나와 풍물패를 따라 가기 전에 밀성 손씨 재실을 잠깐 둘러보았다. 관리를 하지 않아서 상당히 많이 낡았지만 건물 형체는 그나마 온전히 남아 있었다. 여기저기 사진을 찍고 있는데 한 할머니(김복기씨, 86세)가 찾아왔다. 집이 재실 근처라고 해서 혹 재실에 대한 이야기를 들을 수 있을까 하여 이것저것 물었으나 할머니는 재실에 대해서 아는 것이 없었다. 연세가 많아 옛날이야기도 알고 있지 않을까 하여 물었더니, 남편이 이야기책을 자주 봐서 자기도 들어 외웠는데 잊어버렸다고 했다. 할머니가 귀가 어둡고 발음이 분명하지 않아 더 이상 이야기를 나누기 어려워, 우리는 다시 풍물패를 찾아갔다.

지신밟기 하는 집에 갔을 때는 이미 거의 끝날 즈음이었다. 포수의 쌀 포대를 봤더니 반 넘게 차서, 들고 다니기 버거워 보였다. 김수순씨는 무겁다고 투덜거리듯 말했지만 그의 얼굴엔 웃음이 가득했다.

윗마을로 가기 전에 풍물패는 마을회관 앞에서 한 판 놀았다. 내내 지신풀이를 하느라 힘들었을 손기준씨를 위한 휴식 시간이기도 했고, 아랫마을과 윗마을의 중간 지점에 회관이 있으니 다시 한 번 마을 사람들에게 지신밟기를 알리는 시간이기도 했다. 보통 지신밟기는 당산풀이로 시작하여 마을을 한 바퀴 돈 후 각 집의 지신밟기를 한다. 당산풀이는 당신에게 지신밟기를 고하는 것이면서 마을의 지신을 밟는 것이다. 숲골에서는 어떻게 했는지 알 수 없지만, 설사 하지 않았다 하더라도 이렇게 마을회관 앞에서 한 판 걸게 논다거나, 한 집에서 한 집으로 이동하는 도중에 풍물에 맞춰 춤추는 것으로 마을의 지신밟기를 하고 있는 셈이었다. 각 집의 지신밟기도 중요하지만 이렇게 마을길을 걸어가면서 풍물 소리에 하나 되어 마을 전체의 안녕을 비는 것이 정월대보름 지신밟기의 핵심이 아닐까 하는 생각이 들었다.

윗마을로 가면서 할머니들은 손뼉 치고 춤을 추며 한껏 흥을 돋웠다. 풍물패들도 도중에 몇 번 멈춰 서서 할머니들과 흥을 나누기도 했다. 누구 집인지는 확인하지 못했는데 윗마을에서 처음 들어간 집에서는 고방풀이와 용왕풀이 대신 화장실에서 지신풀이를 했다.

"**여루여루** 지신아 지신을 밟아 눌려 보세
눌려 보세 눌려 보자 변소대장을 눌려 보자
눌려 보자 눌려 보자 정낭247)각시를 눌려 보자
눌려 보자 눌려 보자 오토지신248)을 눌려 보자
막아주소 막아주소 이질 설사를 막아주소
잡구잡신을 물리치고 병환이나 막아주소
여루여루 지신아 지신을 밟아 눌려 보자
여루여루 지신아 지신을 밟아 눌려 보자"

이 집에서는 집주인이 성주풀이, 조왕풀이가 끝나자 뒷간풀이를 해달라

---

247) 뒷간.
248) 다섯 토지의 지신. 오토(五土)는 산림(山林), 천택(川澤), 구릉(丘陵), 분연(墳衍), 원습(原濕)을 가리킴.

고 했다. 이전 집들에서는 하지 않았던 것이라 관심 있게 지켜보다가, 이 집에 환자가 있다는 말을 들었다. 할아버지가 몸이 좋지 않아 거동을 잘 하지 못하기 때문에 주인이 뒷간풀이를 해달라고 한 것이다.

 뒷간의 신은 악취가 나는 곳을 관장하는 만큼 보통 성질이 까다로운 신으로 여겨진다. 뒷간 신이 성질을 부리면 가족들에게 탈이 나기 마련이다. 그래서 질병·재앙과 연결시켜, 뒷간풀이(변소풀이)에서는 부귀영화를 비는 것 대신 병이 없게 해 달라고 빌었다. 밀양의 다른 지역에서도 뒷간풀이의 내용은 대동소이하다.

> 눌리자 눌리자 변소대장을 눌리 보자
> 피똥 코똥 막아주고 이질병 막아주고
> 비나이다 비나이다 변소대장에 비나이오249)

> 막아주고 막아주자 이점설사250) 막아주자
> 막아주고 막아주자 배 아푼 걸 막아주자
> 잡기잡신은 물 알로 만복은 요리로251)

 위 두 노래는 밀양읍과 산내면의 뒷간풀이로, 숲골의 뒷간풀이와 내용이나 길이 모두 비슷하다. 특히 세 노래 모두 이질에 걸리지 않도록 해달라는 내용이 같다. 1950년대 전만 해도 이질에 적절한 치료책이 없고 병에 대한 지식도 부족하여 이질로 인한 사망이 많았다고 하니 뒷간풀이에서 꼭 막아야 할 액이었을 터였다.

 윗마을에서는 김만수씨 집, 권순금씨(부녀회장) 집을 비롯하여 네 집에서 지신풀이를 했다. 그 중에는 마을에 이사 온 지 얼마 안 되는 집도 있었

---

249) 『한국구비문학대계』 8-7, 〈밀양읍 민요 3〉, 한국정신문화연구원, 1983, 197면.

250) 이질 설사.

251) 밀양 산내면 마전리를 답사할 때 마전청년회에서 받은 자료이다.

다. 그 집이 마을 위쪽에서 축사를 운영하기 때문에 마을 사람들 중에는 물이 더러워질까 걱정하는 사람도 있었다. 그 집 주인도 이사 온 지 얼마 안 되는 데다 마을 사람들의 말이 신경 쓰였는지 적극적으로 풍물패를 환영하는 한편으로는 상당히 조심스러워하는 듯했다. 축사 부근에서 지신풀이를 하는 동안 우리는 강쾌남씨의 설명을 들으며 마을을 둘러싸고 있는 산을 촬영했다. 강쾌남씨는 점심 먹을 때 들려주었던 여러 산들과 바위, 계곡 등을 일일이 손가락으로 가리키며 열심히 이야기해주었다. 말로만 설명을 듣다가 직접 실물을 보고 이름과 지형을 연관지어 확인하게 되니 숲골의 주변 산세가 머리 속에 구체적으로 정리되었다.

부녀회장 집에서의 지신풀이를 마지막으로 숲골 아랫동네의 지신밟기가 마무리되었다. 마지막이라 생각해서인지 풍물패가 자리를 정리하고 떠나는데도 할머니들은 마당에서 노래를 부르며 즐겼다. 홍순종씨가 장구로 박자를 맞추자 할머니들은 돌아가며 노래를 불렀다. 할머니들에게 둘러싸여 즐기는 홍순종씨를 보니 평소에도 할머니들에게 인기가 많을 듯했다. 할머니들의 흥은 회관으로 가면서도 계속되었다. 이제는 홍순종씨뿐만 아니라 다른 풍물패원들도 박자를 맞췄다. 온종일 지신밟기 하느라 힘들었을 텐데도 마을 사람들의 흥겨움은 사그라들 줄 몰랐다.

마을회관 옆의 할머니노인정에 잠시 들러 김영희와 나는 긴늪마을로 갈 채비를 했다. 저녁에 긴늪마을에서 달집태우기를 할 것이라는 이야기를 들어 그것을 촬영하기 위해서였다. 숲골에서는 달집태우기를 하지 않는다고 했기 때문에 산외면의 달집태우기를 한 번쯤 보는 것이 좋겠다는 생각에 우리는 긴늪마을에서 이를 잠시 촬영하기로 했다.

숲골 부녀회장의 차를 타고 긴늪마을에 도착했을 때 이미 달집태우기는 준비가 다 되어 있었다. 커다란 달집에 새끼줄을 둘러 놓고 사람들의 소망을 담은 소지를 끼웠다. 동장을 선두로 하여 사람들은 절을 하고 소원을 빌었다. 달이 떠오르고 저 멀리서 하얀 연기가 하나둘 오를 때쯤 긴늪에서도 달집에 불을 붙였다. 타오르는 불을 향해 할머니들은 연신 허리를 숙이며

기도를 했다. 학교에서 풍물을 배운다는 학생들의 풍물 소리에 맞춰 사람들은 달집 주변을 맴돌기도 하고 삼삼오오 모여 덩실덩실 춤을 추기도 했다.

긴늪의 달집태우기 촬영을 마무리하고 숲골로 돌아왔더니 마을회관 앞에 작은 달집이 세워져 있었다. 예정에 없던 것이라 소지도 없고 제상도 준비하지 못한, 작고 소박한 달집이었지만 주변에 마을 사람들이 하나 가득 모여 있었다. 달집에 불이 붙자 풍물 소리는 더욱 흥겹게 리듬을 탔다. 조용히 달집을 지켜보는 사람도 있고, 타오르는 달집을 보며 이야기를 나누는 사람들도 있고, 달집을 향해 기도를 드리는 할머니도 있었다. 누군가 노래를 부르자 할머니들의 합창이 뒤를 따랐다. 몇몇 할아버지들은 술잔을 돌리며 우리에게도 연신 술을 권하고, 할머니들은 풍물패와 어우러져 노래를 부르며 춤을 추었다. 그동안 이런 기회가 흔치 않았던지라 마을 사람들의 얼굴엔 웃음이 가득했다. 지신밟기를 했으니 한 해 농사도 잘 될 것이라는 기대감도 가득했을 것이다.

서울로 돌아갈 시간이 되어 우리는 짐을 챙겨 마을회관 앞으로 갔다. 짐을 들고 나온 우리를 본 할머니들은 지금 갈 거냐며 서운한 빛을 내비쳤다. 하룻밤 더 자고 아침에 가라며 붙들기도 하고 내년에 꼭 다시 오라고도 했다. 숲골에서 배운 것으로 공부 열심히 하라는 당부도 잊지 않았다. 보이지 않을 때까지 손을 흔드는 사람들을 뒤로 하고 우리는 택시에 몸을 실었다.

후 기 ...

5년여 동안의 밀양 현지조사가 드디어 작은 결실을 맺었다. 한 마을 이야기라고 안이하게 생각했었는데, 조사과정을 되짚어 가는 길도 만만치 않았다. 다소 막연하게 시작한 조사였던 터라 갈팡질팡 많이 헤매기도 했다. 미흡하나마 한 단계 마무리 짓고 나니 밀양을 바라보는 마음이 조금 달라진 듯도 하다.

산내면에서 걸어온 길이 산외면 숲골에 이르렀다. 한편으로는 어느새 이만큼 왔나 싶은 생각에 뿌듯하기도 하지만, 한편으로는 서랍 속에서 빛을 볼 날을 기다리고 있는, 수많은 사람들의 이야기가 마음에 걸린다. 지나온 길에 쌓인 먼지들을 훌훌 털어내면서 나태해져 가는 심신을 추슬러 새로이 시작해야 할 때다. 산내면의 종착지 같았던 숲골은 이제 산외면 구석구석을 돌아다닐 새 출발점이 되었다.

2006년 6월

이미라

후 기 ...

　지난 정월대보름 잠시 들른 숲골에서 할아버지 할머니는 나를 마치 어제도 본 것처럼 자연스럽게 맞아주었다. 지면을 빌어, 여러 모로 도움을 준 숲골마을 여러분들에게 진심으로 감사드린다. 혹시라도 내 표현의 미숙함이 이분들에게 누를 끼치지 않았기를 바랄 뿐이다.

　이제 막 배움의 길에 접어든 나로서는 공부가 부족했던 터라, 자료들을 대하는 안목이 많이 서툴고 성글었기 때문에 되도록이면 '내가 이야기판의 흐름을 어떻게 보고 있는가'에 대해 쓰고자 하였다. 그러기 위해서는 불가피하게도 이야기판 안에 있는 나 자신을 솔직하게 드러내야만 했고, 이러한 과정이 그리 쉽지만은 않았다. 그러나 지금, 숲골 자료 테이프와 씨름했던 처음보다는 한결 자라 있는 나를 발견한다. 끝으로, 함께 했던 이들에게 고맙다는 말을 전하고 싶다.

2006년 6월

황은주